新潮日本古典集成

新古今和歌集

上

久保田淳 校注

新潮社版

目次

凡例

本書は、『万葉集』『古今和歌集』とともに、古典和歌の一つの典型である『新古今和歌集』を読み味わうことを意図したもので、上下二冊から成る。上巻には序文から巻第十羇旅《きりょ》歌まで、下巻には巻第十一恋歌一から巻第二十釈教歌までの本文を収め、注解を加えた。

〔本　文〕

一、伝蜷川《になかわ》新《しん》右《え》衛門尉《もんのじょう》親元《ちかもと》筆室町時代書写『新古今和歌集』列帖装写本二帖を底本とした。

一、原則として底本の本文を尊重したが、底本の本文が明らかに誤っていると考えられる場合は、他本により校訂した。なお、下巻付録に「校訂補記」を掲げ、改訂個所を示した。

一、仮名づかいは歴史的仮名づかいに、字体は通行の字体に改めた。

一、もっぱら読みやすさを考慮して、清濁を分ち、散文の個所には句読点を打ち（詞書・左注は読点のみ）、底本の表記にかかわらず、適宜仮名に漢字を宛て、または漢字を仮名に改め、必要と認めた場合には送り仮名を補い、振り仮名を付した。なお、表記についてはかならずしも統一を図らなかった。

一、真名序は、訓み下し文を先に、原漢文を後に掲げた。

一、和歌は各句の間を一字あけとし、歌頭にアラビア数字により『国歌大観』の歌番号を付した。底本は三首のいわゆる切出し歌（精撰本では除かれた歌）を含むが、その場合は、その直前の歌を146イ、切出し歌を146ロのように番号を付して、区別した。

〔注　解〕

一、真名序・仮名序では、構成を示し、語釈を試みた頭注の他に、傍注（色刷り）を加えて、部分的に現代語訳を試みた。

一、歌集部分の頭注は、ほぼ次のような内容から成る。ただし、一首の和歌について、主題と現代語訳以外の部分は、とくに必要ないと考えられる場合は適宜省略した。

各巻内における主題の指摘

詞書の語釈

和歌の現代語訳（色刷り）

鑑賞注

和歌の語釈

一、各巻内における主題の展開をたどるために、左のような注を掲げた。漢数字（平体）は歌番号である。

＊一から九までは立春・早春の歌。

一、詞書には、漢数字により注番号を付して、人名（『新古今集』に入集している場合は、「→作者略伝」

として示した）など、固有名詞を中心とした簡潔な注を施した。

一、和歌の現代語訳は歌番号（アラビア数字）の下に掲げた。もっぱらわかりやすく、こなれた現代文であることに主眼を置き、かならずしも逐語訳を心がけなかった。

一、鑑賞注は現代語訳の次に、改行して掲げた。ここでは鑑賞のポイント、参考となると思われる事柄などを記した。本歌取りにおける本歌、また解釈の際参考となると考えられる和歌や漢詩文などもここに掲げた。本歌は、新古今時代の作者の方法意識に照らし合せて本歌と呼びうるものに限定し、それ以外は参考として掲げた。時に、注すべき和歌との前後関係が明らかでない場合など、類歌という呼び方をした個所もある。

一、和歌の語釈は鑑賞注の次に、改行して掲げた。項目ごとに◇を付し、注すべき語句を示して、注を施した。ここでは、枕詞《まくらことば》、序詞《じょことば》、縁語、掛詞《かけことば》などの技法や、地名、歌枕の解説などを試みた。

一、鑑賞注・語釈などに引用する和歌や散文は、それぞれ信憑《しんぴょう》性の高い本文に拠ったが、表記は読みやすさを考慮して、適宜改めた。また、漢詩文は返り点、送り仮名を付して掲げた。

〔その他〕

一、上巻の巻末に「解説」を付し、『新古今和歌集』が成立した時代、主要歌人、歌風などについて述べた。

一、下巻の巻末に、付録として、「校訂補記」「出典、隠岐《おき》本合点・撰者名注記一覧」「作者略伝」「和歌初句索引」を付した。それらについては、それぞれの凡例を参照していただきたい。

新古今和歌集　上

真名序

新古今和歌集序

和歌の起源と効用

夫《そ》[1]れ和歌は群徳の祖《種々の徳の始祖》、百福の宗《多くの幸福の根元》なり。[2]玄象《げんしやう》天成り《天が出来て》、[3]五際《ごさい》[4]六情《りくじやう》の義未《いま》だ著《あらは》れず、[5]素鵞《そが》の地静かに《静かだった時》、三十一字の詠甫《はじ》めて興《おこ》る。爾来源流《以来歌の流れ》寔《まこと》に繁く、[6]長短異なりと雖《いへど》も、或《ある》は下情《下々の心》を抒《の》べて聞に達し《天皇の耳へ入れ》、或は上[7]徳を宣《の》べて化を致し《〔下々を〕教化したり》、或は遊宴に属《つらな》りて懐《こころ》を書《しる》し、或は艶色を採りて言を寄す《美しいものをみやびやかに表現した》。誠に是《これ》[8]理《り》世撫《せいぶ》民《みん》の鴻徽《こうき》、[9]賞心楽事《しやうしんらくじ》の亀鑑《きかん》なる者なり《手本である》。

勅撰集撰進の意義

是を以て《そういうわけで》[10]聖代の明時《めいじ》、集めて之を録す《和歌を》。各《おのおの》[11]精微《せいび》を窮《きは》む、何ぞ以て漏脱せむ《どうしてよい作が洩れようか》。然《しか》れども猶《なほ》[12]崑嶺《こんれい》の玉《ぎよく》、之《これ》を採れども余り有り。[13]鄧林《とうりん》の材之を伐《き》れども尽くること無し。物既に《物事とは》此《かく》の如《ごと》し、歌も亦宜《またよろ》しく然るべし《そうであろう》。

本集編纂《へんさん》の大綱

仍《よ》りて《そこで》、[14]参議《さんぎ》右衛門督《ゑもんのかみ》 源朝臣通具《みなもとのあそんみちとも》、大蔵卿《おほくらきやう》 藤原朝臣有家《ふぢはらのあそんありいへ》、左《さ》

一 書出しの語。漢文で発句という。
二 日・月・星辰《せいしん》などの天象。天体。
三 人として守るべき、君臣・父子・兄弟・夫婦・朋《ほう》友《ゆう》間の、五つの倫理道徳。
四 喜・怒・哀・楽・愛・悪の、人間の六種の感情。
五 出雲《いずもの》国の地名。須賀とも書く。『日本書紀』神代上や『古事記』上に、素戔嗚尊《すさのおのみこと》はここに宮殿を造り、奇稲田《くしなだ》姫《ひめ》を妻として住んだと伝える。下の「三十一文字」はその折の詠という「八雲立つ出雲八重垣《やへがき》妻ごめに（妻ごみに）八重垣作るその八重垣ゑ（その八重垣を）」を指す。「三十一字……興る」は「五際……著れず」と対。
六 長歌と短歌という形式の別はあるけれども。
七 身分の高い人の有徳を述べて。
八 世を治め民を撫《な》でいつくしむ大きな善である。
九 景色を愛《め》で賞する心と愉快な事柄と。『文選《もんぜん》』に見える句。「賞心……亀鑑」は「理世……鴻徽」と対。
一〇 聖主の治められた明らけき御《み》代《よ》には。
一一 詳しくこまかく探られた。ゆえに、と下へ続く。
一二 中国の崑崙《こんろん》山（『山海経《せんがいきよう》』『淮南子《えなんじ》』などに見える霊山）に産する美玉。秀歌の比喩《ひゆ》。
一三 中国古伝説で、神獣夸父《こふ》の杖が化して生えた柚《ゆず》の林。『山海経』などに見える。ここではやはり秀歌の比喩で、上の「崑嶺の玉」と対句。
一四 以下撰者を列記。→作者略伝。

本集編纂の由来と抱負

近衛権中将《こんゑのごんのちゆうじやう》藤原朝臣定家《さだいへ》、前上総介《さきのかづさのすけ》藤原朝臣家隆《いへたか》、左近衛権少将藤原朝臣雅経《まさつね》等に詔《みことのり》[一]して、〔作者の身分の〕貴賤高下を択《えら》ばず《問わず》、錦句玉章《きんくぎよくしやう》[二]を摭《ひろ》はしむ《収集させた》。神明《しんめい》の詞《神詠》、仏陀の作《仏菩薩の詠歌》、希《き》夷《い》[三]を表《あらは》さむが為に、雑《まじ》へて同じく《区別せず》隷《しる》せり《並べた》。曩昔《なうせき》より《古代から》始めて、当時《現代》に迄《およ》ぶまで、彼此《かれこれ》総《す》べ編みて《編集して》、各《各人に》呈進せしむ《奏進させた》。玄圃《げんぽ》[四]花芳《かうば》しき朝《あした》、瑮砌《さうぜい》[五]風涼しき夕《ゆふべ》に至る毎《ごと》に、難波津《なにはづ》[六]の遺流を斟《く》み、浅香山《あさかやま》[七]の芳躅《はうちよく》を尋ね、或は吟じ或は詠じて、犀象《さいざう》[八]の牙《が》角《かく》を抜き《抜き出し》、党無く偏無くして《党派意識なくかたよらず》、翡翠《ひすい》[九]の羽毛を採れり《秀歌を収集した》。裁成して《形を整えて》二千首を得、類聚《るいじゆ》して《部類して》二十巻と為《な》す。名づけて新古今和歌集と曰《い》ふ。時《季節》令節物の篇《の景物を詠んだ歌は》、四序[一〇]に属《つ》けて星のごとく羅《つら》なり[一一]、衆作雑詠《しゆうさくざつえい》[一二]の什《じふ》、群品《ぐんぴん》を並べて雲のごとく布《し》けり《群をなして雲のように拡がっている》。綜緝《そうしふ》[一三]の致《むね》、蓋《けだ》し云《ここ》に備《そなは》れり。

伏して《謹んで》惟《おも》んみるに《考えるに》、代邸《だいてい》[一四]より来りて《王族であったのが》、〔図らずも〕天子の位を践《ふ》み、〔その後〕漢宮を謝して《去って》、汾陽《ふんやう》[一五]の蹤《あと》を追ふ。今上陛下《土御門天皇》の厳親《厳父である》なり、帝道の諮詢《しじゆん》[一六]に隟《いとま》無しと雖《いへど》も、日域《じちゐき》朝廷の本主なり《日本国の主であり》、争《いか》でか《どうして》我が国の習俗〔である歌を〕を賞せざらむ。方今《はうこん》[一七]荃宰《せんさい》体を合はせ、華夷《くわい》[一八]仁《じん》を詠ず。風化[一九]の万春を楽しみ《万代までの春を楽しみ》、春日《かすが》[二〇]

一 建仁元年（一二〇一）十一月、後鳥羽《ごとば》上皇が勅撰集の撰進を下命したことを指す。
二 錦《にしき》や玉のように美しい歌句や文章。
三 道理を明らかにするために（一般の歌に）。
四 宮廷に花がかぐわしく咲く朝から。「玄圃」は、崑崙《こんろん》山の上にあるという仙人の居所。仙洞《せんとう》御所の比喩《ひゆ》。
五 玉を敷きつめたみぎり。禁裏の庭のこと。
六 仁徳天皇即位の際に王仁《わに》が詠んだと伝える、「難波津に咲くやこの花冬ごもり今は春べと咲くやこの花」（『古今集』仮名序）を指す。「難波津」は大阪湾。
七 葛城王《かずらきのおおきみ》（橘諸兄《たちばなのもろえ》）の怒りを解こうとして前《さきの》采女《うねめ》だった女性が歌ったという、「安積《あさか》山影さへ見ゆる山の井の浅き心を吾が思はなくに」（『万葉集』三八〇七）を指す。「浅香山」（安積山とも）は陸奥《むつの》国の歌枕《うたまくら》。「芳躅」は芳しい跡。
八 犀の角と象の牙。ともにすぐれた歌の比喩。
九 かわせみの美しい羽毛。これも美しい歌の比喩。
一〇 四季の順序に従って。
一一 「星羅」は次行の「雲布」とともに『文選《もんぜん》』巻一「西都賦《せいとのふ》」に見える句。
一二 多くの人々の様々な歌。
一三 編集の結果は。
一四 先帝（高倉天皇）の親王であったが、はからずも帝位に就き、宮廷の主となり。「代邸」「漢宮」とも、後鳥羽上皇を漢の帝王に譬《たと》えていう。
一五 上皇として仙洞に住む。「汾陽」は中国の仙境。

野《の》の草 悉《ことごと》く靡《なび》き、月宴の千秋を契り《観月の宴に永久の秋を約束し》、[二一]秋津洲《あきつしま》の塵《ちり》惟《こ》れ静かなり。誠に[二二]無為《ぶゐ》有截《いうせち》の時に膺《あた》り、[二三]染毫操牋《せんがうさうせん》の志を顕すべし。故に斯《ここ》に一集を撰び、永く百王《百代も後の帝王》に伝へむと欲す。

彼《か》の上古《しやうこ》の万葉集は、蓋《けだ》し是《これ》和歌の源なり。編次の起り《編纂の由来や》、因准《典拠の》の儀《問題は》、[二四]星序惟《こ》れ邈《はる》かにして、[二五]煙鬱《えんうつ》披《ひら》き難し。[二六]延喜《えんぎ》に古今集有り、四人綸命《りんめい》を含みて《勅命を受けて》之を成しき。[二七]天暦《てんりやく》に後撰集有り、五人絲言《しげん》を奉じて《勅命を奉じ》之《これ》を成しき。其《そ》の後、[二八]拾遺、後拾遺、金葉、詞花、千載等の集有り。聖王数代の勅に出づと《勅命による》雖《いへど》も、殊《こと》に恨むらくは撰者一身の最《さい》と為す《残念なのは一人の撰者の所為であることだ》。茲《これ》に因りて《そこで》延喜天暦二朝の遺美《二代のすぐれた例》を訪《とぶら》ひて、[二九]法河歩虚《はふかほきよ》五輩の英豪を定め《〔撰者に〕》、神仙の居《仙洞御所》を排《ひら》きて《開放して》、刊修の席《むしろ》《編集の》を展《の》ぶるのみ《設けたのである》。

本集の選歌範囲

斯《こ》の集の体たるや《内容はというと》、先《まづ》万葉集の中を抽き《作品を選び》、更に七代集の外を拾ふ《七代の撰集に洩れた作を採った》。深く索《もと》めて微長も遺すこと無く《少しでもよい作は残らず〔収め〕》、広く求めて片善も必ず挙げたり《部分的によい作も必ず掲げた》。但し網を山野に張ると雖《いへど》も、微禽《小鳥》自《おのづか》ら逃れ、[三〇]筌《うへ》を江湖《かうこ》に連《つら》ぬと雖も、小鮮《小魚》偸《ひそ》かに漏る。誠に視聴《してい》の達《いた》らざるに《見聞の及ばないままに》当りて、定めて篇章《作品が》

一六 帝王の道についての相談に閑暇がないとはいえ。
一七 現在、君臣が一致して政治を行っているので。「荃」は香草の名で、君主の比喩。「宰」は臣。
一八 国内（華）でも国外（夷）でも仁政を謳歌する。
一九 上に立つ者が下々の者を徳化し。
二〇 春日野（大和国《やまとの》）の草が全て靡くように民は従い。
二一 日本国の異称。「春日野」と対。一八頁注六参照。
二二 人為を用いずともおのずからよく治まることと、物事をよく治め整えることと。
二三 筆を染め紙を操って、歌を書こうという意志を表すのが当然である。
二四 星のように遠く遥かで。「星序」は星の並び方。
二五 煙が晴れないようにうっとうしいこと。
二六 醍醐《だいご》天皇の代の年号。『古今集』は、延喜五年（九〇五）、紀友則《きのとものり》・紀貫之《つらゆき》・凡河内躬恒《おおしこうちのみつね》・壬生忠岑《みぶのただみね》の四人を撰者として撰進された。
二七 村上天皇の年号。『後撰集』は、天暦五年（九五一）、大中臣能宣《おおなかとみのよしのぶ》・清原元輔《きよはらのもとすけ》・源 順《みなもとのしたごう》・紀時文《ときぶみ》・坂上望城《さかのうえのもちき》の、いわゆる梨壺《なしつぼ》の五人を撰者に撰進された。
二八 以下順に、『拾遺和歌集』（花山法皇撰）、『後拾遺和歌集』（藤原通俊《みちとし》撰）、『金葉和歌集』（源俊頼《としより》撰）、『詞花和歌集』（藤原顕輔《あきすけ》撰）、『千載和歌集』（藤原俊成撰）。
二九 公卿殿上人《てんじょうびと》の中の、五人のすぐれた人物。
三〇 筌（魚を捕るための、竹で編んだ道具）を川や湖に仕掛けておいても。

の猶《まだ》も遺《のこ》れること有らむ。今は只《ただ》採得せるに随ひて《採録できた作品によって》、且《しばら》く勅《しる》し終る所なり《編纂し終ったのである》。

抑《そもそも》古今《古今集には》においては、当代の御製《帝の作》を載せず。後撰より初めて其の時の天章《御製》を加へたり。各一部を考ふるに《それぞれの勅撰集を調べると》、十篇に満たず《「それも」十首未満だ》。而《しか》るに今《今回》入るる所の自詠[一]は、已《すで》に三十首に余れり。六義《りくぎ》[二]若《も》し相兼ねば《兼備していれば》、一両《一、二首》にて足るべしと雖《いへど》も、風骨《ふうこつ》の絶妙無きに依りて《「詠歌の」技量が劣っているので》、還りて《逆に》露詞《ろし》[三]の多く加はれること有らむ。偏《ひとへ》に道に耽るの思ひを以て《歌道に耽溺する気持のおもむくまま》、多情[四]の眼《まなこ》を顧みず。凡《およ》そ厥《そ》の取捨せるは《歌の取捨選択に際し》、嘉尚《かしやう》[五]の余り、特に冲襟[六]を運《めぐ》らせり《心を用いた》。伏羲皇《ふくぎ》[七]徳を基《もとゐ》として四十万年、異域[八]自《おのづか》らに聖造の書史を観《み》ると雖も、神《じん》[九]武《む》帝功を開きて《帝業を始められて》八十二代、当朝《わが国》未だ叡策《えいさく》[一〇]の撰集を聴かず。定めて知りぬ《必ずや知るであろう》、天下の都人士女《とじんしぢよ》、斯道《しだう》[一一]の逢ふに遇へるを謳歌せむことを《喜びたたえるであろうことを》。独《ひと》り仙洞無何《せんとうむか》[一二]の郷《「で」》、嘲風哢月《てうふうろうげつ》[一三]の興《きよう》有るを記《しる》すのみならず、亦皇家《またくわうか》[一四]元久《げんきう》の歳《とし》、故《ふる》[一五]きを温《たづ》ねて新しきを知るの心《古の歴史を尋ね新しい今後を洞察する心》有るを呈《あら》はさむと欲す。修撰《しゆせん》[一六]の趣《おもむき》、茲《ここ》に在らざらむや《ここにないと言えようか》。聖暦乙丑王春《せいれききのとうしわうしゆん》[一七][一八]三月と爾《しか》[一九]云ふ。

一 後鳥羽上皇の歌を指す。本集には、院の作が三十四首採られている。

二 漢詩で、風《ふう》・賦《ふ》・比《ひ》・興《きよう》・雅《が》・頌《しよう》の六体をいう。『古今集』仮名序では、これを「そへ歌」「かぞへ歌」「なずらへ歌」「たとへ歌」「ただこと歌」「いはひ歌」と呼び、例歌を引く。

自詠について

三 露のようにはかなく、取るに足りない言葉。自詠の謙称。

四 多くの人々の批判の眼。

五 作品を賞するあまり。

六 「冲襟《ちゆうきん》」は、こだわりのない胸のうち。

七 伏羲が帝王の徳の基礎を築いてから四十万年になる。「伏羲」は、中国太古の帝王で、文字を作ったと伝えられる。

自負を述べる

八 中国では、たまには天子の編集した書物を見ることができるが。「異域」は、外国、ここでは中国を指す。

九 神武天皇（人皇第一代）が帝業を始められてから八十二代になるが。「八十二代」は後鳥羽上皇を指す。

一〇 天子の意見による撰集。

一一 和歌の道が繁栄する時に遭遇したことを。

一二 仙洞御所のこと。「無何の郷」は、『荘子』逍遥遊《しようようゆう》に見える仙郷。

一三 自然をめで賞じての感興。

一四 その名も皇国の基元が久しく続くという、元久という年号の年に。「元久」は土御門《つちみかど》天皇の年号。

一五『論語』為政篇に見える成句。
一六 勅撰集編纂《へんさん》の趣旨。
一七 元久二年（一二〇五）。
一八 天下一統における春、の意。
一九「云ふこと爾《しか》り」とも訓み、上の文を収める語。

* 真名序は、当時参議《さんぎ》左《さ》大弁《だいべん》であった儒者藤原親経《ちかつね》が、撰集下命者たる後鳥羽上皇の立場で執筆した。親経が執筆者に選ばれたのは元久元年七月二十二日、書きあげ、奏覧されたのは翌年の二月二十一日である。上皇はこれに目を通し、藤原良経《よしつね》に加筆させたらしい。

『新古今和歌集』以前に真名・仮名の両序を具備している勅撰集としては、『古今集』があるのみである。このことからも『新古今集』が『古今集』を強く意識していることが確かめられる。ただし、『古今集』の写本には真名序を欠くものがあり、また有する本でも巻末に掲げられるなど、その位置が問題とされるが、『新古今集』では真名序・仮名序の順に、巻頭に掲げられているのが普通である。このことは、漢詩文と和歌とを対等のものと見ようとする心の現れであろう。

真名序の文体は対句の多い四六駢儷《べんれい》体（四六文）によっており、その句法は『作文大体《さくもんだいたい》』（平安時代に成立した漢詩文の手引書）などに細かく決められている作法に従っている。

真名序原文

夫和歌者、群徳之祖、百福之宗也。玄象天成、五際六情之義未著、素鵞地静、三十一字之詠甫興。爾来源流寔繁、長短雖異、或抒下情而達聞、或宣上徳而致化、或属遊宴而書懐、或採艶色而寄言。誠是理世撫民之鴻徽、賞心楽事之亀鑑者也。是以聖代明時、集而録之。各窮精微、何以漏脱。然猶崑嶺之玉、採之有余。鄧林之材、伐之無尽。物既如此、歌亦宜然。仍詔参議右衛門督源朝臣通具、大蔵卿藤原朝臣有家、左近衛権中将藤原朝臣定家、前上総介藤原朝臣家隆、左近衛権少将藤原朝臣雅経等、不択貴賤高下、令摭錦句玉章。神明之詞、仏陀之作、為表希夷、雑而同隷。始於曩昔、迄于当時、彼此総編、各俾呈進。毎至玄圃花芳之朝、璅砌風涼之夕、斟難波津之遺流、尋浅香山之芳躅、或吟或詠、抜犀象之牙角、無党無偏、採翡翠之羽毛。裁成而得二千首、類聚而為二十巻。名曰新古今和歌集矣。時令節物之篇、属四序而星羅、衆作雑詠之什、並群品而雲布。綜緝之致、蓋云備矣。伏惟、来自代邸、而践天子之位、謝於漢宮、而追汾陽之蹤。今上陛下之厳親也、雖無隟帝道之諮詢、日域朝廷之本主也、争不賞我国之習俗。方今荃宰合体、華夷詠仁。風化之楽万春、春日野之草悉靡、月宴之契千秋、秋津洲之塵惟静。誠膺無為有截之時、可顕染毫操牋之志。故撰斯一集、永欲伝百王。彼上古之万葉集者、蓋是和歌之源也。編次之起、因准之儀、星序惟邈、煙霄難披。延喜有古今集、四人含綸命而成之。天暦有後撰集、五人奉絲言而成之。其後有拾遺、後拾遺、金葉、詞花、千載等集。雖出於　聖王数代之勅、殊恨為撰者一身之最。因茲訪延喜天暦二朝之遺美、定法河歩虚五輩之英豪、排神仙之居、展刊修之席而已。斯集之為体也、先抽万葉集之中、更拾七代集之外。深索而微長無遺、広求而片善必挙。但雖張網於山野、微禽自逃、雖連筌於江湖、小鮮偸漏。誠当視聴之不達、定有篇章之猶遺。今只随採得、且所勒終也。抑於古今者不載当代之御製。自後撰而初加其時之天章。各考一部、不満十篇。而今所入之自詠、已余三十首。六義若相兼、一両雖可足、依無風骨之絶妙、還有露詞之多加。偏以耽道之思、不顧多情之眼。凡厥取捨者、嘉尚之余、特運冲襟。伏羲基皇徳而四十万年、異域自雖観　聖造之書史焉、神武開帝功而八十二代、当朝未聴　叡策之撰集矣。定知、天下之都人士女、謳歌斯道之遇逢矣。不独記仙洞無何之郷、有嘲風哢月之興、亦欲呈皇家元久之歳、有温故知新之心。修撰之趣、不在茲乎。聖暦乙丑王春三月云爾。

＊仮名序は、時に摂政太政大臣であった藤原良経が、真名序と同じく後鳥羽上皇の立場で執筆した。元久二年三月二十六日の新古今和歌集竟宴《きょうえん》には間に合わず、その直後の二十九日ごろ書き終えられた。すでに真名序が出来上がっていたので、その叙述を受けて、これを和らげたような部分も少なくないが、本集中の作品を引きながらその内容を述べたくだりなどは真名序にはなく、『古今集』仮名序に倣《なら》ったものと考えられる。これ以外にも『古今集』仮名序の影響は著しく認められる。しかし、華麗な対句が多い点などには、漢詩文にも練達していた良経の面目躍如たるものがある。けれども、歌論としての意味は和歌の本質を論じた『古今集』仮名序に及ばないであろう。

後鳥羽院は隠岐《おき》本『新古今和歌集』跋《ばつ》において「摂政太政大臣に勅して仮名の序を奉らしめたり。すなはちこの集の詮《せん》とす」と記し、この仮名序を高く評価していたと知られる。また、俊成卿女《しゅんぜいきょうのむすめ》も『越部禅尼《こしべのぜんに》消息』において、「京極殿仮名序など、心詞あまりに及びがたく候」と絶讃している。

やまと歌は《和歌というものは》、むかしあめつちひらけはじめて《天地が分れてこの世界が始まって》、人のしわざ《人間の営みが》いまださだまらざりし時、[一]蘆原中国《あしはらなかつくに》の言《こと》の葉として、[二]稲田《いなだ》姫《ひめ》素《す》鵞《が》の里よりぞつたはれりける。しかありしより《それ以来》このかた、その道さかりにおこり《和歌の道は盛んになり》、その流れいまにたゆることなくして《その伝統は今に至るまで》、[三]色にふけり《風流な行為に熱中し》、心をのぶるなかだちとし《自身の心情を表現する手段とし》、[四]代をさめ《国を治め》、民をやはらぐる道とせり《人々の心をなごませる方法としてきた》。

かかりければ《こういうわけで》、代々《よよ》のみかどもこれをすてたまはず、えらびおかれたる集ども《撰んで後代に遺された勅撰集の数々も》、家々のもてあそびものとして《人々の家で大切にされているので》、言葉の花のこれる《美しい詞が残っている》[五]木《こ》の本《もと》かたく《めったになく》、[六]思ひの露もれたる草がくれもあるべからず《深い思いを述べた歌が草に隠れるように撰集に洩れているはずもない》。

しかはあれども《そうはいうものの》、[七]伊勢の海きよきなぎさの玉は、ひろふともつくることなく、[八]泉の杣《そま》しげき宮木は、ひくともたゆべからず《伐り出しても絶えるわけはない》。ものみなかくのごとし《物事はすべてこのようなものである》。歌の道またおなじかるべし《〔も〕同じであろう》。

これによりて、[九]右衛門督《ゑもんのかみ》源《みなもとの》朝臣《あそん》通具《みちとも》、大蔵卿《おほくらきやう》藤原《ふぢはらの》朝臣有家《ありいへ》、

和歌の起源と効用

一 日本国の古称。神話の世界では「高天原《たかまがはら》」「黄泉《よみ》の国」に対する、地上の、現実の人間の国の意。

二 素戔嗚尊《すさのおのみこと》が稲田姫を素鵞の里（九頁注五参照）で妃とした時の神詠から伝わっている。「稲田姫」は、奇《くし》稲田《なだ》姫《ひめ》（櫛《くし》名田《なだ》比売《ひめ》）ともいい、出雲《いずも》神話に登場する。脚摩乳《あしなずち》（足名椎）を父、手《て》摩乳《なずち》（手名椎）を母として生れ、素戔嗚尊（須佐之男命）の妃となる。

三 恋愛その他心情を吐露する手段としての和歌の機能をいう。

四 和歌の政教的効用をいう。

勅撰集撰進の意義

五 「言葉」を「花」に譬《たと》えたので、その縁で「木の本」と言った。

六 「思ひ」を「露」に譬えたので、「もれ」「草」と言った。

七 「伊勢の海の　清き渚《なぎさ》に　潮がひに　なのりそや摘まむ　貝や拾はむや　玉や拾はむや」（催馬楽《さいばら》「伊勢の海」）を引く。「玉」は秀歌の比喩《ひゆ》。

八 「宮木引く泉の杣に立つ民のやすむ時なく恋ひわたるかも」（『万葉集』二六四五、作者未詳）を引く。「泉の杣」は山城国《やましろの》の歌枕《うたまくら》。「宮木」は宮殿を建造するための材木。ここでは秀歌の比喩。

本集編纂《へんさん》の大綱

九 以下、五人の撰者を列挙する。→作者略伝。

左近中将《さこんのちゆうじやう》藤原朝臣定家《さだいへ》、前上総介《さきのかづさのすけ》藤原朝臣家隆《いへたか》、左近少将藤原朝臣雅経《まさつね》等におほせて、むかしいま時をわかず（時代の区別なく）、たかきいやしき人を（〔作者の身分の〕高下を問題にしないで）きらはず、[一]目に見えぬ神仏の言の葉も、[二]うばたまの夢につたへたる（夢の中で伝え聞いた歌まで）ことまで、ひろくもとめ、あまねくあつめしむ（余す所なく集めさせた）。おのおのえらびたてまつれる（撰者の各自が撰進した歌は）ところ、[三]夏引きの糸のひとすぢならず（一つの傾向ではなく）、[四]夕《ゆふべ》の雲のおもひさだめがたきゆゑに（夕雲が立ち迷うように判断に迷うことがあるので）、[五]みどりのほら（仙洞御所）花かうばしきあした、たまのみぎり（内裏の美しい庭に）風すずしきゆふべ、[六]難波津《なにはづ》の流れをくみてすみにごれるをさだめ（歌のよしあしを決め）、[七]安積山《あさか》のあとをたづねて、ふかきあさきをわかてり（心の深浅によってより分けた）。

万葉集にいれる歌は（入集している歌は）、これをのぞかず（除外しない）。[八]古今よりこのかた、七代の集にいれる歌をば、これをのするとなし（書き載せることはしない）。ただし、[九]言葉の園（歌壇）にあそび、[一〇]筆の海をくみても（幾度染筆しても）、[一一]空とぶ鳥のあみをもれ（網から洩れ）、[一二]水にすむ魚のつりをのがれたるたぐひ（釣針を逃れるように秀歌を拾い遺す例）、むかしもなきにあらざれば、いまもまたしらざるところなり（ないかどうか断言できない）。すべてあつめたる歌、ふたちぢ（二千首）はたまき（二十巻）、名

一 神仏の詠《よ》んだ託宣、示現の歌。「目に見えぬ鬼神をもあはれと思はせ」（『古今集』仮名序）を踏まえる。

二 夢想の歌。「うばたまの」は「夢」に掛る枕詞《まくらことば》。

三 「夏引きの」は「糸」に掛る枕詞。「夏引きの糸の」で「ひとすぢならず」の序のように用いた。

四 夕雲が乱れて見えることから、「夕の雲の」は「おもひさだめがたき」の序のように用いた。

五 仙人などの住む蔦《つた》かずらのからまった洞《ほら》の意の、「蘿《ら》洞《とう》」（『和漢朗詠集』仙家《せんか》の詩句に見える）を和らげた表現か。次行の「たまのみぎり」と対をなす。

六 一〇頁注六参照。『古今集』仮名序に「難波津の歌は御門《みかど》のおほむはじめなり」ということから、和歌の源流をここに求めた。「くみ」「すみ」「にごれる」は「難波津の流れ」の縁語。

七 一〇頁注七参照。ここも『古今集』仮名序の「安積山の言葉は、采女《うねめ》のたはぶれよりよみて、この二歌《ふたうた》は歌の父母《ちちはは》のやうにてぞ、手習ふ人のはじめにもしける」を踏まえて記す。「ふかき」「あさき」は、引歌中の「山の井」の縁語。

八 『古今集』以下の各集。一一頁注二六〜二八参照。

九 文壇を意味する「文苑」を和らげて言ったか。

一〇 「筆海」を和らげた語。

一一 「言葉の園」の縁で言う。

一二 「筆の海」の縁で言い、「空とぶ鳥」と対をなす。

一三 以下、『新古今集』の各部立《ぶだて》の中から作品を引いて、集全体を概観する。ここは「ゆかむ人来《こ》む人しの

づけて新古今和歌集といふ。

一三春がすみたつたの山にはつ花をしのぶより、夏はつま一四ごひする神なびのほととぎす、秋は風一五にちるかづらきのもみぢ、冬はしろた一六への富士のたかねに雪つもる年の暮まで、みなをりにふれたるなさけなるべし。しかのみならず、たかき一七屋にとほきをのぞみて民の時をしり、す一八ゑの露もとのしづくによそへて人の世をさとり、たまぼ一九この道のべにわかれをしたひ、あま二〇ざかるひなのながぢに都をおもひ、たか二一まの山の雲居のよそなる人をこひ、なが二二らの橋の波にくちぬる名ををしみても、心うちにうごき、ことほかにあらはれずといふことなし。いはむや、住二三吉の神はかたそぎの言の葉をのこし、伝二四教大師はわがたつ杣の思ひをのべたまへり。かくのごときしらぬむかしの人の心をもあらはし、ゆきてみぬさかひのほかのことをもしるは、ただこの道ならし。

そもそも、むかしは五《いつ》二五たびゆづりし跡をたづねて、あまつひつぎ

一三 春霞の立つ龍田の山　賞美する春の心から　四季折々に触発された感情の表現であろう　それだけにとどまらず　庶民の生活状態を知り　たとえて　人生の無常　旅路のほとりで親しい人との離別　二〇 遠く都から離れた田舎からの長途の旅に都をなつかしみ　二一 高間山の雲のように手にとどかない恋人　朽ちてしまった名声を惜しむにつけ　感動が心中に湧き　外に言葉となって表現されないではすまない　ましてや　鎮護国家の道場を建立する時の抱負を述べたもうた　直接には知らない古人の思想や感情をも明らかにし　行って見たこともない遠い土地のことをも知ることができるのは　もっぱら歌道の徳であるようだ　「余は」　先例を襲って　日本国の天皇

本集の内容の例示と歌道の讃美

べ春がすみ立田の山の初さくらばな」（春上、八五、大《おお》伴家持《とものやかもち》）を引く。

一四「おのが妻……」（夏、一九四、読人しらず、実は後鳥羽《ごとば》院の作）を引く。ただし、執筆時点においては、「旅寝して妻恋ひすらしほととぎす神南備《かみなび》山にさ夜ふけて鳴く」の古歌を引いた行文。

一五「飛鳥《あすか》川……」（秋下、五四一、柿本人麻呂《かきのもとのひとまろ》）を引く。

一六「田子の浦に……」（冬、六七五、山辺赤人《やまべのあかひと》）を引く。

一七「高き屋《や》に……」（賀、七〇七、仁徳天皇）を引く。

一八「末の露……」（哀傷、七五七、遍昭《へんじょう》）を引く。

一九「玉ぼこの……」（離別、八五七、紀貫之《きのつらゆき》）を引く。

二〇「天ざかる……」（羇旅《きりょ》、八九九、柿本人麻呂）を引く。

二一「よそにのみ見てややみなむ葛城《かつらき》や高間《たかま》の山のみねのしら雲」（恋一、九九〇、読人しらず）を引く。

二二「年ふれば朽ちこそまされ橋柱昔ながらの名だに変らで」（雑中、一五九二、壬生忠岑《みぶのただみね》）を引く。

二三「夜や寒き衣《ころも》やうすきかたそぎのゆきあひのまより霜やおくらむ」（神祇《じんぎ》、一八五五、住吉明神の神詠）を引く。

二四「阿耨多羅三藐三菩提《あのくたらさんみゃくさんぼだい》の仏たちわが立つ杣《そま》に冥加《みょうが》あらせたまへ」（釈教、一九二二、伝教大師）を引く。

二五 漢の文帝やわが国の継体天皇が五度辞退したのちに即位した先例。『漢書』文帝紀、『日本書紀』継体記に見える。

本集編纂の由来と抱負

の位にそなはり、いまはやすみしる名をのがれて、はこやの山にすみかをしめたりといへども、すべらぎはおこたる道をまもり、星の位はまつりごとをたすけしちぎりをわすれずして、あめのしたしげきことわざ、雲の上のいにしへにもかはらざりければ、よろづの民かすが野の草のなびかぬかたなく、よもの海あきつしまの月しづかにすみて、わかのうらの跡をたづね、しきしまの道をもてあそびつつ、この集をえらびて、ながき代につたへむとなり。

かの万葉集は歌のみなもとなり。時うつりことへだたりて、いまの人しることかたし。延喜のひじりの御代には、四人に勅《みことのり》して古今集をえらばしめ、天暦のかしこきみかどは、五人におほせて後撰集をあつめしめたまへり。そののち、拾遺、後拾遺、金葉、詞花、千載等の集は、みな一人これをうけたまはれるゆゑに、ききもらし、見およばざるところもあるべし。よりて古今、後撰の跡をあらためず、五人のともがらをさだめて、しるしたてまつらしむるなり。そ

位につき 一 天皇という名 二 仙洞御所に住む上皇の地位にあるとはいうものの 土御門天皇は 三 帝道を守り 四 枢要の臣は余の政治を輔佐していたという因縁を忘れないので〔余を仰ぐから〕天下の政治に多忙であることは 即位していた昔に変らないので 五 〔大和の〕春日野の草のように従わないことはなく 四海に 六 日本国の徳化はゆきわたって平和であり 七 和歌の世界の先例を調べ 八 和歌の道を楽しみながら 後代に長く伝えようとするのである

〔しかし〕 九 時代は移り事柄も隔たって〔どんな事情で撰ばれたか〕今の人にはよくわからない 醍醐天皇の 一〇 村上天皇は 梨壺の五人に命じて 勅撰集の撰進を拝命したために〔選歌に際して秀歌を〕〔また〕見ることができなかった場合もあるであろう 先例を踏襲して 撰者達を決めて 選歌を撰進させるという方針を採ったのである

勅撰集の沿革と複数撰者の意味

一 「やすみしる」は「八隅しる」の意で、帝王の異名とされる。『万葉集』などに見える「八隅知之《やすみしし》」(「わが大君」の枕詞)を、中世においてはこう訓読した。

二 仙人の住むという想像上の山。『荘子』「逍遙遊《しょうようゆう》」に見える。ここでは上皇の住む仙洞《せんとう》御所の比喩《ひゆ》。

三 「おこたる道」は「怠る道」で、帝王としての道。無為にして化すのをよしとする老荘思想に基づき、帝王は自身手を下さないのでこう言ったか。

四 群臣、とくに大臣の異称。上の「あまつひつぎ」、下の「あめのした」「雲の上」と縁語になる。

五 「なびかぬかたなく」の序のように用いている。

六 日本国の異称。国土が蜻蛉《あきつ》(とんぼの古名)に似ていることによる称。「かすが野」と対になる。

七 紀伊国《きの》の歌枕。歌壇の比喩。

八 元来は大和国《やまと》の歌枕。

九 「時移事去」(『長恨歌伝《ちょうごんかでん》』)、「たとひ時移り事さり」(『古今集』仮名序)などを受ける。

一〇 以下三行、一一頁注二六〜二八参照。

一一 「跡」を起す序。鳥の足跡は文字に譬《たと》えられるので、上の「文の道」の縁語。

一二 唐の玄宗の『御註孝経《ごちゅう》』、宗の仁宗の『太平御覧《ぎょらん》』などを念頭に置くか。

一三 呉竹(淡竹《はちく》)は節《よ》があることから、「呉竹の」は「代々に」に掛る枕詞。

一四 たとえば、『後撰集』の村上天皇の詠は二首、『後拾遺集』の白河天皇の詠は七首、『金葉集』の白河法

皇の詠は五首、『詞花集』の崇徳《すとく》上皇の詠は四首、『千載集』の後白河法皇の詠は七首である。

一五 序文は後鳥羽上皇の立場で書かれているから、上皇の歌を謙遜して、美しくないイメージの「もりのくち葉」によそえ、「かずつもり」の序のように続けた。

一六 水際《みぎわ》に寄せる藻屑《もくず》を掻《か》き捨てるように書き捨てることもなく、そのまま残ってしまったことは。「みぎはの藻くづ」は後鳥羽上皇自身の歌の謙称で、「かき捨て」の序のように続けた。「か(掻)き」は「藻くづ」の縁語で、「書き」を響かせる。

下命者の自詠について

一七 土御門《つちみかど》天皇の御代。西暦一二〇五年。

一八 新古今集竟宴《きようえん》が行われた日。

一九 現在を軽視し、古代を尊重する態度。『文選《もんぜん》』「東《とう》京賦《けいのふ》」に見える句に基づく表現。

二〇「いそのかみ」(石上)は、大和国布留《ふる》の地名であることから、「ふるき」に掛る枕詞。

二一 大和国の歌枕で、和歌の道のこと。片岡山の飢人《うえびと》実は化人《けにん》が聖徳太子に献じたという伝承を持つ「いかるがや富の小川の絶えばこそわが大君の御名を忘れめ」(『拾遺集』哀傷。原歌は『上宮聖徳法王帝説』その他)を引歌として、「たえせぬ」の序のように続けた。これを引いたのは、『古今集』真名序の「至《リテハ》レ如《キ》下難波津之什《じふ》献《ジ》二天皇《ニ》一、富緒川之篇報《ゼシガ》中太子《ニ》上、或《ハ》事関《あづかり》二神異《ニ》一、或《ハ》興《おもむき》入《ル》二幽玄《ニ》一」に拠る。「流れ」「くみ」「みなもと」は「富緒川」の縁語。

謙辞と自負

のうへ、みづからさだめ（帝王自身が作品を撰定し）、てづからみがけることは（親しく手を下して精撰したことは）、とほくもろこし（中国の）の文《ふみ》の道をたづぬれば（文学の歴史を調べてみると）、一二はま千鳥跡ありといへども、わが国やまと（和歌と）言の葉のはじまりてのち（いうものが始まって以来）、一三呉竹《くれたけ》の代々《よよ》に、かかるためしなむなかりける（このような例はなかったのである）。

このうち、みづからの歌をのせたること（撰集を命じた帝王自身の歌を書き載せたこと）、一四ふるきたぐひはあれど（過去の勅撰集に例はあるが）、〔それも〕十首にはすぎざるべし。しかるを、いまかれこれえらべるところ（あれやこれや自選した作品は）、三十首にあまれり。これみな、人の目たつべき色もなく（他人が着目するような美点）、心とどむべきふしもありがたきゆゑに（長所もほとんどないために）、かへりていづれとわきがたければ（かえってどれが特によいか区別しにくいので）、一五もりのくち葉〔のように〕かずつもり、一六みぎはの藻《も》くづかき捨てずなりぬることは、道にふける思ひふかくして（歌の道に深く耽溺しているために）、のちのあざけりをかへりみざるなるべし（後代の人々の嘲りを顧る余裕がないのであろう）。

時に、一七元久《げんきう》二年一八三月二十六日なむしるしをはりぬる。

一九目をいやしみ、耳をたふとぶるあまり（目に見える現代を軽蔑し　耳で聞く古代を尊ぶあまり）、二〇いそのかみふるき跡をはづ（昔の例に対して恥ず）といへども（かしくは思うものの）、流れをくみてみなもとをたづぬるゆゑに（和歌の伝統に沿ってその源流を探し求めたので）、二一富緒川《とみのをがは》の一たえせぬ道をおこしつれば、二露霜はあらたまるとも、三松ふく風のちりうせず、四春秋はめぐるとも、五空ゆく月のくもりなくして、この時にあへらむものはこれをよろこび、この道をあふがむものはいまをしのばざらめかも。

一 絶えることのない歌道を復興したので　二 今後幾星霜を経るとも　三 この集は散逸することはなく　四 幾年月は過ぎるとも　和歌復興の現代に遇うであろう者は　〔後代〕歌の道を仰ぐ者は　〔和歌隆盛の〕現在を偲ばないことがあろうか

一 「たえ」も「富緒川」の縁語。
二 仮名序の執筆者である良経《よしつね》の「濡《ぬ》れてほす玉串《たまぐし》の葉の露霜に天《あま》照る光幾代《いくよ》へぬらむ」（賀、七三七）などを暗に踏まえるか。
三 「松ふく風の」は「ちりうせず」の序のように続けた。
四 上の「露霜はあらたまるとも」と対になる。「めぐる」は下の「月」の縁語。
五 「空ゆく月の」は「くもりなく」の序のように続けた。

新古今和歌集　巻第一

春歌上

春立つ心をよみ侍《はべ》りける　　摂政太政大臣《せつしやうだいじやうだいじん》

1 み吉野は　山もかすみて　白雪の　ふりにし里に　春はきにけり

春のはじめの歌　　太《だい》上《じやう》天《てん》皇《わう》

2 ほのぼのと　春こそ空に　来にけらし　天《あま》の香《か》具《ぐ》山《やま》　霞《かすみ》たなびく

＊一から九までは立春・早春の歌。

1　吉野の、里はもとより山も霞《かす》んで、ついこの間まで白雪の降っていた古里にも、春は訪れたよ。

摂政太政大臣（藤原良経《ふじわらのよしつね》）を巻頭作者に選んだ点に当代の和歌に対する自信が、また巻頭歌として古京の立春を歌った作を置いた点に、『新古今集』の古代への関心がうかがわれる。本歌「春立つといふばかりにやみ吉野の山も霞みてけさは見ゆらむ」（『拾遺集』春、壬《み》生忠岑《ぶのただみね》）。「吉野山峯の白雪いつ消えてけさは霞の立ちかはるらむ」（『拾遺集』春、源重之《みなもとのしげゆき》）も参考になる。◇ふりにし里　「降り」と「古り」を掛ける。「古りにし里」は「古里」と同じで、ここでは昔離宮のあった吉野の里を指す。吉野の里は「ふるさとは吉野の山し近ければひとひもみ雪降らぬ日はなし」（『古今集』冬、読人しらず）のように雪が深いとされる。

2　ほんのりと春はまず空にやってきたらしい。天の香具山に霞がたなびいているのを見ると。

前歌同様、古代にゆかりの深い大和《やまと》（今の奈良県）地方の立春。「久方の天の香具山この夕べ霞たなびく春立つらしも」（『万葉集』一八一二、作者未詳）を本歌とするが、良経の「久方の雲居に春の立ちぬれば空にぞ霞む天の香具山《かぐやま》」（『正治初度百首』）に触発されたか。◇空に来にけらし　易《えき》の五行説に基づき、春は東の空からやってくると考えられていた。◇天の香具山　大和三山の一つ。天から降ってきたという古伝説から、「天」の語を冠する。

百首歌《ひやくしゆのうた》たてまつりし時、春の歌　　式子内親王《しよくしないしんわう》

3 山ふかみ　春ともしらぬ　松の戸に　たえだえかかる　雪のたま水

五十首歌たてまつりし時　　宮内卿《くないきやう》

4 かきくらし　なほふる里の　雪のうちに　跡《あと》こそみえね　春はきにけり

一入道前関白太政大臣、右大臣に侍りける時、百首歌よませ侍りけるに、立春の心を　　皇太后宮大夫俊成《くわうたいごうぐうのだいぶとしなり》

5 けふといへば　もろこしまでも　ゆく春を　都にのみと　思ひけるかな

3 深い山の中で、春になったとも気づかない侘住《わび》まいの粗末な松の戸に、とぎれとぎれに落ちかかっているきらきら輝いた玉のような雪解けの水。

正治二年（一二〇〇）に百首歌中の一首として詠《よ》まれた。その時点では、春の訪れへの喜びとともに、長かった孤独の悲しみを秘めて詠まれたと見られる。

◇松の戸　宮女の悲しみを歌った白楽天の新楽府《しんがふ》「陵《りよう》園妾《ゑんのせふ》」の「松門《しようもん》二暁到《リテ》月徘徊《はいくわい》」の句に見える「松門」から作られた歌語。

4 空を曇らして、相変らず冬のように雪の降りしきるこの古京に、人のように足跡は見えないけれども、春は訪れたのですね。

古京のさびしい春を歌う（古京で男の訪れを待つ女の立場を歌ったと見る解もある）。「春《ハ》無《クシテ》レ跡至《ル》、争《いかデカ》尋得《ネン》」（『新撰朗詠集』立春、藤原篤茂《あつもち》）、「年暮れしなごりの雪やをしからむ跡だにつけで春は来にけり」（『正治初度百首』守覚《しゆかく》法親王）などに影響されたか。

◇ふる里　作者は雪深い古京として、吉野あたりを念頭に置くか。

一　藤原兼実《かねざね》。→作者略伝。

5 今日は立春だというので、東からやって来て西の唐土《もろこし》までも行きわたる春を、日本《やまと》のこの都にだけ訪れたものと思っていたよ。

都を中心に捉《とら》えた立春。「遥かなる唐《もろこし》までもゆくものは秋の寝覚めの心なりけり」（『千載集』秋下、大弐三位《だいにのさんみ》）にヒントを得、季節を秋から春に変えた。

題しらず　俊《しゆん》恵《ゑ》法《ほふ》師《し》

6 春といへば　霞《かす》みにけりな　きのふまで　波間にみえし　淡路《あはぢ》島山

西《さい》行《ぎやう》法《ほふ》師《し》

7 岩間《いはま》とぢし　氷もけさは　とけそめて　苔《こけ》のしたみづ　道もとむなり

読人しらず

8 風まぜに　雪は降りつつ　しかすがに　霞たなびき　春は来にけり

9 時はいまは　春になりぬと　み雪降る　遠き山べに　霞た

---

6 今日から春だというので、すっかり霞んでしまったなあ。昨日まで波間に見えていた淡路島も隠れてしまって。

「わたつみのかざしに插《さ》せる白妙《しろたへ》の波もて結へる淡路島山」（『古今集』雑上、読人しらず）、「浪間より見ゆる小島の浜久木久しくなりぬ君に会はずして」（『拾遺集』恋四、読人しらず）のように海上を遠望して、春霞で眺望《ちようぼう》がきかないことに興じた歌。

7 岩間をとざしていた氷も、立春の今朝は解け始めて、苔の下を潜って流れる水が、道筋を捜し求めているようだなあ。水の音が聞えるよ。

谷川の立春の風景を思いやる。氷は立春の日に解けると考えられていた。「東風解《ク》レ凍《ヲ》」（『礼記《らいき》』）。参考「春霞立つや遅きと山川の岩間をくぐる音聞ゆなり」（『後拾遺集』春上、和泉式部《いずみしきぶ》）、「うちなびき春は来にけり山川の岩間の氷今日やとくらむ」（『金葉集』春、藤原顕季《あきすえ》）、「春風に氷のとぢめ許されて岩間の水の心ゆくなり」（『夫木抄《ふぼくしよう》』源仲正）。

8 風まじりに雪が降り、やんだと思うとまた降る。そうはいうものの、そのあいまには霞がたなびき、春はやってきたのだなあ。

天象の定まらない早春を歌う。『万葉集』の原歌（一八三六）では、初句「風まじり」、結句「春さりにけり」。

9 季節はもう春になったというので、雪の降り積る遠い山のあたりにも霞がたなびいているよ。

『万葉集』によれば、中臣武良自《なかとみのむらじ》の作（一四三九）。

なびく

一 堀河院御時《おほんとき》百首歌たてまつりけるに、

残りの雪の心をよみ侍りける　　権中納言国信《ごんちゅうなごんくにざね》

10 春日野《かすがの》の　下《した》もえわたる　草の上に　つれなくみゆる　春のあは雪

題しらず　　山辺赤人《やまべのあかひと》

11 あすからは　若菜つまむと　しめし野に　きのふもけふも　雪は降りつつ

二 天暦《てんりやくの》御時屏風《びやうぶ》歌 三　　壬生忠見《みぶのただみ》

12 春日野の　草はみどりに　なりにけり　若菜つまむと　たれかしめけむ

＊一〇・一一は残雪の歌。

一 堀河天皇（第七三代。→作者略伝）の御代、の意。

10 春日野の、人目にはつかないが一面に萌《も》え出ている草、その上を、そしらぬ様子で覆っている、春の淡雪よ。

雪の下の草と、上の雪との対比、火の「燃え」を連想させる萌える若草と冷たい白雪との対照に、機知的な面白さを求めた。草と雪との間を恋愛関係に見立てる趣向が秘められている。『百人秀歌』に選ばれている。◇春日野　奈良市の春日神社近くの野。

11 明日から若菜を摘もうと標《しるし》をつけた野に、昨日も、そしてまた今日も、雪は降り続いている。

暖かくなったと思うと寒さがぶり返す頃の叙景歌。明日こそは摘もうという期待が春雪によって先へ先へと引き延ばされる状態を、「きのふもけふも」と畳みかけた言い方で表現している。◇若菜つまむ　早春に野草・山菜などを摘むのは、単に食用としてのみならず、若菜の若さによって長寿を願うという呪術《じゆじゆつ》的意味もあって行われた習俗。◇しめし野　自分の領分だという標を付けた野。

＊一一から一五までは若菜の歌。

二 村上天皇（第六二代。→作者略伝）の御代。三 屏風に書き記した、屏風の絵柄を主題とした歌。

12 緑になった春日野の草に標がしてあるのは、いったいだれが若菜を摘もうとしたのだろうか。

四 第七五代、崇徳天皇。→作者略伝。

四 崇徳院《すとくのゐん》に百首歌たてまつりける時、春の歌　　前参議《さきのさんぎ》教長《のりなが》

13 若菜つむ　袖《そで》とぞみゆる　春日野の　飛火《とぶひ》の野べの　雪のむらぎえ

五 延喜御時《えんぎのおほんとき》の屏風に　　紀《きの》貫《つら》之《ゆき》

14 ゆきて見ぬ　人もしのべと　春の野の　かたみにつめる　若菜なりけり

述懐百首歌よみ侍りけるに、若菜　　皇太后宮大夫俊成

15 沢におふる　若菜ならねど　いたづらに　年をつむにも　袖はぬれけり

13 若菜を摘む人の白い袖のようだなあ、春日野の飛火野の野辺の、雪がむら消えしている様は。

雪の白さと若菜の緑が色彩的な対照を示す。残雪の歌とも若菜の歌とも解し得る。本歌「春日野の飛ぶ火の野守出でて見よいまいくかありて若菜摘みてむ」(『古今集』春上、読人しらず)。

◇飛火の野べ　春日野の一部。

五 醍醐《だいご》天皇(第六〇代。→作者略伝)の御代。

14 春の野に行って見ない人も賞美するようにと、その形見として筺《かたみ》に摘んだのですよ、この若菜は。

子《ね》の日に人に贈る若菜の籠《かご》(筺)に添えた歌の心。屏風には子の日の遊びをしている家が描かれてあったか。◇かたみに　記念の意の「形見」に、籠の意の「筺」を掛ける。

15 沢の芹《せり》を摘もうとして水に濡れるのではないが、あたかもそのように、空しく年を積むにつけ、わたしの袖は悲しみの涙で濡れるなあ。

「沢におふる若菜」は芹などを指す。「芹を摘む」というのは貴い女性に恋した老人の努力が空しかったという故事から、徒労に終ることをいう慣用句。若菜摘みからその故事を連想して、出世しないわが身を嘆いた。「若菜」の歌であるが主意は「述懐」(愚痴)にあり、若菜は引き合いに出されているにすぎない。参考「君がため山田の沢にゑぐ摘むと濡れにし袖は今も乾かず」(『後撰集』春上、読人しらず)。

一日吉の社《やしろ》によみてたてまつりける、子《ねの》日《ひ》の歌

16 さざなみや　志賀の浜松　ふりにけり　たが世にひける　子《ね》の日なるらむ

百首歌たてまつりし時　藤原家隆朝臣《ふぢはらのいへたかのあそん》

17 谷川の　うち出づる波も　声たてつ　うぐひすさそへ　春の山風

和歌所《わかどころ》にて、関路ノ鶯《うぐひす》といふことを　太上天皇

18 うぐひすの　鳴けどもいまだ　降る雪に　杉の葉しろき　逢坂《あふさか》の山

堀河院に百首歌たてまつりける時、残

＊一六は子の日（初子《はつね》、正月最初の子の日）の歌。山野に出て松を根曳《ねび》きした。

一　日吉《ひえ》神社。滋賀県大津市坂本にあり、比叡《ひえい》山延暦寺の守護神。俊成・定家の父子は篤く信仰していた。

16　志賀の浜辺の松はもの古りているなあ。これはいったいだれが昔子の日に曳いた小松の成長したものだろうか。

老松を見て感嘆し、昔も行われたであろう子の日の遊びを想像し、歳月の悠久《ゆうきゅう》さを思った歌。

◇さざなみや　「志賀」（琵琶湖《びわこ》の南岸）に掛る枕詞《まくらことば》。

＊一七は谷川の解氷を歌う。

17　谷川の、解けはじめた氷の隙間から勢いよく流れ出てくる波、それも声を立てたのだから、鶯をさそい出してくれ、春の山風よ。

「山（異本・谷）風にとくる氷の隙《ひま》ごとにうち出づる波や春の初花」（『古今集』春上、源当純《まさずみ》）、「花の香を風のたよりにたぐへてぞ鶯さそふしるべにはやる」（『古今集』春上、紀友則《きのとものり》）の二首を本歌として取り合せた。

＊一八から三までは、再び残雪の歌。

18　鶯は鳴くけれども、まだ降っている雪のために緑の杉の葉も真白な逢坂の山。

「梅が枝《え》に来ゐる鶯春かけて鳴けどもいまだ雪は降りつつ」（『古今集』春上、読人しらず）を本歌とするが、「鶯は鳴けどもいまだふるさとの雪の下草春をやは知る」（『御室《おむろ》五十首』藤原定家）にも影響されたか。いち早く鳴く鶯の音色、春雪の白さと杉の緑とが映発す

りの雪の心をよみ侍りける　藤原仲実朝臣《ふぢはらのなかざねのあそん》

19 春きては　花ともみよと　片岡の　松のうは葉に　あは雪
ぞ降る

題しらず　中納言《ちゆうなごん》家持《やかもち》

20 巻向《まきもく》の　檜原《ひはら》もいまだ　くもらねば　小松が原に　あは雪
ぞ降る

読人しらず

21 いまさらに　雪降らめやも　かげろふの　もゆる春日《はるひ》と
なりにしものを

凡河内躬恒《おほしかふちのみつね》

22 いづれをか　花とはわかむ　ふるさとの　春日《かすが》の原に　ま

る色彩など、感覚的な歌。

◇逢坂の山　山城《やましろ》（今の京都府東南部）と近江《おうみ》（滋賀県）との境の山。関所があったので、「関路鶯」という題に叶《かな》う。多く杉が取り合される。

19　春が来たからには、花と見よといわぬばかりに、片岡の松の上葉に淡雪が降るよ。

松の緑と春雪の白との対照。雪を花に見立てた歌。「春立てば花とや見らむ白雪のかかれる枝に鶯の鳴く」（『古今集』春上、素性《そせい》）などに通うものがある。言外に本当の花を待つ心が籠《こ》められている。

20　巻向の檜《ひのき》の林もまだ曇らないのに、小松原のあたりには淡雪が降っている。

原歌は『万葉集』の冬雑歌二三一四。それを春歌と見なしたのは「あは雪」を春のものと考えたためである。

◇巻向の檜原　大和国《やまとの》巻向（桜井市三輪）の檜の林。

21　いまさら雪が降るだろうか。もう陽炎《かげろう》の燃える春の日となったというのに。

かげろうの立ついかにも春らしい日の後に雪がちらつきそうな気配の日があったので、もう雪は降ってほしくないという気持。原歌は『万葉集』一八三五。

22　いったいどちらを花と見分けようか。古京の地春日野の原にまだ消え残っている雪、そしてその中で咲き初めた白梅を。

雪中梅（白梅）を詠んだ歌。『躬恒集』によれば屏風《びょうぶ》歌。躬恒には「いづれをか分きて折らまし梅の花枝もたわわに降れる白雪」（『躬恒集』）もある。

＊二三・二四は余寒の歌。

23　空は今もなおすっかり霞むことはなく、風はつめたくて、雪もよいのために曇る春の夜の月。

春寒料峭《りょうしょう》の候の歌。「霞みもやらず風さえて」という天候で、しかも月が「雪げにくもる」という、一見矛盾した状態を捉えた。五五を念頭に置いた作。

24　深山なので、春の月とはいうものの、やはりその光は寒々としています。空は曇り、時々雪をもよおして。

月が出ているにもかかわらず、雪のちらつく早春の山里の風景。春月の歌として詠まれたが、ここに置かれることによって余寒の歌としても読むことができる。

＊二五から二七までは水辺の早春を歌う。

一　詩歌合のこと。『元久詩歌合』を指す。

25　三島江の、霜もまだ乾いていない蘆の枯れ葉に、若芽が角ぐむ程度の春風が吹いているよ。

春浅い水郷の風景。題は大きいが、蘆の枯れ葉の動きによって微かな春風を捉える視線の働かせ方は細かい。「三島江に角ぐみわたる蘆の根のひとよのほどに春めきにける」（『後拾遺集』春上、曾禰好忠《そねのよしただ》）を本歌とするが、四九一の「村雨《むらさめ》の……」にもヒントを得たか。

◇三島江　摂津国の歌枕《うたまくら》。大阪府高槻《たかつき》市の淀《よど》川沿い。

◇つのぐむ　角のように小さな筍《たけのこ》形の若芽を出すこと。

26　夕月の出とともに潮が満ちてくるらしい。難波江の蘆の若葉に白波が越えている。

だ消えぬ雪

家の百首歌合《うたあはせ》に、余寒の心を　　摂政太政大臣

23
空はなほ　霞《かす》みもやらず　風さえて　雪げにくもる　春の夜の月

和歌所にて、春山ノ月といふ心をよめる　　越前《ゑちぜん》

24
山ふかみ　なほかげ寒し　春の月　空かきくもり　雪はふりつつ

詩[一]を作らせて歌に合はせ侍りしに、水郷《すいきやう》ノ春望といふことを　　左衛門督通光《さゑもんのかみみちてる》

25
三島江《みしまえ》や　霜もまだひぬ　蘆《あし》の葉に　つのぐむほどの　春風ぞ吹く

上句で巨視的に景を捉え、下句でその一部に焦点を合わせ、微視的に視角を絞っていった歌い方。月の出入と潮汐《ちようせき》の干満との関係がさりげなく歌われている。「難波潟《なにはがた》潮満ちくらし雨衣田蓑《たみの》の島にたづ鳴き渡る」(『古今集』雑上、読人しらず)、「花ならで折らまほしきは難波江の蘆の若葉に降れる白雪」(『後拾遺集』春上、藤原範永《のりなが》)などの影響がある。

◇夕月夜　夕月。◇難波江　摂津国の歌枕。大阪湾。

27　今まで降り積っていた高嶺の雪が解けたのだな。清滝川が水かさを増して白波を立てている有様を見ると。

「清滝の瀬々の白糸くりためて山分け衣《ごろも》おりて着ましを」(『古今集』雑上、神退《しんたい》)、「消えはてぬ雪かとぞ見る谷川の岩間を分ける水の白波」(『赤染衛門《あかぞめえもん》集』)、「降りつみし雪は見えねど吉野山滝の音にぞ春は知りける」(永承六年正月八日『六条斎院歌合』左衛門)などにヒントを得た。

◇清滝川　大堰《おおい》川の上流保津川に注ぐ清流。

＊ 二六は春雪の歌。

28　梅の枝にいやになってしまうほどに散る雪を、花などといってやるまい。春の評判を落すことになるから。

春になったのに冬への逆行を思わせる雪を嫌うあまりに、雪を白梅と見立てる和歌的常識の逆をいった歌。雪に反撥《はんぱつ》しているような詠みぶりがユーモラス。

◇名だて　悪い評判を立てること。

藤《ふぢ》原《はらの》秀《ひで》能《よし》

26 夕月夜《ゆふづくよ》　しほ満ち来《く》らし　難波江《なにはえ》の　蘆の若葉に　こゆる白波

春の歌とて　　西行法師

27 降りつみし　高嶺《たかね》のみ雪　とけにけり　清滝川《きよたきがは》の　みづの白波

源《みなもとの》重《しげ》之《ゆき》

28 梅が枝《え》に　ものうきほどに　散る雪を　花ともいはじ　春の名だての

山辺赤人

29 あづさ弓　はる山ちかく　家ゐして　たえず聞きつる　うぐひすの声

読人しらず

30 梅が枝《え》に　鳴きてうつろふ　うぐひすの　羽根しろたへに　あは雪ぞ降る

百首歌たてまつりし時

惟《これ》明《あきら》親《しん》王《わう》

31 うぐひすの　涙のつらら　うちとけて　古巣ながらや　春をしるらむ

題しらず

志《し》貴《きの》皇《み》子《こ》

32 岩そそく　たるみの上の　さわらびの　もえ出づる春に　なりにけるかな

＊ 二九から三二までは鶯《うぐいす》の歌。

29 春の山の麓《ふもと》近くに住んでいるから、絶え間なく聞いたよ、美しい鶯の声を。

山住みをしていることの楽しみを歌う。『万葉集』の原歌（一八二九）は第三・四句「家をらば継ぎて聞くらむ」。類歌に「野べ近く家居しせれば鶯の鳴くなる声は朝な朝な聞く」（『古今集』春上、読人しらず）がある。◇あづさ弓　弓は張るから同音の「春」に掛る枕詞。

30 梅の枝に鳴きながら飛び移ってゆく鶯の羽も真白になるほど、春の淡雪が降るよ。

梅が枝を飛び移る鶯、霏々《ひひ》と降る春雪、いずれも動きのある自然を捉えた。鶯色に白という色彩感も豊か。

31 冬の間凍っていた涙も解けて、鶯は古巣にいながら春の訪れを知るのだろうか。

本歌「雪のうちに春は来にけり鶯のこほれる涙今やとくらむ」（『古今集』春上、二条后《にじようのきさき》）は鶯を擬人化し、その鳴くことから涙を、さらに立春とともに凍りついていた涙が解けるものと想像した。その本歌に添ってさびしい境遇のうちにも訪れた春を歌った。鶯に自身を投影しているか。◇つらら　ここでは氷。

＊ 三二は早蕨《さわらび》の歌。

32 岩に激して砕ける滝のほとりのさわらびの萌《も》え出る春、物みながいきいきとした力に満ち溢《あふ》れる春になったのだなあ。

◇そそく　古くは清音。◇たるみ　「たるひ」とする本文もある。その場合はつらら（垂氷）で、三との連想が密になる。しかし原歌では「垂見」で、滝の意。

＊三から四〇までは霞の歌。

33　天空高く立ち昇る富士山の煙が、春らしい紅の霞となって、たなびいている曙《あけぼの》の空よ。

富士山は当時間歇《かんけつ》的に噴煙を上げていた。西行が自負していた歌「風になびく富士の煙の空に消えてゆくへも知らぬわが思ひかな」（一六一三）の影響が認められる。◇春の色　春らしい様子。

34　朝霞が深く見えるのは、水煙が立つ室の八島のあたりなのであろうか。

朝霞の歌。霞を一様なものと見ず、そこに濃淡を認め、室の八島の特異な現象を詠み入れたのが作意。「けぶりかと室の八島を見しほどにやがても空の霞みぬるかな」（『千載集』春上、源俊頼《としより》）に負う所があるか。◇室の八島　下野《しもつけの》国の歌枕。栃木市の大神《おおみわ》神社の付近。時々水煙が立つという。

35　奈呉《なご》の海の霞の間から眺めると、今しも波間に入ろうとする夕日を沖の白波が洗っているように見えるよ。

屏風絵《びようぶ》ふうな味わいのある作。参考「沖つ風吹きにけらしな住吉《すみよし》の松の下枝《しづえ》を洗ふ白波」（『後拾遺集』雑四、源経信《つねのぶ》）、「なごの海の汐路《しほぢ》遥かに眺むれば雲立ちまじる沖つ白波」（『広田社歌合』藤原懐能《ちかよし》）。◇なごの海　摂津・越中・丹後、その他諸国に多い地名。ここでは摂津国の歌枕として詠んだか。

百首歌たてまつりし時　　前大僧正慈円《さきのだいそうじやうじゑん》

33　あまの原　富士のけぶりの　春の色の　霞《かすみ》になびく　あけぼのの空

崇徳院に百首歌たてまつりける時　　藤原清輔朝臣《ふぢはらのきよすけのあそん》

34　あさ霞　深くみゆるや　けぶり立つ　室《むろ》の八《や》島《しま》の　わたりなるらむ

晩《くれノ》霞といふことをよめる　　後徳大寺左大臣《ごとくだいじのさだいじん》

35　なごの海の　霞のまより　ながむれば　入る日を洗ふ　沖《おき》つ白波

をのこども詩を作りて歌に合はせ侍り

36　遥かに見渡すとかなたの山の麓《ふもと》は霞み、水無瀬川が流れている。今まで夕べの趣は秋に限るなどと、どうして思っていたのだろう。この春の夕べの風景もすばらしいではないか。

「秋は夕ぐれ」（『枕草子』一段）という伝統的な美意識にあえて異を唱えつつ、夕霞に包まれた春の水郷を眺望した帝王ぶりの歌。

◇水無瀬川　水無瀬離宮の北を流れ、淀《よど》川に注ぐ。

＊亖・兲は春曙の歌乃至《ないし》は曙の時分の横雲の歌。

37　霞が立ちこめている末の松山がほんのりと見え、ほんのり霞んだ波から離れて、横雲の立ち昇ってゆく明け方の空よ。

本歌「君をおきてあだし心をわが持たば末の松山波も越えなむ」（『古今集』東歌《あずまうた》、陸奥《みちのく》歌）。

◇末の松山　陸奥国の歌枕。多賀城市にあったという。

38　春の夜の美しい夢がふっつりととだえ、さながら神女が後朝《きぬぎぬ》の別れを告げるように、峰から別れて横雲の立ち昇ってゆく明け方の空よ。

見はてぬ夢を追う春の曙の情緒を歌う。『源氏物語』「薄雲」での「夢のわたりの浮橋か」という句の引歌（『奥入《おくいり》』に見える）や同物語の最終巻「夢浮橋《ゆめのうきはし》」の世界、「はかなしや夢のわたりの浮橋を頼む心の絶えもはてぬよ」（『狭衣《さごろも》物語』巻四）、「風吹けば峯に別るる白雲のたえてつれなき君が心か」（『古今集』恋二、壬生忠岑）や、『文選《もんぜん》』巻十「高唐賦《こうとうのふ》」などに語る朝雲暮雨の故事（楚《そ》の襄《じよう》王が夢で巫山《ふざん》の神女と契ったとい

36　水郷《すいきやう》ノ春望といふことを　　太上天皇

見わたせば　山もと霞《かす》む　水無瀬川《みなせがは》　ゆふべは秋と　なに思ひけむ

摂政太政大臣家百首歌合に、春ノ曙《あけぼの》といふ心をよみ侍りける　　藤原家隆朝臣

37　かすみたつ　末《すゑ》の松山　ほのぼのと　波にはなるる　横雲の空

守覚法親王《しゆかくほふしんわう》、五十首歌よませ侍りけるに　　藤原定家朝臣《ふぢはらのさだいへのあそん》

38　春の夜の　夢の浮橋　とだえして　峯にわかるる　横雲の空

う話）などを踏まえつつ、三七の歌にも刺激されて詠んだ定家の代表作。

＊三九・四〇は前からの続きで霞の歌だが、同時に梅の歌とも見られる。梅は三九から四四まで続き、「春上」では花（桜）に次ぐ重い扱いである。

一 陰暦二月を梅見月という。例年なら当然梅の咲いているはずの季節である。

39 御存知でしょうか。わたしが霞の立ちこめている空を眺めながら、梅の花も匂わないさびしい春を嘆いていることを。

梅の歌の最初として、まだ咲かぬ梅の歌を置く。

40 大空はさながら梅の芳香に霞んでいて、といって、曇りきってもしまわない春の夜の月よ。

芳香にむせるような感覚的な世界。梅香を視覚化し、「霞み」と「くもりもはてぬ」という矛盾した現象の共存を捉えた点が新しい。本歌は五五の「照りもせず曇りもはてぬ春の夜のおぼろ月夜にしくものぞなき」。『松浦宮物語』にこの歌に共通する情景描写がある。

41 折ることができたよ、紅も鮮やかな梅の花を。今朝、その上に真白に雪は降っているけれども。

雪中梅の歌。参考「雪降れば木ごとに花ぞ咲きにけるいづれを梅と分きて折らまし」（『古今集』冬、紀友則）。ただし、この友則の歌や三の歌と異なり、この梅は紅梅であり、心としては「有《ツテハ》レ色易《シ》レ分《チ》残雪《ノ》底《もと》」（『和漢朗詠集』春、紅梅、兼明《かねあきら》親王）の詩句に通う。

◇にほふ　色が美しく映《は》えている。

[一]二月まで梅の花さき侍らざりける年、
　よみ侍りける　　　中《なか》務《つかさ》

39 しるらめや　霞の空を　ながめつつ　花もにほはぬ　春をなげくと

守覚法親王家五十首歌に　　　藤原定家朝臣

40 おほぞらは　梅のにほひに　霞みつつ　くもりもはてぬ　春の夜の月

題しらず　　　宇治前関白太政大臣《うぢのさきのくわんぱくだいじやうだいじん》

41 折られけり　くれなゐにほふ　梅の花　けさ白妙《しろたへ》に　雪は降れれど

垣根《かきね》の梅をよみ侍りける　　　藤原敦家朝臣《ふぢはらのあつ いへのあそん》

42 あるじをば　たれともわかず　春はただ　垣根《かきね》の梅を　たづねてぞみる

梅花遠薫《クル》といへる心をよみ侍りける　源俊頼朝臣《みなもとのとしよりのあそん》

43 心あらば　とはましものを　梅の花　たが里よりか　にほひ来《き》つらむ

百首歌たてまつりし時　藤原定家朝臣

44 梅の花　にほひをうつす　袖《そで》の上に　軒《のき》もる月の　影ぞあらそふ

藤原家隆朝臣

45 梅が香に　昔をとへば　春の月　こたへぬ影ぞ　袖にうつれる

42 その家の主人がだれであるかを問わず、春はもっぱら垣根の梅を尋ねて眺めるよ。

風流な梅見客の心。「遙《カニ》見《テ》二人家《ヲ》一花《アレバ》便《チ》入《ル》、不レ論《ゼ》貴《ルコトハ》賤《ト》与《ヲ》二親疎一」（『和漢朗詠集』春、花、白楽天）、「至無《シ》二定《レル》家一、尋《ネテ》レ花《ヲ》而不レ問《ハ》レ主《ヲ》」（『新撰朗詠集』春、春興、紀斉名《きのただな》）などの詩句がある。作者は管絃の名手なので、耳馴《な》れていた朗詠の詩句に拠って作歌したか。

◇わかず　区別せず。

43 もしも梅の花に心があるならば聞こうものを、「いったいだれの住む里から匂ってきたのだい」と。

あるいは遠くの里に薫物《たきもの》をたきしめている佳人の移り香がこの梅花ではないのかと、風流な空想を馳《は》せた。

＊四四から四八までは春月に取り合された梅の歌で、『伊勢物語』四段の面影が認められる。

44 古を偲《しの》ぶ涙に濡れた袖に梅が香が移り、その上に軒端から洩《も》れる月の光が競うかのように宿っているよ。

耽美《たんび》的で懐古趣味の著しい歌。「月やあらぬ春や昔の春ならぬわが身ひとつはもとの身にして」（『古今集』恋五、在原業平《ありわらのなりひら》）の歌と『伊勢物語』四段の世界とを背景とする。

◇にほひをうつす　涙で湿った袖に梅が香を移す。

45 梅花の薫りに昔のことを尋ねると、花はもとより春の月も答えないが、その月の光が昔なつかしさに流す涙に濡れた袖に映ったよ。

梅が香に懐旧の情を誘われて、春の月に昔のことを尋ねたとする解もある。下句に感傷の流露する作。

46　この梅が香はいったいだれの袖が触れて移った薫りなのかと、昔と変らない春の月に聞いてみたい。

「色よりも香こそあはれと思ほゆれたが袖ふれし宿の梅ぞも」(『古今集』春上、読人しらず)を本歌とし、「春やむかしの月」という句によって「月やあらぬ……」(四四注参照)の歌と歌語りをかすめ、王朝盛時の才子佳人達の雅《みや》びの世界をなつかしんだ。

47　飽きることのない梅の花の色香も昔のまま……同じように昔の形見として、春の夜の月が出ています。

「よそにのみあはれとぞ見し梅の花あかぬ色香は折りてなりけり」(『古今集』春上、素性)を本歌とするが、祖父俊成の「梅が香も身にしむころは昔にて人こそあらね春の夜の月」(『御《お》室《むろ》五十首』)にも触発されたか。

＊四八から五〇までは梅の散ることがテーマ。

48　久しく見ない人になぞらえて眺めていたこの梅の花が散ってしまったら、そのあとは心を慰めるものがありませんよ。

暗に訪れることを促した歌。『大弐三位集』によればこの歌が大弐三位の作で、本集では贈答関係を取り違えているらしい。参考「わが宿の花見がてらに来る人は散りなむのちぞ恋しかるべき」(『古今集』春上、凡河内躬恒)。

千五百番歌合に　　右衛門督通具《うゑもんのかみみちとも》

46 梅の花　たが袖ふれし　にほひぞと　春やむかしの　月にとはばや

皇太后宮大夫俊成女《くわうたいこうぐうのだいぶとしなりのむすめ》

47 梅の花　あかぬ色香も　むかしにて　おなじ形見《かたみ》の　春の夜の月

梅の花にそへて大弐三位《だいにのさんみ》につかはしける　　権中納言定頼《ごんちゆうなごんさだより》

48 見ぬ人に　よそへてみつる　梅の花　散りなむのちの　なぐさめぞなき

返し　　　　　　大弐《だいにの》三位《さんみ》

49 春ごとに　心をしむる　花の枝《え》に　たがなほざりの　袖《そで》かふれけむ

二月雪落レ衣といふことをよみ侍りける　　　　康資《やすすけ》王母《わうのはは》

50 梅ちらす　風もこえてや　吹きつらむ　かをれる雪の　袖に乱るる

題しらず　　　　西行法師

51 とめ来《こ》かし　梅盛りなる　わが宿を　うときも人は　をりにこそよれ

百首歌たてまつりしに、春の歌　　　　式子内親王

52 ながめつる　けふは昔に　なりぬとも　軒ばの梅は　われ

49　春がめぐって来るたびにそればかり考えてきた大切な梅の枝に、どなたがいいかげんに袖をお触れになって香を移されたのでしょうか。

贈られた梅花の枝の芳香を賞しながら、自分以外の誰かが訪れたのではないかと、相手の誠意を疑った歌。参考「花の枝にいとど心をしむるかな人の咎《とが》めむ香をば包めど」（『源氏物語』梅枝《うめがえ》）。

50　梅を散らす風も、花をかざした頭を越して吹いたのでしょうか。芳しく薫る花片の雪がわたしの袖に乱れ散ります。

「折《ツテ》二梅花《ヲ》一插《さしはさメバ》レ頭《かうべニ》、二月之雪《じげつの》落《ツ》レ衣《ニ》」（『和漢朗詠集』春、子日、尊敬《そんぎよう》）の詩句を題とした。「二月之雪」は梅の散る有様をいう。梅花を下句で「かをれる雪」と言いかえている点が技巧。梅は薫りとともに散りぎわの風情《ふぜい》も愛された。

51　尋ねていらっしゃいよ、梅の花盛りのわたしの家を。ふだん疎遠にしている人も、時候によっては訪れるものですよ。

人恋しい庵《いおり》の主の心の表白。『聞書集《ききがき》』によれば「対《シテ》レ梅待《ツ》レ客《ヲ》」という題詠の歌。「わが宿の梅の立ち枝や見えつらむ思ひのほかに君が来ませる」（『拾遺集』春、平兼盛《かねもり》）の歌により、梅は珍客が立ち寄るきっかけとなると考えられていた。

52　わたしはじっと物思いに沈みながら軒端の梅を見つめている。わたしが死んでこの今日という日が昔のこととなり、人は忘れてしまっても、梅はわ

たしを忘れないでおくれ。

さびしい境遇の中で自然を諦視《ていし》し、自身の死後も流れ続ける時間の裡《うち》に、わずかでも自分がかつて存在したという痕跡《こんせき》をとどめておきたいという内親王の独白。本歌「こち吹かばにほひおこせよ梅の花あるじなしとて春を忘るな」（『拾遺集』雑春、菅原道真《すがわらのみちざね》）。
＊ 五三・五四と落梅の歌を並べ、梅の歌群を終る。
二 源通親《みなもとのみちちか》。撰者の一人通具《みちとも》の父。↓作者略伝。
53 梅の花は散ってしまって、その薫りだけがわたしの袖に残っているのを、まだ咲いていると思ったのだろうか、袖に春風が吹くよ。
「折りつれば袖こそにほへ梅の花ありとやここに鶯《うぐひす》の鳴く」（『古今集』春上、読人しらず）を本歌とし、春風が錯覚したかと変えた。
54 たったひとりじっと物思いにふけりながら見つめているうちに、梅の花は散ってしまいました。この花の情趣を解するほどの人が訪れてほしいという願いも空しく。
「君ならでたれにか見せむ梅の花色をも香をも知る人ぞ知る」（『古今集』春上、紀友則）を本歌とするが、本歌と異なって情趣を解する知人を持たないまま老いてゆくさびしさを嘆いている。
＊ 五五から五七までは春月（朧月《おぼろづき》）の歌。
三 『白氏文集』。白楽天の詩文集。
55 明るく照りもせず、といって曇りきってもしまわない、春の夜のおぼろ月、その風情に勝るも

を忘るな

二 土御《つちみ》門《かど》内大臣家に、梅香留《マル》レ袖《ニ》といふ
ことをよみ侍りける　　藤原有家朝臣《ふぢはらのありいへのあそん》

53 散りぬれば　にほひばかりを　梅の花　ありとや袖《そで》に　春
風の吹く

題しらず　　八条院高倉《はちでうのゐんのたかくら》

54 ひとりのみ　ながめて散りぬ　梅の花　しるばかりなる
人はとひこで

三 文集《もんじふ》嘉陵春夜詩《かりようのしゆんやのし》、二不レ明《あきらカナラ》　不レ暗《くらカラ》　朧《ろう》
朧《ろう》月《タル》といへることをよみ侍りける　　大《おほ》江《えの》千《ち》里《さと》

55 照りもせず　曇りもはてぬ　春の夜の　おぼろ月夜に　し

くものぞなき

一 祐子《いうし》内親王藤壺《ふぢつぼ》に住み侍りけるに、女《によう》房《ばう》・上人《うへびと》など、四 さるべきかぎり物語りして、春秋のあはれ、いづれにか心ひくなど、争ひ侍りけるに、人々おほく秋に心を寄せ侍りければ

菅原孝標女《すがはらのたかすゑのむすめ》

56 あさみどり　花もひとつに　霞《かす》みつつ　おぼろにみゆる　春の夜の月

百首歌たてまつりし時　源《みなもとの》具《とも》親《ちか》

57 難波潟《なにはがた》　霞まぬ波も　かすみけり　うつるも曇る　おぼろ月夜に

のはないよ。

『源氏物語』花宴《はなのえん》の巻で引歌とされることによって、王朝・中世の美意識の展開上重要視される歌。

一 後朱雀《ごすざく》天皇の皇女。二 内裏五舎の一、飛香舎《ひぎようしや》のこと。三 殿上人《てんじようびと》。ここでは源資通《すけみち》を指す。四 物のあわれを解する女房、殿上人が全部。

56 薄青に霞のかかった空に花も一緒に霞んで、おぼろに見える春の夜の月を、わたしはすばらしいと思います。

春秋優劣論の系譜をたどる際に注目される作。『更級《さらしな》日記』の中では数少ない艶《えん》な状況の中で詠まれた歌。『源氏物語』の愛読者であった作者は、花宴の巻に引かれている五五の歌などを愛して、春の朧月《おぼろづき》に惹《ひ》かれると答えたか。参考「浅緑野べの霞は包めどもこぼれてにほふ花桜かな」(『拾遺集』春、菅家万葉集の歌)、「いにしへを恋ふる涙にくらされておぼろに見ゆる秋の夜の月」(『公任集《きんとうしゆう》』)。

◇あさみどり　薄青。空色。浅黄色。春霞の色の形容として用いられることが多い。

57 霞むはずのない難波潟の波までも霞んでいるよ。曇って見えるおぼろ月が映るので。

「霞まぬ波もかすみけり」や「うつるも曇る」(いわゆる制詞。創始者に敬意を表して後人が模倣することを禁じた言葉)などの、自家撞着《どうちやく》と思わせる言葉続きの面白さが狙《ねら》い。

◇難波潟　摂津国の歌枕。大阪湾。

＊五八から六〇までは帰雁の歌。五八には「おぼろ月夜」の語句もあり、直前の春月の歌群との連続性をも有する。

58　今は北国へ帰る時になったというので、別れを惜しんで田の面《も》の雁もわびしく鳴いているよ、おぼろ月の出ている春のあけぼのの空で。

「春くればたのむの雁も今はとて帰る雲路に思ひ立つなり」（『千載集』春上、源俊頼）に触発され、その声から雁が日本の春との別れを悲しんでいると見た。◇たのむの雁　田の面の雁。「み芳野のたのむの雁もひたぶるに君がかたにぞよると鳴くなる」（『伊勢物語』十段）という古歌から出た言い方。

五 藤原頼輔。撰者の一人雅経《まさつね》の祖父。→作者略伝。

59　わたしの方こそ涙がこぼれるよ、雁が春の曙《あけぼの》の空を鳴きながら北国へ帰ってゆく声を聞くと。

五九が雁の心情を忖度《そんたく》した歌であるのに対して、これは雁の鳴き声そのものの情緒よりもそれを聞く人の心に重点を置いたのが作意。帰雁と「聞く人」とを恋人の間柄のように見立てている。本歌「鳴き渡る雁の涙や落ちつらむ物思ふ宿の萩《はぎ》の上の露」（『古今集』秋上、読人しらず）。

60　故郷の北国に帰る雁が夜も更けた空で道に迷っているらしい。悲しそうに鳴いている声が聞えてくるよ。

◇雁がね　本来「雁が音」の意だが、後に雁そのものを指すようになった。◇さよ　夜。「さ」は接頭語。

摂政太政大臣家百首歌合に　寂蓮法師《じやくれんほふし》

58　いまはとて　たのむの雁《かり》も　うちわびぬ　おぼろ月夜の　あけぼのの空

五 刑部卿頼輔《ぎやうぶきやうよりすけ》、歌合し侍りけるに、よみてつかはしける　皇太后宮大夫俊成

59　聞く人ぞ　涙はおつる　帰る雁　鳴きてゆくなる　あけぼのの空

題しらず　読人しらず

60　ふるさとに　帰る雁がね　さよふけて　雲路《くもぢ》にまよふ　声聞ゆなり

帰る雁を　摂政太政大臣

61
忘るなよ　たのむの沢を　立つ雁《かり》も　稲葉の風の　秋の夕暮

百首歌たてまつりし時

62
かへる雁　いまはの心　有明《ありあけ》に　月と花との　名こそをしけれ

一守覚法親王の五十首歌に　　藤原定家朝臣

63
霜まよふ　空にしをれし　かりがねの　帰るつばさに　春《はる》雨《さめ》ぞ降る

閑中ノ春雨といふことを　　大僧正行慶《だいそうじやうぎやうけい》

64
つくづくと　春のながめの　さびしきは　しのぶに伝ふ　軒のたま水

61　雁よ、頼むから、忘れないでくれ、田の面の沢を飛び立って北国へ帰っても、稲葉を風がそよがせる秋の夕暮を。

◇たのむ　田の面。五六同様、「頼む」を響かせる。

62　有明の月の残っているころ、北国へ帰ってゆく雁は、美しい月や花に対して今はお別れの心があるらしい。雁に見捨てられたためにすたれてしまう月と花の名誉が惜しいなあ。

「春霞立つを見捨ててゆく雁は花なき里に住みやならへる」(『古今集』春上、伊勢)にヒントを得、「雁」を男に、「月と花」を女に見立てているか。◇有明　「心有り」から「有明」(夜が明けても残る月)へと言い続けた。

＊六二は帰雁の歌だが、「春雨」の語を含み、次の春雨の歌群への移行を自然にしている。

一　後白河法皇の皇子。式子内親王の兄。→作者略伝。

63　冬の間は霜の降り乱れる空にしおれていた雁が故郷へ帰ってゆく、そのつばさにやわらかく春雨が降っているよ。

◇霜まよふ　霜がひどく降る(置く)。冬空の形容。

＊六四から六六までは春雨の歌。

64　春の長雨のころ、ぽつねんと物思いにふけりながらながめていると、さびしさをそそるものは、軒のしのぶ草の葉末に伝う雨の雫《しずく》。

◇ながめ　じっと見つめる意の「ながめ」に「長雨」を掛ける。◇しのぶ　のきしのぶ。昔をしのばせるものとして詠まれることが多い。
二 宇多天皇（第五九代）の御代。 三 宇多天皇の皇后宮。

65 池水の面に文様を乱れ織りする春雨は、木々を芽ぐませて山を一面緑に染めるのでしょうか。

春雨が降ると新緑が増すことから、春雨を織姫に、「水の面」や「山」を布地に見立てる。「あや」「織りみだる」「染む」は縁語。上句は「池有《リテ》二波文一氷尽《ことごとク》開《ひらケタリ》」（『和漢朗詠集』春、立春、白楽天）の詩句に通う。

66 常磐木《ときわ》の生い茂った山の巌《いわお》に生えている苔の緑は、春雨が染めたわけではない。それなのに、春雨は自分が染めたような顔をして降り注ぐよ。

空の「山のみどり」を染める春雨に対し、「染めぬみどり」に降る春雨を歌う。歌の上では春雨が苔を緑に染めたのではないというが、イメージとしては春雨により生き生きと甦《よみがえ》った青苔の美しさを想わせる。
◇ときはなる山 歌枕と見る説もある。

＊ 六七は苗代の歌。

67 雨が降るので、農夫は暇なのだろうか。苗代に引き入れる水を空に任せきりにして。

一〇四が本来庶民の立場で歌われているのに対して、農事を貴族的な傍観者の立場から安易に考えて、気軽な調子で歌った。「天の川苗代水をせきくだせ天下ります神ならば神」（『金葉集』雑下、能因）を意識する。
◇まかせて 「任せ」の意に、田に水を引き入れる、灌漑《かんがい》するの意の「まかせ」を掛ける。

寛平《くわんぴやうの》[二]御時后《きさい》[三]の宮の歌合に　伊《い》勢《せ》

65 水の面《おも》に　あや織りみだる　春雨や　山のみどりを　なべて染《そ》むらむ

百首歌たてまつりし時　摂政太政大臣

66 ときはなる　山の岩根に　むす苔《こけ》の　染めぬみどりに　春雨ぞ降る

清輔朝臣のもとにて、雨中苗代《ノなはしろ》といふことをよめる　勝《しよう》命《みやう》法《ほふ》師《し》

67 雨降れば　小田《をだ》のますらを　いとまあれや　なはしろ水を　空にまかせて

＊ 六八から七五までは柳の歌。

68 春雨が降り初めた時から、糸のような青柳の緑がますます濃く美しくなってきたよ。

「わがせこが衣《ころも》春雨降るごとに野べの緑ぞ色まさりける」(『古今集』春上、紀貫之) などと類想の歌。和歌では青柳を糸に見立てる。◇降りそめし 降り初めた。「初め」に「糸」「色」の縁語「染め」を掛ける。

69 春になったのだなあ。青柳が影を落している道にその影を踏みながら人が休んでいるよ。

街路樹である柳が影を落している都大路の春景色。「橘《たちばな》の蔭ふむ路の八衢《やちまた》に物をぞ思ふ妹《いも》に逢はずして」(『万葉集』一二五、三方沙弥《みかたのさみ》) によるか。◇うちなびき 「春」の枕詞。柳がなびくさまをも連想させる。

70 み吉野の大川ぞいの柳の老木《おいき》は樹陰をなすほど茂らないけれども、春めいてきたよ。

場所を「み吉野の大川のへの藤波《ふぢなみ》のなみに思はばわが恋ひめやは」(『古今集』恋四、読人しらず) と歌われた吉野川に取り、菅原道真の「道のべの朽木の柳春来ればあはれ昔としのばれぞする」(一四四八) と同じく、柳の古木が芽ぶいた有様を歌う。

71 烈しい風の吹きつける岸辺の柳の枝が川水に漬って、まるで稲莚《いなむしろ》を敷いたよう、それはおり返し寄せる波のまにまに揺られているよ。

顕宗《けんぞう》天皇が弘計《おけ》王といっていた潜龍時代に歌った寿歌

延喜御時の屛風に　　　　凡河内躬恒

68 春雨《はるさめ》の　降りそめしより　青柳《あをやぎ》の　糸のみどりぞ　色まさりける

題しらず　　　　大宰大弐《だざいのだいに》高遠《たかとほ》

69 うちなびき　春は来にけり　青柳の　影ふむ道に　人のやすらふ

輔《すけ》仁《ひと》親《しん》王《わう》

70 み吉野の　大川野への　古柳　かげこそみえね　春めきにけり

百首歌の中に　　　　崇徳院御歌《すとくのゐんのおほんうた》

71 あらし吹く　岸の柳の　いなむしろ　おりしく波に　まか

と伝える「稲莚《いなむしろ》川副楊《かはぞひやなぎ》水ゆけばなびき起き立ちその根は失せず」(『日本書紀』巻十五)を念頭に置くか。

72 高瀬舟が行き来する六田の淀の柳原は緑もすっかり濃くなり、霞もいっそう深くかかっている春景色よ。

「かはづ鳴く六田の河の川楊《かはやぎ》のねもころ見れどあかぬ河かも」(『万葉集』一七二三、絹)による。

◇高瀬さす 「高瀬」は浅瀬。ここは高瀬舟に棹《さを》さすの意。◇六田の淀 大和《やまと》国の歌枕。奈良県吉野郡吉野町。

◇みどりもふかく 「柳原」と霞の両方についていう。

73 一面にたなびいている霞を春風が吹いて解《ほど》く、その絶え間から、糸のように乱れて靡《なび》く青柳よ。

「霞」を布地、「青柳」を糸に見立てた。「とく」「絶え」「みだれ」「なびく」は、「糸」の縁語。「とく」と「みだれ」とは対。「浅緑乱れてなびく青柳の色にぞ春の風も見えける」(『後拾遺集』春上、藤原元真《もとざね》)にヒントを得たか。

◇霞吹きとく 例「帰る雁雲路に迷ふ声すなり霞吹きとけ木《こ》の芽春風」(『後撰集』春中、読人しらず)。

74 白雲の絶え間から青柳がなびいているよ。青々とした葛城山に春風が吹いているのだなあ。

「青柳の葛城山にゐる雲の立ちてもゐても君をこそ思へ」(『柿本《かきのもとの》人丸集』)、「青柳の葛城山の花ざかり雲に錦《にしき》をたちぞかさぬる」(『拾遺愚草』二見浦百首)などに触発されつつ、古伝説に富む葛城山を優美に歌う。

◇あをやぎの 「葛城山」に掛る枕詞のごとく用いる。

せてぞみる

建仁《けんにん》元年三月歌合に、霞隔《へだつ》二遠樹ヲ一といふことを

権中納言公経《ごんちゆうなごんきんつね》

72 高瀬さす 六田《むつた》の淀《よど》の やなぎはら みどりもふかく 霞《かす》む春かな

百首歌よみ侍りける時、春の歌とてよめる

殷富門院大輔《いんぷもんゐんのたいふ》

73 春風の 霞吹きとく 絶えまより みだれてなびく 青柳の糸

千五百番歌合に、春の歌

藤《ふぢ》原《はらの》雅《まさ》経《つね》

74 白雲の 絶えまになびく あをやぎの 葛城山《かづらきやま》に 春風ぞ

吹く

藤原有家朝臣

75 青柳《あをやぎ》の　糸に玉ぬく　白露の　知らずいく代の　春か経ぬらむ

宮内卿

76 薄く濃き　野べのみどりの　若草に　跡《あと》までみゆる　雪のむらぎえ

題しらず

曾《そ》禰《ね》好《よし》忠《ただ》

77 荒《あら》小《を》田《だ》の　去年《こぞ》のふるあとの　ふるよもぎ　今は春べと　ひこばえにけり

◇葛城山　大阪府と奈良県との県境に位置する山。

75 青柳の糸に宿る白露はさながら玉を貫いたよう。こうして幾代の穏やかな春がめぐり来たことでしょう。あまり多くてわからないほどの……。

巨視的に自然を捉えた七四から一転して、微視的に柳と露の美しさに焦点を合わせた歌を置いた。「浅緑糸よりかけて白露を玉にもぬける春の柳か」(『古今集』春上、遍昭《へんじよう》)、「青柳の緑の糸をくり返しいくらばかりの春をへぬらむ」(『拾遺集』賀、清原元輔《きよはらのもとすけ》)などを本歌とし、平和な代に対する慶賀の心をこめる。

＊七六から七八までは若草の歌。

76 薄かったり濃かったりする野辺の緑の若草によって、はっきりとわかります。雪があるいは速くあるいは遅く消えていった様子が。

「緑なるひとつ草とぞ春は見し秋はいろいろの花にぞありける」(『古今集』秋上、読人しらず)に対して、若草も一様でないとした、機知的発想の歌。

77 荒れはてた田の去年の蓬《よもぎ》、その古株が、今は春になったというので、また芽を出したよ。

農民の心で早春の田園風景を歌うが、身分の低い自身を古蓬に譬《たと》えたのだという説もある。「去年《こぞ》」と「今」の対、「ふるあとのふるよもぎ」の同音反復が技巧である。

◇今は春べと　「難波津《なにはづ》に咲くやこの花冬ごもり今は春べと咲くやこの花」(『古今集』仮名序、王仁《わに》)。◇ひこばえ　「ひこばゆ」の連用形。根株からまた芽を出すこと。

78　焼かなくても草はおのずと萌《も》え出るだろう。だから、春日野をただ春の日に任せてほしい。

野焼きは若草の芽生えをよくするために行う。「芽生える」の意の「萌《も》え」に「燃え」を、「春日野」から「春の日」を連想した。『忠見集』によれば屛風《びようぶ》歌。参考「春日野はけふはな焼きそ若草のつまもこもれりわれもこもれり」（『古今集』春上、読人しらず）。

＊七九から春下一五〇までは花（桜）の歌である。春上に関しても最も重い素材であるといえる。七九はその最初として、まだ咲き始めない花を待つ歌を置いた。梅の歌群における二九に相当する。

79　吉野山の桜の枝に花かと思わせる雪が散って、心待ちにしている花は遅れそうな年だなあ。

春の訪れが遅く、花を思わせる春雪が舞って、いっそう花を待ち遠しく思う心を歌う。「桜が枝」「花おそげなる」は、ともにめずらしい表現。

◇吉野山　大和《やまと》（奈良県）の歌枕。花の名所とされたのは『古今集』の頃からか。同集仮名序に「春の朝《あした》吉野の山の桜は人丸が心には雲かとのみなむ覚えける」といい、「み吉野の山べに咲ける桜花雪かとのみぞあやまたれける」（春上、紀友則）の作もある。それまではもっぱら不遇な人々の隠れ住む深山と見なされていた。

80　桜花が咲いたら真先に見ようと思っているうちに、日数が経《た》ってしまったよ、この春の山里で。

一　第七二代の天皇。→作者略伝。　二　鳥羽《とば》離宮。

78　焼かずとも　草はもえなむ　春日野《かすがの》を　ただ春の日に　まかせたらなむ

壬生忠見

79　吉野山　桜が枝《えだ》に　雪散りて　花おそげなる　年にもあるかな

西行法師

[一]白河院、[二]鳥羽におはしましける時、人人、山家ニ待ツレ花ヲといへる心をよみ侍りけるに

藤原隆時朝臣《ふぢはらのたかときのあそん》

80　さくらばな　咲かばまづみむと　思ふまに　日数《ひかず》へにけり　春の山里

一 亭子院《ていじのゐん》歌合の歌　　紀　貫之

81 わが心　春の山べに　あくがれて　ながながし日を　今日《けふ》もくらしつ

摂政太政大臣家百首歌合に、野遊の心を　　藤原家隆朝臣

82 思ふどち　そこともしらず　ゆきくれぬ　花の宿かせ　野べのうぐひす

百首歌たてまつりしに　　式子内親王

83 いま桜　咲きぬとみえて　うす曇り　春にかすめる　世のけしきかな

題しらず　　読人しらず

＊八一・八二は野遊の歌と見られる。とくに八一は花を明示する語がなく、花の歌群中では八二との関係でかろうじて孤立を免れている。

一 第五九代、宇多天皇。↓作者略伝。

81 わたしの心はいち早く身体より先に春の山辺にさまよい出てしまうので、今日もまた永い永い日を遊び暮してしまったよ。

柿本人麻呂作と伝える「あしびきの山鳥の尾のしだり尾のながながし夜をひとりかも寝む」（『拾遺集』恋三）と一〇四の山辺赤人の「桜かざして今日もくらしつ」の歌を取り合せたような詠み方。素性の「いざけふは春の山べにまじりなむ暮れなばなげの花の陰かは」（『古今集』春下）、「いつまでか野べに心のあくがれむ花し散らずは千代も経ぬべし」（同）など類想歌は多い。

82 気の合った者同士、足のおもむくままに野遊びをして、永い日も暮れてしまった。おまえの花の宿を貸しておくれ、野辺の鶯《うぐいす》よ。

「思ふどち春の山べにうちむれてそこともいはぬ旅寝してしが」（『古今集』春下、素性）という本歌の心をわずかに進めた。

＊八三からは咲き初めた花の歌が並べられている。

83 今、桜が咲きはじめたらしく、外の世界は一面にうす曇り、いかにも春らしく霞んでいます。

深窓の内から花曇りの空を見て、花が咲き初めたのだなと推測した歌。『源氏物語』椎本《しいがもと》の巻に姫君が春景を遠望している描写として「はるばると霞みわたれる

空に、散る桜あれば今開けそむるなど、いろいろ見渡さるるに」がある。

84　寝ては待ち遠しく思い、起きてはじっと見つめる庭の花——この春の長雨に促されて、花はその下紐《したひも》をどのように解くのだろうか。

春雨は桜の開花を促すという考えが前提。「春雨」を男に、「花」を女に見立てた。参考「臥《ふ》して思ひ起きて数ふる万代《よろづよ》は神ぞ知るらむわが君のため」（『古今集』賀、素性）、「山里に一目見しよりわが恋ふる花の下紐いかにとくらむ」（『古今六帖』第五、紀貫之）。

＊八五・八六は「花を尋ぬ」が主題。

85　行く人、来る人はすべて賞美してほしい。春霞が立つ立田山の、今年初めて咲いた桜花を。

◇立田の山　奈良県生駒《いこま》郡三郷《さんごう》町の西方にある山。

86　去年つけておいたしおりの道を変えて、この吉野山のまだ見ていない方角の花を尋ねよう。

花への強い愛着を歌う。

◇しをり　木の枝を折り道標《みちしるべ》とすること。枝折《しお》り。

87　ああ、葛城の高間山の桜が咲いたのだな。立田山の奥に白雲がかかっているのを見ると。

本歌「桜花咲きにけらしな足引《あしびき》の山の峡《かひ》より見ゆる白雲」（『古今集』春上、紀貫之）、「よそにのみ見てややみなむ葛城や高間の山の峯の白雲」（九九〇）。白雲の懸っているように見える遠山を望んで、あれは桜だなと推測した。スケールの大きな、長高体《ちようこう》（解説参照）の歌。

◇葛城や高間　葛城連山の中の高間山。

84
ふして思ひ　起きてながむる　春雨《はるさめ》に　花のしたひも　いかにとくらむ

中納言家持

85
ゆかむ人　来《こ》む人しのべ　春がすみ　立田《たつた》の山の　初《はつ》さくらばな

花の歌とてよみ侍りける

西行法師

86
吉野山　こぞのしをりの　道かへて　まだ見ぬかたの　花をたづねむ

和歌所にて歌つかうまつりしに、春の歌とてよめる

寂蓮法師

87
葛城《かづらき》や　高間《たかま》の桜　咲きにけり　立田のおくに　かかる

白雲

題しらず　読人しらず

88 いそのかみ　古き都を　来てみれば　昔かざしし　花咲きにけり

源公忠朝臣《みなもとのきんただのあそん》

89 春にのみ　年はあらなむ　荒小田《あらをだ》を　かへすがへすも　花をみるべく

八重桜を折りて、人のつかはして侍りければ　道命法師《だうみやうほふし》

90 白雲の　立田《たつた》の山の　八重桜　いづれを花と　わきて折りけむ

88 古《いにしへ》の奈良の都を訪れて見ると、昔の人が折ってかざしとした花が今も変らず咲いているよ。

古都に咲く花を見て、古人の風雅な生活をしのんだ。『中務集《なかつかさ》』などによれば、屏風《びやうぶ》歌。参考「古里となりにし奈良の都にも色は変らず花は咲きけり」（『古今集』春下、平城《へいぜい》天皇）、「石上《いそのかみ》古き都のほととぎす声ばかりこそ昔なりけれ」（『素性集』）、「ももしきの大宮びとはいとまあれや桜かざして今日《けふ》もくらしつ」（一〇四）。◇いそのかみ　大和《やまとの》国布留《ふる》の地名から「古き」の枕詞。

89 一年中春だけであってほしい。荒田を耕しながら、繰り返し花を見ることができるように。

貴族的な古都の花から一転して、田園の花を取り上げる。参考「荒小田をあらすき返し返しても人の心を見てこそやまめ」（『古今集』恋五、読人しらず）。なお、「一年《ひととせ》は春ながらにも暮れななむ花の盛りをあくまでも見む」（『兼盛集』）は時代的には下る。◇荒小田　荒れた田。「小」は接頭語。◇かへすがへすも　「耕しながらも」の意の動詞に「繰り返し」の意の副詞を掛ける。

90 白雲が立つ立田の山の八重桜を、あなたはどれを花と見分けて折られたのでしょうか。

贈られた八重桜を賞する心を歌って、感謝の意を表した。類歌「雪降れば木ごとに花ぞ咲きにけるいづれを梅と分きて折らまし」（『古今集』冬、紀友則）。

91 いつも白雲の立つ立田山の小椋《おぐら》の峰。春にはそこに重ねて白雲が立つよ。桜花が今を盛りと咲

きにおっているらしい。

「白雲の　龍田の山の　滝の上の　小鞍《をくら》の嶺《みね》に　咲きをゐる　桜の花は　山高み　風しやまねば　春雨のつぎてし降れば　ほつ枝《え》は　散り過ぎにけり……」(『万葉集』一七四七、高橋虫麻呂)を本歌とし、遠山の桜を雲と見た。八七と類想だがこのほうが先行歌。◇かさねて立田山　「重ねて立つ立田山」の意。◇をぐらの峯　立田山の中の峰。信貴《しぎ》山に続く峰。

92　吉野山には花が今を盛りと咲きにおっているのでしょうか。峰には白雪が積っているのに、この古京の地は寒くは感じられません。

「み吉野の山の白雪積るらし古里寒くなりまさるなり」(『古今集』冬、坂上是則《さかのうえのこれのり》)を本歌とし、「花」を雪に見立て、「寒く」を「さえぬ」と変えた。◇ふるさと　昔京《みやこ》のあった奈良の里と見られる。◇さえぬ　冷たく感じない。

93　岩を踏みしめ、山また山を越えて過ぎゆき、花も、通りすぎたあとに立つ幾重もの白雲と見なして、旅を続けてゆくよ。

「岩根踏む重成《カサナル》(へなれる)山はあらねども逢はぬ日まねみ恋ひわたるかも」(『万葉集』二四二二、寄物陳思)、およびこの異伝歌「岩根踏み重なる山はなけれども逢はぬ日数を恋ひやわたらむ」(『拾遺集』恋五、坂上郎女《さかのうえのいらつめ》。『伊勢物語』七十四段)を本歌としつつ、その恋の心を捨てて、山路の花をあとに旅を続ける心。作者はこの時代の貴族としては旅の経験が豊富な人。

百首歌たてまつりし時　　　　藤原定家朝臣

91 白雲の　春はかさねて　立田山　をぐらの峯に　花にほふらし

題しらず　　　　藤原家衡朝臣《ふぢはらのいへひらのあそん》

92 吉野山　花やさかりに　にほふらむ　ふるさとさえぬ　峯の白雪

和歌所歌合に、羇旅《きりよノ》花といふことを　　　　藤原雅経

93 岩根ふみ　かさなる山を　分けすてて　花もいくへの　跡《あと》の白雲

五十首歌たてまつりし時

94 たづねきて　花にくらせる　木《こ》の間《ま》より　待つとしもなき　山のはの月

故郷ノ花といへる心を　前大僧正慈円

95 散り散らず　人もたづねぬ　ふるさとの　露《つゆ》けき花に　春風ぞ吹く

千五百番歌合に　右衛門督通具

96 いそのかみ　布留野《ふるの》のさくら　たれ植ゑて　春は忘れぬ　形見《かたみ》なるらむ

正三位《しやうさんみ》季能《すゑよし》

97 花ぞみる　道の芝草　ふみわけて　吉野の宮の　春のあけぼの

---

94 花を見ようと尋ねて来て、永い春の一日を暮してしまった。その木の間から思いもかけず月が山の端に出たよ。

花見をして一日を過し、花を満喫した上に、思いがけず春月を見て、春宵《しゆんしよう》の情趣をほしいままにしている状態。藤原良経《よしつね》の先行歌「またも来む花に暮せる古里の木の間の月に風薫るなり」（『秋篠月清集《あきしのげつせいしゆう》』南海漁夫百首）に影響されたか。

＊ 九五から九七までは古京またはそれに近い土地の花を歌った歌群。

95 散ったか散らないか、人も尋ねようとしない、そんなさびしい古里の露深い花——そこに春風が吹くよ。

「散り散らず聞かまほしきを古里の花見て帰る人も逢はなむ」（『拾遺集』春、伊勢）を本歌としつつ、訪れる人もない古里にひっそり咲く花をそこに住む人の心で歌い、言外にそのさびしさをも籠《こ》める。◇露けき花　露は涙を暗示する。宣長《のりなが》は「見るあるじのさびしく、あはれなる心をもたせたり」と評している。

96 布留野の桜はいったいだれが植えたので、春ともなれば忘れずに美しく咲いて、昔を忘れさせない形見となっているのだろうか。

「石上《いそのかみ》布留の山べの桜花植ゑけむ時を知る人ぞなき」（『後撰集』春中、遍昭）の本歌が布留社の歴史の古さに感嘆しているのに対して、古人の風流な心をしのんだ歌で、九六に通ずるものがある。
◇布留野　大和国《やまとの》の歌枕。奈良県天理市石上神社付近。

97　昔をしのばせる美しい花を見るよ、春のあけぼのに生い茂った道の芝草を踏み分けて、吉野の宮の跡で。

「立ちかはり古き京《みやこ》となりぬれば道の芝草長く生ひにけり」（『万葉集』一〇四八、田辺福麻呂《たなべのさきまろ》集）を本歌とし、今は花の名所となった故宮の地を訪れた人の心で歌う。
◇吉野の宮　吉野の離宮。奈良県の吉野川の宮滝にその遺跡がある。
＊九七が時間的には曙《あけぼの》の花だったのに対し、九八は時間を少し進めて朝の花を歌う。

98　朝日の光が美しく照り映えている山桜の花、それは日が当ってもいつまでもそしらぬふりをして消えない雪のように見える。

「朝日かげにほへる山に照る月のあかざる君を山越しにおきて」（『万葉集』四九五、田部櫟子《たべのいちひこ》）を本歌とし、桜を雪に見立て、しかも擬人的に表現している。『千五百番歌合』で俊成は「『朝日かげ』と置き、『つれなく消えぬ』と見ゆらん風情、いとをかしく侍《はべ》るべし」と評している。巻軸《かんじく》（巻の最後）の歌に撰者の一人の作を置くことによって、当代を宣揚し、巻頭と照応させた。
◇にほへる　色美しく咲いている。この「にほふ」は視覚的美しさをいう。

藤原有家朝臣

98
朝日かげ　にほへる山の　桜ばな　つれなくきえぬ　雪かとぞみる

＊ 九九から一〇四は、引き続き、花（桜）の歌群。花が春の上下にまたがる点は『古今集』に同じ。

一 藤原俊成の法名。その九十の賀は建仁《けんにん》三年（一二〇三）十一月二十三日、後鳥羽《ごとば》院の主催により和歌所において行われた。

99 桜が咲いている遠くの山、それは山鳥の尾のように永い永い春の一日見続けていても飽きることのない美しい色だなあ。

春のひねもす、桜を見続けているというのどかな発想に、俊成の長寿を寿《ことほ》ぐ心を籠《こ》める。「あしびきの山鳥の尾のしだり尾のながながし夜をひとりかも寝む」（『拾遺集』恋三、柿本人麻呂《かきのもとのひとまろ》）を本歌としたのは俊成を人麻呂に擬したためという説がある。

＊ 九九の詞書《ことばがき》との関連で、俊成の歌を配置した。

100 いったい幾年、春がめぐってくるごとに心を労してきたことか。このわたしをかわいそうだと思ってくれ、み吉野の花よ。

花を愛するゆえに永年心労を重ねてきたことを述べ、花に対して同情を求めた。詠《よ》まれた時点では、言外に年老いるまで春の除目《ぢもく》の度ごとに一喜一憂してきたという述懐の意を籠《こ》めていると見られるが、ここではそのような不遇者意識を重く見る必要はなく、単に老人の繰り言と受け取ってよいか。参考「もろともにあはれと思へ山桜花よりほかに知る人もなし」（『金葉集』雑上、行尊《ぎやうそん》）。

新古今和歌集　巻第二

春歌　下

一 釈阿《しやくあ》、和歌所《わかどころ》にて九十賀《くじふのが》し侍《はべ》りしをり、
屏風《びやうぶ》に、山に桜咲きたる所を

太上天皇《だいじやうてんわう》

99 さくら咲く　とほ山鳥の　しだり尾の　ながながし日も
あかぬ色かな

千五百番歌合《うたあはせ》に、春の歌

皇太后宮大夫俊成《くわうたいごうぐうのだいぶとしなり》

100 いくとせの　春に心を　つくしきぬ　あはれと思へ　みよ

しのの花

百首歌《ひやくしゆのうた》に　式子内親王《しよくしないしんわう》

101 はかなくて　過ぎにしかたを　かぞふれば　花に物思ふ
春ぞへにける

内大臣に侍りける時、望《ム》二山花《ヲ》一といへ
る心をよみ侍りける　京極前関白太政大臣《きやうごくさきのくわんぱくだいじやうだいじん》

102 白雲の　たなびく山の　やまざくら　いづれを花と　ゆき
て折らまし

[一]祐子内親王家《いうしないしんわうのいへ》にて、人々花の歌よみ侍
りけるに　権大納言長家《ごんだいなごんながいへ》

103 花の色に　あまぎる霞《かすみ》　立ちまよひ　空さへにほふ　やま

---

101 とりとめもなく過ぎてしまった今までの年月を数えてみると、花を見ては物思いに沈む春を幾度も経てきたのだなあと思われます。

花を見て物思いに沈みながら空しく歳月を過してきたというところに、失われた春（時間と自らの若さと）への愛惜の情と同時に生への倦怠《けんたい》感が漂う。

◇はかなくて　これといった実体がなくて。王朝文学では、時日の経過を表す際にしばしば用いる。

＊一〇二・一〇三は山桜の歌。

102 白雲がたなびいている山の山桜は、行って、どれを雲、どれを桜と見分けて折ったらよいのだろうか。

遠山桜と白雲とがまぎれているさまを歌う。「山のやまざくら」の同語反復は意識的。「雪降れば木ごとに花ぞ咲きにけるいづれを梅とわきて折らまし」（『古今集』冬、紀友則《きのとものり》）と類想の歌。『京極関白集切《ぎれ》』によれば、宇治の摂関家の別荘での「望《ム》二山花《ヲ》一」の題詠。

一 後朱雀《ごすざく》天皇の皇女。六〇詞書参照。

103 天を一面に曇らせる霞も薄紅の花の色と見まごうように盛んに立ち、満開の山桜のために空までも色映えているよ。

空間を満たすように咲き誇って、花か霞か見分けがつかないような状態の山桜を詠じた壮大な歌。霞は普通緑色と考えられているので、特に「花の色にあまぎる（空が一面に曇る）霞」と言った。

◇にほふ　美しく色が照り映えている。

ざくらかな

題しらず　　　　　　　　　　　　山《やま》辺《べの》赤《あか》人《ひと》

104 ももしきの　大宮びとは　いとまあれや　桜かざして　今《け》日《ふ》もくらしつ

在原業平朝臣《ありはらのなりひらのあそん》

105 花にあかぬ　歎きはいつも　せしかども　今日のこよひに　似る時はなし

凡河内躬恒《おほしかふちのみつね》

106 いもやすく　寝られざりけり　春の夜は　花の散るのみ夢に見えつつ

＊一〇四・一〇五は翫花《がんか》の歌と見られる。

104　大宮に仕える人々は暇があるのだろうか。桜をかざしに挿《さ》して、今日も優雅に暮していたよ。

本来は「ももしきの大宮人は暇《いとま》あれや梅をかざしてここに集《つど》へる」（『万葉集』一八八三、作者未詳）と、梅を賞する宮廷人士の野遊の有様を無名の庶民がいぶかしく見て歌ったものと思われる。

◇ももしきの　「大宮」に掛る枕詞《まくらことば》。

105　いくら花を見ても見飽きないという嘆きはいつも経験してきたのですが、今日、今宵《こよひ》ほどその感を深くした時はありません。

『伊勢物語』二十九段には、「昔、春宮《とうぐう》の女御《にょうご》の御方の花の賀に召しあづけられたりけるに」として見える。これによれば、二条の后藤原高子の花の賀での詠。業平と高子とは恋人同士であったとされており、この「花」は高子の暗喩《あんゆ》でもあると解される。

＊一〇六から一五七まではおおむね落花を主題とする。

106　落ち着いて眠ってもいられないよ、春の夜は花の散るさまばかりが繰り返し夢に見えて。

「宿りして春の山べに寝たる夜は夢のうちにも花ぞ散りける」（『古今集』春下、紀貫之）と類想の歌。躬恒には「ほととぎす一声鳴きていぬる夜はいかでか人のいをやすくぬる」（『躬恒集』）の歌もある。

◇いもやすく　「寝《い》も安く」で安眠の意。

107　山桜が散って雪とまぎれてしまったならば、いったいどちらが花でどちらが雪なのでしょうかと、春に尋ねてほしいものです。

落花を雪に、春をその判定者に見立てた歌。『京極御息所歌合』で、「み雪降る春日の山の桜花えこそ見分かねこきまぜにして」の返しとして歌われたもの。

108　自分の家の物なのに、散る庭の桜の花をひきとどめることはどうしてもできないよ。

散る花をとどめられない嘆き。『貫之集』によれば、「人の家に桜の花を見たる」という絵柄の屏風《びょうぶ》歌。◇えこそ　「え」は口頭の「よく」に相当。できるの意の副詞。下に打消しの表現を伴って不可能を表す。

109　霞が立ちこめる春の山辺に咲く桜の花は、見飽きないのに早くも散ってしまうと、悲しんでいるのだろうか、鶯《うぐいす》が鳴くよ。

鶯を擬人化し、その鳴くのは花を惜しむためであろうと忖度《そんたく》して歌った。同様の発想は『古今集』の「散る花の鳴くにしとまるものならばわれ鶯に劣らましやは」（春下、洽子《あまねいこ》）その他に見られる。◇うぐひす　「憂く」を響かせる。

110　春雨よ、強く降らないでおくれ。まだ見ていない人がいるのに、桜の花が散ってしまうとしたら、残念ですから。

ここでは春雨を花を散らすものと見、花を惜しむあまり、降らないでくれと哀訴した。表現の上で重なる歌に「春雨の降るは涙か桜花散るををしまぬ人しなければ」（『古今集』春下、大友黒主《おおとものくろぬし》）がある。

伊《い》勢《せ》

107　やまざくら　散りてみ雪に　まがひなば　いづれか花と　春に問はなむ

紀《きの》貫《つら》之《ゆき》

108　わが宿の　物なりながら　さくらばな　散るをばえこそ　とどめざりけれ

寛平御時后《くわんぴやうのおほんときさい》の宮の歌合の歌　　読人しらず

109　霞《かすみ》たつ　春の山べに　さくらばな　あかず散るとや　うぐひすの鳴く

題しらず　　山辺赤人

110　春雨《はるさめ》は　いたくな降りそ　さくらばな　まだ見ぬ人に　散

らまくもをし

紀貫之

111 花の香に　衣《ころも》はふかく　なりにけり　木《こ》の下《した》かげの　風の
まにまに

千五百番歌合に　　皇太后宮大夫俊成女《くわうたいこうぐうのだいぶとしなりのむすめ》

112 風かよふ　ねざめの袖《そで》の　花の香に　かをる枕《まくら》の　春の夜
のゆめ

守覚法親王《しゆかくほふしんわう》五十首歌よませ侍りける時　　藤原家隆朝臣《ふぢはらのいへたかのあそん》

113 このほどは　知るも知らぬも　玉桙《たまぼこ》の　ゆきかふ袖は　花
の香ぞする

＊一一一から一一三までは花の香が主題の小歌群。

111 わたしの衣は花の香に深く染《し》みてしまったよ。花の木陰にたたずんで花を散らす風に吹かれているうちに。

「桜色に衣は深く染めて着む花の散りなむのちの形見に」（『古今集』春上、紀有朋《きのありとも》）に応和したような歌。

◇木の下かげ　作者は花を惜しむあまり、ここにたたずんでいる。

112 やわらかい風が吹き通う春の夜、ふと寝ざめたわたしの袖は花の香に薫り、先ほどまで美しい夢を見ていた枕も薫って、わたしはまだ夢心地です。

恋の情緒に通ずる優艶《ゆうえん》な雰囲気《ふんいき》を湛《たた》えた春の歌。『千五百番歌合』の構造から推定すると、作者の意図では、「花の香」は梅が香であったか。それを桜の薫りと見なしたのは撰者達の解釈である。

113 花の盛りのこのごろは見知っている人も見知らぬ人も、道を行き来する人の袖はみな花の香がするよ。

花見客に賑わう往還を詩的誇張とともに描写した。「これやこの行くも帰るも別れつつ知るも知らぬも逢坂《あふさか》の関」（『後撰集』雑一、蟬丸《せみまる》）、「雨降れば笠取山のもみぢ葉はゆきかふ人の袖さへぞ照る」（『古今集』秋下、壬生忠岑《みぶのただみね》）の二首の本歌取りの歌。

◇玉桙　本来「道」に掛る枕詞。ここでは道そのもの。

114 再び見ることがあろうか。交野の御狩場の桜狩りで、花が雪と散り乱れるこの春の曙《あけぼの》を。

絢爛《けんらん》たる落花の景。惟喬《これたか》親王を中心として在原業平、紀有常《きのありつね》らが交野で桜狩りをし、渚《なぎさ》の院で宴を催したことを語る『伊勢物語』八十二段の世界を踏まえる。『太平記』の日野俊基《としもと》の道行文《みちゆきぶん》の引歌とされる名歌。作者の旧作に「またもなほ人に見せばやみ狩する交野の原の雪の朝《あした》を」(『文治六年女御入内《じゅだい》屏風和歌』)がある。

◇交野　河内《かわち》国の歌枕。皇室の狩場があり、禁野《きんや》とされていた。◇さくらがり　本来は桜の咲くころ行う鷹《たか》狩り、転じて花見のこと。◇花の雪　狩りは本来雪の降るころ行うので、上の「かり」と縁語となる。

115　散ったか散らないのかはっきりしないで気懸りなのは、春霞がたなびいている山の桜だよ。

霞に隠されているために山桜が散ったかどうかはっきりしないと言いながら、一方山桜そのものを暗に霞に見立ててもいる。本歌「散り散らず聞かまほしきを古《ふる》里《さと》の花見て帰る人もあはなむ」(『拾遺集』春、伊勢)。

116　春の夕暮、山里に来て見ると、はらはらと花が散ったよ、入相《いりあい》の鐘とともに。

主観的表現を用いず客観描写に終始しつつ、暮春の夕べのさびしさ、あわれさを表現しえている。実景のような詞書だが、『能因集』によれば、「山寺の春の暮」という題詠の歌。「山寺の」の異文で、謡曲「道成寺《どうじょうじ》」の引歌とされ、後世の文芸に影響を及ぼした。

◇いりあひの鐘　六時(晨朝《じんちょう》・日中・日没・初夜・中夜・後夜《ごや》)のうち、日没時に撞《つ》く鐘。

摂政太政大臣家に五首歌よみ侍りけるに

皇太后宮大夫俊成

114　またや見む　交野《かたの》のみ野の　さくらがり　花の雪散る　春のあけぼの

花の歌よみ侍りけるに

祝《は》部《ふりべの》成《なり》仲《なか》

115　散り散らず　おぼつかなきは　春霞《はるがすみ》　たなびく山の　さくらなりけり

山里にまかりてよみ侍りける

能《のう》因《いん》法《ほふ》師《し》

116　山里の　春のゆふぐれ　きてみれば　いりあひの鐘に　花ぞ散りける

題しらず

恵《ゑ》慶《ぎやう》法《ほふ》師《し》

117 さくら散る　春の山べは　うかりけり　世をのがれにと
来《こ》しかひもなく

118 花見侍りける人にさそはれてよみ侍りける

康《やす》資《すけ》王《わうの》母《はは》

やまざくら　花のした風　吹きにけり　木《こ》のもとごとの
雪のむらぎえ

119 題しらず

源《みなもとの》重《しげ》之《ゆき》

春雨《はるさめ》の　そぼふる空の　をやみせず　落つるなみだに　花
ぞ散りける

120 かりがねの　帰る羽風《はかぜ》や　さそふらむ　過ぎゆく峯の　花
ものこらぬ

117 桜がはかなく散る春の山辺に住むことはつらいなあ。憂き世を逃れようとしてやって来た甲斐《かい》もなく思われて。

『恵慶集』によれば、人々と山寺に行って花が散るのを見て詠んだ歌。「世を捨てて山に入る人山にてもなほうき時はいづち行くらむ」（『古今集』雑下、凡河内躬恒）を念頭におき「山にてもなほうき」原因を散る桜に求めた。

118 花の下を吹く風が山桜を吹き過ぎたのですね、どの木の下にも花びらが雪のむら消えのように残っています。

落花を雪に見立て、花片が風のためにところどころ吹きだまりになっている有様を「むらぎえ」と捉《とら》えた。参考「桜散る木の下風は寒からで空に知られぬ雪ぞ降りける」（『拾遺集』春、紀貫之）。

119 そぼ降る春雨は少しもやまず、空の涙のよう。そしてわたしもやるせなさに涙をこぼしている。その涙のうちに花は散ってしまったよ。

「春雨の降るは涙か桜花散るを惜しまぬ人しなければ」（『古今集』春下、一本大友黒主）と同じく、「春雨」を空の涙に見立て、同時に自身の涙を暗示した。

120 北国へ帰ってゆく雁の羽風に花は誘われたのだろうか。雁が飛び過ぎていった峰には残っていないよ。

雁が帰るころは落花の季節でもあるので、雁を擬人化し、雁が花を誘ったのかと和歌的空想を馳《は》せた。『古今集』には鶯《うぐいす》の羽風で花が散るという発想（一〇九、素性）が見出される。

121 花が散ってさびしいのに、折も折、田の面《も》の雁との別れの悲しささえも加わる三芳野の里よ。

「み芳野のたのむの雁もひたぶるに君がかたにぞよると鳴くなる」（『伊勢物語』十段）を本歌とし、花との別れに加えて雁との別れを惜しむ心を歌う。◇時しもあれ　当時流行した句。◇みよしのの里　本歌によれば武蔵《むさしの》国入間《いるま》の三芳野を指すが、花の名所である大和《やまとの》国の吉野の里を重ね合せていると見られる。

＊一二二・一二三は「見えぬまで……散る」という表現によって、落花の白さを強調した歌。

122 山が深いので尾上を吹く烈しい風に、杉の群立ちも見えないほど、さかんに花が散るよ。

杉林を背景に山桜が山風に散らされるさまを遠望する心。「杉のむらだち見えぬまで」というのは詩的誇張で、杉の緑と風に散らされる花の白さとが対照的な印象を与える、長高《たけたか》い（スケールの大きな）歌。

123 山桜は、樹の根本の苔の緑色もまるで見えないほど、八重にも重なって散り敷いているなあ。

視界の広い歌から一転して微細な自然観察の歌を置いた。視線の動かし方も対照的である。苔の緑と落花の白と、色彩感の豊かな作。「木《こ》の」と「苔」の「こ」、「緑も見えぬ」の「み」、「八重」と「やま」の「や」など、同音の繰り返しが軽快な感じを与える。◇八重　「桜」の縁語。

百首歌めしし時、春の歌　源《みなもとの》具《とも》親《ちか》

121 時しもあれ　たのむの雁《かり》の　別れさへ　花散るころの　みよしのの里

見《ル》二山花《ヲ》一といへる心を　大《だい》納《な》言《ごん》経《つね》信《のぶ》

122 山ふかみ　杉のむらだち　見えぬまで　尾上《をのへ》の風に　花の散るかな

堀河院御時百首歌たてまつりけるに、花の歌　大《だい》納《な》言《ごん》師《もろ》頼《より》

123 木《こ》の下《した》の　苔《こけ》の緑も　見えぬまで　八重散りしける　やまざくらかな

124　もしも尾上の桜が麓《ふもと》まで散ってこなければ、人は峰にたなびく雲と見て、そのまま見過してしまうだろうか。

麓まで花びらが散ってきたことによって、今まで雲と見ていたのは花だったのだなと気づいた心。山の高いこと、尾上の桜が遠い存在であることを暗示する。

125　花が散った今は訪れる人もすっかりまれになり、嫌っていた風の音ばかりするよ。

「わが宿の花見がてらに来る人は散りなむのちぞ恋しかるべき」（『古今集』春上、凡河内躬恒）という古歌に応和したような詠み方。下句には「厭《いとフニ》レ風《ヲ》風不レ定《しづマラ》、風起《たツテ》花蕭索《せうさくタリ》」（『和漢朗詠集』春、三月尽《さんげつじん》、白楽天）の影響があるか。

126　花を見て物思いにふける——そんなふうに花とたいそう馴染《なじ》んだものだから、その散り際の別れは悲しく思われるなあ。

花との別れを人との別れのように歌う。「いたく馴れぬれば」の句に愛着の深さをうかがわせる。

127　花びらの散り敷く山里の庭を通らない道があってほしいものです。「花が散ったでしょうか」と人が訪れるかもしれませんから。

落花を雪に見立てる和歌での約束を下敷きとして、和泉式部《いずみしきぶ》が「待つ人の今も来たらばいかがせむ踏ままく惜しき庭の雪かな」（『詞花集』冬）と歌ったのと同様に、訪問者に落花を踏まれることを惜しんだ。しかしその背後に人の訪れを待つ心が潜んでいる。

124
花十首歌よみ侍りけるに　左京大夫顕輔《さきやうのだいぶあきすけ》

ふもとまで　尾上《をのへ》の桜　散りこずは　たなびく雲と　見て
や過ぎまし

125
花落《チテ》客稀《まれナリ》といふことを　刑部卿範兼《ぎやうぶきやうのりかね》

花散れば　とふ人まれに　なりはてて　いとひし風の　音
のみぞする

126
題しらず　西行法師《さいぎやうほふし》

ながむとて　花にもいたく　馴《な》れぬれば　散る別れこそ
かなしかりけれ

127
越前《ゑちぜん》

山里の　庭よりほかの　道もがな　花散りぬやと　人もこ

＊一二八から一三三までは山（高山）を背景とした壮大な落花の風景を捉えた歌を並べる。

128　花を誘って散らせる比良の山風が吹いたのですね。漕《こ》いでゆく船の跡がくっきりと見えるほどに、湖一面に花片が散っています。

「世の中を何にたとへむ朝ぼらけ漕ぎゆく舟の跡の白波」（『拾遺集』哀傷、満誓《まんぜい》）を本歌とするが、「桜咲く比良の山風吹くままに花になりゆく志賀の浦波」（『千載集』春下、藤原良経《よしつね》）にも影響されていると見られる。「こぎゆく舟の跡みゆるまで」というところに、常識の裏をかいた才気がほのめいている。◇比良の山　近江国《おうみのくに》の歌枕。琵琶湖《びわこ》西岸の南北に連なる山。

129　逢坂山、そこでは山風が梢《こずえ》の花を吹き散らすので白く霞み、関のあたりの杉の群立ちもはっきり見えません。

一二三と類想の作であるが、「あらしぞ霞む」は斬新《ざんしん》である。これは後年「主《ぬし》ある詞《ことば》」（制詞。五七注参照）とされた。

130　山が高いので、烈しく吹く峰の山風に花が散り、その花吹雪《ふぶき》が月を曇らせている明け方の空。

これも一二三の発想に類似した長高《たけ》い歌であるが、時間を明け方とし、花とともに美の典型である月を配したところが一つの工夫と見られる。本来雪や霧・霞などの天象に関していう「あまぎる」を用いたのは、「散る花」を暗に雪に見立てているからと考えられる。

そ訪《と》へ

五十首歌たてまつりし中に、湖上ノ花を　　　宮《く》内《ない》卿《きやう》

128
花さそふ　比良《ひら》の山風　吹きにけり　こぎゆく舟の　跡《あと》みゆるまで

関路ノ花を

129
逢坂《あふさか》や　こずゑの花を　吹くからに　あらしぞ霞《かす》む　関の杉むら

百首歌たてまつりし時、春の歌に　　　二条院讃岐《にでうのゐんのさぬき》

130
山たかみ　峯のあらしに　散る花の　月にあまぎる　あけがたの空

百首歌めしける時の春の歌　　崇徳院御歌《すとくのゐんのおほんうた》

131 山たかみ　岩根のさくら　散るときは　天《あま》の羽衣《はごろも》　なづるとぞ見る

春日社《かすがのやしろ》[一]歌合とて人々歌よみ侍りけるに　　刑部卿頼輔《ぎやうぶきやうよりすけ》

132 散りまがふ　花のよそめは　吉野山　あらしにさわぐ　峯の白雲

最勝四天王院《さいしようしてんわうゐん》[二]の障子に、吉野山書きたる所　　太上天皇

133 みよしのの　高嶺《たかね》のさくら　散りにけり　あらしも白き　春のあけぼの

131 山が高いので、岩根に生えている桜が散る有様は、さながら天人が天の羽衣で巌《いわお》を撫《な》でているかのように見えるよ。

「君が代は天の羽衣まれに来て撫づとも尽きぬいはほならなむ」（『拾遺集』賀、読人しらず）により、四十里四方の岩を千年に一度ずつ天降《あまくだ》る天人が羽衣で撫で尽すまでが一劫であるという仏説を思い起して歌う。「山たかみ」「岩根」という、荒々しいイメージに「さくら」「天の羽衣」というやさしいイメージの語を配した点が一種の新しさとなっている。

＊ 一三一・一三二はともに吉野山の落花の歌。

132

一 春日神社。奈良にあり、藤原氏の氏寺。

吉野山で花が散り乱れている有様は、よそめには、峰の白雲が山風に吹かれて立ち騒いでいるようだ。

一定距離をもって落花を望み、これを常套的《じようとう》に白雲に見立てた歌だが、余情に乏しい。

二 後鳥羽院の御願寺《ごがんじ》（発願して建立《こんりゆう》した寺）。承元元年（一二〇七）京都白川に建てられたが、承久元年（一二一九）毀《こわ》されている。『承久記』は源実朝調伏《ちようぶく》の目的で建立されたと語る。

133 み吉野の高嶺の桜は散ってしまったのだな。吹く山風も白く見えるよ、この春の曙《あけぼの》に。

吉野山の麓《ふもと》で、春の明け方、峰を仰いでいる心。一二九・一三〇に通うところのある落花の歌。詠まれた時期はこの作が後である。「あらしも白き」は斬新な表現。

千五百番歌合に　藤原定家朝臣《ふぢはらのさだいへのあそん》

134 さくらいろの　庭の春風　跡もなし　とはばぞ人の　雪とだに見む

三 ひととせ忍びて大内《おほうち》四の花見にまかりて侍りしに、庭に散りて侍りし花を硯《すずり》の蓋《ふた》に入れて、摂政のもとにつかはし侍りし　太上天皇

135 今日《けふ》だにも　庭をさかりと　うつる花　消えずはありとも　雪かとも見よ

返し　摂政太政大臣《せつしやうだいじやうだいじん》

136 さそはれぬ　人のためとや　のこりけむ　あすよりさきの　花の白雪

134 春風が吹き散らした落花のために、桜色となった庭には人跡もない。もしも人が訪れたならば、雪と見るだろう。

落花を雪に見立て、人の訪れを待ちわびているさびしい家の主の心を歌う。本歌「けふ来ずはあすは雪とぞ降りなまし消えずはありとも花と見ましや」(『古今集』春上、在原業平。『伊勢物語』十七段)。

＊ 一三五から一三八までは落花をめぐる贈答歌二組を並べる。はじめは君臣間の贈答歌。

三 ある年。建仁《けんにん》三年（一二〇三）三月二十五日である。四 内裏の花を見に。南殿（紫宸殿《ししいでん》）の左近の桜。

135 せめて今日だけでも、庭を満開の場所としているこの落花を、雪かと思って見てください。たとえそれが雪のように消えることはなくても。

落花に興ずるあまり、あえてこれを雪に見立て、雪を賞美する時の仕方にならって硯箱《すずりばこ》の蓋《ふた》にこれを盛り、良経《よしつね》に贈った際に添えた歌である。本歌「けふ来ずは……」(一三四注参照)。

136 この花の白雪は花見のお誘いを頂かないこのわたくしのために今日だけこうして残っているのでしょうか。明日からは消えてしまうでしょうに。

花見に誘われなかったことを恨んで言った。これが贈答歌における一般的な返し方である。『後鳥羽院御口伝』に良経が入集を名誉として喜んだという作。

◇あすよりさき　今日の意。「けふ来ずは……」の本歌に基づく句。

[一]家の八重桜を折らせて、惟明親王のもとにつかはしける　式子内親王

137 八重にほふ　軒ばのさくら　うつろひぬ　風よりさきに　とふ人もがな

返し　惟《これ》明《あきら》親《しん》王《わう》

138 つらきかな　うつろふまでに　八重桜　とへともいはで　過ぐる心は

五十首歌たてまつりし時　藤原家隆朝臣

139 さくらばな　夢かうつつか　白雲の　絶えてつねなき　峯の春風

＊一三七・一三八は皇親間（伯母《おば》と甥《おい》）の贈答歌。
一 自宅。ここでは大炊御門《おおいみかど》殿と見られる。

137 八重に咲きにおうわたしの家の軒端《のきば》の桜もうつろってしまいました。風が吹いて散らしてしまう前に訪れてくださる人がいてほしいと思います。
「宮人にゆきて語らむ山桜風よりさきに来ても見るべく」（『源氏物語』若紫、光源氏）を本歌とする。親王が訪れることを期待する心を婉曲《えんきょく》に表現した。
◇にほふ　色美しく咲く。

138 つらいことですね。この八重桜がうつろってしまうまで、訪《と》えともおっしゃらずに今日まで過されてきたあなたのお心は。
ここでも贈歌に対する答歌の一般的な返し方に従って、あえて恨んでみせているのである。「とへとしも思はぬ八重の山吹をゆるすといはば折りにこむとや」（『後拾遺集』雑二、和泉式部）など、贈られた八重咲きの花から「十重」を連想し、さらに「訪へ」を連想した歌は少なくない。

139 桜花が咲いていたと見たのは夢だったのだろうか、それともうつつだったのかわからないが、白雲はすっかり見えなくなって、峰には気ままに春風が吹いているよ。
春風によって桜があっけなく散ってしまったのをとても現実のことと受け止められないでいる心。「世の中は夢かうつつかうつつとも夢とも知らずありてなければ」（『古今集』雑下、読人しらず）、「風吹けば峯に別

るる白雲の絶えてつれなき君が心か」(『古今集』恋二、壬生忠岑《みぶのただみね》)の二首を取り合せた。

◇つねなき　不定に。「つれなき」とする本もある。

140　花は後悔しないでしょうか。憂き世を厭《いと》って、誘ってくれる風があったなら一緒に行こうなどと思って、散ってしまったことを。

「わびぬれば身を浮草の根を絶えてさそふ水あらばいなむとぞ思ふ」(『古今集』雑下、小野小町《おののこまち》)を本歌とし、「風」を男、「花」を女のように見立て、恋人にも似た関係を想像した。同じく小町の作を本歌とした西行の「花さへに世を浮草になりにけり散るを惜しめば誘ふ山水」(『聞書集《ききがき》』)にもヒントを得たか。

141　このはかなさを他のものになぞらえたりするまいよ。桜の花は咲いたと思うまに散ってしまった。ああ、世の中の何と無常なことか。

「春の花咲きては散りぬ秋の月満ちては割れぬあな憂《う》世の中」(『殷富門院大輔集《いんぷもんいんのたいふ》』)と関係がありそうだが、その前後は不明。

142　だれしも物思いに沈みながら花を見つめるに違いない残された春の日々――それを数えるとなごりおしくなって、散る花とともに落ちる涙よ。

本来「治承二年右大臣兼実家百首」の「花五首」の最後の作として詠まれているので、春も残り少なくなったころの落花に寄せる愛惜の念を歌ったと解される。

◇残りの春　作者自身の余生において経験するであろう春の意に解する説もある。

題しらず　　　　皇太后宮大夫俊成女

140　恨みずや　うき世を花の　いとひつつ　さそふ風あらば
と　思ひけるをば

後徳大寺左大臣《ごとくだいじのさだいじん》

141　はかなさを　ほかにもいはじ　さくらばな　咲きては散り
ぬ　あはれ世の中

入道前関白太政大臣家に百首歌よませ
侍りける時　　　　俊恵法師《しゅんゑほふし》

142　ながむべき　残りの春を　かぞふれば　花とともにも　散
る涙かな

花の歌とてよめる　　　　殷富門院大輔《いんぷもんゐんのたいふ》

143 わたしがこの世に別れを告げた後の春には、花よ、あなたの方でも思い出してください。あなたが咲いたり散ったりするたびに、わたしが心を悩ませたことを。
毎年変らずに咲く花に、無常な存在である自身への同情を喚起した作。一〇〇と類想の歌。
＊一四四・一四五は落花を偲《しの》ばせる雲や薫りをとどめるように風に訴えかけた歌。

144 散る花を忘れ難く思って、形見として見る峰の雲、せめてそれだけでも残しておくれ、春の山風よ。
雲を花と見、それを吹き払わないでくれと山風に訴えた。本歌「あかでこそ思はむ中は離れなめそをだにのちの忘れ形見に」(『古今集』恋四、読人しらず)。
◇忘れがたみ 「忘れ難み」に「形見」を掛ける。

145 花を誘って散らせる際に、その花のなごりの香を雲にとどめて、しばらくは薫らせておくれ、春の山風よ。
参考「天《あま》つ風雲の通ひ路吹きとぢよをとめの姿しばしとどめむ」(『古今集』雑上、良岑宗貞《よしみねのむねさだ》)。
◇なごり 風に含まれている、花の残り香。

146イ いくら惜しんでも桜花は散ってしまったので、今はただ梢《こずゑ》をじっと見つめるばかりだよ。
王位もいかんともなしがたい落花という自然現象を、満たされぬ気持を抱きつつじっと受けとめている、一種の帝王ぶりの歌。

143 花もまた　別れむ春は　思ひ出でよ　咲き散るたびの　心づくしを

千五百番歌合に　　左近中将良平《さこんのちゆうじやうよしひら》

144 散る花の　忘れがたみの　峯の雲　そをだにのこせ　春の山風

落花といふことを　　藤《ふぢ》原《はらの》雅《まさ》経《つね》

145 花さそふ　なごりを雲に　吹きとめて　しばしはにほへ　春の山風

題しらず　　後白河院御歌《ごしらかはのゐんのおほんうた》

146イ をしめども　散りはてぬれば　さくら花　今はこずゑを　ながむばかりぞ

一太神宮に百首歌たてまつりしに

太上天皇

146ロ いかがせむ　世にふるながめ　柴《しば》の戸に　うつろふ花の　春の暮れがた

残春の心を

摂政太政大臣

147 吉野山　花のふるさと　跡たえて　むなしき枝に　春風ぞ吹く

題しらず

大納言経信

148 ふるさとの　花のさかりは　過ぎぬれど　面影さらぬ　春の空かな

百首歌の中に

式子内親王

＊一四六ロから一四八までは「ふる」「ふるさと」などの語によって、時間との関わりで落花を詠嘆した作。

一 伊勢神宮。皇室の祖先神だから、後鳥羽《ごとば》院が大神宮に和歌を奉納することは政治的な意味を持つ。

146ロ このやるせない心をどうしたらいいのであろうか。憂き世にいるわたしは、長雨の降り続ける暮春のころ、柴の戸の中で、色あせてゆく花を物思いに沈みながらじっと見つめている。

本歌「花の色はうつりにけりないたづらにわが身世にふるながめせしまに」(『古今集』春下、小野小町)と同じく、暮春の倦怠《けんたい》感が巧みに表現されている。後鳥羽院の比較的初期の詠で、最終的には除かれた。あるいは一七三・一四九と等類(類想歌)なので除かれたか。◇ふる「経る」「降る」の掛詞。◇ながめ「眺め」「長雨」を掛ける。◇柴の戸　上から「ながめし」と言い続け、動詞「す」の連用形「し」を掛ける。

147 吉野山の、花が雪のように降ったあとの古京は人の訪れもすっかりとだえて、花も何もない枝にただ春風が吹いている。

◇むなしき枝「主《ぬし》ある詞《ことば》」(制詞。五七注参照)、とされる。

148 古里の花盛りはとうに過ぎてしまったけれども、美しい花の面影は消えずに留まっている春の空よ。

『経信集』によれば「未ダレ忘レ二春意ヲ一」という題詠の作。

◇面影　花を古里の人になぞらえた表現。

149 花は散り　その色となく　ながむれば　むなしき空に　春《はる》雨《さめ》ぞ降る

一小《を》野宮《ののみや》の太政大臣《おほきおほいまうちぎみ》、月輪寺《ぐわつりんじ》二に花見侍りける日よめる　清《きよ》原《はらの》元《もと》輔《すけ》

150 誰《た》がためか　あすは残さむ　やまざくら　こぼれてにほへ　今日《けふ》のかたみに

曲水宴《ごくすいのえん》三をよめる　中納言《ちゆうなごん》家持《やかもち》

151 唐人《からひと》の　舟をうかべて　遊ぶてふ　今日ぞわがせこ　花かづらせよ

紀貫之曲水宴し侍りける時、月入《リテ》花《くわ》四灘《だん》暗《シ》といふことをよみ侍りける　坂上《さかのうへの》是則《これのり》

149 花は散ってしまって、美しい色どりは何もありません。じっと外を見つめると、虚空にはただ春雨が降っています。

花が散ったのちのやるせない情感をしっとりと詠じた歌。本歌「暮れがたき夏の日ぐらしながむればそのこととなくものぞかなしき」（『伊勢物語』四十五段）。

＊一五〇は厳密には翫花《がんか》の歌で落花の歌とは見られないが、花に対して「こぼれてにほへ」と呼び掛けているので、落花の歌群の延長と見られる。

一 藤原実頼《さねより》（清慎公《せいしんこう》）。→作者略伝。二 正しくは「月林寺」。山城国西坂本にあった天台宗の寺。寛平年間の創建。

150 いったい誰のために明日まで残す必要があろうか。山桜よ、散りこぼれて匂え、大臣《おとど》がわざわざ花見をされた今日の思い出として。

花に呼び掛けた形で、じつは大臣をたたえた歌である。参考「浅緑野べの霞《かすみ》は包めどもこぼれてにほふ花桜かな」（『拾遺集』春、菅家万葉集の歌）。

＊一五一・一五二は曲水宴の歌。

三 三月三日（上巳《じようし》の節句）庭園にしつらえた曲りくねった流水に盃を浮べて詩歌を詠ずる遊宴。

151 今日は唐人《もろこしびと》が舟遊びをするという上巳の日、わが友よ、遊ぼうではないか、花鬘《はなかずら》をして。

宴の雰囲気《ふんいき》を浮き立たせるような弾んだ調子の歌。歌謡の時代から持続している和歌の一つの機能が発揮されている。『定家十体』で「拉鬼様《らきよう》」（鬼を取り拉《ひし》ぐよ

うに力強い風体）の例歌とされる。
◇遊ぶ　酒宴、遊宴を指す。
四 落花が浮んでいる流れの瀬のあたりが暗い。

152　落花が流れている瀬を見ようと思っていたのに、三日月（盃）は山のあなたに割れて入ってしまったよ。

三日月は曲水を流れる盃をも暗示し、落花の間を流れてきた盃がどこかに沈んでしまったというイメージを重ねた、幻想的な世界が歌われている。参考「宵のまに出でて入りぬる三日月のわれて物思ふころにもあるかな」（『古今集』雑体、誹諧《はいかい》歌、読人しらず）。
＊一五二は残花の歌。
五 山城《やましろの》国（京都）紫野にあった寺。

153　尋ねてみると、花は老木となっているが、同じようにわたしも衰えてしまっているから、めぐり来る春におまえと逢おうと約束もできないよ。

＊一五四・一五五はともに花の散ったあとの歌。

154　古里へと思い立って飛び立つ鶯《うぐいす》は古巣をあてにしているのであろう。けれどもわたしはどうしたらよいのか、馴《な》れ親しんだ花が散ったあとの夕暮のこのさびしさを。

参考「花は根に鳥は古巣に帰るなり春のとまりを知る人ぞなき」（『千載集』春下、崇徳院《すとくのいん》）。

155　花は散ってしまったよ。ああ、いったい恨めしいのはだれだと思って、春の山風は散った花の跡を弔うかのように吹くのだろうか。散らしたのは他

152 花流す　瀬をもみるべき　三日月《みかづき》の　われて入りぬる　山のをちかた

[五]雲林院《うりんゐん》の桜見にまかりけるに、みな散りはてて、わづかに片枝《かたえ》に残りて侍りければ

良暹法師《りやうぜんほふし》

153 尋ねつる　花もわが身も　おとろへて　後の春とも　えこそ契らね

千五百番歌合に

寂蓮法師《じやくれんほふし》

154 思ひ立つ　鳥は古巣《ふるす》も　たのむらむ　なれぬる花の　あとの夕暮

155 散りにけり　あはれ恨みの　たれなれば　花のあととふ

ならぬお前ではないか。

参考「花散らす風の宿りはたれか知るわれに教へよゆきて恨みむ」(『古今集』春下、素性《そせい》)。
＊一五六・一五七では、雲を花に見立てる和歌的通念により、雲に花のなごりを見出そうとする心を歌う。

156　春も深まった今、花を尋ねて深く分け入ると、入佐《いるさ》山の山の端に、花の時分遠くからほのかに見えた雲が、花の色を思わせて懸っているよ。
「梓弓《あづさゆみ》いるさの山にまどふかなほの見し月の影や見ゆると」(『源氏物語』花宴《はなのえん》、光源氏)を本歌とし、月を花に変えた。
◇春ふかく　「ふかく」は時間と空間の両方についていう。◇いるさの山　「尋ねいる」から但馬《たじまの》国(今の兵庫県北部)の歌枕《うたまくら》の入佐山へと言い続けた。

157　初瀬山では散りゆく花とともに春も暮れて、花盛りの頃桜と見違えた雲が峰に残っているよ。
◇初瀬山　大和《やまとの》国(奈良県)の歌枕。長谷寺《はせでら》がある。
＊一五八から一六三までは山吹の歌。

158　吉野川の岸辺の山吹が咲き初めたなあ。すると峰の桜はすっかり散ってしまったのだろう。
山吹は暮春の景物なので、落花ののちに取り上げられる。この微妙な時間のずれに基づき、眼前に山吹を見ながら、直接には見えない峰の桜の凋落《ちょうらく》を思いやった。「吉野川岸の山吹吹く風に底の影さへうつろひにけり」(『古今集』春下、紀貫之)が本歌だが、「吉野川岸の山吹咲きぬれば底にぞ深き色は見えける」(『千

春の山風

権中納言公経《ごんちゅうなごんきんつね》

156
春ふかく　尋ねいるさの　山の端《は》に　ほのみし雲の　色ぞ
のこれる

百首歌たてまつりし時　　摂政太政大臣

157
初瀬山《はつせやま》　うつろふ花に　春暮れて　まがひし雲ぞ　峯にの
これる

藤原家隆朝臣

158
吉野川　岸のやまぶき　咲きにけり　峯のさくらは　散り
はてぬらむ

載集』春下、藤原範綱《のりつな》）にも触発されたか。

159　やはり山吹の花の露が加わる、その名もやさしい井手の玉川で馬を駐《と》めて、水を飲ませよう。そしてその間わたしは心ゆくまで山吹を眺めよう。

本歌「ささのくまひのくま川に駒とめてしばし水かへ影をだに見む」（『古今集』神遊《かみあそび》の歌、ひるめの歌）の相聞《そうもん》的発想を一転して旅人の心で歌う。

◇露　「玉川」の「玉」と縁語。◇井手の玉川　山城《やましろ》国の歌枕。京と奈良を結ぶ道筋にあり、旅人の往還が頻繁《ひんぱん》だった。六玉川《むたまがわ》（歌枕とされる六の玉川）の一で、山吹の玉川とされる。

160　巌《いわお》を越す清滝川の流れが早いので、白波が寄せては懸る岸辺に咲く山吹の花。

『徒然草』で「清げに」咲くと評されている山吹の清《せい》楚《そ》な風情《ふぜい》が清滝川の白波とよく調和している。

◇清滝川　二七参照。◇折り　山吹の縁語。

＊一六一イ・一六二は山吹に「かはづ」を取り合せた歌。

161イ　河鹿《かじか》が鳴く神南備川にその影を映して、今ごろは咲いているだろうか、山吹の花は。

都にいて、曾遊《そうゆう》の地の山吹を思いやった歌。

◇かはづ　河鹿。美しい声で鳴く。◇神南備川　飛鳥《あすか》川のことかという。

＊一六一ロは精選段階で除かれた歌。

161ロ　あの人が恋しかったら心の慰めにしようと思って家に植えた藤の花は今や盛りだなあ。

◇藤波　藤の花を波に見立てた言い方。

皇太后宮大夫俊成

159
駒《こま》とめて　なほ水かはむ　やまぶきの　花の露そふ　井手《ゐで》の玉川

堀河院御時百首歌たてまつりけるに　権中納言国信《ごんちゅうなごんくにざね》

160
岩根こす　清滝川《きよたきがは》の　はやければ　波折りかくる　岸のやまぶき

題しらず　厚見王《あつみのおほきみ》

161イ
かはづ鳴く　神南備川《かみなびがは》に　かげみえて　今か咲くらむ　やまぶきの花

山辺赤人

161ロ
恋しくは　形見《かたみ》にせむと　わが宿に　うゑし藤波《ふぢなみ》　いまさ

162 山吹の花は散ってしまったよ。井手の玉川の河《か》鹿《じか》は今美しい声で鳴いているのだろうか。

眼前に散りぎわの山吹を見て、河鹿の鳴き初める季節かと井手の里を思いやった。参考「かはづ鳴く井手の山吹散りにけり花のさかりにあはましものを」(『古今集』春下、読人しらず、左注 橘清友《たちばなのきよとも》)。

◇あしびきの　ここでは「山吹」に掛る枕詞。◇井手のかはづ　『古今集』の右の歌以来、山吹とともに、井手の玉川の景物とされ、歌人に珍重された。

＊一六三から一六六までは藤の歌。

一　藤壺《ふじつぼ》。後宮五舎の一。壺庭に藤が植えてあった。

163 いつまでもこのようにして見たいものだなあ。万代《よろずよ》にわたって咲きにおっている藤波の花を。

宮廷の繁栄を醍醐《だいご》天皇自身寿《ことほ》いだ賀歌的発想の歌。◇よろづ代をかけて　藤の花房は長いので「よろづ代」と縁があり、また波はかけるものだから「かけて」は「藤波」の縁語となる。

二　村上天皇の御代。

164 和気藹々《わきあいあい》といつまで見ていても飽きない藤波の花。その波が立つように、この場を立つのが惜しい今日の日よ。

藤を惜しむのにことよせて、藤壺の女御《にょうご》のもとから去り難い気持を歌った。参考「思ふどちまとゐせる夜は唐錦《からにしき》たたまくをしきものにぞありける」(『古今集』雑上、読人しらず)。◇まとゐ　団欒《だんらん》。◇たたまく惜しき　立つことが惜し

かりなり

延喜十三年亭子院《ていじのゐん》歌合の歌　　藤《ふぢ》原《はらの》興《おき》風《かぜ》

162 あしびきの　やまぶきの花　散りにけり　井《ゐ》手《で》のかはづ
は　今や鳴くらむ

一飛香舎《ひぎやうしや》にて藤花宴侍りけるに　　延《えん》喜《ぎの》御《おほん》歌《うた》

163 かくてこそ　見まくほしけれ　よろづ代を　かけてにほへ
る　藤波《ふぢなみ》の花

二天暦四年三月十四日藤壺《ふぢつぼ》にわたらせ給
ひて、花惜しませ給ひけるに　　天《てん》暦《りやくの》御《おほん》歌《うた》

164 まとゐして　見れどもあかぬ　藤波の　たたまく惜しき
今日《けふ》にもあるかな

い。波は立つものだから、上の「藤波」の縁語となる。
三 藤原実頼《さねより》。→作者略伝。

165 もう春は暮れてしまった、とは思うものの、藤の花が咲いているこのお屋敷には、春は久しくとどまっています。

「紫藤《しとう》ノ花下ノ漸《クニ》黄昏《くわうこん》タリ」（『和漢朗詠集』春、三月尽《さんげつじん》、白楽天）と歌われるように、藤は暮春の花であるが、それが屏風《びやうぶ》絵中の藤であることから、これを慶祝歌ふうに取りなした。藤は藤原氏を暗示する。

166 常磐《ときわ》の緑の松に懸っている藤なのに、いかにもわたしの季節だといわぬばかりに咲き誇っているよ。

松に懸りながら晩春をわがもの顔に咲いている藤の花に、一種のおかしみを感じた。『貫之集』によれば、「池のほとりに、藤の花松に懸れる」という絵柄の屏風歌。松と藤との取り合せは多い。
＊ 一六七から一七四までは暮春・惜春の歌。
四 藤原実方。→作者略伝。

167 ひょっとしてまだ散らずに残っている花もあるかと、皆で一緒に山深く尋ねたいものだね。

参考「思ふどち春の山べにうちむれてそこともいはぬ旅寝してしが」（『古今集』春下、素性）。『道信集』の一本では実方の歌とする。『後拾遺集』で実方作とする「まだ散らぬ花もやあると尋ね見むあなかましばし風にしらすな」（雑六、誹諧《はいかい》歌）に対する返歌。

清慎公《せいしんこうの》[三]家屏風に　紀　貫　之

165 暮れぬとは　思ふものから　藤の花　咲ける宿には　春ぞ久しき

藤の松にかかれるをよめる

166 緑なる　松にかかれる　藤なれど　おのがころとぞ　花は咲きける

春の暮つかた実方《さねかたの》[四]朝臣のもとにつかはしける　藤原道信朝臣《ふぢはらのみちのぶのあそん》

167 散りのこる　花もやあると　うちむれて　みやま隠れを　尋ねてしがな

修行《すぎやう》し侍りけるころ、春の暮によめる　大僧正行尊《だいそうじやうぎやうそん》

168 木《こ》のもとの　すみかも今は　あれぬべし　春し暮れなば　たれかとひこむ

五十首歌たてまつりし時　寂蓮法師

169 暮れてゆく　春のみなとは　しらねども　霞《かすみ》に落つる　宇《う》治《ぢ》の柴舟《しばふね》

山家ノ一三月尽《じん》をよみ侍りける　藤《ふぢ》原《はらの》伊《これ》綱《つな》

170 来《こ》ぬまでも　花ゆゑ人の　待たれつる　春も暮れぬる　みやまべの里

題しらず　皇太后宮大夫俊成女

171 石《いそ》の上《かみ》　布留《ふる》のわさ田を　うちかへし　恨みかねたる　春

---

168 花の木の下にあるわたしの庵《いおり》も今は荒れてしまうだろう。春が暮れたならば、いったい誰が訪れてくるだろうか。

参考「木《こ》の下《もと》をすみかとすればおのづから花見る人になりぬべきかな」（『詞花集』雑上、花山院）。

169 暮れてゆく春の湊《みなと》がどこかはわからないが、宇治川を流れ下る柴舟は、一面の霞の中に落ちこんでいった。春の湊はあのあたりだろうか。

「年ごとにもみぢ葉流す龍田川湊や秋のとまりなるらむ」（『古今集』秋下、紀貫之）を本歌とし、秋を春に変えた。「暮れてゆく春の残りをながむれば霞の奥に有明《ありあけ》の月」（『式子内親王集』）の影響もあるか。

170 一 旧暦三月の晦日《かいじつ》。春の終る日。

実際には来ないのに、花を見に人が訪れないかとつい待たれていた春も暮れてしまった、山里のさびしさよ。

参考「来ぬまでも待たましものをなかなかに頼むかたなきこの夕べかな」（『後拾遺集』恋二、読人しらず）、「山里に散りはてぬべき花ゆゑにたれとはなくて人ぞ待たるる」（『後拾遺集』春下、源道済《みちなり》）。

171 布留の早生稲《わせ》の田を鋤《す》き返しながら、繰り返し恨んでも、恨みきれない春の暮よ。

農民の心で苗代《なわしろ》掻きなどの作業を叙した序から、とめようにもとめられない逝《ゆ》く春への愛惜の情を述べる下句へと転じた。「うちかへし君ぞ恋しき大和《やまと》なる布留《ふる》のわさ田の思ひ出でつつ」（『後撰集』恋一、読人しら

ず）を本歌とし、恋を春に変えている。◇石の上　八六参照。◇うちかへし　「田を打ち返し」の意から「繰り返し」の意として、下に言い続けた。

172　待てといったところで止らないと知りながら、ひどくなごり惜しいよ、春との別れは。

参考「待てといふに散らでしとまるものならば何を桜に思ひまさまし」（『古今集』春下、読人しらず）、「吹く風の誘ふものとは知りながら散りにし花のしひて恋しき」（『後撰集』春下、読人しらず）、「留《ムルニ》レ春春《ヲ》不レ住《とどマラ》、春帰《ツテ》人寂漠《せきばくタリ》」（『和漢朗詠集』春、三月尽、白楽天）。

173　柴の戸を閉ざすと、先ほどまで射していた夕日もすっかり消えて、山の端に懸る夕雲は暮れようとする春を物語っています。

◇さす　戸を閉ざす意に日の射す意を掛ける。「戸」「さ（鎖）す」は縁語。「射す」「日影」「暮れ」も縁語。

174　夏になってしまう明日からは、この志賀《しが》の花園をいったい誰がまれにでも訪れるであろうか。春の故郷でもあるこの古都の地を。

ひときわ寂しさのまさる旧都の暮春の歌を巻軸《かんじく》に据えて、春の歌を閉じる。参考「花もみな散りぬる宿はゆく春のふるさととこそなりぬべらなれ」（『拾遺集』春、紀貫之）、「さざ波や志賀の花園見るたびに昔の人の心をぞ知る」（『千載集』春上、祝部成仲《はふりべのなりなか》）。◇志賀　近江国《おうみのくに》の滋賀の都（大津宮）のあった地。◇春のふるさと　『無名抄』によれば秀逸な表現として流行した句。

の暮かな

寛平御時后《きさい》の宮の歌合の歌　　読人しらず

172　待てといふに　とまらぬものと　しりながら　しひてぞ惜しき　春の別れは

山家暮春の心を　　宮内卿

173　柴の戸を　さすや日影《ひかげ》の　なごりなく　春暮れかかる　山の端《は》の雲

百首歌たてまつりし時　　摂政太政大臣

174　あすよりは　志賀の花園《はなぞの》　まれにだに　たれかはとはむ　春のふるさと

新古今和歌集　巻第三

夏歌

題しらず　持統天皇御歌《ぢとうてんわうのおほんうた》

175 春過ぎて　夏きにけらし　白栲《しろたへ》の　衣《ころも》ほすてふ　天《あま》の香《か》具《ぐ》山《やま》

素《そ》性《せい》法《ほふ》師《し》

176 惜しめども　とまらぬ春も　あるものを　いはぬにきたる　夏衣かな

＊一七五から一七九までは更衣（ころもがえ）の歌。

175 春は過ぎて夏が来たらしい。夏ともなれば衣を乾《ほ》すという天の香具山に、ほら、真白な衣を乾しているよ。

春の歌が上下とも当代歌人の作を巻頭・巻軸《かんじく》に置いているのに対し、夏の歌が古代の歌人の作を据えているのは、変化を持たせ、かつ古典をも尊重していることを示そうとした結果と見られる。◇きにけらし　『万葉集』の原歌は「来《きた》るらし」と訓まれており、王朝的な感じの「きにけらし」よりも力強い感じを与える。◇白栲の衣　白い衣。もともと栲《かじ》の樹皮で織った布。◇ほすてふ　『万葉集』の原歌は「乾したり」と訓まれている。「ほすてふ」は意識的に改めたのではなく、当時の一つの訓み方であったと考えられる。◇天の香具山　二参照。

176 いくらなごりを惜しんでも止らない春もあるのに、来てほしいといわないのにやって来た夏。しかたなくわたしは夏衣を着たよ。

愛惜する春と歓迎しないのにやってきた夏とを対比させて歌う。白楽天の詩「留《ムルニ》レ春《ヲ》春不レ住《とどマラ》、春帰《ツテ》人寂《せき》漠《ばくタリ》」（『和漢朗詠集』春、三月尽《さんげつじん》）に通う心。「惜しめどもとまらぬけふは世の中にほかに春待つ心やあるらむ」（『貫之集』）などの類想歌がある。◇きたる　「来たる」と「着たる」との掛詞。

177 すっかり散ってしまって花の陰のない木の本からは、心おきなく立ち去ることができる。そのように夏衣は裁ちやすいなあ。

もはや花は全くないので、散りはしないかと心を労することがないから「たつことやすき」という。本歌「けふのみと春を思はぬ時だにも立つことやすき花の陰かは」（『古今集』春下、凡河内躬恒《おおしこうちのみつね》）。◇たつ　「立つ」と「裁つ」の掛詞。

178　夏が来て、それとともに夏衣を着て幾日になったというのだろうか。なお咲き残っている花は、今日も散り続けていて。

夏になってもまだ咲いている遅桜を見て、春を惜しむあまり夏の訪れを実感できない心。◇きて　「来て」と「着て」との掛詞。

179　季節が春から夏へと移ったので、花染め衣から夏衣へと変えたのですね。世の中の人の心のうつろいやすいこと。

「世の中の人の心は花染めのうつろひやすき色にぞありける」（『古今集』恋五、読人しらず）、「色見えでうつろふものは世の中の人の心の花にぞありける」（『古今集』恋五、小野小町《おののこまち》）の二首を本歌として、夏になると花のことをあっさり忘れてしまう人の心のうつろいやすさを慨嘆した。◇うつれば　「花染め」の縁語である「色あせる」の意の「うつる」を響かせる。◇心の花　はなやかなものに惹《ひ》かれる心。◇花染め　本来は露草の花で縹《はなだ》色に染めること。褪《あ》せやすいものとされる。ここでは、桜色に染めた春着を意味する。

177 更衣《かうい》をよみ侍《はべ》りける　前大僧正慈円《さきのだいそうじやうじゑん》

散りはてて　花の陰なき　木《こ》のもとに　たつことやすき　夏衣かな

178 春を送りて昨日《きのふ》のごとしといふことを　源《みなもとの》道《みち》済《なり》

夏衣　きていくかにか　なりぬらむ　のこれる花は　今日も散りつつ

179 夏の初めの歌とてよみ侍りける　皇太后宮大夫俊成女《くわうたいごうぐうのだいぶとしなりのむすめ》

折ふしも　うつればかへつ　世の中の　人の心の　花染めの袖《そで》

卯《う》ノ花如シレ月ノといへる心をよませ給ひける　白河院御歌《しらかはのゐんのおほんうた》

180 卯の花の　むらむら咲ける　垣根《かきね》をば　雲間の月の　かげかとぞみる

題しらず　大宰大弐重家《だざいのだいにしげいへ》

181 卯の花の　咲きぬる時は　白妙《しろたへ》の　波もてゆへる　垣根とぞみる

一斎院《さいゐん》に侍りける時、二神館《かんだち》にて　式子内親王《しよくしないしんわう》

182 忘れめや　あふひを草に　引き結び　かりねの野べの　露のあけぼの

葵《あふひ》をよめる　小侍従《こじじゆう》

＊一八〇・一八一は卯の花の歌。

180 卯の花が重なったりまばらだったりして咲いている垣根を、雲間を洩《も》れる月の光かと見るよ。

月は実際には出ていない。参考「むらむらに咲ける垣根の卯の花は木の間の月の心ちこそすれ」(『千載集』夏、藤原顕輔《あきすけ》)。

181 卯の花が真白に咲いた時、垣根は白波で結いめぐらせたように見えるよ。

「わたつみのかざしにさせる白妙《しろたへ》の波もてゆへる淡路島山」(『古今集』雑上、読人しらず)を本歌とし、卯の花を波に、田家を島に見立てた。参考「卯の花の咲ける垣根はみちのくの籬《まがき》の島の波かとぞ見る」(『拾遺集』夏、読人しらず)。

◇白妙の　ここでは「波」に掛る枕詞《まくらことば》。

＊一八二・一八三は葵《あおい》(二葉葵・賀茂葵)の歌。

一 賀茂社の神事に奉仕する未婚の皇女または女王。

二 神事を行う時、斎院・神官などが参籠《さんろう》する建物。

182 忘れることがあるでしょうか。葵を草枕《くさまくら》として引き結んで仮寝した、神域の野辺の、露が滋《しげ》く置いたあけぼのを。

詞書《ことばがき》に従えば、斎院時代の感慨。実際は斎院退下《たいげ》後の回想か。藤原実方《さねかた》が祭の使いとして神館で詠《よ》んだ「ちはやぶるいつきの宮の旅寝には葵ぞ草の枕なりける」(『千載集』雑上)や「枕とて草引き結ぶこともせじ秋の夜とだに頼まれなくに」(『伊勢物語』八十三段)などを念頭に置いて歌ったか。

183 いかなれば　その神山《かみやま》の　あふひ草　年はふれども　二葉《ふたば》なるらむ

三最勝四天王院《さいしようしてんわうゐん》の障子に、四安積《あさか》の沼かきたる所

藤原雅経朝臣《ふぢはらのまさつねのあそん》

184 野べはいまだ　あさかの沼に　刈る草の　かつみるままに　茂るころかな

崇徳院《すとくのゐん》に百首たてまつりける時、夏の歌

待賢門院安芸《たいけんもんゐんのあき》

185 桜麻《あさ》の　をふの下草《したくさ》　茂れただ　あかで別れし　花の名なれば

題しらず

曾禰好忠《そねのよしただ》

183 なぜ昔から賀茂の御神の鎮座まします神山の葵は、年を経ても二葉なのでしょうか。

古い歴史を持つ賀茂の神山の葵がいつまでも二葉であることをいぶかる形で、永遠に不変な神威を讃《たた》えた。神がしばしば童形《どうぎやう》で化現《けげん》することへの連想もある。

◇その神山　昔の意の「そのかみ」から賀茂《かも》別雷《わけいかずち》神社のある神山へと言い続けた。

＊一八四から一八八までは夏草の歌。ただし、一八六は新樹（新緑）の歌と見られる。

三 六二頁注二参照。四 陸奥《むつの》国の歌枕。福島県郡山市安積にあった。

184 野辺の夏草はまだ浅いが、一方安積の沼で刈る草、花かつみが、みるみる生い茂る頃だなあ。

「陸奥《みちのく》の安積の沼の花かつみかつ見る人に恋ひやわたらむ」（『古今集』恋四、読人しらず）を本歌とし、夏草のうち、花かつみ（真鷹《まこも》とも菖蒲《しようぶ》の一種ともいう）を隠題《かくしだい》ふうに詠み入れた点が巧み。

◇あさかの沼　「浅し」を掛ける。◇かつみる　一方で見るの意に「かつみ」を掛ける。

185 桜麻の畑に生える下草よ、どんどん茂っておくれ。桜麻は、飽きもしないのに別れた花の名を思い出させるから、下草までもなつかしいので。

「桜麻のをふの下草」を夏草と見なし、桜麻から桜を連想した。本歌「桜麻乃《さくらをの》苧原《をふの》之下草露しあればあかしていゆけ母は知るとも」（『万葉集』三六八七、作者未詳）。

◇桜麻　麻の一種らしいが未詳。

186　春の花が散ってしまった庭の木の葉はうっそうと茂って重なり合い、空に照る月の光もめったに洩《も》れてこないよ。

木下闇《このしたやみ》の風景。宏壮な邸宅の手入れしていない庭を思わせる。『源氏物語』の古注釈書『紫明抄《しめいしよう》』は「花散里《はなちるさと》」の引歌に「花散りし庭の木の葉も茂りあひて植ゑし垣《かき》根《ね》も見こそわかれね」を掲げるが、前後関係は不明。

187　かりそめにしか来ないと恨んでいた人の訪れがすっかりとだえてしまいました。生い茂った草葉を見るにつけ、その人を恋しく偲《しの》ぶこのごろです。

男の訪れを待つ女の立場での歌で、恋の心がある。◇かり　「仮」に「草葉」の縁語「刈り」を響かせる。◇しのぶ　「草葉」の縁でしのぶ草を暗示。

188　夏草はすっかり茂ってしまったなあ。道を行く旅人も草結びをするほどに。

◇たまぼこの　「道」に掛る枕詞。◇結ぶ　旅の安全を祈る意味でする呪術《じゆじゆつ》的な行為。

＊一八九から二二九までは郭公《ほととぎす》（時鳥・子規）の歌。ただし、一八九は夏草の歌群の延長でもある。

189　夏草はこんなに生い茂ったのに、ほととぎすはどうしてわたしの家の庭に一声も鳴かないのだろうか。

郭公の歌群の最初の作として、ほととぎすを待ち遠しく思う歌を据えた。『仁和《にんな》御集』に見えるので、醍醐《だいご》天皇ではなく、光孝天皇の詠という伝承もあったと知られる。同集によれば、女官に与えた歌で、「ほとと

186　花散りし　庭の木《こ》の葉《は》も　茂りあひて　あまてる月の　影ぞまれなる

187　かりに来《く》と　恨みし人の　絶えにしを　草葉につけて　しのぶころかな

藤《ふぢ》原《はらの》元《もと》真《ざね》

188　夏草は　茂りにけりな　たまぼこの　道行き人も　結ぶばかりに

延《えん》喜《ぎの》御《おほん》歌《うた》

189　夏草は　茂りにけれど　ほととぎす　などわが宿に　一声《ひとこゑ》もせぬ

190　鳴く声を　えやは忍ばぬ　ほととぎす　はつ卯《う》の花の　陰にかくれて

柿本人麻呂《かきのもとのひとまろ》

一賀茂にまうでて侍りけるに、人の、ほととぎす二鳴かなむと申しけるあけぼの、三片岡の梢《こずゑ》をかしく見え侍りければ

紫《むらさき》式《しき》部《ぶ》

191　ほととぎす　声待つほどは　片岡の　もりのしづくに　立ちやぬれまし

賀茂に四こもり侍りける暁《あかつき》、ほととぎすの鳴きければ

弁《べんの》乳《めの》母《と》

192　ほととぎす　み山出《い》づなる　初声《はつこゑ》を　いづれの宿の　たれか聞くらむ

ぎす」は女官の暗喩《あんゆ》となる。

190　鳴く声を忍ぶことができないのだろうか。ほととぎすは、今年初めて咲いた卯の花の陰に隠れて、声高に鳴いているよ。

卯の花は四月の花、ほととぎすは五月が最盛期と考えられていたから、気の早いほととぎすを歌っている。

一　上賀茂、賀茂《かも》別雷《わけいかづち》神社。　二　鳴いてほしい。

三　賀茂別雷神社の摂社である片岡神社。

191　ほととぎすの鳴く声を待つ間、片岡の御社《みやしろ》の杜《もり》に立ちつくして、木々の雫《しずく》に濡れましょうか。

山中で恋人を待つ間雫に濡れるように、好きなほととぎすを待って濡れるのかと興じた歌。「あしひきの山の雫に妹《いも》待つと吾《われ》立ち濡れぬ山の雫に」（『万葉集』一〇七、大津皇子。『古今六帖』第一、作者名「大友王子」）の歌を念頭に置くか。

四　参籠《さんろう》し、通夜した暁。

192　ほととぎすが賀茂の御山を出るというので初めて鳴くこのすばらしい声を、わたし同様、どこの家の誰が聞くのでしょうか。

ほととぎすの初声を聞くという感動を共に分ちあっている人がだれであるかを知りたいという心。これ以前、山から出てきたほととぎすの声を賞した歌に「ほのかにぞ鳴き渡るなるほととぎすみ山を出づるけさの初声」（『拾遺集』夏、坂上望城《さかのうえのもちき》）、「み山出でてよはにや来つるほととぎす暁かけて声の聞ゆる」（『拾遺集』夏、平兼盛）がある。

題しらず　　読人しらず

193 さつき山　卯《う》の花月夜《づくよ》　ほととぎす　聞けどもあかず　また鳴かむかも

中納言家持《ちゅうなごんやかもち》

194 おのが妻　恋ひつつ鳴くや　さつきやみ　神南備山《かみなびやま》の　やまほととぎす

195 ほととぎす　ひと声鳴きて　いぬる夜は　いかでか人の　いを安く寝《ぬ》る

大中臣能宣朝臣《おほなかとみのよしのぶのあそん》

196 ほととぎす　鳴きつつ出づる　あしびきの　やまとなでし

193　五月の山で、卯の花が白く咲いた月夜に一声鳴いたほととぎすは、いくら聞いても飽きないよ。また鳴くだろうか。

卯の花・夏の月と、目に美しい初夏の景物が揃《そろ》っているところに鳴いたほととぎすの声に感興をそそられ、心ゆくまで聞きたいという気持。第五句は『万葉集』の原歌（一九五三）では「又鳴鴨《マタナカヌカモ》」と訓まれ、「また鳴かないかなあ」の意とされる。そのほうが意は通りやすい。

◇さつき山　五月の山。普通名詞。

194　自分の妻を恋い慕って鳴くのだろうか。五月闇《さつきやみ》の神南備山に山ほととぎすの声がするよ。

本来ここには「旅にして妻恋すらしほととぎす神名備山にさ夜ふけて鳴く」（『万葉集』一九三八、作者未詳）があったが、この歌が『後撰集』夏に読人しらずとしてすでに採られていることが後日判明したので、これを削除し、代りに後鳥羽《ごとば》院がこれを本歌に新作した歌。

◇神南備山　大和《やまと》の飛鳥《あすか》か龍田の方面の山を指すか。

195　ほととぎすがたった一声鳴いていってしまった夜、人はどうして安らかに眠れるだろうか。

ほととぎすは、しばしば一声だけ鳴いて飛び過ぎてしまうものとして歌われる。

196　ほととぎすが鳴きながら山からやってきた。その山ではもうやまとなでしこが咲きはじめたらしいよ。

夏の鳥であるほととぎすと夏の草花であるなでしこ（常夏《とこなつ》）を取り合せた。『能宣集』によれば、本来は撫子《なでしこ》の歌として六月の嵯峨野《さがの》で詠まれたもので、第二句は「鳴きつつ帰る」。
◇あしびきの　山に掛る枕詞で、「やまとなでしこ」へと言い続けた。

197　ほととぎすがせめて二声鳴くのを聞いたならば、衣を片敷いてうたた寝でもしようものの、このままではとても寝る気になれないよ。
一九五と同じく、もっとほととぎすの声を聞きたいという心を、仮想表現によって歌う。
◇衣かた敷き　衣の片方の袖《そで》を敷き。本来恋人などを待って仮眠する姿をいう。

198　まだうちとけない調子で忍びやかに鳴くほととぎすの声は、来ようと約束したのに来ない人を心待ちしているわたしだけが聞くよ。
客を待つ夜、待ち人は来ないで、その人の訪《おとな》いかと一瞬錯覚させるほととぎすの声を聞いた心。題にいう「客」を男と見て、女の立場で歌ったと見ることもできる。参考「山がつと人はいへどもほととぎすまづ初声はわれのみぞ聞く」(『拾遺集』夏、坂上是則《さかのうえのこれのり》)。
◇まだうちとけぬ　山から人里に出てきたばかりでまだ慣れていないさまを擬人的に言った。

199　その鳴き声を聞いても、やはり寝られないよ。ほととぎすを夜ごと待ち続けた心の慣《なら》いで。
作者とほぼ同時代の一宮《いちのみや》紀伊《きい》に「聞きてしもなほぞ待たるるほととぎす鳴く一声にあかぬ心は」(『高陽院《かやのいん》殿七番和歌合』)という作がある。

こ　咲きにけらしも

大納言《だいなごん》経信《つねのぶ》

197　二声《ふたこゑ》と　鳴きつと聞かば　ほととぎす　衣《ころも》かた敷き　うたたねはせむ

待《チテ》レ客《ヲ》聞《ク》二郭公《ほととぎすヲ》一といへる心を　　白河院御歌

198　ほととぎす　まだうちとけぬ　忍《しの》び音《ね》は　来《こ》ぬ人を待つ　われのみぞ聞く

題しらず　　花園左大臣《はなぞののさだいじん》

199　聞きてしも　なほぞ寝られぬ　ほととぎす　待ちし夜ごろの　心ならひに

200
神館《かんだち》にてほととぎすを聞きて　　前中納言匡房《さきのちゆうなごんまさふさ》
卯《う》の花の　垣根《かきね》ならねど　ほととぎす　月の桂《かつら》の　かげに
鳴くなり

入道前関白、右大臣に侍りける時、百《ひやく》
首歌《しゆのうた》よませ侍りける、郭公の歌　　皇太后宮大夫俊成
201
昔思ふ　草の庵《いほり》の　よるの雨に　涙な添へそ　やまほとと
ぎす

202
雨そそく　はなたちばなに　風すぎて　やまほととぎす
雲に鳴くなり

題しらず　　相《さが》模《み》
203
聞かでただ　寝なましものを　ほととぎす　なかなかなり

200　ほととぎすが訪れるという卯の花の垣根ではないけれども、月にゆかりのある桂の木の陰で、月夜に鳴いているほととぎすの声が聞えるよ。
参考「卯の花の咲ける垣根の月清みいねず聞けとや鳴くほととぎす」(『後撰集』夏、読人しらず)。
◇月の桂　月の中にあるという桂。月夜に桂の木陰で鳴いたのでこう言った。桂の枝に賀茂葵《あおい》をつけたものを「もろかづら」と言い、賀茂祭で用いるので、桂は賀茂にゆかりの深い木である。

201　夜、雨の降り注ぐ草の庵の中で、昔のことをなつかしく思い出して、わたしは涙にくれている。山ほととぎすよ、悲しい声で鳴いて、その上さらに涙の雨を添えてくれるな。
「蘭省《らんせいノ》花《ノ》時《ノ》錦帳《きんちやうノもと》下、廬山《ろざんノ》雨《ノ》夜《ノ》草菴《さうあんノうち》中」(『和漢朗詠集』雑、山家、白楽天)に拠る。同じ詩句に拠った「さみだれに思ひこそやれ古《いにしへ》の草の庵のよはのさびしさ」(『千載集』夏、輔仁《すけひと》親王)にも影響されている。

202　雨の降り注ぐ花橘《はなたちばな》に風が吹き過ぎて、かぐわしい薫りを送ってくる。折しも雲の中で鳴く山ほととぎすの声が聞える。
花橘の芳香はさみだれの湿気にひきたてられて一層強くなる。感覚的に清新な作。
＊二〇三・二〇四は「待郭公」の心の歌。

203　いっそのこと、ほととぎすの声を聞かないでただ寝てしまえばよかったものを。なまじっか夜半に一声を聞いたばかりに、寝ることもできません。

類歌「ほととぎす待つほどとこそ思ひつれ聞きてののちも寝られざりけり」(『後拾遺集』夏、道命《どうみよう》)。

204　だれの里へも訪れてくるかと思って、ほととぎすを根気強く待ったあげく、待ちくたびれてしまいました。

『紫式部集』によると、本来は男への返歌らしい。その場合「ほととぎす」は多情な男の比喩《ひゆ》と見られる。

＊二〇五は「聞郭公」の歌。

205　幾夜も待ちかねた末に、ようやく待兼山のほととぎすが空のはるかかなたで鳴く一声を聞きました。

「待兼山」という地名がほととぎすを待ちかねている自身の心を託するのにふさわしいので、このような状況を設定した、歌合での作。相手の藤原顕綱《あきつな》も同じ地名を詠んだが、それは待ちかねたまま日が暮れたというので、この作が勝とされた。

◇待ちかね山　摂津国の歌枕。現在、大阪府豊中市内。

◇雲居のよそ　遠くかすかであることを暗示する。

＊二〇六・二〇七はまた「待郭公」の心の歌。

206　ほととぎすが二声鳴くのを聞かないうちは船出するまい。たとえこの明石《あかし》の泊りで幾夜を明かすことになろうとも。

参考「二声と聞くとはなしにほととぎす夜深く目をもさましつるかな」(『後撰集』夏、伊勢)。

◇明かしのとまり　隠題《かくしだい》ふうに播磨《はりまの》国の歌枕「明石」を詠み入れる。

や　よはの一声《ひとこゑ》

紫式部

204　たが里も　とひもやくると　ほととぎす　心のかぎり　待ちぞわびにし

寛治《くわんぢ》八年前太政大臣高陽院歌合《かやのゐんのうたあはせ》に、郭公を

周防内侍《すはうのないし》

205　夜をかさね　待ちかね山の　ほととぎす　雲居のよそに　一声ぞ聞く

海辺ノ郭公といふことをよみ侍りける

按察使公通《あぜちのきんみち》

206　二声と　聞かずは出でじ　ほととぎす　幾夜《いくよ》明かしの　とまりなりとも

207 百首歌たてまつりし時、夏の歌の中に　民部卿《みんぶきやう》範光《のりみつ》

ほととぎす　なほ一声は　思ひ出でよ　老曾《おいそ》の杜《もり》の　よは
の昔を

208 郭公をよめる　八条院《はちでうのゐん》高倉《たかくら》

一声は　思ひぞあへぬ　ほととぎす　たそがれ時の　雲の
まよひに

209 千五百番歌合に　摂政太政大臣《せつしやうだいじやうだいじん》

有明《ありあけ》の　つれなく見えし　月は出でぬ　やまほととぎす
待つ夜ながらに

後徳大寺左大臣家に、十首よみ侍りけ

207 ほととぎすよ、もう一声鳴いておくれ。老曾の杜で夜半鳴いた昔のことを思い出して。
相模守大江公資《さがみのかみおおえのきんより》が帰京の途上詠んだ「東路《あづまぢ》の思ひ出にせむほととぎす老曾の杜のよはの一声」(『後拾遺集』夏)に拠る。「忘れにし人をぞさらに近江《あふみ》なる老曾の杜と思ひ出でつる」(『古今六帖』第五、思ひ出づ)をも取り合せたか。『平家物語』に範光《のりみつ》が沈淪《ちんりん》をかこって禁中に落書した歌であると説話化している。◇老曾の杜　近江国(滋賀県)の歌枕。奥石神社の杜。

208 たった一声だけでは、ほととぎすを聞いたとはとうてい思うことができません。しかもたそがれ時、雲にまぎれての声だったので。
参考「あしびきの山ほととぎす里なれてたそがれ時に名のりすらしも」(『拾遺集』雑春、大中臣輔親《おおなかとみのすけちか》)。
＊二〇九から二一二までは月と組み合せたほととぎす。

209 人の気も知らないでなかなか出ようとしなかった有明の月はやっと出た。けれども、山ほととぎすは夜通し待ってもやってこない……。
「有明のつれなく見えし別れより暁ばかりうきものはなし」(『古今集』恋三、壬生忠岑《みぶのただみね》)に拠りつつ、定家の「さみだれの月はつれなきみ山よりひとりも出づるほととぎすかな」(二三六)を念頭に置き、有明の月とほととぎすの関係を逆にしたか。
◇待つ夜ながらに　待つ夜のままの状態で。

210 わたしの心をどうしろといって、ほととぎすは雲間をもれる月の光の下で鳴くのであろうか。

このすばらしさに、どうしていいかわからない……。

本居宣長《もとおりのりなが》は「歌のさま、西行《さいぎやう》めきたり」と評する。西行には「見るもうしいかにかすべきわが心かかる報いの罪やありける」（『聞書《ききがき》集』）という作がある。

211　ほととぎすが鳴きながら入る、入佐《いるさ》の山の山の端は、月が入るための恨めしさよりももっと恨めしく思われるなあ。

参考「里わかぬ影をば見れど行く月のいるさの山をたれか尋ぬる」（『源氏物語』末摘花《すゑつむはな》、光源氏）。
◇いるさの山　一六六参照。

212　有明の月はとくに待ちもしないのに出たが、相変らず山深く籠《こも》っているほととぎすよ。

「いま来むといひしばかりに長月《ながつき》の有明の月を待ち出でつるかな」（『古今集』恋四、素性《そせい》）を本歌とし、ほととぎすを恋人のごとく見なした。

213　鳴きながら飛び過ぎてしまったよ、信太の杜のほととぎすは絶えることのない雫《しずく》（涙）をわたしの袖に残して。

参考「さつき来《こ》ば信太の杜のほととぎす木伝《こづた》ふ千枝《ちえ》の数ごとに鳴け」（『堀河百首』夏、源俊頼《としより》）。後鳥羽院の初期の作にも「過ぎぬなりよはの寝覚めのほととぎす声をばしばし月に残して」（『後鳥羽院御集』）があるが、保季の作の模倣か。
◇信太の杜　和泉《いずみ》国の歌枕。現在、大阪府和泉市内。細かく枝分れした楠《くすのき》の巨木があった。

るに、よみてつかはしける

皇太后宮大夫俊成

210　わが心　いかにせよとて　ほととぎす　雲間《くもま》の月の　影に鳴くらむ

郭公の心をよみ侍りける

前太政大臣《さきのだいじやうだいじん》

211　ほととぎす　鳴きているさの　山の端《は》は　月ゆゑよりも　恨めしきかな

権中納言親宗《ごんちゆうなごんちかむね》

212　有明の　月は待たぬに　出でぬれど　なほ山ふかき　ほととぎすかな

杜間《とかんノ》郭公といふことを

藤原保季朝臣《ふぢはらのやすすゑのあそん》

213　過ぎにけり　信太《しのだ》の杜《もり》の　ほととぎす　絶えぬしづくを

袖《そで》にのこして

題しらず

藤原家隆朝臣《ふぢはらのいへたかのあそん》

214 いかにせむ　来《こ》ぬ夜あまたの　ほととぎす　待たじと思へ
ば　村雨《むらさめ》の空

百首歌たてまつりしに

式子内親王

215 声はして　雲路にむせぶ　ほととぎす　涙やそそく　宵《よひ》の
村雨

千五百番歌合に

権中納言公経《ごんちゆうなごんきんつね》

216 ほととぎす　なほうとまれぬ　心かな　汝《な》が鳴く里の　よ
その夕暮

214 待ち続けようかどうしようか。幾夜も来ないほととぎすをもう待つまいと思っていると、村雨の空模様となった。今夜あたりはやって来そうな気もする。

「頼めつつ来ぬ夜あまたになりぬれば待たじと思ふぞ待つにまされる」（『拾遺集』恋三、柿本人麻呂）という恋歌を本歌として、ほととぎすを待つ者の心の迷いを歌う。「心をぞつくしはてつるほととぎすほのめく宵《よひ》の村雨の空」（『千載集』夏、藤原長方）もヒントを与えているか。

215 雲の中でむせび鳴くほととぎすの声が聞えます。その涙が降り注ぐのでしょうか、宵から村雨が降り出したのは。

「声はして涙は見えぬほととぎすわが衣手《ころもで》のひつをからなむ」（『古今集』夏、読人しらず）を本歌としつつ、「涙は見えぬ」という点に反撥《はんぱつ》して、村雨をほととぎすの涙に見立てた。「ほととぎす雲路にまどふ声すなりをやみだにせよさみだれの空」（『金葉集』夏、源経信）という先行の類想歌もある。

216 ほととぎすよ、やはり疎んずる気になれないなあ。おまえの鳴く里がよそにもたくさんある夕暮時にも。

「ほととぎす汝《な》が鳴く里のあまたあればなほうとまれぬ思ふものから」（『古今集』夏、読人しらず）の古歌を本歌としながら、「うとましく思われる」という本歌とは逆にほととぎすへの愛着の情を強調した。

◇よその夕暮　『六百番歌合』での定家の秀歌「年もへぬ祈るちぎりは初瀬山尾上《をのへ》の鐘のよその夕暮」（一一四二）によるか。

217　たとえ鳴く声を聞かなくても、ここをほととぎすを待つ場所にしよう。山田の原の杉の群立っているこの場所を。

『御裳濯川歌合《みもすそがわうたあわせ》』で俊成は「山田の原といへる姿、凡俗及び難きに似たり」と激賞する。

◇山田の原　伊勢国の歌枕。大神宮の外宮《げくう》付近の地。

218　ほととぎすは深い峰から出てきたのだな。外山の山裾にいると、高い空から声が落ちてくるように聞えるよ。

ほととぎすの声を聞いてその飛来した道筋を想像した。「深き峯」と「外山の裾」が対となる。

219　山人の粗末な笹葺《ささぶ》きの仮小屋、その仮の戸を開ける明け方に、ほととぎすが鳴くよ。

◇かりの戸　「仮の戸」に「を笹」の縁語「刈り」を響かせる。◇明け方　「戸を開け」に「明け方」を掛けた。

＊二二〇から二二四までは菖蒲《あやめ》の歌。ただし、二二〇は前の郭公の歌群の延長とも見られる。

220　大気はしっとりと湿りけを帯び、あやめがかぐわしい薫りを放っている。そしてほととぎすが声高く鳴く、五月の雨の日暮時。

本歌「ほととぎす鳴くやさつきのあやめ草あやめも知らぬ恋もするかな」（『古今集』恋一、読人しらず）。

題しらず　西《さい》行《ぎやう》法《ほふ》師《し》

217
聞かずとも　ここをせにせむ　ほととぎす　山田の原の
杉のむらだち

218
ほととぎす　深き峯より　出でにけり　外山《とやま》の裾《すそ》に　声の
落ちくる

山家《ノ》暁《ノ》郭公といへる心を　後《ご》徳《とく》大《だい》寺《じの》左《さ》大《だい》臣《じん》

219
を笹《ざさ》ふく　しづのまろやの　かりの戸を　明け方に鳴く
ほととぎすかな

五首歌人々によませ侍りける時、夏の
歌とてよみ侍りける　摂政太政大臣

220
うちしめり　あやめぞかをる　ほととぎす　鳴くやさつき

＊二二一は菖蒲《あやめ》の歌であるが、薬玉《くすだま》を暗示的に歌っており、二二二同様、薬玉の歌とも見られる。二二二は菖蒲の語を含まず、二二一との関連でここに位置しているのである。

221　端午の節句である五月五日の今日は、白い薬玉の上にさらに菖蒲の根（泣く音）さえ懸けて、袖の白玉（涙）はいっそう乱れます。

◇ね　「根」に泣く「音」を掛ける。◇袖の白玉　袖に付ける薬玉とともに、涙を暗示する。涙を指す例としては「片敷きの衣をせばみ乱れつつなほ包まれぬ袖の白玉」（『新勅撰集』恋四、藤原惟成《これしげ》）などがある。

222　いくら見ていても見飽きるということがないのに散ってしまった色とりどりの春の花は、このように実はあなたの袂《たもと》に残っていたのですね。

贈られた薬玉が贈り主の袂に懸っていたものと見なして、その美しさをたたえることによって謝意を表した挨拶《あいさつ》の歌。『大納言経信集』によれば、代作か。

◇散りにし花のいろいろ　色とりどりの春の花を念頭に置いていう。五月は花の少ない季節である。

一　局が隣合せで宮住みしていた時。局はこの場合、中宮彰子（上東門院）に宮仕えしている女房達の部屋。

二　長い菖蒲の根。根合《ねあわせ》では長いものほど賞された。

223　普通なら泥土《うきつち》に流される菖蒲草がこのように五月六日の今日まで流されずに懸っていました。この長い根をどう御覧になりますか——この世のおしなべての憂さつらさを嘆いている、はかない草のよう

の　雨の夕暮

述懐によせて百首歌よみ侍りける時　皇太后宮大夫俊成

221　今日《けふ》はまた　あやめのねさへ　かけそへて　乱れぞまさる　袖《そで》の白玉《しらたま》

五月五日薬玉《くすだま》つかはして侍りける人に　大納言経信

222　あかなくに　散りにし花の　いろいろは　のこりにけりな　君がたもとに

一局《つぼね》並びに住み侍りける頃、五月六日もろともにながめ明かして、朝《あした》に長き二根を包みて、紫式部《むらさきしきぶ》につかはしける

223　なべて世の　うきになかるる　あやめ草　今日までかかる　ねはいかが見る

上東門院小少将《じやうとうもんゐんのこせうしやう》

返し

紫　式　部

224　なにごとと　あやめはわかで　今日もなほ　たもとにあまる　ねこそ絶えせね

山畦《さんけい》ノ早苗といへる心を

大納言経信

225　早苗《さなへ》とる　山田のかけひ　もりにけり　引くしめなはに　露ぞこぼるる

釈阿《しやくあ》に九十賀《くじふのが》たまひ侍りし時、屏風《びやうぶ》に、

摂政太政大臣

五月雨《さみだれ》

なわたしが今日まで何とか生きてきた有様をあなたはどう御覧になりますか。

菖蒲の根によそえて世の憂さ（あるいは男女関係か）を友に訴えた。作者は紫式部の親友。◇うき　泥土の意の「埿《うき》」に「憂き」を掛ける。◇なかるる「流るる」に「泣かるる」を掛ける。◇かかる「掛る」に「斯る」を掛ける。◇ね「根」に泣く「音」を掛ける。

224　何をお嘆きとも分別はつかないものの、六日の今日もやはり袂で抑えても抑えきれないほど、泣く音は絶えません。

『源氏物語』螢《ほたる》の巻に「けふさへやひく人もなき水隠《みがく》れに生ふるあやめのねのみなかれむ　螢宮、あらはれていとど浅くも見ゆるかなあやめもわかずなかれけるねの　玉鬘《たまかづら》」という贈答歌がある。◇あやめ　菖蒲の意の「あやめ」に、物の道理、筋道の意の「文目《あやめ》」を掛ける。◇絶えせね「絶え」は「根」の縁語。

＊二二五は早苗の歌。二二六・二二七は五月雨《さみだれ》の歌だが、二二五の延長とも見られる。

225　早苗を取って田植えをする山田に引き入れた懸《かけ》樋《ひ》から水が洩《も》れたのだな。張った標縄《しめなは》に露がこぼれている。

経信には「荒小田《あらをだ》に細谷川をまかすれば引くしめ縄にもりつつぞゆく」（『金葉集』春）もある。田園風景は院政期頃から盛んに歌われるようになってくる。

226 小山田《をやまだ》に　引くしめなはの　うちはへて　朽《く》ちやしぬらむ　さみだれのころ

題しらず　伊《い》勢《せの》大《たい》輔《ふ》

227 いかばかり　田子《たご》の裳《も》裾《すそ》も　そぼつらむ　雲間《くもま》も見えぬ　ころのさみだれ

大納言経信

228 三島江《みしまえ》の　入江のまこも　雨降れば　いとどしをれて　刈る人もなし

前中納言匡房

229 まこも刈る　淀《よど》の沢水《さはみづ》　深けれど　底まで月の　影は澄みけり

＊二二六から二二八までと、二三〇から二三七までは五月雨《さみだれ》（梅雨《つゆ》）の歌と一応見られる。

226 小山田に長く張りめぐらした標縄《しめなわ》は、朽ちてしまっただろうか。降り続くこのさみだれに。
「さみだれの日数へぬれば刈りつみししづ屋の小菅《こすげ》朽ちやしぬらむ」（『千載集』夏、藤原顕輔《あきすけ》）などと同じく、さみだれが長く降り続くことを歌った。
◇うちはへて　引き続き。「しめなは」の縁語。

227 どれほど農夫の裳裾も濡れそぼつことでしょう、雲の晴れ間も見えない、さみだれのころは。
参考「かきくらし雲間も見えぬさみだれは絶えず物思ふわが身なりけり」（『後拾遺集』恋四、藤原長能《ながよし》）。

228 三島江の入江の真菰《まこも》は、さみだれが降るのでいよいよ濡れしおれて刈る人もないよ。
参考「三島江の玉江の薦《こも》をしめしよりおのがとぞ思ふいまだ刈らねど」（『万葉集』一三四八、作者未詳）、「三島江の入江の薦を刈りにこそ吾《われ》をば君は思ひたりけれ」（『万葉集』二七六六、作者未詳）。
◇三島江　摂津国の歌枕。二二五参照。

229 真菰を刈る淀の沢水は水かさを増して深いけれども、月影は水底まで澄んで映っているよ。
「真薦刈る淀の沢水雨降れば常よりことにまさるわが恋」（『古今集』恋二、紀貫之）に拠る。『堀河百首』では秋の月の歌として詠まれた。
◇淀　山城国《やましろのくに》の歌枕。現在、京都市伏見区淀町。諸河川の合流地なので、水郷として歌われる。

雨中木繁《シ》といふ心を　　藤《ふぢ》原《はらの》基《もと》俊《とし》

230
玉柏《たまがしは》　繁りにけりな　さみだれに　葉《は》守《もり》の神の　しめわぶるまで

百首歌よませ侍りけるに　　入道前関白太政大臣《にふだうさきのくわんぱくだいじやうだいじん》

231
さみだれは　おふの川原の　まこもぐさ　刈らでや波の　下に朽ちなむ

五月雨の心を　　藤原定家朝臣《ふぢはらのさだいへのあそん》

232
たまぼこの　道行き人の　ことづても　絶えてほどふる　さみだれの空

荒《あら》木《き》田《だの》氏《うぢ》良《よし》

230　美しい柏の木はこのさみだれにすっかり茂ったな。この木にましますという葉守の神が標縄をしかねるまでに。
「楢《なら》の葉の葉守の神のましけるを知らでぞ折りしたたりなさるな」（『後撰集』雑二、藤原仲平）、「玉柏庭も葉広になりにけりこやゆふしでて神祭るころ」（『金葉集』夏、源経信）などに拠る。
◇葉守の神　樹木を守る神。◇しめわぶる　「しめはふる」の異文があり、その場合は「しめ延《は》ふる」で、標縄を張るの意となる。

231　さみだれの時分は、おうの河原に茂る真菰も、刈らないまま波の下に朽ちてしまうであろうか。
「真薦刈る大野《おほぬ》川原の水隠《みごも》りに恋ひこし妹《いも》が紐《ひも》解く吾《われ》は」（『万葉集』二七〇三、作者未詳）に拠る。さみだれ時の真菰を詠んだ名歌「さみだれは美豆《みづ》の御牧《みまき》のまこも草刈り乾す隙《ひま》もあらじとぞ思ふ」（『後拾遺集』夏、相模《さがみ》）も念頭にあったか。
◇おふの川原　「生ふ」を掛ける。作者は出雲国《いずもの》（今の島根県の一部）の歌枕と考えたか。

232　道行く人も、その人に託しての便りもとだえて幾日も経った、さみだれの降り続く暗鬱《あんうつ》な空。
さみだれに降りこめられている人間のうっとうしさ。本歌「恋ひ死なば恋ひも死ねとや玉ほこの道行き人にことづてもなき」（『拾遺集』恋五、柿本人麻呂）に歌われた恋人に逢えないことに伴う焦燥感をも籠《こ》める。
◇ほどふる　「経《ふ》る」に「降る」を掛ける。

233　さみだれを降らせた雲はとぎれた。その絶え間をじっと見つめながら、西に傾いた月が窓から見えるのを待っているよ。

234　部屋の内にいると、棟《おうち》の花が咲いている外の木陰に、雨の露がしきりに落ちて、さみだれの晴れることを告げる風の吹き渡る音が聞える。

さみだれ（梅雨《つゆ》）には中休みがある。その梅雨の晴れ間を歌った清新な叙景歌。少し前に詠まれた「かをりあふ庭のあふちの花散りてあやめが軒を過ぐる夕風」（『御室《おむろ》五十首』藤原家隆）に触発されたか。
◇あふち　栴檀《せんだん》。五、六月に紫色の房状の花が咲く。さみだれ時の花として古歌にも取り上げられている。
◇そとも　外面。戸外の意。

＊二三五から二三七までは、五月雨《さみだれ》に郭公《ほととぎす》を取り合せた歌。

235　月は気強く出ようとしないさみだれの時分の深山から、たったひとり出てきたほととぎすよ。

二〇九とともに「有明《ありあけ》のつれなく見えし別れより暁ばかりうきものはなし」（『古今集』恋三、壬生忠岑《みぶのただみね》）を本歌とするが、有明の月とほととぎすの関係は二〇九と逆。詠出年次はこの作のほうが先である。「月はつれなき」の句は源通光《みちてる》など、後続歌人に模倣された。

236　ほととぎすは空のかなたに鳴き過ぎていったのだな。わたしが晴れやらぬ思いに沈んでいるさみだれのころに。

詠まれた時点を考えると、「晴れぬ思ひ」は単に「さみだれ」のためだけでなく、政治的な不如意を寓する

233
さみだれの　雲の絶えまを　ながめつつ　窓より西に　月
を待つかな

百首歌たてまつりし時　前大納言忠良《さきのだいなごんただよし》

234
あふち咲く　そともの木陰《こかげ》　露落ちて　さみだれ晴るる
風渡るなり

五十首歌たてまつりし時　藤原定家朝臣

235
さみだれの　月はつれなき　み山より　ひとりも出づる
ほととぎすかな

太神宮にたてまつりし夏の歌の中に　太《だい》上《じやう》天《てん》皇《わう》

236
ほととぎす　雲居のよそに　過ぎぬなり　晴れぬ思ひの
さみだれのころ

かという想像も成り立つ。参考「秋霧のともに立ち出でて別れなば晴れぬ思ひに恋ひやわたらむ」（『古今集』離別、平元規《もとのり》）。

237 ほととぎすはさみだれを降らせた雲が晴れて、月が照るのをしばらく待っていたのですね。雨があがった今、月の光の中で鳴いています。

さみだれがあがって月が美しく照る折も折ほととぎすが鳴いたので、ほととぎすを擬人化して、このような機会を待っていたのだろうと想像した。

＊ 二三八から二四七までは橘《たちばな》（歌題では盧橘《ろきつ》ともいう）の歌。橘は「さつき待つ花橘の香をかげば昔の人の袖《そで》の香ぞする」（『古今集』夏、読人しらず。『伊勢物語』六十段）の古歌により、古人を思い出させるものとして歌われるのが一般的。

238 いったいだれが花橘の薫りにわたしのことを思い出すであろうか。わたしもまた世を去って古人となってしまったならば。

自身が古人をしのんでいるように、自分の死後もまた人にしのばれたいという心を歌う。

239 死んだわたしを誰が偲《しの》ぶように庭の橘と約束しておこうか。風そよぐこの夕暮時に。

前の歌と同じく、自分の死後、自身がなじんだ橘をよすがとしてだれか人にしのばれたいという心を歌う。高陽院《かやのいんの》木綿《ゆう》四手《しで》の哀傷歌「あやめぐさたれしのべとか植ゑおきてよもぎが本《もと》の露と消えけむ」（七六九）に通うものがある。

建仁《けんにん》元年三月歌合に、雨後ノ郭公といへる心を

二条院讃岐《にでうのゐんのさぬき》

237 さみだれの　雲間《くもま》の月の　晴れゆくを　しばし待ちける　ほととぎすかな

題しらず

皇太后宮大夫俊成

238 たれかまた　はなたちばなに　思ひ出でむ　われも昔の　人となりなば

右衛門督通具《うゑもんのかみみちとも》

239 行く末を　たれしのべとて　ゆふ風に　契りかおかむ　宿のたちばな

240
百首歌たてまつりし時、夏の歌　　式子内親王
帰りこぬ　昔を今と　思ひ寝の　夢の枕《まくら》に　にほふたち
ばな

241
前大納言忠良
たちばなの　花散る軒《のき》の　しのぶぐさ　昔をかけて　露ぞ
こぼるる

242
五十首歌たてまつりし時　　前大僧正慈円
さつきやみ　短きよはの　うたたねに　はなたちばなの
袖《そで》にすずしき

243
題しらず　　読人しらず
尋ぬべき　人は軒端《のきば》の　ふるさとに　それかとかをる　庭

240　再び帰ってはこない昔を今にと思いながら寝た夜の夢、その夢の中で、昔は戻っていました。そして覚めた枕辺には橘《たちばな》が薫っていて。
夢の中に漂ってきた橘の芳香が、夢に昔のことをまざまざと見せていたという趣向である。その昔の夢は楽しく、艶《えん》なものであったことを暗示にとどめている。参考「いにしへのしづのをだまきくり返し昔を今になすよしもがな」(『伊勢物語』三十二段)。

241　橘の花が散る軒に生えたしのぶ草は、あたかも昔をしのんで涙を流すかのように露をこぼしている。
参考「橘の香をなつかしみほととぎす花散る里を尋ねてぞ問ふ　光源氏、人目なく荒れたる宿は橘の花こそ軒のつまとなりけれ　麗景殿女御《れいけいでんにょうご》」(『源氏物語』花散《はなちる》里《さと》)、「住みわびてわれさへ軒のしのぶ草しのぶかたがた繁き宿かな」(『金葉集』雑上、周防内侍《すおうのないし》)。

242　五月闇《さつきやみ》の短夜、うたた寝をして目覚めると、花橘の香が袖に涼しく薫っているよ。
参考「五月闇花橘のありかをば風のつてにぞ空に知りける」(『金葉集』夏、藤原俊忠《としただ》)。

243　尋ねてくるはずの人は遠のいてしまった、旧里の軒端に、その人の袖の香かしらとふと思わせて薫っている庭の橘よ。
懐旧の情をそそるように廃屋に薫る橘を歌う。
◇軒端　「住みわびてわれさへ軒のしのぶ草……」(二四一注参照)の歌同様、「退《の》き」と「軒」を掛ける。

244 ほととぎすが花橘の香を求めて鳴くのは、古くからの言い伝えどおり昔馴染《なじ》んだ人が恋しいからなのであろうか。

ほととぎすは蜀《しよく》王望帝杜宇《とう》の化したものであるという中国の古伝説を踏まえ、「ほととぎす」を男、「はなたちばな」を女に見立てて歌う。参考「さつき待つ花橘の……」(二三八＊印参照)、「夏の夜に恋しき人の香をとめば花橘ぞしるべなりける」(『後撰集』夏、読人しらず)。

◇とめて　尋ね求めて。

245 花橘が薫るあたりでうたたねをしてなつかしい昔を夢に見ました。そして覚めたあとも、昔馴れ親しんだ人の袖の香がするような気分です。

二四〇と類似した状況の歌。これも「さつき待つ花橘の……」の本歌取りである。女の立場の歌で「昔の袖」は親しんだ男の袖と見られる。ただし、「昔の袖」を女自身の袖と解することも不可能ではない。

246 不思議なこともあるものだな。今年初めて咲き出した花橘がどうして昔を思い起させるように薫るのであろうか。

「ことし」と「昔」とを対比させ、昔を知らないはずの橘が昔を思い起させるきっかけを与えることを不思議だとした、機知の歌。「ことしより春知りそむる桜花散るといふことは習はざらなむ」(『古今集』春上、紀貫之)の本歌取りだが、もとより「さつき待つ花橘の……」の古歌を前提としている。

のたちばな

244 ほととぎす　はなたちばなの　香《か》をとめて　鳴くは昔の
人や恋しき

皇太后宮大夫俊成女

245 たちばなの　にほふあたりの　うたたねは　夢も昔の　袖
の香ぞする

藤原家隆朝臣

246 ことしより　花咲きそむる　たちばなの　いかで昔の　香
ににほふらむ

守覚法親王《しゆかくほふしんわう》五十首歌よませ侍りける時　　藤原定家朝臣

247 夕暮は　いづれの雲の　なごりとて　はなたちばなに　風の吹くらむ

堀河院御時后《きさい》の宮にて、閏《うるふ》五月郭公といふ心をのこどもつかうまつりけるに

権中納言《ごんちゆうなごん》国信《くにざね》

248 ほととぎす　さつきみなづき　わきかねて　やすらふ声ぞ　空に聞ゆる

題しらず

白河院御歌

249 庭の面《おも》は　月もらぬまで　なりにけり　こずゑに夏の　陰茂りつつ

恵《ゑ》慶《ぎやう》法《ほふ》師《し》

247 夕暮はどこの雲を吹いたなごりというので、風が花橘《はなたちばな》に、昔を思い起させる香を運んでくるのだろう。昔親しんだ人のなきがらの煙が立ち昇った雲を吹いた風ではないだろうか。

「さつき待つ……」の古歌に、「雨となりしぐるる空の浮雲をいづれの方とわきてながめむ」（『源氏物語』葵《あおい》、中将の君）、「見し人の煙《けぶり》を雲とながむれば夕べの空もむつましきかな」（『源氏物語』夕顔、光源氏）などを取り合せた、物語情趣の横溢《おういつ》した歌。

＊ 二四八は閏五月郭公という特殊な主題の歌。

一 皇后篤子《あつこ》。後三条天皇の内親王で堀河院の叔母。

二 太陰太陽暦では時に五月が二度ある。これは康和四年（一一〇二）の閏五月十日中宮御所での歌会で講ぜられた題。

248 今は自分の鳴く季節である五月なのか、それとももう山に帰るべき六月なのか区別しかねて、ためらいがちに鳴いているほととぎすの声が、ほのかに空に聞えるよ。

＊ 二四九・二五〇は樹陰（緑陰）の歌。

249 庭の面は月の光も洩《も》らないまでになってしまったよ。木々の梢《こずえ》は夏らしく樹陰も濃く茂って。

大江匡房《まさふさ》の家集『江帥集《ごうそつ》』に「庭の面は月もらぬまでなりにけり梢に夏の日数積りて」と見える。これによれば本当の作者は匡房か。「わが宿の梢の夏になる時は生駒《いこま》の山ぞ見えずなりける」（『後拾遺集』夏、能因）などに類似した風景。

250 わたしの家の外側に立っている楢の葉が茂って、その木陰の下で涼む夏がやって来たなあ。

『定家十体』で「濃様《のうよう》」（こまやかな詠みぶり）の歌とする。能因の「ねやの上に……」（六五五）はこの歌に影響されたか。

＊二五一から二五四までは鵜川（鵜飼）の歌。鵜飼は夜行うので篝火《かがりび》を焚《た》く。

251 篝火を焚いている鵜飼舟をしみじみあわれ深く見るよ、宇治川の夕闇に包まれた空の下で。

「もののふの八十宇治川の網代木《あじろぎ》にいさよふ波のゆくへ知らずも」（『万葉集』二六四、柿本人麻呂）を本歌とし、宇治川の鵜飼を歌う。「あはれとぞ見る」には仏徒として鵜飼を殺生な業《わざ》と見る気持を籠《こ》めるか。◇もののふの八十宇治川　山城《やましろの》国（今の京都府東南部）の歌枕、宇治川のこと。「もののふの八十」は「氏《うじ》」、転じて宇治川に掛る枕詞。

252 鵜飼舟が棹《さお》さし、浅瀬を越そうとしているのであろうか。もつれ、ゆらめく篝火の火影よ。

篝火の火影によって闇に溶けこんでいる鵜飼舟の動きを想像した。

253 大井川を篝火をともして漕《こ》いでゆく鵜飼舟は、幾つ瀬を越して、夏の短夜を明かすことか。

夏の短夜に行われる鵜飼のあわただしさを歌う。先行歌に藤原家隆の「大井川幾瀬のぼれば鵜飼舟嵐《あらし》の山の明けわたるらむ」（『六百番歌合』）がある。◇大井川　山城国の歌枕。嵯峨《さが》の近くを流れる大堰《おおい》川。

250
わが宿の　そともに立てる　楢《なら》の葉の　茂みにすずむ　夏は来にけり

摂政太政大臣家百首歌合に、鵜川《うかは》をよみ侍りける

前大僧正慈円

251
鵜飼舟《うかひぶね》　あはれとぞ見る　もののふの　八十《やそ》宇治川の　夕《ゆふ》闇《やみ》の空

寂《じやく》蓮《れん》法《ほふ》師《し》

252
鵜飼舟　高瀬さしこす　ほどなれや　むすぼほれゆく　かがり火の影

千五百番歌合に

皇太后宮大夫俊成

253
大井川　かがりさしゆく　鵜飼舟　幾瀬《いくせ》に夏の　夜を明かす

すらむ

藤原定家朝臣

254 久方《ひさかた》の　中なる川の　鵜飼舟《うかひぶね》　いかに契りて　やみを待つらむ

百首歌たてまつりし時　　摂政太政大臣

255 いさり火の　昔の光　ほの見えて　蘆屋《あしや》の里に　飛ぶほたるかな

式子内親王

256 窓近き　竹の葉すさむ　風の音に　いとどみじかき　うたたねの夢

254 月の中にあるという桂《かつら》にちなむ桂川の鵜飼舟よ、どういう因縁で月の光とは反対に闇《やみ》を待つのだろうか。

「久方の中に生ひたる里なれば光をのみぞ頼むべらなる」(『古今集』雑下、伊勢)を本歌とし、月にちなむ桂川でなぜ闇夜に鵜飼を行うのかといぶかった歌。「久方の(月)」と「やみ」とが対になる。◇久方の中なる川　山城《やましろ》国の歌枕、桂川(大堰《おおい》川の下流。桂の里付近での称)のこと。「久方の」は月に掛る枕詞だが、ここでは月そのものを指す。従って、月の中にあるというのは、中国古伝説にいう月桂樹すなわち桂を意味する。

＊二五五は螢《ほたる》の歌だが、「いさり火」の語によって、前の鵜川の歌と気分的に連続する。

255 沖には昔業平《なりひら》が歌ったそのままに漁火《いさりび》が明滅し、ここ蘆屋の里にはその漁火とも見まごう螢が蘆の間を飛んでいるよ。

「晴るる夜の星か河辺の螢かもわが住む方の海人《あま》の焚《た》く火か」(一五九九)を本歌とし、同時にこの歌が詠まれた『伊勢物語』八十七段の場面をも踏まえた詠み方。◇蘆屋の里　摂津国の歌枕。現在の芦屋市。

＊二五六・二五七は竹風の歌。

256 ただでさえ短い夏の夜なのに、窓辺に近く生えている竹の葉を吹きそよがす風の音のために、いよいよ短くなるうたた寝の夢よ。

「風ノ生《なル》レ竹ニ夜ハ窓ノ間ニ臥《ふセリ》、月ノ照スレ松ヲ時ハ台《うてな》ノ上《ほとり》ニ行《ありク》」(『和漢朗詠集』夏夜、白楽天）の詩句を踏まえつつ、夏の夜の短さ、うたたねの夢のはかなさを歌って、女歌らしい情感を漂わせている。

257 窓辺の近くに生えているわずかな竹むらに風が吹くと、短い夏の夜の夢も覚めて、その涼しさにもう秋が来たのかと驚いてしまう。

第二・三句は「わが宿のいささむら竹吹く風の音のかそけきこの夕べかも」（『万葉集』四二九一、大伴家持《おおとものやかもち》）に、また第三句以下は「秋来ぬと目にはさやかに見えねども風の音にぞおどろかれぬる」（『古今集』秋上、藤原敏行）に負う所があるか。

＊二五八から二六〇までは夏月の歌。

258 山の湧き水を手にすくって飲むと、水に映る月の光も乱れて、この冷たい水はいくら飲んでも飽きることはない。同じように見飽きることはないのに、月は西に傾いてしまった。

本歌「むすぶ手の雫《しづく》に濁る山の井のあかでも人に別れぬるかな」（『古今集』離別、紀貫之）。

◇あかで　水の意の梵語《ぼんご》「閼伽《あか》」に「飽か」を掛ける。

一 駿河国《するがのくに》（今の静岡県中央部）の古関、歌枕。

259 清見潟に月はそしらぬふりをして空にかかっている、その空の明けるのを待たないでほの白くなってきた波の上よ。

本歌「有明《ありあけ》のつれなく見えし……」（二〇九注参照）。

◇天の戸　天の戸が開くと太陽が出て夜が明けると考えられていた。戸は清見関の扉《と》を連想させる。

257

鳥羽《とば》にて、竹風夜《ちくふうよる》涼シといへることを人つかうまつりし時

春宮権大夫公継《とうぐうのごんのだいぶきんつぐ》

窓近き　いささ群竹《むらたけ》　風吹けば　秋におどろく　夏の夜の夢

五十首歌たてまつりし時

前大僧正慈円

258 結ぶ手に　影みだれゆく　山の井の　あかでも月の　かたぶきにける

最勝四天王院の障子に、一清見関《きよみがせき》かきたる所

権大納言通光《ごんだいなごんみちてる》

259 清見潟《きよみがた》　月はつれなき　天《あま》の戸を　待たでもしらむ　波の上かな

260 夏衣の薄い袂《たもと》に月の光が宿っている。この衣と光の衣は重ねて着ても涼しいなあ。

「蟬《せみ》の声聞けばかなしな夏衣薄くや人のならむと思へば」（『古今集』恋四、紀友則）の恋を夏に変え、月を取り合せた。納涼の歌とも見られる。

＊ 二六一・二六二は水辺納涼の歌。

261 夏ではなくかえって秋が終ったのではないかと思わせるほどだ。昔から流れている初瀬川の古い川辺の二本の杉の下陰の涼しさは。

本歌「初瀬川古川の辺《へ》に二本《ふたもと》ある杉年を経てまたも逢ひ見む二本ある杉」（『古今集』雑体、読人しらず）。

◇初瀬川　大和国《やまとのくに》（今の奈良県）の歌枕。桜井市初瀬を流れ、大和川に入る。「果つ」を掛けると見る。

262 清水が流れている道のほとりの柳の木陰に、ほんのしばしと思って立ち止ってしまったよ。

言外にあまり涼しいので立ち去り難く、長い間涼んでいたことを暗示させる。『西行物語』では屛風《びようぶ》歌と伝えるが、遊行《ゆぎよう》中に詠んだという伝説もある。「夏衣立田河原の柳陰涼みに来つつならすころかな」（『後拾遺集』夏、曾禰好忠《そねのよしただ》）という歌もあり、水辺の柳陰は涼むのにふさわしい場所。

＊ 二六三から二六七までは夕立の歌。

263 暑さのためによじれていた野原一面の草がかげり、急に涼しくなった、今にも夕立が降り出しそうに曇った空よ。

夕立がやって来る直前の風景。上句が写実的。

家の百首歌合に　　摂政太政大臣

260 重ねても　すずしかりけり　夏衣《なつごろも》　薄きたもとに　やどる月影

摂政太政大臣家にて詩歌合に、水辺冷シレ自《より》レ秋といふことを　　藤原有家朝臣《ふぢはらのありいへのあそん》

261 すずしさは　秋やかへりて　初瀬川《はつせがは》　古川のべの　杉のしたかげ

題しらず　　西行法師

262 道のべに　清水《しみづ》流るる　柳かげ　しばしとてこそ　立ちとまりつれ

263 よられつる　野もせの草の　かげろひて　すずしくくも

る　夕立の空

崇徳院に百首たてまつりける時　　藤原清輔朝臣《ふぢはらのきよすけのあそん》

264 おのづから　すずしくもあるか　夏衣　日も夕暮の　雨の
なごりに

千五百番歌合に　　権中納言公経

265 露すがる　庭の玉笹《たまざさ》　うちなびき　ひとむら過ぎぬ　夕立
の雲

雲隔ツ二遠望ヲ一といへる心をよみ侍りける　　源俊頼朝臣《みなもとのとしよりのあそん》

266 とをちには　夕立すらし　久方《ひさかた》の　天《あま》の香《か》具山《ぐやま》　雲がくれ
ゆく

◇野もせ　野も狭いほど。

＊二六四・二六五、二六七・二六八は夕立の後の自然を歌った作を並べた。

264 自然に涼しくなったなあ、夏衣の紐《ひも》を結う夕暮、折も折降った夕立のなごりで。

参考「川風の涼しくもあるかうち寄する波とともにや秋は立つらむ」（『古今集』秋上、紀貫之）、「唐衣《からころも》ひもゆふぐれになる時はかへすがへすぞ人は恋しき」（『古今集』恋一、読人しらず）。

◇日も夕暮　「夏衣」の縁語「紐結ふ」を掛ける。

265 雨の露がすがり付いている庭の玉笹はなごりの風に吹かれてなびき、空には夕立を降らせたひとかたまりの雲が通り過ぎていった。

夕立は涼風を伴うことが多いが、その風が夕立のあがったあともやや強く、雲や庭の笹を吹いている景。風の語を用いていないこと、地上の小風景と空の模様とを対比している点などが一種の技巧と見られる。

◇玉笹　美しい笹。「露」の縁語。

266 遥か遠くの十市《とおち》の里には夕立が降っているらしい。天の香具山がみるみる雲に隠れてゆくよ。

雲に閉ざされている大和《やまと》平野を遠望して、かなたでは夕立が降っているのだなと推測した。視界を広く大きく取った長高《たけたか》い歌。

◇とをち　大和国の歌枕、「十市」に歌題「遠望」にふさわしく「遠地《とおち》」の意を掛ける。◇久方の　ここでは「天の香具山」に掛る枕詞。

267 庭の面はまだ乾いていないのに、夕立を降らせたことはうそのような空に、さりげない様子で澄んだ月が出ているよ。
雨後の月と空を擬人的に表現して、軽妙な感じを出している。前後関係は不明だが、「夕立のまだ晴れやらぬ雲間よりおなじ空とも見えぬ月かな」(『千載集』夏、俊恵《しゅんえ》)という類想歌がある。
◇さりげなく 「空」と「月」の両方についていう。
＊ 二六八から二七一までは蟬《せみ》(蜩《ひぐらし》)の歌。二六八は雨後蟬の歌で、夕立の歌とも気分的に連続する。

268 今しがた夕立を降らせた雲ももはや空にはとどまっていない。そして夏の日が西に傾いた山では、さびしそうにひぐらしが鳴いている。
「蕭颯《せうさつタル》風雨天、蟬声暮《ニ》啾々《しうしうタリ》」(『白氏文集』巻五、永崇《えいすう》里《り》観居)などの詩句に通う世界。

269 夕暮が近づいたので閉ざした庵の柴折《しお》り戸の外に、さびしく聞えるなあ、ひぐらしの声が。
本歌「夕月夜《ゆふづくよ》さすや岡べの松の葉のいつともわかぬ恋もするかな」(『古今集』恋一、読人しらず)。「ひぐらしの声ばかりする柴の戸は入日のさすにまかせてぞ見る」(『金葉集』雑上、藤原顕季《あきすえ》)の影響も見られる。
◇夕づく日さす 戸の縁語「鎖《さ》す」を掛ける。

270 しのび寄る秋の気配のけしきの杜に鳴く蟬、その紅涙が露となって、早くも木々の下葉を色づかせるのだろうか。
杜の下葉が早くも色づいたのを、短命を嘆いて泣く蟬

夏《ノ》月をよめる　従《じゅ》三《さん》位《み》頼《より》政《まさ》

267 庭の面《おも》は　まだかわかぬに　夕立の　空さりげなく　澄める月かな

百首歌の中に　式子内親王

268 夕立の　雲もとまらぬ　夏の日の　かたぶく山に　ひぐらしの声

千五百番歌合に　前大納言忠良

269 夕づく日　さすや庵《いほり》の　柴《しば》の戸に　さびしくもあるか　ひぐらしの声

百首歌たてまつりし時　摂政太政大臣

270 秋近き　けしきの杜《もり》に　鳴く蟬《せみ》の　涙の露や　下葉《したば》染《そ》む

の紅涙のためかと考えた。「秋の来るけしきの杜の下風にたちそふものはあはれなりけり」(『千載集』秋上、待賢門院堀河)に触発されたか。◇けしきの杜　大隅《おおすみの》国(今の鹿児島県東部)の歌枕。「様子」の意の「気色」を掛ける。

271　ひぐらしの鳴く声も涼しく聞える夕暮、まだ夏なのに、秋のたたずまいを兼ねて、杜では木々の下露が滋く落ちるよ。

露は本来秋の景物なので、下露の落ちる杜を「秋をかけたる」と言った。

＊二七二は蛍《ほたる》の歌。夏虫という点で蟬の歌に続く。

272　夜、蛍はいったいどこへ飛んでゆくのだろう。草を枕に臥《ふ》しながらあてどない旅を続けて。

◇草の枕　蛍がすがっている草を旅人の草枕と見た。

＊二七三・二七四は夏のうちに忍び寄る秋風を主題とするが、二七三は蛍の延長とも見られる。

273　蛍が飛ぶ野の沢辺に茂る蘆、そのあたりに、夜ごとこっそりと吹き通う秋風よ。

「秋風」を世間をしのんで通ってくる男、「蘆」を女に見立てる趣向が秘められている。「螢火《けいくわ》乱レ飛《ンデ》秋已《すでニ》近《シ》、辰星《しんせい》早《ク》没《シテ》夜初《メテ》長《シ》」(『和漢朗詠集』夏、螢、元稹《げんしん》)、「蒹葭《けんか》水暗《ウシテ》螢知《ル》レ夜《ヲ》、楊柳《やうりう》風高《ウシテ》雁《かり》送《ル》レ秋《ヲ》」(『和漢朗詠集』夏、螢、許渾《きよこん》)などの詩句を念頭に置くか。◇蘆の根　右の許渾の詩句や腐草が化して蛍となるという考えから、蛍に縁がある。◇よなよな　「夜な夜な」の意だが、蘆の根の「節《よ》」を響かせる。

らむ

二条院讃岐

271 鳴く蟬の　声もすずしき　夕暮に　秋をかけたる　杜《もり》のしたつゆ

ほたるの飛びのぼるを見てよみ侍りける

壬生忠見《みぶのただみ》

272 いづちとか　よるはほたるの　のぼるらむ　行《ゆ》く方《かた》しらぬ　草の枕《まくら》に

五十首歌たてまつりし時

摂政太政大臣

273 ほたる飛ぶ　野沢に茂る　蘆《あし》の根の　よなよな下に　かよふ秋風

刑部卿《ぎやうぶきやう》頼輔《よりすけ》歌合し侍りけるに、納涼
をよめる　俊《しゆん》恵《ゑ》法《ほふ》師《し》

274 ひさぎ生《お》ふる　かたやまかげに　忍びつつ　吹きけるもの
を　秋の夕風

瞿麦《とこなつ》露滋《しげシ》　といふことを　高倉院御歌《たかくらのゐんのおほんうた》

275 白露《しらつゆ》の　玉もてゆへる　ませのうちに　光さへそふ　とこ
なつの花

夕顔をよめる　前太政大臣

276 白露の　なさけおきける　言《こと》の葉《は》や　ほのぼの見えし　夕
顔の花

274 秋の夕風は楸《ひさぎ》が生えている片山陰《やまかげ》に、こっそりと吹いていたのに、それと気づかなかったよ。

参考「せきとむる山した水に水隠《みがく》れてすみけるものを秋のけしきは」（『千載集』夏、実快）。
◇ひさぎ　楸。落葉する灌木《かんぼく》。河原などに生える。「ぬばたまの夜のふけゆけば久木生ふる清き河原に千鳥しば鳴く」（『万葉集』九二五、山辺赤人）。◇かたやまかげ　片方が小高くなっている山陰。
＊二七五は瞿麦（撫子《なでしこ》・常夏《とこなつ》）の歌。

275 白露の玉で結ったようなませ垣の内に、光さえ照り添っている常夏の花の美しさ。

「心あてにそれかとぞ見る白露の光そへたる夕顔の花」（『源氏物語』夕顔、夕顔の女君）に拠るか。◇ませ　植込みの低い柵《さく》。◇光　「白露」「玉」の縁語。照り映えるような常夏の色彩をたたえて言った。
＊二七六は夕顔の歌。

276 これがあの白露が少しばかりの情けをかけておいた、言葉という葉の間に、ほんのり見えた夕顔の花だろうか。

「白露」を男、「夕顔の花」を女、「葉」を言葉に見立て、夕顔の花に白露の置いている有様を恋愛関係に擬《なぞら》えた。『源氏物語』夕顔の巻の贈答「心あてにそれかとぞ見る……　夕顔の女君、寄りてこそそれかとも見めたそがれにほのぼの見つる花の夕顔　光源氏」に拠る。
＊二七七・二七八は夏荻の歌。二七五からここまでは夏植物の歌という連想により配列されている。

277　夏のたそがれ時、軒端の荻に、ともすれば表には秋の気配を感じさせない風がこっそりと訪れています。

密《ひそ》かに吹き通う風を男、「軒端の荻」を女に見立てた。
◇ほに出でぬ　表立たない、の意。「ほ」は元来目立つことを言う語。「荻」の縁語「穂」を暗示する。

278　雲が乱れている夕べの空は秋の気配を籠《こ》めていながら、風はまだ秋の様子を見せず、穂を出していない荻の上を吹いているよ。

参考「風さわぎむら雲まよふ夕べにも忘るるまなく忘られぬ君」（『源氏物語』野分《のわき》、夕霧）。
◇ほに出でぬ　風と荻の両方について言い、荻の場合は「穂」を暗示する。

＊二七九・二八〇は納涼の歌。

279　峰にかかる雨雲がとぎれて、雨もあがり、檜《ひのき》や杉の木から露が涼しげにこぼれ落ちている山里の夏の夕べ。

寂蓮《じやくれん》の「村雨《むらさめ》の……」（四九一）に影響されたか。
一　後鳥羽天皇の女御《にようご》任子。作者藤原兼実の女《むすめ》。その入内に際して、月次《つきなみの》屏風（十二カ月の風物行事を月ごとに描いた絵のある屏風）を調進した。この歌が書かれるべき屏風絵はそのうちの六月の分で、「山井の辺に人々納涼したる所、泉あり」という図柄であった。

280　石で囲った泉の水を汲むと、近くの小笹に水玉が飛び散って、早くも秋の夕露となって結んでいる。

277
百首歌よみ侍りし中に　　式子内親王
たそがれの　軒端《のきば》の荻《をぎ》に　ともすれば　ほに出でぬ秋ぞ　下に言問《ことと》ふ

278
夏の歌とてよめる　　前大僧正慈円
雲まよふ　夕べに秋を　こめながら　風もほに出でぬ　荻の上かな

279
太神宮にたてまつりし夏の歌の中に　　太上天皇
山里の　峯の雨雲　とだえして　ゆふべすずしき　まきの下露《したつゆ》

280
文治《ぶんぢ》六年一女御入内屏風《じゆだいのびやうぶ》に　　入道前関白太政大臣
岩井くむ　あたりのを笹《ざさ》　玉越えて　かつがつ結ぶ　秋の

夕露

千五百番歌合に　　宮《く》内《ない》卿《きやう》

281 片枝《かたえ》さす　をふの浦なし　初秋に　なりもならずも　風ぞ身にしむ

百首歌たてまつりし時　　前大僧正慈円

282 夏衣《なつごろも》　かたへすずしく　なりぬなり　夜やふけぬらむ　ゆきあひの空

延喜《えんぎの》御時月次《つきなみの》屛風に　　壬《み》生《ぶの》忠《ただ》岑《みね》

283 夏はつる　扇と秋の　白露と　いづれかさきに　おきまさるらむ

◇玉越えて　「風吹けば蓮《はす》の浮葉に玉越えて涼しくなりぬ蜩《ひぐらし》の声」（『金葉集』夏、源俊頼）に拠るか。◇かつがつ　まだのはずなのに早くも。

＊ 二八一は再び忍び寄る秋風を主題とする。

281 片枝が伸びているおうの浦の浦梨の木に実がなったやらならぬやら、そして初秋になったやらならぬやら、風が身にしみます。

「をふの浦に片枝さしおほひなる梨のなりもならずも寝て語らはむ」（『古今集』東歌《あずまうた》、伊勢歌）という民謡風の恋歌を本歌とし、これを転じて、そろそろ秋を思わせる涼風が吹きそめた晩夏の海岸風景を描いた。同じ本歌取りである「伊勢の海をふの浦梨下晴れてなりもならずも見ゆる月影」（『清輔朝臣集』秋）にも刺激されたか。◇をふの浦なし　「をふの浦」（伊勢国の歌枕と考えられていた）に生えている梨。

＊ 二八二は夏衣の歌。

282 わたしの着ている夏衣の片方が涼しくなったようだ。夏と秋とが空で行き逢う今宵《こよい》も更けたのだろうか。

夏と秋とが入れ替る夏の最後の夜の心を機知的に歌う。『千五百番歌合』での詠なので、この詞書は不適当。慈円の『千五百番歌合』の百首はすべて『古今集』の歌の本歌取りで、ここでも「夏と秋とゆきかふ空の通ひ路はかたへ涼しき風や吹くらむ」（『古今集』夏、凡河内躬恒《おおしこうちのみつね》）を本歌とした。

284 みそぎする　川の瀬見れば　唐衣《からころも》　日も夕暮に　波ぞ立ちける

紀《きの》貫《つら》之《ゆき》

＊二八三は夏扇の歌。

283 夏が終って人が扇を措《お》くのと秋になって白露が置くのとは、いったいどちらが先だろうか。

漢の女流詩人班婕妤《はんしようよ》が「常ニ恐ル秋節至リ、涼颷《りやうへう》奪ヒ二炎熱ヲ一、棄《き》二捐《えん》セラレ篋笥《けふし》中ニ一、恩情中道ニ絶ユ」（『文選《もんぜん》』巻十四）と歌った秋の扇の故事を踏まえる。「夏はつる扇」は男に飽きられ、捨てられる女、「秋の白露」はその涙というイメージをさそう。

◇さきにおきまさるらむ　「まづはおかむとすらむ」の異文があるが、意味的にはほとんど変りない。

＊二八四は六月祓《みなづきばらえ》の歌。

284 水無月祓のみそぎをする川瀬を見ると、みそぎも終って衣の紐《ひも》を結う夕暮時となり、川面には波が立っているよ。

夏の部の巻軸《かんじく》歌として、六月祓も終った情景を歌った屏風歌を据える。巻頭を古代の作者で始めたことに照応するように、貫之の作を選んだのであろう。

◇みそぎ　六月祓（夏越《なごし》の祓、荒和《あらにこ》の祓）。六月の晦日《みそか》、荒ぶる神を和《なご》めるために川で行う。◇唐衣　紐がついているので「日も」を起す序詞《じよことば》。有意の序である。◇日も夕暮に「唐衣」の縁語「紐結ふ」を掛け、みそぎが終って衣裳《いしよう》を着け、その紐を結うさまを暗示する。

新古今和歌集　巻第四

秋歌　上

題しらず　　中納言《ちゆうなごん》家持《やかもち》

285 神南備《かみなび》の　御室《みむろ》の山の　葛《くず》かづら　裏吹きかへす　秋はきにけり

百首歌《ひやくしゆのうた》に、初秋の心を　　崇徳院御歌《すとくのゐんのおほんうた》

286 いつしかと　荻《をぎ》の葉むけの　かたよりに　そそや秋とぞ　風も聞ゆる

＊二八五から三〇二までは立秋・初秋の歌群である。

285　神南備の御室の山に茂っている葛の葉裏を、風が白く吹き翻す秋になったのだなあ。

秋草の代表である葛の葉を吹き返す秋の初風によって、秋の訪れを視覚的に認識した歌。葛の葉は比較的大きく、裏に細毛が密生しているので、風に翻ると目立つことから、和歌では「裏見」から「恨み」を連想させるものとして歌われることが多い。この歌には「恨み」の暗示はないが、秋風に葉裏を見せる葛は秋という季節の持つ悲哀感を象徴する働きを持っている。巻頭なので上代の代表歌人家持の作を置いた。◇神南備の御室の山　大和国《やまとのくに》の歌枕《うたまくら》と考えられていた。本来は神が降臨し、鎮座する山の意の普通名詞だが、立田山などを想定すると、奈良の京の西にあることから、秋がやってくる方角の山と見なされたか。

286　早くも、荻の葉を一方に吹き靡《なび》かせて吹く風の音がさらさらと鳴り、「それ、秋がやってきたよ」とささやいているように聞える。

ここでは主として秋の初風を聴覚的に捉《とら》えたが、上句では対象への細かな観察眼も働かせている。風の音により秋の訪れを知るというのは、「秋来《き》ぬと目にはさやかに見えねども風の音にぞおどろかれぬる」（『古今集』秋上、藤原敏行）以来の伝統的発想だが、それを荻の葉風と限定したのは、「荻の葉にそそや秋風吹きぬなりこぼれやしぬる露の白玉」（『詞花集』秋、大江嘉言《よしとき》）に拠る所が大きいか。荻の葉は硬いので、葉ず

287
藤原季通朝臣《ふぢはらのすゑみちのあそん》
この寝《ね》ぬる　夜《よ》のまに秋は　きにけらし　朝けの風の　きのふにもにぬ

288
文治《ぶんぢ》六年女御入内屏風《にようごじゅだいのびやうぶ》に　後徳大寺左大臣《ごとくだいじのさだいじん》
いつも聞く　ふもとの里と　思へども　きのふにかはる　山おろしの風

289
百首歌よみ侍《はべ》りける中に　藤原家隆朝臣《ふぢはらのいへたかのあそん》
きのふだに　とはむと思ひし　津の国の　生田《いくた》の杜《もり》に　秋はきにけり

最勝四天王院《さいしょうしてんわうゐん》の障子に、高砂《たかさご》かきたる

れの音はかなりはっきり聞える。
◇そそや　荻の葉を吹く風の音の擬音語に、「それ」という意の感動詞を掛ける。

287　寝ていたこの一夜のうちに秋はやってきたらしい。まだ夏だった昨日とは似ても似つかない、立秋の今朝の風の涼しさよ。

前の歌が風の音と動きによって秋の訪れを知ったのに対し、ここでは風の涼気によって知ったと歌う。主として「秋立ちていくかもあらねどこの寝ぬる朝けの風は袂《たもと》涼しも」（『拾遺集』秋、安貴王《あきのおおきみ》）に拠るが、「けふ明けてきのふに似ぬはみな人の心に春ぞ立ちぬべらなる」（『貫之集』第四）の影響もあるか。

288　麓《ふもと》の里でいつも聞いているのと同じだと思うけれども、立秋の今朝はやはり昨日とはどこかしら変っている山おろしの風の音よ。

月次《つきなみの》屏風のうち、「七月、山野ならびに人家に秋風吹きたる所」という図柄に沿った作。四季を通じて変りないはずの山おろしの音も、気のせいか立秋の今朝は変って聞えるという、暦に暗示された心理を歌う。

289　まだ夏のうちの昨日ですら訪れようと思っていた津の国の生田の杜に秋はやってきたのだな。

立秋の日に、「君住まばとはましものを津の国の生田の杜の秋の初風」（『詞花集』秋、清胤《しょういん》）と歌われた、風情《ふぜい》ある生田の杜を訪れての詠。訪れずによそから立秋の生田の杜を思いやっているとする説もある。
◇生田の杜　摂津国の歌枕。現在の神戸市生田区内。

所　藤《ふぢ》原《はらの》秀《ひで》能《よし》

290 吹く風の　色こそみえね　高砂《たかさご》の　尾上《をのへ》の松に　秋はきにけり

百首歌たてまつりし時　皇太后宮大夫俊成《くわうたいごうぐうのだいぶとしなり》

291 伏見山　松のかげより　見わたせば　明くる田の面《も》に　秋風ぞ吹く

守覚法親王《しゆかくほふしんわう》、五十首歌よませ侍りける時　藤原家隆朝臣

292 明けぬるか　衣手《ころもで》さむし　菅原《すがはら》や　伏見の里の　秋のはつかぜ

千五百番歌合《うたあはせ》に　摂政太政大臣《せつしやうだいじやうだいじん》

290 吹く風に秋の気配は見えないものの、高砂の尾上に立つ常磐《ときわ》の松にも秋は訪れたのだなあ。

松風は一年中変らないようだが、秋ともなればやはりどこか変って聞えるというのが作意である。参考「吹く風は色も見えねど冬来ればひとりぬる夜の身にぞしみける」(『後撰集』冬、読人しらず)。

◇高砂の尾上　播磨《はりまの》国の歌枕。現在、兵庫県加古川市尾上町。松を取り合せて歌に詠むことが多い。

291 伏見山の松の木陰から見わたすと、夜が明けてゆく田の面を波立たせて秋風が吹いているよ。

朝、広い稲田を吹く秋の初風を視覚的に捉える。鳥瞰《ちょうかん》された景は大きく、時間の推移もうかがわせる佳詠。「山城《やましろ》の鳥羽田《とばた》の面《おも》を見わたせばほのかにけさぞ秋風は吹く」(『詞花集』秋、曾禰好忠《そねのよしただ》)に触発されたか。

◇伏見山　山城国の歌枕。京都市伏見区の山。「臥《ふ》し」(寝る)という語感を伴う地名。

292 夏の最後の夜が明けたのだろうか。袖《そで》のあたりが寒く感じられる。ああ、ここ菅原の伏見の里に秋の初風が吹いているのだ。

「いざここにわが世は経《へ》なむ菅原や伏見の里の荒れまくもをし」(『古今集』雑下、読人しらず)と歌われた、荒れた菅原の伏見の里に宿って立秋を迎えた心。

◇菅原や伏見の里　大和《やまとの》国(今の奈良県)の歌枕。

293 草に置いた露という些細《ささい》な縁を忘れずに、この深草の里から遠のくこともなく、秋はやってきたよ。あの人は訪れてこないけれど。

「今ぞ知る苦しきものと人待たむ里をば離《か》れず訪《と》ふべかりけり」(『古今集』雑下、在原業平《ありわらのなりひら》。『伊勢物語』四十八段)を本歌としつつ、『伊勢物語』百二十三段の世界を暗示させる。
◇深草　山城国の歌枕。草が深く生い茂った里というイメージを持つ。◇露　「深草」「秋」の縁語としての「露」に、ほんの少し、いささかの意を掛ける。◇かれず　「かる」は離れるの意。「草」の縁語。

294　ああ、今年《ことし》もまた袖に置く露(涙)をどのようにして堪えたらよいのだろうか。野原の風とともに悲しい秋はやってきたのだなあ。
涙の露を風が散らすだろうと想像している。西行の「あはれいかに……」(三〇〇)の影響を受けたか。

295　涙の露を散らしながら、枕の上を吹き過ぎていったらしいよ。野辺の草葉の露を探し求める秋の初風は。
◇しきたへの　「枕」に掛る枕詞《まくらことば》。

296　水茎の岡の葛の葉も色づいて、秋の初風の吹く今朝はうらがなしいなあ。
「秋風の日にけに吹けば水茎の岡の木の葉も色づきにけり」(『万葉集』二一九三、作者未詳)を本歌とし、「浅《あさ》茅《ぢ》原《はら》玉まく葛の裏風のうらがなしかる秋は来にけり」(『後拾遺集』秋上、恵慶《えぎやう》)をも参考にした、古風な歌。
◇水茎の岡　本歌では筑前《ちくぜんの》国と見るべきだが、この時代は近江《おうみの》国(滋賀県)の歌枕と考えられていたか。◇うらがなし　「うら」は心の意、「葛葉」の縁語。

293
深草の　露のよすがを　契りにて　里をばかれず　秋はきにけり
右衛門督《うゑもんのかみ》通具《みちとも》

294
あはれまた　いかにしのばむ　袖《そで》の露　野原の風に　秋はきにけり
源《みなもとの》具《とも》親《ちか》

295
しきたへの　枕《まくら》のうへに　過ぎぬなり　露をたづぬる　秋のはつかぜ
顕《けん》昭《せう》法《ほふ》師《し》

296
水茎《みづぐき》の　岡の葛葉《くずは》も　色づきて　けさうらがなし　秋のはつかぜ

越《ゑち》前《ぜん》

297 秋はただ　心よりおく　夕露を　袖《そで》のほかとも　思ひける　かな

五十首歌たてまつりし時、秋の歌　藤《ふぢ》原《はらの》雅《まさ》経《つね》

298 きのふまで　よそにしのびし　下荻《したをぎ》の　末葉《すゑば》の露に　秋風ぞ吹く

題しらず　西《さい》行《ぎやう》法《ほふ》師《し》

299 おしなべて　ものを思はぬ　人にさへ　心をつくる　秋のはつかぜ

300 あはれいかに　草葉の露の　こぼるらむ　秋風たちぬ　宮《みや》

297 秋はもっぱら、ものがなしく思うわたし自身の心のせいで置く夕露を、今まではわたしに関わりなく袖以外の草葉にだけ置くものと思っていました。

「われならぬ草葉も物は思ひけり袖よりほかにおける白露」(『後撰集』雑四、藤原忠国)を本歌としてその発想を裏返し、自然の露も秋の夕べを悲しく感じる自身の心の所為だと歌った。

◇夕露　自身の涙の比喩《ひゆ》。

298 まだ夏だった昨日までは他をひっそり吹いていた秋風が今日は下荻の末葉の露に吹き通うよ。

「秋風」を男、「下荻の末葉の露」を女に見立てる。第二句までは「秋風」に掛る。「折れ返り起き臥《ふ》しわぶる下荻の末越す風を人のとへかし　狭衣《さごろも》、下荻の露消えわびし夜な夜なもとふべきものと待たれやはせし　女二の宮」(『狭衣物語』巻三)などと関係があるか。

299 総じて、物を思い悩まぬ人にさえもののあわれの心を起させる秋の初風よ。

◇ものを思はぬ人　思い悩むことを知らない人。感受性の乏しい人という、見下した言い方。暗に自身はそうでないという気持を籠《こ》めるか。自身を卑下した言い方と見る説もある。

300 秋風が立つようになった。ああ、あの宮城野の原にも同じように秋風が吹いて、どんなに滋《しげ》く草葉の露がこぼれていることだろう。

「みさぶらひみ笠《かさ》と申せ宮城野の木の下露は雨にまさ

れり」(『古今集』東歌《あずまうた》、陸奥《みちのく》歌)を本歌とし、曾遊《そうゆう》の地である宮城野の立秋の有様を思いやった歌。
◇宮城野　陸奥《むつの》国(陸前)の歌枕。現在の仙台市東部。

301　袖に水渋《みしぶ》を付けて早苗を植えた山田に、引板《ひた》の縄を張って、またその袖を露で濡らす秋がやってきたのだなあ。

「衣手に水渋つくまで植ゑし田を引板《ひきた》わが延《は》へ守れる苦し」(『万葉集』一六三四、上句は尼、下句は大伴家持《おおとものやかもち》)を本歌とし、農民の心で農事の労苦を歌うが、言外に沈淪《ちんりん》している自身が秋の愁えに堪えかねて涙する有様をも暗示している。
◇みしぶ　水銹《みさび》。水あかのこと。◇ひた　引板《ひきた》ともいう。鳴子《なるこ》。

302　朝霧の立つ立田の山の里でなくては、秋がやってきたと誰が知ろうか。

立田山(八五参照)は大和《やまとの》国の西方の山なので、秋は西から来るという古代中国の考えに基づいて歌う。
◇朝霧や　「や」は詠嘆。意味的には「朝霧が立つ」の意で、下の「立田の山」に掛る。

＊三〇三から三〇五までは荻の葉風の歌。

303　夕暮は荻を吹く風の音が高くなるよ。これから秋の夜長になるにつれ、またどのように寝覚めしてしまうことだろうか。

これからの秋の夜長のさびしさを思いやる、閑居の主の心。
◇今はた　これからまた。

城野《ぎの》の原

崇徳院《すとくのゐん》に百首歌たてまつりける時　　皇太后宮大夫俊成

301 みしぶつき　植ゑし山田に　ひたはへて　また袖ぬらす
秋はきにけり

中納言中将に侍りける時、家に、山家ノ
早秋といへる心をよませ侍りけるに

法性寺入道前関白太政大臣《ほつしやうじのにふだうさきのくわんばくだいじやうだいじん》

302 朝霧や　立田《たつた》の山の　里ならで　秋きにけりと　たれかし
らまし

題しらず　　中務卿具平親王《なかつかさきやうともひらしんわう》

303 夕暮は　荻《をぎ》吹く風の　音まさる　今はたいかに　寝覚めせ

304 夕方になって荻の葉を片方に靡《なび》かせて吹く風の音を聞くと、何というわけもなく涙が落ちたよ。

第二句は崇徳院の「いつしかと……」(三六)、第四句は「秋の夜も名のみなりけり逢ふといへばことぞともなく明けぬるものを」(『古今集』恋三、小野《おのの》小町《こまち》)、「もみぢ散るころなりけりな山里のことぞともなく袖《そで》の濡るるは」(『後拾遺集』秋下、清原元輔《もとすけ》)などを参考としたか。

305 荻の葉も人と同じく前世からの約束があって、秋風が訪れ初めるようすが――妻となったのだろうか。

「荻の葉」を女、「秋風」を男に見立て、艶《えん》な関係を想定した。「かたはらなる所に前追《さき》ふ車とまりて、『荻の葉、荻の葉』と呼ばすれど、答へざなり。……『笛の音のただ秋風と聞ゆるになど荻の葉のそよと答へぬ』といひたれば、げにとて、『荻の葉の答ふるまでも吹き寄らでただに過ぎぬる笛の音ぞうき』」(『更級《さらしな》日記』)というような王朝的な場面が連想される。

＊ 三〇六は松風の歌。

306 松を吹く風の音も秋がやってきたと知らせてくれましたよ。かならずしも荻の上葉ではないけれども。

「荻の葉のそよぐ音こそ秋風の人に知らるる始めなりけれ」(『拾遺集』秋、紀貫之《きのつらゆき》)、「これを聞け荻の上葉に風吹きて秋来にけりと人に告ぐるを」(『堀河百首』秋、立秋、源師時《もろとき》)のように、秋風はまず荻の上葉に

られむ

後徳大寺左大臣

304 夕されば　荻《をぎ》の葉むけを　吹く風に　ことぞともなく　涙おちけり

崇徳院に百首歌たてまつりし時　皇太后宮大夫俊成

305 荻の葉も　契りありてや　秋風の　おとづれそむる　つまとなりけむ

題しらず　七条院権大夫《しちでうのゐんのごんだいぶ》

306 秋きぬと　松吹く風も　しらせけり　かならず荻の　上葉《うはば》ならねど

訪れるという和歌での約束に異を唱えた形の歌。

＊ 三〇七は杜の秋風の歌。

一 複数の歌題を参会者がくじ引きで分けること。これを探題《さぐりだい》という。

307 日が経つにつれて音がまさってくるよ、和泉の信太の杜の千枝の楠《くすのき》に吹く秋風は。

深みゆく秋とともに強まる秋風を歌う。参考「和泉なる信太の杜の楠《くす》の葉の千々に分れて物をこそ思へ」(『古今六帖』第二)。

◇信太の杜　二三参照。

＊ 三〇八・三〇九は秋の扇の風を取り上げている。

308 うたたねをして起きた早朝の袖に吹いてくる風が変っています。夏の間持ち馴《な》れていた扇の風から秋の初風へと。

「秋立ちていくかもあらねどこの寝ぬる朝けの風は袂《たもと》涼しも」(『拾遺集』秋、安貴王)、「おほかたの秋来るからに身に近くならす扇の風ぞ変れる」(『後拾遺集』秋上、藤原為頼)などに拠る。二六三に注したような秋の扇にまつわる女のやるせない情感を漂わせる。

309 夏の間は手もだるくなるほど持ち馴らしてきた扇をどこに置いたか忘れるくらい、秋風が涼しく吹きます。

夏の歌として詠まれた「手もたゆく扇の風もぬるけれど関の清水《しみづ》に水馴《みな》れてぞゆく」(『曾《そ》丹《たん》集』)の影響を受けつつ、これを秋の扇の風と変え、やはり見捨てられる秋の扇という哀感をほのかに暗示させる。

一 題を探りて、これかれ歌よみけるに、
信太《しのだ》の杜《もり》の秋風をよめる　　藤《ふぢ》原《はらの》経《つね》衡《ひら》

307 日を経《へ》つつ　音こそまされ　和泉《いづみ》なる　信太の杜の　千枝《ちえ》の秋風

百首の歌に　　式子《しよくし》内《ない》親《しん》王《わう》

308 うたたねの　朝けの袖《そで》に　かはるなり　ならす扇の　秋のはつかぜ

題しらず　　相《さが》模《み》

309 手もたゆく　ならす扇の　おきどころ　忘るばかりに　秋風ぞ吹く

大《だい》弐《にの》三《さん》位《み》

＊三〇から三三までは秋風と露を主題とする小歌群。

310　秋風は吹いて白露を結ばせるけれども、そのために白露が置き乱れていない草の葉はないよ。

古人は風が吹くことによって露の玉ができると考え、それを「吹き結ぶ」と言った。だから吹き結んだ結果白露は置き乱れているのだが、ここでは「結ぶ」と「乱る」とが言葉の上で対立概念のごとく対置されている。言葉遊びに近い興味で詠まれた歌。

311　明け方、荻の上葉に置く露を見ると、秋の初風が思いなしか肌寒く感じられるよ。

露を見て改めて風の冷たさをもっともだと納得した心。

312　吹いて露を結ばせる風は昔のままの秋ですが、わたしの袖の露は以前とは似ても似つかない涙の露です。

自然は変らないが自分の境遇は変ってしまったという嘆き。

＊三三から三七までは七夕《たなばた》の歌。

313　わたしも彦星と同じように大空をじっと見つめて、その彦星が妻の織女を待つ七夕の夜さえも、ひとりさびしく寝るのでしょうか。

月次屏風の七月の分に記された歌。『八代集抄』では「銀燭秋光冷ニシ画屏《がへい》一、軽羅《けいら》小扇撲《うツ》ニ流螢《りうけいヲ》一、玉堦《ぎよくかいノ》夜色涼シ如レ水、臥《ふシテ》看《みル》牽牛《けんぎう》織女星」（『三体詩』巻一、王建）に通じる心と見ている。その場合は、ひとり寝しているのは宮女である。しかし、当時でも男が女の訪れを待つ

310
秋風は　吹きむすべども　白露の　乱れて置かぬ　草の葉ぞなき

曾《そ》禰《ねの》好《よし》忠《ただ》

311
朝ぼらけ　荻《をぎ》の上葉《うはば》の　露みれば　やや肌《はだ》さむし　秋のはつかぜ

小《を》野《のの》小《こ》町《まち》

312
吹きむすぶ　風は昔の　秋ながら　ありしにも似ぬ　袖《そで》の露かな

延喜御時月次屏風に《えんぎのおほんときのつきなみのびやうぶに》

紀《きの》貫《つら》之《ゆき》

313
大空を　われもながめて　彦星《ひこぼし》の　つま待つ夜さへ　ひとりかも寝む

場合もあった。

314 折しもこの七夕の夕べに降ってきた雨は、天の川門《かわと》を渡っている彦星の舟の櫂《かい》の雫《しずく》だろうか。

七夕の宵に降った雨を七夕伝説に結び付けて美しい想像を馳《は》せた。原歌は下句を「早漕《こ》ぐ船の櫂のしづくか」(『万葉集』二〇五三、作者未詳)とする。作者を赤人とするのは『赤人集』に拠ったか。類歌「わが上に露ぞおくなる天の川と渡る舟の櫂のしづくか」(『古今集』雑上、読人しらず。『伊勢物語』五十九段)はこの原歌の異伝か。

一 藤原頼通《よりみち》。→作者略伝。

315 御主人が幾年も永久《とわ》にお住まいになるはずのこのお屋敷の池水は、そこに映る七夕の星の光をも見馴《な》れてしまうことでしょうか。

七夕に寄せて家の主の長寿を祈った客人の挨拶《あいさつ》の歌。◇すむ 「住む」に「池水」の縁語の「澄む」を掛ける。◇星合ひの影 牽牛・織女の二星が合う、七夕の夜の星の光。◇面なれ 見馴れ。「面」は池の面を連想させるので「池水」の縁語。

二 第六五代、花山天皇。→作者略伝。

316 七夕の夜、袖をひたして手にすくった水の面に二つの星の光を映して見るよ。

星を見るのに直接空を仰いで見るのではなく、水に映して見る見方は日本的といわれる。参考「袖ひちてむすびし水のこほれるを春立つけふの風やとくらむ」(『古今集』春上、紀貫之)。

題しらず　山《やま》辺《べの》赤《あか》人《ひと》

314 この夕べ　降りくる雨は　彦星の　とわたる舟の　かいの
しづくか

一宇治前関白太政大臣の家に、七夕《たなばた》の心
をよみ侍りけるに　権大納言《ごんだいなごん》長家《ながいへ》

315 年を経て　すむべき宿の　池水は　星合ひの影も　面《おも》なれ
やせむ

二花山院《くわざんのゐんの》御時、七夕の歌つかうまつれ
りけるに　藤《ふぢ》原《はらの》長《なが》能《よし》

316 袖《そで》ひちて　わが手に結ぶ　水の面《おも》に　天《あま》つ星合ひの　空を
みるかな

一「乞巧奠《きこうでん》」ともいう。庭に莚《むしろ》を敷き、その上に机を立て、祭具を供える。

317　雲の絶え間から、牽牛《けんぎゅう》・織女の二つの星が逢うという今宵の空を見渡すと、天の川の川波も何となく落ち着かない様子で、ざわざわと音を立てているよ。

実際には白い帯のようにしか見えない天の川を、あたかも地上の大河のように空想して、その川面に立つ波を描き、そこに年一度の逢瀬《おうせ》を前に落ち着かない二星の心の投影を見ようとした。

318　牽牛・織女がそれぞれの天の羽衣を重ねて共寝する今宵、涼しい秋風が吹いているよ。

さわやかさが肉感的なものを消去して二星の歓会を美しく表現している歌。

◇天の羽衣　中国の七夕伝説で語られているように、二星を天界の神仙と見なしての表現。

319　七夕の今宵、二つの星の衣の褄《つま》を、吹き返さないように気をつけて、秋の初風よ。年に一度の逢瀬なのですから、夫を帰さないで。

牽牛との別れを惜しむ織女の立場を代弁するような気持で、秋風に訴えた。参考「わがせこが衣の裾《すそ》を吹き返しうらめづらしき秋の初風」(『古今集』秋上、読人しらず)、「妹《いも》がりと風の寒さにゆくわれを吹きな返しそさ衣の裾」(『曾《そ》丹《たん》集』)。

◇つま　衣の端の意の褄《つま》に配偶者を意味する「つま」(夫または妻、ここは「夫」の意)を響かせている。

七月七日、七夕祭《たなばたまつり》する所にて　　祭《さい》主《しゅ》輔《すけ》親《ちか》

317
雲間より　星合ひの空を　見わたせば　しづ心なき　天《あま》の川波

七夕の歌とてよみ侍りける　　大宰大弐《だざいのだいに》高遠《たかとほ》

318
たなばたの　天《あま》の羽衣《はごろも》　うちかさね　寝《ぬ》る夜すずしき　秋風ぞ吹く

小《こ》弁《べん》

319
たなばたの　衣のつまは　こころして　吹きな返しそ　秋の初風

皇太后宮大夫俊成

320 二つの星が天の川の川門《かわと》を渡る舟の梶――それを思わせる梶の葉に、今までいったい幾度《いくたび》秋が来るごとに、露で書いてきたことか、はかない文《ふみ》を。
「天の川と渡る舟の梶の葉に思ふことをも書きつくるかな」(『後拾遺集』秋上、上総乳母《かずさのめのと》)に拠り、毎年七夕のたびに願い事を書きつけてきたという述懐。
◇露のたまづさ　実際の露に「はかない」の意の「つゆ」を響かせる。七夕に草葉の露を集めて硯《すずり》の水とし手習いをする習慣があった。

321 秋の夕暮、天の川原をじっと見つめると、わたしの袖《そで》のあたりも涼しく感じられます。
牽牛・織女の逢瀬を羨《うらや》む心を内に籠《こ》めるか。

322 織女はいったいどれほど身にしみたことであろうか、七夕の夜夫を待つ宵の天の川の川風に。
牽牛との逢瀬を待つ織女の心情を思いやった。「彦星の妻待つ宵の秋風にわれさへあやな人ぞ恋しき」(『拾遺集』秋、凡河内躬恒《おおしこうちのみつね》)を本歌としつつ、「思ひやる心も涼し彦星の妻待つ宵の天の川風」(『清輔朝臣集』)にも影響されたか。三三のように「たなばた」を牽牛、「つま」を織女とする説もある。

323 七夕の夕べは涼しく、天の川に架けられたもみじの橋を秋風が涼やかに吹き渡るよ。
「天の川もみぢを橋に渡せばや七夕つめの秋をしも待つ」(『古今集』秋上、読人しらず)という本歌での想像を推し進めて、天の川には実際に紅葉の橋が架けられているとして、そこを秋風が吹く風景を想像した。

320
たなばたの　とわたる舟の　梶《かぢ》の葉に　いく秋書きつ　露のたまづさ

百首歌の中に　式子内親王

321
ながむれば　衣手《ころもで》すずし　ひさかたの　天《あま》の川原《かはら》の　秋の夕暮

家に百首歌よみ侍りける時　入道前関白太政大臣

322
いかばかり　身にしみぬらむ　たなばたの　つま待つ宵《よひ》の　天の川風

七夕の心を　権中納言公経《ごんちゅうなごんきんつね》

323
星合ひの　夕べすずしき　天の川　紅葉《もみぢ》の橋を　わたる秋風

324 たなばたの　あふ瀬絶えせぬ　天《あま》の川　いかなる秋か　渡りそめけむ

待賢門院堀河《たいけんもんゐんのほりかは》

325 わくらばに　天の川波　よるながら　あくる空には　まかせずもがな

女御徽子女王《にようごきしぢよわう》

326 いとどしく　思ひ消《け》ぬべし　たなばたの　別れの袖《そで》に　おける白露《しらつゆ》

大中臣能宣朝臣《おほなかとみのよしのぶのあそん》

[一]中納言兼輔家屏風に

紀　貫　之

324　七夕の夜、牽牛《けんぎゆう》・織女の逢瀬《おうせ》の絶えることのない天の川、二人がそこを渡り初めたのはいったいいつの秋からでしょうか。

伝説上の牽牛・織女の恋が昔から現在まで続いているものと考えた歌。藤原頼通《よりみち》の「契りけむほどは知らねど七夕の絶えせぬけふの天の川かな」(『玄々集』、三奏本『金葉集』秋、『新古今集』除棄歌）などと類想。◇あふ瀬絶えせぬ　「瀬」「絶え」は「天の川」の縁語。

＊　三二五から三二七までは七夕の後朝《きぬぎぬ》の別れが主題。

325　二つの星の逢う七夕の夜はたまさかなのですから、いつまでも天の川の川波の寄る夜のままで、空が明けるのを放っておかないでほしいものです。

二星の後朝の別れをわがことのごとく受けとめ、同情をもって歌う。類歌「久方の天の川津に舟浮けて君待つ夜らは明けずもあらぬか」(『万葉集』二〇七〇、作者未詳)、「恋ひ恋ひて逢ふ夜は今宵天の川霧立ち渡り明けずもあらなむ」(『古今集』秋上、読人しらず)。◇わくらばに　たまに。

326　きっと牽牛・織女の心も悲しみに消え入らんばかりであろう。後朝の別れを惜しむ二人の袖に置いている涙の白露が消えるように。

参考「秋の田の穂の上における白露の消《け》ぬべくも吾《あ》は思ほゆるかも」(『万葉集』二二四六、『拾遺集』恋、柿本人麻呂《かきのもとのひとまろ》)。◇思ひ消ぬべし　「消《け》」は「消え」で、「白露」の縁語。

一　藤原兼輔。堤中納言と呼ばれた。→作者略伝。

327 たなばたは　いまやわかるる　天の川　川霧たちて　千鳥なくなり

堀河院御時百首歌の中に、萩《はぎ》をよみ侍りける　前中納言匡房《さきのちゆうなごんまさふさ》

328 川水に　鹿《しか》のしがらみ　かけてけり　浮きて流れぬ　秋萩《あきはぎ》の花

題しらず　従《じゆ》三《さん》位《み》頼《より》政《まさ》

329 狩衣《かりごろも》　われとは摺《す》らじ　露しげき　野原の萩の　花にまかせて

権僧正永縁《ごんのそうじやうえうえん》

330 秋萩を　折らでは過ぎじ　つきくさの　花摺《はなず》り衣《ごろも》　露にぬ

327 牽牛・織女は今別れるのであろうか。天の川に川霧が立って、二人のために鳴いているかのように、千鳥の鳴く声が聞えるよ。
朝霧のたちこめる天の川を背景に別れてゆく二星の姿をやや距離を置いて捉えた歌で七夕群をしめくくる。
＊三二八から三三四までは萩の歌。

328 川水に鹿がしがらみを架けたなあ。それは川面に浮いて流れもやらぬ秋萩の花。
「秋萩をしがらみふせて鳴く鹿の目には見えずて音のさやけさ」(『古今集』秋上、読人しらず)、「秋萩の花の流るる川瀬にはしがらみかくる鹿の音《ね》もせず」(『古今六帖』第三) などにより、川面に浮ぶ萩を、萩に親しむことの多い鹿の所為と見立てた機知の歌。

329 自分では狩衣に模様を摺りつけまい。露の滋く置いている野原の萩の花がおのずと摺り模様となるのに任せて。
「ことさらに衣は摺らじをみなへし咲野の萩ににほひてをらむ」(『万葉集』二一〇七、作者未詳) に近い心。催《さい》馬楽《ばら》「更衣《ころもがえ》」などから、狩衣《かりぎぬ》姿で秋の野を行く公達《きんだち》の心を歌うか。

330 美しい秋萩を手折らずに行き過ぎることはするまい。たとえつゆくさの花摺り衣が露に濡れ、色があせやすくなろうとも。
参考「月草に衣は摺らむ朝露に濡れてののちはうつろひぬとも」(『古今集』秋上、読人しらず)、「折りやせむ折らでや見まし秋萩を露も心にかけぬ日ぞなき」

るとも

守覚法親王、五十首歌よませ侍りけるに

顕昭法師

331 萩《はぎ》が花　真袖《まそで》にかけて　高円《たかまと》の　尾上《をのへ》の宮に　ひれ振るや　たれ

題しらず

祐子《いうし》内親王家《ないしんわうけの》紀伊《き》

332 おく露も　しづ心なく　秋風に　乱れて咲ける　真野《まの》の　萩原

人《ひと》麻《ま》呂《ろ》

333 秋萩の　咲き散る野べの　夕露に　濡《ぬ》れつつ来ませ　夜は　ふけぬとも

（天喜《てんぎ》四年四月三十日『皇后宮歌合』四番、美作《みまさか》）。

331 咲き乱れる萩の花、それを両袖にかけるように高円の尾上の宮で領巾《ひれ》を振っている女人は誰であろうか。

「宮人の袖付衣《そでつけごろも》秋萩ににほひよろしき高円の宮」（『万葉集』四三一五、大伴家持）を本歌に、満開の萩の中で長い袖をあげて領巾《ひれ》（女性が首に掛ける布）を振っているさまを万葉人の心で歌う。かすかに相聞《そうもん》に通うものがある。撰者名注記によれば定家と家隆が選んだとされるが、家隆は「『たれ』などよめる歌、こひねがはぬさまなり」（『京極中納言相語』）と批判している。◇高円の尾上の宮　大和国《やまとのくに》高円山にあった聖武天皇の離宮。

332 花だけでなく、その上に置く露も落ち着いた心なく今にもこぼれそうで、秋風に咲き乱れている真野の萩原よ。

参考「荒き風ふせぎし陰の枯れしより小萩が上ぞしづ心なき」（『源氏物語』桐壺《きりつぼ》、桐壺更衣の母）。◇真野の萩原　『万葉集』の「真野乃榛原《はりはら》」に基づく摂津国の歌枕と考えられていたか。

333 おいで下さい、秋萩が咲いては散る野辺の夕露に濡れながら。たとえ夜は更けようとも。

男を誘う女の立場で歌われた、民謡風な味わいのある作。原歌は『万葉集』（二二五二）で、露に寄せた秋の相聞の歌。「露霜に衣手濡れて今だにも妹《いも》がり行かな夜は更けぬとも」（二二五七、作者未詳）という作もある。

334 朝牡鹿《おじか》が立っている野の秋萩に、玉かと見まごうほどに美しく置いている白露よ。

『万葉集』四二三九などと同様、絵画的な歌。原歌（『万葉集』一五九八）、並びに諸本では第二句「朝立つ野べの」。◇玉とみるまで　家持には「ほととぎす樗《あふち》の枝にゆきてゐば花は散らむな玉と見るまで」（『万葉集』三九一三）という例もある。

＊ 三三五は秋の野の花（歌題では単に「草花」）の歌。

335 秋の野を分けてゆくと、露のしめり気をおびた袖に千草の花の香が移ってほんのり薫るよ。

秋の千草を分けて野遊びをする人の心。露のために薫りが高くなったというところに工夫が認められる。

◇花の香　萩などを中心とした秋の千草の花の薫り。

＊ 三三六から三三八までは女郎花《おみなえし》の歌。

336 待乳山のおみなえしはいったい誰を待っているのかしら。きっと秋になったら逢おうと約束した人がいるのでしょう。

待乳山のおみなえしを見て、女らしい想像を働かせた歌。おみなえしは女性に擬《なぞら》えられることが多い。◇たれをかも　「かも」は疑問。◇待乳の山　「たれをかも待つ」から「待乳の山」へと言い続けた。和歌に多い表現。「待乳山」は「真土山」とも書く。大和《やまとの》国と紀伊《きの》国との境、現在の五条市と橋本市との間の待乳峠。大和国の歌枕。◇秋と契れる　夏は気候的に湿潤だから結婚なども避けられた。「少し秋風吹き立ちなむ時、かならずあはむ」（『伊勢物語』九十六段）。

中納言家持

334 さを鹿《しか》の　朝立つ小野《をの》の　秋萩に　玉とみるまで　おける
白露《しらつゆ》

凡河内躬恒《おほしかふちのみつね》

335 秋の野を　分けゆく露に　うつりつつ　わが衣手《ころもで》は　花の
香ぞする

小野小町

336 たれをかも　待乳《まつち》の山の　をみなへし　秋と契れる　人ぞ
あるらし

藤原元真《ふぢはらのもとざね》

337 をみなへし　野べのふるさと　思ひ出でて　宿りし虫の
声や恋しき

千五百番歌合に　左近中将良平《さこんのちゆうじやうよしひら》

338 夕されば　玉ちる野べの　をみなへし　枕《まくら》さだめぬ　秋風
ぞ吹く

藤袴《ふぢばかま》をよめる　公《こう》猷《いう》法《ほふ》師《し》

339 ふぢばかま　ぬしはたれとも　白露の　こぼれてにほふ
野べの秋風

崇徳院に百首歌たてまつりける時　清《きよ》輔《すけ》朝《あ》臣《そん》

340 薄霧の　まがきの花の　朝じめり　秋は夕べと　たれかい
ひけむ

337　庭に移し植えられたおみなえしよ、故郷の野辺を思い出して、おまえを宿として鳴いていた虫の声が恋しいことだろうね。
「をみなへし」を女に、「宿りし虫」を女が以前親しんでいた男に見立てる。『元真集』によれば歌合《うたあわせ》の歌。

338　夕方の野辺にはつれない秋風が吹き、あたかも魂が散り乱れるように露の玉が散り、おみなえしは苦しい恋に枕も一方に決めかねて靡《なび》いている。
本歌「夕さればわが身のみこそかなしけれいづれの方に枕定めむ」（『後撰集』恋三、藤原兼茂女《かねもちのむすめ》）、参考「宵々に枕定めむ方もなしいかに寝し夜か夢に見えけむ」（『古今集』恋一、読人しらず）。
◇玉ちる　露の玉におみなえし（女）の魂を暗示させ、物を思うと魂がさまよい出るという俗信を背景とする。◇秋風　男に見立てる。
＊三三九は蘭（藤袴）の歌。

339　ふじばかまというこの袴は誰のものとも知らないけれども、白露がこぼれて、誰かの薫物《たきもの》のように芳香を漂わせているよ。野辺を吹く秋風の中で。
本歌「主《ぬし》知らぬ香こそにほへれ秋の野にたが脱ぎかけしふぢばかまぞも」（『古今集』秋上、素性《そせい》）、参考「脱ぎかけし主はたれとも知らねども人野に立てるふぢばかまかな」（『堀河百首』大江匡房《まさふさ》）。
＊三四〇から三四二までは秋の花の歌。

340　薄霧の立ちこめた垣根《かきね》の花が朝しっとりと濡れている。「秋は夕べに限る」などと、いったい誰がいったのだろう。「秋は夕ぐれ」（『枕草子』一段）という伝統的な美意識に異を唱えた。

341　今までにこれほどひどく涙に袖のしおれたことがあっただろうか。昔も野辺に出て秋の千草の花は見たけれども。

老人の感傷の流露する作。以前も野辺の露に袖の濡れることはあったが、老いた現在はそれに加えて、涙の露にも濡れてしおれることを暗示的に歌う。安元二年（一一七六）、六十三歳の時の大患を経験した後の詠。

342　花を見にみずから求めて野辺にやって来て、秋に感ずる心のありたけを尽したよ。

辺境の地と考えられていた筑紫（九州）の野づらを見わたして感傷にひたっている青年歌人の作。経信は長元二年（一〇二九）、十四歳の時、父源道方に伴われて太宰府《だざいふ》に下った。その時の詠と見られる。

◇人やり　他人からの強制。他人のせい。

＊三四三・三四四は槿《あさがお》（朝顔・舜花）の歌。

343　起きて見ようと思っているうちに枯れてしまったよ。露よりもはかない朝顔の花だなあ。

ともにうつろいやすいものとされる朝顔と、その上に置く露とを比較して、うつろいやすさにおいて朝顔は露よりもはなはだしいと詠嘆した。参考「朝顔をなにはかなしと思ひけむ人をも花はさこそ見るらめ」（『拾遺集』哀傷、藤原道信）。

◇けなる　「け」は、まさっていること。

341

入道前関白太政大臣、右大臣に侍りける時、百首歌よませけるに

皇太后宮大夫俊成

いとかくや　袖《そで》はしをれし　野べに出でて　昔も秋の　花は見しかど

342

筑紫《つくし》に侍りける時、秋の野を見てよみ侍りける

大納言《だいなごん》経信《つねのぶ》

花見にと　人やりならぬ　野べにきて　心のかぎり　尽《つく》しつるかな

343

題しらず

曾禰好忠

おきて見むと　思ひしほどに　枯れにけり　露よりけなる　朝顔の花

紀　貫　之

344 山がつの　垣《かき》ほに咲ける　朝顔は　しののめならで　逢《あ》ふよしもなし

坂《さかの》上《うへの》是《これ》則《のり》

345 うらがるる　浅茅《あさぢ》が原《はら》の　かるかやの　乱れてものを　思ふ頃かな

柿本人麻呂

346 さを鹿《しか》の　いる野のすすき　初尾花《はつをばな》　いつしか妹《いも》が　手枕《たまくら》にせむ

読人しらず

344　山人の粗末な家の垣根に咲いている朝顔の花は、東雲《しののめ》の篠竹《しのだけ》の垣でなくては逢うことはできないよ。

ここでは朝顔のしぼみやすいことを歌った作と解されるが、朝顔を山家に育った美しい女に見立てる心もあるか。『古今集』恋四の「あな恋し今も見てしが山がつの垣ほに咲けるやまとなでしこ」(読人しらず)、「山がつの垣ほにはへる青つづら人はくれども言伝《ことづて》もなし」(寵《うつく》)などに通ずるものがある。◇しののめ　東の空が白む頃。「垣」の縁語、「篠の目」(篠竹の垣間)を響かせる。

＊三四五は苅萱《かるかや》の歌。

345　早くも末《うら》枯れてくる浅茅が原のかるかやが乱れるように、心も乱れ物を思い悩む時節だなあ。

歌の主意は秋の思いで、それを秋の景物である刈萱によって具体的に表現した。上句は「乱れて」を起す有意の序詞《じよことば》。参考「朝な朝なけづればつもる落髪《おちがみ》の乱れて物を思ふころかな」(『拾遺集』恋一、紀貫之)。

＊三四六から三五〇までは薄(尾花)の歌。

346　牡鹿《おじか》が分け入る入野《いるの》の、今年初めて穂を出したすすき尾花、そのように白い妹(恋人)の腕《かいな》を手枕として早くむつみあいたい。

白く柔らかい初尾花を牡鹿が牝鹿《めじか》と共に臥《ふ》す床と見、それから恋人の手枕を連想。上句は下句を起す有意の序詞。原歌(『万葉集』二二七七)は、第五句「手将枕《テマクラカム》」。◇いる野　「さを鹿の入る」から「入野」へと言い続けた。入野は山城《やましろの》国の歌枕。◇いつしか 「いつになったら……か」の意から、「早く」の意となる。

347 小倉山の麓《ふもと》の野辺に花すすきの穂がほの白く揺らいで見える秋の夕暮よ。

◇小倉《をぐら》山 山城国の歌枕。洛西嵯峨《らくせいさが》野に続く山。「小《を》暗《ぐら》し」の語を連想させるので、「ほのかに」と縁語。◇ほのかに 「花すすき」の縁語「穂」を響かせる。

348 風よ、花すすきの穂にほのかにでも吹いてください、そのために露が結んで濡れようとも。——ほんのたまにでも訪れてください、そのために心が結ぼおれて嘆くことになろうとも。

『村上御集』などによれば、村上天皇に贈った歌。◇ほのかにも 「穂」を響かせる。◇風 相手（村上天皇）の訪れを暗示する。◇花すすき 自身の比喩《ひゆ》。

349 花すすきにはまだ涙を思わせる露が深く置いています。飽きを思わせる秋の盛り、はっきりと悲しみの心を表に出してじっと見つめたりはするまいと思うのに。

第二句を「また露深し」と読む説もある。「今よりは植ゑてだに見じ花薄穂に出づる秋はわびしかりけり」（『古今集』秋上、平貞文）、「忍ぶれば苦しかりけりしのすすき秋の盛りになりやしなまし」（『拾遺集』恋二、勝観《しょうかん》）などに拠った。「ほにいでてはながめじと思ふ」の句に二首などと異なる自意識がうかがわれる。

350 秋風はどこの野辺にも訪れてくるのに、軽々しくもそれに靡《なび》いてしまう花すすきですね。

347 小《を》倉山《ぐらやま》 ふもとの野べの 花すすき ほのかにみゆる 秋の夕暮

女御徽子女王

348 ほのかにも 風は吹かなむ 花すすき むすぼほれつつ 露に濡《ぬ》るとも

百首歌に

式子内親王

349 花すすき まだ露深し ほにいでては ながめじと思ふ 秋のさかりを

摂政太政大臣、百首歌よませ侍りけるに

八条院六条《はちでうのゐんのろくでう》

350 野べごとに おとづれわたる 秋風を あだにもなびく

「秋風」を多情な男に、「花すすき」を女に見立てた。
＊ 三五一は萩の歌。

351 夜が明けたというので野辺から山へ帰ってゆく鹿を慕うかのように、通った跡を吹き送る萩の下風よ。

「わが岡にさを鹿来鳴く初萩の花妻問ひに来鳴くさを鹿」（『万葉集』一五四一、大伴旅人《おおとものたびと》）その他で萩を鹿の妻と見立てている。その伝統に沿って、鹿と萩とを後朝《きぬぎぬ》の別れをする男女のように取りなした。

＊ 三五二から三五六までは荻（荻の葉風）の歌。

352 この身にとどまっている愁《うれ》いを、改めて荻の上葉を吹く風の音として聞くと、この頃はとくに悲しくなるよ。夕暮の空の下で。

以前から自身につきまとっていた悲しい思いを、秋の夕べ、荻の上葉を吹く風の音によって改めて自己確認した。「大底《おほむね》四時《しいじハ》心惣《すべテ》苦《ねんごろナリ》、就中《このうち》腸《はらわたノ》断《たユルコトハ》是秋《ノ》天《ナリ》」（『和漢朗詠集』秋興、白楽天）の心があるか。旧注では、以前は荻の上葉を吹く風の音によって悲しみを喚起されたが、このごろの夕暮には秋の思いそれ自体が荻の上葉のように悲しい、すなわち、荻の上葉を悲しさの比喩《ひゆ》と解している。しかし、荻の歌群の最初として置かれていることから、荻は比喩としてではなく実体あるものとして歌われていると見る。

353 腑甲斐《ふがい》ないわが身のほどを思い続けている秋の夕暮、荻の上葉を吹き渡るさびしい風の音が聞える。

花すすきかな

和歌所《わかどころの》歌合に、朝《ノ》草花といふことを　左衛門督通光《さゑもんのかみみちてる》

351 明けぬとて　野べより山に　入る鹿《しか》の　あと吹きおくる　萩《はぎ》の下風

題しらず　前大僧正慈円《さきのだいそうじやうじゑん》

352 身にとまる　思ひを荻《をぎ》の　上葉《うはば》にて　このごろかなし　夕暮の空

崇徳院御時、百首歌めしけるに、荻を　大蔵卿行宗《おほくらきやうゆきむね》

353 身のほどを　思ひつづくる　夕暮の　荻の上葉に　風わたるなり

不遇な自身に関する述懐（愚痴）の心をこめ、崇徳天皇の引き立てをひそかに期待した歌。
◇身のほど　社会的地位。ここではその低さ。

354　秋はひたすら物思いに沈みます。露の置く荻の上を吹く風の音を聞くにつけても。
作者は室内にいて荻の上風を聞きながら、荻の葉に置く露の散るさまをも思い描いて、一層哀感をそそられている。露は作者自身の涙を暗示する。

355　いくぶん肌寒く感じられる秋風が吹くにつれて、荻の上葉の葉ずれの音が悲しく聞える。
「朝ぼらけ……」（三二一）、「秋風の寒く吹くなへわが宿の浅茅《あさぢ》がもとにこほろぎ鳴くも」（『万葉集』二一五八、作者未詳）などを参考とし、感覚的な刺激がもたらす心理的な影響を歌う。
◇吹くなべに　吹くとともに。

356　荻の葉に吹けば悲しみをそそるあらしとなる秋なのに、その秋を待っていたかのように、夜半、妻を求めて鳴く牡鹿の声が聞える。
夜、山風が運んでくる鹿の声を聞いて、人を悲しみにさそう秋を、鹿は待ち望んでいたのだと考えた。
◇あらし　強い山風。
＊三五七から三六六までは秋夕の歌。

357　今までにさまざま思い悩んできたことの数々よりもさらに悲しみの色がまさる秋の夕暮よ。
三五二に類似した発想。「大底四時心惣苦……」の詩句の心をかすかに踏まえるか。時期的に三五二が先行する。

秋の歌よみ侍りけるに　　源重之女《みなもとのしげゆきのむすめ》

354 秋はただ　ものをこそ思へ　露かかる　荻《をぎ》の上吹く　風に
つけても

堀河院に百首歌たてまつりける時　　藤原基俊《ふぢはらのもととし》

355 秋風の　やや肌《はだ》さむく　吹くなべに　荻の上葉の　音ぞか
なしき

百首歌たてまつりし時　　摂政太政大臣

356 荻の葉に　吹けばあらしの　秋なるを　待ちけるよはの
さを鹿の声

357 おしなべて　思ひしことの　かずかずに　なほ色まさる
秋の夕暮

358 今しも暮れようとしている虚空、そこに漂う秋の気配を感じて、ふと気づくと袖には露がたまっている。われしらず涙をこぼしていたのだなあ。
秋の夕空から受ける漠然《ばくぜん》とした悲しみを歌う。鴨《かもの》長明が『無名抄』で幽玄を説明する比喩《ひゆ》として、「秋の夕暮の空のけしきは、色もなく声もなし。いづくにいかなるゆゑあるべしとも覚えねど、すずろに涙こぼるるがごとし」といっているのが思い合される。

359 物思いをしないで、このような露（涙）が袖に置くということがあるだろうか。わたしはやはり悲しい思いに沈みながらじっと見つめていたのだな、この秋の夕暮の景を。
秋の愁いにふけっていた自分自身を顧み、いとおしく思っている心理状態。「ながめてけりな」の句は、慈円の「柴《しば》の戸ににほはむ花はさもあらばあれながめてけりなうらめしの身や」（一四六九）に影響されたか。

360 山路はいったいいつから秋の気配を漂わせているのだろう。夕暮の空には今まで見かけなかった秋らしい様子の雲が懸っている。
山路を訪れ、秋が平地よりも早いことに驚いた心。
◇見ざりし雲　紅葉の色を映した雲と見る説がある。
＊三六一から三六三は、三夕《さんせき》の歌として古来尊重された。

361 さびしさはとり立ててその色ということもできないなあ。けれどもどことなくさびしさが漂うよ、檜《ひのき》や杉の群立つ山の秋の夕暮は。
たとえば紅葉のように顕在していない常磐木《ときわぎ》の山に秋

題しらず

358 暮れかかる　むなしき空の　秋を見て　おぼえずたまる
袖《そで》の露かな

家に百首の歌合し侍りけるに

359 もの思はで　かかる露やは　袖におく　ながめてけりな
秋の夕暮

をのこども詩を作りて歌に合はせ侍りしに、山路ノ秋行といふことを

前大僧正慈円

360 み山路《やまぢ》や　いつより秋の　色ならむ　見ざりし雲の　夕暮の空

題しらず　　寂蓮《じやくれん》法師《ほふし》

361 さびしさは　その色としも　なかりけり　真木《まき》立つ山の　秋の夕暮

西行法師

362 心なき　身にもあはれは　しられけり　しぎ立つ沢の　秋の夕暮

一西行法師すすめて百首歌よませ侍りけるに

藤原定家朝臣《ふぢはらのさだいへのあそん》

363 見わたせば　花ももみぢも　なかりけり　浦のとま屋の　秋の夕暮

五十首歌たてまつりし時　　藤原雅経

色を感じ取った所が新しい。◇色　常磐木や紅葉などの色彩の意と、様子・気配などの意を併せ持つ。◇真木立つ山　『万葉集』に「みよしのの真木立つ山ゆ」(九二三)などとあり、古風な感じを与える句。「真木」は檜や杉などの常緑樹。

362　もののあわれを解しないわたしのような身にも、この趣にはしみじみと心うたれるなあ。鴫《しぎ》が飛び立つ沢の夕暮時の……。

『今物語』その他に、西行が愛着していた歌と伝える。◇心なき身　謙辞としてこう言ったと見る。一般には喜怒哀楽を超越した出家の身と解する。◇しぎ　飛び立つ羽音が高いので、「わが門《かど》のおくての引板《ひた》におどろきてむろの刈田に鴫ぞ立つなる」(『千載集』秋下、源兼昌《かねまさ》)などと歌われている。

一　最晩年の西行は伊勢大神宮奉納の百首歌を歌人達に勧誘した。

363　見わたすと、春の花はもとより、秋にふさわしい紅葉すら何ひとつないよ。苫葺《とまぶ》きの海人《あま》の仮小屋が散らばるこの浦の秋の夕暮は。

すべてのはなやかな色彩を欠いた、蕭条《しようじよう》たる秋の夕暮の海岸風景を、一切の主観的表現を用いずに描く。『細流抄』(『源氏物語』の古注釈書)は、「なかなか春秋の花紅葉の盛りなるよりは、ただそこはかとなう繁れる蔭どももなまめかしきに」(『源氏物語』明石《あかし》)に拠ったと説く。古来解釈、評価の分れる作であるが、茶の湯ではわび茶の精神の象徴のごとくいわれる歌。

364　思いが深ければむぐらの生い茂った家にも寝ようと古人は歌ったけれど、いくらそうであっても堪えていられようか。さびしい秋の夕暮、この荒れた家にいることは。

「思ひあらばむぐらの宿に寝もしなむひじきものには袖《そで》をしつつも」(『伊勢物語』三段)を本歌としつつ、「やへむぐら茂れる宿のさびしきに人こそ見えね秋は来にけり」(『拾遺集』秋、恵慶《えぎやう》)にも触発された。

365　思うことは特にそれとさしていうほどではないのに、秋の夕べはどうしてこのように悲しいのかと、わたしはみずから心に尋ねてみます。

秋の愁いの原因を自問している所に新しさがある。

366　この夕暮、人によってその袖に秋風が吹いて来たり来なかったりという違いはないだろうに、わたしの袖だけが露(涙)に濡れている。それは、ただわたし自身の心のせいなのだ。

本歌「春の色の至り至らぬ里はあらじ咲ける咲かざる花の見ゆらむ」(『古今集』春下、読人しらず。『伊勢物語』泉州本)の季節を秋に変え、秋は万人に同じく訪れたのに、愁いの深い自分だけが……とわが嘆きを強調した。

＊　三六七から三六九までは秋思の歌としてまとめられる。

367　はっきりわからないなあ、いったい秋はどんな理由《わけ》で、むやみにもの悲しいのであろうか。

368　吹く秋風は昔のままとはいうものの、それを聞くわたしはすっかり変ってしまって、昔を今に

364
たへてやは　思ひありとも　いかがせむ　むぐらの宿の　秋の夕暮

秋の歌とてよみ侍りける　宮《く》内《ない》卿《きやう》

365
思ふこと　さしてそれとは　なきものを　秋の夕べを　心にぞ問ふ

鴨《かも》長《なが》明《あきら》

366
秋風の　いたりいたらぬ　袖《そで》はあらじ　ただわれからの　露の夕暮

西行法師

367
おぼつかな　秋はいかなる　ゆゑのあれば　すずろにものの　悲しかるらむ

帰したいと思いながら、じっと物思いに沈んでいます。昔と境遇がすっかり変ってしまったのを嘆き、秋風の吹く庭を見つめながら物思いに沈んでいる女性の姿。「ながめをしつ」から「しづのをだまき」へと言い続け、本歌「いにしへのしづのをだまき繰り返し昔を今になすよしもがな」(『伊勢物語』三十二段)に拠って、ながめを繰り返していることを暗示する。◇それながら　昔のままながら。

369　蜩《ひぐらし》が寂しく鳴く夕暮はとりわけつらいなあ。いつも尽きせぬ嘆きに沈んでいるけれども。「相思夕《ゆふべ》上松台立、蛬《きりぎりす》思蟬声満耳秋」(『和漢朗詠集』秋晩《あきのくれ》、白楽天)によるか。「大底四時《おほむねしいじ》……」(三五二注参照)をも連想させる。

＊三七〇から三七四までは秋風を主題とする。

370　秋が来ると紅葉しない常磐山を吹く松風の音も、その緑の色が紅に移ろったかと思うほど、秋風らしいさびしい音を立ててこの身にしみます。表面的には秋の歌だが、「松風は色や緑に吹きつらむ物思ふ人の身にぞしみける」(『後拾遺集』雑三、堀河女御)などの詠とともに男に飽きられることを恐れている女の嘆きを籠《こ》める。「もみぢせぬ常磐の山は吹く風の音にや秋を聞きわたるらむ」(『古今集』秋下、紀《きの》淑望《よしもち》)の影響があるか。◇常磐の山　山城《やましろの》国の歌枕。洛西《らくせい》に地名として残る。常磐木の茂った山というイメージを持つ。◇しみける「しみ」は「染《し》み」を暗示させ、「うつる」の縁語。

368
それながら　昔にもあらぬ　秋風に　いとどながめを　しづのをだまき

式子内親王

題しらず

369
ひぐらしの　鳴く夕暮ぞ　うかりける　いつも尽きせぬ　思ひなれども

藤原長能

370
秋くれば　常磐《ときは》の山の　松風も　うつるばかりに　身にぞしみける

和泉《いづみ》式部《しきぶ》

曾禰好忠

371 秋風の　よもに吹き来る　音羽山《おとはやま》　なにの草木か　のどけかるべき

372 あかつきの　露は涙も　とどまらで　恨むる風の　声ぞのこれる

相模

一法性寺入道前関白太政大臣家歌合に、野風

藤原基俊

373 高円《たかまと》の　野路《のぢ》の篠原《しのはら》　末《すゑ》さわぎ　そそやこがらし　けふ吹きぬなり

千五百番歌合に

右衛門督通具

374 深草の　里の月影　さびしさも　住みこしままの　野べの

371 秋風が四方から吹いてくる音もすさまじい音羽山。そこではこの激しい風に、いったいどういう草木が静かにしていられるだろうか。
参考「吹くからに秋の草木のしをるればむべ山風を嵐《あらし》といふらむ」（『古今集』秋下、文屋康秀《ふんやのやすひで》）。
◇音羽山　山城国《やましろのくに》の歌枕。「吹き来る音」から「音羽山」へと言い続けた。

372 暁の露は後朝《きぬぎぬ》の涙と同じくとどまることなくこぼれ落ち、別れを惜しむ二人の心を映したように、風の声が恨みがましく残っています。
『相模集』によれば、「風従《ハヨリ》二昨夜一声弥《いよいよ》怨《ム》、露及《ハンデ》二明朝一涙不レ禁《ぜ》」（『和漢朗詠集』七夕《しつせき》、大江朝綱《あさつな》）という詩句の心を詠んだ句題和歌。

＊三七三・三七四は秋の野風の歌。
一 藤原忠通《ただみち》。→作者略伝。

373 高円の野では、篠原の篠の葉末がざわざわ音を立てている。そら、凩《こがらし》が今日吹いたのだなあ。
「荻の葉にそそや秋風吹きぬなりこぼれやしぬる露の白玉」（『詞花集』秋、大江嘉言《よしとき》）を「そそや」の句の証歌（証拠となる歌）として歌合で勝った作。

374 深草の里を照らす月の光のさびしさも昔わたしが住んでいた頃と変らない。その野辺を秋風が吹きわたっている。
「年を経て住みこし里を出でていなばいとど深草野とやなりなむ」（『古今集』雑下、在原業平《ありわらのなりひら》。『伊勢物語』百二十三段）を本歌として、里を離れた男の心で歌う。

古注では深草の里に住み続けている女の歌と解する。

＊三七五から秋の歌で最も重い素材である月が登場するが、ここでは歌群を構成せず、一首だけを置く。

375 疎《あら》い木を思わせる名なのに、実際は深く茂った大荒木の杜、その木の間を洩れることができないで、いたずらに人に期待を抱かせる秋の夜の月よ。

「大荒木の杜の下草老いぬれば駒《こま》もすさめず刈る人もなし」(『古今集』雑上、読人しらず)を本歌とするが、「草深き人も影せぬ大荒木の杜の下にも月ぞもりける」(『為忠家百首』木間月、俊成)をも念頭に置くか。◇大荒木の杜　中世では山城国の歌枕と考えられていた。『万葉集』に見える「大荒木之浮田杜」は大和国《やまとのくに》という。下の「もりかねて」は同音反復の技巧。

＊三七六・三七七は稲妻の歌。稲妻は秋の景物。三七六は月の出を待つということで、三七五と繋がる。

376 縁の近くで有明の月の出を待っていると、わたしの袖の上に、おやもう出たのかと空しく期待を抱かせる宵の稲妻の光よ。

「宵の間の月待つほどの雲間より思はぬ影を見する稲妻」(『六百番歌合』秋、藤原季経《すえつね》)、「影宿すほどなき袖の露の上になれてもうとき宵の稲妻」(同、藤原定家)などに影響されたか。

377 風が吹きわたる浅茅の葉末の、こぼれやすい露にすら宿るか宿らぬかのうちに消えてしまう、宵の稲妻の光のはかなさよ。

散りやすい露を引き合いに稲妻のはかなさを歌う。

秋風

五十首の歌たてまつりし時、杜間月《とかんノ》といふことを

皇太后宮大夫俊成女《くわうたいごうぐうのだいぶとしなりのむすめ》

375 大荒木《おほあらき》の　杜《もり》の木《こ》の間《ま》を　もりかねて　人だのめなる　秋の夜の月

守覚法親王五十首歌よませ侍りけるに

藤原家隆朝臣

376 有明《ありあけ》の　月待つ宿の　袖《そで》の上に　人だのめなる　宵《よひ》のいなづま

摂政太政大臣家の百首歌合に

藤原有家朝臣《ふぢはらのありいへのあそん》

377 風わたる　浅茅《あさぢ》が末《すゑ》の　露にだに　宿りもはてぬ　宵のいなづま

水無瀬《みなせ》にて十首歌たてまつりし時　　左衛門督通光

378 武蔵野《むさしの》や　ゆけども秋の　はてぞなき　いかなる風か　末に吹くらむ

百首歌たてまつりし時、月の歌　　前大僧正慈円

379 いつまでか　涙くもらで　月は見し　秋待ちえても　秋ぞ恋しき

式子内親王

380 ながめわびぬ　秋よりほかの　宿《やど》もがな　野にも山にも　月やすむらむ

題しらず　　円融院御歌《ゑんゆうのゐんのおほんうた》

＊三七八は再び秋の野風の歌である。

378 広々とした武蔵野よ、それはどこまで行っても秋の情趣が終るということはない。いったいどんなにあわれ深い風がこの野末に吹いているのであろうか。

良経《よしつね》の「行く末は……」(四二二)などに影響されつつ、武蔵野(武蔵国の歌枕。草の生い茂った広野というイメージがあった)の広大さを歌う。

＊三七九から巻末の四三六までは月の歌である。

379 いったいいつの歳までわたしは涙に曇らないで月を見たであろうか。待ちに待った秋になっても、あの悲しみを知らなかった秋が恋しく思われる。

待っていた秋になり、月を見ることができたが、それが悲しみの涙を誘うので、悩みを知らなかった昔を懐かしんでいる矛盾した心。参考「身の憂さの秋は忘るるものならば涙曇らで月は見てまし」(『千載集』秋上、藤原頼輔《よりすけ》)、「大方にさやけからぬか月影は涙曇らぬ人に見せばや」(『千載集』哀傷、承香殿《しょうきょうでんの》女御)。

380 物思いに沈みながら月を見つめることに堪えられなくなりました。秋という季節に関わりのない家があってほしいものです。でも、どの野にも山にも月が澄んで(住んで)いるのでしょうか。

秋の思いに堪えかねて、秋の自然から逃《のが》れたいと思いつつ、それが不可能であることも自覚しているところに、内省的な作者の心を窺《うかが》わせる。本歌「いづくにか世をばいとはむ心こそ野にも山にもまどふべらなれ」

381 月影の　はつ秋風と　ふけゆけば　心づくしに　ものをこそ思へ

三条院御歌《さんでうのゐんのおほんうた》

382 あしびきの　山のあなたに　住む人は　待たでや秋の　月を見るらむ

雲間微ノ月といふことを

堀河院御歌《ほりかはのゐんのおほんうた》

383 敷島や　高円山《たかまとやま》の　雲間より　ひかりさしそふ　ゆみはりの月

題しらず

堀河右《ほりかはのう》大臣《だいじん》

384 人よりも　心のかぎり　ながめつる　月はたれとも　わかじものゆゑ

(『古今集』雑下、素性)、参考「いかにして物思ふ人のすみかには秋よりほかの里を求めむ」(『相模《さがみ》集』)。

381　月の光が冴《さ》え、初秋の風が吹くにつれて夜も更けてゆくと、心を苦しめて物思いに沈むよ。

参考「木の間よりもりくる月の影見れば心づくしの秋は来にけり」(『古今集』秋上、読人しらず)。

◇ふけ　「更け」に「秋風」の縁語「吹く」を掛ける。

◇心づくし　心を労すること。あれこれ気をもむこと。

382　山の彼方《かなた》に住んでいる人は、月の出を今か今かと待たずにこの秋の月を見ているのだろうか。

ひたすら月の出を待つ心。参考「遅く出づる月にもあるかなあしびきの山のあなたもをしむべらなり」(『古今集』雑上、読人しらず)、「月の入る山のあなたの里人とこよひばかりは身をやなさまし」(『続詞花集』秋上、恵慶)。

383　大和《やまとの》国高円山にかかる雲の間から、射るような光をさしそえている弓張月よ。

弦月を弓に、その光を矢に見立て、「高円山」に的を響かせた機知の作。長高《たけたか》さを備えている。

◇敷島や　敷島は大和国の地名で、「大和」に掛る枕詞として用いられるが、ここでは大和そのもの。◇ゆみはりの月　半月。上弦または下弦の月。

384　わたしは他の誰よりも心のありたけを尽して、じっと月を見つめたよ。月は誰彼の区別をせず照らしているだろうけれども。

◇わかじものゆゑ　「ものゆゑ」は逆接。

橘為仲朝臣《たちばなのためなかのあそん》

385 あやなくも　曇らぬ宵《よひ》を　いとふかな　信夫《しのぶ》の里の　秋の夜の月

法性寺入道前関白太政大臣

386 風吹けば　玉散る萩《はぎ》の　した露に　はかなく宿る　野べの月かな

従三位頼政

387 こよひたれ　すず吹く風を　身にしめて　吉野の嶽《たけ》の　月を見るらむ

法性寺入道前関白太政大臣家に、月の

385 筋道の立たないことに、曇らない宵を厭《いと》わしく思うよ。秋の夜の月が明るく照る信夫の里では。

信夫の里に世を忍ぶ人があまのじゃくに晴れた月夜を厭い、そういう自身を反省したという設定の作。◇信夫の里　陸奥《むつの》国（岩代《いわしろ》）の歌枕。信夫山の麓《ふもと》の里。人目を忍んで住む里というイメージを持つ。陸奥守を経験している作者にはなじみ深い地。

386 風が吹くと玉と散る萩の下露に、ほんのつかの間だけ映る野辺の月の光よ。

美しくもはかない月の光を詠嘆した。『田多民治《ただみち》集』によれば、晩年自邸で試みた「月三十五首」の一首。◇萩のした露「荻の上風」とともに秋の風情《ふぜい》を添えるものとされる。「秋はなほ夕まぐれこそただならね荻の上風萩の下露」（『藤原義孝集』）。

387 今宵いったいどのような人がすず竹を吹く風を身にしみじみと感じながら、吉野の高嶺《たかね》に照る月を見ているのであろうか。

山伏修行をする僧（たとえば行尊《ぎょうそん》のような）などを想像して歌う。家隆の「山深き松のあらしを身にしめてたれか寝覚めに月を見るらむ」（『千載集』雑上）はこの歌の影響作か。◇すず　細い竹。◇吉野の嶽　大和国の歌枕。山伏が修行に入る大峰・金峰山《きんぷせん》（金の御嶽）などを指す。

388 月を見ても、それが月の光だとはとても思われない。いったい幾年前に降り積った雪が、山が高いために消えずに残っているのかと思われてならな

歌あまたよみ侍りけるに　　大宰大弐《だざいのだいに》重家《しげいへ》

388 月見れば　思ひぞあへぬ　山高み　いづれの年の　雪にかあるらむ

和歌所歌合に、湖辺ノ月といふことを　　藤原家隆朝臣

389 にほの海や　月の光の　うつろへば　波の花にも　秋は見えけり

百首歌たてまつりし時、秋の歌の中に　　前大僧正慈円

390 ふけゆかば　けぶりもあらじ　塩釜《しほがま》の　うらみなはてそ　秋の夜の月

題しらず　　皇太后宮大夫俊成女

391 ことわりの　秋にはあへぬ　涙かな　月のかつらも　かは

いよ。「天山《てんざん》ニハ不レ弁ヘ何《いづれ》ノ年ノ雪ゾ、合浦《がふほ》ニハ応ニベシ迷《まど》ヒヌ旧日ノ珠《たま》」（『和漢朗詠集』月、三統理平《みむねのまさひら》）の詩句により、月光を雪になぞらえた。

389 鳰《にお》の海よ、月の光が映ると、四季を分たぬ白い花のような波頭にも秋の気配は見えたよ。

本歌「草も木も色変れどもわたつ海の波の花にぞ秋なかりける」（『古今集』秋下、文屋康秀）に対して、月光が映れば波も秋の色になるではないかと異を唱えた。◇にほの海　琵琶湖《びわこ》の異名。◇波の花　波頭を花に見立てていう。

390 夜も更けゆくと藻塩を焼く塩釜の煙も立ち昇るまい。だから、人よ、いつまでも恨むなよ、浦の秋の夜の月が今曇っているからといって。

月または自分自身に呼びかけたとする説もある。◇塩釜のうらみ　陸奥国（陸前）の歌枕、塩釜の浦から「恨み」へと言い続けた。

391 秋には堪えられず涙が落ちるのももっともです。月の中にあるという桂《かつら》も紅葉し、それとともに光が冴《さ》えてくるので、それを見つめていると。

「久方の月の桂も秋はなほもみぢすればや照りまさるらむ」（『古今集』秋上、壬生忠岑《みぶのただみね》）、「ちはやぶる神の斎垣《いがき》にはふ葛《くず》も秋にはあへずうつろひにけり」（『古今集』秋下、紀貫之）を本歌として、「飽き」を連想させる秋に、木の葉ならぬ涙が散るという自身の秋の悲しみを肯定した、機知の歌。

392　明け方の空の月をじっと見つめながら、月宮殿の明け方の有様を思いやるとさびしくなるよ。

月の中にあるという、天人の住む月宮殿の歓楽尽きた明け方の有様を地上から遥かに思いやった歌。細川幽斎は、地上の宮殿楼閣の場合でも、朝はさびしく見えることから類推して夜通し月を見てこのように感じた歌であるという。これによれば悉多《しった》太子の出家の際の説話に語られているような、遊宴の果てた後の宮殿のさびしさを暗に念頭に置いての詠か。

＊三九三は庭の月の歌。

393　この古里のもとあらの小萩が咲いてからは、夜ごと夜ごと庭の月の光がそこに映っているよ。

参考「宮城《みやぎ》野《の》の本あらの小萩露を重み風を待つごと君をこそ待て」（『古今集』恋四、読人しらず）。「ふるさとのもとあらの小萩枯れしより鹿《しか》だに鳴かぬ庭の月影」（『秋篠《あきしの》月清《げっせい》集』西洞隠士百首）という、建久七年（一一九六）の政変に伴って籠居《ろうきょ》していた時代の旧作を詠み改めたものが本作か。

◇もとあらの小萩　根元がまばらな小萩。

＊三九四・三九五は山家の月の歌。

394　故郷のことをなつかしく思い起している折しも、昔なじみの人は訪れもせず、月の照るこの深山にはただ秋風がさびしく吹いてくるよ。

山家に住む人が、月を見、秋風の音を聞いて、故郷の人なつかしさをかきたてられている心。参考「さりともと思ひし人は音もせで荻の上葉に風ぞ吹くなる」

るひかりに

藤原家隆朝臣

392　ながめつつ　思ふもさびし　ひさかたの　月の都の　明け
方の空

五十首歌たてまつりし時、月前ノ草花　　摂政太政大臣

393　ふるさとの　もとあらの小萩《こはぎ》　咲きしより　よなよな庭
の　月ぞうつろふ

建仁《けんにん》元年三月歌合に、山家ノ秋月といふ
ことをよみ侍りし

394　時しもあれ　ふるさと人《びと》は　音もせで　深山《みやま》の月に　秋風
ぞ吹く

八月十五夜和歌所歌合に、深山ノ月といふことを

395 深からぬ　外山《とやま》の庵《いほ》の　寝ざめだに　さぞな木《こ》の間《ま》の　月はさびしき

月前ノ松風　　寂蓮法師

396 月はなほ　もらぬ木の間も　住吉《すみよし》の　松をつくして　秋風ぞ吹く

鴨長明

397 ながむれば　ちぢに物思ふ　月にまた　わが身ひとつの　峯の松風

（『後拾遺集』秋上、三条小右近《こうこん》）。

＊三九五・三九六は木の間の月という捉え方で並べる。

395 深くない端山《はやま》の庵の寝覚めですら、木の間を洩《も》れる月の光はさぞかしさびしいことだろう。まして、深山の庵を照らすこの月のさびしさ……。

通説では外山（端山）にいて深山の月のさびしさを推量した歌と解するが、『八代集抄』の解に従い、「さぞな」の下に「さびしかるらむ」などの語を補って考える。歌題の「深」の字を間接的に表現した点が技巧。

＊三九六・三九七は月に松風を取り合せた歌。

396 月の光がまだ木の間を洩れて射し入らないほど枝が繁く生えている、住吉の浜辺の松という松に秋風が吹きわたっているよ。

「木の間よりもりくる月の影見れば心づくしの秋は来にけり」（『古今集』秋上、読人しらず）を意識して、これに松風を加え、木の間を洩れない月と変えた。

◇住吉　摂津国の歌枕。住吉神社の付近。松を取り合せて歌うことが多い。「住み」に「澄み」を響かせる。

397 じっと見つめるとあれやこれやと思い悩ませる月に、さらにまたわたし一人をさびしがらせるかのように峰の松風の音が響いてくるよ。

「月見ればちぢにものこそ悲しけれわが身ひとつの秋にはあらねど」（『古今集』秋上、大江千里《ちさと》）を本歌としながら、これに松風を加え、「わが身ひとつ」がさびしいと逆用した。

◇ちぢ　下の「ひとつ」と対になる。

山月といふことをよみ侍りける　　藤原秀能

398 あしびきの　山路《やまぢ》の苔《こけ》の　露のうへに　寝ざめ夜ぶかき　月を見るかな

八月十五夜和歌所歌合に、海辺秋月といふことを　　宮内卿

399 心ある　雄島《をじま》の海人《あま》の　たもとかな　月宿れとは　濡《ぬ》れぬものから

宜秋門院丹後《ぎしうもんゐんのたんご》

400 忘れじな　難波《なには》の秋の　よはの空　異《こと》浦にすむ　月は見るとも

鴨長明

＊三九八は山の月の歌。三九四・三九五と異なって、山は山家ではなく、山路である。

398 山路を旅して、苔に置いた露の上に臥《ふ》した夜半に寝覚め、夜更けの月を仰ぎ見るよ。

露宿して山の月を仰ぎ見る心。月の光は苔の露にも宿っている。山路の露の置いた苔の上に寝るという設定は、俊成卿《としなりきよう》の女《むすめ》の、「かくてしも……」(九四九)と共通。◇あしびきの　「山」に掛る枕詞。

＊三九九から四〇三までは海辺月の歌群。

399 もののあわれを解する雄島の海人の袂《たもと》ですね。月に対して宿ってほしいといって濡れたのではないのに、潮に濡れた袂は月の光を宿しています。

「音に聞く松が浦島けふぞ見るむべも心ある海人は住みけり」(『後撰集』雑一、素性)、「松島や雄島が磯《いそ》にあさりせし海人の袖《そで》こそかくは濡れしか」(『後拾遺集』恋四、源重之《しげゆき》)などに拠る。◇雄島　松島のうちの雄島。陸奥国《むつのくに》(陸前)の歌枕。

400 忘れまいよ、秋の難波の浦の夜空に澄む月を。たとえこれから先、いつの年の秋にか、よその浦に澄む月を見るとしても。

今見ている難波の浦の月を愛《め》でて歌う。俊成は歌合での判詞で第四句を「めづらしくをかし」と賞した。◇難波　難波の浦。摂津国の歌枕。大阪湾。「津の国のなには思はず……」(『古今集』恋四、読人しらず)のように、「何」を響かせて、いずれの意の「何の秋」を暗示するか。◇すむ　「住む」と「澄む」の掛詞。

401 月は物思う人の袖にのみ宿る習いだろうか。いや、松島の潮を汲《く》む秋の海人の袖にも宿るよ。

「あひにあひて物思ふころのわが袖に宿る月さへ濡るるがほなる」(『古今集』恋五、伊勢)を念頭に置き、「松島や……」(三九九注参照)をも意識するか。

◇松島　陸奥国(陸前)の歌枕。

402 野島が崎の海人に尋ねましょう。あなたの衣は波と月とによってどのようにしおれるのでしょうか。

「あはれなる野島が崎の庵《いほり》かな露おく袖に波もかけけり」(『千載集』羇旅《きりよ》、藤原俊成)に触発されたか。

◇野島が崎　歌枕。古くから淡路《あわじの》国、近江《おうみの》国、安房《あわの》国などに擬され、定説がない。

403 雄島の海人達は秋の夜の月を惜しんでいるのだろうか。明け方近い空の下、沖にはたくさんの釣舟が出ているよ。

明け方近く沖に漁火《いさりび》を見て、あえて風流に解釈した。

◇をじま　「月や惜《を》し」から「雄島」へと言い続けた。

◇あまのはら　「海人」を掛ける。

＊ 四〇四から四一〇までは雑の月の歌。

404 この不運な身にとっては秋の夜の月をじっと見つめる甲斐《かい》もないよ。なぜならば月はわたしの心のせいで曇って見えるので。

述懐ふうな月の歌。西行の「捨つとならば憂き世をいとふしるしあらむわれ見ばくもれ秋の夜の月」(一五三二)などを暗に念頭に置いているか。

401 松島や　潮くむ海人《あま》の　秋の袖《そで》　月は物思ふ　ならひのみかは

題しらず　七条院大納言《しちでうのゐんのだいなごん》

402 言問《ことと》はむ　野島が崎の　海人ごろも　波と月とに　いかがしをるる

和歌所歌合に、海辺ノ月を　藤原家隆朝臣

403 秋の夜の　月やをじまの　あまのはら　明け方ちかき　沖《おき》の釣舟

題しらず　前大僧正慈円

404 憂き身には　ながむるかひも　なかりけり　心にくもる　秋の夜の月

大《おほ》江《えの》千《ち》里《さと》

405 いづくにか　こよひの月の　曇るべき　小《を》倉《ぐら》の山も　名をやかふらむ

源《みなもとの》道《みち》済《なり》

406 心こそ　あくがれにけれ　秋の夜の　よぶかき月を　ひとり見しより

上東門院小少将《じやうとうもんゐんのこせうしやう》

407 変らじな　知るも知らぬも　秋の夜の　月待つほどの　心ばかりは

和泉式部

405　いったいどこで八月十五夜の今宵《こよひ》の月が曇るはずがあろうか。この明るさのために、小暗さを思わせる小倉山も名を改めるのではないか。

八月十五夜の月の明るさを愛《め》で賞した、言葉遊びの歌。『古今六帖』では清原深養父《きよはらのふかやぶ》の作とし、『深養父集』にも見える。また『元輔《もとすけ》集』にも見え、深養父の子元輔作という異伝もある。参考「いづこにか今宵の月の見えざらむあかぬは人の心なりけり」(『躬恒《みつね》集』)。

◇小倉の山　「小《を》暗《ぐら》」を連想させる。なお、三四七参照。

406　心が身体《からだ》から抜け出てしまったよ。秋の夜更けの月をひとりしみじみ見てからというものは。

月への憧憬《しようけい》を率直に歌った、後代の西行にも通じるような、浪漫的傾向の強い歌。「秋の夜の月に心のあくがれて雲居にものを思ふころかな」(『詞花集』秋、花山院)という類歌があるが、この作との前後は不明。

◇あくがれ　ある対象に惹《ひ》かれて心がさまよい出る、いわゆる遊離魂の現象をいう。

407　変らないでしょうね、知っている人も知らない人も、秋の夜の月の出を待つ間の、待ち遠しい心だけは。

人さまざまでも月の出を心待ちする人情は普遍的なものであろうと歌う裏に、そのような点で他人と心を通わせたいという願いをかすかに秘めているか。

◇知るも知らぬも　「これやこの行くも帰るも別れつつ知るも知らぬも逢坂《あふさか》の関」(『後撰集』雑一、蟬丸《せみまる》)などに拠った表現か。

408 訪れるよと言って私に期待を抱かせた人はいませんが、秋の夜は月を見ないで寝てしまう気持にはなれません。

「月夜よし夜よしと人に告げやらば来《こ》てふににたり待たずしもあらず」（『古今集』恋四、読人しらず）などにより、月夜には恋人の訪れを期待するのが普通だが、ここではそのような状況でなくても、美しい月を賞美しないでは寝られないといった。この作者には「竹の葉に霰《あられ》降るなりさらさらにひとりは寝《ぬ》べきここちこそせね」（『詞花集』恋下）もある。第四句を「月見て」と清音に読む説もある。

409 見る人の袖を涙で濡らし、それを絞らせる秋の夜の月にはどのような影（光）が加わっているのでしょうか。

秋の月はどうしてとりわけ悲しいのかと問いかけた。

410 わたしはこの身に添っている影と見ます。なぜといって、秋の月はわたしの袖の涙に映らない時はなく、いつも身体から離れないのですから。

問いに対して、光の意の影をわが身の影のように取りなして返した。影を相手の面影として、恋の贈答歌のように解する説もある。

＊四一一から四一四までは月に雲を取り合せた歌。

411 月の光が澄みわたっているなあ、空の雲を吹き払う夜半の烈しい風のために。

内裏歌合での詠なので、空に澄む月を暗に宮中に長く住み続けるであろう帝に擬《なぞら》えて、慶祝の心を籠《こ》める。

408 たのめたる　人はなけれど　秋の夜は　月見で寝《ぬ》べき　こ
こちこそせね

月を見てつかはしける　藤原範永朝臣《ふぢはらののりながのあそん》

409 見る人の　袖《そで》をぞしぼる　秋の夜は　月にいかなる　影か
そふらむ

返し　相模

410 身にそへる　影とこそ見れ　秋の月　袖にうつらぬ　をり
しなければ

永承四年内裏歌合《だいりのうたあはせ》に　大納言経信

411 月影の　すみわたるかな　天《あま》の原　雲吹きはらふ　よはの
あらしに

412　夜半、龍田山を越えてゆくと、烈しい風が松を吹くので、雲は払われ、峰にはもはや雲とかかわりのない月の光が明るく射しているよ。
「風吹けば沖つ白波立田山よはにや君がひとり越ゆらむ」（『古今集』雑下、読人しらず。『伊勢物語』二十三段）と、山越えをする夫を思いやった妻の立場で抒情的に歌われた本歌を、自身山越えする旅人の客観的な叙景歌に変えた。
◇雲にはうとき　雲と疎遠になった、の意。月と雲との関係を人間関係のように取りなした。

413　秋風に吹かれてたなびいている雲の絶え間から射して出る月の光の何とさやかに澄んでいることか。
雲の絶え間から月そのものが姿を現しているのか、月光だけが射しているのかは明らかではない。絶え間から射す月光を賞するのは、幽玄美の志向に通じるものがある。契沖《けいちゆう》は陶淵明《とうえんめい》の「明々タル雲間ノ月、灼々《しやくしやく》タル葉中ノ花」（『文選《もんぜん》』巻十五、擬ス二古詩ニ一）の初めの句によって詠んだか（『百人一首改観抄』）という。『近代秀歌』遣《けん》送本《そう》や『定家八代抄』などに選ばれており、藤原定家が高く評価していた作と知られる。
◇さやけさ　清く澄んでいるさま。

414　山の端に雲が横切って流れる宵の内は、月が出たあとでもやはりつい心待ちされてしまうよ。
しばしば山の端を横切る雲のために隠れがちな月をはっきり見たいという心。一読すると矛盾するような感

題しらず　　左衛門督通光

412
龍田山《たつたやま》　よはにあらしの　松吹けば　雲にはうとき　峯の月影

崇徳院に百首歌たてまつりけるに　　左京大夫顕輔《さきやうのだいぶあきすけ》

413
秋風に　たなびく雲の　たえまより　もれいづる月の　影のさやけさ

題しらず　　道因法師《だういんほふし》

414
山の端《は》に　雲のよこぎる　宵《よひ》のまは　出でても月ぞ　なほ待たれける

殷富門院大輔《いんぷもんゐんのたいふ》

415 ながめつつ　思ふにぬるる　たもとかな　いく夜かは見む　秋の夜の月

式子内親王

416 宵のまに　さても寝《ね》ぬべき　月ならば　山の端近き　ものは思はじ

417 ふくるまで　ながむればこそ　悲しけれ　思ひも入れじ　秋の夜の月

五十首歌たてまつりし時　摂政太政大臣

418 雲はみな　払ひはてたる　秋風を　松に残して　月を見るかな

じを与えるが、下句が作者の工夫の存するところ。

＊四一五から四一七までは、月を眺める歌。

415　月をじっと見つめながら、「あと幾夜わたしは秋の夜の月を見ることができるであろうか」と思うと、涙で袂《たもと》が濡れてしまいます。

老いを嘆く心で月を見ている。同じ作者には、「今はとて見ざらむのちの空までも思へばかなし秋の夜の月」（『殷富門院大輔集』）という作もある。

416　宵のうちに寝てしまうことができるような月ならば、それが西の山の端近く傾いたからといって、このように嘆いたりはしないでしょう。

関わりを持ったために思い悩まずにはいられないものとして月を歌う。恋歌に通じる趣がある。参考「宵の間に出でて入りぬる三日月のわれて物思ふころにもあるかな」（『古今集』雑体、誹諧《はいかい》歌、読人しらず）。

417　夜が更けるまでじっと見つめているからこそ悲しいのです。深く執着することはやめましょう、秋の夜の月に。

月への愛着を断とうと自らいいきかせた形で、実はその深さを歌う。

＊四一八から四二〇までは月に秋（松）風を取り合せた。

418　空で雲を皆吹き払ってしまった秋風は、松の梢《こずえ》に松風として残っている。その音を聞きながら、澄んだ月を眺めるよ。

中国の隠士が理想とするような世界に住む山里の人の心で歌った叙景歌。第四句に漢詩的風韻《ふういん》がある。

家に月五十首よませ侍りける時

419 月だにも　なぐさめがたき　秋の夜の　心もしらぬ　松の風かな

藤原定家朝臣

420 さむしろや　待つ夜の秋の　風ふけて　月をかたしく　宇治の橋姫

題しらず　右《う》大将《だいしやう》忠《ただ》経《つね》

421 秋の夜の　長きかひこそ　なかりけれ　待つにふけぬる　有明《ありあけ》の月

五十首歌たてまつりし時、野径《やけいノ》月　摂政太政大臣

422 行く末は　空もひとつの　武蔵野《むさしの》に　草の原より　出づる

419 月でさえも慰めることがむずかしい秋の夜のわたしの心も知らず、いよいよ悲しさをそそるかのように吹く松風よ。

「わが心慰めかねつ更級《さらしな》や姨捨《をばすて》山に照る月を見て」（『古今集』雑上、読人しらず。『大和《やまと》物語』百五十六段）を本歌に取り、さらに思いやりのない松風の音によっていよいよ悲しみが深まるとした。

420 風も冷たくなった秋の夜更け、宇治の橋姫はさむしろに袖を片敷いて臥《ふ》しながら恋人の訪れを待つ。さながら月の光を片敷くように……。

「さむしろに衣《ころも》片敷きこよひもやわれを待つらむ宇治の橋姫」（『古今集』恋四、読人しらず）を本歌に取り、橋姫が恋人を待つ季節を月の冴える秋の夜とした。月前《ノ》恋というような恋歌の趣があるが、本来「花月百首」で歌われた月の歌である。幻想的な風景をあくまで客観的に描き出しているのが、いかにも定家らしい。◇さむしろ　寝るための敷物。「寒し」を響かせる。◇宇治の橋姫　宇治橋を守る伝説中の女神とも、『橋姫物語』に登場する里人の妻ともいう。

＊四二一は待月《ツ》の歌。

421 秋の夜はいくら長くても甲斐《かい》はないなあ。有明の月の出を待っているとすぐ更けてしまって。

422 はるかかなたは空も地と一つになっている広々とした武蔵野を行くと、草原の中から大きな月が出てきたよ。

三六八と同じく、武蔵野の広大さを歌うが、下句によっ

て遙かに具象的に表現されている。

423　こちらでは村雨を降らせた雲が晴れてゆきますが、その雲の移り動いてゆく先の里人は、やはりまだ月を待っているのでしょうか。

作者のいる地点では村雨が晴れてさやかに月が射してきたということを、婉曲《えんきょく》に歌う。歌題の「雨後」を巧みに表現して、六人の点者の点をすべて得た歌。

＊四二四・四二五は露に宿る月の歌。

424　秋の夜は、荻の上葉を吹く風が、露とともにそこに宿っている月の光までも、わたしの袖に吹き送ってくるよ。

秋の夜、寝もやらず物思いにひたって感傷的になっていると、荻の上風が月光の宿った露を吹き送ってくるという清艶《せいえん》な趣。露にはこの人物の涙をも暗示する。

425　篠竹《しのだけ》の露に絶えず宿をかりている秋の月、その光もやや衰えを見せはじめたよ。露が深く置いて、小笹の生い茂る原の秋の夜は更けたのだなあ。

夜更けとともに篠竹に滋く置く露、そこに宿る月光のうつろいを歌う。純然たる叙景歌だが、光源氏が朧月《おぼろづく》夜尚侍《よないしのかみ》と逢った後に詠み交わした「いづれぞと露の宿りをわかむまに小笹が原に風もこそ吹け」（『源氏物語』花宴《はなのえん》）の表現に負うところがあると見られる。

◇しの　篠竹。「小笹」の縁語。「しきりに」の意の副詞「しのに」（直接的には月についていうが、暗に露に関してもいう）を掛ける。◇露ふけにけり　当時好まれた新しい感覚の表現。一種の秀句。

月影

雨後ノ月　　宮内卿

423 月をなほ　待つらむものか　村雨《むらさめ》の　晴れゆく雲の　末の里人

題しらず　　右衛門督通具

424 秋の夜は　宿かる月も　露ながら　袖《そで》に吹きこす　荻《をぎ》のうは風

源《みなもとの》家《いへ》長《なが》

425 秋の月　しのに宿かる　影たけて　小笹《をざさ》が原に　露ふけにけり

元久元年《げんきう》八月十五夜、和歌所にて、田
家《ニ》見《ル》レ月《ヲ》といふことを
前太政大臣

426
風わたる　山田の庵《いほ》を　もる月や　穂波にむすぶ　氷なる
らむ

和歌所歌合に、田家月《ノ》といふことを
前大僧正慈円

427
雁《かり》の来る　伏見《ふしみ》の小田に　夢覚めて　寝《ね》ぬ夜の庵に　月を
見るかな

皇太后宮大夫俊成女

428
稲葉吹く　風にまかせて　住む庵は　月ぞまことに　もり
あかしける

題しらず

＊四二六から四二八までは田家月《ノ》の歌。

426　風の吹きわたる山田の庵に洩《も》れ入る月の光は、稲穂の波に結ぶ氷なのだろうか。その白く冷たいことよ。

「秦甸《しんでん》之一千余里、凜々《りんりんトシテ》氷鋪《シキ》、漢家《かんか》之三十六宮、澄々《ちようちようトシテ》粉餝《ふんかざレリ》」(『和漢朗詠集』秋、十五夜)などの詩句を念頭に置いて、月光を氷に見立てた。田守《たもり》(田の番人)の心で歌う。

◇もる　「守る」に「洩る」を掛ける。

427　雁が飛んで来る伏見の小田で夢から覚め、夜の庵で寝られないままに月を見るよ。

飛来した雁の声で仮眠の夢を破られ、月を仰ぎ見ている田守の心で歌う。

◇伏見　山城国《やましろのくに》(今の京都府東南部)の歌枕。「伏し」で、寝ていたことを暗示し、「夢」と縁語関係にある。

428　風が稲葉を吹くままにわたしの住む田の庵には月が洩れ入り、古人が歌ったように月がさながら守り人という有様で夜を明かしたよ。

荒れた田庵に住む田守の心で歌っている。「秋の夜は山田の庵に稲妻の光のみこそもりあかしけれ」(『後拾遺集』秋下、伊勢大輔)、「宿近き山田の引板《ひた》に手もかけで吹く秋風にまかせてぞ見る」(『後拾遺集』秋下、源頼家《よりいえ》)などを受けて「まことに」という。

◇住む　月の縁語「澄む」を掛ける。

＊四二九は独立しているが、「床のさむしろ」と四三〇の「床のいなむしろ」という連想による配置か。

429 月のために心も空になって寝ずにさまよう夜が続き、床のさむしろの塵は、払わないままに積ってしまいました。

「敷妙《しきたへ》の枕《まくら》の塵や積るらむ月のさかりはいこそ寝られね」（『後拾遺集』雑一、源頼家）などと同じく、月を賞美して寝られない心を誇張していう。

＊四三〇・四三一は再び田家月の歌である。

430 秋の田を守る庵での仮寝の床の稲莚《いなむしろ》に、あたかも月に対して宿ってほしいというかのように、いっぱいに散り敷いている露だなあ。

「露」は田守の涙をも暗示し、そのわびしい心を歌う。
◇かり寝　「秋の田」「いな」の縁語。「刈り」を掛ける。
◇いなむしろ　田守の夜具。「しける」はその縁語。

431 秋の田に庵を結ぶ農夫の、その庵の苫《とま》が疎《あら》いので、月の光が洩れ入り、農夫は月とともに田の守番をして夜を明かすのであろうか。

本歌「秋の田のかりほの庵《いほ》の苫をあらみわが衣手は露に濡れつつ」（『後撰集』秋中、天智天皇）。

＊四三二は閨の月の歌。

432 秋草の色どりは籬《まがき》から遠のいていったけれども、それにつれて月の光が閨に射し入り、うたた寝をする手枕に馴《な》れ親しむようになってきました。

秋もやや深みゆき、秋草がうつろって、月の光がさえてきた時分の情感。「うとく」「手枕なるる」「閨」などの語により、優艶《ゆうえん》な雰囲気《ふんいき》をかもし出す。
◇うとく　下の「なるる」と対になる。

429 あくがれて　寝ぬ夜の塵《ちり》の　つもるまで　月に払はぬ　床《とこ》のさむしろ

大《おほ》中臣《なかとみの》定《さだ》雅《まさ》

430 秋の田の　かり寝の床の　いなむしろ　月宿れとも　しける露かな

崇徳院御時、百首歌めしけるに　左京大夫顕輔

431 秋の田に　庵《いほ》さすしづの　とまをあらみ　月とともにや　もりあかすらむ

百首歌たてまつりし、秋の歌　式子内親王

432 秋の色は　まがきにうとく　なりゆけど　手枕《たまくら》なるる　閨《ねや》の月影

＊四三三、四三五・四三六は月に露（涙）を取り合せた歌。

433　秋の露はわたしの袂《たもと》にたいそう滋く結んでいるのだろうか。秋の夜長を飽きることなく袂に宿っている月の光よ。
「鈴虫の声の限りを尽しても長き夜あかずふる涙かな」（『源氏物語』桐壺《きりつぼ》、靫負命婦《ゆげいのみょうぶ》）などを念頭に置きながら、さながら『源氏物語』の中の桐壺帝のような心で、秋の思いをかこっている自身の姿を歌う。
◇秋の露　秋を悲しむわが涙の比喩《ひゆ》。

＊四三四・四三五は暁《ノ》月の歌。

434　改めて今日の夕暮をあてにせよといわぬばかりに、秋の長夜も明けてしまったなあ。そして、有明《ありあけ》の月はそしらぬふりをして空に残っている。
「有明のつれなく見えし別れより暁ばかりうきものはなし」（『古今集』恋三、壬生忠岑《みぶのただみね》）を本歌として、月を薄情な恋人のように歌う。
◇暮をたのめ　類句を含む先行作として、「あぢきなしたれもはかなき命もて頼めばけふの暮を頼めよ」（『六百番歌合』藤原定家）がある。

一　藤原経房《つねふさ》。康治二年（一一四三）〜正治二年（一二〇〇）。吉田大納言と号した。『千載集』以下入集。

435　総じて世の人々の秋の寝覚めの袖が露深いのならば、誰の袖にもこの有明の月の光が宿っているでしょうが……。（本当はわたしだけが袖に涙をこぼしているので、そこに月の光が宿っているのです）。
暁の月を見て悲しんでいるのは自分一人であると、悲

秋の歌の中に　　太上天皇《だいじやうてんわう》

433 秋の露や　たもとにいたく　結ぶらむ　長き夜あかず　宿る月影

千五百番歌合に　　左衛門督通光

434 さらにまた　暮をたのめと　明けにけり　月はつれなき　秋の夜の空

一経房卿家歌合に、暁月《ノ》の心をよめる　　二条院讃岐《にでうのゐんのさぬき》

435 おほかたに　秋の寝覚めの　露けくは　またたが袖《そで》に　有明《あり》の月

五十首たてまつりし時　　藤原雅経

436 払ひかね　さこそは露の　しげからめ　宿るか月の　袖の　せばきに

哀感を強調した歌。
◇秋の寝覚め 「遥かなるもろこしまでもゆくものは秋の寝覚めの心なりけり」(『千載集』秋下、大弐三位《だいにのさんみ》)と歌われ、あわれ深いものとされる。

＊四三六は月に寄せる述懐の歌。

436 払いかねるほど滋く露が置いているとしても、月の光までも宿っているとは……。わたしは位も低く、その袖はこんなに狭いのに。

官位の低い者の袖は狭いとされていた。「ぬき乱る人こそあるらし白玉のまなくも散るか袖のせばきに」(『古今集』雑上、在原業平《ありわらのなりひら》。『伊勢物語』八十七段)を本歌として、露に加えてさらに月がわが袖に宿ってあわれをさそうと歌い、述懐の心を籠《こ》めた。撰者の一人ということで巻軸《かんじく》歌に選ばれたか。
◇さこそ……め　いくら……であろうとも。

新古今和歌集 巻第五

秋歌 下

和歌所《わかどころ》にて、をのこども歌よみ侍《はべ》りしに、夕鹿《ゆふべノしか》といふことを

藤原家隆朝臣《ふぢはらのいへたかのあそん》

437 したもみぢ　かつ散る山の　夕しぐれ　ぬれてやひとり　鹿の鳴くらむ

百首歌《ひやくしゆのうた》たてまつりし時

入道左大臣《にふだうさだいじん》

438 山おろしに　鹿の音《ね》高く　きこゆなり　尾上《をのへ》の月に　さ夜

＊ 四三七から四五三までは鹿の歌。

437 下葉の紅葉が、あるところでは早くも散っている山、そこに降りそそぐ夕しぐれに濡れて、牡《お》鹿《じか》はひとりさびしく鳴いているのであろうか。その悲しげな声が聞えてくるよ。

鹿の声を聞いて、優艶《ゆうえん》な自然の中で、妻の鹿を求めかねて、わびしく鳴いている姿態を思い描いた。そして享受者にはしぐれに濡れて色鮮やかなもみじ、その中で鳴く鹿の姿などが絵画的に印象づけられる効果をもたらしている。「ぬれてやひとり」は、後に制詞（創始者に敬意を表する意味で模倣することを禁じた勝《すぐ》れた句）とされた。元久《げんきゆう》二年（一二〇五）三月二日、後《ご》鳥《と》羽《ば》院の命により特に秋下の巻頭歌として置かれた作。

◇かつ散る　一方では散る。

438 山おろしに乗って鹿の声が高く聞えてくる。峰のあたりに月が懸り、夜が更けたのであろうか。

宵のうちにはかすかだった山おろしの音がまさり、それとともに、高く聞えてきた鹿の声に、作者は山麓《さんろく》の庵《いおり》の内などにいながら、夜が更けたのかと推量し、峰に懸る月の光を浴びて鳴いている牡鹿の姿を思い描く。

439 野分が吹いた小野の草の臥《ふ》し処《ど》はすっかり荒れて、鹿は山深く入ってしまい、今は深山の奥で鳴く牡鹿の声が聞えるよ。

やふけぬる

寂蓮法師《じゃくれんほふし》

439 野《の》分《わき》せし　小野の草ぶし　荒れはてて　深山《みやま》にふかき　さを鹿の声

題しらず　俊恵法師《しゅんゑほふし》

440 あらし吹く　真葛《まくず》が原に　鳴く鹿は　うらみてのみや　妻を恋ふらむ

前中納言匡房《さきのちゅうなごんまさふさ》

441 妻恋ふる　鹿のたちどを　たづぬれば　狭山《さやま》が裾《すそ》に　秋風ぞ吹く

「さを鹿の小野の草伏しいちしろくわが問はなくに人の知れらく」(『万葉集』二二六八、作者未詳)、「鹿の音《ね》ぞ寝覚めの床に通ふなる小野の草伏し露やおくらむ」(『後拾遺集』秋上、藤原家経《いえつね》)などと歌われるように、鹿は野原の草に臥すものとされるが、その鹿の声が山奥から聞えてくるのは、野分(台風)のために野の臥し処が荒れたためだろうと考えた。
◇さを鹿　「さ」は接頭語。

440　烈しい風が吹く真葛が原に鳴く牡鹿は、ちょうど葛が葉裏を見せるように、ひたすら恨みながらも妻の鹿を恋しがっているのだろうか。
生い茂った葛の葉裏がひるがえる原で鳴く鹿を、その葛からの連想で、妻の鹿のつれなさを恨めしく思いながらも恋い慕っているのかと、人のように見なして歌った。「あらし」に「妻」の薄情さを寓しているか。
◇真葛が原　京の東山にこの地名があるが、普通名詞と見てよいか。◇うらみて　「恨みて」に葛の縁語「裏見」を響かせる。

441　妻を恋しがって鳴く鹿の立っていた場所を尋ねてゆくと、もはや鹿の姿は見えず、狭山の山裾にはただ秋風が吹いている。
「あやしくも鹿のたちどの見えぬかなをぐらの山にわれや来ぬらむ」(『拾遺集』夏、平兼盛《かねもり》)に通じる歌境だが、下句に機知的な兼盛の作には求め難いさびしさがただよっている。
◇狭山　里近い山。普通名詞。

百首歌たてまつりし時、秋の歌　　惟《これ》明《あきら》親《しん》王《わう》

442
み山べの　松の梢《こずゑ》を　わたるなり　あらしに宿す　さを鹿《しか》の声

晩《くれ》ニ聞クレ鹿ヲといふことをよみ侍りし　　土御門内大臣《つちみかどのないだいじん》

443
われならぬ　人もあはれや　まさるらむ　鹿鳴く山の　秋の夕暮

百首の歌よみ侍りけるに　　摂政太政大臣《せつしやうだいじやうだいじん》

444
たぐへくる　松のあらしや　たゆむらむ　尾上《をのへ》にかへる　さを鹿の声

千五百番歌合《うたあはせ》に　　前大僧正慈円《さきのだいそうじやうじゑん》

445
鳴く鹿の　声にめざめて　しのぶかな　見はてぬ夢の　秋

442　深山のあたりの松の梢を渡って聞えてくるよ。山風に乗った牡鹿《おじか》の声が。

山風に乗った鹿の声が松の梢のあたりに響くと捉《とら》えたのは、「尾上《をのへ》より門田に通ふ秋風に稲葉を渡るさを鹿の声」(『千載集』秋下、寂蓮《じやくれん》)などの影響を受けたか。この寂蓮の歌は俊成が後代への悪影響を恐れ、初め同集に入れようとしなかった作。「あらしに宿す」は新鮮な表現。

443　わたし以外の人もしみじみとした思いがまさるであろうか。このように山で牡鹿が鳴く声を聞く秋の夕暮は。

自身が秋の夕べ鹿の声を聞いて哀感を覚えたので、きっと他の人々もそうであろうと推し量った。

◇鹿　「そのように」の意の副詞「しか」を掛ける。

444　鹿の声を乗せてきた烈しい松風が弱まったのだろうか。今まで近くに聞えていた鹿の声がかすかになり、あたかも尾上に帰ってゆくよう。

「山高みおろす嵐《あらし》や弱るらむかすかになりぬさを鹿の声」(『経盛家歌合』鹿、藤原季経《すゑつね》)、「さそひくる峯の嵐や弱るらむ遠ざかるなりさを鹿の声」(『三百六十番歌合』秋、藤原季能《すゑよし》)などと類想。

◇たぐへくる　(鹿の声を)伴ってくる。

445　鹿の声に目覚めてなつかしく思い返すよ。とぎれてしまった秋の夜の夢の悲しみを。

壬生忠岑《みぶのただみね》の「山里は秋こそことにわびしけれ鹿の鳴く音《ね》に目を覚ましつつ」(『古今集』秋上)、「命にもまさ

りて惜しくあるものは見はてぬ夢の覚むるなりけり」(同、恋二)を本歌とする。

446　夜どおし妻を求めて牡鹿が鳴くにつれ、小萩が原の萩の露がこぼれ落ちるよ。

「宮城《みやぎ》野《の》に妻呼ぶ(一本、問ふ)鹿ぞ叫ぶなるもとあらの萩に露や寒けき」(『後拾遺集』秋上、藤原長能《ながよし》)などを参考にしつつ、鹿に取り合されることの多い萩の露の状態に着目した。露は鹿の涙も暗示する。◇鳴くなべに　鳴くと同時に。

447　ふと目覚めてからもうずいぶん経《た》った。長い秋の夜はやっと明けたのだろうか……。しじまを破って、鹿の鳴く声が聞える。

『道済集』によれば「秋の寝覚め」という題を詠《よ》んだ歌。秋の夜の暁近く、夜明けを待ち続けている時に、たまたま床の中で遠くに鳴く鹿の声を聞いた心。

448　小山田の庵近くまで寄ってきて鳴く鹿の声に、はっと目を覚まさせられて、今度はわたしが鹿をおどかして追い払うよ。

田の仮小屋に宿っている田守《たもり》の心。「おどろかされておどろかす」という同語反復に諧謔《かいぎやく》味があるが、その底には一種のペーソスが湛《たた》えられている。「ひたぶるに山田守《も》る身となりぬればわれのみ人をおどろかすかな」(『詞花集』雑上、能因《のういん》)、「ひたぶるに山田の中に家居してすだく牡鹿をおどろかすかな」(『堀河百首』田家、永縁《ようえん》)などの影響があるか。◇おどろかされて　目を覚まさせられて。

の思ひを

家に歌合し侍りけるに、鹿をよめる　　権中納言俊忠《ごんちゆうなごんとしただ》

446 夜もすがら　妻どふ鹿の　鳴くなべに　小《こ》萩《はぎ》が原の　露ぞこぼるる

題しらず　　源《みなもとの》道《みち》済《なり》

447 寝覚めして　久しくなりぬ　秋の夜は　明けやしぬらむ　鹿ぞ鳴くなる

西《さい》行《ぎやう》法《ほふ》師《し》

448 小《を》山田《やまだ》の　庵《いほ》近く鳴く　鹿の音《ね》に　おどろかされて　おどろかすかな

白河院鳥羽《とば》におはしましけるに、田家ノ
秋興《しうきよう》といへることを、人々よみ侍りし
に　　中宮大夫師忠《ちゆうぐうのだいぶもろただ》

449 山里の　稲葉の風に　寝覚めして　夜深く鹿《しか》の　声を聞く
かな

二郁芳門院《いくはうもんゐん》の三前栽合《せんざいあはせ》によみ侍りける　藤原顕綱朝臣《ふぢはらのあきつなのあそん》

450 ひとり寝や　いとどさびしき　さを鹿の　朝ふす小野の
葛《くず》の裏風

題しらず　　俊恵法師

451 龍田山　梢《こずゑ》まばらに　なるままに　深くも鹿の　そよぐな
るかな

一 鳥羽離宮。

449 山里の稲葉を吹き渡るさびしい風の音に目覚めて、夜更けに悲しげな鹿の声を聞くよ。

田園で鹿の声を聞いて感興をそそられている心。田の見張りをする農夫などの心で歌っている。 二 媞子《ていし》内親王。白河院の皇女。 三 物合《ものあはせ》の一種。左右に分れ、前栽（植込みの草木）に歌を添えて、その優劣を競う遊戯。

450 妻を得られないままの独り寝がいっそうさびしく感じられるのだろうか、牡鹿《おじか》が朝臥《ふ》している小野の葛の葉裏を翻して、風が吹いている。

独り寝している鹿を同情的に歌う。鹿の姿を眼前のものとして歌っている例は『万葉集』に「さを鹿の朝伏す小野の草若み隠らひかねて人に知らゆな」（三六七、作者未詳）とあるが、それほど多くない。この歌も右の万葉歌の影響作か。

◇葛の裏風　「裏」に「恨み」を響かせている。

451 龍田山の木々の梢がまばらになるとともに、鹿が山深くで落葉を踏んで音を立てているようだなあ。

「奥山にもみぢ踏み分け鳴く鹿の声聞く時ぞ秋はかなしき」（『古今集』秋上、読人しらず。『猿丸大夫集』）という古歌などを参考にしつつ、秋が深まるにつれて山奥へと移動する鹿の生態を捉えた。鹿の動きを「そよぐ」と表現した点が新しい。『林葉集』によれば、「落葉」を題とする冬の歌で、題をあらわに表現していない点が賞されたと見られる。
◇そよぐ　ここでは、鹿が落葉を踏んで、ざざと音を立てることをいう。

四 歌合後の余興（なごり）の歌、の意。

452　過ぎ去ろうとする秋の形見として、牡鹿は自分の鳴く声も惜しいのだろうか。あまり声が聞えなくなってきたよ。
鹿を擬人化し、鳴かなくなった原因を、秋を惜しむあまり、自分の声も惜しむのかと、あえて推測した。

＊四五三から四五六までは秋田の歌。

453　とりわけ田の庵を守るわたしの袖がこんなにも濡れしおれるのはどうしてだろうか。秋風は稲葉に限って吹くわけではないだろうに。
わびしさに堪えかねている田守《たもり》の心を遠まわしに歌う。言外に、稲葉の露と自身の涙のために袖がしおれていることを暗示する。『六百番歌合』で、俊成が下句を賞している。

454　秋の田を守るために仮庵を作って、その中にいると、袖のあたりが冷え冷えとする。ああ、露が置いたのだな。
これも田守のわびしい生活を歌った歌。感覚的な下句が素朴な感じを出している。『万葉集』の原歌（二一七四、作者未詳）では現在「衣手寒く露ぞおきにける」と訓んでいる。『百人一首』の天智天皇「秋の田のかりほの庵の苫《とま》をあらみわが衣手は露に濡れつつ」（『後撰集』秋中）の原作とされる。

祐子《いうし》内親王家歌合の[四]のちに、鹿の歌よみ侍りけるに　　権大納言《ごんだいなごん》長家《ながいへ》

452 過ぎてゆく　秋の形見《かたみ》に　さを鹿の　おのが鳴く音《ね》も　惜しくやあるらむ

摂政太政大臣家の百首歌合に　　前大僧正慈円

453 わきてなど　庵《いほ》もる袖《そで》の　しをるらむ　稲葉にかぎる　秋の風かは

題しらず　　読人しらず

454 秋田もる　かり庵《いほ》作り　わがをれば　衣手《ころもで》さむし　露ぞおきける

前中納言匡房

455 秋来れば　朝けの風の　手をさむみ　山田のひたを　まかせてぞ聞く

善滋為政朝臣《よししげのためまさのあそん》

456 ほととぎす　鳴くさみだれに　植ゑし田を　かりがね寒み　秋ぞ暮れぬる

中納言《ちゆうなごん》家持《やかもち》

457 今よりは　秋風寒く　なりぬべし　いかでかひとり　長き夜を寝む

人《ひと》麻《ま》呂《ろ》

458 秋されば　雁《かり》の羽風《はかぜ》に　霜ふりて　寒きよなよな　しぐれさへ降る

455 秋がやって来て早朝の風が手に冷たいので、山田に引いた引板《ひた》を風が吹き鳴らすのに任せてその音を聞いているよ。

「宿近き……」（四三八注参照）を意識しつつ、風の寒さについ縄を引くことを怠っている農夫の心で詠んだ。◇ひた　引板。鳴子。縄を引っ張って音を立て、鳥や獣を追い払う。

456 ほととぎすが鳴くさみだれの時分に植えた田を刈り入れ、折しも雁《かり》の声が寒々と聞えてきて、早くも秋は暮れてしまったよ。

「ほととぎす声めづらしく植ゑし田を稲葉もそよとけふも刈るかな」（『兼盛集』）などと類想の歌。刈り入れ時に雁を取り合せた古歌としては「秋田刈る仮庵《かりほ》もいまだこぼたねば雁がね寒し霜も置きぬがに」（『万葉集』一五五六、忌部黒麻呂《いむべのくろまろ》）がある。◇かりがね　「田を刈り」から「雁がね」と言い続けた。

＊四五七・四五八は秋夜の歌。

457 今からは秋風が身にしみるだろうなあ。この長い夜をどのように妻もなくひとりさびしく寝たらよいのだろうか。

原歌（『万葉集』四六二）によれば、天平十一年（七三九）夏、愛人を亡くした時の哀傷歌。

458 秋になると、雁の羽風によって霜が降りて寒い夜ごと夜ごと、その上しぐれまで降るよ。

「葦辺《あしへ》行く鴨《かも》の羽交《はが》ひに霜降りて寒き夕《ゆふへ》は大和《やまと》し思ほゆ」（『万葉集』六四、志貴皇子《しきのみこ》）を基にして作られ、人麻呂作と伝えられた歌か。
◇秋されば　秋になると。
＊四五九・四六〇は再び秋田の歌。
459　牡鹿《おじか》が妻を求めてやって来る岡のほとりの早生《わせ》の稲田は刈り取ったりはするまいよ、たとえ霜が置いて刈り入れの時期が過ぎようとも。
鹿のために稲を残しておいてやろうというやさしい心の歌。『万葉集』の原歌（二二二〇、作者未詳）では、第二句「妻呼ぶ山の」、第五句「霜は降るとも」とする。
460　刈り取って乾す山田の稲は、とても袖を濡らして植えた早苗と同じものとは見えないなあ。
季節の移り変りのすみやかなことを、稲によって実感した。『貫之集』によれば、屏風《びようぶ》歌。
＊四六一から四七一までは露の歌。
461　草葉の上では玉のように見えながら、世をわびているわたしの袖の上では涙となって置くよ、秋の白露は。
同じ露が草葉の上では美しい玉となり、自身の袖の上では涙となっていると見ることによって、悲しみをまぎらわせている歌。作者（菅原道真《すがわらのみちざね》）失脚後の作かどうかは不明。
462　わたしの家の庭の花すすきの穂末に白露が置いた日から、秋風も吹き始めたよ。
季節的には初秋の歌。『万葉集』には同じ家持の作として、「わが宿の尾花の上の白露を消《け》たずて玉に貫《ぬ》くものにもが」（一五七二）という類歌がある。

459
さを鹿の　妻どふ山の　岡べなる　わさ田は刈らじ　霜はおくとも

紀《きの》貫《つら》之《ゆき》
460
刈りて乾す　山田の稲は　袖《そで》ひちて　植ゑし早苗《さなへ》と　見えずもあるかな

菅贈太政大臣《くわんぞうだいじやうだいじん》
461
草葉には　玉と見えつつ　わび人の　袖の涙の　秋のしら露

中納言家持
462
わが宿の　尾花が末に　白露《しらつゆ》の　おきし日よりぞ　秋風も

吹く

恵《ゑ》慶《ぎやう》法《ほふ》師《し》

463 秋といへば　契りおきてや　結ぶらむ　浅茅《あさぢ》が原の　けさの白露

人麻呂

464 秋されば　おく白露に　わが宿の　浅茅が上葉《うはば》　色づきにけり

天暦《てんりやくの》御歌《おほんうた》

465 おぼつかな　野にも山にも　白露の　なにごとをかは　思ひおくらむ

463 秋になったというのでかねての約束通りに結ぶのだろうか、浅茅が原に今朝置いている白露は。

露と浅茅との間柄を人間関係に見立てた。男女が秋になったら逢おうと約束することは少なくなかった。『恵慶集』によれば、「初秋」を詠んだ屏風《びようぶ》歌。従って、作者の意識としては、「けさ」は立秋の朝を指す。◇契りおきて　「おき」は「露」の縁語。◇結ぶ　「契り」の縁語。◇浅茅が原　三四五参照。

464 秋になったので置く白露のために、わたしの家の庭の浅茅の上葉は早くも色づいたよ。

秋の訪れとともに早くも草もみじした浅茅を見て、感傷をそそられた歌。『万葉集』の原歌（二一八六、作者未詳）では、第三・四句を「わが門の浅茅が末葉《うらば》」とする。古人は露やしぐれが草木を紅葉させると考えていた。以上、四六二から四六四までは、季節的にはいずれも初秋の歌だが、主として「白露」の語によって古い作者の歌をまとめたためにここに置かれたか。

465 はっきりしないなあ。白露はどういうことを嘆きの種と深く思って、野にも山にも置くのであろうか。

秋には人が感傷的になることから、白露を擬人的に取りなした。もとより露に涙を連想している。『村上御《むらかみぎよ》集《しゆう》』にこの形のまま見えるが、『千穎集《ちかいしゆう》』には第三句以下を「なにごとを思ひおくらむ秋の白露」として収められている。伝承された歌か。

◇思ひおく　忘れずに思っている。「おく」は「露」

一 後冷泉院《ごれいぜいのゐん》の御子《みこ》の宮と申しける時、尋ヌ二野ノ花ヲ一といへる心を

堀《ほり》河右《かはのう》大臣《だいじん》

466 露しげみ　野べを分けつつ　から衣《ころも》　濡《ぬ》れてぞかへる　花のしづくに

閑庭《かんてい》露滋《しげシ》といふことを

基《もと》俊《とし》

467 庭の面《おも》に　茂るよもぎに　ことよせて　心のままに　おける露かな

二 白河院にて、野草露繁シといへる心を、をのこどもつかうまつりけるに

贈左大臣《ぞうさだいじん》長実《ながざね》

468 秋の野の　草葉おしなみ　おく露に　濡れてや人の　たづねゆくらむ

の縁語。

一 第七〇代の天皇。→作者略伝。

466 どこまでも野辺を分けて行くと、露が滋《しげ》く置いているので、秋の千草の花の雫《しずく》に衣も濡れてわたしは帰ってきたよ。

大宮人の秋の野遊びの有様を歌う。◇から衣　本来は外国風の衣裳《いしよう》の意。ここでは単に衣の美称。◇かへる　「帰る」の意と見られるが、唐衣の色があせる意の「かへる」も暗示するか。

467 荒れはてた庭一面に生い茂っている蓬《よもぎ》のせいにして、勝手気ままに置いている露だなあ。

廃園に滋く置く露を擬人的に表現した歌。「わが宿の軒のしのぶにことよせてやがても茂る忘れ草かな」(『後拾遺集』恋三、読人しらず)に影響されたか。『源氏物語』蓬生《よもぎう》の、末摘花《すえつむはな》の家の描写などが想起される。◇庭の面に茂るよもぎ　訪れる人もなく、手入れされず荒れていることを暗示し、歌題「閑庭」を表現する。◇ことよせて　かこつけて。

二 白河殿。

468 秋の野の草葉を押しなびかせるまで一杯に置く露に濡れ、人は秋の草花を尋ねて行くのであろうか。

これも、四六六と同じく大宮人の野遊びを歌ったものと解釈するが、尋ねてゆくのは意中の人かという解釈もある。尋ねてゆく対象が不明瞭《めいりよう》である。◇おしなみ　おしつけて平らにし。おしふせて。

469　露は物思うわたしの袖の涙から習ったのだろうか。秋風が吹けば堪えかねて散るということを。

露が風に散る風景を見て、擬人的に取りなした。自然が人間を模倣したのかと見た点が新しい。自身の感傷をあらわに表現せず、遠まわしに暗示したのが技巧。

470　物思いに沈んでいる頃は、露はきっと袖にこのように滋く置くのだな。だから、かならずしも秋だけに限ったことではないのだけれど……。

秋の悲しみのために涙が滋くこぼれるという心を言外の余情にとどめた歌。

471　野原から、露とほんの些細《ささい》な縁のある涙を尋ね求めて、わたしの袖に秋風が吹いてくるよ。

「秋風」を男に、「露のゆかり」（涙）を女に見立て、些細な縁を手蔓《てづる》として通ってくる色好みのように風を取りなしたのが艶《えん》である。

◇露　「いささか」の意の副詞「つゆ」を掛ける。

＊ 四七二から四七四までは虫（秋虫）の歌。

472　秋も深まり夜寒となるにつれて、きりぎりすは弱るのだろうか。その声が遠くかすかになってゆくよ。

こおろぎの声の衰えに秋の終りを知り、生あるもののはかなさを思う。「秋深くなりゆくままに虫の音の聞けば夜ごとに弱るなるかな」（『堀河百首』虫、隆源《りゅうげん》）、「鳴きかへせ秋におくるるきりぎりす暮れなば声の弱るのみかは」（『散木奇歌集《さんぼくきかしゅう》』秋）などに影響されたか。類歌「きりぎりす夜寒になるを告げがほに枕《まくら》のも

百首歌たてまつりし時　寂蓮法師

469　物思ふ　袖《そで》より露や　ならひけむ　秋風吹けば　たへぬものとは

秋の歌の中に　太《だい》上《じやう》天《てん》皇《わう》

470　露は袖に　物思ふころは　さぞなおく　かならず秋の　ならひならねど

471　野原より　露のゆかりを　たづねきて　わが衣手《ころもで》に　秋風ぞ吹く

題しらず　西行法師

472　きりぎりす　夜寒《よさむ》に秋の　なるままに　よわるか声の　遠ざかりゆく

とに来つつ鳴くなり」（『山家集』秋）。
◇きりぎりす　こおろぎのこと。

473　長い秋の夜を虫の音も飽きることなく鳴き続けている古里に、さらに昔を懐かしむ思いを添えるかのように松風が吹くよ。

「鈴虫の声の限りを尽しても長き夜あかずふる涙かな」（『源氏物語』桐壺《きりつぼ》、靫負命婦《ゆげいのみょうぶ》）、「身をかへてひとり帰れる山里に聞きしに似たる松風ぞ吹く」（『源氏物語』松風、明石尼君《あかしのあまぎみ》）などを念頭に置き、物語中の人物のような心で詠んだ歌。

474　今は人が訪れた跡もないまでに荒れた庭の浅茅の中、心も解けず、つめたく結んだ露の下で人待ち顔に鳴いている松虫の声が聞えてきます。

◇むすぼほれ　「露」の縁語。◇露のそこ　「秋の夜は露こそことに寒からし草むらごとに虫のわぶれば」（『古今集』秋上、読人しらず）などに拠りつつ、漢詩的な感覚で作り出された句。◇松虫　人の訪れを「待つ」という心を籠《こ》めている。「君しのぶ草にやつるるふるさとは松虫の音《ね》ぞかなしかりける」（『古今集』秋上、読人しらず）。

＊ 四七五から四八五までは擣衣《とうい》（砧《きぬた》）の歌。

475　秋風は身にしみるほど冷たく吹いたよ。今頃故郷ではわが妻は砧を打っていることだろうか。

「誰《ガ》家《ノ》思婦秋《ソ》擣レ《ツ》帛《きぬヲ》、月苦《シク》風凄《シク》砧杵《ちんしよ》悲《シ》」（流布板本『和漢朗詠集』擣衣、白楽天）のように、擣衣は留守を守る妻が打つものとされる。

守覚法親王《しゅかくほふしんわう》家五十首歌の中に　藤原家隆朝臣

473
虫の音《ね》も　長き夜あかぬ　ふるさとに　なほ思ひ添ふ　松
風ぞ吹く

百首歌の中に　式子《しょくし》内親王《ないしんわう》

474
あともなき　庭の浅茅《あさぢ》に　むすぼほれ　露のそこなる　松
虫の声

題しらず　藤原輔尹朝臣《ふぢはらのすけただのあそん》

475
秋風は　身にしむばかり　吹きにけり　今や打つらむ　妹《いも》
がさごろも

前大僧正慈円

476 衣《ころも》打つ　音はまくらに　菅原《すがはら》や　伏見の夢を　いく夜のこしつ

千五百番歌合に、秋の歌　　権中納言公経《ごんちゅうなごんきんつね》

477 衣打つ　ね山の庵《いほ》の　しばしばも　しらぬ夢路に　むすぶ手枕《たまくら》

和歌所の歌合に、月の下《もと》に衣打つといふことを　　摂政太政大臣

478 里は荒れて　月やあらぬと　恨みても　たれあさぢふに　衣打つらむ

宮《く》内《ない》卿《きやう》

479 まどろまで　ながめよとての　すさびかな　麻のさごろ

476 菅原の伏見の里に寝ていると、衣を打つ音が枕《まくら》べにする。いままで幾夜この音に目覚めて、旅寝の夢を見残したことか。

「恋しきを慰めかねて菅原や伏見に来ても寝られざりけり」(『拾遺集』恋五、源重之《しげゆき》)により、荒れはてた菅原の伏見の里に来て旅寝している人の心で歌う。◇菅原や伏見　「菅原」には動詞「す」を、「伏見」(「枕」「夢」と縁語)には「臥《ふ》す」を掛ける。二九三参照。

477 柴《しば》を折り焚《た》く根山の庵に、衣を打つ音が頻《しき》りに聞えてくる。その音は手枕をして結ぶ仮寝の夢を覚ますので、その度に改めてまどろんでは、新たな夢路を辿《たど》るよ。

砧《きぬた》に夢を破られがちな、わびしい世捨て人の心。第二・三句は「山賤《やまがつ》の庵《いほり》にたけるしばしばも言問《ことと》ひこなむ恋ふる里人」(『源氏物語』須磨《すま》、光源氏)に拠るか。◇ね山　里近い山。外山《とやま》。「音」「寝」などを響かせているか。◇しばしばも　庵で折り焚く「柴」を響かせる。◇むすぶ　「夢」「手枕」の縁語。

478 「あの人の訪れてこない里はこのように荒れ、月は昔のままなのに、あの人は心変りしてしまった」と恨みながら、いったいだれが、浅茅生《あさぢう》の宿で衣を打っているのだろうか。砧の音が聞えてくるよ。

「月やあらぬ春や昔の春ならぬわが身ひとつはもとの身にして」(『古今集』恋五、在原業平《ありわらのなりひら》。『伊勢物語』四段)を本歌にしながら、衣を打っている人はどのような女だろうと想像した、凄艶《せいえん》な歌。「里は荒れて人

も　月に打つ声

480　千五百番の歌合に　藤原定家朝臣《ふぢはらのさだいへのあそん》

秋とだに　忘れむと思ふ　月影を　さもあやにくに　打つ衣かな

481　擣衣《たうい》をよみ侍りける　大納言経信《だいなごんつねのぶ》

ふるさとに　衣打つとは　ゆく雁《かり》や　旅の空にも　鳴きて告ぐらむ

482　中納言兼輔の家の屏風《びやうぶ》に　紀貫之

雁鳴きて　吹く風寒《さむ》み　から衣　君待ちがてに　打たぬ夜ぞなき

はふりにし宿なれや庭もまがきも秋の野らなる」(『古今集』秋上、遍昭《へんじよう》)の面影もあるか。

479　月の光の下、だれかが麻衣を打つ砧の声が聞えてきます。これはきっと、わたしにまどろまずに月をじっと見つめなさいというので、手すさびにしている業《わざ》なのですね。

賤《しづ》の女《め》の砧をあえて風雅に取りなした。

480　せめて今が秋であるということだけでも忘れようと思うほど悲しい月の光。それなのに、いかにも折悪しく聞えてきて、改めて秋を思い出させてしまう砧の音よ。

「木の間より……」(三八一注参照)と歌われるように、秋は悲しみの心を起させるので、いっそ秋であることを忘れてしまいたいのに、砧の音を聞いてかえって愁いを深くしている人の心。

481　故郷でわたしがこのように衣を打っているということを、空を飛んでゆく雁は旅先のあの人にも鳴いて告げるでしょうか。

故郷で夫の帰りを待ちわびながら砧を打っている女の心。「北斗《ほくと》ノ星ノ前ニ横《タフ》二旅雁《りよがん》ヲ一、南楼ノ月ノ下ニ擣《ウツ》二寒衣《かんい》ヲ一」(『和漢朗詠集』擣衣、劉元叔《りゆうげんしゆく》)などの詩句に拠るか。雁が告げることを期待したのは、蘇武《そぶ》の故事(五〇〇注参照)などに拠る。

482　雁が鳴いて吹く風が寒いので、きっと旅路も寒いだろうとあの人のことを思いやりながら、その帰りを待ちわびて衣を打たない夜とてありません。

擣衣《たうい》の心を　藤《ふぢ》原《はらの》雅《まさ》経《つね》

483 み吉野の　山の秋風　さ夜ふけて　ふるさとさむく　衣《ころも》打つなり

百首歌たてまつりし時　式子内親王

484 ちたび打つ　きぬたの音に　夢覚めて　物思ふ袖《そで》の　露ぞくだくる

485 ふけにけり　山の端《は》ちかく　月さえて　とをちの里に　衣打つ声

九月十五夜、月くまなく侍りけるをながめ明かして、よみ侍りける　道《みち》信《のぶの》朝《あ》臣《そん》

483 吉野山に吹く秋風は夜が更けるとともに、いよいよ寒く、離宮のあったこの里はしんしんと冷えて、衣を打つ冴《さ》えた音が聞えてくる。
本歌「み吉野の山の白雪積るらし故郷《ふるさと》寒くなりまさるなり」（『古今集』冬、坂上是則《これのり》）の季節を晩秋に変えた。

484 何度も何度も打つ、重く沈んだ砧《きぬた》の音に夢を覚まされて、物思いに沈んでいるわたしの袖の涙の露が砕け散ります。
下句によりそれまで見ていた夢が悲しいものだったことを暗示し、砧の槌《つち》の下に露が砕けるようなイメージを誘う。「八月九月正《まさニ》長《キ》夜、千声万声《せんせいばんせい》無《シ》㆓了《やむ》時㆒」（『和漢朗詠集』擣衣、白楽天）に拠りつつ、同じ詩句に拠った「たがためにいかに打てばか唐衣千《ち》度《たび》八千《やち》度《たび》声の恨むる」（『千載集』秋下、藤原基俊《もととし》）にも影響されている。

485 秋の夜はすっかり更けたのですね。西の山の端近く月は冴えて、遙か遠くの十市《とおち》の里で衣を打っている音が聞えてきます。
「秋の夜を寝覚めて聞けば風寒み十市の里に衣打つなり」（『続詞花集』秋下、済円《さいえん》）に似た歌境であるが、この作では「ふけにけり」の句によって、秋の長夜を寝ずに起きていたことを暗示するか。
◇とをちの里　大和国《やまとの》（今の奈良県）の歌枕。遠くの方の里の意を含む。二六六参照。
＊四八六から四八九までは月（暮秋の月）の歌。

486　秋も終ろうとしている夜更けの月を見ると、悲しくなって袖も余す所なくいっぱいに涙の露が置いたよ。
◇秋はつる　旧暦九月は三秋（秋の三カ月）の最後の月なので九月十五夜を「秋果つ」と言った。

487　ひとり寝をしている山鳥の長く垂れた尾に霜がいっぱいに置いて、その床に白い月の光が射しているよ。
「足引の山鳥の尾のしだり尾のながながし夜をひとりかも寝む」（『拾遺集』恋三、柿本人麻呂）を本歌とし、霜と月とが白く映発するうちに、夜雌雄《しゆう》が谷を隔てて寝ると伝える山鳥の姿を捉えた、妖艶《ようえん》で幻想的な作。

488　かつては人の姿も見えた秋の千草の野辺はすっかり末《うら》枯れ、今は訪れる人もなく、ただほんのわずかのゆかりで月の光が露に宿っているだけだなあ。
「山里は冬ぞ寂しさまさりける人めも草もかれぬと思へば」（『古今集』冬、源宗于《むねゆき》）に拠り、季節を晩秋に変えた。蕭条《しょうじょう》たる枯野を歌いながら、優艶な情緒が漂う。
◇ひとめ　人の訪れ。一説に、「一目」の意を掛ける。
◇うら枯れて　「ひとめ」の縁語「離《か》れ」を響かせる。

489　秋の夜は寒く、さむしろに衣を重ねて敷いて寝ても、やはり月の光に及《し》くものはないよ。
「さむしろに衣片敷き……」（四二〇注参照）、「照りもせず曇りもはてぬ……」（五五）などを念頭に置きながら、言葉の上の洒落《しゃれ》を楽しんだ軽妙な作。
◇しく　「及《し》く」（及ぶ）と「敷く」の掛詞。

486
秋はつる　さ夜《よ》ふけがたの　月見れば　袖ものこらず　露ぞおきける

百首歌たてまつりし時　藤原定家朝臣

487
ひとり寝《ぬ》る　山鳥の尾の　しだり尾に　霜おきまよふ　床の月影

摂政太政大臣、大将に侍りける時、月の歌五十首よませ侍りけるに　寂蓮法師

488
ひとめ見し　野べのけしきは　うら枯れて　露のよすがに　宿る月かな

月の歌とてよみ侍りける　大納言経信

489
秋の夜は　衣さむしろ　重ねても　月の光に　しくものぞ

なき

九月つごもりがたに　花山院御歌《くわざんのゐんのおほんうた》

490 秋の夜は　はや長月《ながつき》に　なりにけり　ことわりなりや　寝覚めせらるる

五十首歌たてまつりし時　寂蓮法師

491 村雨《むらさめ》の　露もまだひぬ　真木《まき》の葉に　霧たちのぼる　秋の夕暮

秋の歌とて　太上天皇

492 さびしさは　み山の秋の　朝ぐもり　霧にしをるる　真木のした露

＊四九〇は秋夜を主題とする。

490 秋の夜は早くも夜の長い晩秋の長月となってしまったよ。もっともだなあ、つい寝覚めがちなのは。

秋が深みゆくにつれ、夜長となるので寝覚めがちになることを「ことわりなりや」と言った。口頭語的な表現の素直な作だが、秋の夜長に目覚めて感傷的になっている作者の姿を暗示して、捨て難い趣がある。

＊四九一から四九六までは霧の歌。四九一は夕霧を歌う。

491 村雨の露もしっとりとしてまだ乾かない真木の葉から、うっすらと霧が立ち昇っている秋の夕暮時。

村雨が降り過ぎた直後の自然の風景。針葉樹の重厚な緑の世界を霧を通して見ている。細かな動きがあり、しかもさびた美を湛《たた》えた作。『百人一首』の古注に、深山の秋の夕暮の歌として読むべきであるという。第二句はこれ以前「いつしかと降りそふけさのしぐれかな露もまだひぬ秋のなごりに」（『長秋詠藻《ちようしゆうえいそう》』中）に見出される。

◇真木　杉・檜《ひのき》などの常緑樹。

＊四九二から四九四までは朝霧の風景。

492 深山の秋の朝、空は曇り、霧のために重くしおれて、真木は下露を落している……そのさびしさよ。

さびしさの一つの典型を打ち出した歌い方。「薄霧のまがきの花の……」（三四〇）、「さびしさは……」（三六一）

川霧といふことを　　　左衛門督《さゑもんのかみ》通光《みちてる》

493 あけぼのや　川瀬の波の　高瀬舟　くだすか人の　袖《そで》の
秋霧

堀河院御時《おほんとき》百首歌たてまつりけるに、
霧をよめる　　　権大納言《ごんだいなごん》公実《きんざね》

494 ふもとをば　宇治の川霧　立ちこめて　雲居に見ゆる　朝
日山かな

題しらず　　　曾《そ》禰《ね》好《よし》忠《ただ》

495 山里に　霧のまがきの　へだてずは　をちかた人の　袖は
見てまし

清原深養父《きよはらのふかやぶ》

と右の四九一とに強く影響されたか。
＊四九三・四九四は川霧を歌う。

493　川瀬の波を分けて高瀬舟を川下に漕《こ》いでゆくのだろうか。あけぼののころ、一面に立ちこめた秋霧の絶え間から人の袖がちらと見えたよ。

「明けぬるか川瀬の霧のたえだえにをちかた人の袖の見ゆるは」（『後拾遺集』秋上、源経信《つねのぶの》母）に拠りながら、人を船頭とすることによって、動きを出した。作者は霧を通して舟が川波を分ける音をも聞いている。◇高瀬舟　浅瀬を漕ぐために底を平らにした小舟。

494　宇治の川面に霧が立ちこめて麓《ふもと》を隠し、空の雲の上にぽっかりと頂だけが見える朝日山よ。

「川霧の麓をこめて立ちぬれば空にぞ秋の山は見えける」（『拾遺集』秋、清原深養父《きよはらのふかやぶ》）や「朝ぼらけ宇治の川霧たえだえにあらはれわたる瀬々の網代木《あじろぎ》」（『千載集』冬、藤原定頼《さだより》）にヒントを得たか。◇朝日山　山城《やましろの》国宇治川のほとりにある山。

495　この山里に立ちこめた、あたかも垣根《かきね》のように隔てる霧がなければ、せめて遠くを行く人の袖だけでも見ようものを。

道行く人の姿を見てさびしさをまぎらわせたいのに、霧が深く立ちこめて眺望もきかない山里に住む人の心。『定家十体』で「幽玄様」の例歌とされている作。◇霧のまがき　山家のまわりに立ちこめている霧を垣根に見立てて言った。◇をちかた人　旅人や里人など、遠くの方に見える人を言う。

＊四九六から五〇六までは雁の歌。季節的には初秋の頃まで遡《さかのぼ》るものをも含む。

496　小倉山では鳴く雁の声だけを聞くよ。霧が立ちこめていつも小暗《おぐら》く、それが晴れる時がないものだから。

霧を通して雁の声を聞く心。

497　垣根に生えている荻の葉をそよがせて秋風が吹くにつれて、雁の鳴く声が聞えてくるよ。

田家に住む人の心で歌う。季節的には初秋。『万葉集』の原歌では「葦《あし》べなる荻の葉さやぎ秋風の吹き来るなへに雁鳴き渡る」（二一三四、作者未詳）とする。

498　秋風に乗って山を飛び越える雁がどんどん遠ざかってゆき、たちまち雲の中に隠れてゆくよ。

雁の姿をいきいきと歌う一方で、雁を見送りながらその行方を思いやる心をも籠《こ》める。『万葉集』の原歌（二一三六、作者未詳）は下句「声遠ざかる雲隠るらし」。「秋風に大和《やまと》へ越ゆる雁がねはいや遠ざかる雲隠りつつ」（『万葉集』二一二八、作者未詳）の類歌もある。

499　初雁の翼が起す風も涼しくなるにつれ、故郷に残してきた恋人を夢に見ようと、旅寝の衣を裏返して着ない人がいるだろうか。

初秋の頃の旅人の心。『曾丹《そたん》集』の「百首」の歌（上句「来る秋の……なる時は」）で、作者は曾禰好忠《そねのよしただ》。凡河内躬恒とするのは撰者の誤認。

◇旅寝の衣かへさぬ　夜着を裏返して着ると、思う人を夢に見、相手も自分を夢に見ると考えられていた。

496
鳴く雁《かり》の　音《ね》をのみぞ聞く　小倉山《をぐらやま》　霧立ち晴るる　時し
なければ

497
垣《かき》ほなる　荻《をぎ》の葉そよぎ　秋風の　吹くなるなべに　雁ぞ
鳴くなる
人麻呂

498
秋風に　山飛び越ゆる　雁がねの　いや遠ざかり　雲がく
れつつ

凡河内《おほしかふちの》躬恒《みつね》

499
初雁《はつかり》の　羽風《はかぜ》すずしく　なるなべに　たれか旅寝の　衣《ころも》か
へさぬ

500　雁は風と競うかのように飛び過ぎるけれども、わたしが待っているあの人の便りとてもありません。

恋人からの音信を待つ女の心。原歌（『寛平御時后宮歌合』）は第三句「渡れども」、第五句「言伝《ことづて》ぞなき」。◇待つ人の言伝て　辺境に捕えられた蘇武《そぶ》が消息を記した布を雁の足に結びつけて、自身の生存を訴えたという故事から、雁は音信をもたらすものとされる。

501　横雲が風に吹かれて山から別れて上ってゆくしののめ時、その山を飛び越える初雁の声が聞えてくるよ。

『山家集』では「朝《ニ》聞《ク》レ雁《ヲ》」という題詠。上句は、「風吹けば……」（一三九注参照）にヒントを得、定家の「春の夜の……」（三八）の下句に影響を及ぼしたか。

502　白雲を文《ふみ》のように翼に掛けて飛んでゆく雁の鳴き声が聞えるよ。あたかも門田の面にとどまっている友を慕うかのように。

白雲から玉章《たまずさ》（手紙）を連想し、飛ぶ雁ととどまる雁との間に心の通い合いを想像した。

＊ 五〇三・五〇四は雁に月を配した歌を並べる。

503　遠くかなたの大江山に傾く月の光も冴《さ》えて、広広とした鳥羽の田の面に下りる雁の姿がくっきりと見えるよ。

夜更けの落雁を視覚・聴覚の両面から捉えた。絵画的で、大きな構図の作。

◇大江山　山城《やましろの》国と丹波国との境の老《おい》の坂。◇鳥羽

読人しらず

500
雁がねは　風にきほひて　過ぐれども　わが待つ人の　言《こと》伝《づ》てもなし

西行法師

501
横雲の　風にわかるる　しののめに　山飛び越ゆる　初雁の声

502
白雲を　つばさに掛けて　ゆく雁の　門田《かどた》の面《おも》の　友したふなり

前大僧正慈円

五十首歌たてまつりし時、月前聞《ク》レ雁《ヲ》
といふことを

503
大江山　かたぶく月の　影さえて　鳥《と》羽《ば》田《た》の面に　落つる

雁《かり》がね

題しらず　　　　朝《てう》恵《ゑ》法《ほふ》師《し》

504 村雲や　雁の羽風《はかぜ》に　晴れぬらむ　声聞く空に　すめる月かげ

皇太后宮大夫俊成女《くわうたいごうぐうのだいぶとしなりのむすめ》

505 吹きまよふ　雲居をわたる　初雁の　つばさに鳴らす　よもの秋風

詩に合はせし歌の中に、山路ノ秋行といへることを　　　　藤原家隆朝臣

506 秋風の　袖《そで》に吹きまく　峯の雲を　つばさに掛けて　雁も鳴くなり

田　山城国の歌枕。京都の鳥羽・伏見あたりの田。

504　村雲は雁の羽風によって晴れたのだろうか。その声が聞える空に月の光がさやかに澄んでいるよ。

「白雲に羽根うち交《かは》し飛ぶ雁の数さへ見ゆる秋の夜の月」（『古今集』秋上、読人しらず）と歌われているのと同じ景を捉えているが、雁の羽風で村雲が吹き払われたかと想像したところが機知的。

505　あたり一面秋風が烈しく吹く空を初雁が渡ってゆきます。風はその翼にも強く吹きつけて、翼を鳴らしています。

荒天の中を飛翔《ひしよう》し続けるけなげな雁の姿を歌う。秋風にはためくその翼を捉え、直接的にはその鳴き声を取り上げていない点がめずらしい。帰雁を歌った定家の「霜まよふ……」（六三）と対照的。あるいは影響関係があるか。

◇吹きまよふ　吹き乱れる。ひどく吹く。◇つばさに鳴らす　「馴《な》らす」の意をも暗に含んでいると見る。

506　秋風が、山路を行くわたしの袖に峰の雲を吹きつけて、まつわらせる。その雲を玉章《たまずさ》のように翼に掛けて、雁も鳴いているよ。わたしが旅の心細さに涙しているように。

雲が立ちこめている深い山路を行きながら、雲の中から聞えてくる雁の声にわびしさをそそられている旅人の心。

◇峯の雲　蘇武《そぶ》の故事により玉章を連想している。

＊ 五〇七から五〇九までは菊の歌。

507 霜が置くのを待っているかのような籬《まがき》の菊に、宵のうちに、おや、早くも霜が置いたのかしらと思わせた白い色は、山の端に出た月の光でした。

霜に逢って色の変った菊を賞することから、菊が霜を待っていると擬人的に取りなした。「心あてに折らばや折らむ初霜の置きまどはせる白菊の花」(『古今集』秋下、凡河内躬恒)を念頭に置きながら、月光が霜と錯覚させるほど白いとしたところが機知的。柔らかい感じを与える「ま」の音の反復が顕著な作。

◇おきまよふ　「ひどく置く」の意に「迷う」の意を含ませる。

508 たとえ九重に移し植えられても、菊の花よ、あなたが育ったこのわたしの家の庭の籬を忘れないで。

菊を擬人化して、旧主人である自分を忘れないでほしいと訴えた。間接的に自分にとって大事な菊であることを天皇に訴えたことになる。

◇九重にうつろひぬとも　「九重」は宮中のこと。八重咲きの連想から「うつろふ」とともに「菊」の縁語。

509 これから冬に向うと菊のほかに咲く花はこれといってはないのに、露よ、そのようにひどく置かないでおくれ、菊の上に。

菊をいとおしみ、それをうつろわせる露に手加減してくれと訴えた。「不ニ是レ花中ノ偏《ひとへ》ニ愛スルノミニアラ一菊ヲ、此ノ花開ケテ後更ニ無ケレバナリレ花」(『和漢朗詠集』菊、元稹《げんしん》)の詩句に拠る。

五十首歌たてまつりし時、菊籬月《きくりノ》といへる心を

宮　内　卿

507 霜を待つ　まがきの菊の　宵《よひ》のまに　おきまよふ色は　山の端《は》の月

鳥羽院御時、内裏より菊をめしけるに、たてまつるとて結び付け侍りける

花園左大臣室《はなぞののさだいじんのしつ》

508 九重《ここのへ》に　うつろひぬとも　菊の花　もとのまがきを　思ひ忘るな

題しらず

権中納言定頼《ごんちゆうなごんさだより》

509 今よりは　また咲く花も　なきものを　いたくなおきそ　菊の上の露

枯れゆく野べの[一]きりぎりすを　　中務卿具平親王《なかつかさきやうともひらしんわう》

510 秋風に　しをるる野べの　花よりも　虫の音《ね》いたく　かれにけるかな

題しらず　　大《おほ》江《えの》嘉《よし》言《とき》

511 寝覚めする　袖《そで》さへ寒く　秋の夜の　あらし吹くなり　松虫の声

千五百番歌合に　　前大僧正慈円

512 秋をへて　あはれも露も　深草の　里訪《と》ふものは　うづらなりけり

左衛門督通光

＊五一〇・五一一は再び虫の歌。

一 こおろぎのこと。

510 秋風に吹かれてしおれる野辺の千草の花よりも、虫の音のほうがひどくすがれてしまったよ。

同じ作者に「風寒み幾夜もへぬに虫の音の霜より先にかれにけるかな」(『玉葉集』秋下)という類歌がある。

◇かれにける 「枯れ」に「嗄《か》れ」を掛ける。

511 ふと目覚めると袖のあたりまでも寒く感じられ、秋の夜あらしの吹く音が聞えるよ。そして、それにまじって心細そうな松虫の声が。

秋も深まった頃、夜長に寝覚めして、夜嵐《よあらし》と松虫(鈴虫)の声を聞いて心細くなっている状態。虫を松虫とすることにより、夜嵐は松風であることを暗示するか。

＊五一二から五一四までは鶉《うずら》の歌。

512 幾度も秋を送り迎えて、あわれ深く露もいよいよ深く置いているこの深草の里を訪れるものは、人ではなくてうずらの鳴き声ばかりです。

「野とならば鶉と鳴きて年は経むかりにだにやは君は来《こ》ざらむ」(『古今集』雑下、読人しらず。『伊勢物語』百二十三段)を本歌とし、その里に住み続けている女の心で、訪れる人のない深草の里のさびしさを歌う。

◇深草 あわれも露も深き深草、の意。二九三参照。

513 夕陽が射す山の麓《ふもと》のすすきの穂は秋風になびき、うずらの鳴く声が聞える。あれは誰に飽きられ、そのつれなさを嘆いているのだろうか。

「野とならば……」(五一二注参照)の歌以来の伝統によ

り、鶉を、男に捨てられた女に見立てて歌う。風景の取り方は「鶉鳴く真野の入江の浜風に尾花波よる秋の夕暮」(『金葉集』秋、源俊頼《としより》)にヒントを得たか。
◇秋風　「飽き」を掛ける。

514　秋の露、そしてむなしい契りを悲しむ涙の露がはかなく散る枕に伏しかねたまま、ひとり寝の床《とこ》に、悲しげに鳴くうずらの声が、鳥籠《とこ》の山の山風に乗って聞えてきます。
◇とこの山　近江国《おうみのくに》(今の滋賀県)の歌枕、鳥籠《とこ》の山に「床《とこ》」を掛ける。
＊五一五・五一六は恋の心を内に秘めた雑秋の歌。

515　もはやあの人は訪れてこないでしょう。ただでさえさびしい上にあらしの吹く秋がやってきて、あの人が踏み分けてきたわたしの家の道芝は、木の葉に埋もれてしまいました。
「うち払ふ袖も露けき常夏《とこなつ》にあらし吹きそふ秋も来にけり」(『源氏物語』帚木《ははきぎ》、夕顔の女君)、「とふ人も今はあらしの山風に人まつ虫の声ぞかなしき」(『拾遺集』秋、読人しらず)などに拠りながら、夫に飽きられ、その訪れがとだえた女の秋の悲しみを歌う。
◇あらし　「嵐」に「有らじ」を掛けていると見る。

516　紅《くれない》の涙の露をわたしの袖にいっぱい置いて、秋の野辺はしだいに末《うら》枯れてゆきます。
衰えてゆく自然に感応する悲しみを歌う。
◇色変る露　紅葉の上に置く露を暗示しつつ、悲しみのために流す血の涙を意味する。

513 入日《いりひ》さす　ふもとの尾花　うちなびき　誰《た》が秋風に　うづら鳴くらむ

題しらず　皇太后宮大夫俊成女

514 あだに散る　露の枕《まくら》に　伏しわびて　うづら鳴くなり　とこの山風

千五百番歌合に

515 訪ふ人も　あらし吹きそふ　秋は来て　木《こ》の葉《は》に埋《うづ》む　宿《やど》の道芝《みちしば》

516 色変る　露をば袖《そで》に　おきまよひ　うら枯れてゆく　野べの秋かな

秋の歌とて　　太上天皇

517 秋ふけぬ　鳴けや霜夜の　きりぎりす　やや影寒し　よもぎふの月

百首歌たてまつりし時　　摂政太政大臣

518 きりぎりす　鳴くや霜夜の　さむしろに　衣《ころも》かたしき　ひとりかも寝む

千五百番歌合に　　春宮権大夫公継《とうぐうのごんのだいぶきんつぐ》

519 寝覚めする　長月《ながつき》の夜の　床寒《とこさむ》み　けさ吹く風に　霜やおくらむ

和歌所にて六首歌つかうまつりし時、　　前大僧正慈円

秋の歌

＊五一七から五一九までは秋霜の歌。五一七・五一八はともに霜夜・蟋蟀《こおろぎ》を歌い、とくに緊密な配列である。

517 秋もすっかり深まった。霜降る夜のきりぎりすよ、今のうちに思いきり鳴け。蓬《よもぎ》の生い茂ったこの家に射す月の光も次第に寒く感じられるようになったから。

蟋蟀が自身の秋の思いを代弁してくれるように感じていう。「鳴けや鳴けよもぎが杣《そま》のきりぎりす過ぎゆく秋はげにぞ悲しき」(『後拾遺集』秋上、曾禰好忠《そねのよしただ》)を本歌としつつ、次の五一八の強い影響下に詠まれた。

518 きりぎりすが心細そうに鳴く寒々とした霜夜、さむしろに衣を片敷いて、わたしは寝るのだろうか、妻もなくひとりさびしく。

床近く鳴く蟋蟀を聞いている、男やもめの心。作者は実際にこの時妻を失って（八二八・八二九参照）悲しみに沈んでいた。「さむしろに……」(四三〇注参照)、「わが恋ふる妹《いも》はあはさず玉の浦に衣片敷きひとりかも寝む」(『万葉集』一六九二、作者未詳)の本歌取り。「あしびきの……」(四八七注参照)、「十月　蟋蟀、入ル㆓我ガ牀下㆒」(『詩経』豳風《ひんぷう》)なども念頭にあったか。

519 次第に長くなる長月の夜、目覚めた床のあたりが余りに寒いので、もしかして今朝吹く風とともに早くも霜が置いたのではないかと思うよ。

四九〇に歌われたような晩秋九月の夜の夜寒を歌い、初霜が降りたのではないかと想像した。第四句は「わが門《かど》に稲負鳥《いなおほせどり》の鳴くなへに今朝《けさ》吹く風に雁は来にけり」

（『古今集』秋上、読人しらず）に拠るか。

＊五二〇から五二三までは暮秋の歌。

520 秋も深まった淡路島の空に懸る、西に傾いた有明の月を送るかのように浦風が吹いているよ。

『三体和歌』で「干《から》び細く詠むべし」（『明月記』に「痩《や》せすごき由なり」という）との条件の下に詠まれた作。有明の月は繊細な感じを与えるが、景は大きい。上句の「あ」の頭韻は意識的か。

521 長月も、あと幾夜、有明の月を残すまでになったのだろうか。浅茅を照らす月の光がいよいよものさびしい色合いになってゆくよ。

荒廃した風景を歌う。作者の心象風景か。

522 秋が暮れて、鵲《かささぎ》の渡すという雲の桟《かけはし》に、夜半には霜が一面に冷たく置いているのであろうか。

「かささぎの渡せる橋に……」（六二〇）を本歌とし、季節を少し遡《さかのぼ》らせて晩秋の霜夜を歌う。

◇かささぎの雲のかけはし　七夕《たなばた》の夜、鵲が羽翼を連ねて天の川に橋を渡すという中国古伝説に拠る。◇霜　橋の霜は目立つので「さえわたる」の「わたる」とともに「かけはし」の縁語。

＊五二三から五二六までは紅葉の歌である。

523 この山桜はいったいいつのまに紅葉したのだろうか。その花が散るのを惜しんだのは昨日のことのように思うのに。

季節の移り変りの早さに今さらながら驚いた歌。同じ山桜の花と紅葉を対照させているのが技巧。

520 秋ふかき　淡路《あはぢ》の島の　有明《ありあけ》に　かたぶく月を　おくる浦風

暮秋《ぼしう》の心を

521 長月も　いく有明に　なりぬらむ　浅茅《あさぢ》の月の　いとどさびゆく

摂政太政大臣、大将に侍りける時、百首の歌よませ侍りけるに　寂蓮法師

522 かささぎの　雲のかけはし　秋暮れて　夜はには霜や　さえわたるらむ

桜のもみぢはじめたるを見て　中務卿具平親王

523 いつのまに　もみぢしぬらむ　山桜　きのふか花の　散る

を惜しみし

紅葉透ク㆑霧ニといふことを　　高倉院御歌《たかくらのゐんのおほんうた》

524 薄霧の　立ちまふ山の　もみぢ葉《ば》は　さやかならねど　それと見えけり

秋の歌とてよめる　　八条院高倉《はちでうのゐんのたかくら》

525 神南備《かみなび》の　みむろの梢《こずゑ》　いかならむ　なべての山も　しぐれするころ

最勝四天王院《さいしようしてんわうゐん》の障子に、[一]鈴鹿《すずか》川《がは》かきたる所　　太上天皇

526 鈴鹿川　深き木《こ》の葉《は》に　日《ひ》数《かず》へて　山田の原の　しぐれをぞ聞く

524　あたり一面に薄霧が流れている山の紅葉は、はっきりとは見えないけれども、霧に透かしてあ紅葉しているなとわかるよ。

「秋霧の立ちまふ峯の山口はかねてぞしるきうつろはむとて」（『古今六帖』第一）などに通じるものがある。『無名抄』で幽玄の比喩《ひゆ》として、「霧の絶え間より秋の山を眺むれば、見ゆる所はほのかなれど、奥ゆかしく、いかばかりもみぢわたりておもしろからむと、限りなく推し量らるる面影は、ほとほと定かに見むにもすぐれたるべし」といっているのが思い合される。

525　神南備の御室山の木々の梢の紅葉はどんなにすばらしいでしょう。どの山にもおしなべてしぐれの降るこのごろは。

本歌「龍田川もみぢ葉流る神南備の三室の山にしぐれ降るらし」（『古今集』秋下、読人しらず）。紅葉を促すと考えられたしぐれがどの山にも降っていることから、とくに秋にゆかりの深い御室山（三六五参照）を思いやり、「きっとすっかり紅葉しているだろう」という心を籠《こ》める。参考「越《こし》の山またこの頃のいかならむなべての峯にそそく初雪」（『拾遺愚草員外』）。

一 伊勢国の歌枕。鈴鹿山脈に発し、伊勢湾に注ぐ。

526　鈴鹿川にもみじがおびただしく積って流れるのを見ると、山田の原に降ったしぐれの音を何日も経ってから聞くような気がするよ。

鈴鹿川の下流で、流れてくる落葉によって、上流の紅葉とそれを促したしぐれを推測した。

入道前関白太政大臣家に百首歌よみ侍りけるに、紅葉を　皇太后宮大夫俊成

527 こころとや　もみぢはすらむ　龍田山　松はしぐれに　濡《ぬ》れぬものかは

二大井川にまかりて、紅葉《もみぢ》見侍りけるに　藤原輔尹朝臣

528 思ふこと　なくてぞ見まし　もみぢ葉を　嵐《あらし》の山の　ふもとならずは

題しらず　曾禰好忠

529 入日さす　佐保の山べの　ははそ原　くもらぬ雨と　木の葉降りつつ

◇山田の原　伊勢国の歌枕。ただし鈴鹿川とは離れている。二七参照。

527　龍田山のもみじは自分自身の心で紅葉するのだろうか。松も同じようにしぐれに濡れるだろうに、色が変らないではないか。

もみじを擬人化した機知の歌。しぐれが木々を紅葉させるという、和歌での伝統的な考え方に対して、松を引き合いに出して反撥《はんぱつ》しているところが作意。

◇こころとや　自発的に……だろうか。

二 山城《やましろの》国の歌枕。大堰《おおい》川。桂《かつら》川の上流。

528　もしもここが嵐が吹くという嵐山の麓《ふもと》でなかったならば、嵐に散らされないかなどと心配しないで紅葉を見ようものを。

「思ふことなくてぞ見まし与謝《よさ》の海の天の橋立都なりせば」（『玄々集』赤染衛門《あかぞめえもん》）と似るが、関係は不明。

◇嵐の山　もみじ葉をあらしの吹き散らす嵐山の意。嵐山は山城国の歌枕。「朝まだき嵐の山の寒ければ紅葉《もみぢ》の錦《にしき》着ぬ人ぞなき」（『拾遺集』秋、藤原公任《きんとう》）と歌われているように、もみじの名所。

529　夕日の光の射している佐保山の柞《ははそ》の林に、落葉が、あたかも曇らないのに降る雨のように絶え間なく降っているよ。

◇佐保の山べ　佐保山は大和《やまとの》国の歌枕。◇ははそ　楢《なら》や小楢の類。「秋霧は今朝はな立ちそ佐保山の柞の紅葉《もみぢ》よそにても見む」（『古今集』秋下、読人しらず）その他、佐保山と柞の紅葉はしばしば取り合される。

530 龍田山の峰を吹く山風は弱まったのでしょうか。谷川の水は歩いて渡るわけではないのに、錦のような紅葉の流れもとぎれています。

「龍田川もみぢ乱れて流るめり渡らば錦なかや絶えなむ」(『古今集』秋下、読人しらず、左注奈良の御《み》門《かど》)を本歌とし、嵐《あらし》が弱まったのでもみじが散らないから、渡らなくても龍田川の川面はあたかも錦が裁たれたように紅葉の流れがとぎれているという機知の歌。錦を裁つようだという見立てに一種の強さがある。

531 柞原では、葉だけでなくしたたり落ちる雫《しずく》も色づいているのだろうか。杜の下草も草もみじして秋は深まったよ。

晩夏の気色《けしき》の杜の下葉の紅葉を歌った同じ作者の二七〇に先行する。◇ははそ原　普通名詞とも山城国《やましろの》の歌枕ともいう。

532 四季を分たぬ泉川の川波までも秋らしい色になったよ。川上にある柞の杜に風が烈しく吹いて、黄葉《もみじ》した葉を散らしているらしい。

三八九の家隆の作と同じく、「草も木も色変れどもわたつ海の波の花にぞ秋なかりける」(『古今集』秋下、文屋《ふんやの》康秀《やすひで》)という古歌の趣向の逆をいった。柞の落葉の黄と川水の青、波頭の白などが相映ずる、絵画的な景。◇泉川「出づ」を掛ける。山城国の歌枕。泉の里の付近を流れる木津川の称。

533 古里は散りかかる紅葉にすっかり埋まってしまい、昔をしのばせる軒のしのぶ草に秋風がさび

百首歌たてまつりし時　　宮内卿

530 龍田山　あらしや峯に　よわるらむ　渡らぬ水も　錦《にしき》絶え
けり

左大将に侍りける時、家に百首の歌合
し侍りけるに、柞《ははそ》をよみ侍りける　　摂政太政大臣

531 ははそ原　しづくも色や　変るらむ　杜《もり》の下草　秋ふけに
けり

藤原定家朝臣

532 時わかぬ　波さへ色に　泉川　ははその杜に　あらし吹く
らし

障子の絵に、荒れたる宿に紅葉《もみぢ》散りた

しく吹いているよ。

久しぶりに訪れた人の心とも、訪れる人もないままずっと住んでいる女の心とも、両様に解しうる。『近代秀歌』(遣送《けんそう》本)に「幽玄に面影かすかにさびしきさまなり」と評する。◇しのぶ　のきしのぶ。昔を偲《しの》ばせる草とされる。

534　桐の落葉も踏み分けにくいほどに積りました。といって、わたしはかならずしも訪れてくる人を待っているわけではないのですが……。

やはり心の奥底では人の訪れを待っていることを暗示的に表現する。参考「わが宿は道もなきまで荒れにけりつれなき人を待つとせしまに」(『古今集』恋五、遍昭《へんじよう》)、「秋庭ノ不レ掃《はらハ》携《ハリテ》二藤杖《とうぢやう》ニ一閑《しづカ》ニ踏《ンデ》二梧桐《ごとう》ノ黄葉ヲ一行《ク》」(『和漢朗詠集』落葉、白楽天)。

535　訪れて来る人はなく、木の葉は風に吹かれてすっかり散ってしまい、夜ごと夜ごと聞えてくる虫の声も次第に弱まってゆくよ。

訪れる人もない寂しい生活の中でわずかに心の慰めとしていた紅葉や虫もなくなって、孤独感が深まる晩秋の落寞《らくばく》たる自然を歌う。『曾丹《そたん》集』では九月上旬の歌。

536　もみじする木々の葉が色美しく散るのにつれて、常磐木《ときわぎ》までも風に散る秋の山だなあ。

「秋来れど色も変らぬ常磐山よそのもみぢを風ぞかしける」(『古今集』賀、坂上是則《さかのうえのこれのり》)のように、実際には散らない常磐木を、散るかのように取りなした。

る所をよめる　　　　　　　　　　俊頼朝臣《としよりのあそん》

533 ふるさとは　散るもみぢ葉に　埋もれて　軒のしのぶに
秋風ぞ吹く

百首歌たてまつりし時、秋の歌　　　　式子内親王

534 桐《きり》の葉も　踏み分けがたく　なりにけり　かならず人を
待つとなけれど

題しらず　　　　　　　　　　　曾禰好忠

535 人は来《こ》ず　風に木《こ》の葉《は》は　散りはてて　よなよな虫は　声
よわるなり

守覚法親王五十首歌よみ侍りけるに　　春宮権大夫公継

536 もみぢ葉の　色にまかせて　ときは木も　風にうつろふ

秋の山かな

千五百番歌合に　　藤原家隆朝臣

537 露しぐれ　もる山かげの　したもみぢ　濡《ぬ》るとも折らむ
秋の形見《かたみ》に

題しらず　　西行法師

538 松にはふ　まさの葉かづら　散りにけり　外山《とやま》の秋は　風
すさむらむ

法性寺入道前関白太政大臣家歌合に　　前参議《さきのさんぎ》親隆《ちかたか》

539 うづら鳴く　交野《かたの》に立てる　はじもみぢ　散りぬばかり
に　秋風ぞ吹く

537　たとえ濡れようとも、折ろう。露やしぐれが洩《も》れる守山《もるやま》の山陰《やまかげ》の下もみじを、秋の形見として。

上句は「白露もしぐれもいたくもる山は下葉残らず色づきにけり」（『古今集』秋下、紀貫之）に拠り、下句は藤《ふじ》の花を歌った「濡れつつぞしひて折りつる年の内に春は幾日《いくか》もあらじと思へば」（『古今集』春下、在原業平。『伊勢物語』八十段）に拠った。色鮮やかな自然の中でのいかにも王朝らしい風流な振舞いを歌う。◇もる山かげ　「露しぐれもる」から、近江《おうみの》国の歌枕、守山へと続けた。「露」「しぐれ」は「洩る」という。

538　松の木に這《は》いからまる、もみじしたまさきのかずらの葉が散ってしまった。秋の外山ではきっと風が吹き荒れているのであろうよ。

上句のような風景を見て、外山（里近い山）の秋の景色を思いやっている。作者のいる場所が深山か旅路かは明らかでない。本歌「み山にはあられ降るらし外山なるまさきのかづら色づきにけり」（『古今集』神遊《かみあそび》の歌、採物《とりもの》の歌）。◇まさの葉かづら　つるまさきの意か。

539　うずらがさびしく鳴く交野に立っているはぜのもみじ、それが今にも散ってしまうほど、秋風が強く吹くよ。

さびしい秋の野を美しく彩《いろど》る「はじもみぢ」が散るのを惜しんだ。歌合では「野風」の歌として詠まれたが、ここでは紅葉の歌として位置づけられている。◇交野　河内国《かわちの》（今の大阪府東部）の歌枕。狩場で、鶉《うづら》は狩りの対象となる鳥。二四参照。◇はじもみぢ　はぜ（やまうるし）のもみじ。

540　その上に散りかかるもみじの色は深い紅《くれない》ですが、水は浅いのか、歩いて渡ると濁る山川です。

「渡ればにごる」ということから山川が浅いことを暗示し、「もみぢの色は深けれど」と対になる。「龍田川もみぢ乱れて……」（五三〇注参照）を念頭に置いて「渡ればにごる」という。「渡ればにごる」ということによって、かえって青く澄んだ山川の水と川面に散る紅葉の紅が色彩的な印象を与えている。

541　飛鳥川にもみじした木の葉が流れてくるよ。川上の葛城山に秋風がしきりに吹いたらしい。

『万葉集』の原歌では下句を「山の木の葉は今し散るらし」（二二一〇、作者未詳）とする。

◇飛鳥川　大和国《やまとの》にも河内国にも同名の川があり、この原歌の注でも両説に分れるが、新古今時代には大和国の飛鳥川と考えていたか。◇吹きぞしくらし　「しく」は「しきりに……する」の意。

542　飛鳥川の数多くの瀬に寄せる紅の波は、葛城山に吹くこがらしのしわざだろうか。

飛鳥川は古くから淵瀬《ふちせ》の変りやすい川とされているので、たくさんの瀬があり、そこに紅葉がおびただしく流れ寄っていると考えた。『長方集』によれば、「紅葉」の題詠。「くれなゐ」と「こがらし」で紅葉を表現したところが作意。五四一の本歌取り。

一　水無瀬殿。後鳥羽《ごとば》院の離宮。二　涙とともに散る。

百首歌たてまつりし時　　二条院讃岐《にでうのゐんのさぬき》

540　散りかかる　もみぢの色は　深けれど　渡ればにごる　山川の水

題しらず　　柿本人麻呂《かきのもとのひとまろ》

541　飛鳥川《あすかがは》　もみぢ葉流る　葛城《かづらき》の　山の秋風　吹きぞしくらし

権中納言長方《ごんちゆうなごんながかた》

542　飛鳥川　瀬々《せぜ》に波寄る　くれなゐや　葛城山の　こがらしの風

長月《ながつき》のころ、一水無瀬《みなせ》に日ごろ侍りけるに、嵐《あらし》の山の紅葉、二涙にたぐふよし、

543　あなたがいらっしゃる嵐山《あらしやま》では、おっしゃるようにもみじ葉をあらしがひどく吹きはらっているのでしょうが、ここ水無瀬山の麓《ふもと》でも、落葉が雨のように降っています。
あるいは女友達への返歌か。相手の言葉を受けて、自分も秋を悲しみ、また相手に逢えないことを嘆いて涙をこぼしていることを暗示する。

544　龍田姫が、今はもうお別れというまでに秋も深まった頃、冷たく吹く秋風につれて、早くも冬の訪れを告げるしぐれが人の袖に降りかかるよ。
秋の別れを惜しむ心を叙景歌ふうに遠まわしに歌う。◇龍田姫　秋を司《つかさど》る女神。◇いまはのころ　もう帰ろうと思う頃。◇しぐれ　木の葉を紅葉させ冬の訪れを告げるものとされる。ここは涙をも暗示。

545　去ってゆく秋の形見であるはずのもみじ葉も、冬になる明日はしぐれとともに降り乱れるのだろうか。
本歌「唐錦《からにしき》枝にひとむら残れるは秋の形見をたたぬなりけり」（『拾遺集』冬、遍昭）の季節を晩秋に変えた。◇あすは　九月尽《じん》（秋の最後の日）に詠んでいるつもりで、立冬の朝を言った。◇降りやまがはむ　区別できない状態で降るのだろうか。

546　人々と一緒に散りがたの紅葉を尋ね、山に分け入ってみてわかったよ。秋は山路を通って帰っていくのだということが。
山路の秋色が里より深いことから、秋を擬人化して、

543
申しつかはし侍りける人の返り事に　権中納言公経
もみぢ葉を　さこそあらしの　はらふらめ　この山本《やまもと》も
雨と降るなり

544
家に百首歌合し侍りける時　摂政太政大臣
龍田《たつた》姫　いまはのころの　秋風に　しぐれをいそぐ　人の
袖《そで》かな

545
千五百番歌合に　権中納言兼宗《ごんちゅうなごんかねむね》
ゆく秋の　形見《かたみ》なるべき　もみぢ葉も　あすはしぐれと
降りやまがはむ

546
紅葉《もみぢ》見にまかりて、よみ侍りける　前大納言公任《さきのだいなごんきんたふ》
うちむれて　散るもみぢ葉を　たづぬれば　山路よりこ

そ　秋はゆきけれ

津の国に侍りけるころ、一道済《みちなり》がもとに
つかはしける
能《のう》因《いん》法《ほふ》師《し》

547 夏草の　かりそめにとて　来《こ》しかども　難波《なには》の浦に　秋ぞ
暮れぬる

暮の秋、思ふこと侍りけるころ

548 かくしつつ　暮れぬる秋と　老いぬれど　しかすがにな
ほ　物ぞかなしき

五十首歌よませ侍りけるに
守《しゆ》覚《かく》法《ほふ》親《しん》王《わう》

549 身にかへて　いざさは秋を　惜しみみむ　さらでももろ
き　露の命を

山路を通って帰ってゆくのだろうと想像した。

＊ 五四七から巻末の五五〇までは暮秋の歌。

一 源道済。能因と親交があった。→作者略伝。

547 夏草の生い茂るころ、ほんのかりそめにと思ってこの難波の浦べにやって来ましたが、何ということもないうちに、はや秋も暮れようとしています。

『能因集』によれば、道済が自分も下向すると約束しておきながらやってこなかったので詠み送ったという。その場合は、あなたはどうしていらっしゃらないのですかという難詰の心を籠《こ》めていることになる。◇夏草の　刈ることとから「かりそめ」の序詞《じよことば》。ここでは季節の夏を意味する有意の序。◇難波の浦に　「何は」を掛ける。

548 こんなふうにして秋が暮れてゆくにつれわたしも老いてしまった……。それはもっともだとはいうものの、やはりものがなしく思われるなあ。

秋の暮れたことを惜しむとともに、老いを嘆く心。

549 どうしても秋がいってしまうというのならば、さあ、それではわが身に代えて秋を惜しんでみよう。そうでなくても命などもともと露のようにもろくはかないものなのだから。

「命やは何ぞは露のあだものをあふにしかへば惜しからなくに」（『古今集』恋二、紀友則《とものり》）を本歌とし、恋を秋に変えた。「命にもかへやしなまし暮れてゆくこよひばかりの秋のけしきを」（『堀河百首』九月尽、河内）も念頭に置いていると見られる。

閏九月尽《うるふくぐわつじん》の心を

前太政大臣《さきのだいじやうだいじん》

550 なべて世の　惜しさに添へて　惜しむかな　秋よりのち

の　秋の限りを

＊ 五五〇は暮秋の歌のしめくくりとして、閏九月尽という暦の上の特殊な暮秋を扱った歌を置く。

550 おしなべていつもの年のなごり惜しさに加えて惜しむよ。いつもの秋に加わった閏九月という秋、それも終ろうとしている今日の日を。

作者頼実《よりざね》は前太政大臣従一位で、後鳥羽院の乳母《めのと》藤原範子（刑部卿《ぎようぶきよう》三位）の妹卿二位《きようにい》兼子の夫であった。権門の人なので、その作品を巻軸《かんじく》歌に当てたと見られる。安元元年（一一七五）、作者が二十一歳の秋に閏九月があった。あるいはその年の詠か。上句・下句で対になるように同語反復を試みた技巧が主眼の作。

◇秋の限り　秋の終りの日。類句に「春の限り」がある。

新古今和歌集 巻第六

冬歌

千五百番歌合《うたあはせ》に、初冬の心をよめる

皇太后宮大夫俊成《くわうたいごうぐうのだいぶとしなり》

551 起き明かす 秋の別れの 袖《そで》の露 霜こそむすべ 冬や来《き》ぬらむ

一天暦御時《てんりやくのおほんとき》、二神無月《かみなづき》といふことをかみに置きて、歌つかうまつりけるに

藤《ふぢ》原《はらの》高《たか》光《みつ》

＊ 五五一は初冬の歌。

551 秋と別れるなごり惜しさに袖に涙をこぼしながら、秋の最後の夜をまどろみもせず明かしたよ。今朝見ると、袖に置いた涙の露は霜となって結んでいる。冬がやって来たのであろうか。

冬歌は巻頭歌・巻軸《かんじく》歌とも、俊成の作である。当代の長老に敬意を表する意味で置かれたと考えられる。露が霜に変ったということで秋から冬への移り変りを捉《とら》えるが、さらにその露を袖の露（涙）とすることによって、作者が秋との別れを悲しんでいることを暗示した点が巧みである。「秋の別れ」を惜しいものとした古歌には、「もろともに鳴きてとどめよきりぎりす秋の別れはをしくやはあらぬ」（『古今集』離別、藤原兼《かね》茂《もち》）、「鳴き弱るまがきの虫もとめがたき秋の別れやかなしかるらむ」（『千載集』離別、紫式部《むらさきしきぶ》）などがあるが、ともに秋と同時に人と別れることをも意味している。それに対して、ここでは単に秋と別れることの意で用いているが、暗に自身の老齢を意識し、これが自分にとって最後の秋との別れになるだろうかという思いが籠《こ》められているのかもしれない。この作を詠《よ》んだ時、俊成は八十八歳である。

＊ 五五二から五六八までは、紅葉または落葉の歌。

一 村上天皇の御代。二 「神無月」という言葉を歌の頭《かみ》（第一句）に据えて詠進した時に。『高光集』によれば、村上天皇の命により、冷泉院《れいぜいいん》において某年十月九日に詠んだ作。

552 十月の、風にもみじがはらはらと散る時はとりとめもなくものがなしいよ。

平明な作だが、仏教でいう四聖《ししよう》のうち、飛花落葉を見てこの世の無常を悟るという縁覚《えんがく》の位を思わせる。『定家十体』で「幽玄様」（解説参照）の例歌。参考「うちつけにものぞかなしき木《こ》の葉《は》散る秋の初めをけふぞと思へば」（『後撰集』秋上、読人しらず）。

＊五五三から五五六までは川面《かわも》に散る紅葉（落葉）の歌。

553 名取川の簗瀬《やなせ》に寄る波のざわめく音が聞える。もみじがいっぱい流れ寄って、一層水を堰《せ》き止めているのであろうか。

川波の高まった音によって、川面をおびただしく流れるもみじを推し量った。百首歌中の一首。◇名取川　陸奥《むつ》国の歌枕《うたまくら》。仙台湾に注ぐ。◇やなせ　魚を取るために簗を仕掛けて堰き止めた瀬。

一 →作者略伝。二 殿上人《てんじようびと》。三 一八三頁注二参照。

554 おうい、筏師《いかだし》よ、ちょっと待ってくれ。君に尋ねよう。この大堰《おおい》川の水上にはどのくらい山風が吹いたのかい。おびただしいもみじではないか。

「もみぢ」の語を用いないでもみじが水に浮んでいることを表現したところが狙《ねら》い。ほぼ同時代に「大井川岩波高し筏師よ岸のもみぢにあから目なせそ」（『金葉集』秋、源経信《つねのぶ》）がある。

555 川面に散りかかるもみじが流れもやらぬ大堰川では、どちらが水を堰きとめる本当の井堰かわからないなあ。

552 かみな月　風にもみぢの　散る時は　そこはかとなく　物ぞかなしき

題しらず　源《みなもとの》重《しげ》之《ゆき》

553 名取川　やなせの波ぞ　さわぐなる　もみぢやいとど　寄りてせくらむ

[一]後冷泉院御時《ごれいぜいのゐんのおほんとき》、上[二]のをのこども大井[三]川にまかりて、紅葉《こうえふ》浮ブレ水ニといへる心をよみ侍《はべ》りけるに

藤原資宗朝臣《ふぢはらのすけむねのあそん》

554 いかだしよ　待て言問《こと》はむ　水上《みなかみ》は　いかばかり吹く　山のあらしぞ

大納言経信《だいなごんつねのぶ》

555
散りかかる　もみぢ流れぬ　大井川　いづれ井堰《ゐぜ》きの　水のしがらみ

大井川にまかりて、落葉満《テリ》レ水《ニ》といへる心をよみ侍りける　藤原家経朝臣《ふぢはらのいへつねのあそん》

556
高瀬舟　しぶくばかりに　もみぢ葉の　流れてくだる　大井川かな

深山ノ落葉といへる心を　俊《とし》頼《よりの》朝《あ》臣《そん》

557
日暮るれば　あふ人もなし　正木《まさき》散る　峯のあらしの　音ばかりして

題しらず　清《きよ》輔《すけの》朝《あ》臣《そん》

558
おのづから　音するものは　庭の面《おも》に　木《こ》の葉《は》吹きまく　谷の夕風

「大井川」「井堰き」での「ゐ」の反復は意識的な技巧か。参考「山川に風のかけたるしがらみは流れもあへぬもみぢなりけり」(『古今集』秋下、春道列樹《はるみちのつらき》)。
◇井堰き　土などで川の流れを堰き止めた所。

556　高瀬舟が行きなやむほど、川面《かわも》いっぱいにもみじの葉がおびただしく流れて下る大堰川よ。
歌題によって、川面に浮ぶもみじのおびただしさを誇張して歌う。古来木の葉と舟とはお互いに連想されやすい。ここでも、舟ははかばかしく流れず、木の葉は流れ下るという対比が暗に意識されているか。
◇しぶく　つかえる。

557　日が暮れると山路では行き逢う人もいないよ。まさきのかずらを散らす、峰の山風の音ばかりがさびしく聞えて。
「日も暮れぬ人も帰りぬ山里は峯のあらしの音ばかりして」(『後拾遺集』雑五、源頼実《よりざね》)に影響されたか。
◇正木　つるまさきのことか。「み山には霰《あられ》降るらし外山《とやま》なるまさきのかづら色づきにけり」(『古今集』神《かみ》遊《あそび》の歌、採物《とりもの》の歌)。

558　この山の庵《いおり》で時たま音を立てるものといっては、庭の面に木の葉を吹きつけて渦巻かせる谷の夕風だけだなあ。
参考「明け暮れの鐘よりほかにおのづから音するものは山おろしの風」(『丹後守為忠家百首』山寺、源仲正)、「おのづから音なふものは庭の面に浅茅《あさぢ》波よる秋の夕風」(『続詞花集』秋下、藤原範兼《のりかね》)など。

＊ 五五九から五六二までは同じ歌合で詠まれた作品。このうち、五五九・五六〇は紅涙の袖をもみじに見立てる技巧で、きわめて類似した発想の作といえる。

559 木の葉が散りかかる家の中で、わたしはひとりさびしく衣を片敷いて紅《くれない》の涙をこぼしている。その袖の色に気づかないで、吹き過ぎてゆく山風よ。

作者は紅涙のこぼれているわが袖をもみじに見立てているのに、山風がそれに気づかず吹き過ぎてゆくことに対して、一種の期待外れのような心を籠《こ》めている。

560 もみじした木の葉を散らせるしぐれが、わたしの袖に降りかかるのだろうか。もろく散る紅の涙をもみじの色と見まちがうまでに。

袖を木の葉に、紅涙の色をもみじに見立て、涙していることを、しぐれが袖を木の葉と錯覚して降るのかと取りなした。

561 空を移ってゆく雲間から烈しい山風の音が聞える葛城山、まさきのかずらは散るのだろうか、この山風で。

「日暮るれば……」（五五七）の影響があるか。歌合で「歌のたけ及び難く聞ゆ」と評され、後鳥羽《ごとば》院からも秀歌と賞された作。

◇正木の葛城の山　「正木のかづら」から歌枕の「葛城山」へと言い続けた作。

562 初しぐれは、山風が吹き散らすようにと思って信夫《しのぶ》山のもみじ葉を染めたわけではないでしょ

谷の夕風

春日社《かすがのやしろの》歌合に、落葉といふことをよみたてまつりし

前大僧正慈円《さきのだいそうじやうじゑん》

559 木《こ》の葉《は》散る　宿にかたしく　袖《そで》の色を　ありとも知らで　ゆくあらしかな

右衛門督通具《うゑもんのかみみちとも》

560 木の葉散る　しぐれやまがふ　わが袖に　もろき涙の　色と見るまで

藤《ふぢ》原《はらの》雅《まさ》経《つね》

561 うつりゆく　雲にあらしの　声すなり　散るか正木《まさき》の　葛《かづら》城《き》の山

うに。お願いだから、どうか散らさないで。

しぐれが紅葉させるという古くからの考えに立って、せっかくのもみじが山風に吹き散らされるのを惜しんだ。「いかにせむしのぶの山の下紅葉《もみぢ》しぐるるままに色のまさるを」(『千載集』恋一、常陸《ひたち》)と素材的に共通し、また「たらちねはかかれとてしもむばたまのわが黒髪をなでずやありけむ」(『後撰集』雑三、遍昭《へんじよう》)の言葉続きに通うものがある。
◇しのぶの山　陸奥国《むつ》(岩代《いわしろ》)の歌枕。

563　幾度となくしぐれし、そのたびに涙するので、濡れた袖もなかなか乾かしきれません。山の木の葉にあらしが吹いて散らす時分は。
「秋風に山の木の葉のうつろへば人の心もいかがとぞ思ふ」(『古今集』恋四、素性《そせい》)という古歌に答える形で「しぐれつつ袖もほしあへず」という。
◇あしびきの　「山」に掛る枕詞。

564　風がすさまじく吹く山里の夕暮は、木の葉が散り乱れ、心も乱れて、ひどくものがなしいよ。
木の葉の乱れるさまをそのまま心の乱れることの暗喩《あんゆ》に用いた他は技巧を弄《ろう》さず、初冬の夕暮のさびしさを直接的に表現した点がかえって新鮮な感じを与える。五五二を念頭に置いているか。『枕草子』にも「九月つごもり、十月のころ、空うち曇りて、風のいとさわがしく吹きて、黄なる葉どものほろほろとこぼれ落つる、いとあはれなり」という。

562　七条院大納言《しちでうのゐんのだいなごん》

初しぐれ　しのぶの山の　もみぢ葉を　あらし吹けとは
染めずやありけむ

563　信濃《しなの》

しぐれつつ　袖《そで》もほしあへず　あしびきの　山の木の葉
に　あらし吹くころ

564　藤原秀能《ふぢはらのひでよし》

山里の　風すさまじき　夕暮に　木の葉乱れて　物ぞかな
しき

祝部成茂《はふりべのなりもち》

565 冬の来て　山もあらはに　木《こ》の葉《は》降り　のこる松さへ　峯にさびしき

五十首歌たてまつりし時　　宮《く》内《ない》卿《きやう》

566 から錦《にしき》　秋の形見や　たつた山　散りあへぬ枝に　あらし吹くなり

頼輔《よりすけ》卿家歌合に、落葉の心を　　藤原資隆朝臣《ふぢはらのすけたかのあそん》

567 しぐれかと　聞けば木の葉の　降るものを　それにも濡《ぬ》るる　わがたもとかな

題しらず　　法《ほふ》眼《げん》慶《きやう》算《さん》

568 時しもあれ　冬は葉《は》守《もり》の　神無月《かみなづき》　まばらになりぬ　杜《もり》の　かしは木

565　冬が訪れて山もすっかりあらわになるほど木の葉が散り落ち、ぽつんと峰に残っている常磐木《ときわぎ》の松までさびしそうに見えるよ。

「四方山《よもやま》の木々のもみぢは散りはてて冬はあらはになりにけるかな」（『重之女集《しげゆきのむすめ》』）、「冬嶺秀ツ孤松ヲ」（陶《とう》淵明《えんめい》）などに通じるものがある。また、「冬の来てもみぢ吹きおろす三室《みむろ》山あらしの末に秋ぞ残れる」（『後鳥羽院御集』）は成茂の作に先行する。

566　秋の形見である紅葉の唐錦《からにしき》を裁とうとしているのでしょうか、まだ散らずに残っている龍田山のもみじの枝に烈しく吹く山風の音が聞えます。

本歌「唐錦枝にひとむら残れるは秋の形見をたたぬなるべし」（『拾遺集』冬、遍昭）の状態を一歩進めた。◇から錦　中国から渡来した錦。紅葉の比喩《ひゆ》。

567　しぐれかと思って耳を澄ませて聞くと、じつは木の葉の降る音だった。それなのに、それにもさびしくなっていつしか涙に濡れるわが袂《たもと》よ。

参考「音にさへたもとを濡らすしぐれかな真木《まき》の板屋のよはの寝覚めに」（『千載集』冬、源定信《さだのぶ》）。

568　時もあろうに、冬、それも折悪しく葉守の神のおわさぬ神無月なので、杜の柏《かしわ》の木も凩《こがらし》に吹かれてまばらになってしまったよ。

機知的な発想の歌。参考「楢《なら》の葉の葉守の神のましけるを知らでぞ折りしたたりなさるな」（『後撰集』雑二、藤原仲平）、「柏木の杜はまばらになりにけり葉守の神のあから目やせし」（『歌仙落書』登蓮《とうれん》）。

＊ 五六九はこがらしの歌。

569 いったいいつのまに空は冬らしく変ってしまったのだろう。冬になった今朝のこがらしの風の烈しさよ。

秋の空がいつしか暗鬱《あんうつ》な冬空に変ってしまっていることに驚き、こがらしの音を聞いて冬の訪れを確かめた歌。『津守国基集』によれば、「初冬」の題を詠んだ歌。

＊ 五七〇は時雨《しぐれ》（初時雨）の歌。

570 月の出を待っていた高嶺《たかね》、そこに懸っていた雲はしぐれを降らせてさっと晴れたよ。思いやりのある初しぐれだなあ。

『西行上人集』によれば、「時雨」の題を詠んだ歌。「秋の月高嶺の雲のあなたにて晴れゆく空の暮るる待ちけり」（『千載集』秋上、藤原忠通《ただみち》）を念頭に置いているか。第四句は「心あるべき」とする本が多い。その場合は「いかにも情緒を解する様子の」の意となる。

＊ 五七一は、再びこがらしを主題とする歌。

571 十月ともなれば、木々の葉はすっかり散りはてて、梢《こずえ》ではなく、庭の落葉を吹く風の音が聞えるよ。

庭に散り敷いた木の葉を吹き動かす風の音を捉えている点は五六八にも通じるが、風の吹く場所の変化を捉えることによって、冬の深みゆく有様を歌う。季節は異なるが「けさ見れば夜のあらしに散りはてて庭こそ花の盛りなりけれ」（『金葉集』春、藤原実能《さねよし》）などと類似した発想の作。

津《つ》守国《もりのくに》基《もと》

569 いつのまに　空のけしきの　変るらむ　はげしきけさの
こがらしの風

西《さい》行《ぎやう》法《ほふ》師《し》

570 月を待つ　たかねの雲は　晴れにけり　心ありける　初し
ぐれかな

前大僧正覚忠《さきのだいそうじやうかくちゆう》

571 神無月　木々の木の葉は　散りはてて　庭にぞ風の　音は
きこゆる

清輔朝臣

572 柴《しば》の戸に　入日《いりひ》のかげは　さしながら　いかにしぐるる
山べなるらむ

山家《ノ》時雨《しぐれ》といへる心を　藤原隆信朝臣《ふぢはらのたかのぶのあそん》

573 雲晴れて　のちもしぐるる　柴の戸や　山風はらふ　松の
下露

[一]寛平御時《くわんぴやうのおほんとき》[二]后《きさい》の宮の歌合に　読人しらず

574 神無月《かみなづき》　しぐれ降るらし　佐保山《さほやま》の　まさきのかづら　色
まさりゆく

題しらず　中務卿具平親王《なかつかさきやうともひらしんわう》

575 こがらしの　音にしぐれを　聞きわかで　もみぢにぬる
る　たもとぞ見る

＊五七二から五九〇までは時雨《しぐれ》の歌である。

572 この庵《いおり》の柴折《しお》り戸のあたりに夕日は射しているのに、どうしてこの山のほとりはしぐれているのだろうか。
きわめて局地的に降るものというしぐれの本意（そのように詠むことが約束となっている本来の性質）をおさえた上で、一方で晴れながら同時にしぐれしている有様を歌う。「山べ」は、あの山のほとりと解する説もある。淡い光線のうつろい、山里に降るしぐれのさびさびとした趣が捨て難い。
◇さし　「射し」に「戸」の縁語「鎖《さ》し」を響かせる。

573 雲が晴れたのちも柴折り戸にしぐれの降るような音がする。あれは山風が吹き払っている松の下露なのだろうか。
さっと降ってきたかと思うとまもなく晴れてしまうものというしぐれの本意にもとづいて、しぐれの後の風の音、雨滴《うてき》の音を聴覚的に捉えた。
一 宇多天皇の御代。　二 皇太后班子《はんし》女王。

574 十月になってしぐれが降るらしい。佐保山のまさきのかずらのもみじが色濃くなってゆくのを見ると。
参考「み山には……」（五七七注参照）、「初しぐれ降るほどもなく佐保山の梢《こずゑ》あまねく色づきにけり」（『後撰集』冬、読人しらず）。

575 もみじを散らせるこがらしの音にしぐれの音がまじっているのを聞き分けないで、どうしたのだろうか、もみじのせいで袂《たもと》が濡れるとは、と思っていたよ。

もみじのために袖《そで》が濡れるという、ありえない状況をあえて想像し、その想像が錯覚であることに気づいたと歌うことで、感傷的になっている自分の姿を顧みた。

576　しぐれの降る音はするけれども、呉竹はどうして幾代を経ても色も変らないのだろうか。
竹は紅葉しないということをいぶかる形で、祝言の心を籠《こ》めた歌。『兼輔集』によれば、醍醐《だいご》天皇の尚侍《ないしのかみ》藤原満子の四十の賀の屏風《びょうぶ》歌として詠まれた。◇呉竹　呉から渡来した竹。節が多い。清涼殿の前庭に植えてある。◇代　「呉竹」の縁語「節《よ》」を掛ける。
三　山城国の歌枕。常磐《ときわ》山（三七〇参照）の杜《もり》。

577　さすがのしぐれも染めることはできなかったなあ、山城の常磐の杜のときわ木の下葉だけは。
「しぐれの雨まなくし降れば……」（五六二、『万葉集』二一九六、作者未詳）を念頭に置きつつ、それとは逆に、常磐の杜という名にふさわしく、紅葉しない木を見て、それに興じて歌ったか。

578　冬になって日も浅いので、まだしぐれまいと思っていたのに、早くもしぐれはじめて、それとともに老いを嘆く涙もこらえきれずに落ちるなあ。
しぐれに寄せた嘆老の歌。『元輔集』によれば、貴人の家で詠まれた作なので、婉曲《えんきょく》な愁訴の心を籠めていると見られる。
四　鳥羽離宮。

576　しぐれ降る　音はすれども　呉竹《くれたけ》の　など代とともに　色もかはらぬ

中納言《ちゅうなごん》兼輔《かねすけ》

十月ばかり、常磐《ときは》[三]の杜《もり》を過ぐとて

能因《のういん》法師《ほふし》

577　しぐれの雨　染めかねてけり　山城《やましろ》の　常磐の杜《もり》の　真木《まき》の下葉《したば》は

題しらず

清原《きよはらの》元輔《もとすけ》

578　冬を浅み　まだきしぐれと　思ひしを　堪《た》へざりけりな　老いの涙も

[四]鳥羽殿《とばどの》にて、旅宿ノ時雨といふことを

後白河院御歌《ごしらかはのゐんのおほんうた》

579 まばらなる　柴《しば》の庵《いほり》に　旅寝して　しぐれに濡《ぬ》るる　さ夜
衣《ごろも》かな

時雨《しぐれ》を　　前大僧正慈円

580 やよしぐれ　物思ふ袖《そで》の　なかりせば　木《こ》の葉《は》ののちに
何を染めまし

冬の歌の中に　　太《だい》上《じやう》天《てん》皇《わう》

581 ふかみどり　争ひかねて　いかならむ　まなくしぐれの
布留《ふる》の神杉《かみすぎ》

題しらず　　柿本人麻呂《かきのもとのひとまろ》

582 しぐれの雨　まなくし降れば　真木《まき》の葉も　争ひかねて
色づきにけり

579 屋根の葺《ふ》き目もまばらな柴の庵に旅寝して、ふと気づくと、夜着はしぐれに濡れているよ。
結題《むすびだい》（二つ以上の事柄を結び合せた題）を委曲を尽して表現せず、第三・四句でそのまま歌っているので、題詠としては巧みであるとはいえない。

580 おい、しぐれよ。物思いのため紅《くれない》の涙に濡れるわたしの袖がなかったならば、木の葉を染めたのちには、いったい何を染めるところだったのかい。
慈円の歌風の一傾向である軽妙さのよく現れている作。参考「千々《ちぢ》の色にいそぎし秋は暮れにけり今はしぐれに何を染めまし」（『大和《やまと》物語』三段、俊子《としこ》）。

581 深緑の布留の社《やしろ》の神杉もどうなっているだろう。このように絶えずしぐれが降ると、あらがいきれずについに色づいてしまうのではなかろうか。
主として五八二や「石上布留《いそのかみふる》の神杉神《かむ》びにし吾《われ》やさらさら恋にあひける」（『万葉集』一九二七、作者未詳）の二首に拠りつつ、布留の神杉に着目したところに後鳥羽院の古代への関心がうかがえる。
◇しぐれの布留の神杉　「しぐれの降る」から「布留の神杉」へと言い続けた。布留の神杉は布留社（石上神宮）の神木。

582 しぐれがひまなく降るので、杉や檜《ひのき》の葉もついにあらがいきれずに色づいてしまったなあ。
『万葉集』（二一九六）では作者未詳の雑歌とされているので、特に寓意は認められない。五七七や五八一の本歌を賞する意味で入集したか。

和泉《いづみ》式部《しきぶ》

583 世の中に　なほもふるかな　しぐれつつ　雲間の月の　いでやと思へば

百首歌たてまつりしに　二条院讃岐《にでうのゐんのさぬき》

584 をりこそあれ　ながめにかかる　浮雲の　袖もひとつに　うちしぐれつつ

題しらず　西行法師

585 秋篠《あきしの》や　外山《とやま》の里や　しぐるらむ　生駒《いこま》の嶽《たけ》に　雲のかかれる

道《だう》因《いん》法《ほふ》師《し》

583 世の中にはまだしぐれが降っているのですね。雲間の月がせっかく出ようと思うのに――さあ、出家しようと思いながらも、わたしは相も変らず涙しながらこの憂き世に生きているのですね。

しぐれする有様を見つめながら出離もできかねて世に経《ふ》るわが身を顧みた、弱い女の述懐の歌。『和泉式部集』では百首歌中の一首。

◇ふる　「降る」に「経る」を掛ける。◇いでや　「出でや」に感動詞「いでや」を響かせる。

584 悲しみに沈んでいる折も折、じっと見つめていると、空にかかる浮雲はしぐれてきました。それとともにわたしの袖もしぐれのような涙に濡れています。

自然がわが心に感応するかのように悲しい風貌《ふうぼう》を呈していると歌う。『正治二年院初度百首』では恋歌のうちの一首。

◇浮雲　「憂き」を響かせる。

585 秋篠のあたり、外山の里はしぐれているだろうか。あの生駒の高嶺《たかね》に雲が懸っているよ。

奈良の京あたりから、生駒山に懸る雲を見て、秋篠の里を思いやった。「神無月ゆふまの山に雲かかる麓《ふもと》の里やしぐれ降るらむ」（『堀河百首』時雨、源顕仲《あきなか》）の影響があるか。

◇秋篠　大和国《やまとの》の歌枕。秋篠寺があり、藤原教長《のりなが》も歌に詠んでいる。◇外山の里　山の麓《ふもと》近くの里。◇生駒の嶽　大和国と河内国《かわちの》にまたがる山。

586 晴れたり曇ったりして、しぐれは定まらないものなのに、ただひたすら老い古びてしまったのはわが身だなあ。
主として「神無月《かみなづき》降りみ降らずみ定めなきしぐれぞ冬のはじめなりける」（『後撰集』冬、読人しらず）や「今はとてわが身しぐれにふりぬれば言の葉さへにうつろひにけり」（『古今集』恋五、小野小町《おののこまち》）に拠るが、ほぼ同時代の「晴れ曇りしぐれの空をながめても定めなき世ぞ思ひしらるる」（『待賢門院堀河集』）をも念頭に置くか。
◇ふり 「降り」に「古《ふ》り」を掛ける。

587 庭にたった一本物古りてゆく松を吹く風の音、それは木々の葉が散らなくなった今でも、しぐれの降る音と聞き違えるよ。
以前は落葉しぐれと、今は松風とまぎれるしぐれの音を歌う。

588 雪が吉野山をかき曇らせてしきりに降る季節になったので、麓《ふもと》の里は幾度もしぐれているよ。
参考「けさのあらし寒くもあるかなあしびきの山かき曇り雪ぞ降るらし」（『後撰集』冬、読人しらず）、「あしびきの山かき曇りしぐるれどもみぢはいとど照りまさりけり」（『拾遺集』冬、紀貫之《きのつらゆき》）。鴨《かもの》長明の『無名抄』によれば、俊恵の自讃歌であるという。
＊五八九・五九〇は真木の屋（板葺《ぶ》きの屋）に降る時雨《しぐれ》。

589 真木の屋に降って高い音を立てていたしぐれが静かに降るようになったなあ。もみじが深く降

586 晴れ曇り　しぐれは定め　なきものを　ふりはてぬるは
わが身なりけり

587

千五百番の歌合に、冬の歌　　源《みなもとの》具《とも》親《ちか》

いまはまた　散らでもまがふ　しぐれかな　ひとりふりゆ
く　庭の松風

題しらず　　俊《しゅん》恵《ゑ》法《ほふ》師《し》

588 み吉野の　山かき曇り　雪降れば　ふもとの里は　うちし
ぐれつつ

百首歌たてまつりし時　　入《にふ》道《だう》左《さ》大《だい》臣《じん》

589 真木《まき》の屋に　しぐれの音の　かはるかな　もみぢや深く
散りつもるらむ

り積ったのだろうか。
庵《いおり》の内にあってしぐれの音の微妙な変化に耳を澄ましている心。

590　この世を生きてゆくのは苦しいことなのに、真木の屋にいかにも心安く音を立てて通り過ぎてゆく初しぐれですね。
世路を渡る苦しさを身にしみて感じている折しも、初しぐれがいかにもあっさり降り過ぎた音を聞いて、そのこだわりのなさを羨《うらや》んだ。「苦しき」「安く」は対。『定家十体』で「有心《うしん》様」(解説参照)の例歌とされる。◇ふる 「経る」に「しぐれ」の縁語「降る」を響かせる。

＊五九一から六〇一までは冬月の歌である。

591　ほんのりと明るい有明の月の光の中、もみじを山から吹きおろしてくる山おろしの風よ。
『信明集』によれば屏風《びょうぶ》歌。『詠歌一体』で「すぐれたる歌なれば、字の余りたるによりてわろくなりぬべきにあらず」として挙げるように、かなりはなはだしい字余りの歌であるにもかかわらず名歌とされている。「月の月影」「吹きおろす山おろし」という同語反復も意識的な技巧と見られる。

592　もみじ葉が散るのをどうして惜しんだのだろうか。木の間を洩《も》れてくる月の光は、散ってしまった今夜こそはっきり見ることができるのだ。
冬月を賞することでもみじへの愛惜の情をまぎらわす心。参考「木の間より……」(三八一注参照)。

千五百番歌合に、冬の歌　　二条院讃岐

590　世にふるは　苦しきものを　真木の屋に　安くも過ぐる　初しぐれかな

題しらず　　源信明朝臣《みなもとのさねあきらのあそん》

591　ほのぼのと　有明《ありあけ》の月の　月影に　もみぢ吹きおろす　山おろしの風

中務卿具平親王

592　もみぢ葉を　何惜しみけむ　木《こ》の間《ま》より　漏《も》りくる月は　今宵《こよひ》こそ見れ

宜秋門院丹後《ぎしうもんゐんのたんご》

593 山風がすっかり木々の葉を吹き払ったのちの高《たか》嶺《ね》から、散り乱れる葉にさえぎられることなく、月はさやかに出るでしょうか。
烈しい山風が吹いている高嶺の麓《ふもと》でさやかな月を見ようと心待ちしているありさま。「木の葉曇らで」の句が作者の苦心したところと思われる。

594 霜が凍りついているわたしの袖にもその光は残っているよ、そこに秋の露が宿っていた時からのなじみだった有明の月は。
秋から冬へと季節が移ろうにつれて、袖の涙も露から霜へと形を変えたが、月は依然として宿っているという心。

＊ 五九五から六〇〇までは時雨《しぐれ》と取り合された冬月の歌。

595 思いに沈みながらじっと見つめていると、一夜のうちにいったい幾度涙に濡れた袖の上で曇ることだろう。しぐれつつ更けてゆく夜の有明の月は。
定めないしぐれのために晴れ曇りする月を袖の涙に映して見たという心が、『三体和歌』での「秋、冬、この二つは、からびほそくよむべし」という条件に適合している。参考「物思ふに月見ることはたへねどもながめてのみも明かしつるかな」（『新勅撰集』恋五、藤原道信）。

596 定めなくしぐれを降らせる空の村雲のせいで、いったい幾度同じ月の出を待つのだろうか。
しぐれを降らせる雲がしばしば月を隠すので、そのたびに月が雲間から出るのを待っているという状況。

593 吹きはらふ　あらしののちの　たかねより　木《こ》の葉《は》曇ら
で　月や出づらむ

春日社歌合に、暁月といふことを　右衛門督通具

594 霜こほる　袖《そで》にもかげは　のこりけり　露よりなれし　有《あり》
明《あけ》の月

和《わ》歌所《かどころ》にて六首歌たてまつりしに、冬
の歌　藤原家隆朝臣《ふぢはらのいへたかのあそん》

595 ながめつつ　いくたび袖に　曇るらむ　しぐれにふくる
有明の月

題しらず　源《みなもと》泰《やす》光《みつ》

596 定めなく　しぐるる空の　村雲に　いくたびおなじ　月を

待つらむ

千五百番歌合に　　源　具親

597 いまよりは　木の葉がくれも　なけれども　しぐれにのこる　村雲の月

題しらず

598 晴れ曇る　かげを都に　先立てて　しぐると告ぐる　山の端《は》の月

五十首歌たてまつりし時　　寂《じゃく》蓮《れん》法《ほふ》師《し》

599 たえだえに　里分く月の　光かな　しぐれを送る　よはの村雲

597 これからは木の葉に隠れることはないけれども、しぐれを降らせる村雲が残っていて、ともすれば隠れがちな月よ。

秋のうちは木の葉が月を隠していたが、初冬の現在はしぐれを降らせる雲が邪魔物だという。漢詩のように凝縮された下句がやや晦渋《かいじゅう》な感じを与える。『千五百番歌合』でも、定家が「末の句や少し支へて（ひっかかって）聞え侍《はべ》らむ」と難じて、負と判した。

598 晴れたり曇ったりして定まらない光をまず都に送ってきて、月は「山の方はしぐれています。そのうち都の方へ移ってゆきますよ」と告げている。

局地的に降り、移動するというしぐれの性質を晴陰定めない月光のうつろいによって表現している。「都」と「山」とを対比させ、「月」を擬人化した。山の近い京の自然をよく捉えている。「題しらず」とするが、『千五百番歌合』での詠。

599 とぎれとぎれに照らしたり照らさなかったりして、里を区別する月の光だなあ。しぐれをもたらす夜の村雲のせいで。

「里分かぬかげをば見れど行く月のいるさの山をたれか尋ぬる」（『源氏物語』末摘花《すえつむはな》、光源氏）など、もともと里を区別せず照らすと見られている月光を「たえだえに里分く」と見、その原因を「しぐれを送る村雲」に求めた。上句と下句がはっきり切れ、連歌の付《つけ》合《あい》にも似た味わいがある。

雨後ノ冬月といへる心を　　良暹《りやうぜん》法師《ほふし》

600 いまはとて　寝なましものを　しぐれつる　空とも見え
ず　澄める月かな

題しらず　　曾《そ》禰《ね》好《よし》忠《ただ》

601 露霜の　よはにおきゐて　冬の夜の　月見るほどに　袖《そで》は
こほりぬ

前大僧正慈円

602 もみぢ葉は　おのが染めたる　色ぞかし　よそげにおけ
る　けさの霜かな

西行法師

603 小倉山《をぐらやま》　ふもとの里に　木《こ》の葉《は》散れば　梢《こずゑ》に晴るる　月を

600　もう月は見られまいと思って寝てしまうところだったのに、さっきまでしぐれていたとはとても見えない空に美しく澄んでいる月よ。

参考「やすらはで寝なましものをさよふけてかたぶくまでの月を見しかな」(『後拾遺集』恋二、赤染衛門《あかぞめゑもん》)。

601　露や霜の置く寒い冬の夜半、ずっと起きていて、月を見つめているうちに涙に濡れた袖は凍ってしまったよ。

◇露霜の　夜置くものだから「置き」から「起き」を連想して「よはにおき」を起す有意の序となる。

＊六〇一は霜の歌と見られる。

602　霜よ、もみじ葉はおまえが染めた色ではないか。それなのに、今朝はまるで自分とは関わりがないような様子で置いているなあ。

古人は露・しぐれ・霜などの寒冷なものが木々を紅葉させると考えた。もみじの落葉の紅《くれない》と霜の白さという色彩の対照を享受者の想像に委《ゆだ》ねつつ、霜に対する擬人化表現の著しい軽妙諧謔《かいぎゃく》な歌。本来は『六百番歌合』で「秋ノ霜」の歌題を詠んだもの。

＊六〇三から六一〇までは再び冬ノ月の歌。

603　いつもはほの暗い小倉山の麓《ふもと》の里でも、木の葉が散ってしまった今は、木々の梢に遮《さえぎ》られずに澄んだ月を見るよ。

「小倉山」に「小暗し」という語を暗示し、それと「晴るる」とを対照させた。作者にとって小倉山は庵《いおり》を結んだこともあり、なじみ深い土地である。

見るかな

五十首歌たてまつりし時　藤原雅経

604 秋の色を　払ひはててや　ひさかたの　月の桂《かつら》に　こがらしの風

題しらず　式子内親王《しょくしないしんわう》

605 風寒み　木の葉晴れゆく　よなよなに　のこるくまなき　庭の月影

殷富門院大輔《いんぷもんゐんのたいふ》

606 わが門《かど》の　刈り田のねやに　伏すしぎの　床《とこ》あらはなる　冬の夜の月

◇木の葉　小倉山は紅葉の名所だから、もみじした木の葉と考えられる。

604　地上のもみじをすっかり吹き払ってしまったこがらしは、今は月の中にあるという桂の木を吹いているのだろうか。月がいよいよ冴《さ》えてきたよ。

「久方の月の桂も秋はなほもみぢすればや照りまさるらむ」（『古今集』秋上、壬生忠岑《みぶのただみね》）を本歌とする。空を吹くこがらしの音を聞き、地表におけるその性質から、天上の月世界でも同じように桂のもみじを吹き払っているかと想像した。

605　冷たく吹く風のために木々の葉がはらわれて、遮るものがなくなってゆく夜ごと夜ごとに、庭をくまなく照らし出すようになる月の光よ。

幽居の庭を容赦なく照らし出す冬の月を歌って、このような非情な風景を見つめているあるじの孤独な心をうかがわせる。

606　わたしの家の門近くの刈田に伏している鴫《しぎ》、そのねやの床もすっかりあらわに見えるほど、冬の夜の月が冷たく照らしています。

鴫の臥《ふ》し処《ど》を非情なまでに照らし出す冬月を歌う。「鴫の伏す刈田に立てる稲茎のいなとは人のいはずもあらなむ」（『後拾遺集』恋一、藤原顕季《あきすえ》）、「わが門のおくてのひたに驚きてむろの刈田に鴫ぞ立つなる」（『千載集』秋下、源兼昌《かねまさ》）などに拠るところがあるか。『千五百番歌合』で藤原隆信《たかのぶ》がうっかり自作としてこの歌を提出している。

607　寒々とした冬枯れの杜、その下の朽ち葉に置いた白い霜に、光を落している月のつめたく冴《さ》えていることよ。

視界を次第に絞っていき、朽ち葉の霜に宿る月光に焦点を合わせる。細かい写生の行き届いた作。「山深み落ちて積れるもみぢ葉のかわける上にしぐれ降るなり」（『詞花集』冬、大江嘉言《よしとき》）などの影響があるか。旧注に「霜露《さうろ》既《ニ》降《くだり》　木葉尽脱《クおツ》。人影《ひとノかげ》在《り》レ地《ニ》。仰《ギテ》見《ル》二明月《ヲ》一」（蘇東坡《そとうば》「後赤壁賦《のちのせきへきのふ》」）を引くが、影響関係は不明。

608　あまりの寒さに堪えかねて目覚めた枕べに射す光、見るとそれは霜が深く置いた夜の有明の月の光でした。

李白《りはく》の「牀前看《しやうぜんみル》二月光《ヲ》一、疑《フラクハ》是地上《ノ》霜《カト》、挙《ゲテ》レ頭《かうべヲ》望《ミ》二山《さん》月《げつヲ》一、低《たレテ》レ頭《ヲ》思《フ》二故郷《ヲ》一」（「静夜思《せいやのおもい》」）に通ずる歌境。

609　涙が凍りついて霜となった袖を片敷きながら、ひとり、うちくつろいでまどろみもしない夜の、月の寒々とした光よ。

良経《よしつね》の「片敷きの袖の氷も……」（六三五）のいち早い模倣作であろう。『千五百番歌合』で判者定家は句の続き具合と「寒けき」という表現を咎《とが》めて、負とした。

610　ほんのかりそめの宿としてかつて光をとどめた露を思い出して、浅茅生を照らす月は、霜にその後の様子を尋ねるように射してきている。

「月」を男、「霜」（露）を女に見立て、月は、秋に宿った露のことを思い出して、それが変化したことに気づかず、霜に露の様子を尋ねていると見た。

清輔朝臣

607
冬枯れの　杜《もり》の朽《く》ち葉《ば》の　霜の上に　落ちたる月の　影の
さやけさ

千五百番歌合に

皇太后宮大夫俊成女《くわうたいごうぐうのだいぶとしなりのむすめ》

608
さえわびて　覚《さ》むる枕《まくら》に　かげ見れば　霜深き夜の　有明《ありあけ》
の月

右衛門督通具

609
霜結ぶ　袖《そで》の片敷き　うちとけて　寝ぬ夜の月の　かげぞ
寒けき

五十首歌たてまつりし時

藤原雅経

610
影とめし　露の宿りを　思ひ出でて　霜にあと問ふ　浅茅《あさぢ》

生《ふ》の月

橋上《ノ》霜といへることをよみ侍りける　法《ほふ》印《いん》幸《かう》清《しやう》

611 片敷きの　袖をや霜に　重《かさ》ぬらむ　月に夜がるる　宇治の橋姫

題しらず　源　重之

612 夏刈りの　荻《をぎ》の古枝《ふるえ》は　枯れにけり　むれゐし鳥は　空にやあるらむ

道《みち》信《のぶの》朝《あ》臣《そん》

613 さ夜ふけて　声さへ寒き　蘆鶴《あしたづ》は　いくへの霜か　おきまさるらむ

◇露「わずかの」「はかない」の意を含ませる。
＊六一一は霜の歌。冬月も歌われ、連続性を保つ。

611 片敷く袖を霜に重ねているのだろうか。冬月の照らす下、人の訪れも稀《まれ》になった宇治の橋姫は。
「さむしろに衣《ころも》片敷きこよひもやわれを待つらむ宇治の橋姫」(『古今集』恋四、読人しらず)を本歌とするが、おそらく定家の四二〇の歌に触発された詠であろう。
◇夜がるる　恋人が夜訪れてくることがまれになる。
＊六一二は枯荻の歌。

612 夏にはよく刈った荻の古枝は枯れてしまったよ。あのあたりに群れていた鳥は下りる所がないままに空を舞っているのだろうか。
荻が枯れ立つ蕭条《しようじよう》たる冬ざれの水辺の景を見て、夏のうちは地上に下りていた鳥の群れの行方《ゆくえ》を思いやった。同じ作者に「夏刈の玉江の蘆《あし》をふみしだきむれゐる鳥の立つ空ぞなき」(『後拾遺集』夏)があり、古注ではこの歌に「問答したる歌」であるという。しかし『重之集』では六一二の歌も第二・三句が「荻の古枝ももえにけり」とあり、夏歌とされている。異伝か改作か。
＊六一三は鶴の歌とも霜の歌とも見られるが、寒蘆《かんろ》も取り上げられていて、六一二との連続性を保つ。

613 夜が更けて、声までも寒々と蘆べの鶴が鳴くよ。もともと霜のように白いその羽毛の上にさらに幾重にも霜が置いているのだろうか。
寒い夜わびしげに鳴く鶴の声から、その姿を思い描く。
◇蘆鶴　蘆の生えている所に住む鶴をいう歌語。

＊六一四・六一五は嵐《あらし》の歌。

614 長い冬の夜を寝ずに過していると、わたしの袖は濡れてしまったよ。暁近く四方《よも》を吹く烈しい風の音に涙を誘われて。

「冬の夜の長きをおくるほどにしも暁がたの鶴《つる》の一声」（『元真集《もとざね》』）の本歌取りだが『源氏物語』の「ひとり目をさまして、枕をそばだてて四方の嵐を聞き給ふに、……涙落つとも覚えぬに枕浮くばかりになりにけり」（須磨）という部分を意識し、須磨の流謫《るたく》地における光源氏の心で歌っていると見られる。

615 笹の葉は山にさやさや響きわたるほどそよぎ、そこに凍りついた霜を山風が吹いているよ。

「笹の葉はみ山もさやに乱《さやげ》友《ども》吾《われ》は妹《いも》思ふ別れ来ぬれば」（『万葉集』一三三、柿本人麻呂）を本歌として、情熱的な別れの歌を冷えさびた冬山の叙景歌に転じた。「吹くあらしかな」は当時流行した句。

◇こほれる霜　笹と霜はしばしば取り合される素材。

＊六一六から六二〇までは霜の歌。

616 あの人が来なかったならひとりさびしく寝るのでしょうか。笹の葉が山でそよそよとさやぐ、霜の降りるこの夜を。

前歌と同様「笹の葉はみ山もさやに……」（『万葉集』一三三）を本歌として、孤閨《こけい》をかこつ女の心で歌った。

617 霜枯れの野、そこはかつて秋の千草が咲き乱れた草原と同じ野とも見えません。いったい趣深い秋のなごりをだれに尋ねたらよいのでしょう。

冬の歌の中に　　太上天皇

614 冬の夜の　長きをおくる　袖《そで》濡《ぬ》れぬ　あかつきがたの　よものあらしに

百首歌たてまつりし時　　摂政太政大臣《せつしやうだいじやうだいじん》

615 笹《ささ》の葉は　み山もさやに　うちそよぎ　こほれる霜を　吹くあらしかな

崇徳院《すとくのゐんの》御時に百首たてまつりけるに　　藤原清輔朝臣

616 君来《こ》ずは　ひとりや寝なむ　笹の葉の　み山もそよに　さやぐ霜夜を

題しらず　　皇太后宮大夫俊成女

617 霜枯れは　そことも見えぬ　草の原　たれに問はまし　秋

のなごりを

百首の歌の中に　　前大僧正慈円

618 霜さゆる　山田のくろの　むらすすき　刈る人なしに　残るころかな

題しらず　　曾禰好忠

619 草の上に　ここら玉ゐし　白露を　下葉《したば》の霜と　むすぶ冬かな

中納言《ちゆうなごん》家持《やかもち》

620 かささぎの　渡せる橋に　おく霜の　白きを見れば　夜ぞふけにける

「尋ぬべき草の原さへ霜枯れてたれに問はまし道芝の露」（『狭衣物語』巻二、狭衣《さごろも》）を本歌としつつ、この歌に影響を及ぼした「うき身世にやがて消えなば尋ねても草の原をば問はじとや思ふ」（『源氏物語』花宴《はなのえん》、朧月夜《おぼろづくよ》の尚侍《ないしのかみ》）をも念頭に置き、叙景歌に転じた。

618　霜が冷たく凍りついている山田の畦《あぜ》のひとむらのすすきが、刈る人もいず枯れたままに残っているころだなあ。

◇山田のくろ　「小萩咲く山田のくろの虫の音に庵守《いほもり》る人や袖濡らすらむ」（『山家集』秋）など、西行《さいぎやう》が詠んでいる語。

619　草の上に沢山《たくさん》玉となって置いていた白露を、冬は下葉に結ぶ霜と変えてしまったのだな。

冬を擬人化し、季節の移り変りに伴う露から霜への変化をその所為と見なして、興じた歌。「草の上」と「下葉」、「白露」と「霜」とが対になる。参考「限りなき涙の露にむすばれて人のしもとはなるにやあるらむ」（『拾遺集』雑上、清原元輔《もとすけ》）。

◇ここら　これほどたくさん。

620　かささぎが渡した天の川の橋に置いた霜が真白なのを見ると、夜が更けたなあと感じられる。

霜の降る凜然《りんぜん》とした冬の夜を歌い、張継《ちようけい》の「月落チ烏《からす》啼《な》イテ霜満ツレ天ニ」（「楓橋夜泊《ふうきようやはく》」）という詩境に通ずるか。『家持集』の歌だが、『万葉集』の時代の作ではない。

◇かささぎの渡せる橋　五三参照。宮中の階《きざはし》を譬《たと》えたという説もある。

上の男《をのこ》ども菊合《きくあはせ》し侍りけるついでに　　延《えん》喜《ぎの》御《おほん》歌《うた》

621 しぐれつつ　枯れゆく野べの　花なれど　霜のまがきに
にほふ色かな

延喜十四年、尚侍《ないしのかみ》藤原満子に菊の宴
たまはせける時　　中納言兼輔

622 菊の花　手折《たを》りては見じ　初霜の　おきながらこそ　色ま
さりけれ

同じ御時、大井川に行幸《みゆき》侍りけるに　　坂《さかの》上《うへの》是《これ》則《のり》

623 影さへに　いまはと菊の　うつろふは　波の底にも　霜や
おくらむ

題しらず　　和泉式部

＊ 六二一から六二三までは残菊の歌。
一 物合《ものあはせ》の一種。左右に分れて、菊に歌を添えて、その優劣を競う。

621 この菊は野辺ではしぐれが降るとともに枯れてゆく花だが、霜の置くこの垣根に移し植えると、いよいよ色美しく映《は》えるよ。

「野べ」と「霜のまがき」を対比させつつ、「菊」の字を用いずに菊を歌う。白（黄）菊は霜に逢うと赤紫に変って色がまさると考えられた。
◇霜のまがき　ここは移植された宮中の垣根を指す。
二 内大臣藤原高藤《たかふじ》の女《むすめ》。三条右大臣定方《さだかた》の妹。

622 菊の花を手折って見ることはいたしますまい。初霜が置いたまま植えてあるほうが色がたちまさって美しく見えます。

「色まさりけれ」に、慶祝の心を籠《こ》める。

623 菊までも、「もう花の季節は終りです」というかのように、その影が水に映っているよ。色が移ろうところを見ると、この川波の底にも霜が置いているのだろうか。

菊が水に映っていることをあえてうつろった（色が変った）と取りなして、それは川底に霜が置いたためかと、わざと幼く考えた古今的機知の作。
＊ 六二四から六二六までは冬枯れの歌。

624 野辺を見ると、すすきの根元に物思わしげに咲いていた、あの紫の思い草も次第に枯れてゆく、冬ざれのころとなったのですね。

蕭条《しょうじょう》たる枯れ野を見つめる女の沈んだ情感。参考「道の辺の尾花が下の思ひ草今さらさらに何をか思はむ」（『万葉集』三二七〇、作者未詳）。
◇思ひ草　ナンバンギセル。

625　明るい光の満ちていた津の国の難波の春、あれは夢だったのだろうか。今目に映るものは蘆の枯れ葉だけ、さびしく風の吹き渡る音がする。

冬ざれの難波の浦（大阪湾）に立って、「心あらむ人に見せばや津の国の難波わたりの春のけしきを」（『後拾遺集』春上、能因《のういん》）と歌われた、美しい春の風景を思い浮べた。俊成は『御裳濯《みもすそ》川歌合』で「幽玄の体」と評したが、『定家十体』では「有心《うしん》様」の例歌。

626　冬も深まったらしいな。難波江に青葉が少しもまじらない枯れた蘆がところどころかたまって立っているよ。

六二五とほぼ同じ風景を写実的に描く。天承元年（一一三一）の作で、晩年の詠と見られる西行の歌よりも先。
＊六二七は冬山家の歌。

627　このさびしさにじっと堪えている人が、わたしの他にもいてほしいなあ。そうしたらともに庵を並べよう、この冬の山里で。

さびしさの極限に堪えている草庵の主《あるじ》の独白。「さびしさに煙をだにも絶たじとて柴《しば》折りくぶる冬の山里」（『後拾遺集』冬、和泉式部《いずみしきぶ》）、「わがごとく世を背《そむ》くらむ人もがなうき言の葉にふたりかからむ」（『行尊大僧正集』）に言葉続きが似ている。

624　野べ見れば　尾花がもとの　思ひ草　枯れゆく冬に　なり
ぞしにける

西行法師

625　津の国の　難波《なには》の春は　夢なれや　蘆《あし》の枯れ葉に　風わた
るなり

崇徳院に十首歌たてまつりける時　大納言《だいなごん》成通《なりみち》

626　冬深く　なりにけらしな　難波江の　青葉まじらぬ　蘆の
むら立ち

題しらず　西行法師

627　さびしさに　堪へたる人の　またもあれな　庵《いほり》ならべむ
冬の山里

東《あづま》に侍りける時、都の人につかはしける

康《やす》資《すけ》王《わうの》母《はは》

628 あづまぢの　道の冬草　茂りあひて　あとだに見えぬ　忘れ水かな

冬の歌とてよみ侍りける

守《しゆ》覚《かく》法《ほふ》親《しん》王《わう》

629 昔思ふ　さ夜の寝覚めの　床《とこ》さえて　涙もこほる　袖《そで》の上かな

百首の歌たてまつりし時

630 立ち濡《ぬ》るる　山のしづくも　音絶えて　真《ま》木《き》の下《した》葉《ば》に　たるひしにけり

＊ 六二八は冬ノ旅の歌。

628 都からこの東国への道には、冬枯れた草がおおいかぶさるように茂り、人の通った跡すら見えません。その野中に、人々に忘れられた細い水がひそやかに流れています——都の人々から忘れられたまま、わたしは東国にひっそりと暮しております。

作者もかつて仕えていた四条宮の女房下野《しもつけ》へ送った歌。都からの便りのないことを婉曲《えんきょく》に恨んだ。

＊ 六二九は冬ノ述懐の歌だが、「涙もこほる」というので、氷の歌と見ることもできる。

629 夜目覚めて、昔のことをなつかしく思い出していると、床のあたりは冷えて、こぼす涙も袖の上に凍りついているよ。

＊ 六三〇から六三五までは氷の歌。

630 じっと立っていて濡れたこともある山の木々の雫《しずく》、その音も今はと絶え、杉や檜《ひのき》の下枝《しずえ》の葉にはつららがさがっているよ。

たるひ（つらら）のさがった真木を見て、雫していた季節を思い起している。「足引の山のしづくに妹《いも》待つとわれ立ちぬれぬ山のしづくに」（『万葉集』一〇七、大津皇子）に拠り、相聞《そうもん》を冬の歌に変えた。

631 凍ったかと思うと一方では砕ける山川が、暁方に岩の間でむせび泣くような声を立てている。

水の音から冬の山川の有様を思いやった。「春霞立つや遅きと山川の岩間をくぐる音聞ゆなり」（『後拾遺集』春上、和泉式部）や「第五絃《くゑん》ノ声ハ尤《もつとも》掩抑《えんよく》セリ、隴水《ろうすい》凍《リ》咽《むせンデ》流《ルルコト》不レ得」(『和漢朗詠集』管絃、白楽天)を念頭に置く。

632　今にも消えそうになりながら岩の間をさまよっている水の泡が、ほんのしばし宿を借りている薄氷よ。

はかなく消えやすい水の泡、その泡がしばしの宿を借りる薄氷もまたはかなくとけやすい。無常であるだけに、あえかな美しさを備えている景物を捉えた歌。参考「行く水の泡ならばこそ消えかへり人の淵瀬《ふちせ》を流れても見め」(『拾遺集』恋四、雑恋、読人しらず)。

◇かへり　動作または状態に徹する意を表す接尾語。

633　枕にも袖にも涙がこぼれて凍りつき、寝もやらず、夢を結ぶこともない夜、烈しい山風が吹き訪れるよ。

冬の夜のわびしさを写した下句は絶妙。

◇つらゐて　凍っていて。「つらら」はここでは氷のこと。◇むすばぬ　「つらら」「夢」の縁語。

634　水上の、とぎれとぎれに凍った岩の間を伝ってきた水が、清滝川の凍らない川面《かわも》にわずかに白波を立てているよ。

水かさの落ちた山間《やまあい》の冬の川のさびしさ。高雄あたりの清滝川を見ている心。上句は想像した風景。「岩間には氷のくさび打ちてけり玉ゐし水も今はもりこず」(『後拾遺集』冬、曾禰好忠《そねのよしただ》)、「降りつみし高嶺《たかね》のみ雪……」(二七)などの影響があるか。

◇清滝川　山城《やましろの》国(京都府東南部)の歌枕。二七参照。

題しらず　　皇太后宮大夫俊成

631　かつ氷り　かつはくだくる　山川《やまがは》の　岩間にむせぶ　あかつきの声

摂政太政大臣

632　消えかへり　岩間にまよふ　水の泡《あわ》の　しばし宿かる　うす氷かな

633　枕《まくら》にも　袖にも涙　つららゐて　むすばぬ夢を　とふあらしかな

五十首の歌たてまつりし時

634　みなかみや　たえだえ氷る　岩間より　清滝川に　のこる白波

百首歌たてまつりし時

635 片敷きの　袖《そで》の氷も　むすぼほれ　とけて寝ぬ夜の　夢ぞみじかき

最勝四天王院《さいしょうしてんわうゐん》の障子に、宇治川かきたる所

太上天皇

636 橋姫の　片敷き衣《ごろも》　さむしろに　待つ夜むなしき　宇治のあけぼの

前大僧正慈円

637 網代木《あじろぎ》に　いさよふ波の　音ふけて　ひとりや寝ぬる　宇治の橋姫

635　片敷く袖に置いた涙も氷になって、うちとけて寝ることもない冬の夜。見る夢は短く、ともすればひとり寝覚めがちだなあ。

「とけて寝ぬ寝覚めさびしき冬の夜に結ぼほれつる夢の短さ」(『源氏物語』朝顔、光源氏)を本歌とするが、「とけて寝ぬ夢路も霜に結ぼほれまづ知る秋の片敷の袖」(『六百番歌合』秋、定家)の影響もあるか。良経《よしつね》はこの百首歌を詠進する直前妻を失っている。

＊六三六・六三七は冬川の歌。

636　橋姫がさ莚《むしろ》に片敷く衣も寒く、待つ夜もむなしく恋人は訪れないまま、宇治の里は曙《あけぼの》を迎えようとしている。

本歌「さむしろに衣《ころも》片敷きこよひもやわれを待つらむ宇治の橋姫」(『古今集』恋四、読人しらず)。◇橋姫　宇治の橋姫。四二〇参照。◇さむしろ「寒し」を掛ける。

637　網代木に寄ろうとしてたゆたっている、ひたひたという川波の音も、夜が更けたことを告げている。この夜、宇治の橋姫は恋人の訪れもないままに、ひとりさびしく寝ているのであろうか。

本歌「もののふの八十《やそ》宇治川の網代木にいさよふ波のゆくへ知らずも」(一六四八、『万葉集』二六四、柿本人麻呂《かきのもとのひとまろ》)、「さむしろに……」(六三六注参照)。◇網代木　木や竹を編んで川にしかけた魚を取る具。◇いさよふ　ためらっている。

＊六三八は冬江の歌。

638　じっと見つめているうちに冬はやってきたのですね。鴨が泳いでいる入江の汀《みぎわ》にももう何度か、うっすらと氷が張りました。

湖沼などの入江のほとりで、移りゆく季節を諦視《ていし》する女の姿。「鴨のゐる入江の氷うすらぎて底の水屑《みくづ》もあらはれにけり」（『曾丹《そたん》集』）、「身に近く秋や来ぬらむ見るままに青葉の山もうつろひにけり」（『源氏物語』若菜上、紫《むらさき》の上）などにヒントを得ているか。
◇うすごほりつつ　「つつ」は反復を表す。

＊六三九・六四〇は再び冬月の歌である。

639　志賀の浦の、汀から氷が張るにつれ岸から遠ざかってゆく波の間から、凍《い》てついた光を放ちながら昇ってきた有明の月よ。

「さ夜ふくるままに汀や氷るらむ遠ざかりゆく志賀の浦波」（『後拾遺集』冬、快覚）を本歌として、本歌にない冬の月を出し、冷え透った美の世界を構成した。
◇志賀の浦　琵琶《びわ》湖《こ》の西岸。◇遠ざかりゆく波間　湖岸から凍ってゆくので波打ち際が遠ざかってゆくと考えた。もとより詩的誇張。

640　ひとりじっと見ていた、庭の池の水に澄んだ光を宿す月、それはそのまま袖の涙にも映ったよ。

俊成の得意とする抒情性が豊かに流露する。参考「水の上に思ひしものを冬の夜の氷は袖のものにぞありける」（『拾遺集』冬、読人しらず）。
◇やがて　そのまま。◇袖にもうつり　袖にさびしさのあまりこぼした涙が宿っていたことを暗示する。

百首の歌の中に　　式子内親王

638　見るままに　冬は来にけり　鴨《かも》のゐる　入江のみぎは　うすごほりつつ

摂政太政大臣家歌合に、湖上ノ冬月　　藤原家隆朝臣

639　志賀の浦や　遠ざかりゆく　波間より　氷りて出づる　有《あり》明《あけ》の月

守覚法親王《しゆかくほふしんわう》、五十首歌よませ侍りけるに　　皇太后宮大夫俊成

640　ひとり見る　池の氷に　澄む月の　やがて袖《そで》にも　うつりぬるかな

題しらず　　山《やま》辺《べの》赤《あか》人《ひと》

641 うば玉の　夜のふけゆけば　ひさぎ生《お》ふる　清き川原《かはら》に　千鳥鳴くなり

佐保《さほ》の川原に千鳥の鳴きけるをよみ侍りける　伊《い》勢《せの》大《たい》輔《ふ》

642 行く先は　さ夜ふけぬれど　千鳥鳴く　佐保の川原は　過ぎうかりけり

陸奥《みち》の国にまかりける時、よみ侍りける　能因法師

643 夕されば　しほ風越して　みちのくの　野田の玉川　千鳥鳴くなり

題しらず　源　重　之

＊六四一から六五四までは水鳥の歌。このうち、六四一から六五五までは千鳥を歌った歌群である。

641 夜が更けてゆくにつれ、ひさぎの生えている清らかな河原に、ちち、ちちと千鳥の鳴く声が聞えてくるようになるよ。

『万葉集』の原歌（九二五）では第五句「千鳥しば鳴く」。吉野離宮への行幸に随行した作者の長歌に添えられた反歌。◇うば玉の　「夜」に掛る枕詞。◇ひさぎ　キササゲのことという。

642 まだ行く先は遠く、夜はすっかり更けてしまいましたが、千鳥の鳴く佐保川原は、その声を聞き捨てて行き過ぎるのが心残りに思われます。

『伊勢大輔集』によれば、歌合での題詠歌。佐保川に千鳥を取り合せた古歌は多いが、特に作者の祖父大中臣能宣《おおなかとみのよしのぶ》の作「暁の寝覚めの千鳥たがためか佐保の河原にをちかへり鳴く」（『拾遺集』雑上）などを念頭に置いて詠まれたものか。◇佐保の川原　佐保川は大和国《やまとの》の歌枕。

643 夕方になると潮風が吹いてきて、その風に乗って、ここ陸奥《みちのく》の野田の玉川にさびしく千鳥の鳴く声が聞えてくるよ。

『能因集』によれば、「想像奥州十首」の内、「野田の玉川」の歌。ただし、能因はこれ以前実際に陸奥へ旅している。◇野田の玉川　陸奥国の歌枕。六玉川《むたまがわ》の一とされる。

644 白波に　羽根うちかはし　浜千鳥　かなしきものは　夜《よる》の
ひと声
後徳大寺左大臣《ごとくだいじのさだいじん》

645 夕なぎに　門《と》渡る千鳥　波間より　見ゆる小島の　雲に消
えぬる

堀河院に百首歌たてまつりけるに
祐子《いうし》内親王家《ないしんわうけの》紀《き》伊

646 浦風に　吹上《ふきあげ》の浜の　はま千鳥　波立ちくらし　よはに鳴
くなり

五十首歌たてまつりし時
摂政太政大臣

647 月ぞ澄む　たれかはここに　きの国や　吹上の千鳥　ひと
り鳴くなり

644 白波に羽を交わしながら飛んでゆく浜千鳥、ものがなしいのは、夜一声鳴くその声だなあ。
『重之集』によれば、旅中、明石《あかし》の浦で体験した風景。「白雲に羽うちかはし飛ぶ雁《かり》の数さへ見ゆる秋の夜の月」(『古今集』秋上、読人しらず)に拠るか。
◇浜千鳥　「浜つ千鳥　浜よはゆかず　磯伝ふ」(『古事記』中)など、歌にしばしば詠まれる。

645 波間からちらりと見える小島、夕なぎ時に海の門《と》を渡る千鳥が、その島に懸る雲の中へと消えてしまったよ。
参考「波間より見ゆる小島の浜久木ひさしくなりぬ君にあはずて」(『拾遺集』恋四、読人しらず)。
◇門　ここでは海岸と海岸との狭《せば》まった場所。海峡。水道。作者には明石海峡のイメージがあるだろう。

646 浦風が吹く吹上の浜に、波が高く立って寄せてくるようです。夜半千鳥の鳴く声が聞えるので。
波が寄せてきたので、それまで浜辺に下りていた千鳥が飛び立って鳴いているのだろうと推量した。
◇吹上の浜　紀伊国の歌枕。紀ノ川の河口に近い。

647 冬の月がつめたく澄んでいる。だれ一人として来るものがあるだろうか。ここ紀の国吹上の浜にはただ千鳥の鳴く声がするだけで……。
六四六に影響されていると見られる。あるいは、「沖つ風吹上の千鳥夜や寒き明方近き波に鳴くなり」(『新千載集』冬、白河院)にもヒントを得たか。
◇きの国　「来」と「紀」の掛詞。

648
千五百番歌合に　　正三位《しやうさんみ》季能《すゑよし》
さ夜《よ》千鳥　声こそ近く　なるみ潟《がた》　かたぶく月に　潮や満つらむ

649
最勝四天王院の障子に、鳴海《なるみ》の浦かきたる所　　藤　原　秀　能
風吹けば　よそになるみの　かた思ひ　思はぬ波に　鳴く千鳥かな

650
同じ所　　権大納言《ごんだいなごん》通光《みちてる》
浦人の　日も夕暮に　なるみ潟　かへる袖《そで》より　千鳥鳴くなり

648　夜の鳴海《なるみ》潟で、千鳥の声が近くなってきた。西に傾く月とともに潮が満ちてくるのだろうか。
月の出入につれて潮が満ちてくること、それとともに干潟にいた千鳥が海岸近くに移ってくることから、このように想像した。参考「さ夜ふけて鳴海の浦に立つ千鳥思はぬ方に友や尋ぬる」(元永元年十月十三日『内大臣家歌合』藤原顕仲《あきなか》)。
◇なるみ潟　「成る」と「鳴海潟」を掛ける。鳴海潟は尾張《おわり》の国の歌枕。現在の名古屋市に鳴海の地名が残る。

649　鳴海潟では、風が吹くと番《つがい》も離れ離れとなり、思いもかけなかった波間で鳴いている千鳥よ。
風にもてあそばれる千鳥を歌って、恋歌のような趣がある。参考「須磨の海士《あま》の塩焼く煙風をいたみ思はぬ方にたなびきにけり」(『古今集』恋四、読人しらず)。
◇かた思ひ　「潟」と「片」を掛ける。

650　早くも夕暮になった短い冬の日、鳴海潟で仕事を終えた浦人が海人衣《あまごろも》の紐《ひも》を結って帰ってくる。その翻る袖越しに、千鳥の鳴く声が聞えてくるよ。
千鳥に漁をおえて海から帰る漁師を取り合せたのはめずらしい。参考「唐衣《からころも》ひも夕暮になる時はかへすがへすぞ人は恋しき」(『古今集』恋一、読人しらず)。
◇日も夕暮に　「紐結ふ」を掛ける。◇かへる　翻る意の「返る」と「帰る」の掛詞。

651　風がつめたく吹く富島《としま》の磯にむらがる千鳥は、寄せくる波の思いのままに、飛び立ったり磯に下りたりしているよ。

作者には「風さゆるとしまが磯のしき波に立ち居いとなき友千鳥かな」（寿永三年『平資盛家歌合』）の旧作がある。これと藤原季能《すゑよし》の「風吹けば波越す磯のさよ千鳥心ならずや立居鳴くらむ」とを取り合せていると、松平文庫本『文治六年入内屏風和歌』に注する。◇富島　摂津の「敏馬《みぬめ》」（三犬女）を訓《よ》み誤ってできた地名。◇波の心なりけり　波が寄せると千鳥は磯を飛び立たねばならないのでこう言った。

＊六五二は鴛鴦《おしどり》の歌。

652　はかないなあ、いったい幾夜、番《つがい》を離れてひとり寝のおし鳥は、空しく流れてゆく水を足で掻《か》き、水に数を書くような徒労をすることか。

「ゆく水に数かくよりもはかなきは思はぬ人を思ふなりけり」（『古今集』恋一、読人しらず。『伊勢物語』五十段）を本歌とし、一羽さびしく水面に足掻《あが》いているおし鳥を、空しく水に数を書く男に見立てた。

＊六五三・六五四は鴨の歌。

653　水鳥である鴨は憂くつらい浮き寝をしながら、波を枕にして幾夜経ったのでしょう。

自身、不安定な生活を嘆いているので水鳥に同情した。◇波の枕　不安定な男女関係を暗示する。

654　吉野の山峡《やまかい》を流れる夏実川の川淀で鴨の鳴く声が聞えるよ、ちょうど山陰《やまかげ》になったあたりで。

鴨の声によって、いよいよ吉野の山陰、夏実の川淀のあたりの静けさを感じた歌。◇夏実の川　夏実の里を流れるあたりの吉野川。

文治《ぶんぢ》六年女御入内屏風《にようごじゆだいのびやうぶ》に　正三位《しやうさんみ》季経《すゑつね》

651 風さゆる　富島《としま》が磯《いそ》の　むら千鳥　立ち居は波の　心なり
けり

五十首歌たてまつりし時　藤原雅経

652 はかなしや　さてもいく夜か　行く水に　数かきわぶる
をしのひとり寝

堀河院に百首歌たてまつりけるに　河内《かはち》

653 水鳥の　鴨《かも》のうき寝の　うきながら　波の枕《まくら》に　いく夜経《へ》
ぬらむ

題しらず　湯《ゆ》原《はらの》王《おほきみ》

654 吉野なる　夏実《なつみ》の川の　川淀《かはよど》に　鴨ぞ鳴くなる　山かげに

＊六五五・六五六は霰《あられ》の歌。

655　屋根の上に片枝をさしかけて、寝所を覆うように生えている、家の外側の柏、その広い葉に音高く霰が降るよ。

屋内で霰を聞く心。描写が具体的で現実感を盛りあげる。「をふの浦に……」（六二一注参照）に拠るか。『定家十体』で「拉鬼様《らきよう》」（強い調べの歌）の例歌とする。

656　楽浪《さざなみ》の志賀の唐崎には風が冷たく吹きつけ、かなたの比良の高嶺には霰が降っているようだ。

作者は寒風が吹きすさぶ湖岸に立って、比良連峰を望み、空の様子で霰が降っているなと想像する。◇さざ波や　古く「楽浪」と書き、滋賀の地名。「志賀」に掛る枕詞《まくらことば》のように用いる。◇志賀の唐崎　琵琶《びわ》湖《こ》の南西の岸の岬《みさき》。万葉人に歌われた古い名所。◇比良の高嶺　琵琶湖の西岸に連なる高山。◇あられ降るなり　意味的には「降るらし」に近い。

＊六五七から六六四までは雪の歌。

657　矢田の野ではもう浅茅が色づいて草もみじしはじめた。きっと今ごろあの有乳山の峰には淡雪が降って寒いだろうな。

草が黄ばんだ眼前の景から寒さがきびしいはずの有乳山のあたりを思いやった。作者のいる矢田の野はまだ秋と考えられる。『万葉集』の原歌（二三三一）では作者未詳、第一句「八田の野の」、第五句「寒く降るらし」。◇矢田の野　所在不明。中世では越前国（今の福井県

して

655
能因法師

ねやの上に　片枝《かたえ》さしおほひ　そともなる　葉びろ柏《がしは》に
あられ降るなり

656
法性寺入道前関白太政大臣《ほふしやうじのにふだうさきのくわんぱくだいじやうだいじん》

さざ波や　志賀の唐崎《からさき》　風さえて　比良《ひら》の高嶺《たかね》に　あられ
降るなり

657
人麻呂

矢田《やた》の野に　浅茅《あさぢ》いろづく　有乳山《あらちやま》　嶺《みね》のあは雪　寒くぞ
あるらし

雪の朝《あした》、基俊《もととし》がもとへ申しつかはし侍りける

瞻《せん》西《さい》上《しやう》人《にん》

658 つねよりも　篠屋《しのや》の軒ぞ　埋《うづ》もるる　けふは都に　初雪や降る

返し

基《もと》俊《とし》

659 降る雪に　まことに篠屋　いかならむ　けふは都に　跡《あと》だにもなし

冬の歌あまたよみ侍りけるに

権中納言長方《ごんちゆうなごんながかた》

660 初雪の　ふるの神杉《かみすぎ》　埋もれて　しめ結ふ野辺は　冬ごもりせり

思ふこと侍りけるころ、初雪の降り侍

北東部）の歌枕と考えられていたが、契沖《けいちゆう》は大和国《やまとの》かという。◇有乳山　愛発《あらち》山とも書く。越前と近江との国境の山。昔、関が置かれていた。

658 篠葺《しのぶ》きのこの庵《いおり》の軒がいつもよりも深く雪に埋まっています。今日はあなたのいらっしゃる都の内にも初雪が降りましたか。

親しい歌友同士の雪見舞いの贈答歌。「つねよりも」の句によって、ふだんでも雪が降りやすいことを暗示する。『定家十体』で「幽玄様」の例歌。

◇篠屋　篠竹で屋根を葺いたそまつな家。山里と見なされていた東山の雲居《うんご》寺《じ》の自坊を卑下した。

659 ほんとうにこの降る雪に、あなたがお住まいの篠屋はいかがでしょう、心配です。今日は都の内にも人の通った跡すらありません。

時候の挨拶《あいさつ》なので、お互いに彼我の降雪の状態を確かめ合った。

◇篠屋　相手の歌の言葉を取る答歌の約束に従って言った。この場合は親愛の情をこめた言い方となる。

660 初雪が降ったので、布留《ふる》の御社の神杉はすっかり埋もれ、標《しめ》を結った神の野はひっそりと冬籠《ごも》りしているよ。

◇ふるの神杉　「ふる」は「降る」と「布留」の掛詞。「布留の神杉」で、大和国布留の石上《いそのかみ》神宮を意味する。

◇しめ結ふ野辺　神域であると標縄《しめなわ》を張りめぐらした野辺。

りける日　　紫《むらさき》式《しき》部《ぶ》

661 ふればかく　憂さのみまさる　世を知らで　荒れたる庭
に　つもる初雪

百首歌に　　式子内親王

662 さむしろの　よはの衣手《ころもで》　さえさえて　初雪白し　岡の辺
の松

入道前関白、右大臣に侍りける時、家
の歌合に、雪をよめる　　寂蓮法師

663 降りそむる　けさだに人の　待たれつる　み山の里の　雪
の夕暮

雪の朝《あした》に、後徳大寺左大臣のもとにつ

661 人生を送っていくにつれ、憂くつらいことばかりが多くなるというこの世のことも知らないで、初雪は荒れはてた庭に無心に降り積っています。詞書《ことばがき》によれば、悩みごとのある女が雪の降る日、心情を表白したもの。『紫式部集』によれば、ある人への返歌として詠まれた。「世にふればうさこそまされみ吉野の岩のかけ道ふみならしてむ」(『古今集』雑下、読人しらず)に拠るところがあるか。『定家十体』で「幽玄様」とする。◇ふれば　「降れば」(「雪」の縁語)と「経《ふ》れば」(「世」の縁語)との掛詞。◇世　男女の間柄を示す「世」と思われる。

662 昨夜はさ莚《むしろ》に片敷いた袖《そで》のあたりがひどくつめたく感じられましたが、今朝見ると、岡のほとりの松に、あれ真白に初雪が積っています。昨夜のわびしい心情を叙した上句と今朝の風景を描いた下句とがくっきりとした対照をなす。参考「さむしろに……」(六三六注参照)。

663 この雪が降り始めた今朝ですら訪れる人が心待ちされた、深山の里の、雪が深く降り積った夕暮のさびしさよ。家隆は「寂蓮はいみじき者なり。『雪の夕暮』もかの歌に始めて見えき」(『京極中納言相語』)と評している。◇人の待たれつる　「山里は雪降り積みて道もなしけふ来む人をあはれとは見む」(『拾遺集』冬、平兼盛)などを念頭に置いていう。

664　今日はもしかしてあなたが訪れてくださるかと思って外を眺めていました。でも、わたしの家の庭の雪にはまだ人の通った足跡もありません。どうして雪見舞い（雪見の感興を分ちあうこと）をしてくれないのかという恨み言を婉曲《えんきょく》に表現した。

665　今うかがって初めてわかりました。心は足跡をつけないということが。なぜならわたしの心はこの雪を掻き分けてあなたをお思い申しておりますのに、お庭の雪に足跡がないとおっしゃるのですから。遠まわしな恨み言である贈歌に対する弁明の歌。心は通っていたのですという苦しまぎれの弁解が叔父《おじ》甥《おい》に当る二人の間柄の親しさをうかがわせる。作者実定《さねさだ》は当時知人に位階を越され、不遇者意識を抱《いだ》いていた。

666　越《こし》の白山に万年雪が降り積っているのだろうか。夜半に片敷いてひとり寝する袂《たもと》がしんしんと冷えるようだ。『公任集』によれば、女性への贈歌。参考「年ふれば越の白山老いにけり多くの冬の雪積りつつ」（『拾遺集』冬、壬生忠見《みぶのただみ》）。◇白山　「越の白山」ともいわれ、越前国の歌枕と考えられていた。現在の白山《はくさん》。

667　まだ夜も明けきらない時分、寝覚めの床にまで何か鋭い物音が聞える。ああ、あれは垣根《かきね》の竹が雪の重みで折れた音なのだな。雪を視るのではなく、聴くというところに、本作に先行する「降る雪や降りまさるらむさよふけて籬《まがき》の竹の

664　かはしける　皇太后宮大夫俊成

けふはもし　君もや訪《と》ふと　ながむれば　まだ跡もなき
庭の雪かな

665　返し　後徳大寺左大臣

いまぞ聞く　心は跡も　なかりけり　雪掻《か》き分けて　思ひ
やれども

666　題しらず　前大納言公任《さきのだいなごんきんたふ》

白山《しらやま》に　年ふる雪や　つもるらむ　よはに片敷く　たもと
さゆなり

667　夜深《ク》聞《ク》レ雪《ヲ》といふことを　刑部卿《ぎやうぶきやう》範《のり》兼《かね》

明けやらぬ　寝覚めの床《とこ》に　きこゆなり　まがきの竹の

雪の下折れ

上のをのこども、暁望山雪といへる
心をつかうまつりしに　　　　高倉院御歌《たかくらのゐんのおほんうた》

668 音羽《おとは》山《やま》　さやかに見する　白雪を　明けぬと告ぐる　鳥の
声かな

紅葉《もみぢ》の散れりける上に初雪の降りかか
りて侍りけるを見て、上東門院《じやうとうもんゐん》に侍り
ける女房につかはしける　　　藤原家経朝臣

669 山里は　道もや見えず　なりぬらむ　もみぢとともに　雪
の降りぬる

野亭雪をよみ侍りける　　　　藤《ふぢ》原《はらの》国《くに》房《ふさ》

ひとよ折るなる」（『能因集』）とともに、中世的美意識の先取りが感じられる。竹と雪とは和歌のみならず、漢詩の世界でもしばしば取り合される素材。

668　暁やみのうちに山の形をくっきりと見せる白雪の降り積った音羽山を、すっかり夜が明けたと思いちがいしてときを作る鶏の声よ。

冬の夜洛中《らくちゆう》から眺めやった、雪をいただく音羽山の風景。また明けやらぬうちに雪の白さを夜明けと錯覚した鶏が鳴くという趣向は、『史記』孟嘗君《もうしようくん》伝にいう函《かん》谷関《こくかん》の鶏鳴の故事を念頭に置いているか。

◇音羽山　ここでは東山の一峰を指すか。

一　藤原道長の女彰子《むすめしようし》。一条天皇の皇后。→作者略伝。

669　山里では、この雪に道も見えなくなってしまったでしょうか。こちらではもみじとともに雪が降りましたよ。

洛中から当時山里と考えられていた洛外の白河殿《どの》に住む女友達へ言い送った雪見舞いの歌。気候が微妙に変化する京の自然を背景とした作。上句で相手方の山里の心細い景色を思いやり、下句で自身いる洛中の様子を報じているのは対照の妙を得て、ゆきとどいている。参考「山里は雪降り積みて……」（六六三注参照）。

670　このさびしさをいったいどのようにまぎらわせよというので、岡のほとりの楢の葉をしだれさせて雪が降るのだろうか。わたしはさびしい心をどうしていいかわからないよ。

野中の小さな家の内にいて、岡のほとりの雪が降り積った楢の木を見ている人の心。明るくしかもさびしい風景。「ちはやぶる神南備《かみなび》岡の楢の葉を雪ふみ分けて手折る山人」（『曾丹《そたん》集』）などの影響があるか。
◇楢　落葉樹だが、冬になってもそのまま枝に残り、春になって若葉が芽ぐむ頃落ちるという。和歌では、しぐれ・霰《あられ》などがその上に降って音を立てるものとして詠まれることが多い。

671　馬をとどめて袖に積った雪を払うべき物陰すらない。佐野の渡し場の雪の降る夕暮。
本歌「苦しくも降りくる雨か神《みわ》の崎佐野のわたりに家もあらなくに」（『万葉集』二六五、長奥麻呂《ながのおきまろ》）の雨を雪に変え、無季の歌を冬の歌とした。本歌取りの手本とされる。さらに『源氏物語』東屋《あずまや》の巻で、薫《かおる》が浮舟《うきふね》を訪れた時の、「『佐野のわたりに家もあらなくに』など口ずさびて、里びたる簀子《すのこ》の端つ方にゐたまへり」という一場面をも背景とするという説もある。
◇佐野のわたり　作者の時代には大和《やまとの》国の歌枕と考えられていたらしい。『万葉集』の地名としては紀伊《きの》国。

672　わたしがその訪れを待っている人が通ってくる麓《ふもと》の道は、この大雪で途絶えてしまったであろう。この庵《いおり》の軒先の杉にも雪は重く降り積っているようだから。
雪の深い山中の庵で、訪れる人もないだろうとあきらめている庵の主の心。

二　名所の題をくじ引きで分けて。

670　さびしさを　いかにせよとて　岡べなる　楢《なら》の葉しだり
雪の降るらむ

百首歌たてまつりし時　藤原定家朝臣《ふぢはらのさだいへのあそん》

671　駒《こま》とめて　袖《そで》うち払ふ　かげもなし　佐野のわたりの　雪
の夕暮

摂政太政大臣、大納言に侍りける時、
山家雪といふことをよませ侍りける

672　待つ人の　ふもとの道は　絶えぬらむ　軒ばの杉に　雪重《おも》
るなり

同じ家にて所の名を探りて[二]冬の歌よま
せ侍りけるに、伏見の里の雪を　藤原有家朝臣《ふぢはらのありいへのあそん》

673　実際の道はもとより、夢の通い路さえ絶えてしまった。伏見の里に臥《ふ》していると、しばしば呉《くれ》竹《たけ》が雪折れする烈しい音に眠りを覚まされて。

竹の多い伏見の里に寝て、竹の雪折れする音に夢を覚まされている旅人の心。

◇くれたけの　竹の「節《ふし》」から、音の連想で「伏見」へ掛り、同時に伏見に竹林が多いことも暗示する有意の序。

674　いつも焚《た》く藻塩の煙も、この降る雪に途絶えて、塩釜の浦の冬景色はさびしいなあ。

本歌「君まさで煙絶えにし塩釜のうらさびしくも見えわたるかな」(『古今集』哀傷、紀貫之)。

◇塩釜の浦　陸奥《むつ》国の歌枕。◇かき　「藻」の縁語。

675　田子の浦に出て、仰ぎ見ると、真白な富士の高嶺に雪が降っているよ。

『万葉集』では「望《ム》不尽山《ヲ》歌一首」という長歌に添えられた反歌で、無季の歌。原歌(三一八)では第一句「田児之浦従《たごのうらゆ》」、第三句「真白衣《ましろにぞ》」。また第五句は「雪《ゆき》波零家留《はふりける》」だが、それを「雪は降りつつ」としたのは、藤原清輔の『和歌初学抄』が最初か。この訓《よ》みにより冬の歌の扱いを受けたと見られる。

676　雪だけが降り積ったと思いましょうか。いやこのわたくしも物古り、多くの年が積っているのでございます。

雪が降ることから年古り白髪が多くなったことを連想した。詞書によると帝への愁訴の心を秘めているようである。『貫之集』によれば屏風《びょうぶ》歌。

673
夢かよふ　道さへ絶えぬ　くれたけの　伏見の里の　雪の下折れ

家に百首歌よませ侍りけるに　　入道前関白太政大臣

674
降る雪に　たく藻《も》のけぶり　かき絶えて　さびしくもあるか　塩釜《しほがま》の浦

題しらず　　山辺赤人

675
田子《たご》の浦に　打ち出でて見れば　白妙《しろたへ》の　富士の高嶺《たかね》に雪は降りつつ

延喜御時、歌たてまつれと仰せられければ　　紀《きの》　貫《つら》　之《ゆき》

676
雪のみや　降りぬとは思ふ　山里に　われもおほくの　年

677　雪が降ると峰の榊《さかき》は埋まってしまって、天の香《か》具山《ぐやま》は月光に照らし出されてまるで磨《みが》かれた鏡のようだなあ。
真榊《まさかき》、天の香具山から鏡を連想し、神話の世界に通う蒼古《そうこ》な景観を現出した。中世の人々の古代に対する意識をうかがわせる点で注目される。藤原清輔の「香具山の五百《いほ》つ真榊末葉《すゑば》まで常磐《ときは》かきはに祝ひおきてき」(『清輔朝臣集』)を強く意識した作か。
◇峰のまさかき　天の岩戸の神話に、天の香具山の真榊を掘り取って八咫《やた》の鏡を懸け、神事を行ったという(『日本書紀』神代上)。◇天の香具山　二参照。

678　曇り空も一面に霧りわたって雪の降るこの古里を、その雪が積らないうちに訪れてくる人がいてほしいものです。
上句は「梅の花それとも見えず久方のあまぎる雪のなべて降れれば」(『古今集』冬、読人しらず)に拠るか。
◇雪のふるさと　「雪の降るふるさと」の意。「ふるさと」は人に訪れられない里の意で、ここでは奈良や吉野などを思い描く。

679　庭の雪にわたし自身が足跡をつけて出たのを、この庵《いおり》の主は人に訪れられたよと、よその人は見るだろうか。
『定家十体』で「面白様」の例歌としているように、軽妙な詠みぶりだが、孤絶した雪中の草庵を彷彿《ほうふつ》とさせる。「人来《こ》ばと思ひて雪を見るほどに鹿《しか》跡つくることもありけり」(『山家集』冬)に通じる趣がある。

ぞつもれる

守覚法親王、五十首歌よませ侍りけるに

皇太后宮大夫俊成

677 雪降れば　峰のまさかき　埋《うづ》もれて　月にみがける　天《あま》の香具山

題しらず

小《こ》侍《じ》従《じゆう》

678 かき曇り　あまぎる雪の　ふるさとを　つもらぬ先に　訪《と》ふ人もがな

前大僧正慈円

679 庭の雪に　わが跡つけて　出でつるを　訪はれにけりと　人や見るらむ

680 じっと見つめると、わたしの住む比叡《ひえ》の御山の山の端に雪が白く積っている。都人よ、ここに山住みする者のことをあわれと思って見てください。

六七九と趣を異にして、さびしい山住みの修行僧である自分に対する同情を率直に求めた歌。

◇わが山　「わが山は花の都の艮《うしとら》に鬼ゐる門《かど》をふたぐとぞ聞く」（『拾玉集』第四）など、慈円の作では常に比叡山を意味する語。

681 冬草が枯れたように足の遠のいてしまった人が、今更《いまさら》雪を踏み分けて訪れたりするだろうか。

すねた発想の歌。好忠には「山人の露と結べる草の庵《いほ》雪ふみ分けてたれかとふべき」（『曾丹集《そたんしゅう》』）という類想歌もある。参考「わが待たぬ年は来ぬれど冬草のかれにし人は訪れもせず」（『古今集』冬、凡河内躬恒）。

◇枯れにし　人が訪れないの意の「離《か》れ」を掛ける。

682 一 山城《やましろの》国の歌枕。隠者達が多く住んでいた。

幾重にも降り積れ、庭の白雪よ、このわたしの庵《いおり》を訪ねて来て道を分けあぐむ人もいないだろうから。

世を捨てたつもりで捨てきれない世捨て人の自棄的な、屈折した心情。「なかなかに谷の細道埋め雪ありとて人の通ふべきかは」（『山家集』雑）に通ずる心。

683 冬のさなかのこの頃は、枝には目を楽しませる春の花も、秋のもみじとてもない。せめてしばし消えないでおくれ、松の白雪よ。

「降る雪は消えでもしばしとまらなむ花ももみぢも枝

680 ながむれば　わが山の端《は》に　雪白し　都の人よ　あはれとも見よ

曾禰好忠

681 冬草の　枯れにし人の　いまさらに　雪踏み分けて　見えむものかは

雪の朝《あした》、大原一にてよみ侍りける

寂《じゃく》然《ぜん》法《ほふ》師《し》

682 尋ね来て　道分けわぶる　人もあらじ　幾重《いくへ》もつもれ　庭の白雪

百首歌の中に

太上天皇

683 このごろは　花ももみぢも　枝になし　しばしな消えそ

になきころ」（『後撰集』冬、読人しらず）の本歌取りだが、定家の三六三の影響を受けていると思われる。
684 草も木も見分けがつかないように降る雪の中に、早くも春を待つ梅の花の薫りがするよ。
雪中梅を歌い、春を待つ自身の心を託す。第五句は「霞立つ春の山べは遠けれど吹きくる風は花の香ぞする」（『古今集』春下、在原元方《ありわらのもとかた》）に拠るか。
◇雪もよに　雪の中に。『源氏物語』などに例がある。
＊六八五から六八六までは鷹《たか》狩りの歌。
685 御狩りをする交野の御狩場に霰《あられ》が降る。しい、静かに。そんなに烈しい音を立てると、いち早く鳥が飛び立ってしまうではないか。
貴族のスポーツである鷹狩りにふさわしく、軽く弾んだ誹諧《はいかい》調の歌。参考「霰降る交野のみ野の狩衣濡れぬ宿かす人しなければ」（『詞花集』冬、藤原長能《ながよし》）。
◇あなかま　人を制止する語。「あなかまびすし」の意。「まだ散らぬ花もやあると尋ね見むあなかましばし風に知らすな」（『後拾遺集』誹諧、藤原実方《さねかた》）。
686 狩りをするというので鳥が飛び立つ原を、獲物を探し求めているうちに、交野の野辺で今日も暮してしまったよ。
『伊勢物語』八十二段に叙されている桜狩りの舞台を選んで、本格的な冬の鷹狩りを歌うが、説明に堕した感がある。「み狩すと楢《なら》の真柴《ましば》をふみしだき交野の里にけふもくらしつ」（『堀河百首』鷹狩、源師頼《もろより》）の濃厚な影響下に詠まれた歌。

松の白雪

千五百番歌合に　　　右衛門督通具

684 草も木も　降りまがへたる　雪もよに　春待つ梅の　花の香ぞする

百首歌めしける時　　　崇徳院御歌《すとくのゐんのおほんうた》

685 み狩りする　交野《かたの》の御野《みの》に　降るあられ　あなかままだき　鳥もこそ立て

内大臣に侍りける時、家の歌合に　　　法性寺入道前関白太政大臣

686 み狩りすと　鳥立《とだ》ちの原を　あさりつつ　交野の野べに　けふも暮しつ

京極関白前太政大臣高陽院《かやのゐんの》歌合に　　前中納言匡房《さきのちゆうなごんまさふさ》

687 御狩野《みかりの》は　かつ降る雪に　埋《うづ》もれて　鳥立ちも見えず　草がくれつつ

鷹狩《たかがり》の心をよみ侍りける　　左近中将公衡《さこんのちゆうじやうきんひら》

688 狩りくらし　交野《かたの》の真柴《ましば》　折り敷きて　淀《よど》の川瀬の　月を見るかな

埋《うづ》み火《び》をよみ侍りける　　権僧正永縁《ごんのそうじやうえうえん》

689 なかなかに　消えは消えなで　埋み火の　生きてかひなき　世にもあるかな

百首の歌たてまつりし時　　式子内親王

687 御狩場は降りしきる雪に埋まってしまった。草に隠れて、鳥の飛び立つ有様も見えない。

歌合では雪の歌として詠まれて、勝とされた作。ただし、判者源経信《つねのぶ》は「『草がくれつつ』と詠まれたるは、鷹狩《たかがり》に草がくるといふことは、鳥の草に隠れたるを申すにやあらむ。これは雪を詠みたるとこそ見ゆれ。されど、雪の草を隠したることもやあらむ」と曲解した。

688 一日中狩りをして暮し、交野の御野の柴木を刈って敷き物として、その上に寝ながら、淀の川瀬に映る月を見るよ。

これも『伊勢物語』八十二段の桜狩りの季節を冬に変えて歌ったもの。「狩りくらしたなばたつめに宿からむ天の川原にわれは来にけり」(『古今集』羇旅《きりよ》、在原業平《なりひら》。『伊勢物語』八十二段)の本歌取りだが「あたら夜を伊勢の浜荻《はまをぎ》折り敷きて妹《いも》恋ひしらに見つる月かな」(『千載集』羇旅、藤原基俊)にも影響されている。

＊ 六八九は埋火《うづみび》(爐火《ろか》ともいう)の歌。

689 今にも消えそうでしかもなまなか消えないで、といって埋《い》けておいても甲斐《かい》のない埋み火にも似た、生きていて甲斐のないわが命だなあ。

埋み火に寄せた述懐の歌である。この主題は『堀河百首』爐火「埋み火の下にこがるるかひなしや消えも消えずも人の知らねば」(藤原公実《きみざね》)、「埋み火の消えなでとのみ思ふかないきてくゆれどかひしなければ」(源顕仲《あきなか》)などこのように詠まれることが多い。

＊ 六九〇は炭竈《すみがま》の歌。

690　雪が降りそうな空模様の日が幾日も続くにつれて、盛んに立ち昇るようになる炭竈の煙ももの さびしい、大原の里の冬景色。
参考「さびしさは冬こそまされ大原や焼く炭竈のけぶりのみして」(『堀河百首』炭竈、藤原顕仲)、「大原や真木の炭竈冬来ればいとどなげきの数やつもらむ」(『曾丹《そたん》集』)。
◇雪げ　今にも雪の降りそうな空模様。◇大原の里　山城《やましろの》国の歌枕。炭竈の多い所とされる。

＊六九一から七〇六までは歳暮の歌。
一　同行《どうぎやう》の友ともゆかりある女性とも、考えられる。

691　ひょっとして何もいわなくても慕わしく思ってくださるかと考えて、お便りすることをためらっているうちに、今年も暮れてしまいましたよ。
自らの内なる人恋しさ、人なつかしさと戦い、これを否定しようとしていた、西行らしい心情の告白。

692　それがこの身に立ち返って老いとして加わるものと知りながら、かえって暮れてゆく年をなぜ慕うのでしょうか。
老いを意識し始めた女の述懐。参考「数ふればわが身に積る年月を送り迎ふとなにいそぐらむ」(『拾遺集』冬、『和漢朗詠集』仏名、平兼盛)。

693　だんだん隔たってゆくその年々の思い出も、降る雪に見えなくなるかのように古びてしまい、わたしも老いてしまった年の暮ですこと。
老女の述懐のように見えるが、若い時の作。

690
日数ふる　雪げにまさる　炭竈《すみがま》の　けぶりもさびし　大原の里

691
年の暮に、[一]人につかはしける　　西行法師
おのづから　いはぬを慕《した》ふ　人やあると　やすらふほどに　年の暮れぬる

692
年の暮によみ侍りける　　上西門院兵衛《じやうさいもんゐんのひやうゑ》
かへりては　身に添ふものと　知りながら　暮れゆく年を　なに慕ふらむ

693
皇太后宮大夫俊成女
隔てゆく　世々《よよ》のおもかげ　かきくらし　雪とふりぬる　年の暮かな

大納言《だいなごん》隆季《たかすゑ》

694 あたらしき　年やわが身に　とめ来《く》らむ　ひまゆく駒《こま》に
道をまかせて

俊成卿家に十首歌よみ侍りけるに、歳暮の心を

俊恵法師

695 なげきつつ　ことしも暮れぬ　露《つゆ》の命《いのち》　いけるばかりを
思ひ出《い》でにして

百首歌たてまつりし時

小侍従

696 思ひやれ　やそぢの年の　暮なれば　いかばかりかは　物
はかなしき

694 新しい年はわたしを尋ねてやって来るのだろうか。時という馬の走るままに任せて。
二つの故事成句によって光陰のすみやかさを知的に歌った、やや衒学《げんがく》的な詠。◇とめ来らむ　尋ねて来るのであろう。◇ひまゆく駒に……　時の過ぎるにまかせて。「ひまゆく駒」は光陰、歳月のこと。「人生一世《ノ》間、如《キ》ニ白駒《ノ》過《グル》ヒ隙《ヲ》耳《のみ》」（『史記』魏豹《ぎひょう》伝）にもとづく成句的表現。「駒に道をまかす」というのは、『韓非子《かんぴし》』説林上や『蒙求《もうぎゅう》』にいう、「老馬道を知る」という故事にもとづく表現。

695 嘆きを繰り返しているうちに今年も暮れてしまったよ。露のようにはかないこの命が生きているということだけをこの世の思い出として。
浮世に期待を繋《つな》ぐことのない遁世者《とんせいしゃ》の歳晩の実感を題詠に盛った。「契りおきしさせもが露を命にてあはれ今年の秋もいぬめり」（『千載集』雑上、藤原基俊）に通じる、愚痴の歌。

696 思いやってもください、今年は八十もの齢《よわい》を重ねた年の暮なのですからわたしのものがなしさはいったいどのようなものであるかを。
老嫗《ろうおう》の実感の表白で歌合での詠。藤原季経に「何事を思へるにか、上を承るほどは、末にいかなることかと思ひ給ふるに、『いかばかりかは物はかなしき』といへる、恋ざめにこそ承り侍《はべ》れ」と評されて、負けた。

697 庵《いおり》の庭にこの冬を越すための薪《たきぎ》を積んでおいて、昔のことを思い出すにつけ、うって変った

年の暮だなあとしみじみ思われる。
出家以前の越年の有様を思い起している遁世僧の感慨。西行は「年暮れてその営みは忘られてあらぬさまなるいそぎをぞする」(『山家集』冬)とも歌っている。
◇うき木　薪の意か。「たきぎ」とする本文もある。

698　布留野の小笹《おざさ》は霜に遭って、一節《ひとふし》だけ残っている。同じようにあと一夜を残すばかりに、すっかりおしつまった年の瀬だなあ。
歳晩の自然描写に布留の社《やしろ》(石上神宮)のある布留野を取り上げたところに、作者の神事や古代への関心が窺《うかが》われる。
◇石の上　「布留」に掛る枕詞。◇をざさ　「霜」と縁語関係にある。◇ひとよ　「一夜」に「をざさ」の縁語「一節《ひとよ》」を掛ける。

699　新しい年が明けて憂き世の迷いの夢が覚めるのならば、今日が暮れても厭《いと》わないだろうが……。
本歌「花しあらばなにかは春のをしからむ暮るともけふは歎かざらまし」(『後撰集』春下、読人しらず)、「むつごとを語りあはせむ人もがなうき世の夢もなかば覚むやと」(『源氏物語』明石《あかし》、光源氏)。詠まれた時点では下句は「暮るとも闇《やみ》を歎かざらまし」で、そこには建久七年の政変による失脚、籠居《ろうきよ》中の嘆きが籠《こ》められていた。この形は意図的な改作と考えられる。

700　毎朝閼伽の水を汲むうちに今年も暮れて、わたし自身の残りの齢《よわい》も大体見当がついたなあ。
採果汲水の修行に明け暮れる僧の歳晩の感慨。

題しらず　　　西行法師

697
昔思ふ　庭にうき木を　積みおきて　見し世にも似ぬ　年の暮かな

摂政太政大臣

698
石《いそ》の上《かみ》　布留野《ふるの》のをざさ　霜を経《へ》て　ひとよばかりに　残る年かな

前大僧正慈円

699
年の明けて　うき世の夢の　覚むべくは　暮るともけふは　いとはざらまし

権律師隆聖《ごんりつしりゆうしやう》

700
朝ごとの　閼伽井《あかゐ》の水に　年暮れて　わが世のほどの　汲《く》

◇閼伽井　仏に供える水（閼伽）を汲む井戸。

701　年越しの用意を急ぐ気にもなれない年の暮はしみじみさびしく思われるよ。やがて迎えるであろう新しい春を、昔は自分に関わりないものとして聞きすごしただろうか。

出家入道した貴族の歳末の感慨。六九七に通じるものがある。大晦日《おおみそか》から元旦にかけては、追儺《ついな》・四方拝など年中行事も多く、貴族は参賀を始め、公私にわたって忙しい。また、正月には除目《じもく》も行われるから、その結果に一喜一憂したりする。しかし、出家した者にとってはそれらのことはすべて無関係なこととなっているのである。なお、作者はこの百首歌を詠進した四年前に出家している。『定家十体』で「事可然《ことしかるべき》様」（理のよく通った、もっともな歌）の例歌とする。

702　数えてみると、今年ももう残る日数はなくなってしまいました。年を取ることほどかなしいことはありません。

年を意識することの多い女の実感の表白。『和泉式部集』では「百首」の冬の歌。この百首歌の詠まれた時期は、さほど晩年ではないという見方もある。

703　岩の上を走る初瀬川の川面に波枕《なみまくら》が立って早く流れるように、早くも今年は暮れてしまったなあ。

時の流れのすみやかさを行く川の流れに託して詠嘆した。上句は「早くも」を起すための有意の序。参考「石走《いはばし》りたぎち流るる初瀬川絶ゆることなくまたも来

まれぬるかな

百首歌たてまつりし時　　入道左大臣

701　いそがれぬ　年の暮こそ　あはれなれ　昔はよそに　聞きし春かは

年の暮に、身の老いぬることを歎きて
よみ侍りける　　和泉式部

702　数ふれば　年の残りも　なかりけり　老いぬるばかり　かなしきはなし

入道前関白太政大臣、百首よませ侍りける時、歳《とし》の暮の心をよみてつかはしける　　後徳大寺左大臣

て見む」(『万葉集』九九一、紀鹿人《きのかひと》)、「きのふといひ今《け》日《ふ》と暮して明日香川流れて早き月日なりけり」(『古今集』冬、春道列樹《はるみちのつらき》)。◇石走る　岩の上を走り流れる。◇波まくら　川波が枕のように盛り上がっていることをいうか。

一 源通親《みちちか》。→作者略伝。

704 雄島の海人《あま》の潮に濡れた衣の袖に、去ってゆく年を惜しむ、涙の波が重ねてかかるのだろうか。

海人の衣が潮じみていることから、涙を連想し、その涙はゆく年を惜しむ涙かと見立てた。参考「松島や雄島の磯《いそ》にあさりせし海人の袖こそかくは濡れしか」(『後拾遺集』恋四、源重之)、「見せばやな雄島の海人の袖だにも濡れにぞ濡れし色は変らず」(『千載集』恋四、殷富門院大輔《いんぷもんいんのたいふ》)。◇をじま　四〇三と同じく、「惜し」に陸奥《むつ》国の歌枕「雄島」を掛ける。◇かさねて　海の波に涙を重ねて。

705 末の松山を波が越えるように、老いという年の波が越えたこの身はあわれなものだなあ。今年もはや末となってしまった。

本歌「君をおきてあたし心をわが持たば末の松山波も越えなむ」(『古今集』東歌《あずまうた》、陸奥《みちのく》歌)。年を年波ということから、「老いの波」といいかえ、年の末から末の松山を連想して嘆いた。よそえ方が巧みである。

706 大晦日《おおみそか》がめぐってくるたびに、今日の大晦日が最後かと惜しんだものだが、またも今年の大晦

703 石走る《いしばしる》　初瀬《はつせ》の川の　波まくら　早くも年の　暮れにけるかな

一土御門《つちみかどの》内大臣の家にて、海辺《ノ》歳暮といへる心をよめる

藤原有家朝臣

704 ゆく年を　をじまの海人《あま》の　濡《ぬ》れ衣《ごろも》　かさねて袖《そで》に　波やかくらむ

寂蓮法師

705 老いの波　越えける身こそ　あはれなれ　ことしもいまは　末の松山

千五百番歌合に

皇太后宮大夫俊成

706 けふごとに　けふや限りと　惜しめども　またもことし

に　あひにけるかな

日に逢ったのだなあ。

「魂《たま》祭る年の終りになりにけりけふにはまたや逢はむとすらむ」（『曾《そ》丹《たん》集』）の歌を念頭において、自身の予想以上に長寿を保ち、幾度も歳暮を経験した老人の感慨を吐露した。この歌を詠んだ時、俊成は米寿、これ以前に大患も経験し、愛妻を失っている。その感慨はあわれに深いものであったと想像される。

新古今和歌集 巻第七

賀歌

貢物《みつぎもの》許されて国富めるを御覧じて　仁徳天皇御歌《にんとくてんわうのおほんうた》

707 高き屋《や》に　登りて見れば　けぶり立つ　民の竈《かまど》は　にぎはひにけり

題しらず　読人しらず

708 初春の　初子《はつね》のけふの　たまははき　手に取るからに　ゆらぐ玉《たま》の緒《を》

＊七〇七には巻頭歌として国家の豊饒《ほうじょう》を主題とした作を据える。

707 高殿に登って望み見ると飯炊《いいかし》ぐ煙が盛んに立ち昇っている。ああ、民の暮しは豊かになったのだな。

『延喜六年日本紀竟宴《きょうえん》和歌』で藤原時平が「大鷦鷯天皇《おおさざきのすめらみこと》」（仁徳天皇）という題を引き当てて詠《よ》んだ「高殿に登りて見れば天《あめ》の下よもに煙《けぶ》りて今ぞ富みぬる」の作が、仁徳天皇その人の作と訛伝《かでん》された。同天皇が宮殿の荒れるのも顧みず、三年間百姓たちの課役を免除したとの故事に基づく。「朕登《リテ》二高台《たかどのニ》一、以遠《はるかニ》望《のぞムニ》之、烟気《けぶり》不レ起《タ》二於域《くにノ》中一。以為《おもふニ》、百姓既貧《シクシテ》、而家無二炊《かしク》者一。……是後、風雨順《ヒテ》レ時二、五穀豊穰、三稔《みとせ》之間、百姓富寛《ナリ》。頌徳既満《チテ》、炊烟亦繁《シ》」（『日本書紀』巻十一）。

＊七〇八・七〇九は子日《ねのひ》を主題とする。

708 初春の初子の日に当る今日、玉箒《たまははき》を手に取るとともに、ゆらゆらと美しい音を立てる玉の緒のめでたさ。

原歌は『万葉集』巻二十（四四九三）の大伴家持《おおとものやかもち》の作。志賀寺《しがでらの》上人が京極御息所（藤原時平の女《むすめ》）を恋し、その手を取って歌ったという伝承が『俊頼髄脳《としよりずいのう》』他に見える。

◇たまははき　玉を飾り付けた箒で、皇后が養蚕を予祝するために初子の日に飾られたのち、群臣に下賜された。◇玉の緒　玉を貫く紐《ひも》。「玉の緒の命」という言い方で「命」の枕詞《まくらことば》となるので、長寿を暗示するか。

一 子の日の遊びの意。新年の最初の子の日、野原に出て小さな松を根曳《ねび》きし、若々しい常磐《ときわ》の緑にあやかって長寿を祈るという年中行事。

709 子の日の遊びをしようとして標《しめ》をした野辺に生えている姫小松よ。そなたを根曳きせずに、千《ち》歳《とせ》の後に常磐の木陰を作るのを待つことにしようか。

姫小松が巨木に成長していつまでも緑の木陰を作るのを待つことから、自身も長寿を保つことを期待した。

◇しめつる 他の人が入らないように標《しるし》をつけた。

＊七一〇は真砂に寄せた賀歌で、その無数であるように君の御代《みよ》が無限に続くことを寿《ことほ》ぐ。

710 いつまでも続くわが君の御代の数を数限りない浜の白砂として、だれが敷いたのでしょうか。

自然を創造した神が、祝われるべき人の長寿を保証する意味で、美しい白砂を敷きつめたのだろうという気持を籠《こ》める。『貫之集』によれば、「白浜」を題にした屏風《びようぶ》歌。参考「わたつ海《み》の浜の真砂を数へつつ君が千《ち》歳《とせ》のありかずにせむ」(『古今集』賀、読人しらず)。

＊七一一は若菜に寄せた賀歌である。

二 宇多上皇。→作者略伝。 三 野の若草。その羹《あつもの》は万病に効くと信じられていたので、子の日などに摘んで人に贈る風習があった。

711 若菜が生えている野辺という野辺を、すべてわが君のため、万代《よろずよ》にわたって標をして、その若菜を摘もうと思います。

帝王の算賀の歌として、永遠の若さを象徴する若菜を

子日《ねのひ》をよめる[一] 藤《ふぢ》原《はらの》清《きよ》正《ただ》

709 子の日して しめつる野べの 姫小松 曳《ひ》かでや千代の かげを待たまし

題しらず 紀《きの》貫《つら》之《ゆき》

710 君が代の 年の数をば 白妙《しろたへ》の 浜の真砂《まさご》と たれか敷きけむ

亭子院《ていじのゐん》[二]の六十《むそぢ》の御賀の屏風《びやうぶ》に、若菜摘[三]める所をよみ侍《はべ》りける

711 若菜生《お》ふる 野べといふ野べを 君がため よろづ代しめて 摘まむとぞ思ふ

ことごとく帝王に捧げるという発想を取った。

＊七一二は神楽《かぐら》に寄せた賀歌である。

712　神事に奉仕するので木綿襷《ゆうだすき》を懸けて着る、山藍ずりの衣の色は千歳にわたって変らないなあ。

神事の歴史の長さを歌うことによって、その神に守られている帝王を慶祝する意味を籠《こ》める。

◇ゆふだすき　「かけて」を起す有意の序。「山藍」の縁語。◇山藍　ここではやまあいで染めた衣。神楽など、神事に着る。

＊七一三は桜に寄せた賀歌。

713　わが姫君の御生涯に遇《あ》う春は多いはずですから、桜はたとえ散ってしまっても飽きるほど見ることができるでしょう。

＊七一四は鶴《つる》に寄せた賀歌。

四 藤原基経《もとつね》の女《むすめ》で宇多天皇の中宮温子。ただし、ここは穏子（基経の女、醍醐《だいご》天皇の皇后）の誤り。

714　住の江の浜の砂を踏んでいる鶴は久しく消えない足跡をとどめているのです。

◇住の江の浜　摂津国の歌枕《うたまくら》。住吉神社付近。『伊勢集』によれば、屏風の絵柄は「住の江の松見る所」。

＊七一五は竹に寄せた賀歌。

715　毎年新しく生える竹の節々が、代々変らないあざやかな緑色であるのをだれのことと見ましょうか。わが君の御事と拝見いたしましょう。

帝王が竹の不老性にあやかるようにという心。

◇よよ　「節々《よよ》」（「竹」の縁語）と「代々」の掛詞。

延喜《えんぎ》の御屏風歌

712 ゆふだすき　千歳《ちとせ》をかけて　あしびきの　山藍《やまあゐ》の色は　かはらざりけり

祐子内親王家《いうしないしんわうのいへ》にて、桜を　　土御門右大臣《つちみかどのうだいじん》

713 君が代に　あふべき春の　おほければ　散るとも桜　あくまでぞ見む

四七条の后《きさい》の宮の五十《いそぢ》の賀の屏風に　　伊勢《いせ》

714 住《すみ》の江《え》の　浜の真砂《まさご》を　踏むたづは　ひさしき跡を　留《と》むるなりけり

延喜御時《おほんとき》の屏風歌　　紀　貫之

715 年ごとに　生《お》ひ添ふ竹の　よよを経て　かはらぬ色を　た

れとかは見む

題しらず　凡河内躬恒《おほしかふちのみつね》

716 千歳《ちとせ》ふる　尾上《をのへ》の松は　秋風の　声こそかはれ　色はかはらず

藤原興風《ふぢはらのおきかぜ》

717 山川《やまがは》の　菊のした水　いかなれば　流れて人の　老《お》いを堰《せ》くらむ

延喜御時の屏風歌　紀　貫之

718 祈りつつ　なほ長月《ながつき》の　菊の花　いづれの秋か　植ゑて見ざらむ

＊七一六は松に寄せた賀歌。

716 山の峰に生えている千年も経《た》った松、そこに吹く秋風の声は変っても、その緑の色はいつまでも変らないよ。

老松の不変であることを不老長寿の象徴と見た。『躬恒集』によれば、「秋」の題を詠んだ歌。第三・四句を「秋風に声こそまされ」とする。

＊七一七から七一九までは菊に寄せた賀歌である。

717 菊の花の下を流れる山川の水は、いったいどういうわけで流れて、しかも人々の老いを堰き止めるのでしょうか。

『抱朴子《ほうぼくし》』その他に見える古代中国の故事（南陽酈県《なんようれきけん》の甘谷水の菊水を飲んだ人は不老長寿を保つという）を歌った。「流る」と「堰く」とは反対の動作であることから、菊の下をゆく水が流れて、しかも老いを堰き止めるということに興じながら、それが不老長寿を約束することを寿《ことほ》いだ歌。

718 なおも御代《みよ》長かれと祈りながら、長月に咲く菊の花を植えて愛《め》でない秋があるでしょうか。

菊を賞する重陽《ちょうよう》の宴を歌う。重陽の宴（重陽節）は九月九日に行われた年中行事。菊酒を飲んで長寿を祈った。

◇長月　陰暦九月の称。

719 仙人が菊を手折ると、その袖に菊の露が薫る。それをうち払う間にも、千年は経ってしまうであろう。

「濡れてほす山路の菊の露のまにいつか千歳をわれは経にけむ」(『古今集』秋下、素性《そせい》)を本歌としつつ、菊水の故事を歌う。屏風《びようぶ》絵の図柄は「九月　ある山中菊盛りに開けたる所、仙人これを見る」というもの。
◇山人　ここでは仙人。◇千代は経ぬべし　仙郷淹《えん》留《りゆう》説話においては、仙界では時の経つのが遅いと語られるのが普通である。これに基づき、老いを知らないことをいう。

＊ 七二〇は雲に寄せた賀歌と見られる。
一 藤原忠平。→作者略伝。

720　十月になっても紅葉することを知らない常磐木《ときわぎ》に、万代にわたって懸ってくれ、峰の白雲よ。
常磐木の不変性に加えて、峰に懸る雲をいつまでも変らないと見なすことによって賀の心とした。これはあるいは、貞信公の息清慎《せいしん》公(藤原実頼《さねより》)の賀の祝いに詠まれたものか。

＊ 七二一は岩に寄せた賀歌。

721　山風は吹いても吹かなくても、そのようなことに関わりなく、白波が絶えず打ち寄せる巌《いわお》は久しく変りません。岩の不変性を讃《たた》えることにより賀の心を籠《こ》める。

◇白波の　「知らず」を響かせる。

＊ 七二二・七二三は池に寄せた賀歌。
二 第六八代の天皇。一条天皇の第二皇子。母は藤原道長の女《むすめ》彰子。寛弘五年(一〇〇八)九月十一日誕生。三 藤原教通《のりみち》(九九六〜一〇七五)。道長の息。

文治《ぶんじ》六年女御入内《にようごじゆだいの》屏風に　皇太后宮大夫《くわうたいごうぐうのだいぶ》俊成《としなり》

719　山人《やまびと》の　折る袖《そで》にほふ　菊の露　うちはらふにも　千代は
経ぬべし

一貞信《ていしん》公家屏風に　清原《きよはらの》元輔《もとすけ》

720　神無月《かみなづき》　もみぢも知らぬ　ときは木に　よろづ代懸《か》かれ
峯の白雲

題しらず　伊勢

721　山風は　吹けど吹かねど　白波の　寄する岩根《いはね》は　ひさし
かりけり

二後一条院生れさせ給へりける九月の月
くまなかりける夜、三大二条関白、中将

に侍りけるに、一若き人々さそひ出でて、
池の船に乗せて、二中島の松陰さしまは
すほど、をかしく見え侍りければ　紫《むらさき》式《しき》部《ぶ》

722 曇りなく　千歳《ちとせ》に澄める　水の面《おも》に　宿れる月の　影もの
どけし

三永承四年内裏歌合《だいりのうたあはせ》に、池水といふ心を　伊《い》勢《せの》大《たい》輔《ふ》

723 池水の　世々《よよ》にひさしく　澄みぬれば　底の玉藻《たまも》も　光見
えけり

四堀河院の大嘗会《だいじやうゑ》五御禊《ごけい》、日ごろ雨降りて、
その日になりて空晴れて侍りければ、
六紀伊典侍《きのないしのすけ》に申しける　六条右大臣《ろくでうのうだいじん》

724 君が代の　千歳の数も　かくれなく　くもらぬ空の　光に

一 若い女房達。二 池（ここでは道長の邸土御門殿《つちみかど》）の中島の松陰に船を棹《さお》さし漕《こ》ぎまわす有様が。

722 千年もの長い間曇りなく澄んでいる池水の面に映る月影も静かに穏やかでございます。

一門繁栄の瑞祥《ずいしょう》として男御子《みこ》の誕生を祝う産養《うぶやしない》の五夜の祝宴に侍していた女房の詠。女主人の里である土御門殿の池の美しさ、そこに照る月の静謐《せいひつ》な有様を歌うという家ぼめの歌の発想によって、祝意を表す。三 後冷泉《ごれいぜい》天皇（第七〇代）の御代《みよ》。

723 内裏の池の水は代々にわたって久しく澄んでいますので、池の底の玉藻も光って見えます。

この歌も家ぼめの歌の発想によって、皇室の繁栄をたたえたもの。

◇玉藻　一説に、世に隠れている賢人を暗示。

＊七二四は日に寄せた賀歌と見られる。

四 第七三代の天皇。→作者略伝。その大嘗会（天皇が即位後最初に行う新嘗祭）は寛治元年（一〇八七）十月に行われた。五 大嘗会の一カ月以前天皇が賀茂川で行う御禊。六 伝未詳。

724 わが君の御代が千年も続くという、その数も隠れることなく曇らない空の日の光によってわかります。

国家的行事に際して不順な天候が急速に回復したことを瑞祥として、枢要の臣が行事の関係者に贈った歌。

＊七二五から七二九までは松に寄せた賀歌である。

七 後冷泉天皇の御代。八 藤原頼通《よりみち》の女《むすめ》で、後冷泉

ぞ見る

七 天喜《てんぎ》四年八 皇后宮の歌合に、祝の心をよみ侍りける

前大納言隆国《さきのだいなごんたかくに》

725 住《すみ》の江《え》に　生《お》ひそふ松の　枝ごとに　君が千歳の　数ぞこもれる

九 寛治八年一〇 関白前太政大臣高陽院《かやのゐんの》歌合に、祝の心を

康《やす》資《すけ》王《わうの》母《はは》

726 よろづ代を　松の尾山《をやま》の　かげ茂み　君をぞ祈る　ときはかきはに

一一 後冷泉院《ごれいぜいのゐん》幼くおはしましける時に、卯《う》一二 杖《づゑ》の松を人の子にたばせ給ひけるに、

天皇の皇后寛子（一〇三六～一一二七）。

725 盛んに枝分れした住の江の松のどの枝にも、わが君が千歳の齢《よはひ》を保たれるその数がこもっております。

悠久《ゆうきゅう》の歴史を持つ住吉神社に近い住の江の老松の枝ざしの多さを皇室の繁栄の瑞祥と見なした作。作者は正しくは伊勢大輔。

九 堀河天皇の御代。一〇 京極前関白太政大臣藤原師《もろ》実《ざね》のこと。→作者略伝。

726 松尾山の木陰が茂っているので、わが君の御代が万代《よろずよ》続くことを待ち望んで、常磐《ときわ》の松にも似た君のお栄えを祈ります。いよいよますますの……。

古い歴史を持つ神社の松を歌うことによって「君」の繁栄を祈った。内容にふさわしく古風な表現の歌。作者は正しくは祐子《ゆうし》内親王家紀伊《き》らしい。この歌は今様のうち、二句神歌（神社歌）として歌われた。参考「山科《やましな》の山の岩根に松を植ゑてときはかきはに祈りつるかな」（『拾遺集』賀、平兼盛）。

◇松の尾山　「待つ」を掛ける。「松の尾山」は山城国《やましろのくに》の歌枕。松尾神社がある。◇ときはかきはに　磐石《ばんじゃく》のように永久に不変であること。「かきは」は「堅磐《かたいは》」の約。祝詞《のりと》などに見える古風な表現。

一一 第七〇代の天皇。→作者略伝。一二 正月初卯の日、糸所から内裏や中宮・東宮御所などに献上された、呪術《じゅじゅつ》的な杖。五色の糸を巻いてあり、邪鬼を払うものとされた。中国に起源を有するという。

よみ侍りける　大弐《だいに》三位《さんみ》

727 相生《あひおひ》の　小塩《をしほ》の山の　小松原　いまより千代の　かげを待たなむ

一永保四年内裏の子日《ねのひ》に　大納言《だいなごん》経信《つねのぶ》

728 子の日する　御垣《みかき》のうちの　小松原　千代をばほかの　ものとやは見る

権中納言通俊《ごんちゅうなごんみちとし》

729 子の日する　野べの小松を　移し植ゑて　年の緒《を》長く　君ぞ曳《ひ》くべき

二承暦《しゃうりゃく》二年内裏の歌合に、祝の心をよみ侍りける　前中納言匡房《さきのちゅうなごんまさふさ》

727 二本並んで生えている小塩山の小松原の小松が、これから千歳《ちとせ》もの老松となり松陰を作るまで待っていただきたいものです。

知人の幼児が幼い帝王にあやかってすこやかに成長し長寿を保つようにという予祝の歌。◇相生　一本の株から二本並んで生えること。◇小塩の山　山城国の歌枕。大原野神社がある。

一　白河天皇（第七二代）の御代。

728 子の日の遊びをする大内《おおうち》の御垣の内の小松原には、千代の栄えが籠《こも》っています。それはもっぱら宮廷のためのものであって、それ以外のものとして見ようとは思いません。

「竹をしも多く植ゑたる宿なれば千歳《ちとせ》をほかのものとやは見る」（『貫之集』第三）や七二一などと同じく、寿福をことごとく帝王に捧げようという、いかにも宮廷和歌らしい発想。六条内裏《だいり》（里《さと》内裏であった）で白河天皇の中宮賢子が主催した子の日の遊びへの献歌。◇御垣のうち　大内。内裏のこと。

729 子の日の遊びをする野辺の小松を九重《ここのえ》に移し植えて、これからはいつまでもわが君が根曳《ねび》きされることでしょう。

小松が成長し老松となるように「君」も長寿を保つであろうという予祝の心。七二八と同じ折の詠。◇年の緒　年月を紐《ひも》に譬《たと》えた表現。下の「長く」「曳く」と縁語となる。

＊七三〇は川に寄せた賀歌である。

730 君が代は　ひさしかるべし　度会《わたらひ》や　五十鈴《いすず》の川の　流れ絶えせで

題しらず　　読人しらず

731 ときはなる　松に掛かれる　苔《こけ》なれば　年の緒長き　しるべとぞ思ふ

三 一条院御時、花有《リ》二喜《ビノ》色一といふ心を

人々つかうまつりけるに　　刑部卿《ぎやうぶきやう》範兼《のりかね》

732 君が代に　あへるはたれも　うれしきを　花は色にも　出でにけるかな

同じ御時、四 南殿《なでん》の花の盛りに、歌よめと仰せられければ　　参《み》河《かはの》内《ない》侍《し》

一 白河天皇の御代。

730 わが君の御代は久しく続くことでございましょう。五十鈴川の流れが絶えることのないように。

皇統を象徴する五十鈴川の流れが絶えないとたたえることによって、皇統そのものの長久を寿《ことほ》いだ歌。

◇度会や五十鈴の川　伊勢国の歌枕。「度会」は郡の名。「五十鈴川」は伊勢神宮の内宮の前を流れる川。

＊七三一は苔に寄せた賀歌である。

731 このさがり苔は常磐《ときわ》の松に懸っている苔ですから、あなたが長寿を保たれる道しるべと思います。

本来は家ぼめの歌であったか。参考「千代を経る松にかかれる苔なれば年の緒長くなりにけらしも」（『古今六帖』第四、凡河内躬恒《おおしこうちのみつね》）。

◇年の緒長き「緒」「長き」は「苔」の縁語。

＊七三二から七三五までは春の賀歌。そのうち、七三二・七三三は花に寄せた賀歌として、緊密な配列を示す。

二 第七八代の天皇。後白河天皇の皇子。

732 わが君の御代に遇うことができたのはだれも嬉しいのですが、花はその喜びの色を表にあらわしてこのように美しく咲いているのですね。

花を擬人化して、その美しさを聖代に遇えた喜びの表情と見た。

四 大内裏の正殿である紫宸《しい》殿のこと。「南殿の花」は、左近の桜のこと。

733　わが身にかえて、花を惜しむこともいたしますまい。わが君の御代《みよ》に花を見るはずの春は、これからも限りなく訪れましょうから。

常識の逆をいって「君が代」の長く続くことを強調した。本歌「身にかへてあやなく花を惜しむかな生けらばのちの春もこそあれ」（『拾遺集』春、藤原長能《ながよし》）、参考「身にかへて惜しむにとまる花ならばけふやわが世のかぎりならまし」（『詞花集』春、源俊頼）。

734　天の下、春雨の恵みによって芽ぐんだ草木が見はるかせないほど続いています。そのようにわが君の御代は限りなく続くことでございましょう。

帝徳があまねく国土にゆきわたることをたたえる。本歌「紫の色濃き時は目もはるに野なる草木ぞわかれざりける」（『古今集』雑上、在原業平《ありわらのなりひら》）。
◇あめのした　天の下の意。「天」に「雨」を掛ける。
◇目もはるに　目にも遥《はる》かに。「春」を響かせている。
一　もと藤原道長の邸宅。卿二位（藤原兼子）の家であったのを改造して、後鳥羽院《ごとば》が用いていた。

735　木々の芽も一様にふくらみ、いかにも春らしく浅緑色に霞《かす》んでいる中に、松の緑色はひときわ濃く見えます。そしてそこに、わが君の御代が千代も続くしるしがこもっているのです。

本歌「霞立ちこのめもはるの雪降れば花なき里も花ぞ散りける」（『古今集』春上、紀貫之《きのつらゆき》）。
◇木の芽もはるの浅緑　「張る」に「春」を掛ける。
＊七三六から七三八までは神代に寄せた賀歌。

733
身に代へて　花も惜しまじ　君が代に　見るべき春の　かぎりなければ

734
百首歌《ひやくしゆのうた》たてまつりし時　　式子内親王《しよくしないしんわう》
あめのした　芽《め》ぐむ草木の　目もはるに　かぎりもしらぬ　御代《みよ》の末々《すゑずゑ》

735
一京極殿にて初めて人々歌つかうまつりしに、松有《リ》二春色一といふことをよみ侍りし　　摂政太政大臣《せつしやうだいじやうだいじん》
おしなべて　木《こ》の芽もはるの　浅緑《あさみどり》　松にぞ千代の　色はこもれる

百首歌たてまつりし時

736 敷島《しきしま》や　やまと島根も　神代《かみよ》より　君がためとや　かため
おきけむ

千五百番の歌合に

737 濡《ぬ》れてほす　玉串《たまぐし》の葉の　露霜に　天《あま》照る光　幾代《いくよ》へぬ
らむ

祝の心をよみ侍りける　皇太后宮大夫俊成

738 君が代は　千代ともささじ　天《あま》の戸《と》や　出づる月日の　か
ぎりなければ

千五百番歌合に　藤原定家朝臣《ふぢはらのさだいへのあそん》

739 わが道を　まもらば君を　まもるらむ　よはひはゆづれ
住吉《すみよし》の松

736 この日本の国も、神代の古《いにしえ》からわが君の御為に神々が作り固めておかれたのでしょうか。
神話時代からの歴史の悠久《ゆうきゅう》性を歌うことによって祝歌とした。本歌「いざ子どもたはわざなせそ天地《あめつち》の固《かた》めし国ぞ大和《やまと》島根は」（『万葉集』四八七、藤原仲麻呂《なかまろ》）。◇敷島や 「敷島」は大和国の地名。「やまと島根」に掛る枕詞のように用いた。

737 濡れては乾く榊葉《さかきば》におく露霜、そこに空を照らす日の光が宿って、今までに幾代経たのだろう。
本歌「濡れてほす山路の菊の露のまにいつか千歳《ちとせ》をわれは経にけむ」（『古今集』秋下、素性《そせい》）。◇天照る光　天照大神《あまてらすおおみかみ》の象徴としていう。

738 わが君の御代は千代と数を指しては申しますまい。天の戸を出て世を照らす月日は限りなく空をめぐり続け、御代も限りなく続くでしょうから。
伊勢神宮に奉納した「祝」の題の歌。◇ささじ 「さす」は「指す」の意、「天の戸」の縁語「鎖《さ》す」を響かせる。◇出づる 「天の戸」の縁語。
＊七三九・七四〇は三たび松に寄せた賀歌の小群。

739 住吉の御神が、わたしの奉ずる道、和歌の道をお守りくださるのならば、その道を推し進めていらっしゃるわが君をお守りになられるのでしょう。それならば、わが君に千代の齢《よわい》をお譲りしてください、住吉の松よ。
歌道を復興し、振興させようとしている後鳥羽院の長寿を和歌の神とされる住吉明神に祈った歌。

740 八月十五夜和歌所《わかどころの》歌合に、月ハ多秋ノ友といふことをよみ侍りし　寂《じやく》蓮《れん》法《ほふ》師《し》

高砂《たかさご》の　松も昔に　なりぬべし　なほゆくすゑは　秋の夜の月

741 一和歌所の開闔《かいかふ》になりて初めてまゐりし日、奏し侍りし　源《みなもとの》家《いへ》長《なが》

藻《も》塩草《しほぐさ》　かくともつきじ　君が代の　数によみおく　和歌の浦波《うらなみ》

742 建久七年、二入道前関白太政大臣、宇治にて人々に歌よませ侍りけるに　前大納言隆房《さきのだいなごんたかふさ》

うれしさや　片敷く袖《そで》に　包むらむ　けふ待ちえたる　宇

740　わが君の千代の友に擬《なぞら》えるべき高砂の松も、昔のものとなってしまうでしょう。やはり将来のわが君の友はいつまでも照り続ける秋の夜の月です。

「たれをかも知る人にせむ高砂の松も昔の友ならなくに」（『古今集』雑上、藤原興風《おきかぜ》）という嘆老の歌を本歌として、その心を変え、地上の松よりも天空の月を恒常のものと見て、それにあやかろうという気持。

＊七四一は詠草（和歌）に寄せた賀歌。

一　和歌所の事務官。次官に相当する。

741　和歌の浦で藻塩草を掻《か》き集めるように、いくら和歌所で詠草を書き集めても、尽きることはないでしょう。わが君の御代の千代万代《ちよよろずよ》の数に匹敵するようにと、人々が詠んでおく和歌があまりにも多いものですから。

◇藻塩草　詠草の比喩《ひゆ》。下の「浦波」の縁語。◇かく「掻く」と「書く」の掛詞。◇和歌の浦波　紀伊国の歌枕、和歌の浦に寄る波。宮廷歌壇の比喩。

＊七四二・七四三は宇治川に寄せた賀歌。

二　藤原兼実《かねざね》。→作者略伝。

742　待つ甲斐《かい》あって、殿下がおいでになるという今日のよき日にめぐりあえた宇治の橋姫は、うれしさを片敷いている袖に包むでしょうか。

「さむしろに衣《ころも》片敷きこよひもやわれを待つらむ宇治の橋姫」（『古今集』恋四、読人しらず）という恋歌を取って賀歌に転じた。抽象的な観念である「うれしさ」を袖に包むという発想は主として「うれしきを何に包

まむ唐衣《からころも》袂《たもと》豊かに裁《た》てといはましを」(『古今集』雑上、読人しらず)に拠る。 三 高倉天皇の御代。 四 藤原基房《もとふさ》(一一四五~一二三〇)。法性寺関白忠通《ただみち》の二男。兼実の兄。松殿摂政、菩提《ぼだい》院入道と呼ばれた。

743 年老いた宇治橋の橋守に尋ねよう、いったいこの宇治川が水上から流れ出してから幾代になっているのかい。

「ちはやぶる宇治の橋守なれをしぞあはれとは思ふ年の経ぬれば」(『古今集』雑上、読人しらず)を本歌とし、川の起源を尋ねることによって歴史の悠久《ゆうきゆう》さをたたえる心。宇治川は「氏」を暗示するから、ここに別荘を有する藤原氏の摂関家の歴史の長さを賀する心を籠《こ》めるか。歌会の席で長考の末提出して、名歌の誉れを得た作と伝える。同じ歌会に参加する人のために、藤原俊成は、「ちはやぶる宇治の橋守言問《ことと》はむ幾代澄むべき水の流れぞ」(『長秋詠藻《ちようしゆうえいそう》』中)と代作した。

＊七四四は四たび松に寄せた賀歌である。

五 祝部成仲《はふりべのなりなか》。その七十の賀は仁安《にんあん》三年(一一六八)に行われたか。→作者略伝。

744 御津《みつ》の浜べの松は七十に満ちるまで老いたけれども、千代までの残りの年はなお遥かに続いていますよ。

老松にあやかり更に齢《よわい》を重ねることを予祝した歌。

◇みつの浜松 「満つ」に「御津」を掛ける。「御津の浜」は、ここでは近江国《おうみのくに》(今の滋賀県)の歌枕。

治の橋姫

三嘉応元年、四入道前関白太政大臣、宇治にて、河水久《シク》澄《ム》といふことを人々によませ侍りけるに

清輔朝臣《きよすけのあそん》

743 年へたる 宇治の橋守《はしもり》 言問《こと》はむ 幾代《いくよ》になりぬ 水のみなかみ

五日吉禰宜《ひよしのねぎ》成仲、七十賀し侍りけるに、つかはしける

744 ななそぢに みつの浜松 老いぬれど 千代の残りは なほぞはるけき

百首歌よみ侍りけるに

後徳大寺左大臣《ごとくだいじのさだいじん》

＊七四五は再び真砂に寄せた賀歌。

745　八百日もかかってゆく長い長い浜、その真砂のおびただしい数をわが君の御代の数として数えてくれ、沖の島守よ。

「八百日ゆく浜の真砂とわが恋といづれまされり沖つ島守」（『拾遺集』恋四、読人しらず）という恋歌を本歌として賀に変えた。

◇八百日　八百万《やおよろず》の神などと同様、大きな数を表す。

＊七四六は藤に寄せた賀歌。

746　京の都の南、奈良の都の春日山に遊ぶ鹿《しか》、そのしかではないがそう思うよ、北の藤波が美しく花咲く春に遇ってほしいと。

「わが庵《いほ》は都の巽《たつみ》しかぞ住む世を宇治山と人はいふなり」（『古今集』雑下、喜撰《きせん》）の表現を襲いつつ、「補《ふ》陀《だ》落《らく》の南の岸に堂立てていまぞ栄えむ北の藤波」（一八五四）を意識して詠んだ。

◇北の藤波　摂関家が属する藤原氏北家を意味する。

＊七四七から七五六までは大嘗会歌群である。

一　村上天皇の大嘗会。　二　大嘗祭のために卜定《ぼくじょう》される二方のうち、西方の祭場やその関係のことをいう。

747　常磐《ときわ》の吉備の中山は、一面にわが君の千歳を待つ松の深い緑色におおわれているなあ。

松により祝意を盛った。参考「まがねふく吉備の中山帯にせる細谷川の音のさやけさ」（『古今集』神遊《かみあそび》の歌、仁明天皇の大嘗会、吉備《きびの》国の歌）。

三　後一条天皇（第六八代）の大嘗会。　四　大嘗祭で

745
八百日《やほか》ゆく　浜の真砂《まさご》を　君が代の　かずに取らなむ　沖つ島守

746

家に歌合し侍りしに、春ノ祝の心をよみ侍りける

摂政太政大臣

春日山《かすがやま》　みやこの南　しかぞおもふ　北の藤波《ふぢなみ》　春に逢へとは

天暦《てんりやくの》[一]御時大嘗会主基方《だいじやうゑすきかた》[二]、備中《びつちゆうの》国中山

読人しらず

747
ときはなる　吉備《きび》の中山　おしなべて　千歳《ちとせ》を松の　深き色かな

[三]長和五年大嘗会、悠紀方《ゆきかた》[四]風俗歌《ぞくうた》[五]、近江国朝日郷

祭主《さいしゆ》輔親《すけちか》

東方の祭場やその関係のことをいう。悠紀方は近江国《おうみのくに》に固定されるようになった。五 国々の風俗を写した風俗舞に合わせて歌われた歌。

748 朝日の里に生えるひかげのかずらは、きっと豊《とよの》明節会《あかりのせちえ》の時の人々のかざしとされて、光をそえるでしょう。

大嘗会の一環である豊明節会に用いられるひかげのかずらを歌って慶祝の意を籠《こ》めた。

◇あかねさす「朝日」の枕詞。◇日影草 神事の際、插頭《かざし》とされる。「朝日」「豊のあかり」の縁語。

六 後冷泉《ごれいぜい》天皇の大嘗会。

749 この人々は天皇《すめらみこと》を永久にお守りする守山の仙人らしい、ひかげのかずらをしているよ。

神事に奉仕する人の姿を写すことによって慶祝の心を表現した。本歌「巻向《まきもく》の穴師《あなし》の山の山人と人も見るがに山かづらせよ」(『古今集』神遊の歌、採物《とりもの》の歌)。

七 堀河天皇の大嘗会。八 近江国の歌枕。

750 羽毛が抜けかわる鷹、その鷹尾山の玉椿《たまつばき》は、幾度霜に遭っても常磐の色は変らないでしょう。

中国で長寿の霊木とされる椿を歌うことによって御代の長久を予祝した。「徳《ハ》是北辰、椿葉之影再改《マリ》、尊《ハ》猶南面、松花之色十廻《リ》」(『新撰朗詠集』雑、帝王、大江朝綱)に拠る。

◇とやかへる「鳥屋返る」で、鷹の羽が抜けかわること。ここでは「鷹尾山」の序のように用いている。

九 後白河天皇(第七七代)の大嘗会。

748 あかねさす　朝日の里の　日影草　豊《とよ》のあかりの　かざし
なるべし

六 永承元年大嘗会、悠紀方屏風、近江国
守山《もるやま》をよめる

式部大輔《しきぶのたいふ》資業《すけなり》

749 すべらぎを　ときはかきはに　守《も》る山の　山人《やまびと》ならし　山
かづらせり

七 寛治二年大嘗会屏風に、八 鷹尾山《たかのをやま》をよめ
る

前中納言匡房

750 とやかへる　鷹尾山の　たまつばき　霜をば経《ふ》とも　色は
かはらじ

九 久寿《きうじゅ》二年大嘗会、悠紀方屏風に、近江

国鏡山をよめる　　宮内卿《くないきやう》永範《ながのり》

751 くもりなき　鏡の山の　月を見て　明《あき》らけき代を　空に知るかな

一平治元年大嘗会、主基方《すきかた》、辰日《たつのひ》参入音《おん》二声《じやう》、生野《いくの》をよめる　　刑部卿範兼

752 大江山　こえて生野の　末遠《すゑとほ》み　道ある代にも　あひにけるかな

三仁安元年《にんあんがんねん》大嘗会悠紀方歌《ゆきかたうた》たてまつりけるに、四稲舂歌《いなつきうた》　　皇太后宮大夫俊成

753 近江《あふみ》のや　坂田の稲を　掛け積みて　道ある御代《みよ》の　はじめにぞ舂《つ》く

751　曇りのない鏡山に照る月を見ると、わが君の御代が帝徳の明らかな聖代であるということが、空にもはっきりとわかります。

鏡山の月を明鏡に譬《たと》えることにより、当代の政治が公平であることをたたえた。「よろづ代を明らけく見む鏡山千歳のほどは塵《ちり》も曇らじ」（『拾遺集』神楽《かぐら》歌、中務《なかつかさ》）、「四海安危《ハ》照《シ》二掌《ノ》内一、百王理乱《ハ》懸《ケタリ》二心《ノ》中一」（『和漢朗詠集』帝王、白楽天。もとの詩は新楽府《しんがふ》「百錬鏡」）などを念頭に置いている。

一　二条天皇（第七八代）の大嘗会。二　舞人が所定の位置に就く所作にあわせて奏せられる音楽。ここではその時歌われる歌。

752　大江山を越えていく生野のはてまでは遠いので、道はどこまでも続いています。そのように正しい政道の行われているわが君の御代に遇ったことをありがたく思います。

生野が主基に選ばれたことから、「大江山生野の道の遠ければまだふみも見ず天の橋立」（『金葉集』雑上、小式部内侍）を念頭に置きながら、政道を讃美した。◇こえて生野　「越えて行く」を掛ける。

三　六条天皇（第七九代）の大嘗会。四　大嘗会の際神前に供える米を舂《つ》く時に歌う歌。それぞれ悠紀・主基の地名を詠み入れる。

753　近江の坂田の稲を刈り取って稲懸けに懸け、積み上げて、正しい政事《まつりごと》が行われている君の御代はじめの行事として舂きます。

◇坂田　近江国の郡の名。
五 安徳天皇（第八一代）の大嘗会。なお、七五四・七五五は底本を含む多くの本は、歌順（七五五・七五四の順になっている）・詞書《ことばがき》など、本文が乱れている。ここでは時代順の配列となる七五四・七五五の順に改め、底本に「同」とあるのを「寿永元年」と改めた。
754　神代の昔から今日の大嘗会のためにと、長田の稲穂は重く実って、八束にも長く撓《しな》い始めたのでしょうか。
これも豊作をたたえた歌。参考「即《チ》以《テ》二其稲種《いなだね》ヲ一、始《メテ》殖《ウ》二天狭田《ノさなだ》及《ビ》長田《ニ》一。其秋垂穎《ノたりほ》、八握《やつかほ》莫々然《なヒテ》、甚快《ダシ》」（『日本書紀』巻一）。
◇八束　「束」は長さの単位で、指四本の幅。「八束」は「八百日」などと同じく、数の多いことを表す。
六 土御門《つちみかど》天皇（第八三代）の大嘗会。底本の「元暦元年」を「建久九年」に改めた。七 近江国の地名。
755　立ち寄るといかにも涼しいなあ。水鳥の青い羽を思わせる青羽山の松陰に夕風が吹いている。
◇水鳥の　「青羽の山」に掛る枕詞。ここでは有意の序のように用いている。
八 備中国の地名。
756　常磐《ときわ》の緑の松井の水を掬《すく》う手からしたたり落ちる雫《しずく》、その雫の一つ一つにわが君の千代の数は見えます。
「むすぶ手の……」（二三八注参照）に拠り、快い自然を歌いつつ、治世の長久を予祝した歌。

五寿永元年大嘗会、主基方稲舂歌、丹波国長田村をよめる　権中納言兼光《ごんちゅうなごんかねみつ》

754 神代より　けふのためとや　八束穂《やつかほ》に　長田《ながた》の稲の　しなひそめけむ

六建久九年大嘗会悠紀歌、七青羽山《あをばやま》　式部大輔光範《しきぶのたいふみつのり》

755 立ち寄れば　すずしかりけり　水鳥の　青羽の山の　松のゆふ風

建久九年大嘗会主基方屛風に、六月、八松井　権中納言資実《ごんちゅうなごんすけざね》

756 ときはなる　松井の水を　結ぶ手の　しづくごとにぞ　千代は見えける

新古今和歌集　巻第八

哀傷歌

題しらず　　　　僧《そう》正《じやう》遍《へん》昭《ぜう》

757 末《すゑ》の露　本《もと》のしづくや　世の中の　おくれ先立つ　ためしなるらむ

小《を》野《のの》小《こ》町《まち》

758 あはれなり　わが身のはてや　あさみどり　つひには野べの　霞《かすみ》と思へば

＊ 七五七は哀傷歌の巻頭歌として、無常を主題とする作を掲げる。

757 葉末に宿る露、根本にしたたる雫《しずく》は、遅速こそあれ、ともに地に落ちるもの。それは遅い速いの違いはあれ、いずれはだれもが死んでゆくこの世の中の例なのであろう。

すべての存在がいずれは死に赴くという無常の理を、はかないものの代表である露を引き合いに出して、具象的に歌った。対句表現がすぐれている。『新古今集』撰集の際、『古今集』に入っていなかったことを撰者達が不思議がったという逸話が、『京極中納言相語』に伝えられている。

＊ 七五八から七六七までは春の哀傷の歌群である。

758 あわれにはかないものですね。わが身の終りは、なきがらが荼毘《だび》に付され、その煙は最後には、野辺にかかる浅緑色の春の霞となってしまうのかと思うと。

遍昭に続いて、同じく六歌仙として直ちに連想される小野小町の作を置く。春霞のたなびく風景から自身の死後の火葬の有様を思い描いた歌。

◇あさみどり　薄緑色。下の「霞」に掛る。◇野べの霞　「昇霞」という漢語などから、火葬の煙が立ち昇ってできた霞を意味する。

一 醍醐天皇は延長八年（九三〇）九月二十九日四十六歳で崩御。二 藤原定方（八七三～九三二）。内大臣高藤の息。その女《むすめ》仁善子《よしこ》は醍醐天皇の女御《にようご》であった。

『古今集』に入集。家集『三条右大臣集』がある。

759　桜の散る春の末になってしまいましたね。雨の晴れ間もないほどの嘆きに沈んでいるうちに。

『三条右大臣集』によれば、じつは定方が兼輔に送った歌。参考「花の色はうつりにけりないたづらにわが身世にふるながめせしまに」(『古今集』春下、小野小町)。

◇雨間も知らぬながめ　「ながめ」は「眺め」に「長雨」を掛け、長らく泣き悲しんでいたことを暗示する。

三　天子がその父母の喪に服する期間。正暦二年(九九一)二月十二日、円融法皇が三十三歳で崩じたので、御子一条天皇は服喪し、諒闇となる。

760　人々が皆墨染めの衣を着て、諒闇の悲しみに沈んでいる世の中にも春がめぐってきて、今は花盛りです。それでわたしは、諒闇という折を忘れて、花を折りましたよ。

廷臣同士が先帝の面影をしのんで取り交わした贈答歌。本集の記載どおり実方から道信へ送ったのか、その逆か、二通りの伝承を有する贈答歌。

◇ころも　「衣」に「頃も」を掛ける。

761　いくら見ても見あきない花が散ってしまったのを、春も恋しく思ったことでしょう。美しく咲いていた昔を思い出して。

春と花をともに擬人化して、円融院の崩を花が散ることに取りなした。自身の悲しみを暗示にとどめた点がすぐれている。

[一]醍醐《だいご》の御門《みかど》かくれ給ひてのち、弥生《やよひ》のつごもりに、[二]三条右大臣につかはしける

中納言《ちゆうなごん》兼輔《かねすけ》

759 桜散る　春の末には　なりにけり　雨間《あまま》も知らぬ　ながめせしまに

正暦《しやうりやく》二年諒闇《りやうあん》[三]の春、桜の枝に付けて、道信朝臣につかはしける

実《さね》方《かたの》朝臣《あそん》

760 墨染めの　ころも憂き世の　花ざかり　折り忘れても　折りてけるかな

返し

道《みち》信《のぶの》朝臣《あそん》

761 あかざりし　花をや春も　恋ひつらむ　ありし昔を　思ひ

出でつつ

弥生《やよひ》の頃、人一におくれて歎きける人の
もとへつかはしける　成《じやう》尋《じん》法《ほふ》師《し》

762 花ざくら　まださかりにて　散りにけむ　なげきのもと
を　思ひこそやれ

人の、桜を植ゑおきて、その年の四月
になくなりにける、またの年二、はじめ
て花咲きたるを見て　大《おほ》江《えの》嘉《よし》言《とき》

763 花見むと　植ゑけむ人も　なき宿の　桜はこその　春ぞ咲
かまし

年頃三住み侍《はべ》りける女の身まかりにける

一 配偶者。おそらく亡くなったのは妻で、従って嘆いているのはその夫か。

762 美しい桜の花がまだ盛りのうちに散ってしまったという木の下のさびしさを思いやります――おつれあいはまだ盛りのお年で亡くなられたということですが、お嘆きのほどお察し申しあげます。

伴侶《はんりよ》を失った人を弔問した歌。比喩《ひゆ》が季節や故人の年齢にふさわしい。◇花ざくら　一説に、桜の一品種を指すという。壮年で亡くなった故人の比喩。◇なげき「嘆き」に「花ざくら」の縁語「木」を掛ける。「わが宿のなげきは春も知らなくに何にか花をくらべても見む」（『後撰集』春下、小若君）など、しばしば見られる技巧。

二 翌年。

763 この花を見ようと思って植えたという人も今はいらっしゃらない。このお宅の桜は、去年の春咲いたらよかったのに。

故人にゆかりの深い花木を見て故人を偲《しの》んだ歌。自然は変らず春はめぐってくるが故人は二度と戻ってこないという感慨を内に籠《こ》める。参考「深草の野べの桜し心あらば今年ばかりは墨染に咲け」（『古今集』哀傷、上野岑雄《かみつけのみねお》）、「山吹はあやなな咲きそ花見むと植ゑけむ君がこよひ来《こ》なくに」（『古今集』春下、読人しらず）。

＊ 七六四は秋の哀傷歌だが、「花の都」の句によってここに置かれたと見られる。

三 妻をいう。

四十九日はてて、なほ山里にこもりゐてよみて侍りける　　左京大夫顕輔《さきやうのだいぶあきすけ》

764 たれもみな　花の都に　散りはてて　ひとりしぐるる　秋の山里

[四]公守《きんもりの》朝臣母身まかりて後の春の頃、[五]法金剛院の花を見て　　後徳大寺左大臣《ごとくだいじのさだいじん》

765 花見ては　いとど家路《いへぢ》ぞ　いそがれぬ　待つらむと思ふ　人しなければ

定家朝臣、[六]母の思ひに[七]侍りける春の暮につかはしける　　摂政太政大臣《せつしやうだいじやうだいじん》

766 春霞《はるがすみ》　かすみし空の　なごりさへ　けふをかぎりの　別れなりけり

764 今まで一緒に籠《こも》っていた人はだれもみなちりぢりに花の都へと帰ってしまって、わたしひとりがしぐれの降る秋の山里で泣き濡《ぬ》れているよ。

家集によると人に送って同情を喚起した歌である。◇花の都　はなやかな都。下の「秋の山里」と対になる。◇散りはてて　「花」の縁でいう。◇しぐるる　泣き濡れていることの比喩。

四 藤原公守。作者実定の息。その母は藤原顕長の女《むすめ》(?〜一一七三)。五 京都双ケ岡《ならびおか》にある。

765 花を見ていると、ますます家路を急ぐ気になれないよ。家でわたしの帰りを待っているだろうと思う人はもういないのだから。

妻に先立たれた悲しみを、花見によっていやそうとしつつも、いやされない夫の心情。「花見ると家路に遅く帰るかな待ち時過ぐと妹《いも》やいふらむ」(『後拾遺集』春上、平兼盛)、「散りそむる花を見すてて帰らめやおぼつかなしと妹は待つとも」(『拾遺集』春、大中臣能宣《おおなかとみのよしのぶ》)を本歌とし、妻に待たれない状況を嘆く。

六 藤原親忠《ちかただ》の女《むすめ》で俊成室となった美福門院《びふくもんいん》加賀。建久四年二月十三日没。→作者略伝。七 喪。

766 春霞に霞んでいた空は、亡きお母さまの形見ですが、その空とも春が暮れる今日を最後にお別れするのですね。

友人の母の死をとぶらう弔問の歌。春霞によって故人の火葬の煙を暗示にとどめ、これに行く春のあわれさをからめて歌った点がすぐれている。

一 藤原光頼（一一二四～七三）。顕頼《あきより》の息。権大納言正二位に至る。承安三年正月五日没。作者惟方の同母兄。『新勅撰集』以下に入集。家集『桂大納言入道殿御集』がある。二 桂という所で葬送をして。

767 せめて立ち昇る荼毘《だび》の煙だけでも見ようものを、それも霞にまぎれてしまう春のあけぼのよ。

◇けぶり　火葬の煙。これが空に昇って霞や雲にまぎれるというのは哀傷歌に一般的な発想である。

＊ 七六八から七七三までは夏の哀傷の歌群である。

三 藤原基実《もとざね》（一一四三～六六）。永万二年七月二十六日没。法性寺関白忠通《ただみち》の息。近衛家の祖。清盛の女婿である。

768 なき殿下の形見として見るといよいよ嘆きの深くなる深見草は、どうしてなまじこのように美しい色で咲いているのでしょうか。

故人にゆかりの深い草木を見て故人をしのんだ歌。『大宰大弐重家集』によると、なき基実の北の方から、「植ゑおきし人の形見に咲く花も君ばかりこそあはれとも見め」という歌を添えて牡丹の花を贈られたのに対する返歌である。「形見とて見れば」「なになかなかの」という同音の反復は半ば意識的な技巧か。

◇深み草　牡丹の異名。動詞「深む」を掛ける。◇にほひ　ここでは美しい色の意。

769 このあやめを見て誰を偲《しの》べというつもりで、あの子はよもぎの根本の露と消えてしまったのだろう。

前大納言[一]光頼《みつより》、春身まかりにけるを、[二]桂《かつら》なる所にてとかくして帰り侍りけるに

前左兵衛督惟方《さきのさひやうゑのかみこれかた》

767 立ちのぼる　けぶりをだにも　見るべきに　霞《かすみ》にまがふ
春のあけぼの

[三]六条摂政かくれ侍りてのち、植ゑおきて侍りける牡丹《ぼたん》の咲きて侍りけるを折りて、女房《にようばう》のもとよりつかはして侍りければ

大宰大弐重家《だざいのだいにしげいへ》

768 形見《かたみ》とて　見れば歎きの　深み草　なになかなかの　にほ
ひなるらむ

故人が植えておいた草を見て故人をしのんだ歌。子に先立たれた母のやり場のない悲しみが「たれしのべとか」の句によく出ている。
◇よもぎが本　墓所を暗示。端午の節句では菖蒲に蓬《よもぎ》を添えるので、「あやめぐさ」と「よもぎ」は縁語。

770　五月五日の節句は来ましたが、物の黒白《あやめ》もわからないわたしの袂です。昔を恋しく思って、菖蒲の根ではなく、泣く音ばかりが袖にかかって。
「ほととぎす鳴くやさつきのあやめ草あやめも知らぬ恋もするかな」(『古今集』恋一、読人しらず)、「墨染の袂にかかるねを見ればあやめも知らぬ涙なりけり」(『千載集』哀傷、藤原俊忠)などに拠りつつ、嘆きの心を表白した。
◇あやめ　「文目《あやめ》」と「菖蒲《あやめ》」の掛詞。◇ね　泣く「音」と菖蒲の「根」の掛詞。「根」「かかり」は「あやめ」の縁語。

四　久寿二年七月二十三日、十七歳で崩。→作者略伝。
五　出家して後。六　崇徳《すとく》院の皇后。近衛院の准母。

771　今日は五月五日、あやめの節句ですが、あやめの根を引くのではなく、うって変った墨染めの袂には、御門《みかど》御在世の昔を恋しく思って泣く音がかかっております。
「けふとてもあやめ知られぬ袂には引きたがへたるねをやかくらむ」(『後拾遺集』雑三、小弁《こべん》)に拠りながら、夫君である帝に死別して出家した悲しみを、故帝の准母に訴えた歌。

幼き子の失《う》せにけるが植ゑおきたりける菖蒲《あやめ》を見てよみ侍りける

高陽院木綿《かやのゐんのゆふ》四手《しで》

769　あやめぐさ　たれしのべとか　植ゑおきて　よもぎが本《もと》の　露と消えけむ

歎くこと侍りける頃、五月五日、人のもとへ申しつかはしける

上西門院兵衛《じやうさいもんゐんのひやうゑ》

770　けふくれど　あやめもしらぬ　袂《たもと》かな　昔を恋ふる　ねのみかかりて

四近衛院《このゑのゐん》かくれ給ひにければ世五をそむきて後、五月五日、六皇嘉門院《くわうかもんゐん》にたてまつられける

九《く》条《でうの》院《ゐん》

771　あやめぐさ　引きたがへたる　袂には　昔を恋ふる　ねぞ

かかりける

返し　皇《くわう》嘉《か》門《もん》院《ゐん》

772 さもこそは　おなじ袂《たもと》の　色ならめ　かはらぬねをも　かけてけるかな

住み侍りける女なくなりにける頃、藤原為頼朝臣の妻身まかりにけるに、つかはしける　小野宮右大臣《をののみやのうだいじん》

773 よそなれど　おなじ心ぞ　かよふべき　たれも思ひの　ひとつならねば

返し　藤原為頼朝臣《ふぢはらのためよりのあそん》

774 ひとりにも　あらぬ思ひは　なき人も　旅の空にや　かな

772 あなたが墨染めの袂となられたようにわたくしも同じ墨染めの袂でございます。その上さらに、あなたとやはり変らず、五月五日の今日は、あやめの根ではなく、嘆きの音《ね》という根をかけました。

◇さもこそは　それは。いかにも。相手の言葉を肯定する言い方。◇おなじ袂の色　墨染めの色。この時皇嘉門院はまだ出家していないので、これは喪服の色を意味する。◇ね　「音」と「根」の掛詞。なお「根」「引き」「かけ」は「あやめぐさ」の縁語。

＊七七三・七七四は、同じ悲しみに沈んでいる立場で言い送った慰め合いの歌。

773 わたしはあなたのお身内の人間ではありませんが、お互いに妻を失ったという同じ嘆きの心は通い合うでしょう。だれもが同様の嘆きを経験しているわけではありませんから。

他人ならば心が通いにくいはずだという通念の逆を上句で言い、下句で、その理由を説明した。◇よそなれど　「よその嘆きなれど」の意。直接関係する不幸ではないけれども。◇思ひ　嘆き。

774 おっしゃるようにひとりではなく、あなたとわたしがともに嘆いている、つれあいを失ったというこの嘆きを、亡きわが妻も死出の旅の空で悲しんでいることでしょう。

故人も悲しんでいるであろうと、自身の悲しみは暗示にとどめ、慰めに対する感謝の意を籠《こ》めた。◇なき人　お互いの妻たちとする説もある。

しかるらむ

[一]小式部内侍《こしきぶのないし》、露おきたる萩《はぎ》織りたる唐《から》衣《ぎぬ》を着て侍りける、身まかりて後、上[二]東門院より尋[三]ねさせ給ひけるに、たてまつるとて　　和泉式部《いづみしきぶ》

775 おくと見し　露もありけり　はかなくて　消えにし人を
何にたとへむ

御返し　　上東門院《じやうとうもんゐん》

776 思ひきや　はかなくおきし　袖《そで》の上《うへ》の　露を形見《かたみ》に　かけ
むものとは

白河院御時《おほんとき》、中宮[四]おはしまさで後、そ

＊ 七七五から七九二までは秋の哀傷の歌群と見られる。

一 橘《たちばなのみちさだ》道貞の女《むすめ》。母は和泉式部。万寿二年（一〇二五）十一月没。享年未詳。『後拾遺集』以下に入集。

二 小式部内侍と和泉式部の母娘が仕えていた。

三 和泉式部の所に「ありますか」とお求めになった時に。

775 今にも消えそうに置いていると思って見ていた露もまだ残っております。では、はかなく消えたあの子を何にたとえたらよいのでしょうか。

上東門院が唐衣を献上させたのは、小式部の追善供養の目的で写された経の表紙にするためであったことが、『和泉式部集』により知られる。「秋風になびく草葉の露よりも消えにし人を何にたとへむ」（『拾遺集』哀傷、村上天皇）などに共通する発想だが、癒《いや》しようもない嘆きが惻々《そくそく》と伝わってくる。

◇おく「消え」と対になり、ともに「露」の縁語。

776 思ってもみたことでしょうか。はかなく置いた唐衣の袖の上の露を小式部の形見として懸けて見ようとは。

◇露　唐衣の模様の露とともに、涙を暗示する。◇かけむ「露」の縁語。

贈歌と同じ語を用いて返しているが、「消えにし人を何にたとへむ」と問うた贈歌に対し、唐衣の文様の露を形見として、涙ながらに見ますと返歌した。

四 中宮（賢子。一〇五七〜八四。右大臣源顕房《あきふさ》の女。白河天皇妃で、堀河天皇の母后）崩御後。

の御方[一]は草のみ茂りて侍りけるに、七月七日に、わらはべ[二]の露取り[三]侍りけるを見て　周防内侍《すはうのないし》

777 浅茅原《あさぢはら》　はかなくおきし　草の上の　露を形見《かたみ》と　思ひかけきや

一品資子内親王《いつぽんしし》[四]に逢ひて、昔のことども申しいだしてよみて侍りける　女御徽子女王《にようごきしぢよわう》

778 袖《そで》にさへ　秋の夕べは　知られけり　消えし浅茅が　露をかけつつ

例[五]ならぬこと重くなりて、御髪下し《みぐしおろ》[六]給ひける日、上東門院中宮と申しける時、つかはしける　一条院御歌《いちでうのゐんのおほんうた》

一　中宮の御所。二　女童《めのわらわ》であろう。三　梶《かじ》の葉に歌を書きつけるために硯《すずり》の水を集めていることを指す。

777　浅茅が原と荒れてしまったこの御所のお庭で、はかなく置いている草の上の露を中宮様の形見として見るとは思いもかけませんでしたのに。

女主人が亡くなって荒れた御所で、無心に女童が七夕《たなばた》の夜の準備として露を集めている有様を見て、感傷を新たにした歌。◇思ひかけきや　思いもかけたであろうか。「かけ」は「露」の縁語。

四　村上天皇の皇女。母は藤原師輔《もろすけ》の女《むすめ》安子。

778　わたしたちの袖にさえ秋の夕べのあわれさはそれと知られますね。はかなく消えた浅茅の露にも似た亡き御門《みかど》をおしのびして、涙の露をかけていますので。

亡き帝をしのんで、その女御《にょうご》と内親王が昔語りをした際の、しみじみとしたなつかしさを伴った悲しみがやわらかに歌われている。哀傷歌というものの、懐旧の歌に近い。

五　病。六　一条院は寛弘八年（一〇一一）六月十九日出家、同二十二日崩御。

779　秋風が露をはかなく散らすような無常なこの世にあなたを残しておいて、わたしだけが塵の世を離れるのは悲しい。

天皇が皇后に贈った辞世の歌。「露の身の草の宿りに君をおきて塵を出でぬることをこそ思へ」（『御堂関白

記』)、「露の身の仮の宿りに君をおきて家を出でぬることぞかなしき」(『栄花物語』岩陰)、「露の身の風の宿りに君を置きて遠く出でぬることをしぞ思ふ」(『古事談』第三)など、さまざまな形で伝承されている。『栄花物語』には、中宮は悲しみのために何事も考えられず、これに対する返歌がなかったと記している。参考「浅茅生《あさぢふ》の露の宿りに君をおきてよものあらしぞしづ心なき」(『源氏物語』賢木《さかき》、光源氏)。
◇塵を出でぬる　出家したことをいう。

780　お子様に先立たれたとうかがいましたが、その悲しみの涙のなごりも乾かないお袖に、さらに秋の夕露が置くのでしょうか。
秋という季節にふさわしい露を引き合いに出して、相手の悲しみが、この悲しい季節になっていよいよ新たであろうと推し量った。

781　涙に置き添う露とともに消えもしないで、わたしはただ涙の海に浮き沈んでおります。

七　藤原頼忠《よりただ》。→作者略伝。母は左大臣藤原時平の女。

782　おみなえしの花を見ても心は慰まないで、いよいよ妻と馴《な》れ睦《むつ》んだ昔の秋が恋しく思い出されるよ。
妻に先立たれた後、美しい花や女性を見ても気持はまぎれず、それによってかえって亡妻との思い出がひたすら回想されるという、やさしい心の歌。
◇をみなへし　本当のおみなえしとともに、妻以外の女性の比喩《ひゆ》と見られる。

779　秋風の　露の宿りに　君をおきて　塵《ちり》を出でぬる　ことぞかなしき

　秋の頃、幼き子におくれたる人に　大弐《だいに》三位《さんみ》

780　別れけむ　なごりの袖《そで》も　かわかぬに　おきや添ふらむ　秋の夕露

　返し　読人しらず

781　おき添ふる　露とともには　消えもせで　涙にのみも　浮き沈むかな

　七 廉義公《れんぎこう》の母なくなりて後、をみなへしを見て　清慎公《せいしんこう》

782　をみなへし　見るに心は　なぐさまで　いとど昔の　秋ぞ

恋しき

一弾正尹為尊《だんじやうのかみためたか》親王におくれて歎き侍りける頃

和泉式部

783 寝覚めする　身を吹きとほす　風の音《おと》を　昔は袖《そで》の　よそに聞きけむ

従一位源師子二かくれ侍りて、宇治より、

三新少将がもとに申しける　知足院入道前関白太政大臣《ちそくゐんのにふだうさきのくわんぱくだいじやうだいじん》

784 袖ぬらす　萩《はぎ》の上葉《うはば》の　露ばかり　昔わすれぬ　虫の音《ね》ぞする

四法輪寺にまうで侍るとて、嵯峨野《さがの》に大納言忠家《ただいへ》五が墓の侍りけるほどに、まか

一 冷泉《れいぜい》天皇の皇子。和泉式部を愛したが、長保四年（一〇〇二）六月十三日、二十六歳で病没した。

783 夜半ふと目覚めたこの身を吹き通す風の音を、あのお方と一緒だった昔はきっとわたしの袖とは関わりないものと聞いていたのでしょう。あの頃はこんなにも身にしみるものとは感じませんでした。

愛する人を失った後、夜ひとり目覚めてさびしい夜風の音を聞いている女の歌。「手枕《たまくら》の隙間《すきま》の風も寒かりき身はならはしの物にぞありける」（『拾遺集』恋四、読人しらず）という古歌に通うものがある。『和泉式部続集』によれば、「つれづれのつきせぬまま」詠《よ》まれた、「夜なかの寝覚め」を主題とする歌。『続詞花集』によれば、為尊親王の弟でやはり和泉式部の愛人であった帥宮敦道《そちのみやあつみち》親王の死後の歌。

二 右大臣源顕房《あきふさ》の女《むすめ》。作者忠実の室で、忠通らの母。久安四年（一一四八）十二月十四日没、享年七十九歳。

三 源俊頼の女。待賢門院の女房。→作者略伝。

784 萩の上葉の露に濡れて悲しげに鳴く虫の音が聞えます。同じように妻が生きていた昔のことを少しも忘れないで、袖を涙で濡らしながら、わたしは声をあげて泣いています。

妻の死後、ゆかりの女房に自らの悲しみを訴えた歌。

◇露ばかり　「少しも」の意の副詞「つゆ」を掛ける。

◇虫の音　妻の死を悲しみ泣いていることを暗示。

四 洛西《らくせい》嵯峨の嵐山《あらしやま》の麓《ふもと》、大堰《おおい》川の近くにある真言宗の古寺。五 藤原忠家。作者の父。→作者略伝。

りてよみ侍りける
権中納言俊忠《ごんちゅうなごんとしただ》

785 さらでだに　露けき嵯峨の　野べに来て　昔の跡に　しをれぬるかな

六公時卿《きんときのきやう》母身まかりて歎き侍りける頃、大納言七実国《さねくに》がもとに申しつかはしける
後徳大寺左大臣

786 かなしさは　秋の嵯峨野の　きりぎりす　なほふるさとに　音《ね》をや鳴くらむ

八母の身まかりにけるを、嵯峨野辺《へん》にをさめ侍りける夜、よみける
皇太后宮大夫俊成女《くわうたいごうぐうのだいぶとしなりのむすめ》

787 今はさは　憂き世の嵯峨の　野べをこそ　露消えはてし跡としのばめ

785 ただでさえ露が深いという性《さが》の嵯峨の野辺に来て、亡き父の墓を見て昔懐かしさの涙にくれましたよ。

◇嵯峨　性質の意の「性《さが》」を掛ける。「を鹿鳴くこの山里のさがなればかなしかりける秋の夕暮」(『後葉集』雑一、藤原基俊)。

六 作者の妻。藤原家成の女《むすめ》。息公時の服解《ぶくげ》から、承安三年(一一七三)に没したと見られる。七 藤原実国。作者のまたいとこ。三条内大臣公教《きんのり》の息。滋野井《しげのい》大納言と呼ばれた。『千載集』以下の歌人で家集『前大納言実国集』がある。

786 悲しさというものは秋の性《さが》なのに、嵯峨野のきりぎりすはやはりなじみの土地で声をあげて鳴いているのでしょうか。

妻を失って悲嘆に昏《く》れている縁者をやさしく慰め、弔問した歌。言外に、「そのようにあまりお嘆きにならないでください」という心を籠《こ》める。

◇秋の嵯峨野　ここでも「性《さが》」を掛ける。

八 八条院三条(一一四八〜一二〇〇)。藤原俊成の女《むすめ》で藤原盛頼の妻として、作者(実は俊成の孫)や公仲の妻を生んだが、正治二年二月二十日疫病のため没。

787 今となっては、それでは、憂き世の性《さが》である嵯峨の野辺を、露が消えはてるように亡くなった母の跡としのびましょう。

母の野辺送りの際に、その娘が詠んだ悲しみの歌。

◇憂き世の嵯峨　ここでも「性《さが》」を掛ける。

788
母の身まかりにける秋、[一]野《の》分《わき》しける日、
[二]もと住み侍りける所にまかりて
藤原定家朝臣《ふぢはらのさだいへのあそん》
たまゆらの　露も涙も　とどまらず　なき人恋ふる　宿の秋風

789
[三]父の秀宗《ひでむね》身まかりての秋、寄スルレ風ニ懐旧
といふことをよみ侍りける
藤《ふぢ》原《はらの》秀《ひで》能《よし》
露をだに　今は形見《かたみ》の　ふぢごろも　あだにも袖《そで》を　吹くあらしかな

[四]久我《こが》内大臣春の頃うせて侍りける年の秋、[五]土御門《つちみかどの》内大臣、中将に侍りける時に、つかはしける
殷富門院大輔《いんぷもんゐんのたいふ》

一 台風。二 五条にあった父俊成の家。

788 露の玉も涙の玉もほんの少しの間もとどまってはいない。亡き母の面影を恋しくしのんでいるこの家に秋風が吹いてきて、はらはらと散らすので。

亡母の面影を恋うという現実での悲しみを、感傷的に美しく表現した。『定家十体』で「幽玄様」の例歌とする。「あかつきの露は涙もとどまらで恨むる風の声ぞのこれる」(三七三)、「世の常に聞くだにあるを郭公《ほととぎす》なき人恋ふるをりをりの声」(『兼輔集』)などに拠るか。歌論書『正徹物語《しようてつものがたり》』では「故郷ニ有リレ母秋風ノ涙、旅館ニ無シレ人暮雨ノ魂」(『新撰朗詠集』行旅、源為憲《ためのり》)に拠ったという。『拾遺愚草』その他によれば、五条の家から帰る際書き残してきた歌。俊成は「秋になり風の涼しく変るにも涙の露ぞしのに散りける」と返歌した。◇たまゆらの　ほんのしばらくの間。「玉」を響かせ、「露」「涙」の縁語となる。

三 藤原秀宗(生没未詳)。美濃守《みののかみ》大屋三郎秀忠の息。

789 せめて露をだけでも今は亡き父の形見として見ようと思うのに、ふじごろも(喪服)の袖を情けなくも吹いて散らしてしまうあらしよ。

父の死後、和歌所の歌合《うたあわせ》で与えられた題を詠んだものか。題詠の歌に現実体験を直接反映させている例。頓《とん》阿《あ》の歌論書『井蛙抄《せいあしよう》』によれば、この歌が入集したことを秀能の兄秀康がうらやんで、「これほどの面目あるべくは、首をもはねらるべし」といったという。

四 源雅通《まさみち》。通親《みちちか》の父。承安五年(一一七五)二月二

十七日、五十八歳で没。→作者略伝。　五　源通親。→作者略伝。

790　秋も深まったこのごろの寝覚めに、あなたはどのようにお思い出しのことでございましょう。お父様が春の夜に見る夢のようにはかなくお亡くなりになったというお悲しみを。

そうでなくてもものがなしい秋、春に不幸があった人を見舞った歌。春と秋とを対とし、「寝覚め」「夜」「夢」と縁語で美しくしたてている。作者は故人と親しかったことが、『殷富門院大輔集』から知られる。

◇春の夜の夢　二月末の雅通の死を、はかないものとされる春の夜の夢に譬《たと》えた。

791　あの時見た悲しい夢を忘れる時とてはありませんが、秋の夜長の寝覚めは本当に悲しく思われます。

相手の好意をすなおに受けとめて返歌した。「鳴けや鳴けよもぎが杣《そま》のきりぎりす過ぎゆく秋はげにぞかなしき」(『後拾遺集』秋上、曾禰好忠《そねのよしただ》)を念頭に置くか。

六　ひそかに愛していた女。正室ではない。

792　秋の夜ふけあの人と睦《むつ》び馴《な》れた昔の床はそのまま変りないけれども、わたしの心の底で夢ではなかったかと思い返されるあの人の思い出は悲しい。

『実家卿集』によれば、女の死後かなり時が経《た》ってその家を訪れたところ、「常にありし所の格子を下されたる前を佇《たたず》み歩《あり》き侍りしかど、誰《た》ぞといふ人もなし」という有様だったので、そこに泊って詠んだもの。

790 秋深き　寝覚めにいかが　思ひ出づる　はかなく見えし
春の夜の夢

返し　土御門内大臣《つちみかどのないだいじん》

791 見し夢を　忘るる時は　なけれども　秋の寝覚めは　げに
ぞかなしき

六しのびて物申しける女身まかりて後、
その家にとまりてよみ侍りける　大納言《だいなごん》実家《さねいへ》

792 なれし秋の　ふけし夜床《よどこ》は　それながら　心の底の　夢ぞ
かなしき

陸奥《みちの》国へまかれりける野中に、目に立《た》
つさまなる塚の侍りけるを問はせ侍り

ければ、「これなむ中将の塚と申す」と答へければ、「中将とはいづれの人ぞ」と問ひ侍りければ、「[一]実方朝臣《さねかたの》のこと」となむ申しけるに、冬のことにて、霜枯れの薄《すすき》[二]ほのぼの見えわたりて、をりふしものがなしう覚え侍りければ

西行法師《さいぎやうほふし》

793 朽《く》ちもせぬ　その名ばかりを　とどめおきて　枯れ野のすすき　形見《かたみ》にぞみる

同行《どうぎやう》なりける人、うち続きはかなくなりにければ、思ひ出でてよめる

前大僧正慈円《さきのだいそうじやうじゑん》

794 ふるさとを　恋ふる涙や　ひとり行く　友なき山の　道芝《みちしば》の露

＊七九三は冬の哀傷の歌として独立している。

一 藤原実方。↓作者略伝。 二 ぼうっと。「穂」を響かせ、上の「薄」と縁語となる。

793 歌人として朽ちることのない名ばかりをこの世に残しおかれて、実方中将はこの陸奥《みちのく》の地に亡くなってしまわれた。そして枯れ野にさびしくなびく枯れ薄をその形見として見るだけ……。

不遇のうちに陸奥で客死した古《いにしえ》の貴公子歌人の塚を偶然見つけ、自分の先達という意識もあって、涙している歌。見ぬ世の古人を悲傷するという、哀傷歌としてはやや特殊な例。西行の最初の陸奥旅行の折の詠と考えられる。詞書《ことばがき》は『山家集』その他の西行の家集ともほぼ共通し、西行自記のものに基づくと見られる。参考「遺文三十軸《ぢく》、軸々《ニ》金玉《ノ》声《アリ》。龍門原上《ノ》土、埋《ンデ》ㇾ骨《ヲ》不ㇾ埋《マ》ㇾ名《ヲ》」（『和漢朗詠集』文詞付遺文、白楽天）。

＊七九四は友（ここでは仲間の修行者）の死を悼《いた》む歌。

794 故郷である現世を恋しく思ってこぼす涙が、友もないままたったひとりで越えてゆく死出の山の道芝の露となるのであろうか。

◇ひとり行く友なき山　ただ一人行く死出の山。「中有《ちゆう》といひて、まだ定まらぬほどは、遙《はる》かなる荒野に鳥獣だになきにただ一人ある心細さ、この世の人の恋しさ、堪へ難さ、推し量らせ給へ」（『俊頼髄脳《としよりずいのう》』）。

＊七九五・七九六は風に寄せる哀傷歌。

三 伊予守《いよのかみ》藤原敦家《あついえ》の女《むすめ》。保延五年（一一三九）没。

四 喪。 五 洛西嵯峨《らくせいさが》の古寺。一二六六頁注四参照。

795
[三]母の[四]思ひに侍りける秋、[五]法輪寺にこも
りて、あらしのいたく吹きければ　皇太后宮大夫俊成
憂き世には　今はあらしの　山風に　これや馴《な》れ行く　は
じめなるらむ

796
[六]定家朝臣母身まかりて後、秋の頃、墓
所近き堂に泊りてよみ侍りける
まれに来る　夜《よ》はもかなしき　松風を　絶えずや苔《こけ》の　下
に聞くらむ

797
[七]堀河院かくれ給ひて後、神無月、風の
音あはれに聞えければ　久我太政大臣《こがのだいじやうだいじん》
物思へば　色なき風も　なかりけり　身にしむ秋の　心な
らひに

795　この憂き世にはもうとどまるまいと思ってやってきたわたしにとって、これが嵐山《あらしやま》の山風に馴れてゆくはじめなのであろうか。

母を失って前途に希望を持てないまま、いっそ出家しようかと思い悩んでいる子の悲嘆の歌。第二・三句は「とふ人も今はあらしの山風に人まつ虫の声ぞかなしき」(『拾遺集』秋、読人しらず)に拠ると見られる。◇あらし「嵐」(嵐山を暗示)と「有らじ」の掛詞。

六 作者の妻。二五九頁注六参照。

796　たまに訪れる夜半でさえ悲しい思いにさせる松風を、亡き妻は苔の下で絶えず聞いているのであろうか。

亡き妻の墓参りをして、そのさびしさを思いやっているやさしい夫の歌。家集『長秋草』によると、妻の一周忌の建久五年二月十三日の詠。

＊ 七九七から七九九までは、再び秋の哀傷の歌群である。

七 →作者略伝。嘉承二年(一一〇七)七月十九日崩。

797　御門《みかど》がおかくれになった悲しみの思いに沈んでいると、悲しみの色を湛えていない風もないよ。身にしみるような今年の秋の心のならいで。

参考「吹きくれば身にもしみける秋風を色なきものと思ひけるかな」(『古今六帖』第一、読人しらず)、「松風は色や緑に吹きつらむ物思ふ人の身にぞしみける」(『後拾遺集』雑三、藤原延子《えんし》)。

◇色　具体的には風に散る紅葉から紅涙を連想したと見られる。◇しむ「色」の縁語「染《し》む」を掛ける。

一 藤原定通《さだみち》身まかりて後、月明《あか》き夜《よ》、二人の夢に、殿上になむ侍るとて、よみける歌

798 ふるさとを　別れし秋を　かぞふれば　八年《やとせ》になりぬ　有《あり》明《あけ》の月

三 源為善《ためよしの》朝臣身まかりにけるまたの年、月を見て

能《のう》因《いん》法《ほふ》師《し》

799 命あれば　今年の秋も　月は見つ　別れし人に　あふ世なきかな

四 世の中はかなく、人々多くなくなり侍りける頃、中将宣方《のぶかたの》五 朝臣身まかりて、

＊七九八・七九九は月にちなむ哀傷歌。

一 権中納言藤原保実《やすざね》の息。母は讃岐守《さぬきのかみ》藤原顕綱《あきつな》の女《むすめ》。右少弁正五位に至る。永久三年（一一一五）八月十三日弁に任じられ、同二十四日急逝《きゅうせい》したので、七日の弁と呼ばれた。享年は三十一歳か。二 ある人の夢。

798 早いものですね。有明の月を見ながら、わたしがこの現世に別れて幾度秋がめぐってきたかを数えると、もう八年になりました。

死者がこの世の人の夢に現れて詠んだという、やや特殊な哀傷歌。死後八年経《た》って、殿上《てんじょう》にいて詠んだということから、定通の執心はなおも殿上にとどまっていると当時の人々は考えたのであろう。

三 光孝源氏。播磨守《はりまのかみ》国盛の息。三十六歌仙の一人信《さね》明《あきら》の孫に当る。備前守従四位上に至る。長久三年（一〇四二）十月一日没。享年未詳。『後拾遺集』に入集。

799 命があるものだから今年の秋も月を見ることができたよ。しかし、夜に月を見るように、死別した友に再び逢う時はないなあ。

月を見て、旧友は先立ち、自分は生きて永らえていることを改めて確かめ、しみじみと感慨に耽《ふけ》っている歌。

◇世 「月」の縁語「夜」を掛ける。

＊八〇〇から八〇四までは冬の哀傷の歌群である。

四 世間に疫病が流行して亡くなる人が多く。五 源宣方。長徳四年（九九八）八月没。宇多源氏、左大臣重信の息。母は源高明《たかあきら》の女。左中将従四位下に至る。享年未詳。公任とは文雅の友であった。六 京都の白河。

十月ばかり、[六]白河の家にまかれりけるに、紅葉のひと葉残れるを見侍りて

前大納言公任《さきのだいなごんきんたふ》

800 けふ来ずは　見でややままし　山里の　もみぢも人も　常ならぬ世に

[七]十月ばかりに、[八]水無瀬《みなせ》に侍りし頃、前大僧正慈円のもとへ、[九]「濡れてしぐれの」など申しつかはして、[一〇]次の年の神無月に、無常の歌あまたよみてつかはし侍りし中に

太上天皇《だいじやうてんわう》

801 思ひ出づる　をりたく柴《しば》の　夕けぶり　むせぶもうれし　忘れ形見《がたみ》に

返し

前大僧正慈円

800 今日来なければ見ずに終ってしまっただろうか。山里の紅葉も人の命も、ともに明日をも知れぬこの世の中で。

一枚残っている紅葉に、生き残っている自身にも似たものを感じ、無常の思いを新たにして詠んだ。ただし、『大納言公任集』によれば、紅葉は一本散り残っていたという。「けふ来ずはあすは雪とぞ降りなまし消えずはありとも花と見ましや」（『古今集』春上、在原業平《ありわらのなりひら》。『伊勢物語』十七段）を念頭に置いているか。

＊ 八〇一から八〇三までは、後鳥羽《ごとば》院の寵女尾張《おわり》の死に関する哀傷歌として小歌群を形成する。

七 元久元年十月十九日頃の尾張の死を暗示。八 水無瀬宮。九『源家長日記』に院の歌として「なにとまた忘れて過ぐる袖《そで》の上に濡れてしぐれのおどろかすらむ」とある。一〇 元久二年十月二十八日のこと。

801 この夕べ、今は亡き人のことを思い出す折に、折っては焚《た》く柴の煙にむせながら、むせび泣くのもうれしい……。それが忘れがたい亡き人の忘れ形見と思うと。

山里で故人を偲《しの》びながら嘆くのも、故人への自らの愛情を確かめることを意味するので「うれし」と言った。『源家長日記』によれば、尾張の一周忌の頃、後鳥羽院が慈円と交わした十首の贈答歌のうちの一首。

◇をり　名詞「折《をり》」に動詞「折る」を掛ける。◇夕けぶり　柴を焚く煙だが、荼毘《だび》の煙を連想させるので「忘れ形見」（「忘れ難し」を掛ける）という。

802 思ひ出づる　をりたく柴《しば》と　聞くからに　たぐひ知られぬ　夕けぶりかな

雨中無常といふことを

太上天皇

803 なき人の　形見《かたみ》の雲や　しぐるらむ　ゆふべの雨に　色は見えねど

[一]枇《び》杷《は》皇太后宮かくれて後、十月ばかりに、かの宮の人々の中に、[二]たれともなくてさしおかせける

相《さが》模《み》

804 神無月《かみなづき》　しぐるるころも　いかなれや　空に過ぎにし　秋の宮人《みやびと》

右大将[三]通房《みちふさ》身まかりて後、手習ひすさ

802 亡きあのお方をお思い出しになるおりに、折って焚《た》く柴の夕煙にむせび泣かれるとうかがいますにつけ、あのお方へのたぐいのない御愛情を拝察申しあげます。

＊ 八〇三・八〇四はしぐれを取り合せた哀傷歌。

803 故人のなきがらを荼毘《だび》に付した形見ともいうべきその煙からできた雲が、しぐれを降らせているのだろうか。夕方なのでそれとはっきりわからないけれど。

尾張《おわり》の死後二年経《た》った建永元年七月の歌合での詠。『文選《もんぜん》』巻十「高唐賦《こうとうのふ》」に述べる朝雲暮雨の故事と、同じ故事に拠る『源氏物語』の「見し人の煙を雲とながむれば夕べの空もむつましきかな」（夕顔、光源氏）、「見し人の雨となりにし雲ゐさへいとどしぐれにかきくらすころ」（葵《あおい》、光源氏）などを念頭に置いた作。

一 藤原妍子（九九四〜一〇二七）。道長の二女。三条院の中宮。万寿四年九月十四日崩、三十四歳。二 だれからともわからないように、使いに置かせた歌。

804 十月となってしぐれが降るようになった初冬の頃の衣はどのようでしょうか。この秋、皇太后様がおかくれになって悲しみのあまりぼんやりと日を過してきた、この御所にお仕えする人々の。

◇ころも「衣」を掛ける。◇空に　茫然《ぼうぜん》と。「空」は「しぐるる」の縁語。◇秋の宮人　皇后（皇太后）宮を長秋《ちょうしゅう》宮《きゅう》ということから、そこに仕える女房達を指す。

＊ 八〇五から八〇七までは筆跡を主題とする小歌群。

みて侍りける扇《あふぎ》を見いだして、よみ侍りける

土御門右大臣女《つちみかどのうだいじんのむすめ》

805 手すさびの　はかなき跡と　見しかども　長き形見と　なりにけるかな

四 斎宮女御《にょうご》のもとにて、五 先帝の書かせ給へりける草子《さうし》を見侍りて

馬内侍《うまのないし》

806 尋ねても　跡はかくても　水茎《みづぐき》の　ゆくへも知らぬ　昔なりけり

返し

女御徽子女王

807 いにしへの　なきに流るる　水茎は　跡こそ袖《そで》の　うらに寄りけれ

三 藤原通房（一〇二五～四四）。頼通《よりみち》の嫡男。母は右兵衛督源憲定《のりさだ》の女《むすめ》。権大納言右大将正二位に至り、宇治大将と呼ばれた。長久五年四月二十七日没、享年二十歳。『後拾遺集』などに入集。

805 ほんの手慰みのとりとめもない筆の跡と思って見ておりましたけれども、これが亡き夫の永遠《とわ》の形見となってしまいました。

四 →作者略伝。五 村上天皇。→作者略伝。

806 先帝のお書きになられましたこの草子を探し出して拝見するにつけ、お筆の跡はこのように残っておりますが、水の行方がわからないように、どこへ消えてしまったのかその行方のわからない昔でございます。

西本願寺本『斎宮女御集』によれば、草子を返す際に馬内侍が添えた三首のうちの最初の歌。◇水茎の 「見つ」を掛ける。「水茎のあと」で筆跡の意だが、ここでは「水茎」だけで筆跡の意となる。同時に水を暗示して「ゆくへも知らぬ」と下に続けた。

807 昔ではないことを嘆いて流れる水（わたくしの涙）は袖の浦（裏）に寄っています。

やはり『斎宮女御集』によれば、馬内侍の贈歌三首に対する斎宮女御の答歌三首の第一首目。但し、内容的に八〇六に呼応するのは、二首目の「水茎のはかなき跡も消えなくにゆくへ知らぬは昔なりけり」の作。◇流るる 「泣かるる」を掛ける。◇袖のうら 袖を地名のようにとりなし、「浦」に「裏」を掛けた。

一 恒徳公《こうとくこう》かくれて後、女のもとに、月明《あか》き夜忍びてまかりてよみ侍りける

藤原道信朝臣

808 ほしもあへぬ　衣《ころも》の闇《やみ》に　昏《く》らされて　月ともいはず　まどひぬるかな

二 入道摂政のために、三 万燈会《まんどうゑ》行はれ侍りけるに

東《ひがし》三《さん》条《でうの》院《ゐん》

809 水底《みなそこ》に　千々《ちぢ》の光は　うつれども　昔の影は　見えずぞありける

四 公忠《きんただの》朝臣身まかりにける頃、よみ侍りける

源《みなもとの》信《さね》明《あきらの》朝《あ》臣《そん》

810 物をのみ　思ひ寝覚めの　枕《まくら》には　涙かからぬ　あかつきぞなき

＊ 八〇八から八一〇までは父を失った悲しみの歌。

一 藤原為光。作者の父。師輔《もろすけ》の息。太政大臣従一位に至る。正暦三年六月十六日五十一歳で没。

808 ほしきれない涙に濡れた喪服にやつれ、心も闇の中を行きくれたようになって、月夜の晩なのに迷ってしまいました。

参考「いにしへを恋ふる涙にくらされておぼろに見ゆる秋の夜の月」(『詞花集』雑下、藤原公任《きんとう》)。

◇衣の闇　喪服を暗示する。「闇」は「月」の対。

二 藤原兼家。作者の父。永祚《えいそ》二年（九九〇）七月二日没。→作者略伝。三 仏前に数多くの燈明を点じて供養する法会《ほうゑ》。

809 池の水底にたくさんの燈の光は映るけれども、お元気だった昔の父君のお姿は見えません。

参考「隠れにし月はめぐりて出でくれど影にも人は見えずありける」(『大和物語』九十七段、藤原忠平)。

四 源公忠。作者の父。天暦二年（九四八）十月二十九日没、享年六十歳。→作者略伝。

810 悲しい物思いにばかり沈んで寝に就くので、寝覚めの枕にこのように涙のかからない暁はありません。

◇思ひ寝覚め　「思ひ寝」から「寝覚め」へと言い続けた。◇かからぬ　「掛らぬ」と「このようでない」の意の「かからぬ」を掛ける。

＊ 八一一・八一二は天皇と死別した妃《きさき》の嘆き。

五 第六六代の天皇。七九参照。

一[五]条院かくれ給ひにければ、その御事をのみ恋ひ歎き給ひて、夢にほのかに見え給ひければ　　上東門院

811 あふことも　今は泣き寝の　夢ならで　いつかは君を　または見るべき

後《ご》朱雀院《すざくのゐん》[六]かくれ給ひて、上東門院[七]、白[八]河にこもり給ひにけるを聞きて　　女御藤原生子《にようごふぢはらのせいし》

812 憂しとては　出でにし家を　出でぬなり　などふるさとに　わが帰りけむ

幼かりける子の身まかりにけるに　　源《みなもとの》道《みち》済《なり》

813 はかなしと　いふにもいとど　涙のみ　かかるこの世を

811 もはや御門《みかど》にはお逢いできません。泣きながら寝入って見た夢以外に、いったいいつお目にかかることができましょう。
◇泣き寝　「無き」を掛ける。
六 第六九代の天皇。寛徳二年（一〇四五）一月十八日崩、三十七歳。↓作者略伝。七 藤原彰子。後朱雀院の母后で、作者の伯母《おば》にも当る。↓作者略伝。八 山里にある白河殿にお籠《こも》りになった。

812 御門《みかど》のおかくれによってこの世を憂いとお考えになられた女院様は、すでに御出家の身で、さらに御殿をお出になりました。それなのにこのわたくしはどうして生家に帰ってきたのでしょう。
後朱雀院の崩御に際して、父への遠慮から出家もできなかった女御の嘆きの歌。事情は『栄花物語』根合《ねあわせ》の巻に詳しい。
◇出でにし家を出でぬなり　すでに出家している上にさらに京の市中にある御殿から山里とされる白河殿に移り住んだことを指す。
＊八一三は子に先立たれた親の嘆きの歌。

813 はかないというにつけいよいよ涙が降りかかるこのように無常な世を、わたしは今まで頼りになるものだと思っていたのだなあ。
『道済集』によれば、通っていた女の生んだ子が死んだと聞いた時の詠。
◇かかるこの世　「掛る」と「このような」の意の「かかる」、「この」と「子の」を掛ける。

頼みけるかな

一 後一条院中宮かくれ給ひて後、人の夢
に

814 ふるさとに　行く人もがな　告《つ》げやらむ　知らぬ山路に
ひとりまどふと

二 小《を》野宮《ののみや》右大臣身まかりぬと聞きてよめ
る　権大納《ごんだいな》言《ごん》長家《ながいへ》

815 玉《たま》の緒《を》の　長きためしに　引く人も　消ゆれば露に　こと
ならぬかな

三 小式部内侍身まかりて後、常に持ちて
侍りける手箱を誦経《ずきやう》四にせさすとて、よ

＊八一四は、なおも迷っていると故人が訴えた歌。
一 藤原威子《いし》（九九九～一〇三六）。道長の三女。藤《ふじ》壺中宮《つぼのちゅうぐう》と呼ばれる。長元九年九月六日崩、三十八歳。

814 人の世へ行く人がいてほしいものです。そしたら告げてもらいましょう、わたくしは見知らない死出の山路でたった一人迷っていますと。

七九八と同じような、夢に現れた故人の詠であるが、七九八の場合よりも一層あらわに、追善供養を求めた歌。『袋草子』には、大宰大弐《だざいのだいに》藤原高遠が、死後、供養のために籠《こも》っていた僧の夢に現れて詠んだ歌と伝える。参考「わが恋は知らぬ山路にあらなくに迷ふ心ぞわびしかりける」（『古今集』恋二、紀貫之）。

＊八一五は長命の人が亡くなったと聞いての感想。
二 藤原実資《さねすけ》。寛徳三年（一〇四六）一月十八日没、享年九十歳。→作者略伝。

815 長寿の例に引くあのお人も、お亡くなりになってみれば、はかない露と所詮《しょせん》変らないなあ。

賢人右大臣と呼ばれて著名であった政界の長老の死を聞いて感慨を催して詠んだもの。やや傍観者的な響きがある。『栄花物語』根合《ねあわせ》の巻に、第五句を「なにかことなる」として掲げる。
◇玉の緒　「玉の緒の」で「命」の枕詞《まくらことば》とされるが、ここでは「玉の緒」だけで命の意。「玉」は下の「露」の縁語。「長き」「引く」は「緒」の縁語。

＊八一六は娘の死を嘆く母の歌。
三 橘道貞《たちばなのみちさだ》の女《むすめ》。二六三頁注一参照。四 誦経の布

施物にさせるというので。手箱に書き付けたのである。
816　せめてあの世で聞くだけは聞いて下さい、あなたへの恋しさに堪えかねて打つ鐘の音を。こうして供養しながら、片時もあなたを忘れることはできません。

『和泉式部集』によれば、愛宕《おたぎ》（愛宕寺）で供養した際の歌。亡き娘の魂に対する、「聞きにだに聞け」という訴えかけは悲痛である。
◇うち忘らるる　接頭語「うち」に、上の「鐘」の縁語「打ち」を響かせる。
＊八一七・八一八は故人の共通の友人が交わした追憶。
五　源扶義《すけよし》の女。長和二（一〇一三）、三年頃没か。
→作者略伝。六　何かの中に。「物」は、「物まゐる」などと同様、あえてぼかした言い方。

817　いったいだれがこの世の中で生き永らえて、それを見るのでしょう。亡き人が書き留めた筆の跡はいつまでも消えない忘れ形見ではあるものの。

故人の筆跡は永く残る記念であるという通念を一応認めつつも、それによって故人を偲《しの》ぶ者もいずれは死んでゆくという、無常の世の理《ことわり》をしみじみと詠嘆した。聡明さのうちにしめやかな亡友追慕の情感が籠《こも》る歌。

818　こうやって亡き人をなつかしく思い出すことも、いったいいつまでできるのでしょうか。今日はあの方のことを悲しんでいますが、明日はわたしたち自身に死が訪れるかもしれないのに。

内容的には、八一六の歌に呼応する歌と見られる。

み侍りける

816 恋ひわぶと　聞きにだに聞け　鐘《かね》の音に　うち忘らるる　時のまぞなき

和　泉　式　部

五 上東門院小少将《こせうしやう》身まかりて後、常にうちとけて書き交《かは》しける文《ふみ》の、六 物の中に侍りけるを見出でて、加賀少納言がもとにつかはしける

紫《むらさき》式《しき》部《ぶ》

817 たれか世に　ながらへて見む　書きとめし　跡は消えせぬ　形見《かたみ》なれども

返し

加《か》賀《がの》少納《せうな》言《ごん》

818 なき人を　しのぶることも　いつまでぞ　けふのあはれは　あすのわが身を

一僧正明尊《みやうそん》かくれて後、久しくなりて、
二房なども岩倉にとりわたして、草生《お》ひ
茂りてことざまになりにけるを見て　　律《りつ》師《し》慶《きやう》暹《せん》

819 なき人の　跡をだにとて　来て見れば　あらぬ里にも　なりにけるかな

世のはかなきことを歎く頃、陸奥国に
名ある所々書きたる絵を見て　　紫　式　部

820 見し人の　けぶりになりし　ゆふべより　名ぞむつましき　塩釜《しほがま》の浦

三後朱雀院かくれ給ひて、四源三位がもと
につかはしける　　弁《べんの》乳《め》母《のと》

＊八一九は弟子が先師を追懐した歌。

一 小野奉時《ともとき》の子。道風の孫に当る。第二九代の天台座主《ざす》となり、志賀僧正と呼ばれた。康平六年（一〇六三）六月二十六日入滅、享年九十三歳。二 師が住んでいた僧房を岩倉に移築して。岩倉は洛北《らくほく》の地名。

819　せめて先師の旧房をだけでも見て師を偲《しの》ぼうと思ってやって来て、見ると、その房は影も形もなく、昔とすっかり変った里となってしまったなあ。

＊八二〇から八二三までは煙に寄せる哀傷歌の小群。

820　夫が荼毘《だび》の煙となってしまった夕べからというものは、その名もなつかしく親しく聞える、塩焼く煙の立ち昇る塩釜の浦よ。

抽象的な詞書だが、「見し人」「むつましき」の語や、紫式部の伝記研究に照らし合せると単に親しい人の死を聞いての嘆きではなく、夫の死後の詠と考えられる。「君まさで煙絶えにし塩釜のうらさびしくも見えわたるかな」（『古今集』哀傷、紀貫之）に拠るところがあるか。『源氏物語』の「見し人の煙を雲とながむれば夕べの空もむつましきかな」（夕顔、光源氏）は、この現実体験を反芻《はんすう》して得られた物語歌と見られる。◇見し人　夫藤原宣孝《のぶたか》。長保三年（一〇〇一）四月二十五日没。享年未詳。◇塩釜の浦　陸奥《むつの》国（陸前）の歌枕《うたまくら》。ここに立ち昇る藻《も》塩《しお》の煙から故人の荼毘の煙を連想して「名ぞむつましき」という。

三 二七七頁注六参照。寛徳二年一月十八日崩。→作者略伝。四 後朱雀院の乳母。→作者略伝。

821 あはれ君　いかなる野べの　けぶりにて　むなしき空の
雲となりけむ

返し　源《げん》三《さん》位《み》

822 思へ君　燃えしけぶりに　まがひなで　立ちおくれたる
春の霞《かすみ》を

五大江嘉言《おほえのよしとき》、対馬守《つしまのかみ》になりて下るとて、
「六難波《なには》堀江の蘆《あし》のうら葉に」とよみて
下り侍りけるほどに、七国にてなくなり
にけりと聞きて　能因法師

823 あはれ人　けふの命を　知らませば　難波の蘆に　契らざ
らまし

821　ああ、御門《みかど》はどのような野辺の煙として立ち昇られ、虚空の雲となってしまわれたのでしょうか。

『栄花物語』根合《ねあわせ》の巻には、第五句を「雲となるらむ」として見える。

822　お察し下さい、あなた。御門の御大葬の時の煙に一緒にまぎれて消えてしまわず、立ち遅れてなおもながらえている、春霞のようなこのわたくしの悲しみを。

『栄花物語』根合の巻には、上句を「思ひやれおなじ煙にまじりなで」として見える。

◇君　ここでは弁乳母を指す。

＊八二三は亡き友を追懐した歌。

五→作者略伝。六「対馬になりてまかり下りけるに、津《つの》国のほどより、能因法師のもとに遣はしける　大江嘉言　命あらばいま帰りこむ津国の難波堀江の蘆のうらはに」（『後拾遺集』別）の歌。七 任地の対馬。

823　ああ、かれは、このように只今任地で死ぬと知っていたならば、別れに際してあのように難波の蘆を引き合いに出して約束などしなかっただろうに。友の死を聞いて人の世において再会を約すことのはかなさを詠嘆した。直接死を悼《いた》んでいるのではないのが、かえってしみじみとした感を与える。

◇けふの命　只今死ぬという運命。「けふ」は死の報に接した時点で言っているので、厳密に日を指し示す言い方ではない。

題しらず　　　大江匡衡朝臣《おほえのまさひらのあそん》

824 夜もすがら　昔のことを　見つるかな　語るやうつつ　ありし世や夢

[一]俊頼《としより》朝臣身まかりて後、常に見ける鏡を[二]仏に造らせ侍るとてよめる　　新《しん》少《せう》将《しやう》

825 うつりけむ　昔の影や　のこるとて　見るに思ひの　ます鏡かな

通ひ侍りける女のはかなくなり侍りける頃、書きおきたる文《ふみ》ども、[三]経の料紙になさむとて、取りいだして見侍りけるに　　按《あ》察《ぜ》使《ちの》公《きん》通《みち》

826 書きとむる　言《こと》の葉のみぞ　水茎《みづぐき》の　流れてとまる　形見《かたみ》

＊八二四は故人を夢にみて追懐している歌。

824 夜通しなつかしい昔のことを夢に見たよ。夢の中で亡き人と語ったのが現実なのだろうか、それともあの昔が夢だったのだろうか。

夢が現実で昔の思い出が夢だったのかと、常識を逆転させていったところが巧み。『続詞花集』に「一条院かくれさせ給ひてほどへて、夢に見たてまつりてよみ侍りける」という。作者は一条院の侍読《じどく》（天皇に進講する学者）で、その崩後一年足らずで没した。

＊八二五・八二六は追善供養の際の歌。

一 源俊頼。大治四年（一一二九）没。→作者略伝。

二 鋳直して仏像を造らせて。

825 昔そこに映っていたであろう亡き父の面影がもしかして残っているかと思って見るにつけ、いよいよ悲しみの思いの増す、真澄《ますみ》の鏡よ。

◇ます鏡　よく澄んだ鏡。真澄の鏡。「増す」を掛ける。「うつり」「影」はその縁語。

三 漉《す》き返して写経の用紙にしようとして。

826 今となっては、折々に書き留めておいた言葉だけが、いつまでも消えない筆の跡としてこの世に残りとどまっている、あの人の形見なのだなあ。

◇言の葉　「葉」と「水茎」の「茎」は縁語。◇水茎　筆跡の意。水を暗示し、その縁で「流れてとまる」と続ける。

＊八二七は故人を追懐した歌である。水のイメージで八二六と気分的には連なっている。

なりける

四 禎子《ていし》内親王かくれ侍りて後、五 悰子《そうし》内親王替りゐ侍りぬと聞きて、まかりて見ければ、何事も変らぬやうに侍りけるも、いとど昔思ひ出でられて、女房に申し侍りける　　中院右大臣《なかのゐんのうだいじん》

827 有栖川《ありすがは》　おなじ流れは　かはらねど　見しや昔の　影ぞ忘れぬ

六 権中納言道家の母かくれ侍りける秋、摂政太政大臣のもとにつかはしける　皇太后宮大夫俊成

828 かぎりなき　思ひのほどの　夢のうちは　おどろかさじと　歎きこしかな

四 白河院の第九皇女。母は中宮賢子。第二五代斎院。土御門《つちみかどの》斎院と号した。久寿三年（一一五六）一月五日没、享年七十六歳。五 堀河院の第三皇女。母は神祇《じんぎ》伯康資《はくやすすけ》王の女《むすめ》。保安四年（一一二三）八月第二七代斎院となる。大宮斎院と号した。応保二年（一一六二）十一月三日没、享年六十四歳。従って、禎子内親王の次の斎院ではなく、詞書は事実誤認をおかしている。

827 悰子内親王も同じ皇統を引かれる方《かた》なので、有栖川の流れが変らないように斎院のたたずまいは変りませんが、その昔、流れに映った影、そして拝見した禎子内親王のお姿を忘れることはできません。

詞書によれば、代変りした斎院でもとの主を偲《しの》んだ作。哀傷歌というよりは懐旧の歌に近い。◇有栖川　山城《やましろの》国の歌枕。紫野の賀茂斎院の野宮《ののみや》のあたりを流れていた小川。斎院の象徴として歌われる。

＊ 八二六から八三〇までは弔問の歌を並べた。

六 権中納言藤原能保《よしやす》の女で後京極良経《よしつね》の室。正治二年（一二〇〇）七月十三日没、享年三十四歳。

828 夢のようなこの上ないお悲しみに沈んでいらっしゃるうちは、かえって御弔問を御遠慮しようと存じ、ひそかにお嘆き申しあげておりました。

弔問が遅くなった理由を述べて行き届いている。◇夢　死はしばしば「夢」に譬《たと》えられている。◇おどろかさじと　弔問することによって相手の心を乱すまいと思って。「おどろかす」は目がさめる意から「夢」の縁語。

返し　摂政太政大臣

829 見し夢に　やがてまぎれぬ　わが身こそ　とはるるけふも　まづかなしけれ

母[一]の思ひ[二]に侍りける頃、またなくなりにける人のあたりより問ひて侍りければ、つかはしける　清輔朝臣《きよすけのあそん》

830 世の中は　見しも聞きしも　はかなくて　むなしき空の　けぶりなりけり

無常の心を　西行法師

831 いつ歎き　いつ思ふべき　ことなれば　後の世知らで　人の過ぐらむ

829 はかない夢のような妻の死に遭っていながら、その夢にそのままま ぎれて消えてしまわないこのわが身が、あなたに御弔問いただく今日もまず悲しく思われます。

光源氏が藤壺《ふじつぼ》との間に交わした、「見てもまたあふ夜まれなる夢のうちにやがてまぎるるわが身ともがな」（『源氏物語』若紫）という情熱的な恋歌を取って哀傷歌に変えた。そのことによって、亡き妻に対する作者の愛情の深さも推測される。

◇やがて　そのまま。

830 この世は自身見るにつけまたよそのことを聞くにつけ、はかないもので、人というものは所詮《しょせん》虚空の煙と立ち昇ってしまうのだなあと思われます。

一 高階《たかしな》能遠の女《むすめ》で藤原顕輔《あきすけ》の室であった人。二 喪。

家集によれば、仁平《にんぺい》元年（一一五一）九月二十二日源有仁《ありひと》（花園左大臣）の室が亡くなったころの詠である。参考「おくれゐて涙さへこそとどまらね見しも聞きしも残りなき世に」（『待賢門院堀河集』）。

＊八三一から八三五までは無常の歌群である。

831 いったいいつこの世の無常を嘆き、いつ仏の教えを思うべきことだと考えて、人は後世をも知らずに日を送っているのだろうか。

世人が愚かにもこの世の無常であることに気づかず、うかうかと日を送っていることを慨嘆した歌。

832 人は皆知ったような様子をしていて実は知らないのだなあ。必ず死ぬという定めがこの世にあ

るということを。

同じく、世人の愚かさを嘆いた歌だが、上句の表現などに、八三一に比して皮肉な感じがある。◇知りがほ　いかにも知っているといった様子。

833　昨日会った人なのに、どうしてそんなに急に死んでしまったのかと驚くけれども、やはり心は無明長夜《むみようじようや》の夢の中にあるのだ。

無常を悟ったようで本当は悟っていない自身を反省して歌う。◇おどろけど　はっと気づくが。「夢」の縁語。◇長き夜の夢　長い夜の夢のような、悟りにほど遠い迷いの世界。仏教でいう「無明長夜」を和らげて言った。

834　よもぎの茂った土の上に露が置くように、このはかない身をいつ横たえるのだろうか。それは今日の夕暮だろうか、それとも明日の明け方だろうか。

今日明日に迫っているかもしれない無常迅速の理《ことわり》を、対句表現に託して述べた。◇よもぎふ　ここでは墓場を意味するが、行き倒れて荒野に葬られるような状態を思い描いた。

835　わたしに死が訪れるのもいつのことだろうか。生きていたらなあと思うような亡き知人を偲《しの》ぼうとすると、その数はますますふえてゆく……。

本歌「世の中にあらましかばと思ふ人なきが多くもなりにけるかな」(『拾遺集』哀傷、藤原為頼《ためより》)。◇あらましかばと　生きていたらいいのにと。

前大僧正慈円

832　みな人の　知りがほにして　知らぬかな　かならず死ぬる　習ひありとは

833　きのふ見し　人はいかにと　おどろけど　なほ長き夜の　夢にぞありける

834　よもぎふに　いつかおくべき　露の身は　けふの夕暮　あすのあけぼの

835　われもいつぞ　あらましかばと　見し人を　しのぶとすれば　いとど添ひゆく

前参議教長《のりなが》[一]、高野《かうや》[二]に籠《こも》りゐて侍りけるが、病[三]限りになり侍りぬと聞きて、頼《より》[四]輔《すけ》卿まかりけるほどに身まかりぬと聞きて、つかはしける

寂蓮法師《じやくれんほふし》

836 尋ね来て　いかにあはれと　ながむらむ　跡なき山の　峯の白雲

[五]人におくれて歎きける人につかはしける

西行法師

837 なきあとの　面影をのみ　身に添へて　さこそは人の　恋しかるらめ

歎くこと侍りける人、問はずと恨み侍りければ

＊ 八三六から八三八までも弔問の小歌群である。

一 藤原教長。→作者略伝。 二 高野山。 三 病床に臥《ふ》していたが、いよいよ臨終近くなった。 四 藤原頼輔。教長の弟。→作者略伝。

836 あなたは病篤いお兄様をお見舞いするためにははるばる高野の御山までお登りになって、そのお兄様の亡くなられたあとの山の峰に懸る白雲を、どんなにか悲しくながめられたことでございましょう。

故人が仙人のように跡を隠したと歌うことによって、その死を直接表現することを避けた。参考「あしたづに乗りて通へる宿なればあとだに人は見えぬなりけり」(『千載集』雑上、能因)。◇跡なき山　故人の住んでいた痕跡《こんせき》がない山。死んだことを仙人のようにどこかへ去ってしまったと見なしていう。◇白雲　故人の遺骸を荼毘《だび》に付して生じた火葬の煙を暗示する。

五 愛する人に先立たれて嘆いている人。伴侶《はんりよ》を失った人を指すか。

837 お亡くなりになられた後も、その人の面影ばかりはお身体《からだ》からついて離れないので、さぞ恋しく思われることでございましょう。おくやみ申しあげます。

当事者の心になってその悲しみを推測し、やさしく慰問した。

838 あわれに悲しいと、心で思っている程度も口に出して言うことができれば、おくやみ申しあげ

たでしょう。わたしの悲しみの心は言葉では言い表せないので何も申しあげなかったのです。

直ちに弔問しなかったことに対する弁解の歌。恨んだ人は、『山家集』では「ゆかりにつけて物思ひける人」とあり、西行と俗縁でつながっていた人と思われる。
◇いはれぬべくは　言葉に言い現すことができたならば。「れ」は可能の意。
＊八三九は無常の歌として独立している。
839　つくづくと思うにつけ悲しいなあ。いったいいつまで他人の死を関《かか》わりのないこととして聞いていられるだろうか。いずれはわたし自身のこととなるのに……。
類歌「つくづくと思へば悲し暁の寝覚めも夢を見るにぞありける」(『千載集』雑中、殷富門院大輔《いんぷもんいんのたいふ》)。
＊八四〇・八四一は墓参の歌である。
六　源通宗（一一六八〜九八）。村上源氏。この歌の作者通親《みちちか》の嫡男。母は藤原忠雅《ただまさ》の女《むすめ》。参議左中将に至る。建久九年五月六日没。享年三十一歳。
840　わが子に先立たれてその墓を見ることは悲しい。この墓所をどうしてわが憂き身の死後の住処《すみか》と考え、定めておいたのだろうか。それはわが子のためとなってしまったではないか。
◇はかなさを　「墓」を響かせる。
七　鳥羽院の七の宮。母は八幡別当光清の女美濃《みの》。法名円性。第五六代の天台座主《ざす》。作者慈円の師の僧。養和元年（一一八一）十一月六日没。享年四十八歳。

838　あはれとも　心に思ふ　ほどばかり　いはれぬべくは　問ひこそはせめ

無常の心を　　入道左大臣

839　つくづくと　思へばかなし　いつまでか　人のあはれを　よそに聞くべき

左近中将[六]通宗《みちむね》が墓所にまかりて、よみける　　土御門内大臣

840　おくれゐて　見るぞかなしき　はかなさを　憂き身の跡と　なに頼みけむ

[七]覚快《かくくわい》法親王かくれ侍りて、周忌のはてに墓所にまかりて、よみ侍りける　　前大僧正慈円

841 そこはかと　思ひつづけて　来て見れば　ことしのけふも　袖《そで》は濡《ぬ》れけり

[一]母のために、粟田口《あはたぐち》[二]の家にて仏を供養し侍りける時、[三]はらからみなまうで来あひて、[四]古き面影などさらにしのび侍りける折しも、[五]雨かきくらし降り侍りければ、帰るとて、かの堂の障子に書き付け侍りける

右《う》大将《だいしやう》忠経《ただつね》

842 たれもみな　涙の雨に　堰《せ》きかねぬ　空もいかがは　つれなかるべき

なくなりたる人の数を卒都婆《そとば》[六]に書きて歌よみ侍りけるに

法《ほつ》橋《けう》行《ぎやう》遍《へん》

841 あれやこれや思い続けながら、先師の墓所はそこだったかなとやって来て見ると、一周忌である今日も袖は悲しみの涙に濡れるよ。

作者に関わりの深かった師の僧の墓参りの際に去来する、単なる悲しみというにはとどまらない、さまざまな感慨を詠歌に託した。

◇そこはかと　「そこ（墓所）はあそこだったかと」の意に副詞「そこはかと」を掛け、さらに「墓」を響かせていると見る。

＊八四二・八四三は追善供養にまつわる歌である。

一 平清盛の女《むすめ》で藤原兼雅《かねまさ》（後花山院左大臣）の室となった人。二 京都の賀茂川の東、三条通りの白川より東、蹴上《けあげ》までのあたり。三 同腹の兄弟姉妹。四 亡母の面影。五 空も暗くなって雨がひどく降りましたので。

842 わたしたち兄弟姉妹はだれも皆亡き母を恋しく思う涙の雨を堰くこともできなかった。だからどうして空もそしらぬ様子でいられようか。きっとわたしたちに同情して降り出したのだろう。

空を擬人化し、供養の折から降り出した雨を涙に見立て、「涙」「雨」「堰き」「空」と言葉の縁にすがって詠嘆した。

◇堰きかねぬ　堰きかねた。「ぬ」は完了の助動詞。

六「塔」の意の梵語《ぼんご》の訳語。墓の上に立てる石塔または板。ここでは墓標のごときものか。

843　昔見知った人はもはやこの世にいない。その名を卒都婆に書きつけておくたびに、わたしの袖は涙にしおれるよ。

卒都婆を立てて大勢の亡き人を供養した時の供養僧の歌。法要の場などで詠まれたものか。◇なぎさ　「無き」を掛け、「藻塩草」の縁語。◇藻塩草　ここでは卒都婆に書きつけた文字や歌の比喩《ひゆ》。◇かきおく　「書き」に「藻塩草」の縁語「掻《か》き」を掛ける。◇しをるる　しおれる。「なぎさ」の縁語。

＊八四四・八四五は故人を追憶した歌を並べた。

七　昔の結婚形態に伴い、子は母（作者の妻）の家に育てられていたのである。

844　自分が死んでしまったあとも偲《しの》ぶようにと思って、あの子は自分の袖の香を花橘にとどめておいたのだろうか。この香をかぐとあの子のことが思い出されてならないよ。

「さつき待つ花たちばなの香をかげば昔の人の袖の香ぞする」（『古今集』夏、読人しらず）を踏まえ、花橘の香から亡き子の袖の香を思い出した歌。

八　→作者略伝。

845　友の生前はほんの少しも会わないでいることはなかったのに、その訃報《ふほう》に接して「ああ、かわいそうに」とばかりいってそれで終ってしまったよ。

『続詞花集』によれば、能因の娘に送った弔問の歌。

＊八四六は親しい知人に弔問を求めた歌である。

九　→作者略伝。

843　見し人は　世にもなぎさの　藻塩草《もしほぐさ》　かきおくたびに　袖ぞしをるる

子の身まかりにける次の年の夏、かの七家にまかりたりけるに、花橘《はなたちばな》のかをりければよめる　祝《はふり》部《べの》成《なり》仲《なか》

844　あらざらむ　のちしのべとや　袖の香を　花たちばなに　とどめおきけむ

八能因《のういん》法師身まかりて後、よみける　藤原兼房朝臣《ふぢはらのかねふさのあそん》

845　ありし世に　しばしも見では　なかりしを　あはれとばかり　いひてやみぬる

妻なくなりてまたの年の秋の頃、九周防《すはうの》

846　お見舞いくださいよ、妻に先立たれたためにひとり片敷いている喪服の袖に涙のかかる、このようにさびしい秋の寝覚めを。

異性の歌友に同情を求めた。◇片敷く　独り寝をしていることを暗示する。◇藤の衣手に　藤衣（喪服）の衣手（袖）に。◇かかる　「掛る」と「このような」の意の「かかる」との掛詞。

＊八四七から八四九までは後に残された者の嘆きを歌った作品を集めた。

一　第七三代の天皇。嘉承二年（一一〇七）七月十九日崩、二十九歳。→作者略伝。

847　わが君がおかくれになって寄るべもないこのわたしは、縒《よ》りようもない青柳の糸のように、いっそうこの憂き世で千々に思い乱れている。

堀河院の旧臣で外戚に連なる作者が詠んだ、哀傷を主題とする百首歌の一首。歌題は堀河院にゆかりの深い堀河百首の題を襲用したもので、「柳」。技巧の勝った哀傷歌である。

◇よる　「寄る」に「青柳の糸」の縁語「縒る」を掛ける。◇青柳の　「いとど」を起す有意の序。◇いとど　「糸」を掛け、上から「青柳の糸——いとど」と続けた。◇乱るる　「青柳の糸」の縁語。

二　かりそめに。三　夜明けを告げる鶏が鳴いた。

848　いったいいつの間にわたしはこの身をすっかり山人としてしまって、都の地をかえって旅先と思うようになったのだろうか。

846
内侍がもとへつかはしける　権中納言通俊《ごんちゅうなごんみちとし》

問へかしな　片敷く藤《ふぢ》の　衣手《ころもで》に　涙のかかる　秋の寝覚めを

847
一堀河院かくれ給ひて後、よめる　権中納言国信《ごんちゅうなごんくにざね》

君なくて　よるかたもなき　青柳《あをやぎ》の　いとど憂き世ぞ　思ひ乱るる

通ひける女、山里にてはかなくなりにければ、つれづれと籠《こも》りゐて侍りけるに、二あからさまに京へまかりて、暁帰るに、三「鳥鳴きぬ」と、人々いそがし侍りければ　左京大夫顕輔

848
いつのまに　身を山がつに　なしはてて　都を旅と　思ふ

なるらむ

四奈良の御門《みかど》を斂《をさ》めたてまつりけるを見
て
人《ひと》麻《ま》呂《ろ》

849 ひさかたの　あめにしをるる　君ゆゑに　月日も知らで
恋ひわたるらむ

題しらず　小野小町

850 あるはなく　なきは数添ふ　世の中に　あはれいづれの
日まで歎かむ

業《なり》平《ひらの》朝臣《あそん》

851 白玉《しらたま》か　なにぞと人の　問ひし時　露と答へて　消《け》なまし
ものを

四 第五一代、平城《へいぜい》天皇（七七四〜八二四）を指すか。ただし、『万葉集』の原歌（二〇〇）は天武天皇の皇子高《たけ》市皇子《ちのみこ》の葬儀の際の挽歌《ばんか》。

849　雨に濡れしおれて天《あま》隠れられた太陽のような亡きわが君のために、わたくしたちは月日の照ることも知らず（月日の経《た》ったことも忘れて）お慕いしております。

帝の大葬（実は皇子の斂葬《れんそう》）に際しての舎人《とねり》の挽歌。◇ひさかたの「あめ」に掛る枕詞。◇あめ「雨」に「天」を掛ける。◇月日　上の「あめ」の縁語。◇恋ひわたる「わたる」は「月日」の縁語。

＊八五〇は無常の歌である。

850　昔達者だった人はすでに亡く、故人となった人はその数が増す無常な世の中に、ああ、このわたしもいつまで生きていてそれを嘆くのでしょうか。

『小大君集《こおおいぎみ》』『為頼朝臣集』『栄花物語』見はてぬ夢、『続詞花集』雑下などに、小大君の作として、それぞれ字句の異同はあるが、同一歌と見られるものを収める。小町作というのは誤認か誤伝であろう。

＊八五一は愛する者に先立たれた者の嘆きの歌。

851　「白玉ですか。何ですか」とあの女《ひと》が尋ねた時、「それは露です」と答えて、ちょうどその露のように消えてしまえばよかったのに。

『伊勢物語』六段で語られる芥川《あくたがわ》の物語の歌。◇消なまし「消」は「消《き》え」。動詞「消《く》」の連用形。「まし」は仮想の助動詞。

延《えん》喜《ぎの》御《おほん》歌《うた》

更衣《かうい》の服にてまゐれりけるを見給ひて

852 年ふれば　かくもありけり　墨染めの　こは思ふてふ　それかあらぬか

中納言兼輔

思ひにて人の家に宿れりけるを、その家に忘れ草の多く侍りければ、あるじにつかはしける

853 なき人を　しのびかねては　忘れ草　多かる宿に　やどりをぞする

病に沈みて、久しく籠《こも》りゐて侍りけるが、たまたまよろしくなりて、内《うち》にまゐりて、右大弁公忠蔵人《きんただくらうど》に侍りけるに

＊八五二は弔問の歌と見られる。

一 具体的にどういう女性かは不明。「更衣」は、後宮の女官。女御《にようご》の下に位置する。 二 喪服を着て。

852 そなたを知って永年経《た》ってみるとこういうこともあるのだなあ。そなたは色濃い喪服を着ているが、これはそなたが愛しているという人の喪に服しているのか、それとも別の人の喪なのかね。

帝（醍醐《だいご》）が更衣に軽く問う形で、気の毒だねという心を表した歌。

◇墨染め　喪服。◇こは　重い喪に服していることを意味する形容詞「濃し」の語幹「濃」に代名詞「こ」を掛けていると見る。代名詞「こ」と「子」の掛詞という説もある。

＊八五三は故人追懐をテーマとした歌である。

三 喪中で。 四 かんぞうのこと。憂いを忘れさせる草とされている。

853 亡き人を偲《しの》ぶのにも堪《た》えかねて、恋忘れ草といわれる忘れ草が多く生《は》えているこの家にわたしは宿ります。

『兼輔集』には第二句を「忘れかねては」とし、これに対する「片時も見て慰めき昔より憂へ忘るる草といふめり」という、家主の返歌をも収めている。『兼輔集』のように「忘れかねては忘れ草多かる宿に宿りをぞする」と同音反復を重ねたのが作者の技巧だったか。

◇しのび　「忘れ草」と対になる。

逢ひて、またあさてばかりまゐるべきよし申して、[七]まかり出でにけるままに病重くなりて、[八]限りに侍りければ、公忠朝臣につかはしける

藤原季縄《ふぢはらのすゑなは》

854 くやしくぞ　のちに逢はむと　契りける　けふをかぎりと　いはましものを

[九]母の女御かくれ侍りて、七月七日よみ侍りける

中務卿具平親王《なかつかさきやうともひらしんわう》

855 墨染めの　袖《そで》は空にも　貸さなくに　しぼりもあへず　露ぞこぼるる

うせにける人の文《ふみ》の、[一〇]物の中なるを見出でて、その[一一]ゆかりなる人のもとにつ

＊八五四は死者自身の臨終の歌である。

五 参内して。六 源公忠。→作者略伝。七 退出するやいなや。八 臨終となりましたので。

854 くやしいことには、「後日お会いしましょう」と、あなたとお約束しました。「今日で今生《こんじよう》のお別れです」と言えばよかったのに。

一寸先のことがわからない凡人の愚かさを悔《くや》んだ、人間的共感を呼ぶ歌。結果的には辞世の歌と見られる。

＊八五五は残された者の嘆きを主題とした歌である。

九 荘子《そうし》女王（九三〇〜一〇〇八）。村上天皇の女御となった。代明《よあきら》親王の女《むすめ》。寛弘五年七月十六日没、七十九歳。

855 わたしの喪服の袖は、七夕《たなばた》の空の二星に貸したわけでもないのに、絞りきれないほど露がこぼれるよ。

七夕の夜、牽牛《けんぎゆう》・織女に衣を貸す（実際には供える）という風習があった。それを踏まえて、二星に貸せば、後朝《きぬぎぬ》の別れを悲しんでこぼす涙の露に濡れているのも当然であるが、貸さないにもかかわらずおびただしく濡れているのは、母の死を嘆く涙の露のためであると歌う。「七夕に衣も脱ぎて貸すべきにゆゆしとや見む墨染めの袖」（『詞花集』秋、花山院）と類想の歌。

◇露　自身の涙を暗示する。

＊八五六は故人追懐を主題とした歌である。

一〇 何か物の間にあったのを見つけ出して。一一 縁者である人。加賀少納言のこと。八二七参照。

かはしける　　紫式部

856 暮れぬまの　身をば思はで　人の世の　あはれを知るぞ
かつははかなき

856　日暮――生の終りまではほんのわずかというほどわが身が無常であることを忘れて、他人の死のあわれがわかったつもりでいるのは、一方でははかなく思われます。

八二七と同じ折の詠である。「紀友則が身まかりにける時よめる　貫之　あす知らぬわが身と思へど暮れぬまのけふは人こそかなしかりけれ」（『古今集』哀傷）という古歌は、わが身が無常な存在であるとわかっていても、さしあたっては友の死が悲しいと詠嘆している。それに対して、紫式部は、自身の無常な存在であることを忘れて、他人のあわれがわかったつもりでいるよと、自嘲《じちょう》と反省を籠《こ》めて歌う。人間の愚かさ、はかなさを自覚しているこのような聡明さは、長い世代にわたっての人々の生き死にを描いた『源氏物語』の作者としてふさわしい。この巻で、巻頭歌の作者遍昭に照応すべき作者として、彼女を選んだ意図も、そのような点に求められるか。

新古今和歌集　巻第九

離別歌

陸奥《みちの》国に下りける人に装束《さうぞく》贈るとて、
よみ侍《はべ》りける　紀《きの》貫《つら》之《ゆき》

857 玉ぼこの　道の山風　寒からば　形見《かたみ》がてらに　着なむと
ぞ思ふ

題しらず　伊《い》勢《せ》

858 忘れなむ　世にも越路《こしぢ》の　帰山《かへるやま》　いつはた人に　逢はむと

＊八五七は旅立つ人への餞《はなむけ》の歌である。

857　御旅の道すがら、山風が寒いようでしたら、わたしのあなたに対する気持の記念品という意味を兼ねて、餞別としてお贈りする、この衣裳《いしよう》を着ていただきたいと思います。

離別歌は平安前期の作が多いので、その時期における最も代表的な歌人である紀貫之の作を巻頭歌として置いたと見られる。『貫之集』によれば、陸奥守《むつのかみ》平よりすけの餞別として橘《たちばなの》すけなわが装束を贈った時に添えた和歌を代作したもの。

◇玉ぼこの　「道」に掛る枕詞《まくらことば》。

＊八五八は旅立つ人の惜別の歌。

858　わたしはまたいつ越《こし》の国への道筋にある帰山や五幡《いつはた》から帰ってきて、あなたにお逢いできるのでしょうか。ともすれば、一度別れると人は忘れてしまいがちなこの世の中で。

『伊勢集』によっても詠作事情はわからない。

◇越路　越の国（越前・越中・越後・加賀・能登《のと》などの国々）へ行く道筋。◇帰山　越前国の歌枕。鹿蒜《かひる》山ともいう。現在の福井県今庄《いまじよう》町から敦賀《つるが》市へかけての山。「帰る」を掛けることが多い。◇いつはた　「いつまた」の意の副詞「いつ」「はた」に越前国の歌枕五幡を掛ける。五幡は現在敦賀市内。◇人　相手のことをあえて第三者のように言った言い方。

すらむ

浅からず契りける人[一]の行[二]き別れ侍りけるに

紫《むらさき》式《しき》部《ぶ》

859 北へ行く 雁《かり》のつばさに 言伝《ことづ》てよ 雲の上書《うはが》き かき絶えずして

田舎《ゐなか》へまかりける人に旅衣《たびごろも》つかはすとて

大中臣能宣朝臣《おほなかとみのよしのぶのあそん》

860 秋霧の たつ旅衣 おきて見よ つゆばかりなる 形見なりとも

陸奥国に下り侍りける人に

紀　貫　之

861 見てだにも 飽《あ》かぬ心を 玉ぼこの 道のおくまで 人の

＊八五九から八六六までは、八六五を除き、餞《はなむけ》の歌とそれへの返歌をまとめたものである。

一 『紫式部集』によれば、紫式部が「姉君」と呼んで親しんでいた女友達である。 二 友がその父の任地筑紫《つくし》（九州）へ出発し、紫式部も父藤原為時の任国越前に旅立つことになっていた。

859 わたしがこれから行く北国の方へ飛んでゆく雁の翼に、あなたのお便りを託してくださいな。消息文の上書きを書き絶やすことなく。

◇雁のつばさ 蘇武《そぶ》の雁信の故事（五〇〇注参照）によっていう。◇雲の上書き 「雲の上」は「雁」の縁語。「書き」に「つばさ」の縁語「掻《か》き」を掛け、「雲の上書き」は「かき絶え」の序となる。

860 秋霧の立つ季節に旅立ちをなさるあなたは、この旅衣裳《いしょう》をわたしの記念品としておそばに置いて見てください。たとえほんの気持ばかりの品であっても。

餞の旅衣裳に添えた歌。『能宣集』によると「八月ばかり」に送った歌なので、「秋霧」「つゆ」という秋の景物が詠《よ》み入れられているのはふさわしい。◇たつ 「立つ」に「裁つ」を掛ける。◇おきて見よ 「おき」は「つゆ（露）」の縁語。◇つゆ 「少し」の意の「つゆ」に「秋霧」の縁語「露」を掛ける。

861 いくらお逢いしていても飽きないのに、東路《あずまじ》の果てである陸奥《みちのく》の地までもあなたはいらっしゃ

ゆくらむ

[三]逢坂《あふさか》の関近きわたりに住み侍りけるに、遠き所にまかりける人に餞《はなむけ》し侍るとて　中納言《ちゆうなごん》兼輔《かねすけ》

862 逢坂の　関にわが宿　なかりせば　別るる人は　頼まざらまし

寂昭上人《しやうにん》[四]入唐《につたう》し侍りけるに装束贈りけるに、立ちけるを知らで、追ひてつかはしける　読人しらず

863 着ならせと　思ひしものを　旅衣　たつ日を知らず　なりにけるかな

返し　寂《じやく》昭《せう》法《ほふ》師《し》

るのですね。

『貫之集』によれば藤原有時《ありとき》が陸奥守《むつのかみ》として赴任する時宰相中将（藤原師輔《もろすけ》か）が催した餞の宴での歌である。あるいは代作の歌か。

三 山城《やましろの》国（今の京都府東南部）と近江《おうみの》国（滋賀県）との国境の逢坂山に置かれた古関。

862 もしも逢坂の関にわたしの家がなかったならば、別れて旅立っていくあなたとまたお逢いすることも期待できないでしょう。でもこのように、ここに家があるのだから、いつかまたお逢いできますね。

『兼輔集』の諸本により、友人を送った歌、女性を送った歌など、詠作事情はさまざまに伝えられている。

四 入宋《につそう》のこと。寂昭（→作者略伝）は長保五年（一〇〇三）八月二十五日に肥前国松浦から出発、入宋の途に就いた。

863 あなたが着ならしてくださるように、そして無事御帰朝なさってわたしの所をしげしげ訪れてくださるようにと思ってこの旅衣を裁ちましたのに、あなたの御出立の日を知らずにいて、お贈りするのが遅くなってしまいましたよ。

八五七・八六〇と同じく、餞の装束に添えた歌。作者はあるいは女性か。◇着ならせと「着」に「来」を掛ける。帰国後訪れることを期待している心が籠《こ》められている。◇たつ「出発する」の意の「立つ」に「衣」の縁語「裁つ」を掛ける。

864 では、これがあの雲のはてで天人の機《はた》で織ると聞いている、裁ったり縫ったりする必要のない、天の羽衣なのですね。御厚意有難く頂戴《ちようだい》します。

参考「これやこの天の羽衣むべしこそ君がみけしとたてまつりけれ」（『伊勢物語』十六段、紀有常《きのありつね》）。

◇雲のはたて「雲のはて」の意に「機《はた》」を掛け、「天人の機で織った」の意を籠《こ》める。◇たつ　出立するの意の「立つ」と「裁つ」の掛詞。◇天の羽衣　織女など天人や仙人の着物は糸針の類を用いず、縫い目などないと考えられていた。

＊八六五は離別を主題としており、この歌群中では独立しているが、「衣」の語で八六四と、陸奥の川を詠んでいる点で八六六と連想づけられている。

865 衣川の水に馴れたように見馴《な》れた人との別れに際しては、袂《たもと》まで涙の波が立ったよ。

◇衣川　陸奥《むつ》国の歌枕。岩手県を流れる。◇みなれし「見馴れし」に「水馴れし」を掛ける。「なれ」は「衣川」の「衣」の縁語。◇たもと「衣」の縁語。◇波　涙の比喩《ひゆ》。

866 もしもわたしが赴任してゆく先の陸奥に「逢う」ということばを思わせる阿武隈川がなかったならば、どのように惜しんだらいいのでしょう、今日のこの別れを。

阿武隈川があるから今別れても再び逢えるということによって、自身の心細さをもまぎらそうとした。

◇阿武隈川　陸奥国の歌枕。「逢ふ」を掛ける。

864 これやさは　雲のはたてに　織ると聞く　たつこと知らぬ　天《あま》の羽衣《はごろも》

題しらず　源《みなもとの》重《しげ》之《ゆき》

865 衣川《ころもがは》　みなれし人の　わかれには　たもとまでこそ　波は立ちけれ

陸奥国の介《すけ》にてまかりける時、範永朝臣のもとにつかはしける　高階経重朝臣《たかしなのつねしげのあそん》

866 行く末に　阿武《あぶ》隈川《くまがは》の　なかりせば　いかにかせまし　けふの別れを

返し　藤原範永朝臣《ふぢはらののりながのあそん》

867 君にまた　阿武隈川を　待つべきに　残りすくなき　われ

ぞかなしき

大宰帥隆家《だざいのそちたかいへ》[一]下りけるに、扇賜《あふぎたま》[二]ふとて

枇杷皇太后宮《びはくわうたいごうぐう》

868 すずしさは　生《いき》の松原　まさるとも　添ふる扇の　風な忘れそ

[三]亭子院《ていじのゐん》、[四]宮滝御覧じにおはしましける御供に、[五]素性《そせい》法師めし具せられてまゐれりけるを、[六]住吉《すみよし》の郡《こほり》にていとま賜はせて、[七]大和《やまと》につかはしけるに、よみ侍りける

一条右大臣《いちでうのうだいじん》 恒佐《つねすけ》

869 神無月《かみなづき》　まれのみゆきに　さそはれて　けふ別れなば　いつか逢ひ見む

867 あなたが阿武隈川のあたりから帰っていらっしゃって、またお逢いできる日を待つのが当然ですのに、余命少ないわたしはそれもおぼつかないので、悲しく思われます。

一 藤原隆家。長和四年（一〇一五）四月末、大宰権帥《ごんのそつ》として筑紫《つくし》に赴いた。→作者略伝。二 実資の日記『小右記《しょうゆうき》』によれば、女装束に添えた扇。

868 たとえ涼しさは、生《いき》の松原を吹く松風のほうがまさっているとしても、この旅装束に添えたわたしの形見の扇の風をお忘れにならないで。

◇生の松原　筑前国《ちくぜんの》の歌枕。現在は福岡市内。この句だけで生の松原を吹く松風を暗示する。

＊八六九は旅先での惜別の歌。

三 宇多上皇。四 大和国《やまとの》の歌枕。現在、奈良県吉野郡。吉野川の渓谷。上代、吉野離宮があった。宮滝御幸は昌泰元年（八九八）十月に行われた。五 奈良から仮に「良因朝臣」と名乗って、御幸に随行していた。→作者略伝。六 摂津国の郡。七 素性は大和国石上《いそのかみ》の良因院へ帰った。

869 わたしたちは、めったにない十月のみ雪（御幸）に誘われてともに旅を楽しみましたが、今日あなたとお別れしたならば今度はいつお逢いできることでしょうか。

◇みゆき　御幸。冬の御幸なので、「深雪」を響かせているが、実際に深雪が降ったわけではない。

題しらず　　大江千里《おほえのちさと》

870 別れての　のちも逢ひ見むと　思へども　これをいづれの　時とかは知る

成尋《じやうじん》法師入唐し侍りけるに、母のよみ侍りける

871 もろこしも　天《あめ》の下にぞ　ありと聞く　照る日《ひ》の本《もと》を　忘れざらなむ

修行《すぎやう》に出で立つとて、人のもとにつかはしける　　道命法師《だうみやうほふし》

872 別れ路は　これや限りの　旅ならむ　さらにいくべき　心《ここ》地《ち》こそせね

＊八七〇は離別を主題としている点では前後の作と共通するが、作歌契機から見れば独立している。

870 お別れしたのちもまたお逢いしようと思いますが、それはいったいいつになるのでしょう。全くわかりません。

『千里集』（「句題和歌」）によれば、「後時相見是何時」という詩句を翻案したもの。

＊八七一は送別の歌である。

一 延久四年（一〇七二）三月十五日肥前国松浦を出発して入宋《につそう》の途に就いた。→作者略伝。

871 唐土《もろこし》も、雨が降る天の下にある国だと聞いています。だから、わが子よ、唐土へ行っても同じ空に照る日の真下にあるこの日本の国を忘れないでおくれ。そして、母がひたすらそなたの帰りを待っていることをも。

◇天の下 「天」に「雨」を響かせる。◇日の本 日本。「天の下」の縁語。「もろこし」と対になる。遠く海外に旅立つわが子を送る母の惜別の情。

＊八七二は旅立つ者による惜別の歌である。

872 修行に出で立つためにお別れいたしますが、もしかしてこれがあの世への旅立ちになるのでしょうか。わたしは全く生きた心地もせず、行く気にもなれません。

厳しい修行の旅に出立する際、道心深い僧に生じた心細さを、素直にいかにも人間的に表現した。『道命阿《あ》闍梨《じやり》集』によれば、貴人に贈った別れの歌か。

二 老いたる親の、七月七日筑紫《つくし》へ下りけるに、遙かに離れぬることを思ひて、八日の暁追ひて舟に乗る所につかはしける

加《か》賀《がの》左《さ》衛《ゑ》門《もん》

873 天の川　空にきこえし　舟出には　われぞまさりて　けさはかなしき

実方朝臣の三 陸奥《みちのく》へ下りけるに、餞すとてよみ侍りける

中《ちゅう》納《な》言《ごん》隆《たか》家《いへ》

874 別れ路は　いつも歎きの　絶えせぬに　いとどかなしき　秋の夕暮

返し

藤原実方朝臣《ふぢはらのさねかたのあそん》

875 とどまらむ　ことは心に　かなへども　いかにかせまし

◇いく「行く」に「生く」を掛ける。

＊八七三は送別の歌である。

二 父丹波泰親《たんばのやすちか》と考えられる。

873 あの有名な天の川で、牽牛《けんぎゅう》・織女が後朝《きぬぎぬ》の別れをして、いよいよ舟出する時の悲しみよりも、遠く筑紫まで舟出する老いた父を見送る今朝のわたしの悲しみのほうがいっそうまさっています。

七夕《たなばた》の翌朝の別れなので、七夕を引き合いに出して、父との別れの悲しみを強調した。

◇舟出には「舟出の悲しさには」の意。

＊八七四・八七五は餞《はなむけ》の歌とそれに対する返歌。

三 長徳元年（九九五）九月二十七日陸奥へ赴任した。

874 人との別れはいつも嘆きの絶えることはないものですが、秋の夕暮の別れはとくに悲しく思われます。

旅立ちが暮秋の候であるのにふさわしい惜別の歌。

875 都にとどまるということ、それは私の望むところですが、どうしたらいいでしょう、暮れてゆく秋が、「さあ、一緒に行こう」と誘うのを。

都を去ってゆく秋が自分を誘うとした。実方の陸奥国赴任は左遷と断定できないが、『新古今集』が撰進された時代には、殿上《てんじょう》で藤原行成と口論して、狼藉《ろうぜき》な振舞いをしたために、一条天皇から「歌枕見てまゐれ」といわれて、陸奥守に貶《おと》されたという、『古事談』に伝えるような説話が流布《るふ》していて、左遷と見なされ、実方への同情から採られた贈答歌であるかもしれない。

秋のさそふを

一七月ばかり美作《みまさか》へ下るとて、都の人に
つかはしける　　前中納言匡房《さきのちゆうなごんまさふさ》

876 都をば　秋とともにぞ　立ちそめし　淀《よど》の川霧　幾夜へだてつ

二御子《みこ》の宮と申しける時、三大宰大弐《だざいのだいに》実政《さねまさ》
学士にて侍りける、甲斐守《かひのかみ》にて下り侍
りけるに、餞賜はすとて　　後三条院御歌《ごさんでうのゐんのおほんうた》

877 思ひ出でば　おなじ空とは　月を見よ　ほどは雲居《くもゐ》に　めぐりあふまで

陸奥国の守《かみ》四基頼朝臣、久しく逢ひ見ぬ

＊八七六は旅立つ者による惜別の歌である。

一 匡房は延久六年（一〇七四）正月美作守に任ぜられているので、おそらくその年の七月のことか。

876 秋が立つのと同時に都を出立したよ。それから幾夜、淀のあたりの川霧は、わたしとなつかしい都の間を立ち隔てたことか。

能因の名歌「都をば霞《かすみ》とともに立ちしかど秋風ぞ吹く白河の関」（『後拾遺集』羇旅《きりよ》）を意識している。

◇立ちそめし　立秋の頃出立した。「立ち」は下の「霧」の縁語。

＊八七七は餞《はなむけ》の歌である。

二 東宮《とうぐう》と申した時。寛徳二年（一〇四五）正月から治暦四年（一〇六八）四月までの期間に当る。三 藤原実政（一〇一九〜九三）。資業《すけなり》の息。康平七年（一〇六四）三月甲斐守に任ぜられた。

877 わたしのことを思い出す時があったら、空の月を見て、わたしも同じように月を見ていると思ってくれよ。再会の日はたとえ遥か隔たっていても、いずれはその月がまた空にめぐってくるように、わたしが九重の雲居の主《あるじ》となり、二人がめぐりあえるまで。

「忘るなよほどは雲ゐになりぬとも空ゆく月のめぐりあふまで」（『拾遺集』雑上、橘忠幹《たちばなのただもと》。『伊勢物語』十一段）を強く意識した惜別の歌。後三条院が実政を信任していたことは、説話集類にしばしば語られている。

◇雲居　「雲居遥かに隔たっていても」の意に、内裏の意の「雲居」を掛け、「内裏において」の意を籠《こ》める。

「空」「月」の縁語。

＊八七八は兄の帰京を促す歌。◇めぐりあふ　「月」の縁語。

四 藤原基頼《もとより》（一〇四〇～一一二二）。右大臣俊家の息。鎮守府将軍となったが、昇殿を辞退して正五位下にとどまった。

878 あなたが帰っていらっしゃるまでの期間を思うにつけ、御任地の武隈の松ではありませんが、お帰りを待つわたしはひどく老いてしまいました。

先行歌に「六年《むとせ》にぞ君は来まさむ住吉のまつべき身こそいたく老いぬれ」（『詞花集』別、津守国基《つもりのくにもと》）がある。◇武隈のまつ　陸奥国の歌枕「武隈の松」に「待つ」を掛ける。

＊八七九・八八〇は旅立つ者による惜別の歌である。

879 再び会いたいとは思うけれども、この不定《ふじやう》な世のはかなさを考えると、再会の日をいつと決めてその日を待てともあてにさせることはできないよ。

『行尊大僧正集』によれば、山伏修行のため熊野に入る旅を見送った千手丸という童《わらべ》に与えた歌。「ながらへてあるべき身とし思はねば忘るなとだにえこそ契らね」（『千載集』離別、源心）などと類想。

880 わたしたちはまた逢おうという約束など、一度もしなかったね。こんなに急に別れるなんてあらかじめ思ってもいなかったから。

詠作事情は全く不明だが、たとえば政治権力などの不可抗力によって不本意な旅に赴かざるをえなくなった男の、愛する女との惜別の歌かと想像される。

よし申して、いつ上るべしともいはず
侍りければ　　基《もと》　俊《とし》

878 帰りこむ　ほど思ふにも　武隈《たけくま》の　まつわが身こそ　いた
く老いぬれ

修行に出で侍りけるによめる　　大僧正行尊《だいそうじやうぎやうそん》

879 思へども　定めなき世の　はかなさに　いつを待てとも
えこそ頼めね

にはかに都を離れて遠くまかりにける
に、女につかはしける　　読人しらず

880 契りおく　ことこそさらに　なかりしか　かねて思ひし
別れならねば

＊八八一・八八三は離別を主題とする題詠歌である。
881 今日のお別れはほんの一時的なものと思っていますけれども、さあ、もしかしたら死出の旅への本当のお別れになるかもしれません。
参考「かりそめの別れと思へど白河のせきとどめぬは涙なりけり」(『後拾遺集』別、藤原定頼)。
◇いさや　さあ、わからない。
＊八八二は撰集資料によれば、旅立ちに際して詠まれた惜別の歌である。
882 もし、わたしが人に思い出されるような者だったら、帰ってくる時を言って再会を約しもしましょうが――わたしはそれほど人になつかしく思い出されるような人間とは思われません。
別れた後人々は自分を忘れるだろうと想像することによって、忘れてほしくないという心を逆説的に言った。
883 それがだれともわからないものの、人との別れが悲しく思われるのは、唐土《もろこし》へ向けて松浦潟の沖を出てゆく船に乗っている人々を思う時だなあ。
◇松浦の沖　松浦潟の沖。肥前国の歌枕。渡唐・渡宋の船はここから出発することが多かった。
＊八八四・八八五は餞《はなむけ》の歌である。
884 これから遠くはるばる筑紫《つくし》の地まで、あなたが分けていかれるはずの白波なのに、おや、変ですね。あとに残るわたしが袖に懸けました。ああ、それは別れの悲しみのために流した涙の白波だったのです。

別れの心をよめる　俊恵《しゆんゑ》法《ほふ》師《し》

881 かりそめの　別れとけふを　思へども　いさやまことの　旅にもあるらむ

登《とう》蓮《れん》法《ほふ》師《し》

882 帰りこむ　ほどをや人に　契らまし　しのばれぬべき　わが身なりせば

守覚法親王《しゆかくほふしんわう》五十首歌よませ侍りける時　藤原隆信朝臣《ふぢはらのたかのぶのあそん》

883 たれとしも　知らぬ別れの　かなしきは　松浦《まつら》の沖《おき》を　出づる舟人

登蓮法師筑紫へまかりけるに　俊恵法師

884 はるばると　君が分《わ》くべき　白波を　あやしやとまる　袖《そで》

に懸けつる

陸奥国へまかりける人に餞し侍りけるに

西行法師《さいぎやうほふし》

885 君いなば　月待つとても　ながめやらむ　あづまの方《かた》の夕暮の空

遠き所に修行せむとて出で立ち侍りけるに、人々別れ惜しみてよみ侍りける

886 頼めおかむ　君も心や　なぐさむと　帰らむことは　いつとなくとも

887 さりともと　なほ逢ふことを　頼むかな　死出《しで》の山路を越えぬ別れは

◇白波　海路の象徴であるとともに、涙の暗喩《あんゆ》。

885　あなたが旅立ってしまわれたならば、月の出を待つといっては、東の方角、あなたがおいでになる東国の方向の夕暮の空をはるかに眺めて、あなたのことをしのびましょう。

「あしびきの山より出づる月待つと人にはいひて君をこそ待て」（『拾遺集』恋三、柿本人麻呂《かきのもとのひとまろ》）の古歌における恋情を惜別の情に置き換えたような作。

＊八八六から八八八までは旅立つ者による惜別の歌。

886　そうすればあなたもお気持が休まるかと思うので、再会の日を約束しておきましょう。本当は帰ってくる日はいつのことかはっきりしなくても。

作者は同じ西行だが、前作とは立場が逆になった惜別の歌である。『西行上人集』にのみ収められている作なので、あるいは晩年近い詠か。下句にはもしかしたら旅先で死ぬかもしれないという危惧《きぐ》の心を籠《こ》める。

◇頼めおかむ　期待を持たせておこう。

887　いくらこうしてお別れしても、また皆さんにお逢いできる日もあるだろうと、再会をあてにしています。死出の山路を越えるのではない、今日の旅の別れに際しては。

『山家集』によれば、菩提《ぼだい》院前斎宮（上西門院）にお別れに行って詠んだ歌。上西門院兵衛《ひょうえ》など、知合いの女房たちの餞に対する返礼として詠まれたか。陸奥への初度の旅に際しての詠かと考えられている。

◇さりともと　いくらそうであっても。

遠き所にまかりける時、師光《もろみつ》[一]餞し侍りけるに

道《だう》因《いん》法《ほふ》師《し》

888 帰りこむ　ほどを契らむと　思へども　老いぬる身こそ
定めがたけれ

題しらず

皇太后宮大夫俊成《くわうたいごうぐうのだいぶとしなり》

889 かりそめの　旅の別れと　忍ぶれど　老いは涙も　えこそ
とどめね

祝《はふり》部《べの》成《なり》仲《なか》

890 別れにし　人はまたもや　三輪《みわ》の山　すぎにし方《かた》を　今に
なさばや

一　源師光。→作者略伝。

888　帰ってくる時をお約束しておきたいと思いますが、年老いたこの身にとってはそれも決めにくく思われます。

老年の身で旅立つので今の別れがそのまま今生《こんじよう》の別れとなるのではないかと危ぶんだ。

＊八八九から八九一までは離別を主題とした題詠歌。

889　ほんの一時的な旅の別れと思ってこらえているけれども、年を取ると涙もろくなって、人との別れはもとより、涙もとどめることができないよ。

七十七歳の時の詠なので、題詠歌ではあるが、「老いは涙もえこそとどめね」には実感が籠《こ》められている。

◇とどめね　「とどめ」は「別れ」の縁語。

890　もしも三輪の山で待っていれば、別れた人にはまた逢うこともあるだろうが、そうではなくて、過ぎ去った昔を今にしたいものだなあ。それはできない相談だけれども。

「三輪の山いかに待ち見む年経《ふ》とも尋ぬる人もあらじと思へば」（『古今集』恋五、伊勢）などの古歌を念頭に置いて、別れた人とは再会できるだろうが、過ぎた昔、そして亡くなった人には再び逢えないと嘆いた。離別の歌というよりは懐旧を主題とした雑歌と見たほうが適当である。

◇三輪の山　大和《やまと》国の歌枕。現在、桜井市内。「見」を掛ける。◇すぎにし方　「三輪の山」の縁語「杉」を掛ける。

891
藤原定家朝臣《ふぢはらのさだいへのあそん》

忘るなよ　宿るたもとは　変るとも　かたみにしぼる　夜《よ》半《は》の月影

892
都のほかへまかりける人によみて送りける

惟《これ》明《あきら》親《しん》王《わう》

なごり思ふ　たもとにかねて　しられけり　別るる旅の　行くすゑの露

893
筑紫へまかりける女に、月[二]いだしたる扇をつかはすとて

読人しらず

都をば　心をそらに　出でぬとも　月見むたびに　思ひおこせよ

891　忘れないでくれよ、たとえ宿る袂《たもと》は変ろうとも、今夜の月の光を……別れの悲しみの涙に濡れ、お互いに忘れ形見として絞っている袂に宿るこの月の光を。

月の夜、惜別の涙に昏《く》れ、その涙に濡れた袂に月の光を映しながら、お互いに忘れまいと誓っている姿。「忘るなよほどは雲ゐになりぬとも空ゆく月のめぐりあふまで」(『拾遺集』雑上、橘忠幹《たちばなのただもと》。『伊勢物語』十一段)を本歌とする。友との別れとしてもよいが、愛しあう男女の別れとして読むと一層味わい深い作。◇かたみに　「互いに」の意の副詞と「形見」の掛詞。

＊ 八九二から八九三までは餞《はなむけ》の歌である。

892　いつまでも消えないお別れしがたい気持から流す、涙に濡れた袂によって、今から知られますよ。これからわたしたちと別れて旅に出で立つあなたの行手の露の滋《しげ》さが。

◇露　旅人が旅愁をもよおしてこぼす涙をも暗示。

二　東の空に出た月を描いた扇。

893　あなたはうわの空になって都を出ても、この(扇の)月を見るたびに都にとどまっているわたしのことを、はるか筑紫《つくし》の地から思い出して下さい。

仕えていた侍女が夫とともに筑紫へ下るのを送る女主人の歌というような状況を想像すると理解しやすい。◇心をそらに　男(夫)に伴われて旅することにすっかり心を奪われている女の有様をいう。「月」の縁語。◇月　空の月と形見の扇の月の両方を意味する。

遠き国へまかりける人につかはしける　大蔵卿《おほくらきやう》行宗《ゆきむね》

894 別れ路は　雲居のよそに　なりぬとも　そなたの風の　便り過ぐすな

一人の国へまかりける人に、狩衣《かりぎぬ》つかはすとてよめる　藤原顕綱朝臣《ふぢはらのあきつなのあそん》

895 色深く　染めたる旅の　かりごろも　かへらむまでの　形見ともみよ

894 別れてゆく旅先の地は空のかなたになってしまっても、そちらから風の便りを送ることを忘れないで下さい。

『行宗集』によれば「別」を詠んだ題詠歌で、本集の詞書《ことばがき》にいうような現実の餞《はなむけ》の場で詠まれたものではない。

◇そなたの風の便り　そちら（あなたの方）からの音信。風は便りを運ぶものという民俗的な考え方にもとづいていう。

一 地方。

895 あなたを思うわたしの真心の色も深く染めた旅のためのこの狩衣を、色あせるまで、そしてお帰りになるまで、ずっとわたしの記念の品と思って見てください。

『顕綱朝臣集』によれば大宰大弐《だざいのだいに》の北の方になった親族の女性に送った歌。餞としての旅衣裳《いしょう》に添えた歌を巻軸《かんじく》に据えることによって、巻頭歌と照応している。ただし、顕綱は特にすぐれた歌人ともいえないので、彼の作が選ばれた理由はよくわからない。

◇色深く　染色に関していうとともに「心の色」（真心の度合い）についても言った。◇かへらむ　色あせるの意の「かへる」と「帰る」とを掛ける。

新古今和歌集　巻第十

羇《き》旅《りよ》歌

二和銅三年三月、三藤原の宮より四奈良の宮に遷《うつ》り給ひける時　元明天皇御歌《げんめいてんわうのおほんうた》

896 飛ぶ鳥の　明日香《あすか》の里を　おきていなば　君があたりは　見えずかもあらむ

五天平《てんぴやう》十二年十月、伊勢国《いせの》に行幸《みゆき》し給ひける時　聖武天皇御歌《しやうむてんわうのおほんうた》

＊巻頭に国家的な旅ともいえる遷都の歌を据えた。なお、八九六から九〇三までは『万葉集』に原歌を有する作をまとめてある。

二 西暦七一〇年。この年三月十日平城京に遷都した。三 現在の橿原《かしはら》市高殿《たかどの》町付近にあった宮。藤原京。持統天皇八年（六九四）明日香《あすか》の都より遷都、持統・文武《もんむ》・元明三代の都だった。四 平城京の宮殿。

896 こうしてわたしたちが明日香の里をあとに残して新しい京に移ってしまったならば、なつかしい君のお住みになるあのあたりは見えなくなってしまうでしょうか。

多年住み馴《な》れ、親しい人々の思い出を多くとどめている地を離れねばならない際の、女帝の去りがたい心を歌う。『万葉集』の原歌（七八）に「一書云、太上天皇御製」という注記があり、本来、持統天皇が明日香の宮から藤原宮に遷都した際に詠《よ》まれた歌かとする説がある。

◇飛ぶ鳥の　「明日香」に掛る枕詞《まくらことば》。◇明日香の里　大和《やまと》国の地名。現在の奈良県高市郡明日香村飛鳥《あすか》。◇君があたり　具体的には姉の持統天皇や御子の文武天皇の御陵のあるあたりを指すとする説がある。

＊八九七には同じく国家的な旅である行幸の歌を置いた。

五 西暦七四〇年。同年九月三日藤原広嗣《ひろつぐ》が筑紫《つくし》に挙兵したため、十月二十九日伊勢国への行幸がなされた。

897 妹《いも》に恋ひ　和歌の松原　見わたせば　潮干《しほひ》の潟《かた》に　たづ鳴きわたる

唐《もろこし》にてよみ侍《はべ》りける　山上憶良《やまのうへのおくら》

898 いざ子ども　はや日《ひ》の本《もと》へ　大伴《おほとも》の　御津《みつ》の浜松　待ち恋ひぬらむ

題しらず　人麻呂《ひとまろ》

899 天《あま》ざかる　ひなの長路《ながぢ》を　漕《こ》ぎくれば　明石《あかし》の門《と》より　大和島《やまとしま》見ゆ

900 笹《さき》の葉は　み山もそよに　乱るめり　われは妹《いも》思ふ　別れ来《き》ぬれば

897 旅にあって都に残してきた妻が恋しくなって和歌の松原を見わたすと、あれ、潮の干いた潟へ向って鶴《つる》が鳴きながら飛び渡ってゆくよ。

「桜田へ鶴《たづ》鳴きわたる年魚市潟《あゆちがた》塩干《しほひ》にけらし鶴《たづ》鳴きわたる」(『万葉集』二七一、高市黒人《たけちのくろひと》)、「わが背子《せこ》をあが松原よ見わたせば海人《あま》乙女《をとめ》ども玉藻《たまも》刈《か》る見ゆ」(『万葉集』三八九〇、三野石守《いそもり》)らの作に負うところがある。◇和歌の松原　伊勢国の歌枕《うたまくら》。

＊八九八・八九九には望郷・帰郷の歌を並べた。

898 さあ、諸君よ、早く日本へ帰ろう。大伴の御津の浜辺の松が、そして、親しい人々も、きっとわれわれの帰国を待ちこがれているだろう。

第二句は『万葉集』の原歌（六三）では「早日本辺」とあり、今日では「早くやまとへ」と訓まれている。類想の先行歌「いざ子ども大和《やまと》へ早く白菅《しらすげ》の真野の榛《はり》原《はら》手《た》折《を》りてゆかむ」(『万葉集』二八〇、高市黒人)。◇大伴の御津　摂津国。現在の大阪湾のあたり。

899 都から遠く離れた田舎からの長い旅路を船で上ってくると、明石海峡からなつかしい大和の山山が見えるよ。

◇天ざかる「ひな」に掛る枕詞。◇漕ぎくれば『万葉集』(二五五)では「恋ひ来れば」とする。

＊九〇〇から九〇四までは山の旅の歌乃至《ないし》は旅に関連して山を歌った作をまとめた。

900 笹の葉は深山《みやま》全体もそよそよ音を立てるほど風に吹かれて乱れているようだ。その山を越えながら、わたしは妻を思う。今別れてきたばかりなので。『万葉集』(一三三)では、第二・三句を「三山毛清爾乱友」と表記し、「み山もさやにさやげども」などと訓読される。石見国《いわみのくに》から妻と別れて上京する際の長歌の反歌。『新古今集』の形は『柿本集』に同じ。

一 大宰帥《だざいのそち》の任期が終って。大伴旅人は神亀《じんき》四年(七二七)末から同五年春ごろまでの間に大宰帥となり、天平《てんぴょう》二年(七三〇)十月大納言に任ぜられて上京した。

901 ここ都の地にいて思う、この間まで住んでいた筑紫はどの方角だろうかと。それは白雲のたなびいている山の西の方にあるらしい。

「ここにして家やもいづく白雲のたなびく山を越えて来にけり」(『万葉集』二八七、石上卿《いそのかみ》)に影響されたか。

902 朝霧にぐっしょり濡れた衣を乾しもしないで、たったひとりあの人は山路を越えているのでしょうか。

『万葉集』(一六六六)の題詞により、斉明天皇四年(六五八)十月から同五年正月にかけての紀伊国《きの》行幸の際従駕《じゅうが》した者の妻の詠と考えられる。濡れた衣を乾かすのは妻の仕事とされていた。夫の立場で「あぶり干す人もあれやも濡れ衣《ぎぬ》を家にはやらな旅の印《しるし》に」(『万葉集』一六八八、作者未詳)とも歌われている。

903 信濃にある浅間の高嶺《たかね》に立ち昇る煙を、遠い里、近い里の人々は、おや、恋の思いに燃えているよと、目をとめないことがあろうか。

二 駿河国の歌枕。現在の静岡県の宇津谷峠《うつのや》を指す。

一帥《そち》の任果てて筑紫《つくし》より上り侍りけるに　大納言《だいなごん》旅人《たびと》

901 ここにありて　筑紫やいづこ　白雲《しらくも》の　たなびく山の　西にあるらし

題しらず　読人しらず

902 朝霧に　濡《ぬ》れにし衣《ころも》　乾《ほ》さずして　ひとりや君が　山路《やまぢ》越ゆらむ

東《あつま》の方にまかりけるに、浅間の嶽《たけ》に煙《けぶり》の立つを見てよめる　在原業平朝臣《ありはらのなりひらのあそん》

903 信濃《しなの》なる　浅間の嶽に　立つ煙《けぶり》　をちこち人《びと》の　見やはとがめぬ

駿河国《するがの》宇津《うつの》山二に逢へる人につけて、京

につかはしける

904 駿河《するが》なる　宇津の山べの　うつつにも　夢にも人に　逢は
ぬなりけり

延喜御時《えんぎのおほんとき》の屏風《びやうぶ》の歌　紀《きの》貫《つら》之《ゆき》

905 草枕《くさまくら》　夕風さむく　なりにけり　ころも擣《う》つなる　宿《やど》やか
らまし

題しらず　壬《み》生《ぶの》忠《ただ》岑《みね》

906 白雲《しらくも》の　たなびきわたる　あしびきの　山のかけ橋　けふ
や越えなむ

907 あづまぢの　佐夜《さや》の中山　さやかにも　見えぬ雲居に　世

904 わたしは駿河にある宇津の山を越えていますが、うつつにも、また夢の中でもあなたにお逢いしませんよ。あなたは旅行くわたしのことを思ってくださらないのではありませんか。

相手が自分を思っていれば、自分の夢に現れるはずだという信仰に基づき、故郷に残してきた恋人の薄情さを怨《えん》じた歌。参考「音に聞くうつのやしろのうつつにも夢にも見ぬに人の恋しき」（『古今六帖』第五）。

＊九〇五は旅路で宿を求める旅人の心。

905 夕風が冷たくなったなあ。旅人が草を枕に結う時分となったのだ。砧《きぬた》を打つ音が聞えてくるあの里で宿を借りようか。

『貫之集』によれば「旅人の衣《きぬ》擣つ声を聞きたる」という図柄の屏風絵の歌として、画中の旅人の心で歌う。

＊九〇六・九〇七は再び山の旅の歌を並べた。

906 白雲がずっとたなびいているあの高い山の桟《かけはし》を今日は越えるのだろうか。

これも屏風歌として詠まれたもの。

◇たなびきわたる　「わたる」は「かけ橋」の縁語。

907 東路の途中、佐夜の中山で、雲にまぎれて何もさだかには見えないこの空の下、わたしは生涯を終るのだろうか。

『忠岑集』によれば愛する女に贈った恋歌で、「佐夜の中山」は恋人との間を隔てる邪魔者の象徴だったか。

参考「東路《あづまぢ》のさやの中山なかなかに何しか人を思ひそめけむ」（『古今集』恋二、紀友則《きのとものり》）、「甲斐《かひ》がねをさや

をや尽《つく》さむ

伊勢より人につかはしける　女御《にようご》徽《き》子《し》女王《ぢよわう》

908 人をなほ　恨みつべしや　都鳥《みやこどり》　ありやとだにも　問ふを
聞かねば

題しらず　菅《すが》原《はらの》輔《すけ》昭《あき》

909 まだ知らぬ　ふるさと人は　けふまでに　来《こ》むとたのめ
し　われを待つらむ

読人しらず

910 しなが鳥　猪名野《ゐなの》をゆけば　有馬山《ありまやま》　夕霧立ちぬ　宿はな
くして

にも見しがけれなく横ほりふせるさやの中山」（『古今集』東歌《あずまうた》、甲斐歌）。◇佐夜の中山　駿河国の歌枕。「さよの中山」ともいう。ここまでは「さやかにも」を起す有意の序。

＊九〇八・九〇九は旅路で故郷の人を思った作。

908　やはりあなたを恨んだらよろしいのでしょうか。昔、あの業平《なりひら》が都鳥に尋ねたように、「お元気ですか」と問うて下さる都からのお便りもわたしは頂いておりませんので。

『斎宮女御集』によれば、愛宮（藤原師輔《もろすけ》の女《むすめ》）に送った歌で、「名にしおはばいざこと問はむ都鳥わが思ふ人はありやなしやと」（『古今集』羇旅《きりよ》、在原業平。『伊勢物語』九段）を念頭に置いての詠である。

909　まだ帰れないということを知らない故郷の妻は、今日までに帰ってくると約束したわたしを待ちわびているだろうなあ。

『金玉集』に、東国から上京した「ちはる」が公事《くじ》のため帰郷できなかったので、代って詠んだ歌という。

＊九一〇は旅路で宿を求めかねている旅人の心。

910　猪名野を旅して行くと、早くも有馬山に夕霧が立ったよ。今宵《こよい》の宿はまだ見つからないままに。

参考「しながどり猪名野をゆけば有馬山雪降りしきて明けぬこの夜は」（『古今六帖』第二、柿本人麻呂《かきのもとのひとまろ》）。◇しなが鳥「猪名」に掛る枕詞。◇猪名野　摂津国の歌枕。現在の猪名川を挟《はさ》んだ地を言った。◇有馬山　摂津国の歌枕。神戸市北区有馬町付近の山。

911 神風《かみかぜ》や 伊勢の浜荻《はまをぎ》 折り伏せて 旅寝やすらむ 荒き浜べに

亭子院《ていじのゐん》一 みぐしおろして、山々寺々修行《すぎやう》し給ひける頃、御供に侍りて、和泉国《いづみのくに》の日根《ひね》二といふ所にて人々歌よみけるによめる

橘《たちばなの》良《よし》利《とし》

912 ふるさとの 旅寝の夢に 見えつるは 恨みやすらむ またと問はねば

信濃《しなの》の御坂《みさか》三のかた画《か》きたる絵に、園原《そのはら》四といふ所に旅人宿りて、立ち明かしたる所を

藤原輔尹朝臣《ふぢはらのすけただのあそん》

913 立ちながら こよひは明けぬ 園原や 伏屋《ふせや》といふも か

＊九一一は旅にある人を思った作である。

911 あの人は伊勢の浜荻を折り敷いて、ひとりさびしく旅寝をしていることでしょうか、荒々しい浜辺に。

原歌（『万葉集』五〇〇）の題詞によれば、碁檀越《ごのだんおち》の妻が伊勢国に行った夫を思って詠んだ歌である。

◇神風や 「伊勢」に掛る枕詞。原歌では「神風《かむかぜ》の」と訓読。◇伊勢の浜荻 蘆《あし》のこと。

＊九一二は旅路で故郷人《ふるさとびと》を思った作。九一一と対になる。

一 宇多上皇。昌泰《しょうたい》二年（八九九）十月二十四日出家、翌年諸所に御幸《ごこう》している。→作者略伝。二 現在の大阪府泉佐野市内。

912 故郷の人がこの日根の地での旅寝の夢に見えたのは、わたしを恨んでいるからだろうか。なにしろ、旅に出てから二度と便りをしたことがないのだから。

◇旅寝 地名の「日根」を隠題《かくしだい》ふうに詠み入れた。

＊九一三・九一四はともに都離れた辺土の旅の歌である。

三 神坂峠《みさか》(信濃国の歌枕とされていた)の絵。四 神坂峠の東側。やはり信濃国の歌枕とされていた。

913 立ったままでとうとう今夜は明けてしまった……園原の伏屋という名を持ちながら、その甲斐《かい》もなかったなあ。

参考「園原やふせ屋におふる帚木《ははきぎ》のありとは見えてあはぬ君かな」（九九七、坂上是則《これのり》。『古今六帖』第五）。

◇伏屋 もともとは普通名詞としての「布施屋」が地

名となったもの。上の「立ち」と「伏」は対になる。

914　都にいた頃越の国の方の空をじっと見つめながら、遠い雲のかなただなあといっていたあたりに、わたしはやって来たのですね。

あるいは越の国に赴任した夫に伴われて下った都の女である作者の旅懐の表白か。

◇越路の空　越前・越中・越後・加賀・能登《のと》など、北陸路の方角の空。

＊九一五から九一九までは海や湖など水辺の旅の歌。

五 奝然は永観元年（九八三）八月一日入宋《につそう》した。

915　海を隔てての旅路は遠いものですから、さあ、いつ白雲のかなたの故国へ帰れるかわかりません。

入宋した高僧が、故国が遠く遥かであることを身にしみて感じつつ、感傷を抑えて、旅の終る日がいつかはわからないと答えた。

◇旅衣「たちゆく」を起す有意の序。◇たちゆく　出立の「立ち」に、旅衣の縁語「裁ち」を掛ける。「立つ」は波の縁語。◇白雲「知らず」を響かせる。

六 摂津国の歌枕。住吉神社の近くの浜。

916　せめて今夜だけは舟の中で旅寝しよう。たとえ敷津の浦波の音で夢は覚めようとも。

住吉詣《もう》で（住吉神社参詣《さんけい》）のついでに海辺で舟遊びをしてそのまま船中に泊った時の、ものめずらしさに興じての詠か。

ひなかりけり

題しらず　　御形《みあれの》宣旨《せんじ》

914 都にて　越路《こしぢ》の空を　ながめつつ　雲居といひし　ほどに来にけり

五入唐《につたう》し侍りける時、いつほどにか帰るべきと、人の問ひ侍りければ　　法《ほつ》橋《けう》奝《てう》然《ねん》

915 旅衣《たびごろも》　たちゆく波路　とほければ　いさ白雲の　ほども知られず

六敷津《しきつ》の浦にまかりて遊びけるに、舟に泊りてよみ侍りける　　実《さね》方《かた》朝臣《のあそん》

916 舟ながら　こよひばかりは　旅寝せむ　敷津の波に　夢は

覚むとも

一いそのへちの方《かた》に修行し侍りけるに、ひとり具したりける二同行《どうぎやう》を尋ね失ひて、もとの岩屋の方へ帰るとて、あま人の見えけるに、修行者見えばこれを取らせよとてよみ侍りける

大僧正行尊《だいそうじやうぎやうそん》

917 わがごとく　われを尋ねば　あま小舟《をぶね》　人もなぎさの　跡と答へよ

三湖《みづうみ》の舟にて、四夕立のしぬべきよし申しけるを聞きて、よみ侍りける

紫《むらさき》式《しき》部《ぶ》

918 かき曇り　夕立つ波の　あらければ　浮きたる舟ぞ　しづ心なき

一 所在不明。あるいは、熊野に近い紀伊半島の海岸付近の地名か。二 連れていた同行（同じように山伏修行をしている僧）を見失って。

917 もしも同行の者が、ちょうど今のわたしのようにわたしの行くえを尋ねたならば、渚《なぎさ》に取り残された無人の海人《あま》小舟のように、わたしは行ってしまったあとだと答えてくれ。

同行の僧にはぐれた高貴な出自の若い修行僧が、心細さを詠歌に託した。『行尊大僧正集』によれば、海人に与えたのではなくて、途中にあった海人舟に書き付けた歌であるという。「わたの原八十島《やそしま》かけて漕《こ》ぎ出《い》でぬと人には告げよ海人《あま》の釣舟《つりぶね》」（『古今集』羇旅、小野篁《おののたかむら》）、「わくらばに問ふ人あらば須磨の浦に藻塩《もしほ》垂れつつわぶと答へよ」（同雑下、在原行平《ゆきひら》）などに拠るところがあるか。

◇なぎさ　「無き」を掛ける。

三 琵琶湖《びわこ》。四 今にも夕立がやって来そうだということを人々が申したのを聞いて。

918 空はかき曇り、今にも夕立の来そうな様子で湖の波が荒く立って、この浮いている舟の中では落ち着いていられません。

広々とした湖上を行く船の中にいて、夕立に遭いそうだというのでおびえている若い女性の気持が率直に表現されている。『紫式部集』での配列から、長徳二年（九九六）夏、越前守として任国に赴く父藤原為時《ためとき》に伴われて琵琶湖を縦断した時の詠と見られる。

五 四天王寺。難波寺《なにわでら》ともいう。大阪市天王寺区。聖徳太子創建の寺と伝え、平安・中世を通じて参詣者《さんけいしゃ》が絶えなかった。

919 夜が更けて、蘆の葉末を吹き越す浦風につれ、旅のあわれさを添える波の音が聞えてきます。

『肥後集』や『続詞花集』によれば、旅の途中、船の中で夜泊した際の詠である。

＊九二〇から九二三までは陸路の旅の歌。

920 旅寝していると、暁近いころ鳴く鹿の声とともに、稲葉をなびかせて吹く秋風の音が聞えるよ。

『大納言経信集』によれば、「長月の月の盛り」に「心もそらに浮かれ」て野山を行き、河内国《かわちのくに》天の川に至り、生駒山麓《いこまさんろく》の里を見渡す田家に旅寝したことを歌う、「旅情」と題する長歌に、反歌のように添えられた作。

921 わたしの妻の旅寝の衣は薄いのだよ、だからよけて吹いておくれ、夜半の山風よ。

『恵慶集』によれば、ある所の紅葉合《もみじあわせ》の歌として「夜の嵐《あらし》」という題を詠んだもの。妻を伴って山里に旅寝しているという状況を歌ったものか。旅路にある妻を故郷に留まっている男が思いやるという状況も一応想像不可能ではないが、現実的には稀《まれ》な場合と考えられる。「わぎもこが衣の裾《すそ》を吹き返しうらめづらしき秋の初風」（『躬恒《みつね》集』）に拠るところがあるか。

◇わぎもこ　男が妻または恋人を親しんでいう言い方で、上代に多い言葉。◇よきて　「避《よ》く」の連用形。

[五]天王寺へまゐりけるに、難波《なには》の浦に泊りてよみ侍りける

肥《ひ》後《ご》

919 さ夜ふけて　蘆《あし》の末越す　浦風に　あはれうち添ふ　波の音かな

旅の歌とてよみ侍りける

大《だい》納《な》言《ごん》経《つね》信《のぶ》

920 旅寝して　あかつきがたの　鹿《しか》の音《ね》に　稲葉おしなみ　秋風ぞ吹く

恵《ゑ》慶《ぎやう》法《ほふ》師《し》

921 わぎもこが　旅寝の衣《ころも》　うすきほど　よきて吹かなむ　よはの山風

後冷泉院《ごれいぜいのゐんの》一御時、上《二》のをのこども旅の
歌よみ侍りけるに

左近中将隆綱《さこんのちゆうじやうたかつな》

922 蘆《あし》の葉を　刈《か》り葺《ふ》くしづの　山里に　衣《ころも》かたしき　旅寝を
ぞする

三頼み侍りける人におくれて後、初瀬《はつせ》四に
詣《まう》でて夜泊りたりける所に、草を結び
て、枕《まくら》五にせよとて、人のたびて侍りけ
れば、よみて侍りける

赤染衛門《あかぞめゑもん》

923 ありし世の　旅は旅とも　あらざりき　ひとり露けき　草
枕かな

堀河院百首歌に

権中納言国信《ごんちゆうなごんくにざね》

924 山路にて　そぼちにけりな　白露の　あかつきおきの　木

一 第七〇代の天皇。→作者略伝。二 殿上人《てんじやうびと》。

922 蘆の葉を刈って屋根に葺いた粗末な山里の小屋で、旅衣の袖《そで》を片敷いて馴《な》れない旅寝をするよ。

「秋の野の美草《みくさ》刈り葺き宿れりし兎道《うぢ》の都の仮庵《かりいほ》し思ほゆ」(『万葉集』七、額田王《ぬかたのおおきみ》)と歌われたような、粗末な山里の小屋に旅寝をした都人《みやこびと》の心で詠んだ。

◇しづ　農夫や杣人《そまびと》などを、貴族が見下していう語。

三 夫である大江匡衡《まさひら》。寛弘九年（一〇一二）七月十六日、六十一歳で没した。→作者略伝。四 長谷寺《はせでら》。奈良県桜井市初瀬《はせ》にある。五 旅路なので、「草枕になさい」という心で言った。

923 夫が生きていた頃の旅は旅のうちには入らなかったのですね。今こうして夫に死なれて旅路にあると、ひとり寝の草枕には涙の露が滋《しげ》く置きます。

『赤染衛門集』によれば、秋の初瀬詣でであった。頼りとする夫に先立たれた寡婦《かふ》の旅の心細さが吐露されている。

◇露けき　本当の露と涙の露の意とを掛け、「草枕」の「草」の縁語。

924 木々の雫《しずく》にすっかり濡れそぼってしまったなあ。白露が置く暁に起きて、山路を行くと。

『堀河百首』で「暁」の題を詠んだ歌。「わが背子を倭《やまと》へやるとさ夜ふけてあかとき露にわが立ち濡れし」(『万葉集』一〇五、大伯皇女《おおくのひめみこ》)、「あしひきの山の雫に妹《いも》待つとわれ立ち濡れぬ山の雫に」(『万葉集』一〇七、大津皇子《おおつのみこ》)などを念頭に置いた作であると見られる。

木のしづくに

925 草枕　旅寝の人は　こころせよ　ありあけの月も　かたぶきにけり

大納言《だいなごん》師頼《もろより》

水辺ノ旅宿といへる心をよめる

源《みなもとの》師賢《もろかたの》朝臣《あそん》

926 磯馴《いそな》れぬ　心ぞたへぬ　旅寝する　蘆《あし》のまろ屋に　かかる白波

[六]田上《たなかみ》にてよみ侍りける

大納言経信

927 旅寝する　蘆のまろ屋の　さむければ　つま木こりつむ　舟いそぐなり

◇あかつきおき　「置き」と「起き」を掛ける。

925 旅寝している人は気をつけろ。有明の月も西に傾いたよ。もう夜明けは間近だぞ。

これも『堀河百首』で「暁」の題を詠んだ作。旅人の一行のうちで指揮者のような立場にある者の心となって歌ったものか。実用的な言葉をそのまま詩歌に転化したような趣のある歌である。

◇草枕　「旅寝」に掛る枕詞。

＊九二六・九二七は水辺の旅の歌。

926 磯辺に馴れないわたしの心は堪えられないよ。旅寝するこの蘆葺きの小屋に懸らんばかりに白波の寄せる音が聞えてくる、このさびしさは。

藤原定頼《さだより》の「磯馴れで……」（九四六）の歌に著しく影響されていると見られる。

◇蘆のまろ屋　蘆で屋根を葺いた仮小屋。

六　近江《おうみの》国栗田《くりた》郡の地名。ここに経信の山荘があった。

927 旅寝する蘆葺きの小屋は寒いので、冬を越す準備のために薪《たきぎ》を伐り出して積んだ舟が急いで運んでいるよ。

つま木を積んだ舟が田上川を漕《こ》いでいるのを見わたした歌。中世には船頭の心になって詠んだとする解も行われたが、『経信集』の一本に「舟いそぐめり」とあるので、そうは解しえない。なお、「深山木《みやまぎ》を朝な夕なにこりつめて寒さを恋ふる小野の炭焼き」（『拾遺集』雑秋、曾禰好忠《そねのよしただ》）などを参考にしたか。

◇つま木　薪。◇こりつむ　木を伐って舟に積む。

題しらず

928 み山路に　けさや出でつる　旅人の　笠《かさ》しろたへに　雪つもりつつ

旅宿ノ雪といへる心をよみ侍りける　修理大夫《すりのだいぶ》顕季《あきすゑ》

929 松が根に　尾花刈り敷き　夜もすがら　片敷く袖《そで》に　雪は降りつつ

陸《み》奥《ちの》国[一]に侍りける頃、八月十五夜、京を思ひ出でて、大宮[二]の女房のもとにつかはしける　橘為仲朝臣《たちばなのためなかのあそん》

930 見し人も　とふの浦風　音せぬに　つれなく澄める　秋の夜の月

＊九二八・九二九は雪を取り合せた旅の歌。

928 雪降る深山路に今朝出て、そのまま歩み続けているのだろうか。旅人の笠の上に雪が真白に積っている。

雪景色の中を行く旅人の姿を遠望した歌。旧注では、雪の中を旅行く人を思いやったとか、雪の降らない里で旅人の笠を見て、山奥では雪が降っていることを知ったという心の作であるなどと考えていたが、『大納言経信卿集』によれば、「雪中ノ旅人」という題を詠んだ作であるので、そうは解しえない。

929 松の根元にすすきを刈って敷き、一晩中片敷いて寝る旅衣の袖の上に、雪が降るよ。

「秋の野の美草《みくさ》刈り葺《ふ》き……」（九三注参照）によって詠んだと見られる。「美草」の旧訓は歌学書『綺語抄《きごしよう》』などでは、「をばな」であった。なお、顕季には「松が根に衣片敷き夜もすがらながむる月を妹《いも》や見るらむ」（『金葉集』秋）という類歌もある。

＊九三〇から九四三までは月を取り合せた旅の歌。

一 承保三年（一〇七六）九月から承暦四年（一〇八〇）ごろまで陸奥守《むつのかみ》として任国にいた。 二 太皇太后宮寛子（後冷泉院《ごれいぜい》の后四条宮）に仕えた女房。

930 十《と》布《ふ》の浦風が吹き訪れてくるようには、都の知人たちもわたしのことを問うてはくれないのに、そのさびしさをもそしらぬふりして澄んでいる秋の夜の月よ。

◇とふの浦風　「十布の浦」に「問ふ」を掛ける。十

三 関戸の院といふ所にて、羇中《きちゆう》見ルレ月ヲと
いふ心を
大江《おほえの》嘉言《よしとき》

931 草まくら　ほどぞ経にける　都出でて　いくよか旅の　月
に寝ぬらむ

守覚法親王《しゆかくほふしんわう》家五十首歌よませ侍りける、
旅の歌　皇太后宮大夫俊成《くわうたいごうぐうのだいぶとしなり》

932 夏刈りの　蘆《あし》のかり寝も　あはれなり　玉江《たまえ》の月の　明け
方の空

933 立ち帰り　またも来て見む　松島や　雄島《をじま》のとま屋　波に
荒すな
藤原定家朝臣《ふぢはらのさだいへのあそん》

布の浦は陸奥国の歌枕。現在の宮城県多賀城市市川であるという。

三 山城国《やましろのくに》と摂津国の境、大山崎の西、昔関のあった所。天皇が院を設けたことがあるのでこういう。西国に下る旅人が別れを惜しんだ場所である。

931 草枕をしてずいぶん経《た》ったよ。都を出てこれで幾夜、旅路の空の月を見ながら寝るのだろうか。
下句に漢詩的な響きが感じられる。

932 夏、蘆を刈り敷いて寝た旅路での仮寝もしみじみと趣深く思われるよ。玉江の明け方の空にはなおも有明《ありあけ》の月が残っていて。
夏の旅寝の明け方の趣。本歌「夏刈りの玉江の蘆をふみしだき群れゐる鳥の立つ空ぞなき」(『後拾遺集』夏、源重之《しげゆき》)。◇かり寝　「刈り」と「仮」の掛詞。◇玉江　越前国の歌枕。現在福井市に入る。

933 きっとまた戻ってきて見よう。海士人《あまびと》よ、それまで松島の雄島の苫屋《とま》を波に荒さないでおくれ。
松島の雄島の苫屋で過した一夜の旅寝の情緒を忘れ難く思って再び訪れたいという心を述べた。「年経つる苫屋も荒れてうき波のかへる方にや身をたぐへまし」(『源氏物語』明石《あかし》、明石の女君《おんなぎみ》)などを念頭に置きつつ、「松島や雄島が磯《いそ》にあさりせし海人の袖こそかくは濡れしか」(『後拾遺集』恋四、源重之)の言葉続きにも学ぶところがあったか。
◇松島や雄島　陸奥国(陸前)の歌枕。松島湾にある。

934 言問《こと と》へよ　思ひおきつの　浜千鳥　なくなく出でし　跡の月影

934　月よ、尋ねてくれ、浜千鳥が鳴くように、なごりを惜しみながら、わたしが泣く泣く興津の浜を出たあとを。

本歌「君を思ひおきつの浜に鳴く鶴《たづ》の尋ね来ればぞありとだに聞く」(『古今集』雑上、藤原忠房《ただふさ》)。◇思ひおきつの浜千鳥　「思ひ置き」から「興津の浜」へと言い続けた。興津の浜は忠房の本歌では和泉《いづみの》国の地名とされている。しかし、駿河《するがの》国にも同名の地があり、定家がどちらを念頭に置いて詠んだかは不明。

藤原家隆朝臣《ふぢはらのいへたかのあそん》

935 野べの露　浦わの波を　かこちても　ゆくへも知らぬ　袖《そで》の月影

935　野辺に置く露や浦に寄せる波に濡れるとぐちをこぼしながらも、行く先のわからない旅を続けるわたしの、露や波そして涙に濡れた袖に、月の光が宿っているよ。どこまでも続く漂泊の旅のわびしさ。◇浦わ　浦の、弓のような海岸線をいう。

旅の歌とてよめる

摂政太政大臣《せつしやうだいじやうだいじん》

936 もろともに　出でし空こそ　忘られね　都の山の　ありあけの月

936　都の方の山にかかる有明の月よ。そなたが東の山の端《は》に出たころ、わたしもともに都を出た、あの旅立ちの日の空が忘れられないなあ。旅先で仰ぎ見た月に同行者のような親しみを感じて、呼び掛けた。参考「もろともに出でずは憂しと契りしをいかがなりにし山の端の月」(『輔尹《すけただ》集』)、「有明の月とともには出でしかど君が影をばとどめざりけり」(『基俊《もととし》集』)。

題しらず

西《さい》行《ぎやう》法《ほふ》師《し》

937 都にて　月をあはれと　思ひしは　数にもあらぬ　すさびなりけり

937　都で月をあわれ深いと思ったのは、取るに足りない気慰みだったのだなあ。今旅路で見るこの月の何とあわれ深いことか。

参考「都にてながめし月を見る時は旅の空とも覚えざりけり」(『詞花集』雑下、藤原伊周《これちか》。ただし『和泉式部集』に同じ歌があり、伊周の作か否かは疑問)。

938　月を見たならばお互いに思い出そうと約束しておいた故郷の人も、今夜はわたしのことをしのんで袖を涙に濡らしているだろうか。ちょうど今のわたしのように。

和泉式部が摂津国の旅路で歌った「見るらむと思ひおこせてふるさとの今宵《こよひ》の月をたれながむらむ」(『和泉式部集』)の作に触発されたか。

939　夜が明けたならばまた越えるはずの山の峰なのだろうか。空を移ってゆく月が沈んでゆくあたり、白雲がかかっているあのあたりは。

◇空行く月　「忘るなよ……」(八九一注参照)、「忘れじの契りを頼む別れかな空行く月の末を数へて」(『六百番歌合』藤原良経《よしつね》)などに拠った句。

940　故郷に残してきた人々の今日の面影をさそって来ておくれと、月に頼むよ。佐夜の中山に旅寝して。

暗に月を鏡に見立てて、月を見て故郷の人々を思う。◇ふるさとのけふの面影　故郷の人(具体的には妻などを指す)の今日の面影。◇さそひ来　「来《こ》」は命令形。◇佐夜の中山　駿河国の歌枕。佐夜《さや》の中山ともいうが、「月」との縁で「佐夜《さよ》」の呼び名を用いたか。

一　建仁《けんにん》元年八月十五夜撰歌合《せんかあわせ》の後に行われた当座歌会での詠であることをいう。

938
月見ばと　契りおきてし　ふるさとの　人もやこよひ　袖
濡《ぬ》らすらむ

五十首歌たてまつりし時　藤原家隆朝臣

939
明けばまた　越ゆべき山の　峯なれや　空行く月の　末《すゑ》の
白雲

藤《ふぢ》原《はらの》雅《まさ》経《つね》

940
ふるさとの　けふの面影　さそひ来《こ》と　月にぞ契る　佐夜《さよ》
の中山

一和《わ》歌所《かどころ》の月十首歌合《うたあはせ》のついでに、月前
旅といへる心を人々つかうまつりしに　摂政太政大臣

941 忘れじと　契りて出でし　面影は　見ゆらむものを　ふるさとの月

旅の歌とてよみ侍りける　　前大僧正慈円《さきのだいそうじやうじゑん》

942 あづまぢの　よはのながめを　語らなむ　都の山に　かかる月影

海浜《ニ》重《ヌ》レ夜《ヲ》といへることをよみ侍りし　　越前《ゑちぜん》

943 幾夜《いくよ》かは　月をあはれと　ながめ来て　波に折り敷く　伊勢の浜荻《はまをぎ》

百首歌たてまつりし時　　宜秋門院丹後《ぎしうもんゐんのたんご》

944 知らざりし　八十瀬《やそせ》の波を　分け過ぎて　かた敷く袖《そで》は　伊勢の浜荻

941 忘れまいとお互いに約束して旅に出たわたしの面影は、故郷に照る月にも見えるだろうに。

旅路で月を見て、故郷の人々も同じ月を見てきっと自分のことを思い出しているだろうに、なぜ夢にすら現れないのだろうかと、恨んでいる心。暗に月を鏡と見、自分の面影は映るであろうにという思いを籠《こ》めるか。

942 東国への旅路の夜半、物思いに沈みながらじっとそなたを見つめていることを都人《みやこびと》に語っておくれ。都の方角の山の端に懸っている月よ。

『六百番歌合』で「旅恋」の題を詠んだ歌。歌合で判者俊成は下句を激賞した。

＊九四三から九四六までは水辺の旅の小歌群である。

943 いったい幾夜月をしみじみとながめながらやって来て、波打ち際に伊勢の浜荻を折り敷いて寝ることでしょうか。

「神風や……」（九一一）を本歌とし、旅路にある人を思いやるのではなく、自身旅路にあるものとして歌う。作者は伊勢国にゆかり深い大中臣《おおなかとみ》家の女性。◇伊勢の浜荻　浜辺に茂る蘆《あし》のこと。

944 思ってもみませんでした。鈴鹿《すずか》川のたくさんの瀬を分けて来て、伊勢の浜荻を折り伏せ、袖を片敷いて旅寝をしようとは。

やはり「神風や……」（九一一）を本歌とするが、第二・三句は「鈴鹿川八十瀬《やそせ》の波に濡れ濡れず伊勢まで誰か思ひおこせむ」（『源氏物語』賢木《さかき》、六条御息所《みやすどころ》）などに拠るか。鈴鹿の関を越え、鈴鹿川に沿って海岸に出、伊勢湾ぞいに旅泊を重ねる旅人の心で歌う。斎宮関係の人物という設定がなされていると見られる。

945　伊勢の浜荻を分けて旅を続けてゆくと、風が寒いので衣を借りたいというかのように、雁《かり》が波路に鳴く声が聞えるよ。

『江帥集《ごうそつ》』『続詞花集』などによれば、題詠歌。「夜を寒み衣かりがね鳴くなべに萩《はぎ》の下葉もうつろひにけり」(『古今集』秋上、読人しらず)の影響が認められる。◇衣かりがね　「衣借り」から「雁がね」へと続けた。

946　磯辺の旅に馴れないので、薦枕《こもまくら》をして寝ていても心は結ぼおれてくつろぐことがない。白波よ、荒々しく枕元までかけないでおくれ。

『四条中納言定頼集』によれば、竹生島《ちくぶ》に詣でた時の詠である。もとより下句には誇張があるが、波音の近く聞える岸辺に旅寝している感じは出ている。◇こもまくら　薦で作った枕。

947　めざす所まではあと幾夜だというので、このように岩代の岡の萱《かや》の根元に草枕を結ぶのでしょうか。

「君が代もわが代も知るや磐代《いはしろ》の岡の草根《かやね》をいざ結びてな」(『万葉集』一〇、中皇命《なかつすめらみこと》)を本歌としつつ、呪術《じゅじゅつ》的行為としてでなく、実際に枕とするために、草を結ぶ旅のあわれさを歌う。◇岩代の岡　紀伊《きの》国の歌枕。和歌山県日高郡南部《みなべ》町。

948　枕として旅寝する、松島の雄島の磯の松の根よ、ひどく濡れないでおくれ。海人《あま》の袖ではな

題しらず　　前中納言匡房《さきのちゅうなごんまさふさ》

945 風さむみ　伊勢の浜荻　分けゆけば　衣《ころも》かりがね　波に鳴くなり

権中納言定頼《ごんちゅうなごんさだより》

946 磯馴《いそな》れで　心もとけぬ　こもまくら　あらくなかけそ　水の白波

百首歌たてまつりしに　　式子内親王《しょくしないしんわう》

947 行くするゑは　いま幾夜とか　岩代《いはしろ》の　岡のかや根に　まくら結ばむ

948 松が根の　雄島《をじま》が磯の　さ夜まくら　いたくな濡《ぬ》れそ　海《あ》

人《ま》の袖《そで》かは

千五百番歌合に　　皇太后宮大夫俊成女《くわうたいごうぐうのだいぶとしなりのむすめ》

949 かくてしも　明かせば幾夜《いくよ》　過ぎぬらむ　山路《やまぢ》の苔《こけ》の　露のむしろに

旅にてよみ侍りける　　権僧正永縁《ごんのそうじやうえうえん》

950 白雲の　かかる旅寝も　ならはぬに　深き山路に　日は暮れにけり

暮ニ望ム二行客《からかく》ヲ一といへる心を　　大納言経信

951 夕日さす　浅茅《あさぢ》が原の　旅人は　あはれいづくに　宿をかるらむ

いではありませんか。

本歌「松島や雄島が磯にあさりせし海人《あま》の袖こそかくは濡れしか」（『後拾遺集』恋四、源重之）。

◇雄島が磯　陸奥国《むつ》（陸前）の歌枕。

949 山路の露深い苔を夜床として、わたしは旅寝を続けています。このようにしてでも明かせば明かせるもので、もう幾夜過ぎたのでしょうか。

山路での露宿を続けるうちに、そのようなわびしさにも馴《な》れてきた旅人の心。上句は、前年に詠まれた良経の「雲はねや月はともし火かくてしも明かせば明くる佐夜の中山」（『正治二年院初度百首』）の影響がある。

＊九五〇から九五三までは夕べの旅の歌を集めてある。

950 白雲のかかる深山路《みやま》、わたしはこのようなところでの旅寝に馴れていないのに、もはや日は暮れてしまった。

深山を独り旅行き、行き暮れた人の心細さを歌う。『続詞花集』では「題しらず」とするので、実際の旅路で詠まれたものかどうかは、やや疑問。

◇かかる　「懸る」と「このような」の意の「かかる」の掛詞。

951 夕日の射している浅茅が原を行く旅人は、ああいったい今宵《こよい》はどこに宿を借りるのだろうか。

さびしい野原を旅行く人の姿を遠望した歌で、同じ作者の九二八などに通ずるものがある、絵画的趣のある歌。

952 わたしは狩衣の紐《ひも》を結びながら思う。今夜はどこに宿を借りようか。日も西に傾いて夕暮も近づき、峰の山風が烈しくなってきた。宿を探しあぐねている旅人の心。第四句は貫之の「みそぎする……」(二八四)などにならったと見られる。◇かり衣　「借り」と「狩衣」の掛詞。◇日も夕暮「衣」の縁語「紐結ふ」を掛け、山風が冷たくなってきたので、狩衣の紐を結う行為を暗示する。

953　夕日がさびしく照らしている山の桟《かけはし》、秋風がそこを渡ってゆく旅人の袖を吹き翻しているよ。山の桟を渡る旅人の姿を遠望した心の歌。第二・三句は「采女《うねめ》の袖吹き返す明日香《あすか》風都を遠みいたづらに吹く」(『万葉集』五一、志貴皇子《しきのみこ》)などに拠るか。景の取り方は「黄埃《くわうあい》散漫《ニシテ》風蕭索《せうさく》《タリ》、雲桟《かけはし》縈紆《えいくわい》《シテ》登《ル》二剣閣《ニ》一。峨嵋《がび》山下少《ニ》二人行《クコト》一、旌旗《せいき》無《クシテ》レ光日色薄《シ》」(『長恨歌《ちようごんか》』)に通じるものがある。『長恨歌』のこの部分は定家作とされる『松浦宮物語』にも影響を及ぼしている。

＊九五四・九五五は嵐《あらし》を取り合せた旅の歌を並べた。

954　佐夜の中山で聞く山風の音は故郷で聞いたものとは似ても似つかないほど荒々しいなあ。わたしは眠ることもできないまま、故郷の人を思い出して悲しくなっている。いっそのこと忘れてしまおう。『北野宮歌合』で「羇旅《きりよ》」の題を詠んだ歌。旅路で故郷の人を思い出して、悲しさに堪え難くなっている心。「東路《あづまぢ》のさやの中山なかなかに何しか人を思ひそめけむ」(『古今集』恋二、紀友則《きのとものり》)に拠るところが多い。◇忘れね人を　自身に命じた句。◇佐夜の中山　九〇七参照。「さっぱりと」の意の「さやかに」を響かせる。

摂政太政大臣家歌合に、羇中《きちゆうノ》晩嵐といふことをよめる

藤原定家朝臣

952　いづくにか　こよひは宿を　かり衣《ごろも》　日も夕暮の　峯のあらしに

旅の歌とてよめる

藤原家隆朝臣

953　旅人の　袖《そで》吹き返す　秋風に　夕日さびしき　山のかけはし

藤原雅経

954　ふるさとに　聞きしあらしの　声も似ず　忘れね人を　佐《さ》夜《や》の中山

955 白雲の　いくへの峯を　越えぬらむ　なれぬあらしに　袖《そで》をまかせて

956 けふはまた　知らぬ野原に　行き暮れぬ　いづれの山か　月は出づらむ

源《みなもとの》　家《いへ》長《なが》

和歌所の歌合に、羇中ノ暮といふことを

957 ふるさとも　秋は夕べを　形見《かたみ》とて　風のみ送る　小野《をの》の　篠原《しのはら》

皇太后宮大夫俊成女

958 いたづらに　立つや浅間《あさま》の　夕けぶり　里問ひかぬる　を

藤　原　雅　経

955　白雲が幾重にもかかる峰をもういくつ越えてきたことだろう。馴《な》れない山風が袖を吹くのにまかせて。

九五四と同じ折の、これも「羇旅《きりよ》」の題詠歌。同じ作者の「岩根ふみ……」(九三)と通うものがある。中世には、旅行く人を思いやった歌という解釈も行われた。

＊九五六から九六〇までは夕べの旅の歌を集めてある。

956　今日はまた見知らぬ野原を行くうちに日が暮れてしまった。いったいどこの山に月は出るのだろうか。

これも『北野宮歌合』で「羇旅」の題を詠んだ歌。知らない野山を旅するので、方角もわからないままに、これからどこへ行ったらいいのかと迷っている心。

957　故郷も今は秋の夕べであろうに、故郷の形見としては、風だけが小野の篠原の浅茅《あさぢ》をなびかせて吹き送ってくるよ。

第五句は「浅茅《あさぢ》生《ふ》の小野の篠原しのぶれどあまりてなどか人の恋しき」(『後撰集』恋一、源等《ひとし》)に拠るか。この古歌での恋を故郷の人恋しさに転じた。男の旅人の心で歌ったか。

◇小野の篠原　篠竹の生えた野。普通名詞である。

958　浅間山の煙が空しく立つ夕べ、遠い山、近い山が重なって、わたしはどの里に泊ったらいいか尋ねあぐねているよ。

「信濃《しなの》なる浅間の嶽《たけ》に立つ煙《けぶり》をちこち人《びと》の見やはとがめぬ」(九〇三。『伊勢物語』八段)を本歌として、信濃路に行き暮れた旅人の心を歌った。浅間山の噴煙は人里の炊煙を思わせるように立ち昇っているが、実際には人里が見当らないので、「いたづらに」という。

959 都が空にあるなどとは聞いたこともありませんでした。それなのに、わたしはどうしてこのように雲のはてをじっと見つめるのでしょうか。

旅路にあって望郷の思いやみがたく、じっと都の方角の空を見つめている都人の心。「夕暮は雲のはたてに物ぞ思ふ天つ空なる人を恋ふとて」（『古今集』恋一、読人しらず）を本歌とし、恋を旅に変えた。

960 旅にあって、暮れゆく空の下、さびしく草枕《くさまくら》を結ぶわたしのあわれな有様を、故郷の人が尋ねたならば、鳴いて告げ知らせておくれ、初雁の声よ。

北国を旅している人が、蘇武《そぶ》の故事（五〇〇注参照）を思って、空を行く雁に伝言を託そうとした。「思ひ出でて恋しき時は初雁の鳴きて渡ると人知るらめや」（『古今集』恋四、大友黒主《おおとものくろぬし》）の古歌を念頭に置く。

＊ 九六一から九六四までは旅寝を主題とする小歌群。

961 篠笹《しのざさ》を刈ってたった一夜だけかりそめの枕として旅寝すると、置く露もはかなく思われ、心細さに寝ることもできないよ。

笹原に野宿する人の心。「小笹」「一夜ばかりに」という取り合せは、九八八と類似するが、前後関係は不明。◇かりまくら 「小笹」の縁語「刈り」と「仮」を掛ける。◇露 「小笹」の縁語で、旅愁の涙を暗示する。◇一夜 「小笹」の縁語「一節《ひとよ》」を掛ける。

ちこちの山

宜秋門院丹後

959 都をば　天《あま》つ空とも　聞かざりき　なにながむらむ　雲のはたてを

藤《ふぢ》原《はらの》秀《ひで》能《よし》

960 草まくら　ゆふべの空を　人問はば　鳴きても告げよ　初《はつ》雁《かり》の声

旅の心を

藤原有家朝臣《ふぢはらのありいへのあそん》

961 臥《ふ》しわびぬ　しのの小笹《をざさ》の　かりまくら　はかなの露や　一夜《ひとよ》ばかりに

962 あたかも烈しい山風の音を片敷くようにして、岩の根元の床にひとりさびしく旅寝するのだろうか、この佐夜の中山で。

佐夜の中山での露宿のわびしさ。上句に強い語感の言葉を連ね、荒々しい山中の自然の雰囲気《ふんいき》を盛り上げている。九六四と類想であるが、詠まれたのは九六三が先。

963 夕べになれば、誰があるじともわからない宿に泊るが、これもきっと前世の因縁なのだろう。このようにして次々と代る宿のあるじを幾夜訪れて旅寝を続けることか。

仏教で、「或処二一村一、宿二一樹下一、汲二一河流一、一夜同宿、一日夫婦、……軽重有レ異、親疎有レ別、皆是先世結縁」（『説法明眼論』）などと説かれる、「一樹の陰、一河の流れも他生《たしよう》の縁」という考え方に拠る発想。

964 枕《まくら》として、今宵《こよい》はどの草と一夜の契りを結ぶのだろうか。行けるところまで行こうと思っているうちに、どこまでも野原が続いていて、もはや夕暮となってしまった。

はてしなく広がる草原を旅する人の心。草を擬人化して、一夜妻のように取りなした。「枕とて草引き結ぶこともせじ秋の夜とだに頼まれなくに」（『伊勢物語』八十三段。『新勅撰集』羇旅《きりよ》、在原業平《ありわらのなりひら》）の言葉を取り、「世の中はいづれかさしてわがならむ行きとまるをぞ宿と定むる」（『古今集』雑下、読人しらず）の心を念頭に置いて歌うか。

＊ 九六五は騎馬による旅の歌。九六四とは「草」の連想が

石清水《いはしみづの》歌合に、旅宿嵐《ノあらし》といふことを

962 岩が根の　床《とこ》にあらしを　かた敷きて　ひとりや寝なむ
佐夜《さよ》の中山

旅の歌とて　　藤《ふぢ》原《はらの》業《なり》清《きよ》

963 たれとなき　宿の夕べを　契りにて　かはるあるじを　幾《いく》
夜《よ》問ふらむ

羇中夕《ノ》といふ心を　　鴨《かもの》長《なが》明《あきら》

964 まくらとて　いづれの草に　契るらむ　行くをかぎりの
野べの夕暮

あづまの方にまかりける道にてよみ侍りける　　民《みん》部《ぶ》卿《きやう》成《しげ》範《のり》

ある。

965　道のほとりの青草を食《は》ませるために馬を駐《と》めて、その間にわたしはやはりなつかしさのあまり、後にしてきた故郷をふりかえり遠く望み見るよ。

平治の乱後、下野国《しもつけの》に配流《はいる》された時の詠。当時、作者への同情とともに喧伝《けんでん》された。参考「ささのくま檜隈川《ひのくまがは》に駒とめてしばし水かへ影をだに見む」（『古今集』神《かみ》遊《あそび》の歌、ひるめの歌）、「都のみかへりみられて東路《あづまぢ》を駒の心にまかせてぞ行く」（『後拾遺集』羇旅、増基）。

＊九六六から九六八までは風を取り合せた旅の歌。

966　夕方近く初瀬山を越えているうちに、日はとっぷり暮れてしまった。宿を探し求めると、答える人もなく、ただ三輪の檜原にさびしく秋風が吹いている。

山路に行き暮れた心細さを歌う。「真土山《まつちやま》夕越え行きて廬前《いほさき》の角太河原《すみだ》にひとりかも寝む」（『万葉集』二九八、弁基《べんき》）、「古《いにしへ》にありけむ人もわがごとか三輪の檜原にかざし折りけむ」（『万葉集』一一一八、柿本人麻呂歌集）などの古歌を強く意識していると見られる。

967　ただでさえ秋の旅寝は悲しいのに、鳥籠《とこ》の山の山風の松に吹く音がさびしく聞えてくるよ。あたかも故郷の妻が夜床でわたしの帰りを待っているかのように。

『如願法師集』《によがん》によれば歌合での詠である。

◇松　「待つ」を響かせる。◇とこの山　近江国《おうみの》の歌枕。「床」を連想させる。

965　道のべの　草の青葉に　駒《こま》とめて　なほふるさとを　かへりみるかな

長月《ながつき》の頃、初瀬《はつせ》に詣でける道にてよみ侍りける　　禅性法師《ぜんしやうほふし》

966　初瀬山　夕越えくれて　宿問へば　三輪《みわ》の檜原《ひはら》に　秋風ぞ吹く

旅の歌とてよめる　　藤原秀能

967　さらぬだに　秋の旅寝は　かなしきに　松に吹くなり　とこの山風

摂政太政大臣家歌合に、秋ノ旅といふことを　　藤原定家朝臣

968 いっそのこと、故郷のことは忘れてしまおう。なまなか、故郷の人々はわたしの帰りを待っていると告げないでおくれ、因幡山の峰を吹く秋風よ。

「立ち別れ因幡の山の峯に生ふる松とし聞かばいま帰りこむ」（『古今集』離別、在原行平《ゆきひら》）を本歌とし、逆説的に激しい望郷の思いを表現した。

＊ 九六九から九七三までは海辺の旅の歌を集めた。

969 駿河《するが》の清見潟に宿り、低く下りていた雲と契りを交わしたわけではないけれど、一夜を過したよ。暁方、海を望むと、横雲は波と別れて離れ離れになって空に昇ってゆく……。

朝雲暮雨の故事（三六注参照）を暗ににおわせ、かすかに後朝《きぬぎぬ》の恋の情緒に通う艶《えん》な味わいをたたえている。

970 末の松山を旅するわたしの袖を、望郷の涙の波が越えている。帰ってくるよとあてにさせたので、待ちわびているだろう故郷の妻がこぼす涙も、わたしと同じように末の松山を越す波さながら、袖を越しているだろうか。

「君をおきてあだし心をわが持たば末の松山波も越えなむ」（『古今集』東歌《あずまうた》、陸奥歌《みちのく》）を本歌としつつ、「波越ゆるころとも知らず末の松待つらむとのみ思ひけるかな」（『源氏物語』浮舟《うきふね》、薫《かおる》）などをも念頭に置くか。末の松山を波が越えるという比喩《ひゆ》の意味を、思慕の結果と大きく転じたのが注目される。

971 日が経《た》つにつれて都をしのぶ信夫《しのぶ》の浦はさびしくなって、おとずれるものとては波ばかり。

968 忘れなむ　待つとな告げそ　なかなかに　因幡《いなば》の山の　峯の秋風

百首歌たてまつりし時、旅の歌　　藤原家隆朝臣

969 契らねど　ひと夜は過ぎぬ　清見潟《きよみがた》　波に別るる　あかつきの雲

千五百番歌合に

970 ふるさとに　たのめし人も　末《すゑ》の松　待つらむ袖《そで》に　波や越すらむ

歌合し侍りける時、旅の心をよめる

入道前関白太政大臣《にふだうさきのくわんぱくだいじやうだいじん》

971 日を経《へ》つつ　都しのぶの　浦さびて　波よりほかの　音づ

◇しのぶの浦　陸奥国の歌枕。ただし、実在のほどは疑わしい。「都しのぶ」「信夫の浦」と言い続けた。

972　わたしは流浪する身だから、象潟の海人《あま》の苫葺《とまぶ》きの小屋に幾度も旅寝したよ。

「世の中はかくても経けり象潟の海人《あま》の苫屋をわが宿として」(『後拾遺集』羇旅《きりよ》、能因)、「夜を寒みおく初霜を払ひつつ草の枕《まくら》にあまたたび寝ぬ」(『古今集』羇旅、凡河内躬恒《おおしこうちのみつね》) などを念頭に置くか。特に能因の境涯を慕う心があるかもしれない。第四・五句の同音反復は意識的であろう。◇象潟　出羽《でわ》国の歌枕。◇たび「度」と「旅」の掛詞。

973　難波の浦人が蘆火を焚《た》く小屋に宿を借りて、袖が潮水と涙とでひどく濡れしおれるよ。

難波の浦に旅寝している人の心。本歌「難波人蘆火たく屋のすしてあれどおのが妻こそ常《とこ》めづらしき」(『万葉集』二六五一。『拾遺集』恋四、柿本人麻呂)。◇蘆火たく　干した蘆を燃料として焚く。蘆は難波の名物だから、「難波人」と「蘆火」は連想しやすい。◇すずろに「そぞろに」に同じ。「蘆火」から連想される煤《すす》を響かせる。◇しほたるる「難波」の縁語。

* 九七四は山中に露宿した翌朝の歌。

974　この峰を私のあとから越えて泊る人があるならばわかってほしい、しみじみとしたあわれさを。わたしが折り敷いて野宿したこの椎の小枝を見て。

「岩根踏み峯の椎柴折り敷きて雲に宿かる夕暮の空」(『千載集』羇旅、寂蓮) などと類想の歌。

れもなし

堀河院御時百首歌たてまつりける時、
旅の歌　　藤原顕仲朝臣《ふぢはらのあきなかのあそん》

972 さすらふる　わが身にしあれば　象潟《きさかた》や　あまのとま屋に　あまたたび寝ぬ

入道前関白家百首歌に、旅の心を　　皇太后宮大夫俊成

973 難波人《なにはびと》　蘆火《あしび》たく屋に　宿かりて　すずろに袖の　しほたるるかな

題しらず　　僧《そう》正雅《じやうが》縁《えん》

974 また越えむ　人もとまらば　あはれ知れ　わが折り敷ける　峯の椎柴《しひしば》

＊九七五から九七七までは東国にかかわる旅の歌。

975 旅の道すがら富士の煙も見分けがつかなかったよ、晴れ間もない空の様子で。

建久元年（一一九〇）十月か建久六年二月の上京の旅の経験に基づいて詠まれた作か。上洛《じようらく》の道中の様子を都人に問われて答えたという心。

976 つらいことばかりが多い世の中だなあ。篠原で旅寝をしていると、故郷に残してきた妻が夢に見えて、恋しくてならない。

本来は「旅《ノ》恋」の題を詠んだ歌。参考「呉竹《くれたけ》のうきふししげくなりにけりさのみはよもと思ひしものを」（『堀河百首』竹、源俊頼《としより》）。◇世の中はうきふししげし　篠竹には節があり、それを「節《よ》」ともいうから、「世」「ふし」はともに下の「篠原」の縁語。◇篠原　近江国《おうみのくに》の歌枕。

977 はっきりしませんね。都に住んでいない都鳥は、都のことを尋ねたあの業平《なりひら》に、いったいどのように答えたのでしょうか。

『正治二年院初度百首』の「鳥」の題詠。在原業平が「名にしおはばいざ言問《こと》はむ都鳥わが思ふ人はありやなしやと」（『古今集』羇旅《きりよ》。『伊勢物語』九段）と詠んだ昔を思いやった、羇旅の歌としてはやや特殊な作。

＊九七八・九七九は宿の貸し借りについての贈答歌。

一 三一七頁注五参照。二 摂津国。現在、大阪市東淀川区《よどがわ》。神崎川が淀川から分れる地点。交通の要衝で、港町として発展し、遊女も多く住んでいた。

前右大将頼朝《さきのうだいしやうよりとも》

975 道すがら　富士の煙《けぶり》も　わかざりき　晴るるまもなき　空のけしきに

述懐百首歌よみ侍りける、旅の歌　皇太后宮大夫俊成

976 世の中は　うきふししげし　篠原《しのはら》や　旅にしあれば　妹《いも》夢に見ゆ

千五百番歌合に　宜秋門院丹後

977 おぼつかな　都に住まぬ　都鳥《みやこどり》　言問《こと》ふ人に　いかがこたへし

一天王寺へ詣でけるに、にはかに雨の降

978　この世を厭《いと》い捨てることまではむずかしいにせよ、かりそめの一夜の宿を貸すことぐらいはできそうなのに、あなたはそれすら惜しまれるのですね。宿の主《あるじ》が遊女であることから、現世に執着しているのであろうと見た上で、それにしても些細《ささい》なことを物惜しみするのですねと皮肉まじりに言った。◇仮の宿　この世は仮の世という心を籠《こ》め、「借り」を掛ける。あるいは『法華経』「化城喩品《けじようゆぼん》」に説く、疲れた旅人（衆生《しゆじよう》）が目的地（悟り）に到達することをあきらめないように、仏は仮の宿（城）を作って、ここが目的地だと見せかけるという比喩《ひゆ》を暗示するか。

979　いえ、お坊さまはこの世を厭うて出家されたお方とうかがっておりますので、わたしのかりそめの宿などに心をおとどめなさいますなと思っただけでございますよ。皮肉に対し、そちらこそ一切のものへの執着を捨てるべき出家ではないかと逆襲した。『西行上人集』によれば、こうは返したものの、西行に宿を貸したという。

＊ 九八〇は旅寝の歌。

980　わたしがなつかしく思っている都の方から吹き通ってくる浦風よ、わが袖に吹け。きっと旅寝の夢を見ることはできないだろうから。なつかしい都の方角から吹いてくる風は厭わしくないという心。「恋ひわびて泣く音《ね》にまがふ浦波は思ふ方より風や吹くらむ」（『源氏物語』須磨、光源氏）の歌と『源氏物語』のその前後の叙述をふまえる。

りければ、江《え》口《ぐち》[二]に宿を借りけるに、貸し侍らざりければ、よみ侍りける

西行法師

978　世の中を　いとふまでこそ　かたからめ　仮《かり》の宿をも　惜しむ君かな

返し

遊《いう》女《ぢよ》妙《たへ》

979　世をいとふ　人とし聞けば　仮《かり》の宿に　心とむなと　思ふばかりぞ

和歌所にてをのこども、旅の歌つかうまつりしに

藤原定家朝臣

980　袖《そで》に吹け　さぞな旅寝の　夢も見じ　思ふかたより　通ふ浦風

藤原家隆朝臣

981 旅寝する 夢路《ゆめぢ》はゆるせ 宇津《うつ》の山 関とは聞かず 守《も》る人もなし

詩を歌に合はせ侍りしに、山路ノ秋行《しうかう》と いへることを

藤原定家朝臣

982 都にも いまやころもを 宇津の山 夕霜《ゆふしも》はらふ 蔦《つた》のした道

鴨　長　明

983 袖《そで》にしも 月かかれとは 契りおかず 涙は知るや 宇津の山越え

前大僧正慈円

＊九八一から九八三までは宇津山の歌を集めた。

981 せめて旅寝の夢になつかしい人が通ってくるのは見のがしておくれ。宇津山は関所とは聞いていないし、見張りの人がいるわけでもないのだから。

せめて旅寝の夢で恋しい故郷の人に逢いたいという心。「駿河《するが》なる宇津の山べのうつつにも夢にも人に逢はぬなりけり」（九〇四。『伊勢物語』九段）の歌と『伊勢物語』のその前後の叙述をふまえて、在原業平《ありわらのなりひら》の心を詠んだ歌。下句は同じ『伊勢物語』五段や『古今集』恋三に見える「人しれぬわが通ひ路の関守はよひよひごとにうちも寝ななむ」の歌をも念頭に置くか。『三体和歌』で「幽玄様」として詠まれた作。

982 都でも今は妻が衣を擣《う》っている頃だろうか。わたしは夕霜を払いながら宇津山の蔦《つた》の生い茂った道を越えている。

これも『伊勢物語』東下《あずまくだ》りの段の業平の心。参考「宇津の山に至りて、わが入らむとする道はいと暗う細きに、蔦楓《かへで》は茂り、もの心細く、すずろなる目を見ることと思ふに、修行者《すぎやうじや》逢ひたり」（『伊勢物語』九段）。
◇宇津の山 「擣つ」を掛ける。九〇四参照。

983 袖にまでこんなふうに宿れなんて月と約束はしなかったよ。涙よ、なぜ袖に宿っているかそのわけを知っているのかい、宇津山の山越えの路で。

夜、宇津山を越えながら、旅愁に堪えかねて袖に涙をこぼし、その袖に月が宿っているさま。作者はこれほど悲しいとは思わなかったと、その意外さに、わが涙

にその理由を尋ねているのである。
◇かかれ　「かくあれ」の意と「懸れ」とを掛ける。

＊ 九八四は立田（龍田）の山越えの歌。

984 秋の立田山を旅する人――このわたしの袖を見て下さい。それは旅の悲しみの涙で紅《くれない》に染まっている。それに比べれば紅の色の浅い木々の梢《こずえ》はしぐれにあわなかったのだなあ。

自身の袖があたかも紅葉のように旅愁の紅涙に染まっていることを婉曲《えんきょく》に表現した。自身のことを「秋行く人」と一見客観的に言ったところに技巧がある。
◇立田山　大和国《やまとの》の歌枕。八五参照。

＊ 九八五は悟道への旅の歌。

985 わたしは、悟りに達する実の道、すなわち仏の教えの道に入ったので、恋しく思う現世の故郷などあるはずもないよ。

憂き世に別れて彼岸に到ろうとする決意の表明。羇旅《きりょ》歌というよりは釈教歌にふさわしい。

＊ 九八六は帰郷を待つ心の歌である。

986 いよいよなつかしい故郷へ帰るのは明日だ。飛鳥川よ、わたしが渡らないうちに淵瀬を変えるようなことはしないでおくれ。

「世の中は何か常なる飛鳥川きのふの淵ぞけふは瀬になる」（『古今集』雑下、読人しらず）の古歌により、淵瀬が変りやすいものと見た上で、帰途に就く前に変って、帰れなくなることがないようにと願った。
◇飛鳥川　大和国の歌枕。「明日《あす》」を掛ける。

984 立田山《たつたやま》　秋行く人の　袖を見よ　木々のこずゑは　しぐれざりけり

百首歌たてまつりし、旅の歌

985 悟《さと》り行く　まことの道に　入りぬれば　恋しかるべき　ふるさともなし

初瀬に詣でて帰さに、飛鳥川《あすかがは》のほとりに宿りて侍りける夜、よみ侍りける

素《そ》覚《かく》法《ほふ》師《し》

986 ふるさとへ　帰らむことは　飛鳥川　渡らぬさきに　淵瀬《ふちせ》たがふな

あづまの方へまかりけるに、よみ侍りける

西　行　法　師

987 年たけて　また越ゆべしと　思ひきや　命なりけり　佐夜《さや》の中山

旅の歌とて

988 思ひおく　人の心に　したはれて　露《つゆ》分《わ》くる袖《そで》の　かへりぬるかな

一
熊野《くまの》にまゐり侍りしに、旅の心を　太《だい》上《じやう》天《てん》皇《わう》

989 見るままに　山風あらく　しぐるめり　都もいまは　夜寒《よさむ》なるらむ

＊ 九八七・九八八は旅中の感懐。

987 こんなに年老いて再び越えるだろうと思っても見ただろうか。それなのにこうして佐夜の中山を越えることができるのは、やはり命あってのことだなあ。

文治二年（一一八六）、六十九歳で陸奥《みちのく》に下った時の詠。参考「春ごとに花の盛りはありなめど逢ひ見むことは命なりけり」（『古今集』春下、読人しらず）。

988 あとに思いを残してきた人のことが心にしたわしくて、旅路の露を分ける袖の色は変ってしまったなあ。あたかもわたしの心が故郷へ帰ってゆくことを示すかのように。

ともすれば後ろ髪を引かれるような思いを歌う。◇思ひおく　「おく」は下の「露」の縁語。◇人の心に　人がわたしの心に。◇かへりぬる　色あせてしまった、の意。「帰り」を響かせる。

＊ 九八九は旅先で都を思う心。

一 紀伊《きの》国の熊野三山（本宮・新宮・那智）に参詣《さんけい》した、いわゆる熊野御幸《ごこう》を指す。

989 山風が荒々しく吹いて、みるみるしぐれてくるようだ。都も今ごろはさぞや夜寒であろう。

旅路にあって荒々しい自然のたたずまいに接し、都に残してきた、寵妃《ちようひ》など親しい人々を思いやった歌。上句には熊野の男性的な天象が活写されている。羇旅部が帝の歌で始まっているのに照応させようという心から、後鳥羽《ごとば》院の詠を巻軸《かんじく》歌に据えたか。

解説

久保田淳

一　新古今世界の構造

春は東の空からやってくると、古人は考えた。春の訪れを告げるものは、霞《かすみ》である。霞は野や山を、都や里を、そして海や島を、おしなべてやわらかく、やさしく包む。それは和歌の世界では、「春」の着る大きく広い「衣《ころも》」なのである。

み吉野は山もかすみて白雪のふりにし里に春はきにけり　摂政太政大臣
ほのぼのと春こそ空に来にけらし天《あま》の香具山《かぐやま》霞たなびく　太上天皇
春といへば霞みにけりなきのふまで波間にみえし淡路《あはぢ》島山　俊恵法師

たとえ地上にどのように激しい人と人との争いがあろうとも、喜怒哀楽が繰り拡げられていようとも、それらとは関《かか》わりなく自然はめぐってくる。そのような自然の大きな回帰性を思わせるのが、『新古今和歌集』巻第一春歌上の最初の部分である。

そして、読み進めてゆくにつれて、四季は移り変り、それとともに、さまざまな風物が取り上げられ、愛《め》でられては、かなたに押しやられる。そしてその間に、それらの風物に託して、人々の願いや嘆きも訴えられては消えてゆく。

一方、二十巻のうち五巻を宛てている恋の歌は、高山に懸る白雲にもよそえられる恋人への憧憬《しょうけい》に始まり、まだ逢わぬ恋の情熱を歌う作品群を経て、「逢ひ見ての後《のち》の心」やとだえがちな恋人の訪れへの怨情《えんじょう》の歌に終る。

これらを通じてうかがえるものは、時、時間を基軸として一首一首の和歌を配列し、一つの巻、さらにそれらの巻の集合体である歌集の世界を構成してゆくという方法である。

時代とともに空間的な生活圏を拡げてきた人間も、時間に対しては無力である。太古から今日に至るまで、一人の人間の生きられる時間は短く限られている。人間は空間的存在である以上に、時間的存在である。そのことを思う時、古人に時を軸として物事を考える思想――これが結局は無常観に連なると見られる――が強かったということは、今日のわれわれにも少なからず示唆を与えずにはおかない。

勅撰和歌集における作品の配列に関して一つの規範を示したのは、『古今和歌集』であった。その点において、『新古今和歌集』は独創的ではなく、むしろ『古今集』に負うところが大きいことは事実である。しかしまた、『古今集』を遥《はる》かに上回る多くの作品、そこに託された幾多の風物や観念が、時間の軸に沿って連鎖されてゆく配列の妙味は、『新古今集』の場合が『古今集』の場合よりもきめ細かく、行き届いているということも確かであろう。ほどよく古歌と新しい歌とが織りまざり、時には作者の連想で並べられたと思わせるような連鎖も見受けられる。また、まれには同一主題の繰り返しや飛躍もある。それらの中には、執拗《しつよう》に続けられた改訂作業にもかかわらず残されてしまった、編集上の手違いもあるのかもしれないが、結果としてそれは単調さを破りこそすれ、全体の調和を壊すには至っていない。

この集に収められている千九百八十余首のすべてが珠玉の作であるなどとは、もとよりいえないであろう。しかし、駄作や凡作をも含めて、集合体としてのこの詞華集は、日本語による詩的表現の到達点を示しているのである。

近世初頭、本阿弥《ほんあみ》光悦《こうえつ》は、俵屋宗達《たわらやそうたつ》が草花や木竹などを下絵として描いた美しい料紙に、豊潤な筆致で『新古今集』の歌を書いている。下絵の図柄と和歌とは別に深い関連はなく、また光悦は特に秀歌とおぼしきものを選び出して書いているのでもない。それでいて、書と絵と、そして歌そのものとは渾然《こんぜん》一体となって、一つの美の乾坤《けんこん》を成り立たせている。このことは、この古典歌集をどう読むかを考える際に一つのヒントを与えているように思われる。われわれはしばしば好きな歌人の特定の秀歌を選んで読みがちである。けれども、少なくとも『新古今集』の場合は、それではその一首の持つ美的内容を了解するにとどまって、この集全体の持つ調和的な美の世界に参加することはついに不可能であろう。『新古今集』は、巻を追ってその全体を味わうことを読者に要請する歌集である。

二　後鳥羽院時代

『新古今集』は、鴨長明《かものちようめい》が『方丈記』を執筆するわずか七年前に成った。その長明は後鳥羽院が設けた和歌所《わかどころ》の寄人《よりゆうど》（役人）の一人であり、『新古今集』においても主要作者の一人に数えられている。さらにまた、慈円の史論『愚管抄《ぐかんしよう》』も『新古今』成立後ほど遠からぬ時点において書かれ、同じ頃にその慈円の周辺で、『平家物語』の最も原型的なものも生れていたらしい。広く庶民のために深い信仰をやさしく説いた法然《ほうねん》や親鸞《しんらん》も、この時期にその宗教活動を展開し、他ならぬ後鳥羽院の怒りを買って、遠国に流されるという法難を体験している。

これらさまざまな人々が時を同じくして活躍し、多彩な作品が生れたのが、中世初期、十三世紀の初頭であった。『新古今集』の成立という文学史的事実を中心に据えて考えると、従来いわれているように、その一時期を「新古今時代」と呼ぶことも妥当ではあるが、さらに巨視的、複眼的にこの十三世紀初頭の文化史的な意味を考えようとする時には、むしろ「後鳥羽院時代」という捉え方が可能であり、有効でもあろう。それは王朝後期の「院政時代」の延長のようでいて、独自性を主張し、「後嵯峨《ごさが》院時代」へと連なっている時代であると見られる。

では、『新古今集』を生み出した「後鳥羽院時代」とはどのようなものであったか、『新古今集』はどのような過程を経て生れたのか、以下その概略を辿《たど》ってみよう。

治承四年（一一八〇）という年は、きわめて事件の多かった年である。この年五月、源三位入道頼《より》政《まさ》は後白河法皇の皇子以仁《もちひと》王を擁して、平家一門に対する謀反を試みたが、それはあえなく失敗に終り、頼政は宇治の平等院《びょうどういん》において自害して果てた。『平家物語』（巻第四、宮御最期《みやのごさいご》）はその有様を次のように伝えている。

西に向かひ、高声《かうしやう》に十念唱へ、最後の詞《ことば》ぞあはれなる。

埋木《むもれぎ》の花咲くこともなかりしに身のなるはてぞかなしかりける

これを最後の詞にて、太刀の先を腹に突き立て、うつぶさまにつらぬかゝってぞ失《う》せられける。その時に歌よむべうはなかりしかども、若うよりあながちに好いたる道なれば、最後の時も忘れ給はず。

以仁王もこの戦いで死んだが、王の令旨《りようじ》は頼朝・義仲を始めとする諸国の源氏を蜂起《ほうき》せしめ、日本国中は源平の動乱に巻き込まれていった。清盛は反平家勢力に包囲されることを恐れ、六月初めに福原への遷都を強行したが、さすがの独裁者も世論には敵しがたく、十一月末には京都に還都した。十二月末、清盛の息重衡《しげひら》を大将軍とする平家の軍兵《ぐんぴよう》は、去る五月以仁王・頼政に加担しようとした南都東大寺・興福寺を攻め、ついに兵火は大仏殿に及んだ。そして、金銅十六丈の盧遮那《るしやな》仏は焼けただれて、その仏頭は地に堕ち大勢の僧兵が殺された。これらの大事件はすべて治承四年中の出来事であった。

この年の七月十四日、すでに新院と呼ばれていた高倉院の皇子が、京の五条町亭で誕生している。母は修理大夫《しゆりのだいぶ》であった藤原信隆《のぶたか》の娘で殖子《しよくし》といい、典侍《てんじ》であったらしい。高倉院にとっては四宮、つまり四番目の男御子《みこ》であった。七月十四日というと、先に述べた六月初めの福原遷都から一カ月あまりしか経っていない。父の院は当然福原の新都に在り、旧都はようやく荒廃しつつあったと想像される。とすれば、人々は混乱した現実に心を奪われて、后腹《きさきばら》でもないこの皇子の誕生に対して、おそらくほとんど関心を払わなかったであろう。これが、『新古今和歌集』を親撰し、空前絶後の宮廷和歌の開花をもたらし、しかも帝王として兵馬を事とし、陪臣《ばいしん》との戦いに敗れて、憂愁のはてに隠岐《おき》の孤島に崩じた後鳥羽院の誕生した時の世情であった。

明けて治承五年は、七月に養和と改元される。この年も、正月十四日高倉院の崩、閏《うるう》二月四日入道相国《しようこく》清盛の急逝《きゆうせい》と、重大事が続いた。

崩後繁く行われた高倉院の法事に参列する廷臣達の中に、二十歳になっていた侍従藤原定家がいた。

彼は歌の家とされる御子左《みこひだり》家の人で、五条三位入道俊成、法名釈阿《しゃくあ》の息である。いずれかといえば蒲《ほ》柳《りゅう》の質であった。その日記『明月記』を見ると、この年四月十六日の条には、火が燃えるように発熱し、心地が悩ましいといったあと、「於《テ》レ今者《ニ》、更《ニ》不レ惜《シマ》二身命《ヲ》一、但病躰《シ》太《いたク》遺恨、前後不レ覚《エ》」と記している。けれども、この四月は、定家が「初学百首」と呼ばれる作品群を詠み上げて、歌人として本格的な出発をした時でもあった。

梅の花こずゑをなべて吹く風に空さへにほふ春のあけぼの
天の原思へばかはる色もなし秋こそ月のひかりなりけれ
冬きてはひと夜ふた夜を玉笹《たまざさ》の葉分けの霜のところせきまで
もろこしの吉野の山の夢にだにまだ見ぬ恋にまどひぬるかな
いかにしていかに知らせむともかくもいはばなべての言《こと》の葉ぞかし

これらの作は、それが暗鬱《あんうつ》な時代社会の下に成ったものであることを疑わせるほど、みずみずしく、若さの持つ衒気《げんき》をも併せ持ちながらも、美しい。しかし、やや仔細《しさい》に読めば、作者の心が自身見ぬいにしえや異国の文化に向けられていることに気づくであろう。この病弱な青年はきびしく現実を拒否し、「ともかくもいはばなべての言の葉ぞかし」(どのように言おうが、いってみれば皆ありふれた言葉にすぎないのだ) という表現に対する懐疑に捉われながらも、歌人としての道を選んだのである。

再び世相に目を転じると、源平の動乱はいよいよ熾烈《しれつ》な様相を呈してきた。寿永二年 (一一八三) 二月、俊成は第七番目の勅撰和歌集を撰進せよとの後白河法皇の院宣《いんぜん》を受けたが、その年の七月末には、その院宣を伝えた平資盛《すけもり》を含む平家一門は、北陸から迫る木曾義仲との対決を回避し、幼主安徳天皇を擁して、西海へと都落ちした。

都では、平家の手を逃れた後白河法皇の宣命《せんみよう》により、紆余《うよ》曲折の末、故高倉院の四宮、尊成《たかひら》親王が新帝として践祚《せんそ》した。神器なきままの践祚であった。『平家物語』(巻第八、名虎《なとら》)は、この事態を、

「天に二《ふたつ》の日なし、国に二人の王なし」と申せども、平家の悪行《あくぎやう》によってこそ、京・田舎に二人の王はましましけれ。

と述べている。後鳥羽天皇の時代の始まりであった。

平家は元暦二年(一一八五)三月二十四日の壇浦《だんのうら》の戦に敗れて、滅亡した。安徳天皇は入水《じゆすい》し、神器のうちの宝剣は永久に失われた。しかし、この時から後鳥羽幼帝は名実ともに日本国の主となる。

平和の回復とともに、俊成に下命された勅撰集の編纂《へんさん》も進捗《しんちよく》し、文治三年(一一八七)九月には形式的奏覧、翌四年に完成した。これが『千載和歌集』である。定家は父の撰進の業を助け、自身も初めて勅撰歌人となることを得た。

この『千載集』に「円位」という法名で十八首の作が採られている桑門《そうもん》歌人が、西行《さいぎよう》である。彼は生涯にわたる草庵と行脚《あんぎや》の生活の中で、花月に触発される感動を詠歌に託していた。常磐《ときわ》(大原)の三寂《さんじやく》と呼ばれる隠者の兄弟や俊成、その他源俊頼の息俊恵《しゆんえ》など、限られた人々と交渉を持つ以外は、都の歌人達ともほとんど関わりを持たなかったが、最晩年に至って、それまでの自詠から秀歌と目されるものを選び、これを二編の歌合《うたあわせ》形式に整えて、俊成・定家の父子にその加判を依頼し、一方、若い歌人達に百首歌を勧進《かんじん》するなど、積極的に働きかけている。おそらく、自身の円寂を予感してのことであったのであろう。この百首歌は「二見浦百首」と呼ばれ、伊勢大神宮に奉納された。後年『新

古今集』を飾る、定家の、

見わたせば花ももみぢもなかりけり浦のとま屋の秋の夕暮（秋上、三六三）

あぢきなくつらきあらしの声もうしなど夕暮に待ちならひけむ（恋三、一一九六）

忘るなよ宿るたもとは変るともかたみにしぼる夜半《よは》の月影（離別、八九一）

などはこの時に詠まれたものである。また、二編の自歌合は、俊成が加判したものは『御裳濯《みもすそ》川歌合』、定家が加判したものは『宮川歌合』と名づけられて、それぞれ伊勢の内宮・外宮に奉納された。特にまだ若い定家に加判を依頼したところに、西行がこの青年の才能をいかに高く評価していたかが想像される。それは定家にとっては、その歌人的成長の上に重要なステップとなる、ほとんど初めてといってよい批評活動を意味するものであった。

その西行は、文治六年二月十六日、河内《かわち》の弘川寺で示寂《じじやく》した。七十三歳であった。俊成はもとより、慈円・寂蓮《じやくれん》・定家、そしてその歌友藤原公衡《きんひら》ら新しい世代の人々は、彼の死を深く悼《いた》んで哀傷歌を詠み交わしている。それは彼等の歌人的自覚を促す出来事でもあった。京都の歌人集団はようやく若がえりつつあったのである。

これより先、俊成は摂関家である九条家に出入りする和歌師範のような立場にあった。それに伴って、定家も同家の家司《けいし》のごとき役割りを勤めるようになった。九条家の当主は兼実《かねざね》であったが、その息良経《よしつね》は漢詩・和歌をともに能《よ》くし、鋭い感受性と表現力を備えた若公達《きんだち》であった。また、兼実の弟慈円も、桑門でありながら風月の戯れに耽溺《たんでき》していることを諫《いさ》められて、返事に、

みな人にひとつの癖はあるぞとよこれをば許せ敷島の道

と認《したた》めた（『正徹物語《しょうてつものがたり》』）というほどの、無類の歌好きであった。彼等叔父甥《おじおい》はお互いに和歌を唱和するにとどまらず、これに定家、定家のいとこでかつては俊成の猶子《ゆうし》でもあった寂蓮、さらには定家の四歳年上の友で俊成の門弟である藤原家隆などを加えて、しきりに歌会や歌合を開き、また、速詠を競い、一定の字や句を詠み込む技巧に興じたりした。その過程において良経や慈円は、読む者の感覚に強く訴え、また心理的観念的世界に誘いこまずにはおかない、定家や寂蓮らの清新な、同時にやや晦渋《かいじゅう》な詠風に魅了されていった。

当時の宮廷周辺には、俊成・定家・寂蓮らの属する御子左家の他に、修理大夫《しゅりのだいぶ》藤原顕季《あきすえ》を祖とする六条家の人々が、主だった歌人として少なからず活躍していた。大体において、安元三年（一一七七）六月、この六条家の中心的存在であった清輔《きよすけ》が没するまでは、彼が九条家の和歌師範だったので、兼実の眼中には俊成はほとんどなかったのである。だから、兼実はもとより良経や慈円も、おそらくは六条家の強い影響下に作歌を開始したのであろう。それがたちまち定家らの新しい和歌に薫染したのであった。

ここに、六条家の人々と新風和歌を良しとする人々との間に、文学上の論戦がはなばなしく展開された。旧風を墨守《ぼくしゅ》する人々は新風和歌を「新儀非拠達磨歌《しんぎひきよだるまうた》」と嘲《あざけ》った。「新儀」とは悪い意味での新しいやり方、「非拠」とは拠りどころのないこと、「達磨歌」とは当時中国から渡ってきた達磨宗のようにわけのわからない歌の意である。後年定家はその頃のことを回顧して、その家集『拾遺愚草員外《しゅういぐそういんがい》』に、次のように書き付けている。

自《より》二文治・建久一以来、称《シ》二新儀非拠達磨歌《ト》一、為《ニ》二天下貴賤《ノ》一被《れ》レ悪《にくマ》、已欲《ニス》二弃《すテ》置《カント》一。

しかしながら、定家らの同調者に良経・慈円のような権門《けんもん》の人々がいたことは、大いに意を強くすることであったに違いない。達磨歌とか達磨宗とか嘲られた新風歌人の側は、自らを密宗（俗人にはわかりにくい真言を信奉する宗派）、相手を顕宗《けんしゅう》（わかりやすい言葉で説く宗派）とあだ名して、批判したのであった。

建久四年（一一九三）の『六百番歌合』は、この両派の違いが鮮明に示されているものとして著名であるが、それは同時に両派おしなべて、参加した歌人達に題詠についての方法論的自覚を促し、結果的には『新古今集』に多くの秀歌をもたらした点においても見逃せない歌合である。試みに一番だけ掲げてみる。

二十九番

左持　女房

たづねつる道にこよひはふけにけり杉の梢《こずゑ》に有明《ありあけ》の月

右　信定

こゝろこそ行方《ゆくへ》も知らね三輪の山杉の梢の夕暮の空

左右共に申《ス》二無《キ》レ難之由《ヲ》一。

判云《ニク》、左の「杉の梢に有明の月」といひ、右の「杉の梢の夕暮の空」といへる、ともにいとをかしくも侍るかな。左は、三輪山は侍らねど、なかなかをかしく聞ゆ。「有明の月」ことにさびて、勝《まさ》るとや申すべきを、右、「夕暮の空」、また劣るべくも侍らねば、なほ持《ぢ》とすべし。

「女房」はこの歌合の主催者良経、「信定」は慈円が他人の名を借りているのである。判者は長老の俊成入道釈阿《しやくあ》、「左右共に……」というのは、双方の難陣《なんちん》を摘記したもの。この番は新風歌人同士の組み合せで、勝負は持（引き分け）であった。「こゝろこそ」は後年『新古今集』恋四（一三三七）に採られている。

ここでまた現実の時代社会に目を移すと、建久三年（一一九二）三月十三日、後白河法皇が崩じ、院政が終ったが、時に後鳥羽天皇はまだ十三歳であったから、その政治はもっぱら関白や一部の枢要の臣に委《ゆだ》ねられていた。

ここに、源（土御門《つちみかど》）通親《みちちか》という権謀術数にたけた政治家がいる。天皇の乳母刑部卿三位《ぎようぶきようさんみ》（藤原範子）の夫という地位から権勢の座に近づき、ついに内大臣にまで昇り、土御門内大臣と呼ばれたが、世人は源博陸《げんはくりく》（源関白、の意）とあだ名した。彼は政治のあり方について、関白兼実とは異なった考えを抱いていたが、それまで兼実と結んでいた関東の将軍源頼朝に接近し、ついに兼実を政界において孤立せしめ、これを失脚させることに成功した。建久七年十一月のことである。これを建久の政変という。

これに伴って、それまで活況を呈していた、良経を中心とする九条家の文雅の集《つど》いはすっかりとだえた。同家の家司である定家らにとっても暗い日々が続いた。

通親はさらに建久九年一月、譲位を行い、刑部卿三位の娘で自身の猶子として後鳥羽天皇の後宮《こうきゆう》に入れていた在子（承明門院《しょうめいもんいん》）所生の皇子為仁親王の践祚を実現し、新帝の外戚としての地位を獲得した。土御門天皇の治世が始まったのである。

ところで、これは同時に後鳥羽院による院政の開始をも意味していた。建久九年、後鳥羽院は十九歳になっている。実質的な治天《ちてん》の主として、もはや何びとの掣肘《せいちゅう》をも受けず、自由に事を専決するまでに成長していた。院はほとんど籠居《ろうきょ》に近い状態であったと想像される良経をも官界に復帰せしめ、百官の上に君臨した。

この後鳥羽院が和歌に目覚めたのが、やはり譲位前後と考えられるのである。

幼少の頃の後鳥羽天皇は毬杖《ぎっちょう》という遊戯を好んだという（『平家物語』巻第十二、六代被斬《きられ》）。また、文治年間、禁中の壺庭《つぼにわ》で鶏を飼っており、定家らはその世話をしたというから（「俊成・定家一紙両筆懐紙」）、おそらく鶏合《とりあわせ》などに興ずることもあったのであろう。そしてまた、蹴鞠《けまり》に巧みであった。後年、難波宗長や飛鳥井《あすかい》雅経《まさつね》ら鞠の専門家達が院に対して鞠の長者という称号を呈している（『承元御鞠記《おんまりのき》』）。ともかく、スポーツに類することが得意であったらしいが、作歌を開始したのはさほど早くはないようである。

後鳥羽院のうちに眠っていた歌心を目覚めさせたのはだれか。これはもとより不明である。ただし、どうも定家ではないように思われる。

ここに注目されるのは、飛鳥井（藤原）雅経という人物である。彼は縁あって関東へ下り、父祖の代からの家芸である蹴鞠をもって将軍頼朝に仕えていた。ところが、建久の政変後、後鳥羽天皇の後見のごとき役割りを勤めていた承仁《しょうにん》法親王（後白河法皇の皇子）らは、天皇の鞠の相手としてであろう、頼朝に交渉して雅経を上京せしめた（『革匊別記《かくきくべつき》』）。建久八年二月、彼は上洛《じょうらく》、蹴鞠の妙技を披露して、以後天皇の近習として仕えるのであるが、この雅経は翌建久九年五月頃から本格的な詠歌を開始している（『明日香井和歌集《あすかい》』）。そしてそれはどうやら譲位後の後鳥羽院がしげしげと御幸《ごこう》した鳥羽殿《どの》（鳥羽離宮）あたりで披講されているようである。

また、後年和歌所開闔《かいこう》（事務官）として働くに至る源家長も、やはり承仁法親王の推薦によって、天皇の近習として仕えるようになった一人であるが、彼も比較的早い頃から作歌に親しんでいたらしい。

『後鳥羽院御集』によれば、最も早い時期の作品は、正治二年（一二〇〇）七月の「北面御歌合」での三首であるが、この歌合の呼び名は、後鳥羽院が気心の知れた近習とごく内輪の歌合に興じているという趣がある。また、同じ頃のものと推定される、院自身のものを含む和歌懐紙が現存しており――書道史においては「熊野懐紙《くまのかいし》」の同類という意味で、「熊野類懐紙《くまのるいかいし》」と総称されているが――右の雅経や家長らを含むそれらの作者の多くは、明らかに院の近習的な、位の低い官人達である。

これらのことから想像すると、後鳥羽院は最初その近習達から刺激を受けて、作歌を開始したのではないであろうか。あるいは、承仁法親王や源通親のような後見格の人々の勧めに従ってのことかもしれない。当初から俊成か六条家のだれかの手ほどきを受けなかったとは断言できないが、それにしても院を取り巻く作者達は決して御子左家とか六条家といったような歌の家の人々とはいえない、いわば素人集団であったのではないか。それはいってみれば、多くの作家や詩人の文学的出発点が文学少年の同人雑誌に求められることにも類するのではなかろうか。

が、後鳥羽院はこの新たに知った遊びに熱中した。それを看《み》て取った通親らは、おそらく六条家の人々と相談の上であろう、群臣から百首歌を召すことを計画した。これを『正治二年院初度百首和歌』と呼ぶ。

この百首歌の企画では、最初、定家や家隆らは作者から除外されていた。定家が『明月記』に記しているように、おそらくそれは六条家の人々の意図的な策謀によるものであったのであろう。しかし、俊成は『正治仮名奏状』と呼ばれる仮名文の訴状を草して、定家らの追加を院に愁訴し、ついにその参加が叶《かな》えられた。

定家は文学の神と考えられていた北野天神に祈請し、俊成の批正を仰ぎながら（「俊成・定家一紙両筆懐紙」）、慎重にこの百首歌を詠みおえ、正治二年八月二十五日、これを詠進した。その中には後年『新古今集』に採られた、次のような秀歌がちりばめられている。

梅の花にほひをうつす袖《そで》の上に軒《のき》もる月の影ぞあらそふ（春上、四四）

白雲の春はかさねて立田山をぐらの峯に花にほふらし（春上、九一）

駒《こま》とめて袖うち払ふかげもなし佐野のわたりの雪の夕暮（冬、六七一）

この百首を一読した院は、その豊麗な世界にほとんど引き入れられる思いであったであろう。そのうち、「鳥」の題を詠んだ、

君が代に霞を分けしあしたづのさらに沢べの音《ね》をや鳴くべき

などの作にいたく憐憫《れんびん》の情を催した院は、直ちに定家の内昇殿《うちしょうでん》（土御門天皇の内裏への昇殿）を許した。これが蹴鞠のみならず和歌の長者をもって自ら任じていたであろうこの帝王と狷介《けんかい》な歌人との出会いであった。先に、若い頃の作品が「新儀非拠達磨歌」と嘲られた時のことを回顧した定家の述懐を引

いたが、彼はそれに続いて、次のように記している。

及ビ二正治・建仁一ニ、蒙《かうむり》二天満天神之冥助《みやうじよ》一ヲ、応ジ二聖主聖朝ノ勅愛一ニ、僅《わづか》ニ継ギ二家跡一ヲ猶《なほ》携ル二此ノ道一ニ事、秘シテ而不レ浅カラ。

正治年間の二度の百首歌を経て、実作の上で長足の進歩を遂げた院は、建仁年間に入ると、さまざまな試みを企画し、時には自ら批評家をも兼ねながら、それにいどんでいった。

たとえば、「和歌試《こころみ》」と呼ばれる催しを行っている。これは十首の歌題を出させ、それを当座（その場）に詠んで、中堅どころの歌人達に遠慮なく批評させる会で、新人登用の試験のようなものであった。この会で、定家らは作者ではなく、批評者の役を勤めている。

また、各人が詠んだ歌を上品《じようぼん》の上から下品《げぼん》の下まで、九段階に分けて品評するという、「和歌九品《くほん》」の試みをしたこともあった。

建仁元年の『仙洞《せんとう》句題五十首和歌』では、院は自身作者であるとともに点者（佳作であることを示す評点を付ける役）を兼ねて、他の作者の詠に加点している。『千五百番歌合』では、十人の分判という形式を考え、自らそのうちの一人に入って、折句《おりく》の和歌によって判詞に替え、勝負を付すという、凝りようであった。

折句や隠題《かくしだい》、勒字《ろくじ》（一定の字を歌頭に詠み入れる技巧）などにも興じているが、中で日本文学における美的理念の展開を考える際に注目されるのは、建仁二年三月の三体和歌の催しである。この試みについては、参加者の一人である鴨長明が、後年歌論書『無名抄《むみようしよう》』において、誇らしげに回想している。

御所に朝夕候ひし頃、常にも似ずめづらしき御会ありき。六首の歌に、「みな姿を詠みかへてたてまつれ」とて、「春・夏はふとくおほきに、秋・冬はほそくからび、恋・旅は艶《えん》にやさしくつからまつれ。これ、もし思ふやうに詠みおほせずは、そのよしをありのままに申しあげよ。歌のさま知れるほどを御覧ずべきためなり」と仰せられたりしかば、いみじき大事にて、かたへ（一部の人）は辞退す。心にくからぬほどの人をば、またもとより召されず。かかれば、まさしくその座にまゐり連なれる人、殿下（良経）・大僧正御房（慈円）・定家・家隆・寂蓮・予、僅かに六人ぞ侍《はべ》りし。

別の資料では、春・夏は長高様《ちょうこうよう》（高歌、大いに太き歌）、秋・冬は有心様《うしん》（痩歌、からびやせすごき）、恋・旅は幽玄様（艶歌、艶体）とも記されている。幽玄とか有心というような美に関する理念が、どのような内容を意味するかを考える際に、これは『定家十体』などとともに見逃せない資料であるが、ここではそのような美に対するある観念が後鳥羽院の発案した歌会で芽生え、自覚され、表現としての形を採ったことに注目してよいであろう。それはやはり、後鳥羽院の詩人としての成長を物語る、一つの指標となっていると見られるのである。

院はまた、建仁二年六月には、水無瀬《みなせ》離宮において定家に単独に詠ませた六首歌に自詠を番《つが》えて、六番の小さな歌合を編み、これに「藤原親定」の作名でもって自ら判詞を記した。その多くは定家に勝を譲っているが、最後の番のみは自詠を勝とした。試みにその部分を掲げる。

水無瀬釣殿《つりどの》当座六首歌合

六番　久《シキ》恋

左　　　　　　　　　　　　定　家

幾代へぬ袖《そで》振る山のみづがきにたえぬ思ひのしめをかけつと

右　　　　　　　　　　　親　定

思ひつつへにける年のかひやなきただあらましの夕暮の空

右の歌、させることなく、また、さしたる咎《とが》なくは、一番などは勝つべきか。

そして、後年、この「思ひつつ」の歌は『新古今集』恋一（一〇三三）に選び入れられている。

建仁二年には九月にやはり水無瀬において、恋の題のみ十五から成る歌合『水無瀬殿恋十五首歌合』を行うが、さらにその撰歌合を自ら編み、自ら加判している。この頃の後鳥羽院は仙洞歌壇の演出家であり、舞台監督であり、そしてしかも主役であり、批評家でもあった。

後鳥羽院における和歌が、単なる遊戯であったとは考えられない。院は本格的な詠歌を始めてからまもなく、伊勢の内宮・外宮にそれぞれ百首歌を奉納している。また、『新古今集』がようやく形を整えつつあった元久元年十二月頃にも諸社に三十首歌を奉納している。それらには明らかに『新古今』への入集が約束されている当代歌人の作品を露骨に模倣した作が、少なからず見出される。さらに、承元二年にも内宮・外宮に三十首を奉納、歌合の奉納も相ついで行っている。

奥山のおどろが下もふみ分けて道ある世ぞと人に知らせむ（雑中、一六三三）

という歌は、住吉社奉納の歌合における詠である。

これらのことを考えると、後鳥羽院の詠歌は、時に神への祈りであったと考えられる。

院は何を祈ったのか。伊勢や石清水《いわしみず》など、宗廟《そうびょう》の神に対しては、やはり帝祚の長久、それによる日本国の繁栄を祈った。また、藤原氏の氏神である春日《かすが》神社には、天照大神《あまてらすおおみかみ》と天児屋《あまのこや》根命《ねのみこと》の二神約諸の神話を思い、君臣の契りの不変を祈った。祈ることはその時々に応じてさまざまあったに違いない。たとえば、建永元年（一二〇六）には、源仲国なる院の側近の妻に、なき後白河法皇の霊が憑《つ》いて、「我を祀《まつ》れ」と言い出すという、奇怪な事件があった。この時も、「これが真実ならば験《しるし》を見せ給え」と、院は神々に祈り、その神験がないと見極めた上で、仲国夫妻を閉門に処している。専制君主の太上天皇も、神の前には無力で敬虔《けいけん》な一個の人にすぎなかった。その弱い人の神に捧げた祈りの言葉の数片が、この集の中にとどめられているのである。

しかしまた、遊びとしての要素も決して少ないとはいえない。水無瀬離宮への御幸に随行した定家が『明月記』に記すところによると、院は遊女や白拍子《しらびょうし》との遊宴、近臣達との狩猟や騎馬などの合間に、旺盛《おうせい》に詠歌し、また定家らの作に目を通していることが知られる。そこでは和歌も帝王にとっての雅遊と見なされたであろう。神の前には従順な院も、日本国の統治者、一天万乗の主としては、すべての上に君臨すべき存在と自覚していたのである。宮廷和歌の振興は、そのような王道達成のための手段の一つではあっても、それを至上のものと考えていたかどうかは、疑わしい。院の和歌観はいわば政教的文学観なのであって、芸術至上的な傾向を有する定家とは明らかに異なるといえるであろう。

建仁元年（一二〇一）以降、後鳥羽院の詠歌への熱意はいよいよ高まってきて、ついに同年七月末、院の御所に和歌所が設けられ、寄人《よりゅうど》が決められた。これが天暦《てんりゃく》の聖主村上天皇の代に設けられた撰和歌所に倣《なら》うものであることは疑いない。そして、十一月初めには、その寄人のうち、源通具《みちとも》・藤原有家・同定家・同家隆・同雅経・僧寂蓮《じゃくれん》の六人に、勅撰集を撰進すべき由の院宣が下され、ここに『新古今和歌集』編集の業が開始された。院は明らかに、延喜・天暦の聖主の跡を踏もうと決意したのである。ただし、寂蓮は翌二年には没したので、撰者の中には入れられていない。

本集の撰進過程は、定家の『明月記』や和歌所開闔《かいこう》であった家長の『源家長日記』その他の資料によって、かなり詳しく知ることができる。それらによって、ごく概略を記すと、建仁元年十一月に院宣が下された後、直ちに着手されたかどうかは明らかではない。しかし、建仁三年四月末頃、五人の撰者は、各自が種々の歌集や歌合、歌会の書き留めなど、あらゆる資料から選んだ、未だ過去の七勅撰集に採られていない秀歌を提出した。これが『新古今集』の仮名序で「五人のともがらをさだめて、しるしたてまつらしむるなり」といっていることに相当する。

次に、建仁三年四月末から元久元年（一二〇四）六月までの一年余りの間、後鳥羽院自身がこれらの選歌に目を通し、これを精選した。同じく仮名序で「みづからさだめ、てづからみがける」と謳《うた》っているのは、このことを意味しているのである。それがいかに徹底的に行われたかは、この過程において、院は選歌をことごとくそらんじてしまったと、家長が日記に書いていることからも想像されるであろう。

このようにして精選された作品は、元久元年七月二十二日、和歌所の撰者達にさし戻され、翌元久二年三月二十六日、「新古今和歌集竟宴《きょうえん》」という祝賀の宴が催される直前まで、作品を主題別に分類・配列し、巻序を整え、さらに目録（作者別に入集歌の部立《ぶだて》・主題を記したと想像される）を作成するという作業、いわゆる部類の仕事が続けられた。「真名序」に「類聚《るいじゅ》して二十巻と為《な》す」と記しているのは、このことである。

この間、元久元年七月末、集の名を何とするかが議され、「続古今集」とか「新撰古今集」というような案もあったが、結局、「新古今集」に落ち着いた。また、真名序筆者は藤原親経、仮名序筆者は藤原良経と決められ、ともに下命者後鳥羽院の立場において執筆した。真名序は竟宴以前に書きおえられているが、仮名序は竟宴には間に合わず、その直後に奏覧され、継ぎ足された。

ところで定家はこの竟宴に対してひどく懐疑的であった。平安初期、宮中において『日本書紀』の講読が終った時に「日本紀《にほんぎ》竟宴」ということが行われた先例はあるが、勅撰集が完成した際竟宴を行った先例はないというのがその理由である。しかしながら、後鳥羽院は、国史の講筵《こうえん》後の宴にならって『新古今集』完成の宴を行うことは、この新たなる勅撰集に対して、正史と対等の国の歌集という地位を賦与することを意味すると考えたのではないであろうか。

弘《ひろ》御所で行われた竟宴は、まず真名序が読まれ、春の歌の始め四、五首が詠吟され、人々の竟宴和歌が講じられ、次いで管絃の御遊《ぎょゆう》があって終った。この竟宴和歌において、後鳥羽院は、

いそのかみ古きを今にならべこし昔のあとをまたたづねつつ

と、編纂《へんさん》の趣意を述べ、良経や家隆らは、

敷島ややまとことばの海にしてひろひし玉はみがかれにけり　良経

君すめばよする玉藻《たまも》もみがきいでつ千代もつたへよ和歌の浦風　家隆

と、この集をたたえた。しかし、定家は参加せず、『明月記』に「抑《そもそも》此ノ事何故《なにゆゑ》ニ被ㇾ行ルル事ハ乎《か》。非ズ二先例一ニ、卒爾《そつじ》之間毎ニㇾ事不ㇾ調ハ」（三月二十七日の条）と批判的な言辞を書き付けている。

文学史においては普通この日をもって『新古今和歌集』の成立した時点としている。しかしながら、

実際は竟宴の直後から改訂の作業が始められ、少なくとも承元四年（一二一〇）九月頃まで続けられたと考えられる。この改訂は、竟宴以後詠まれた最新の作品を増補する一方では、種々の理由から、すでに採られている作品を削除することが、その主な仕事であった。一般に、奏覧本は巻子本《かんすぼん》（巻物）であることが多いから、増補する時は料紙を切って継ぎ足し、削除する時はその部分を切り取ることになる。そこで、増補を「切入れ」、削除を「切出し」と呼び、それらをひっくるめて、改訂作業を「切継ぎ」と呼んでいる。『新古今集』は竟宴による一旦成立後、実に五年以上にわたってこの切継ぎが行われ、定家も愚痴をこぼすほどであった。このことによっても、後鳥羽院のこの集に寄せる愛情がどれほど深かったか、それはむしろ執念に近いものがあったのではないかということが想像される。

蜿々《えんえん》と続けられていた『新古今集』の切継ぎがようやく終ろうとする頃、後鳥羽院は土御門《つちみかど》天皇を譲位せしめて、天皇の異母弟守成《もりなり》親王を位に即けた。第八十四代順徳天皇である。『六代勝事記』（高倉天皇から後堀河天皇までの六代――仲恭天皇は廃されたので数えていない――の治世の大事件を記した和漢混淆《こんこう》体の史論。作者未詳）はこのことを論評して、

> 太上天皇、威徳自在の楽に誇りて、万方の撫育《ぶいく》を忘れ給ひ、また、近臣寵女の諫《いさめ》強くして、四海の清濁を分かざるゆゑに、今上《きんじやう》陛下の帝運未だきはまり給はざるをおろし奉り、茅洞《ばうどう》の風秋すさましく、茨山《しざん》の月影さびしかりき。

といっている。後鳥羽院が守成親王の生母修明門院を寵し、その愛に惹《ひ》かれて親王の践祚を実現したことは確かであろう。このことによって、後鳥羽院は本院（または一の院）、土御門院が新院となるが、

承久三年（一二二一）四月には、順徳天皇が皇子（仲恭天皇）に譲位して新院と呼ばれるようになるので、土御門院はそれ以後は中院《なかのいん》と呼ばれた。そして、承久の乱の敗北に至るまで、一貫して本院である後鳥羽院が院政を執っていた。

順徳天皇は兄土御門院と異なって、父院に似た派手な性格で、その宮廷では往年の仙洞《せんとう》御所のように歌会や歌合が繁く行われ、これに呼応するように、後鳥羽院も時折群臣の和歌を召したりしたが、この頃になると、後鳥羽院の心は次第に和歌から離れて、むしろ遊戯的な連歌に興ずることが多く、また近臣に勝負の笠懸《かさがけ》（勝敗の結果を競う騎射）をやらせるなど、少年の頃のように武芸に関心を示している。連歌でも有心衆・無心衆に分けて、勝負を競うことが多かった。定家や家隆のような歌人、それに院自身は有心衆に属し、一方、無心衆は儒者上がりの弁官、近習の侍などが多かったらしい。笠懸のメンバーには源通光《みちてる》のような歌人も入っているが、これも多くは近習の侍や武芸をこととする若い公卿達である。そこにはもはや定家らとは全く異なった世界が出来あがっていた。『千五百番歌合』において、

わが道をまもらば君をまもるらむよはひはゆづれ住吉《すみよし》の松（賀、七三九）

と祈って、和歌の道によって院と心が通いあっているとひしひしと実感できた正治・建仁の頃を回顧した時、定家の胸中にはさびしいものがよぎったであろう。

後年のことであるが、定家は歌論書『毎月抄《まいげつしょう》』において、俗っぽいことば、恐ろしげな、荒々しいことばを用いることを厳しく戒めて、

歌は和国の風にて侍るうへは、先哲のくれぐれ書き置ける物にも、やさしくものあはれに詠むべ

きこととぞ見え侍るめる。

と教えている。あたかも浄土教の信者が観念によって西方極楽世界を実在のものと認識するように、この世のものではない美の世界を観照し、そこに没入して始めて歌う定家にとって、文武二道という考えはなかった。彼の文学観に照らし合せれば、和歌と武芸、遊戯の類とは、所詮《しょせん》水と油なのである。それゆえに、息子の為家が蹴鞠《けまり》の名手のゆえに順徳天皇のお気に入りであったことすら、苦々しい限りだったのである。

後鳥羽院にとっても、ことごとに先例を楯《たて》にとって正論を述べ立てるこの廷臣は、次第にうっとうしい存在と映ずるようになってきた。定家は『新古今集』の選歌の段階においても院自身の選び方をあれこれあげつらったと家長が讒訴《ざんそ》しているが、勅願寺である最勝四天王院の障子絵に書くべき和歌の選定に関しても、自詠が選ばれないといって仲間の歌を誹謗《ひぼう》したという噂《うわさ》が流れていた。かつては水魚の交わりとも見えた二人の間は冷えていた。

そのような折も折、承久二年（一二二〇）二月、定家は順徳天皇の内裏歌会において、「野外柳《ノ》」という題を、

道のべの野原の柳したもえぬあはれなげきのけぶりくらべに

と詠んだ。後鳥羽院は天皇の主催した歌会や歌合はほとんど必ず目を通していたらしい。この時、この定家の詠を見た院は、このような不吉な印象を与える歌を内裏歌会に提出した定家の不用意を怒り、閉門を命じ、天皇に対しても、以後定家を内裏の歌会に召してはならないと指令した。不吉な表現とされていた「なげきのけぶりくらべ」という句を用いたこの歌は禁忌を犯しているというのである。

が、それは一つのきっかけにすぎなかったとも見られるであろう。先にも述べたように、この二人は、もともと和歌観を異にし、性格的にも全く対照的な存在だったのである。

当時、後鳥羽院の心がたかぶっていたであろうことも、察するにあまりある。承久二年というと、三代将軍源実朝《さねとも》の横死後一年を経ており、院は北条義時との政治折衝が思わしくゆかないので、討幕の決意を固めつつあったのではないかと想像されるのである。

本来、院の政治理想に照らし合せれば、鎌倉幕府のような存在は容認されるべきものではなかった。太上天皇としての自身が唯一のこの国の主であるのが当然であるという考えであった。しかしながら、鎌倉幕府は院がまだ幼い帝王として物心つかない時代、建久三年（一一九二）に公認され、帝王としての自覚を抱き始めた頃にはすでに京都とは異なった一つの確乎《かつこ》たる政権として存在していたのである。関東をどう扱うかはたえず後鳥羽院にとって憂鬱《ゆううつ》な課題であったに違いない。しかし、三代将軍実朝は、関東側の要求は要求として通しながらも、院に対する忠誠を誓っていた。『金槐《きんかい》和歌集』に、

太上天皇御書下預《シルノ》時歌

おほきみの勅をかしこみちちわくに心は分くとも人にいはめやも
山はさけ海はあせなむ世なりとも君にふた心わがあらめやも

と真情を吐露しているごとくである。院もまた、自らの生母の姪《めい》を妻とする、十二歳年少のこの好文の関東武士の統領にむしろ親愛の情を感じていたであろう。院は京都で行われた歌合を実朝に送らせたりしているのである。

ところが、その実朝は建保七年（一二一九）一月二十七日、右大臣拝賀の日、鶴岡《つるがおか》の社頭において

甥公暁《おいくぎよう》の凶刃に斃《たお》れた。後鳥羽院は今や陪臣である執権《しつけん》北条義時と直接対決せざるをえなくなった。

京都と関東との間の係争は、多く所領問題である。院は実朝の横死直後、寵女白拍子亀菊（伊賀局）の荘園《しようえん》の地頭改易《かいえき》の件について、将軍の後継者問題をも駈引《かけひ》きの材料にしつつ、義時と交渉を続けたが、義時は頑としてこれを拒んだ。慈光寺本『承久記』はこの間の事情を、次のように述べている。

（院は）重ねて院宣を下されけり。「よそは百所も千所もしらばしれ（所領とするならせよ）。摂津国長江庄《ながえのしやう》ばかりをば、去りまゐらすべし」とぞ書き下されたる。義時、院宣を開きて申されけるは、「いかに、十善の君はかやうの宣旨をば下され候ふやらん。よそにおいては百所も千所も召し上げられ候ふとも、長江庄は、故右大将よりも義時が御恩を蒙《かうむ》り始めに給はつて候ふ所なれば、居ながら頸《くび》を召さるとも、ゆめ叶《かな》ひ候まじ」とて、院宣を三度までこそ背きけれ。

そして、鎌倉は、将軍として院の皇子を推戴《すいたい》できそうもないと看て取ると、縁続きということで、九条道家（良経息）の子三寅《みとら》（頼経）を将軍に迎えることに決定した。院の思わくはすっかり裏切られたのである。定家が院勘を蒙ったのは、そのような時であった。

院が院宣に従わない義時の追討を決意したのも、おそらくその前後であろう。院は笠懸などのメンバーであった武芸を事とする公卿や後宮で発言力を持つ卿二品（乳母の妹）、僧尊長らと謀議を始めたと想像される。そして、順徳天皇はそれに加わった。天皇が皇子懐成《かねなり》親王に譲位したのは、おそらく身軽になるためであろう。

『新古今集』の主要歌人で院の護持僧であった慈円も、かつては深く院と心を通わせ合いながら、この時期においては深刻な疎外感を味わわされている一人であった。彼には院の企てが感知できた。それは、一部の佞臣《ねいしん》の謀略に院がおどらされているとしか考えられなかった。彼は間接的に院の無謀な企てを諫止《かんし》するために、史論『愚管抄』を記した。その直接思い描かれた読者は、院が以前寵姫《ちょうき》尾張《おわり》に生ませた皇子朝仁《ともひと》親王であったかと想像される。この書は承久二年十月頃、一通り書きおえられた。

しかし、院の企てを止めることはもはや何びとも不可能であった。承久三年五月十五日、院は鎌倉幕府の京都守護伊賀光季を討ったのを手始めに、義時追討の院宣を発した。急を聞いた鎌倉では、頼朝の後室政子が要人を前に、三代にわたる将軍の恩義を説き、結束を訴えた。そして、東軍は海道を攻め上り、各地で京方を破って、六月十五日には、義時の子泰時《やすとき》らは京に入った。後鳥羽院の企てはあえなく潰《つい》えたのであった。この内乱が承久の乱である。

乱後の鎌倉方の処理は、峻烈《しゅんれつ》を極めたものであった。

まず、後鳥羽院の院政は停止され、仲恭天皇は廃され、高倉院の二宮である守貞親王（後高倉院）が院政を執り、その皇子茂仁《ゆたひと》親王が践祚して、後堀河天皇の治世となった。そして、後鳥羽院は隠岐《おき》へ、順徳院は佐渡へ遷《うつ》された。幕府は土御門院の責任を追及しなかったというが、結局土佐へ遷され、後には阿波《あわ》へ遷された。その他、謀議にかかわった後鳥羽院の二人の皇子も流され、公卿や武士の多くの者が斬られた。

七月十三日、これより先落飾して法皇となった後鳥羽院は、鳥羽殿を後に、配所隠岐へ向った。『六代勝事記』はこの道行きを、

春ならで山もと霞む水無瀬川を過ぎさせ給ふ、秋の心は愁へとして尽きずといふことなし。あはれぶべし、水無瀬の洞庭《どうてい》に柳かしげて、亡国の恨み、隋堤《ずいてい》にしも限らざりけることをとまで、悲しく思《おぼ》しめされけん。

と綴《つづ》っている。

隠岐の配所において、後鳥羽法皇の心をわずかに慰めるものは、和歌であった。院は京都にありながら、なおも旧年の恩顧を忘れず、音信を絶やさなかった家隆らから歌を召して、歌合を行ったり、古今の歌人の代表歌を選んでやはり歌合に仕立てたり、独詠の百首や五百首を試みたりして、憂悶《ゆうもん》の情を払おうとしているが、それら遠島での風雅の一環として、昔親撰した『新古今和歌集』をさらに精選することを思い立ち、およそ四百首の作に削除すべき印を付け、これらを除くものを正本とすべきよし、跋文《ばつぶん》を書き加えた。これを隠岐本という。そこで院は、

おほかた、玉の台《うてな》風やはらかなりし昔は、なほ野べの草しげきこともまぎれき。沙《いさご》の門《かど》月静かなる今は、かへりて杜《もり》の梢《こずゑ》深き色をわきまへつべし。

すなわち「都の宮殿にいた昔は、政務の忙しさにまぎれて、十分和歌を顧る暇がなかった。出家して閑寂な生活を送っている今の方が、かえって歌の良し悪しを識別できるであろう」と言い放っている。この隠岐本の撰定や『時代不同歌合』の編は、都での藤原定家による『新勅撰和歌集』の撰進や『小倉山荘色紙和歌』（百人一首）の撰定などと、微妙な照応関係にあるのかもしれない。

『後鳥羽院御口伝《ごくでん》』の名で知られる歌論書を草したのも、一般に隠岐での所為とされている。ここでの定家評が痛烈を極めていることは、読む者に強い印象を与えずにはおかない。すなわち、院は定家を次のように評する。

定家はさうなき者なり。……やさしくもみもみとあるやうに見ゆる姿、まことにありがたく見ゆ。道に達したるさまなど、殊勝なりき。歌見知りたるけしき、ゆゆしげなりき。ただし、引汲《いんきふ》（贔屓《ひいき》する）の心になりぬれば、鹿をもて馬とせしがごとし。傍若無人、ことわりも過ぎたり。……

惣《そう》じて、彼《か》の卿が歌の姿、殊勝のものなれども、人のまねぶべきものにはあらず。心あるやうなるをば庶幾《しょき》せず（理想としない）。ただ、詞・姿の艶《えん》にやさしきを本体とするあひだ、その骨すぐれざらん初心の者まねばば、正体なきことになりぬべし。

定家の歌才や批評眼を認めつつも、その協調性のない性格に対して、ほとんど憎悪に近い感情を表明し、ひいてはその芸術そのものをも批判してゆくのである。それは決して客観的な、公平な見方とはいえないが、しかしまた、定家の人と芸術の一面を見事に捉えている。

院は最晩年には「無常講式」を作って仏道に親しんだが、死の直前には朱の手形を捺《お》した置文《おきぶみ》（遺言状）を認《したた》めて、消えやらぬ妄念《もうねん》を暗示しつつ、延応元年（一二三九）二月二十二日、隠岐に崩じた。六十歳であった。四条天皇（後堀河院皇子）の朝廷は、この「流され王」に対して顕徳院の諡号《しごう》を贈った。院自身のかねての希望どおり後鳥羽院と改められたのは、後嵯峨《ごさが》天皇（土御門《つちみかど》院皇子）の代となった仁治三年（一二四二）のことである。

承久二年の閉門以来、ついに後鳥羽院に赦《ゆる》されることなかった藤原定家は、その二年後の仁治二年八月二十日、京極中納言入道、法名明静《みょうじょう》として八十年の生涯を閉じた。主な新古今歌人としては、もはや俊成卿女（越部禅尼《こしべのぜんに》）と源具親《ともちか》（宮内《くない》卿の兄、法名如舜《にょしゅん》）ぐらいしか残されていなかった。

三　歌人群像

今まで、後鳥羽院と藤原定家を軸に述べてきたので、ここでその他の主要歌人数名について、その概略を記しておきたい。

新古今時代において最も強い影響力を持っていた歌人は、藤原俊成であったと考えられる。彼は建仁三年（一二〇三）、後鳥羽院に九十の賀宴を賜って、翌元久元年十一月、九十一で安らかな死を迎えるまで、現役の歌人であった。その作品はやさしく艶であると評されるが、驚くべきことは、齢《よわい》を高く積むにつれてその艶が磨《みが》かれ、いよいよつややかな光彩を帯びてきていることである。

彼には若い頃の「述懐百首」や出家後の「五社百首」を始め、世俗における不如意をかこった愚痴の歌が少なくない。しかし、その愚痴すらも、流れるように美しい響きを伝えている。われわれは俊成の作品に、よい意味でも悪い意味でも、和歌的抒情、さらには日本的抒情の原質を見出す思いがするのである。

壮年の頃の彼（その頃は顕広《あきひろ》といっていた）には、藤原清輔という好敵手がいた。清輔は宏才《こうさい》（博識）をもって鳴る学者である。歌学上の知識において、俊成はこの清輔はもとより、あるいはその義弟の顕昭《けんしょう》よりも劣るかもしれない。しかし、詠歌の天分、芸術的感性の鋭さにおいて、清輔や顕昭はとうてい俊成には及ばない。

息定家は父のこの感性を受け継ぎながら、顕昭らの歌学をも摂取して自らを肥やしたのであった。

同じく生来の歌人であり、交渉もありながら、この俊成と極めて対照的な存在が西行である。俗名佐藤義清《のりきよ》、平清盛と同年の生れで、鳥羽法皇の北面の武士であったが、二十三歳の時突如世を背《そむ》き、真言僧として修行しつつ、生涯詠歌を続けていた。

彼は頼朝に歌道を問われて、「詠歌者、対《シテ》二花月《ニ》一動感之折節、僅《わづかニ》作《ル》二卅《さんじふ》一字《ヲ》一許《ばかり》也。全《ク》不レ知《ラ》二奥旨《ヲ》一」（『吾妻鏡《あずまかがみ》』文治二年八月十五日の条）と答えたという。おそらくそのとおりであろう。彼は全くの素人歌人、『後鳥羽院御口伝』の語を借りれば、「生得の歌人」「不可説の上手」であり、その作は「おぼろけの人、まねびなどすべき歌」ではなかった。

そのような素人としての心安さと漂泊の聖《ひじり》としての自由さから、彼は宮廷歌人が見なかった自然や人々の生活を見、これを表現に託している。それらの多くは、ともすれば宮廷の詞華集である勅撰集の枠《わく》外にはみ出しかねない性質のものであるが、『新古今集』はそれらのあるものをも受け止めている。

雲かかる遠山畑の秋されば思ひやるだにかなしきものを（雑上、一五六〇）

山がつの片岡かけてしむる野のさかひに立てる玉の小柳《をやなぎ》（雑中、一六七五）

などは、その例といえるであろう。このうち、「山がつの」の歌は、俊成の『千載集』撰進の際に助力した定家が、採録することを進言したにもかかわらず、俊成ががえんじなかったものであることが、当の定家の自記によって知られる（『順徳院御百首』での評語）。おそらくそれは、俊成にとってはその宮廷風の美意識からはみ出している作と考えられたからであろう。それを定家は認め、ついに『新古今』に入集せしめている点に、俊成と定家との、また、『千載』と『新古今』との違いが看《み》て取れるのである。

西行は僧侶《そうりよ》にふさわしく、その生涯の終り近くには、詠歌は狂言綺語《きご》の戯れに似て、実は讃仏乗の因縁となるという確信、さらには和歌はすなわち真言であるという信念を抱くに至ったらしいが、少壮の頃は詠歌と道心、さらには詠歌の根源ともいうべき情熱と悟道の相剋《そうこく》に苦しんだのであろう。その時の真摯《しんし》な自己対決を示す作品が、後続の若い世代の歌人達を強く動かし、作歌行為の根元において強い影響力を持ったのであった。

やはり若い世代に意識されることの多かった女流歌人に、式子《しょくし》内親王がいる。後鳥羽院は伯母《おば》に当る内親王の歌風を、「斎院はことにもみもみとあるやうに詠まれき」と評している。先に引用した定家評にもある「もみもみと」というのはわかりにくい形容であるが、後代の『正徹物語』の用例などをも参考にすると、身をもむように心を苦しめて詠んだことを意味するように思われる。

式子内親王は幼くして斎院に卜定《ぼくじょう》されたが、病でこれを退いた後は、さびしい生活であったらしい。しかし、その家には何人かの歌を能《よ》くする女房も仕えており、それらの影響もあって和歌に心を遣《や》るすべを知ったのであろう。そして、その女房の中に俊成の娘がいたことから、内親王は俊成を師としたと考えられる。彼女の作に『源氏物語』や『白氏文集《はくしもんじゅう》』が濃い影を落しているのも、俊成の影響力の強さを想像させる。前斎院という拘束される立場に置かれていた彼女の場合、人生における実体験は決して豊饒《ほうじょう》なものではなかったであろう。しかし、彼女は物語や詩文の世界に没入し、物語の姫君となり、あるいは閒適詩《かんてきし》(心静かで安らかな詩)の境地に遊ぶことによって、異なる人生を発見し、その人生観照を深め、拡げたのであろう。

その前斎院が特に浮世の冷たさを痛感したのは、父後白河法皇の崩後であったであろう。内親王の最晩年、その周辺にいたと考えられる、橘兼仲《たちばなのかねなか》という者の妻に法皇の霊が憑《つ》いて、「われを神として祀《まつ》れ」という妖言《ようげん》を吐くという事件が起っている。これは先に述べた、源仲国夫妻を中心とする同様な事件の以前にあったことである。そしてそれに巻き込まれた彼女は、洛外《らくがい》へ追放されそうになるところであったと、『皇帝紀抄』は伝えている。

『正治二年院初度百首』は彼女の死の半年ほど前の試みであった。ゆえに本百首歌における前斎院の作は彼女の最後の作品群と見られるが、それらはすべて比類なく美しい。しかし、その美しさの底には実人生における悲傷や憂苦が秘められている。それらが、「もみもみとある」作品を成り立たせているのである。

先にも述べたように、慈円は生来和歌が好きだった。彼は自身を語りたくてたまらない衝動がとくに強かったらしい。その時、詠歌は絶好の自己表現の手段であった。文治・建久の頃、新風歌人の間に流行した速詠の火元は、どうやら慈円に求められるようである。

後鳥羽院がそうであるように、慈円にも諸社奉納の作品が多いが、彼の場合はその立場上当然ながら、本地垂迹《ほんじすいじゃく》思想が強く根を下ろしており、神は同時に仏でもあった。しかし、彼は単に一桑門《そうもん》として仏神に祈りの歌を捧げているのではなく、日本国の前途を案ずる、太上天皇の護持僧、摂関家から出て鎮護国家を標榜《ひょうぼう》する天台座主《ざす》として、仏神の加護を求めているのである。その意味において、慈円の和歌は後鳥羽院のそれと通い合う点が少なくない。

『新古今』成立以後の社会を憂い、後鳥羽院の企てを危ぶんでいた彼が『愚管抄』を草したことは既に述べたが、その頃も彼は詠歌を廃してはいない。いな、仏神への祈りはいよいよ熱烈さを増して、その内容は『愚管抄』に説くところと深く関《かか》わり合っている。しかし、それらは私詠という性質上筐《きょう》底《てい》深く秘められていたであろうし、またその多くは切継ぎ終了後の作でもあったため、ついに『新古今』には入れられていない。われわれはその家集『拾玉集《しゅうぎょくしゅう》』を見ることによって、彼の思想の深《しん》淵《えん》をかろうじてのぞきこむことができるのである。

この慈円の甥《おい》で、九条家の当主であった人が後京極摂政藤原良経である。その作名は式部《しきぶ》史生《ししょう》秋篠《あきしの》月清《つききよ》、その歌風は長高《たけ》さをもって特徴とする。彼は若い頃から漢詩文に親しんでいた。その颯々《さつさつ》たる詠風に漢詩の風韻《ふういん》を思わせるものがあるのは、むしろ当然であろう。『古今著聞集《ここんちよもんじゆう》』によると、彼には『詩十体』という編著があって、その中には「幽玄体」という体の名も存したという。後鳥羽院の『三体和歌』や伝定家撰の『定家十体』との関係が想像されるが、少なくとも彼もこの時代の美意識の形成に力あったことは確かである。

彼は摂政太政大臣という、最高貴族の位置にあった。しかし、それは後鳥羽院という専制君主の下での地位であり、傍には辣腕《らつわん》の政治家土御門通親《みちちか》が控えていた。それゆえに、摂政太政大臣という地位は必ずしも居心地のいいものともいえなかった。彼は政治家としては無力であったであろう。秋篠月清という作名からうかがえるような繊細な感受性は、政界の溷濁《こんだく》には堪え難かったと思われる。その点で、彼は鎌倉の実朝に通ずるものがある。

長《たけ》もあり、颯々たる体の歌が多いと評されながらも、定家のように高踏《こうとう》的でなく、むしろ温雅でなつかしさを湛《たた》えた詠風の持ち主が、藤原家隆である。当時から定家・家隆と並称され、古の人麻呂《ひとまろ》・赤人乃至《あかひとないし》は貫之《つらゆき》・躬恒《みつね》のように、『新古今』における双璧《そうへき》とされてきた。しかも、ではどちらかというと、家隆をもって末代の人麻呂に擬す説話も伝えられているのである。彼をそのようによそえたのは他ならぬ良経であるという。定家・家隆の二人はお互いに敬重しあっていたが、定家にとっては生涯意識し続けねばならない競争相手でもあったであろう。

家隆の歌はおおむね淡白である。本歌取りの技巧も定家ほど手のこんでいないことが多い。『古今集』の伝統をよく伝え、俊成の衣鉢《いはつ》を継いだ者は、定家よりもむしろ家隆であるのかもしれない。

定家・家隆に匹敵する女流歌人の双璧は、俊成卿女と宮内卿である。この二人の才媛《さいえん》は既に『無名抄』において、一双とされている。しかしながら、後代から見れば、所詮夭折《しょせんようせつ》した宮内卿は、九十九髪《つくもがみ》に近い長寿を保ち、歌い続けた俊成卿女と並び称すべき、深みや拡がりを持っていない。それはこしらえごとに終始しているかの感がある。

一方、俊成卿女はさまざまな技巧の冴《さ》えを見せながら、それらのあるものには、実人生において夫源通具《みちとも》に遺棄された妻としての悲しみを滲《にじ》み出させている。たとえば、

通ひこし宿の道芝かれがれにあとなき霜の結ぼほれつつ（恋四、一三三五）

のような情感は、ついに宮内卿のよくするところではなかった。

四　新古今集の方法

『新古今和歌集』に収められている、およそ千九百八十余首の作品は、『万葉集』にすでに載っている古歌を始めとして、平安初期以来鎌倉初期、十三世紀初頭のその当時まで、極めて長い年代にわたって詠まれたものであるから、その歌風を概括することは容易ではないし、またそのような概括的な捉え方が有効であるかどうかは疑わしい。けれども、往々にして、万葉風・古今風に対する新古今風という言い方が行われている。では、新古今風とは何か。

このような抽象的な観念を、古人は具象的な比喩《ひゆ》によって説明することが多い。ここでもそれを借りるのが捷径《しょうけい》であろう。定家の息為家の側室阿仏《あぶつ》（安嘉門院四条）は、歌論『夜の鶴』においていう。

新古今、昔の歌のやさしき姿に立ち帰りて、折らば落ちぬべき萩《はぎ》の露、拾はば消えなむとする玉《たま》笹《ざさ》の上の霰《あられ》など申すべきを、あまりたはれすごして、歌のさままたあしざまになりぬべしとて、新勅撰は、撰者思ふ所ありて、まことある歌をえられけりなどぞうけたまはり候ひし。

ここでの、「折らば落ちぬべき萩の露、拾はば消えなむとする玉笹の上の霰」というのは、『源氏物語』の帚木《ははきぎ》の巻で、艶麗《えんれい》な女性の比喩としていわれているものをそのまま借りていっているのである。すなわち、阿仏は『新古今集』の総体を、『古今集』を思わせるやさしさに加えて、さらに溢《あふ》れんばかりに艶美を湛えたものと見たのである。

この捉え方は大筋において誤ってはいないと思われる。けれども、やはり『新古今』の世界を完全に捉えたことにはならないのではなかろうか。

先に述べたように、建仁二年三月、後鳥羽院が試みた三体和歌においては、「長高様」という美の様式が考えられていた。これは訓読すれば、「長《たけ》高き様《さま》」である。「長」は身長などの「長」を意味する。『無名抄』ではこれを「ふとくおほきに」ともいうように、「長高し」とは具体的にいえば、大男のような堂々たるものの備えている美であったり、天空や高い山を振り仰ぐ時生ずる感動であったり、遠山桜《とおやまざくら》を望み見た時の感情であったりする。それは優艶な美とは異質のものである。

さらにまた、現存本が定家撰の姿をそのまま伝えるものであるかいなかは不明であるが、少なくとも定家がその十体の名目を定めたに違いない『定家十体』のうちには、右の長高様の他に、拉鬼《らき》様（または鬼拉様）と呼ばれる体がある。これは字のごとく、鬼をも拉《ひし》ぐような力強い風の歌を意味する。晩年の定家はこのような歌を決して良い歌とは考えていなかったらしいことが、その歌論書『毎月《まいげつ》抄《しょう》』からうかがわれるが、ともかく十体の一つとしてそのような体が考えられ、しかも現存の『定家十体』においては、その例歌として『新古今集』中の作品を掲げているのである。この体などは明らかに優艶美と対立する、一種の美である。そして、『新古今集』は確かにそのような美をも包含しているのである。

ゆえに、新古今風を優艶の一語で概括することも、一面的な捉え方といわざるをえない。むしろ「新古今和歌集」という集名そのもの、そしてまた、『万葉集』の古歌から十三世紀初頭の歌までを収めていることの意味を重視して、新古典主義と捉えることが、全円的理解に近いのではないであろうか。

この新古典主義を徹底させるために実行された方法が、本歌取りである。

本歌取りとは、手本となる古歌の句を一部取り込みながら、新たな歌を作る手法である。それは平安時代から、さらに探れば万葉時代においても、歌人達によって試みられた技巧ではあったが、方法論的な自覚の下に盛んに行われ出したのは、平安最末期からであった。そして、定家一個人の場合でも、その歌人としての成長の過程において模索され、ついに方法論として確立したのであると考えられる。それは、承元三年(一二〇九)八月、実朝に書き送った歌論書『近代秀歌』の、

古きをこひねがふにとりて、昔の歌のことばを改めず、詠みすゑたるを、すなはち本歌とすと申すなり。

という語に要約されているであろう。そして、その実際の取り方は、『近代秀歌』や『詠歌之大概』に具体的に説かれている。それは、

一、『古今集』『後撰集』『拾遺集』の三代集を中心とする古歌(『万葉集』や『後拾遺集』も含まれる)

のうち、すぐれたものを本歌とし、その一、二句、せいぜい二句と三、四字程度を取り込む。
二、取った歌句は一首全体の中で本歌と異なった個所に置くことが望ましい。
三、四季の歌を取って恋や雑の歌を詠むというように、本歌の主題をすっかり変えることが望ましい。

というような目安があったが、それも厳しい約束ではなく、かなり幅があり、また、人によりニュアンスの違いがあった。たとえば、家隆は本歌の主題をあまり変えず、むしろわずかに変えることによって、本歌の世界と自身の歌の世界とを深く重ね合せつつ、その微妙な違いを表現しようと試みている。

しかし、近代の歌や同時代人の作、特にそれらのすぐれた歌句を取ることは、厳に戒められた。それは独創性の喪失、単なる模倣を意味しているからである。雅経は名手の一人であるが、時に仲間の秀句を模倣することがあったと非難されている（『八雲御抄《やくもみしよう》』巻六）。逆にこのことからも、新古今歌人達にとっては、本歌取りという手法が決して独創性の否定を意味しなかったことが知られるであろう。彼等にとっては蕪雑《ぶざつ》な現実に対して「古き」は「こひねがふ」べき時代と考えられたのであり、その「古き」世に入り込む、いわば舞台の枠《わく》組みとして、本歌は必要と考えられたのである。しかし、ひとたびその枠に入ってしまえば、その中での演技は自由なのである。それが新古典主義たる所以《ゆえん》である。

日本の文芸には、本歌取りに類する現象が少なくない。能でも古作の能の改作はしばしば行われたようであるし、狂言の「通円《つうえん》」は能の「頼政」のパロディである。浄瑠璃《じようるり》でも『源平盛衰記』や『太平記』の世界に取材することが、ごく一般的な作劇法であったし、歌舞伎でも書替え狂言ということがしばしば行われた。近世の狂歌に至ってはほとんどすべてが、パロディという形での和歌の本歌取りである。そしておそらく、このような手法は日本の文学芸術の特殊性ではないであろう。たとえば、ヨーロッパにおいても、ファウスト伝説に基づいてゲーテの『ファウスト』が生れ、それを意識しつつ、トーマス・マンが『ファウスト博士』を書いているのである。中世の和歌において本歌取りの技巧が極度に細かくなってゆくにつれ、清新な抒情精神が衰弱していったことは否めないが、もしもこの技巧そのものを否定するとしたら、ひいては文学や芸術における、古典の伝統の継承による発展そのものをも否定することになりかねないであろう。

俊成は『六百番歌合』の判詞において、

源氏見ざる歌よみは遺恨の事なり。

といい、『正治仮名奏状』では、

教長も清輔も、源氏を見候はず。

ともいっている。彼には自分こそは『源氏物語』の愛読者であるという自負があり、この物語の世界に親しむことが、自らの和歌世界を奥深いものにするのだという確信があった。

この教えに従って、定家や俊成卿女、その他当代の歌人は、しばしば『源氏物語』や『狭衣《さごろも》物語』などのいわゆる作り物語、及び『伊勢物語』『大和《やまと》物語』など歌物語のある場面や歌句を踏まえて作歌することが少なくなかった。この場合、その歌をそれらの物語の心があるといい、また本説がある歌ともいった。たとえば、後鳥羽院の、

秋の露やたもとにいたく結ぶらむ長き夜あかず宿る月影（秋上、四三三）

は『源氏物語』の「桐壺《きりつぼ》」の巻で靫負命婦《ゆげいのみょうぶ》が詠む、

鈴虫の声の限りを尽しても長き夜あかずふる涙かな

という歌に拠ったものであるが、歌そのものも物語の中の桐壺の御門《みかど》の心を代弁したような趣がある。
また、俊成卿女の、

下燃えに思ひ消えなむ煙《けぶり》だに跡なき雲のはてぞかなしき（恋二、一〇八一）

という歌での第二・三句は『狭衣物語』に見える、

霞《かす》めよな思ひ消えなむけぶりにもたちおくれてはくゆらざらまし

という、主人公狭衣の歌の句を取り、しかも俊成卿女のこの作に狭衣が応えたと思わせるような形において詠まれている。これら物語の心ある歌は、新古今時代の歌人すべてに見出されるが、中でも俊成卿女はその名手であった。

白楽天の詩文集『白氏文集』は、舶載されて以来、日本人にたいそう愛され、大江千里《おおえのちさと》の『句題和歌』や『源氏物語』など、多くの影響作も生れたが、積極的にその世界を和歌に導入しようとしたのは、定家である。すなわち、『詠歌之大概』において、

雖《いへども》レ非ズトニ和歌之先達一、時節之景気、世間之盛衰、為レ知ランニ物ノ由ヲ一、白氏文集ノ第一、第二帙《ちつ》、常ニ可シニ握《あく》翫《ぐわん》ス一。深ク通ズニ和歌之心ニ一。

と述べている。

この他、『詩経』『文選《もんぜん》』のすぐれた句や『史記』『蒙求《もうぎゅう》』などの故事、『和漢朗詠集』の佳句なども、しばしば和歌に取り込まれている。このような和歌は、本文ある歌と呼ばれる。たとえば、俊成の、

昔思ふ草の庵《いほり》のよるの雨に涙な添へそやまほととぎす（夏、二〇一）

は、白楽天の、

蘭省《らんせいノ》 花時《ノ》錦帳《きんちやうノ》 下《もと》、廬山《ろざんノ》雨夜《ノ》草庵《さうあんノ》 中《うち》。

という詩句（『和漢朗詠集』雑・山家）に拠っているし、良経の、

舟のうち波の下にぞ老いにける海人《あま》のしわざもいとまなの世や（雑下、一七〇三）

という歌は、大江以言《おおえのもちとき》の、

翠帳《すいちやう》紅閨《こうけい》、万事之礼法雖《いへどモ》レ異《ナリト》、舟《ノ》中《うち》浪《ノ》上、一生之歓会是《レ》同《ジ》。

という佳句（『和漢朗詠集』遊女）を踏まえているのである。この他、中国の故事や仏典に見える説話などを歌った作は少なくない。このような方法によって、抒情詩としての和歌に思想的な厚みや深みが加わっているのである。

一首の歌が二首の本歌を有する場合、または本歌と本説・本文を併せ持つ場合は、めずらしくない。古人は本歌はそれとわかるようにあらわに取れと教えているが、現代のわれわれから見ると必ずしも直ちにそれとわからない場合もある。本歌や本文がわからなくても全く解釈できないということはまれであろうが、それらを知ることによって解釈が深まることは事実である。

そこで、本書においては、『新古今集』の背景となっているこれら先行文学、特に

一、『古今』『後撰』『拾遺』の「三代集」の和歌

二、『伊勢物語』『源氏物語』などの和歌や場面

三、『和漢朗詠集』『白氏文集』などの漢詩文

の三系列の古典文学作品を本歌乃至《ないし》は参考として、スペースの許す限り注記するように努めた。

現代のわれわれの目に、本歌取りとともに、個人の自由な創造性、独創性を拘束したのではないかと映りかねないものとして、題詠という手法がある。これは『新古今集』に限らず、中古・中世を通じてごく一般的な詠歌の方法であったが、いずれかといえば写実主義的な文学観が卓越しているかと思われる現代においては、必ずしもわかりやすいものではない。

しかしながら、これもいわば舞台の枠《わく》であり、相撲の土俵なのである。俳優は舞台に立つことによって劇中の人物となり、力士は土俵に入ることによって始めて相撲を取る。同様に、古の歌人は題を与えられることによって、作歌の契機としたのである。

定家は、作歌の際は日常的な次元の夾雑《きようざつ》物を捨象して心を純一に澄まし、美的なものに統一し、詠むべき対象に合一せよと教えている。

恋の歌を詠むには、凡骨の身を捨てて、業平《なりひら》のふるまひけむことを思ひ出でて、わが身をみな業平になして詠む。（『京極中納言相語』）

と説いている。対象になりかえれという教えである。これはほとんど役者の演技に近いといえるであろう。それは、題詠という方法によって可能だったのである。

もとより、現実の切実な体験、観念の世界ではとうてい考えも及ばないような現実の重みが、期せずして秀歌を生むこともあった。この集にもそのような作がないとはいえない。しかしながら、作品の多くは以上述べたような手法の下に詠まれた新古典主義の歌である。そこには、他ならぬ定家の『明月記』や慈円の『愚管抄』、長明の『方丈記』などが伝えるような、十三世紀初頭の混沌《こんとん》たる時代社会は、直接的な形では反映していない。それは極めて隠微な形で内に籠《こ》められている。『新古今集』

の読者が、この集の美の上澄みを汲むだけであきたらなくなって、やや深くを探ろうとすれば、この集はその知的要求に堪《た》えるだけのものを蔵しているのである。

『新古今和歌集』の本文は、先に述べたような度重なる切継ぎの結果、かなり複雑な様相を呈している。勅撰集としては最終的に奏覧された本を定本と見なすことが妥当であるが、本集の場合はそれを見極めがたい。鎌倉期の古写本、冷泉為相《れいぜいためすけ》筆本のように、最終的には切り出されたと考えられる歌を数多く本文中にとどめている本もある。これは切継ぎ終了以前から書写流伝したためである。

また、五人の撰者それぞれの選歌を示す略号や符号、いわゆる撰者名注記や、隠岐本で残された歌または除かれた歌を示す合点を有する本が存し、研究者に珍重されている。

本書で底本とした伝蜷川親右衛門尉親元《にながわしんえもんのじょうちかもと》筆本は、室町時代の写本で、一四六ロ・一六一ロ・一九七五ロの三首の切出し歌を有し、撰者名注記および隠岐本合点は付されていない。比較的精撰本に近い近世以前の写本と考えられ、誤脱も少ないので、底本とした。既に述べたように本集の個々の作品を抜き出して読むのではなく、その総体を読み進めるためには、撰者名注記や隠岐本合点は、必ずしも本質的なものではないと考えたためである。しかし、これらがより深い鑑賞や研究に参考となることも事実であるから、それらを下巻巻末に一括表示することとした。

『新古今集』の研究は、室町時代の歌人や連歌師による注釈によって始められたといえる。そして、近世に入ると、加藤磐斎《ばんさい》・北村季吟《きぎん》・契沖《けいちゅう》・本居宣長《もとおりのりなが》・石原正明《まさあきら》らの注釈的研究が相次ぐ一方、荷田《かだの》在満《ありまろ》の『国歌八論』など、その歌風を論ずることも行われた。近代には時代の風潮の影響も手伝って、時期により消長があるが、近年は本文研究から、注釈、歌人の伝記研究、歌風論、和歌史や文学史への位置づけなど、さまざまな方法が盛んに試みられている。

一方、これを文学として自由な立場で享受する人々も少なからず存し、近代の詩歌にも影響を及ぼしている。与謝野晶子・萩原朔太郎・北原白秋・川田順・立原道造などは、それらを代表する詩人・歌人である。

たとえば、立原道造に次のような詩がある。

またある夜に

私らはたたずむであらう　霧のなかに
霧は山の沖にながれ　月のおもを
投箭《とうせん》のやうにかすめ　私らをつつむであらう
灰の帷《とばり》のやうに

私らは別れるであらう　知ることもなしに
知られることもなく　あの出会つた
雲のやうに　私らは忘れるであらう
水脈《みを》のやうに

その道は銀の道　私らは行くであらう

ひとりはなれ……（ひとりはひとりを
夕ぐれになぜ待つことをおぼえたか）

私らは二たび逢《あ》はぬであらう　昔おもふ
月のかがみはあのよるをうつしてゐると
私らはただそれをくりかへすであらう
（『萱草《わすれぐさ》に寄す』）

高原で知り合ったある女性との恋が実らないまま別れるに至った、詩人の精神的体験を背景としている詩であるが、ここでの第二聯《れん》には、『新古今集』に採られた西行の、

うとくなる人をなにとて恨むらむ知られず知らぬ折もありしに（恋四、一二九七）

の歌が影を落しているし、

（ひとりはひとりを／夕ぐれになぜ待つことをおぼえたか）

という詩句は、同じく定家の、

あぢきなくつらきあらしの声もうしなど夕暮に待ちならひけむ（恋二、一一九六）

という歌に拠っている。そして、最後の聯は、定家の家集『拾遺愚草』に見出される、定家二十歳の時の詠、

秋の夜のかがみと見ゆる月かげは昔の空をうつすなりけり

という歌を意識したものである。この詩人は、二十一歳の頃、しきりに定家の歌集を読んでいた。知人宛ての手紙に、

よんでゐるのは、藤原定家歌集、これが万葉の歌より、いまの僕に近いといへば、それは僕の心がかげ日向多く、うつくしきもの念ふことしきりだといふのだらう。万葉集とは童謡のごとく面白いが、何だか身近ではない。

と書き送っている。

かつて『新古今集』は一群の貴族のものであった。それは事実である。しかし、そのことだけを理由に、この集を貫く時間意識や自然と人間との調和の心——というかむしろ、人間を包摂するものという自然観——思いやりや慰めの上に立つ人と人との関係、すなわち「物のあはれ」などをも価値のないものと見なすことはあまりにも性急な議論ではないであろうか。『新古今集』においてはまた、和語の可能性の極限を探る飽くなき実験が試みられてもいるのである。

現代において『新古今和歌集』を読むことは、日本的な心情の原質を考えることを意味するであろう。それはまた、現代物質文明の功罪を考えることをも意味しているのではないであろうか。われわれ自身が日本人であり、しかも現代社会に生きている以上、客観的にそのような問題を考えることは必ずしも容易であるとは思われないが、しかもなお冷静にそういう問題意識を持ち続けつつ、この集の総体を見極めようとする人にとって、『新古今和歌集』は今後なお新しい古典であり続けるに違いない。

新潮日本古典集成〈新装版〉

新《しん》古《こ》今《きん》和《わ》歌《か》集《しゅう》　上

平成三十年六月三十日　発行

校注者　久《く》保《ぼ》田《た》淳《じゅん》

発行者　佐藤隆信

発行所　株式会社　新潮社

〒一六二-八七一一　東京都新宿区矢来町七一

電話　〇三-三二六六-五四一一（編集部）

〇三-三二六六-五一一一（読者係）

http://www.shinchosha.co.jp

印刷所　大日本印刷株式会社

製本所　加藤製本株式会社

装画　佐多芳郎／装幀　新潮社装幀室

組版　株式会社ＤＮＰメディア・アート

ISBN978-4-10-620840-9　C0392

萬葉集（全五巻）　青木・井手・伊藤　清水・橋本　校注

名歌の神髄を平明に解き明す。一巻・巻第一～巻第四　二巻・巻第五～巻第九　三巻・巻第十～巻第十二　四巻・巻第十三～巻第十六　五巻・巻第十七～巻第二十

伊勢物語　渡辺　実　校注

引きさかれた恋の絶唱、流浪の空の望郷の思い——奔放な愛に生きた在原業平をめぐる珠玉の歌物語。磨きぬかれた表現に託された「みやび」の美意識を読み解く注釈。

古今和歌集　奥村恆哉　校注

いまもし、恋の真只中にいるなら、「恋歌」を、愛する人に死なれたあとなら、「哀傷」を読んでほしい。華やかに読みつがれた古今集は、むしろ、慰めの歌集だと思う。

土佐日記 貫之集　木村正中　校注

女人に仮託して綴り、仮名日記の先駆をなした土佐日記。屏風歌を中心に、華麗で雅びな王朝世界を詠出して、大和歌の真髄を示す貫之集。豊穣な文学の世界への誘い！

蜻蛉日記　犬養　廉　校注

妻として母として、頼みがたい男を頼みとして生きた女の切ない哀しみ。揺れ動く男女の愛憎の襞を、半生の回想に折り畳んで、執拗に綴った王朝屈指の日記文学。

枕草子（上・下）　萩谷　朴　校注

華やかに見えて暗澹を極めた王朝時代に、毅然と生きた清少納言の随筆。機智が機智を生み、連想が連想を呼ぶ、自由奔放な語り口が、今、生々しく甦る！

和泉式部日記 和泉式部集　野村精一 校注

恋の刹那に身をまかせ、あふれる情念を歌に結実させた和泉式部——敦道親王との愛のプロセスをこまやかに綴った「日記」と珠玉の歌百五十首を収める。

紫式部日記 紫式部集　山本利達 校注

摂関政治隆盛期の善美を、その細緻な筆に誌した日記は、宮仕えの厳しさ、女の世界の確執をも冷徹に映し出す。源氏物語の筆者の人となりを知る日記と歌集。

源氏物語（全八巻）　石田穣二　清水好子 校注

一巻・桐壺～末摘花　二巻・紅葉賀～明石　三巻・澪標～玉鬘　四巻・初音～藤裏葉　五巻・若菜 上～鈴虫　六巻・夕霧～椎本　七巻・総角～東屋　八巻・浮舟～夢浮橋

和漢朗詠集　大曽根章介　堀内秀晃 校注

漢詩と和歌の織りなす典雅な交響楽——藤原文化最盛期の平安京で編まれ、物語や軍記をはじめとする日本文学の発想の泉として生き続けた珠玉のアンソロジー。

更級日記　秋山虔 校注

光源氏につむいだ青春の夢、砕け散った夢のかけらを、拾い集めて走らせる晩年の筆……。心の寄る辺を尋ね歩いた女の一生、懐かしく痛ましい回想の調べ。

狭衣物語（上・下）　鈴木一雄 校注

運命は恋が織りなすのか？　妹同然の女性への思慕に苦しむ美貌の貴公子と五人の女性をめぐる愛のロマネスク——波瀾にとんだ展開が楽しい王朝文学の傑作。

竹馬狂吟集・新撰犬筑波集　木村三四吾・井口壽　校注

苦々しいつまで嵐ふきのたう——言葉遊びと洒落の宝庫である俳諧連歌は、明るく開放的な笑いに満ちた庶民の文学。室町ごころを生き生きと伝える初の本格的注釈！

今昔物語集本朝世俗部（全四巻）　阪倉篤義・本田義憲・川端善明　校注

爛熟の公家文化の陰に、新興のつわものたちの息吹き。平安から中世へ、時代のはざまを生きる都鄙・聖俗の人間像を彫りあげた、わが国最大の説話集の核心。

梁塵秘抄　榎克朗　校注

遊びをせんとや生まれけん、戯れせんとや生まれけん……源平の争乱に明け暮れた平安後期の民衆の息吹きが聞こえてくる流行歌謡集。編者後白河院の「口伝」も収録。

山家集　後藤重郎　校注

月と花を友としてひとり山河をさすらう人生詩人、西行——深い内省にささえられたその歌は祈りにも似た魂の表白。千五百首に平明な訳注を付した待望の書。

無名草子　桑原博史　校注

『源氏物語』ほか、様々の物語や、小野小町・和泉式部などを論評しつつ、女の生き方を探る。批評文学の萌芽として特筆される、女流歌人による中世初期の異色評論。

方丈記　発心集　三木紀人　校注

痛切な生の軌跡、深遠な現世の思想——中世を代表する名文『方丈記』に、世捨て人の列伝『発心集』を併せ、鴨長明の魂の叫びを響かせる魅力の一巻。

■新潮日本古典集成

古事記	西宮一民
萬葉集　一〜五	青木生子　井手至　伊藤博　清水克彦　橋本四郎
日本霊異記	小泉道
竹取物語	野口元大
伊勢物語	渡辺実
古今和歌集	奥村恆哉
土佐日記　貫之集	木村正中
蜻蛉日記	犬養廉
落窪物語	稲賀敬二
枕草子　上・下	萩谷朴
和泉式部日記　和泉式部集	野村精一
紫式部日記　紫式部集	山本利達
源氏物語　一〜八	石田穣二　清水好子
和漢朗詠集	大曽根章介　堀内秀晃
更級日記	秋山虔
狭衣物語　上・下	鈴木一雄
堤中納言物語	塚原鉄雄
大鏡	石川徹
今昔物語集　本朝世俗部　一〜四	阪倉篤義　本田義憲　川端善明
梁塵秘抄	榎克朗
山家集	後藤重郎
無名草子	桑原博史
宇治拾遺物語	大島建彦
新古今和歌集　上・下	久保田淳
方丈記　発心集	三木紀人
平家物語　上・中・下	水原一
金槐和歌集	樋口芳麻呂
建礼門院右京大夫集	糸賀きみ江
古今著聞集　上・下	西尾光一　小林保治
歎異抄　三帖和讃	伊藤博之
とはずがたり	福田秀一
徒然草	木藤才蔵
太平記　一〜五	山下宏明
謡曲集　上・中・下	伊藤正義
世阿弥芸術論集	田中裕
連歌集	島津忠夫
竹馬狂吟集　新撰犬筑波集	木村三四吾　井口壽
閑吟集　宗安小歌集	北川忠彦
御伽草子集	松本隆信
説経集	室木弥太郎
好色一代男	松田修
好色一代女	村田穆
日本永代蔵	村田穆
世間胸算用	金井寅之助　松原秀江
芭蕉句集	今栄蔵
芭蕉文集	富山奏
近松門左衛門集	信多純一
浄瑠璃集	土田衞
雨月物語　癇癖談	浅野三平
春雨物語　書初機嫌海	美山靖
與謝蕪村集	清水孝之
本居宣長集	日野龍夫
誹風柳多留	宮田正信
浮世床　四十八癖	本田康雄
東海道四谷怪談	郡司正勝
三人吉三廓初買	今尾哲也